मेरी
संसदीय
यात्रा

२

आंतरिक स्थिति

अटल बिहारी वाजपेयी

मेरी संसदीय यात्रा

आंतरिक स्थिति

संपादक

डॉ. ना. मा. घटाटे

प्रभात प्रकाशन, दिल्ली

प्रकाशक • **प्रभात प्रकाशन**
४/१९ आसफ अली रोड,
नई दिल्ली-११०००२
संस्करण • २०१४

मुद्रक • नरुला प्रिंटर्स, दिल्ली

MERI SANSADIYA YATRA (Speeches in Parliament)
by Shri Atal Bihari Vajpayee • *Ed.* Dr. N.M. Ghatate [redacted]
Published by Prabhat Prakashan, 4/19 Asaf Ali Road, New Delhi-2
Vol. II [redacted] ISBN 81-7315-278-0
Set of Four Vols. Rs. 3000.00 ISBN 81-7315-281-0

श्री अटल बिहारी वाजपेयी

एक परिचय

भारत के प्रधानमंत्री श्री अटल बिहारी वाजपेयी एक प्रतिष्ठित राष्ट्रीय नेता हैं जो सार्वजनिक जीवन में अपने महत्वपूर्ण योगदान के लिए सुविख्यात हैं।

आपका जन्म २५ दिसंबर, १९२४ को ग्वालियर, मध्य प्रदेश में हुआ। आपके पिता का नाम श्री कृष्ण बिहारी वाजपेयी था। एक भरे-पूरे परिवार के सदस्य अटल बिहारी वाजपेयी ने विक्टोरिया (अब लक्ष्मीबाई) कालेज, ग्वालियर और डी.ए.वी. कालेज, कानपुर में अपनी पढ़ाई पूरी की। आपने राजनीति शास्त्र से एम.ए. तक की पढ़ाई की है। आप १९४२ के स्वतंत्रता आंदोलन में गिरफ्तार हुए थे और कुछ दिन जेल में रहे थे। आपने एक पत्रकार के रूप में अपना जीवन शुरू किया। आपने १९४७-५० के दौरान 'राष्ट्र धर्म'; १९४८-५० के दौरान 'पाञ्चजन्य' (साप्ताहिक); १९४९-५० के दौरान 'स्वदेश' (दैनिक) तथा १९५०-५२ के दौरान 'वीर अर्जुन' (दैनिक तथा साप्ताहिक) के संपादक के पदों को सुशोभित किया।

१९५१ में आप जनसंघ के संस्थापक सदस्य थे तथा १९६८-७३ के दौरान आप इसके अध्यक्ष रहे। आप १९७७ में जनता पार्टी के संस्थापक सदस्यों में से थे। जनता पार्टी की सरकार में १९७७-७९ की अवधि के दौरान आपने विदेश मंत्री के पद को सुशोभित किया। आप १९८० में भारतीय जनता पार्टी के संस्थापक सदस्य रहे तथा १९८०-८६ के बीच आप इसके अध्यक्ष पद पर आसीन रहे। आप १९८०-८४ तथा १९८६-९१ में भारतीय जनता संसदीय दल के नेता थे। लोकसभा या राज्यसभा के सदस्य के रूप में आप १९५७ से लगातार संसद सदस्य रहे हैं। १९९१-९६, दसवीं लोकसभा में आप नेता प्रतिपक्ष रहे। ग्यारहवीं लोकसभा के गठन के तुरंत बाद आप १६ मई, १९९६ से २८ मई, १९९६ तक भारत के प्रधानमंत्री रहे। जून १९९६ से फरवरी १९९८ तक ग्यारहवीं लोकसभा में नेता प्रतिपक्ष रहे। मार्च १९९८ में बारहवीं लोकसभा के गठन के बाद से आप पुनः भारत के प्रधानमंत्री हैं।

सन् १९८५ को छोड़कर आप पिछले ४१ वर्ष के लंबे कालखंड में संसद के किसी न किसी सदन के सदस्य रहे। चार दशकों से भारतीय संसद में अपनी गौरवपूर्ण उपस्थिति से आप देश और संसद की गरिमा की श्रीवृद्धि में महत्वपूर्ण योगदान देते रहे हैं।

श्री वाजपेयी १९६६-६७ के दौरान सरकारी आश्वासन संबंधी समिति के; १९६९-७० और

१९९१-९२ के दौरान लोक लेखा समिति; तथा १९९०-९१ के दौरान याचिका-समिति के अध्यक्ष रहे। १९६५ में पूर्वी अफ्रीका गए संसदीय सद्‌भावना मिशन के, १९८३ में यूरोपीय संसद में संसदीय शिष्ट मंडल के; कनाडा (१९६६), जाँबिया (१९८०), आइल ऑफ मैन (१९८४) में आयोजित राष्ट्रमंडल संसदीय संघ में संसदीय शिष्टमंडल के; जापान (१९७४), श्रीलंका (१९७५), स्विट्जरलैंड (१९८४) में आयोजित अंतर संसदीय यूनियन सम्मेलन में भारतीय शिष्टमंडल के तथा १९८८, ८९, ९०, ९१, ९२, ९३, ९४ और ९६ में संयुक्त राष्ट्रसंघ महासभा में भारतीय शिष्टमंडल के आप सदस्य रहे हैं। अनेक अवसरों पर आप राष्ट्रीय एकता परिषद के सदस्य रह चुके हैं। फरवरी १९९४ में भारत के तत्कालीन प्रधानमंत्री श्री पी.वी. नरसिंह राव के विशेष आग्रह पर आपने जेनेवा में मानवाधिकारों के सम्मेलन में न केवल भारत का प्रतिनिधित्व किया अपितु प्रतिपक्ष के नेता द्वारा सरकार का पक्ष प्रस्तुत किए जाने की यह घटना अपने-आप में वहां उपस्थित सभी राष्ट्र प्रमुखों के लिए आश्चर्य और भारत के लोकतंत्र के प्रति निष्ठा और विश्वास का अवसर बनी।

१९९५ में संयुक्त राष्ट्र की ५०वीं वर्षगांठ मनाने के लिए आयोजित विशेष सत्र में भी वाजपेयी जी ने देश के दल का नेतृत्व किया। विदेश मामलों की समिति के चेयरमैन के रूप में भी वाजपेयी जी ने १९९७ में बहरीन, कुवैत और संयुक्त अरब अमीरात की यात्रा की।

श्री अटल बिहारी वाजपेयी ने स्वतंत्रता आंदोलन में भी बढ़-चढ़कर भाग लिया। १९४२ में आपको ब्रिटिश हुक्मरानों ने जेल भेजा। आपातकाल के पूरे दौर में १९७५ से ७७ तक आप जेल में रहे। राष्ट्र के प्रति आपकी समर्पित सेवाओं के लिए राष्ट्रपति ने १९९२ में 'पद्म विभूषण' से विभूषित किया। १९९३ में कानपुर विश्वविद्यालय ने फिलॉसफी में डॉक्टरेट की मानद उपाधि प्रदान की। १९९४ में 'लोकमान्य तिलक' पुरस्कार दिया गया। १९९४ में 'सर्वश्रेष्ठ सांसद' चुना गया और गोविंद बल्लभ पंत पुरस्कार से सम्मानित किया गया। २६ नवंबर, १९९८ को सुलभ इंटरनेशनल फाउंडेशन ने वर्ष ९७ के सबसे ईमानदार व्यक्ति के रूप में चुना। उपराष्ट्रपति श्री कृष्णकांत ने इस पुरस्कार से सम्मानित किया।

श्री वाजपेयी १९६५-७० के दौरान अखिल भारतीय स्टेशन मास्टर्स एंड असिस्टेंट स्टेशन मास्टर्स एसोसिएशन के तथा १९६८-८४ के दौरान पंडित दीनदयाल उपाध्याय स्मारक समिति के अध्यक्ष रह चुके हैं तथा अभी आप १९७६ से पंडित दीनदयाल उपाध्याय जन्मभूमि स्मारक समिति के अध्यक्ष पद को शोभायमान कर रहे हैं।

श्री वाजपेयी को 'कैदी कविराज की कुंडलियां', 'न्यू डाइमेंशंस ऑफ एशियन फॉरेन पॉलिसी'; 'मृत्यु या हत्या', 'जनसंघ और मुसलमान' और 'मेरी इक्यावन कविताएं' नामक पुस्तकें लिखने का श्रेय प्राप्त है। १९९२ में प्रकाशित 'संसद में तीन दशक' के तीन खंडों को समाहित करते हुए और उनमें सम्मिलित होने से रह गए और उसके बाद आपने सन् ५७ से अब तक लोकसभा और राज्यसभा में जितने भी महत्वपूर्ण भाषण दिए हैं, वे सब 'मेरी संसदीय यात्रा' के इन चार खंडों के प्रकाशन के साथ ही पुस्तक रूप में पाठकों तक आ चुके हैं। 'अटलजींचे आह्वान' नाम से मराठी में आपके सार्वजनिक मंचों, सदन और पार्टी बैठकों के चुनिंदा संभाषणों का संग्रह कई वर्ष पहले प्रकाशित हो चुका है।

श्री अटल बिहारी वाजपेयी संसद में

१९५७-१९६२ दूसरी लोकसभा
बलरामपुर (उ.प्र.) का प्रतिनिधित्व

*

१९६२-१९६७ राज्यसभा
उत्तर प्रदेश का प्रतिनिधित्व

*

१९६७-१९७१ चौथी लोकसभा
बलरामपुर (उ.प्र.) का प्रतिनिधित्व

*

१९७२-१९७७ पांचवीं लोकसभा
ग्वालियर (म.प्र.) का प्रतिनिधित्व

*

१९७७-१९७९ छठी लोकसभा
नई दिल्ली का प्रतिनिधित्व
जनता सरकार में भारत के विदेश मंत्री

*

१९७९-१९८४ सातवीं लोकसभा
नई दिल्ली का प्रतिनिधित्व

*

१९८६-१९९१ राज्यसभा
मध्य प्रदेश का प्रतिनिधित्व

*

१९९१-१९९६ दसवीं लोकसभा
लखनऊ (उ.प्र.) का प्रतिनिधित्व
सदन में प्रतिपक्ष के नेता

*

१९९६-१९९८ ग्यारहवीं लोकसभा
लखनऊ (उ.प्र.) का प्रतिनिधित्व
१६ से २८ मई, १९९६ तक भारत के प्रधानमंत्री
तदनंतर फरवरी, १९९८ तक प्रतिपक्ष के नेता

*

१९९८-१९९९ बारहवीं लोकसभा
लखनऊ (उ.प्र.) का प्रतिनिधित्व
भारत के प्रधानमंत्री

*

संप्रति नवंबर १९९९ से तेरहवीं लोकसभा
लखनऊ (उ.प्र.) का प्रतिनिधित्व
भारत के प्रधानमंत्री

पंडित दीनदयाल उपाध्याय के साथ जनसंघ के युवा सांसद श्री वाजपेयी। एक दुर्लभ चित्र।

एक सभा में अपने विचार प्रकट करते हुए अटलजी। श्रोताओं में विराजमान हैं सरसंघचालक श्री गुरुजी और पं. दीनदयाल उपाध्याय।

भाजपा की राष्ट्रीय कार्यकारिणी के दौरान श्री आडवाणी, श्री वाजपेयी, उच्चतम न्यायालय के पूर्व मुख्य न्यायाधीश श्री के.एस. हेगड़े, श्री सुंदर सिंह भंडारी और श्री जगन्नाथ राव जोशी।

भारतीय जनता पार्टी के पूर्व राष्ट्रीय अध्यक्ष श्री लालकृष्ण आडवाणी के साथ।

भारतीय जनता पार्टी के पूर्व राष्ट्रीय अध्यक्ष डॉ. मुरली मनोहर जोशी के साथ।

भारतीय जनता पार्टी के वर्तमान राष्ट्रीय अध्यक्ष श्री कुशाभाऊ ठाकरे के साथ।

'पाञ्चजन्य' की स्वर्ण जयंती के अवसर पर प्रथम संपादक श्री वाजपेयी को सम्मानित करते हुए सरसंघचालक प्रो. राजेंद्र सिंह (रज्जू भैया)। (१९९८)

भारतीय जनता पार्टी की राष्ट्रीय उपाध्यक्ष राजमाता विजयाराजे सिंधिया के साथ।

विदेश मंत्री के रूप में उपराष्ट्रपति श्री वी.डी. जत्ती से शपथ ग्रहण करते हुए श्री वाजपेयी। (१९७७)

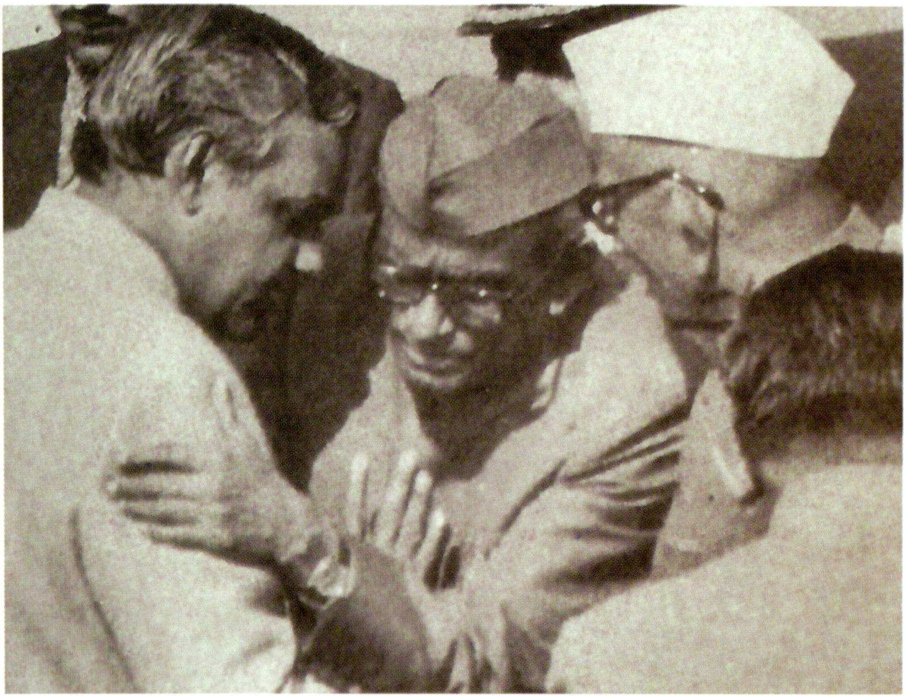

राष्ट्रपति श्री नीलम संजीव रेड्डी और प्रधानमंत्री श्री मोरारजी देसाई के साथ विदेश मंत्री श्री वाजपेयी।

प्रधानमंत्री श्री नरसिंह राव से सर्वश्रेष्ठ सांसद सम्मान ग्रहण करते हुए। (१९९४)

श्री जगजीवन राम से सनद ग्रहण करते हुए।

संसद भवन के केंद्रीय कक्ष में डॉ. श्यामाप्रसाद मुखर्जी का तैलचित्र स्थापित होने का चिरप्रतीक्षित क्षण। अनावरणकर्ता महामहिम राष्ट्रपति आर. वेंकटरमण के साथ श्री वाजपेयी।

पंडित दीनदयाल शोध संस्थान में व्याख्यान, मंच पर विराजमान हैं नानाजी देशमुख। (१९९८)

अनुक्रमणिका

७. समाज और धर्म

८. शिक्षा

९. भाषा-नीति

१०. स्वास्थ्य और चिकित्सा

११. ज्वलंत मुद्दे

१२. विशेषाधिकार

१३. विविध

परिशिष्ट :

लाल किले की प्राचीर से

विकास का आधार

जय जवान, जय किसान, जय विज्ञान • १५ अगस्त, १९९८

विकास का आधार
जय जवान, जय किसान, जय विज्ञान

मेरे प्यारे देशवासी बहनो, भाइयो और बच्चो,

अपने देश की स्वतंत्रता की ५१वीं वर्षगांठ पर मेरी ओर से आप सबको बहुत-बहुत शुभकामनाएं। देखते-देखते आधी शताब्दी बीत गई। लगता है कल की ही बात है। पंडित जवाहर लाल नेहरू जी ने इसी स्थान पर पहली बार हमारा प्यारा तिरंगा आसमान में फहराया था। उसके पश्चात प्रत्येक स्वतंत्रता दिवस पर इस ऐतिहासिक लाल किले से राष्ट्रीय ध्वज फहराने की परंपरा चलती आ रही है। मैंने कभी यह नहीं सोचा था कि यह सौभाग्य एक दिन मुझे भी मिलेगा। एक गरीब स्कूल मास्टर के लड़के का धूल और धुएं से भरी बस्ती से उठकर लाल किले की प्राचीर तक पहुंचना और स्वतंत्रता के पावन पर्व पर तिरंगा फहराना, यह भारतीय लोकतंत्र की शक्ति और क्षमता को उजागर करता है।

हम सब जानते हैं कि यह आजादी हमें सस्ते में नहीं मिली है। एक तरफ महात्मा गांधी जी के नेतृत्व में आजादी के अहिंसात्मक आंदोलन में लाखों नर-नारियों ने कारावास में यातनाएं सहन कीं, तो दूसरी ओर हजारों क्रांतिकारियों ने हंसते-हंसते फांसी का तख्ता चूमकर अपने प्राणों का बलिदान दिया। हमारी आजादी इन सभी ज्ञात-अज्ञात शहीदों और स्वतंत्रता सेनानियों की देन है।

आइए, हम सब मिलकर इनको अपनी हार्दिक श्रद्धांजलि अर्पित करें और प्रतिज्ञा करें कि हम इस आजादी की रक्षा करेंगे, भले ही इसके लिए सर्वस्व की आहुति क्यों न देनी पड़े।

हमारा देश विदेशी आक्रमणों का शिकार होता रहा है। ५० वर्षों के इस छोटे से कालखंड में भी हम चार बार आक्रमण के शिकार हुए हैं। लेकिन हमने अपनी स्वतंत्रता और अखंडता अक्षुण्ण रखी। इसका सर्वाधिक श्रेय जाता है—हमारे सेना के जवानों को। अपने घर और प्रियजनों से दूर, अपना सर हथेली पर रखकर, ये रात-दिन हमारी सीमा की रखवाली करते हैं। इसलिए हम अपने घरों में चैन की नींद सो सकते हैं। सियाचिन की शून्य से ३२ अंश कम बर्फीली वादियां

---

* *प्रधानमंत्री के रूप में ५२वें स्वतंत्रता दिवस १५ अगस्त, १९९८ को लाल किले की प्राचीर से दिया गया राष्ट्र के नाम प्रथम संबोधन भाषण।*

हों या पूर्वांचल का घना जंगल, कच्छ या जैसलमेर का रेगिस्तान का इलाका हो या हिंद महासागर का गहरा पानी, सभी स्थानों पर हमारा जवान चौकस खड़ा है। इन सभी जवानों को, जो थल सेना, वायु सेना और जल सेना के साथ-साथ अन्य सुरक्षा बलों से संबंधित हैं, मैं अपनी ओर से और आप सबकी ओर से बहुत-बहुत बधाइयां देता हूं और इतना ही कहता हूं कि हे भारत के वीर जवानो! हमें तुम पर नाज है, हमें तुम पर गर्व है।

सेना को समर्थन चाहिए जनता का। गत ५० वर्षों में किसानों और मजदूरों ने खेत-खलिहानों में, कल-कारखानों में देश की दूसरी रक्षा-पंक्ति को मजबूत किया है, हम यह भूल नहीं सकते। श्री लाल बहादुर शास्त्री जी ने कहा था, 'जय जवान, जय किसान'। मानो हर कोई एक-दूसरे के बिना अधूरा है, एक-दूसरे के बिना अपूर्ण है। मैंने अब इसमें नया आयाम जोड़ा है—'जय विज्ञान।' २१वीं सदी में देश की सुरक्षा, देश का विकास बीती सदी के साधनों से नहीं किया जा सकता।

पोखरण में अणु विस्फोट

हमें अपनी सेनाओं को अत्याधुनिक बनाना पड़ेगा, जिससे वे किसी भी संकट का डटकर मुकाबला कर सकें। हमारी स्वतंत्रता और अखंडता अक्षुण्ण रख सकें। इसी उद्देश्य से और केवल इसी उद्देश्य से हमने ११ मई और १३ मई को पोखरण में अणु विस्फोट किया था। पोखरण का विस्फोट यह एक रात का खेल नहीं था। हमारे वैज्ञानिकों, इंजीनियरों, टेक्नीशियनों और हमारे सुरक्षा बलों के बरसों की तपस्या का यह फल था। २५ वर्ष पूर्व इंदिरा गांधी ने जिस कार्य की नींव रखी थी, मैंने उस पर इमारत खड़ी करने का प्रयास किया है। मैं जानता हूं कि मैं केवल निमित्त मात्र हूं। इस महान उपलब्धि का सेहरा तो वैज्ञानिकों की कुशाग्र बुद्धि और जवानों की अतुलनीय मेहनत को जाता है। मैं इन सबको स्वतंत्रता के इस अत्यंत शुभ अवसर पर बहुत-बहुत बधाई देना चाहता हूं।

मैं आप सबका भी बहुत आभारी हूं कि आपने परीक्षा की इस घड़ी में मुझे पूर्ण समर्थन देकर हौसला बढ़ाया। कुछ तत्वों को छोड़कर हर भारतीय, चाहे वह दुनिया के किसी भी कोने में खड़ा हो, उसने इस कदम का स्वागत किया। मानो हममें से हर एक का माथा उस दिन उन्नत हुआ, सीना चौड़ा हुआ और हम एक स्वर से और ऊंचे स्वर से कहने लगे—"गर्व से कहो, हम भारतीय हैं" क्योंकि उस दिन पोखरण में केवल अणु ऊर्जा का नहीं, राष्ट्र की ऊर्जा का भी प्रकटीकरण हुआ था।

इसी क्षण मैं इस बात को स्पष्ट करना चाहता हूं कि भारत सदैव शांति का पुजारी था, है और रहेगा। हम शस्त्र का उपयोग आत्मरक्षा के लिए करना जानते हैं और चाहते हैं, हम अणु अस्त्र का प्रयोग आक्रमण के लिए नहीं करेंगे। और इसीलिए हमने नए अणु परीक्षण पर अपनी ओर से पाबंदी लगा दी है। हमने स्वयं खड़े होकर दुनिया से अणु अस्त्र का प्रयोग न करने का वायदा किया है।

हम यह सब न किसी के दबाव में कर रहे हैं, न किसी के डर से। हम केवल स्वेच्छा से इसलिए कर रहे हैं कि विश्व शांति और निरस्त्रीकरण में हमारी गहरी आस्था है। अणु अस्त्र रहित दुनिया, यह हमारा सपना है, जिसे हम साकार करना चाहते हैं।

प्रारंभ में दुनिया के कुछ राष्ट्रों ने राष्ट्रीय सुरक्षा की हमारी आवश्यकता की नीति और नीयत पर संदेह किया। कुछ ने हम पर आर्थिक प्रतिबंध लगा दिए। अब परिस्थिति बदल रही है। दुनिया

अब भारत की भूमिका को धीरे-धीरे समझ रही है। हम उन्हें अपना दृष्टिकोण समझाने में सफल हो रहे हैं। इसके चलते कुछ आर्थिक प्रतिबंध ढीले भी पड़ने लगे हैं। दुनिया की इस बदलती दृष्टि का हम स्वागत करते हैं।

इसके साथ एक बात हम स्पष्ट कर देना चाहते हैं। भारत एक महान देश है। हमारी जनता पराक्रमी है। अपने गौरव के लिए यह बहादुर जनता हर संकट का मुकाबला कर सकती है। इसका हमने इतिहास को बार-बार परिचय दिया है। मैं अहंकार से नहीं, विनम्रता से, आह्वान के रूप में नहीं, चुनौती के रूप में नहीं, आत्मविश्वास से कहना चाहता हूं कि दुनिया की कोई भी ताकत हमें अपने निर्धारित मार्ग से दूर नहीं कर सकती। राष्ट्र की अखंडता और सुरक्षा के लिए हम बड़ी से बड़ी कुर्बानी देने के लिए तैयार हैं।

हम अपने पड़ोसी देशों से हमारे संबंध सुधारना चाहते हैं। हम जानते हैं कि युद्ध जीतने का सबसे आसान तरीका युद्ध को न होने देना है। पाकिस्तान से हम किसी भी विषय पर और किसी भी स्तर पर कहीं भी बात करने के लिए तैयार हैं। आप सब जानते हैं कि कोलंबो में सार्क सम्मेलन के अवसर पर मैंने इस बात की पहल की थी। मुझे थोड़ा सा दुख हुआ कि हमें अपेक्षित उत्तर नहीं मिला। फिर भी मैंने आशा नहीं छोड़ी है। इस माह के अंत में दक्षिण अफ्रीका में होनेवाले गुट निरपेक्ष देशों के सम्मेलन के अवसर पर मैं फिर संवाद का प्रयास करूंगा। मेरी मान्यता है कि दुनिया में कोई समस्या ऐसी नहीं है, जिसका बातचीत से हल नहीं हो सकता। इसलिए पाकिस्तान हो या चीन, हम सबसे मैत्री-भाव से बातचीत करके आपसी समस्याओं का हल ढूंढ़ने के लिए प्रयास करते रहेंगे।

गत कुछ दिनों में जम्मू व काश्मीर में उग्रवादियों की कार्रवाइयां बढ़ गई हैं। उनके द्वारा हिमाचल में हुआ हत्याकांड एक बड़े षडयंत्र का भाग मालूम होता है। सीमा पार से प्रतिदिन होनेवाली ये आतंकवादी कार्रवाइयां अघोषित युद्ध के समान हैं। सरकार ने इन घटनाओं को बहुत ही गंभीरता से लिया है। हम पूरी ताकत के साथ इसका मुकाबला कर रहे हैं और आतंकवाद को परास्त करके ही रहेंगे।

सिंहावलोकन का क्षण

व्यक्तिगत जीवन हो या राष्ट्र जीवन, इक्यावनवीं वर्षगांठ बीते हुए अर्ध-शताब्दी के जीवन का लेखा-जोखा लेने का स्वर्णिम अवसर होता है। हम सबके लिए आज का क्षण भी सिंहावलोकन का क्षण है। आज हम एक क्षण के लिए सिंह की तरह पीछे मुड़कर देखें और फिर २१वीं शताब्दी में छलांग लगाने के लिए अपने आप को तैयार करें।

लेखा-जोखा लेते समय एक गलती अक्सर हो जाती है। हम अपनी ही उपलब्धि को कम आंकते हैं और कमजोरी को बढ़ा-चढ़ाकर देखते हैं, जिसके परिणामस्वरूप देश में निराशा का वायुमंडल छा जाता है। कभी-कभी देश में मैं निराशा के स्वर को ज्यादा बढ़ते हुए देखता हूं। बात थोड़ी-बहुत बिगड़ी भी होगी, लेकिन इतनी बिगड़ी नहीं है कि सुधारी न जा सके। हमारे शास्त्रों में कहा है—"आत्मप्रशंसा मूर्खों का लक्षण है।" लेकिन अनावश्यक आत्मनिंदा भी आत्महत्या के समान है। मैं यथार्थवादी दृष्टि से ५० वर्षों का लेखा-जोखा लेना चाहता हूं।

जब हम आजाद हुए थे, तब कुछ पश्चिम के पंडितों ने भविष्यवाणियां की थीं कि हम जनतंत्र और स्वतंत्रता के लायक नहीं हैं। जल्दी ही हम बिखरकर नष्ट हो जाएंगे। लेकिन आज हम गर्व

से कह सकते हैं कि न हमने केवल हमारी अखंडता और स्वतंत्रता की रक्षा की है, अपितु विश्व का सबसे बड़ा जनतंत्र सफलतापूर्वक चलाकर दिखाया है। जो राष्ट्र हमारे साथ आजाद हुए, वे लगभग सभी कभी-न-कभी तानाशाही या सेनाशाही का शिकार हुए, लेकिन हमने लोकशाही का दीप हमेशा जलाए रखा।

राष्ट्रीय एकता और पंथनिरपेक्षता

आज की लोकसभा १२वीं लोकसभा है। मैं हिंदुस्तान का १२वां प्रधानमंत्री हूं। छोटे से देहात की चौपाल से लेकर संसद तक से सत्ता परिवर्तन होते हुए दृश्य को हमने देखा है। इस सबका श्रेय आप सबको है। हर चुनाव में आपने ऐसा चमत्कार करके दिखाया कि सभी पंडित-ज्ञानी हतप्रभ रह गए हैं। आपको बहुत-बहुत बधाई। जब तक आप जागरूक हैं, हमारे जनतंत्र पर कोई आंच नहीं आ सकेगी। आज के स्वर्ण जयंती समापन समारोह के अवसर पर एक महत्वपूर्ण तथ्य पर पूरे राष्ट्र को सोचना है। स्वतंत्रता, राष्ट्रीय एकता, लोकतंत्र और पंथनिरपेक्षता (सेक्युलरवाद) ये चारों एक-दूसरे के पूरक हैं। हमें हर हालत में स्वतंत्र रहना है। स्वतंत्रता की अनिवार्य शर्त है—राष्ट्रीय एकता। राष्ट्रीय एकता के लिए लोकतंत्र जरूरी है। पंथनिरपेक्षता (सेक्युलरवाद) लोकतंत्र और राष्ट्रीय एकता का अटूट हिस्सा है। मैं और मेरी सरकार इन चारों तत्वों के प्रति प्रतिबद्ध है।

हम हर तरह की सांप्रदायिकता के विरुद्ध हैं और जो समुदाय संख्या में कम हैं, उनकी पूरी सुरक्षा और विकास में भागीदारी सुनिश्चित करेंगे। हमें यह कभी नहीं भूलना चाहिए कि हम एक राष्ट्र के नागरिक हैं। लद्दाख से लेकर निकोबार तक फैला हुआ है यह देश। गारो पर्वत से लेकर गिलगित तक इसका विस्तार है, यह एक प्राचीन देश है। इसकी सभ्यता और संस्कृति ५००० वर्ष से भी अधिक पुरानी है।

इतना विशाल देश, इतनी विविधताओं से भरा हुआ देश भाषाओं, उपासना-पद्धतियों, रहन-सहन, खान-पान की भिन्नताओं के बावजूद लोकतंत्र के सूत्र में बंधकर सामाजिक और आर्थिक न्याय की स्थापना के लिए कमर कसकर जुटा हुआ है। साथ-साथ हम इसे भी भूल नहीं सकते कि हमें जनतंत्र को विकृतियों से बचाना है।

हम संसद और विधान मंडलों के सदनों में ऐसा व्यवहार करते हैं कि जिसे स्कूल की कक्षा में कोई भी शिक्षक बर्दाश्त नहीं करेगा। लोकशाही चर्चा से चलनेवाली है। विपक्ष को कहने का, और सत्तापक्ष को करने का अधिकार होना चाहिए। दोनों एक-दूसरे के पूरक हैं, विरोधक नहीं हैं।

निर्भय और निष्पक्ष मतदान को और निखारना होगा। चुनाव पद्धति में परिवर्तन कर उसे जातिवाद, हिंसा, धन, शक्ति आदि दुर्गुणों से मुक्त करना होगा, जिससे अगली शताब्दी में हमारा शासनतंत्र और भी निखरकर आए।

अन्नदाता सुखी भव

एक समय था, यह देश सोने की चिड़िया कहा जाता था। बाद में स्थिति बिगड़ी और हम गरीब राष्ट्रों में गिने जाने लगे। गत कुछ वर्षों में हमारे किसानों और खेतिहर मजदूरों ने कड़ी मेहनत करके देश को खाद्यान्न उत्पादन में आत्मनिर्भर बना दिया है।

भूखे पेट कोई सेना लड़ नहीं सकती। भूखा देश चैन की नींद नहीं सो सकता। हमारे

किसान-मजदूर भाइयों ने देश को अनाज में आत्मनिर्भर बनाकर अपनी 'अन्नदाता' की उपाधि सार्थक की है। मैं तो भगवान से केवल इतनी ही प्रार्थना कर सकता हूं, "अन्नदाता सुखी भव।"

इस आनंद में भी दुख की छाया छिपी है। आज हमारे इस अन्नदाता की स्थिति विकट हुई है। मुझे इस बात की अत्यधिक पीड़ा है कि इस वर्ष कुछ प्रांतों में किसानों को कर्ज का बोझा असह्य होने के कारण आत्महत्या करनी पड़ी। मैं इनके परिवारों के प्रति अपनी संवेदना प्रकट करता हूं। इन किसानों को श्रद्धांजलि के रूप में मैंने एक निर्णय लिया है। फसल बीमा योजना का विस्तार किया जाएगा, नई फसलें इसमें जोड़ी जाएंगी, और भौगोलिक क्षेत्रों में भी इसे बढ़ाया जाएगा।

किसानों की सही आर्थिक स्थिति की जांच-पड़ताल करने के लिए और उसमें सुधार के सुझाव देने के लिए एक उच्चाधिकारसंपन्न आयोग गठित किया जाएगा। मैं किसान भाइयों को आश्वस्त करना चाहता हूं। आप हमारे देश की रीढ़ की हड्डी हैं। आपको इस शासन में कभी भी झुकने की नौबत नहीं आएगी। उड़ीसा में बोलनगीर-कालाहांडी-कोरापुट एक ऐसा क्षेत्र है, जहां आज भी लोग भूख से पीड़ित हैं। स्वतंत्रता के ५० वर्षों के बाद भी देश में लोग भूखे रहें, यह हम कल्पना भी नहीं कर सकते। मैंने योजना आयोग से कहा है कि इस क्षेत्र में रोजगार आश्वासन योजना की रकम दुगनी कर दे। मेरा प्रयास रहेगा कि देश में अन्न के अभाव में किसी को भी अपनी जान न खोनी पड़े।

कहना आसान, करना कठिन

व्यापार, उद्योग और सेवाओं में भी देश ने उल्लेखनीय प्रगति की है। हमारे कुछ उद्योग तो विश्व की स्पर्धा में अपने झंडे गाड़ रहे हैं। इस सफलता के लिए मैं सभी मजदूरों, कर्मचारियों, प्रबंधकों, उद्योगपतियों व व्यापारियों को बहुत बधाई देता हूं। लेकिन हम जानते हैं कि यह सफलता एक पड़ाव है, अंतिम लक्ष्य की प्राप्ति नहीं। हमारा अंतिम लक्ष्य है—भारत को एक आर्थिक महाशक्ति के रूप में दुनिया में उभारना।

मैं जानता हूं कि यह कहना जितना आसान है, करना कठिन है। इसके लिए हमें कठोर परिश्रम, प्रामाणिकता और स्वावलंबन का मार्ग अपनाना होगा। विश्व के दर्जे का माल तैयार करना पड़ेगा जो घरेलू और विश्व बाजार में प्रतिस्पर्धा कर सके। अर्थव्यवस्था में सुधार की दिशा में तेजी से आगे बढ़ने की जरूरत है।

लेकिन हम उदारीकरण का अनुचित लाभ नहीं उठाने देंगे। आधारभूत ढांचे के क्षेत्र में हमने परियोजनाओं को तीव्रता से लागू करने का निर्णय किया है। 'स्वदेशी' का अर्थ यह नहीं है कि हम कूपमंडूक हो जाएं। नई दुनिया छोटा सा गांव बन गई है। हम सब एक-दूसरे पर निर्भर हैं। हम इस खुली अर्थव्यवस्था में भी अपनी आंतरिक शक्ति के आधार पर विश्व-स्पर्धा में डटकर खड़े रह सकते हैं, और ऐसा हमारा विश्वास है, हम डटकर खड़े रहेंगे।

आज स्वतंत्रता दिवस की इक्यावनवीं वर्षगांठ केवल हमारे देश में नहीं, दुनिया भर में मनाई जा रही है। हर देश में बसा भारतीय मूल का नागरिक यह पावन पर्व हर्ष और उल्लास के साथ मना रहा है। मैं विदेशों में बसे सभी भारतीयों को स्वतंत्रता दिवस की शुभकामनाएं देता हूं। इनमें से कुछ देशों में भाई-बहन हमारे इस कार्यक्रम का सीधा प्रसारण टी.वी. पर देख रहे होंगे।

रिसर्जेंट इंडिया बांड्स

अनिवासी भारतीयों ने, जहां वे बसे हैं, उन देशों की अर्थव्यवस्था को मजबूती दी है। अब उन्हें भारत की अर्थव्यवस्था को भी मजबूत करने का अवसर मिला है। हमने अब रिसर्जेंट इंडिया बांड्स निकाले हैं। दुनिया भर में बसे अनिवासी भारतीय इस अवसर का लाभ उठा रहे हैं। अभी तक इस योजना में पांच हजार करोड़ रुपए विदेशी मुद्रा के रूप में आए हैं। मुझे विश्वास है कि अनिवासी भारतीय और भी इसका लाभ उठाएंगे।

देश का आर्थिक विकास अपने साथ-साथ कुछ समस्याएं भी लेकर आता है। हमें उन्हें हल करना है। मैं जानता हूं कि आप सब और खासकर बहनें कुछ चीजों की बढ़ती कीमतों से खासी परेशान हैं।

मैं आपकी परेशानी समझ सकता हूं। इसमें सरकार से ज्यादा प्रकृति का दोष है। लेकिन मैं समझता हूं कि यह कहने से आपका बोझ तो हल्का नहीं होता है। वित्त मंत्रालय और राज्य सरकारें मिलकर इस महंगाई से जूझने का अभियान शुरू करेंगी। व्यापारी वर्ग से भी अब मैं इसमें सहयोग चाहता हूं। वे अनावश्यक जमाखोरी और मुनाफाखोरी को बढ़ावा न दें। हम ऐसे तत्वों के खिलाफ कड़ी कार्रवाई करने में हिचकिचाहट नहीं करेंगे। मैं जानता हूं कि आनेवाले दिन त्यौहारों के दिन हैं। मेरी यह कोशिश होगी कि बढ़ती महंगाई आपके त्यौहारों का रंग फीका न कर दे।

भ्रष्टाचार समस्या

देश में एक और महत्वपूर्ण समस्या है—भ्रष्टाचार की। भ्रष्टाचार का रोग देश को कैंसर रोग के समान खाए जा रहा है। हमने इससे लड़ने का निर्णय लिया है। इसका आरंभ ऊपर से किया है। लोकसभा में पेश किए लोकपाल विधेयक में मैंने प्रधानमंत्री को भी नहीं बख्शा है। इससे हमने उच्चस्तरीय भ्रष्टाचार से लड़ने की हमारी नीति और नीयत स्पष्ट की है। इसके साथ हम अफसरशाही के भ्रष्टाचार से भी लड़ना चाहते हैं। मैं जल्दी ही प्रधानमंत्री कार्यालय के उस कक्ष के क्रियान्वयन में तेजी लाऊंगा, जो भ्रष्ट अधिकारियों के खिलाफ कार्यवाही की देख-रेख करता है।

बेरोजगारी हटाओ

'बेरोजगारी हटाओ', यह हमारे राष्ट्रीय एजेंडा का महत्वपूर्ण संकल्प है। बेरोजगारी बड़ी समस्या है। यह सबके जीवन के साथ जुड़ी है। सबकी न्यूनतम बुनियादी आवश्यकताओं की पूर्ति करने का भी यही तरीका है।

पूर्व रोजगार के लिए योजना बनाना कठिन जरूर है, लेकिन असंभव नहीं। लेकिन इसके लिए नियोजन की पूरी प्रक्रिया में परिवर्तन करना होगा। बुनियादी जरूरत की चीजों और सेवाओं का उत्पादन जन-साधारण द्वारा होना चाहिए। इसके लिए विज्ञान और टेक्नॉलाजी की सहायता लेनी पड़ेगी।

सरकार का फैसला है कि १० साल में १० करोड़ लोगों के लिए रोजगार के अवसर उपलब्ध कराए जाएंगे। इसका अर्थ यह हुआ कि एक वर्ष में एक करोड़ लोगों को रोजगार के अवसर उपलब्ध कराए जाएंगे। इसके लिए एक टॉस्क फोर्स गठित की जाएगी, जो शीघ्र ही अपनी रिपोर्ट प्रस्तुत करेगी।

महिलाओं के लिए आरक्षण

किसी भी आधुनिक समाज की प्रगति का मापदंड उस समाज में महिलाओं की स्थिति से होता है। हमने महिलाओं को संसद और विधान सभाओं में ३३% आरक्षण देने का वायदा किया था। हमें खेद है कि हम इसे अभी तक पूरा नहीं कर सके हैं।

लड़कियों को स्नातक स्तर तक मुफ्त शिक्षा देने का निर्णय तो हम ले ही चुके हैं। अब हम एक और बड़ा कदम उठाने जा रहे हैं। प्राथमिक शिक्षा प्राप्त करनेवाली सभी छात्राओं को उनकी क्रमिक पुस्तकें मुफ्त दी जाएंगी। इस पर ५५० करोड़ रुपए खर्च किए जाएंगे।

राजराजेश्वरी और भाग्यश्री योजना

महिलाओं को आर्थिक सुरक्षा प्रदान करने के लिए राष्ट्रीय स्तर पर एक महिला कल्याण बीमा योजना 'राजराजेश्वरी' और लड़कियों के लिए एक विशेष योजना 'भाग्यश्री' इसी वर्ष दीवाली के आनंद पर्व से शुरू की जाएगी। इस योजना के लिए केवल एक महीने के लिए एक रुपया देना होगा। आवश्यकता होने पर वह एक रुपया देनेवाले को २५००० रुपए के रूप में मिल सकेगा। इसका पूरा विवरण शीघ्र ही आपके सामने रखा जाएगा।

नौकरियों में आरक्षण के क्रियान्वयन में तेजी

अनुसूचित जातियों, अनुसूचित जनजातियों तथा अन्य पिछड़े वर्गों को बराबरी और भागीदारी दिलाने के लिए हमने नौकरियों में आरक्षण का प्रावधान तो किया है, लेकिन उसका क्रियान्वयन बहुत धीमे से होता है।

मेरी सरकार का यह प्रयास रहेगा कि इस क्रियान्वयन में तेजी लाई जाए और इन वर्गों का नौकरियों में प्रतिशत जल्दी से जल्दी पूरा किया जाए। शासन तंत्र को इन वर्गों के प्रति अधिक संवेदनशील और जवाबदेह बनाया जाएगा।

राष्ट्रीय पुनर्निर्माण वाहिनी

युवा शक्ति ही राष्ट्र की शक्ति है, देश का भविष्य है। बहुत वर्ष पहले मैंने बाबा आम्टे का एक वाक्य पढ़ा था—"हाथ लगे निर्माण में, नहीं मांगने, मारने।" हमारी भी यही इच्छा है। भारत के युवक-युवतियों को न किसी के सामने हाथ फैलाना चाहिए, न किसी पर अपने हाथों का जोर आजमाना चाहिए। सिर्फ अपने आप को राष्ट्र के पुनर्निर्माण के काम में झोंक देना चाहिए।

इसी हेतु हमने 'राष्ट्रीय पुनर्निर्माण वाहिनी' के गठन की योजना बनाई है। १८ से ३५ वर्ष की आयु के युवक-युवतियां इसमें सम्मिलित हो सकेंगे। ग्रामीण और कृषि क्षेत्रों में आधारभूत सेवाएं, पर्यावरण की रक्षा करना, जनसंख्या के सवाल पर जन-अभियान, नशीली दवाओं के प्रभाव के विरोध में लड़ना, शिक्षा का प्रसार, दलित बनवासी-महिला का उत्थान, खेल, कला, संस्कृति आदि क्षेत्रों में ये युवक-युवतियां काम कर सकेंगी। इसके लिए इन्हें मानधन भी मिलेगा। प्रारंभ में कुछ जिलों में और अंततः सारे देश में यह योजना लागू की जाएगी। १२ जनवरी को स्वामी विवेकानंद का जन्म हुआ था। उसे इसी रूप में मनाते हैं। उस दिन से इस योजना का शुभारंभ होगा। युवक-युवतियों का मैं आह्वान करता हूं—आइए, अपने यौवन का एक वर्ष देश को दान कर

दीजिए और राष्ट्र को पुनर्यौवन प्रदान कर दीजिए।

२१वीं सदी हमें दस्तक दे रही है। यह सदी सूचना की तकनीक की सदी होगी। भारत की सबसे बड़ी शक्ति है—भारत की बुद्धिमत्ता। विज्ञान और टेक्नालॉजी में प्रशिक्षित व्यक्ति की दृष्टि से विश्व में हमारा तीसरा स्थान है। हमें इस शक्ति का दोहन करना होगा। मेरी सरकार ने सूचना तकनीक के क्षेत्र में अनेक नए कदम उठाए हैं। हमारी आकांक्षा है—सूचना-तकनीक में महाशक्ति बनना। इस दृष्टि से मैं आज एक नए कदम की घोषणा करता हूं।

स्वर्ण जयंती विद्या-विकास अंतरिक्ष उपग्रह योजना

अंतरिक्ष एक नया क्षेत्र है, जो अगली सदी में मानव जाति को नई-नई संभावनाओं को तलाशने का मौका दे रहा है। अंतरिक्ष प्रोद्योगिकी के काफी लाभ हैं, जिसे भारत को अपनी युवा पीढ़ी क़ी आकांक्षाओं को पूरा करने के लिए उपयोग में लाना होगा। मेरी सरकार 'जय विज्ञान' के नारे के आधार पर युवाओं के सपने साकार करना चाहती है। इस दिशा में हम 'स्वर्ण जयंती विद्या-विकास अंतरिक्ष उपग्रह योजना' नामक एक नए उपग्रह पर आधारित कार्यक्रम शुरू करेंगे। इस कार्यक्रम का पहला उपग्रह इन्सैट ३-बी भारतीय अंतरिक्ष अनुसंधान संगठन (इसरो) द्वारा १५ अगस्त, १९९९ से पूर्व १२ महीने के एक रिकार्ड समय में बनाकर अंतरिक्ष में छोड़ा जाएगा।

इस उपग्रह में ६ ट्रांसपोंडर्स ऑपरेशन नॉलेज को कार्यान्वित करने के लिए अलग से उपलब्ध होंगे, जिसका लक्ष्य देश में सभी विद्यार्थियों के लिए कंप्यूटर, इंटरनेट तथा कंप्यूटर पर आधारित शिक्षा प्रदान करना होगा। विशेष रूप से सभी विश्वविद्यालयों, इंजीनियरिंग कालेजों, चिकित्सा कालेजों, अनुसंधान प्रयोगशालाओं तथा उच्च शिक्षा केंद्रों को अगले स्वतंत्रता दिवस से पहले सूचना तकनीक नेटवर्क से जोड़ दिया जाएगा। इस कार्यक्रम से राज्य सरकारों की विकास संबंधी संचार आवश्यकताएं भी पूरी होंगी।

आर्थिक और सामाजिक स्वतंत्रता

आज महर्षि अरविंद की १२५वीं जयंती समारोह का समापन होने जा रहा है। उन्होंने भारत के आध्यात्मिक, नैतिक और सांस्कृतिक पुनर्जन्म की कल्पना की थी। आज हम उनकी कल्पनाओं को साकार बनाने का संकल्प करें।

एक बार भारतरत्न डॉ. बाबा साहेब अंबेडकर जी ने कहा था : "आर्थिक और सामाजिक आजादी के बिना राजनीतिक आजादी अधूरी है।" आज राजनीतिक स्वतंत्रता दिवस पर हम इस ध्येय वाक्य को भूलें नहीं। बीती हुई अर्द्ध शताब्दी में हमने अपनी राजनीतिक स्वतंत्रता तो अक्षुण्ण रखी, लेकिन आर्थिक और सामाजिक स्वतंत्रता की लड़ाई अभी तक नहीं जीत सके हैं। हम देश को गरीबी से मुक्त नहीं करा सके हैं। बेरोजगारी अभी भी अभिशाप बनी हुई है। निरक्षरता का कलंक आज भी हम मिटा नहीं सके हैं। जातिवाद और संप्रदायवाद का भूत अभी भी बीच-बीच में सर उठाता है।

आइए, हम सब मिलकर स्वतंत्रता की दूसरी अर्द्धशताब्दी के प्रथम स्वतंत्रता दिवस पर प्रतिज्ञा करें कि ५० वर्षों पूर्व हमने राजनीतिक स्वतंत्रता की लड़ाई जीती थी; अब हमारा उद्देश्य होगा—आर्थिक और सामाजिक स्वतंत्रता की लड़ाई जीतना।

कावेरी का समझौता

प्रधानमंत्री के अभी तक के एक छोटे से कार्यकाल में मैंने सबको साथ लेकर चलने का प्रयास किया है। आम सहमति की राजनीति हमारी राजनीति है। कावेरी का ही उदाहरण लें। वर्षों से कर्नाटक, तमिलनाडु, केरल और पांडिचेरी के बीच में कावेरी के जल को लेकर विवाद चला आ रहा था। कभी-कभी तो विवाद ने अत्यंत उग्र रूप धारण कर लिया। जहां कहीं आग लगती है, वहां पानी से उसे बुझाने की कोशिश की जाती है। लेकिन जब पानी में ही आग लग जाए, तो उसका इलाज क्या है? इलाज है—समझदारी, भाईचारा, सहनशीलता, देशभक्ति और अपने हितों के साथ दूसरों के हितों के बारे में भी सोचना। हाल ही में हुआ कावेरी का समझौता इसी का परिचायक है।

क्या यह आश्चर्य की बात नहीं है कि हमारी अनेक नदियों का पानी समुद्र में चला जाता है, और हम किसको कितना पानी मिले, इस विवाद में उलझे हुए हैं। वर्षों से ये विवाद पड़े हुए हैं। इस स्थिति को बदलना होगा। हमारी नदियां, जो हिंदुस्तान के राज्यों को जोड़ती हैं, उन्हें हिंदुस्तानियों के दिलों को भी जोड़ना चाहिए। एक राष्ट्रीय जल नीति बनाने की आवश्यकता है। हमने ऐसी नीति बनाने का वायदा किया है। लेकिन यह सबके सहयोग और धीरज से ही संभव हो सकता है।

शासन का राष्ट्रीय एजेंडा

मेरी सरकार लगभग पिछले पांच महीनों में शासन के राष्ट्रीय एजेंडे में किए गए वायदों को पूरा करने के लिए बड़ी गंभीरता से प्रयास करती रही है। हमारी सरकार मिली-जुली सरकार है। मिली-जुली सरकार का अपना धर्म होता है, जिसका निष्ठापूर्वक पालन होना चाहिए। हमने अपने गठबंधन के लिए एक साझा कार्यक्रम, यानि एक नेशनल एजेंडा तैयार किया। हमने सभी विवादास्पद मुद्दों को इस एजेंडे से बाहर रखा है। आज तक हमने जो भी किया है, वह राष्ट्रहित में किया है। हमने हमेशा राष्ट्रहित को दलहित से और व्यक्तिगत हित से ऊपर माना है।

आज राष्ट्र एक संक्रमण काल से गुजर रहा है। आज हमारी पूरी राजनीतिक और शासकीय व्यवस्था एक गंभीर चुनौती के दौर से जा रही है। ऐसी स्थिति में हरेक दल को और हरेक राजनेता को जिम्मेदारी के साथ चलना होगा। राष्ट्रहित को चोट पहुंचानेवाले किसी भी कार्य के लिए इतिहास हमें कभी माफ नहीं करेगा। आम जनता को भी चाहिए कि वह मौजूदा राजनीतिक और शासकीय व्यवस्था के बारे में गंभीरता से सोचे। हम सबके सामने कुछ बुनियादी सवाल हैं। क्या बार-बार चुनाव होना देश के लिए अच्छी बात है? क्या इन चुनावों पर होनेवाले भारी खर्च का बोझ बार-बार उठाना देशहित में है?

सत्ता के लालच में सिद्धांत के साथ सौदा नहीं

मुझे प्रधानमंत्री का पद संभाले केवल पांच महीने हुए हैं। संसद में हमारा बहुमत बहुत कम है। मैं जानता हूं कि साझा सरकारों की मर्यादाएं होती हैं। मैं जानता हूं कि आज की व्यवस्था में निर्दोष संन्यासी को सत्ता पिपासु फांसी चढ़ा देते हैं। लेकिन मैं आपको विश्वास दिलाता हूं कि मैंने जीवन में कभी सत्ता के लालच में सिद्धांतों के साथ सौदा नहीं किया है, और न मैं भविष्य में

करूंगा। सत्ता का सहवास और विपक्ष का बनवास, मेरे लिए एक जैसा है। मैं ४० साल तक विपक्ष में रहा और अपने कर्त्तव्य का पालन करता रहा। मेरे विरोधी भी उसकी प्रशंसा करते हैं। लेकिन वैसा विरोध आज मुझे दिखाई नहीं देता, जब मैं कुर्सी पर बैठा हूं। यह परिवर्तन क्यों हो गया है?

आज मुझे डॉ. शिवमंगल सिंह 'सुमन' की एक कविता याद आती है :

क्या हार में क्या जीत में,
किंचित नहीं भयभीत मैं।
कर्त्तव्य पथ पर जो मिले,
यह भी सही, वह भी सही।
वरदान मांगूंगा नहीं, वरदान मांगूंगा नहीं।

मित्रो, मैं आपको आश्वासन देना चाहता हूं कि कितनी भी आपत्तियां आएं, हम वरदान के लिए झोली नहीं फैलाएंगे। आखिरी क्षण तक वरदान की तलाश नहीं करेंगे। न मैं संघर्ष का रास्ता छोड़ूंगा। बस, मुझे आपका साथ चाहिए। भारत की १०० करोड़ जनता का आशीर्वाद चाहिए।

जीवन में ऐसा क्षण आता है, जब व्यक्ति चौराहे पर खड़ा होकर सोचता है :

राह कौन सी जाऊं मैं?
चौराहे पर लुटता चीर,
प्यादे से पिट गया वजीर।
चलूं आखिरी चाल कि,
बाजी छोड़ विरक्ति रचाऊं मैं,
राह कौन सी जाऊं मैं?

फिर लगता है, नहीं, बाजी छोड़कर मैं विरक्ति में नहीं जा सकता। मुझे जूझना होगा। और फिर मैं लाल किले की प्राचीर से आपकी उपस्थिति में अपने संकल्प को दोहराता हूं :

हार नहीं मानूंगा,
रार नहीं ठानूंगा,
काल के कपाल पर लिखता-मिटाता हूं।
गीत नया गाता हूं।

बहुत-बहुत धन्यवाद।

आइए, अब आप सब मेरे साथ मिलकर जय हिंद बोलिए :

जय हिंद!

केंद्र-राज्य संबंध

केंद्र ने मिजोरम में घुटने टेके!

उपसभापति जी, गृह मंत्री महोदय ने अपने वक्तव्य में जिस मिजोरम-समझौते का उल्लेख किया है वह समझौता नहीं है, वह सरकार की ओर से आत्मसमर्पण है। समझौते के अंतर्गत उपद्रवियों द्वारा हथियार समर्पित करने की जानकारी दी गई है। सारे हथियार डाले जाएंगे या नहीं डाल दिए जाएंगे, इसकी कोई आश्वस्ति नहीं है। लेकिन बगावत करनेवालों के सामने भारत सरकार ने घुटने टेक दिए, यह बात इस समझौते से साफ है।

उपसभापति जी, यह एक गलत समझौता है, जो गलत वक्त पर किया गया है और गलत तरीके से किया गया है। गृह मंत्री महोदय पंजाब की घटनाओं से पूरी तरहं जुड़े हुए हैं। जब पंजाब में आतंकवादियों के विरुद्ध निर्णायक लड़ाई लड़ी जा रही है, जब पुलिस के, बार्डर सिक्योरिटी फोर्स के और सेंट्रल रिजर्व पुलिस के जवान अपनी जान पर खेलकर आतंकवादियों के संकट से देश को मुक्त कराने के लिए लड़ रहे हैं, मिजोरम में ऐसा समझौता कर लिया गया है जो आतंकवादियों की हिम्मत बढ़ानेवाला है। आतंकवादी, कम उम्र के बच्चे, लड़के, जो बरगलाए गए, बहकाए गए, अब उन्हें समझाया जाएगा कि अगर पांच लाख से कम आबादीवाला मिजोरम, मुट्ठी-भर मिजो लोगों के हथियार उठाने पर, लंबी लड़ाई करने पर अलग राज्य बन सकता है तो फिर निर्दोषों को मारकर, हत्या और कत्ल का राज कर, विदेशों से मदद लेकर पंजाब को एक अलग राष्ट्र क्यों नहीं बनाया जा सकता।

उपसभापति जी, क्या इसी समय यह समझौता करना जरूरी था? क्या एक समझौते के बाद दूसरे समझौते के लिए साधुवाद प्राप्त करना, बधाई प्राप्त करना, यही लक्ष्य है? बरसों से श्री लालडेंगा के साथ बातचीत चल रही है। जनता सरकार में भी बातचीत चली थी। मगर गृह मंत्री महोदय को मालूम होगा कि बातचीत इसी सवाल पर टूट गई कि लालडेंगा ने कहा कि समझौते की एक शर्त यह होनी चाहिए कि मुझे बिना चुनाव के मिजोरम में सत्ता दे दो। जनता सरकार ने कहा कि यह नहीं हो सकता। आप सत्ता में आना चाहते हैं तो हथियार डाल दीजिए, शांति का अवलंबन करिए, चुनाव लड़िए। अगर बहुमत का समर्थन आपको हो तो आप सत्ता में आ सकते हैं।

** राजीव-लालडेंगा समझौता-वार्ता पर राज्यसभा में २१ जुलाई, १९८६ को वक्तव्य।*

वर्तमान समझौता एक राजनैतिक समझौता है, जिसके पीछे श्री लालडेंगा और श्री अर्जुनसिंह हैं। राजनैतिक समझौता क्या है, हम नहीं जानते। माननीय मंत्री ने सदन के पटल पर उस समझौते की एक प्रति रखने की आवश्यकता के विषय में भी नहीं सोचा। हमारे पास यह है। लेकिन यह सदन के पटल पर रखी जानी चाहिए।

एक माननीय सदस्य : आपके पास वह कहां से आ गई?

श्री वाजपेयी : उपसभापति महोदय, मैं पूछना चाहता हूं कि यह शर्त सरकार ने क्यों मानी कि चुनी हुई सरकार को मिजोरम में हटा दें—भले ही वह चुनी हुई सरकार सत्ताधारी दल की ही सरकार हो, लेकिन इसलिए सत्ताधारी दल को अधिकार नहीं मिल जाता कि चुनी हुई सरकार को वह हटा दे···(व्यवधान)···महिला सदस्या से मेरा निवेदन है कि यह जरा गंभीर मामला है। टोकाटाकी करने में मैं किसी से पीछे नहीं हूं।···(व्यवधान) अब लालडेंगा मुख्यमंत्री होंगे। उसके बाद चुनाव होंगे। लालडेंगा से यह शर्त क्यों नहीं मनवाई गई कि आप चुनाव लड़िए? यह भी समर्पण है। अभी से समझौते की धाराओं को, परिभाषाओं को लेकर मतभेद शुरू हो गया है। उपसभापति जी, समझौते के पहले और समझौते के बाद लालडेंगा ने जो बयान दिए हैं, वह हमारा माथा ठनकानेवाले हैं।

लालडेंगा से सफाई क्यों नहीं मांगी?

श्री लालडेंगा का कहना है कि 'मिजोरम वाज नेवर ए पार्ट ऑफ इंडिया'। क्या सरकार इस बात को मानती है? एक पत्रकार ने लालडेंगा से पूछा कि अगर इस समझौते पर अमल नहीं हुआ तो क्या होगा, तो उन्होंने कहा कि मिजोरम हिंदुस्तान से सिसीड कर जाएगा। यह ठीक है कि बाद में उन्होंने ऐसा बयान दिया, जिसमें थोड़ी-बहुत लीपा-पोती करने की कोशिश की गई है। आखिर मिजोरम में इतने दिनों से बगावत चल रही थी। लालडेंगा देश से बाहर थे, पता नहीं वह भारतीय नागरिक हैं या नहीं। वह मिजोरम को अलग नेशन कहते हैं, मिजो नेशनल फ्रंट। क्या सरकार ने उनके बयानों पर ध्यान दिया है? क्या उनसे कोई सफाई मांगी है? मेरे अन्य मित्रों ने यह सवाल उठाया है, इसलिए मैं उसको दोहराना नहीं चाहता। केंद्र सरकार ने ग्रेटर मिजोरम की बात पर दो-टूक मना क्यों नहीं किया? भारत सरकार समझौते में कोई कमिटमेंट नहीं करती है। फिर हमारे प्रधानमंत्री को ऐजवाल में पड़ोसी राज्यों के मुख्यमंत्रियों का सम्मेलन करने की क्या जरूरत थी? ग्रेटर मिजोरम की बात कोई नहीं मानेगा, मगर लालडेंगा उस बात को छोड़ेंगे नहीं। मुख्यमंत्री बनकर जब लालडेंगा ग्रेटर मिजोरम की बात करेंगे तो फिर भारत के उस भाग में क्या एक नया संकट खड़ा नहीं होगा? यह बात उनसे दो-टूक क्यों नहीं कही गई कि ग्रेटर मिजोरम की बात छोड़ दो। लालडेंगा ने कहा है कि काश्मीर से ज्यादा आटोनामी मिजोरम को मिली है। काश्मीर का तो एक स्पेशल स्टेटस है। मगर मिजोरम का स्पेशल से भी स्पेशल स्टेटस होगा। जम्मू-काश्मीर व्यापार नहीं कर सकता, मिजोरम के व्यापार करने के अधिकारों को स्वीकृति है समझौते में।

"केंद्र सरकार द्वारा तैयार की गई योजना के अधीन स्थानीय उत्पादित एवं कृषि-क्षेत्र में पैदा वस्तुओं के सीमा-व्यापार की अनुमति दी जा सकती है।"

मेरा आरोप है कि आपका लालडेंगा के साथ यह समझौता हो गया है कि आप उन्हें इजाजत देनेवाले हैं। कुछ ऐसी बातें हुई हैं जो सदन को बताई नहीं जा रही हैं, जिनके बारे में देश को विश्वास में नहीं लिया जा रहा है। किन देशों से वह व्यापार करना चाहते हैं? ये वही देश हैं जहां

से वे हथियार लाते हैं? व्यापार के परदे में क्या होगा? क्या गृह मंत्री महोदय इस पर विश्वास के साथ कुछ कह सकते हैं? यह ठीक है कि केंद्र सरकार के अधीन होगा, केंद्र की स्वीकृति से होगा, मगर यह व्यापार की बात आई क्यों? आपने मान लिया 'कुड बि अलाउड'। जो कुछ माना, ईमानदारी से बता दीजिए। बाद में फजीहत होगी, कई समझौतों में फजीहत होती रही है।

चकमाओं का क्या होगा?

उपसभापति महोदय, मैं यह भी जानना चाहता हूं कि चकमाओं का क्या होगा? मिजोरम में हजारों की संख्या में चकमा रहते हैं, बौद्ध हैं, ईसाई ही नहीं हैं। मिजो नेशनल फ्रंट एक क्रिश्चियन स्टेट बनाना चाहता है। यह ठीक है कि उन्होंने अपने कांस्टीट्यूशन में उस बात को थोड़ा परे रखा है। अभी चकमाओं का एक डिस्ट्रिक्ट है, एक डिस्ट्रिक्ट काउंसिल है। लालडेंगा उस काउंसिल को समाप्त करना चाहते हैं। यह ठीक है कि गृह मंत्री महोदय ने जो वक्तव्य दिया है, उसमें और समझौते में भी लिखा है कि अल्पसंख्यकों के अधिकारों का रक्षण किया जाएगा। मगर रक्षा का दायित्व मिजो सरकार को निभाना पड़ेगा। आप अगर दखल देंगे तो प्रादेशिक स्वायत्त्ता में दखल की शिकायत की जाएगी। क्या सरकार चकमाओं के लिए यूनियन टेरिटरी बनाने पर विचार करेगी? पहले मिजोरम भी एक हिल डिस्ट्रिक्ट था, फिर उसका दर्जा बढ़ा, अब वह राज्य हो गया है, पांच लाख से कम आबादी का राज्य। उनका अलग हाई कोर्ट होगा, अलग यूनिवर्सिटी होगी। आप देश के अन्य भागों में इस तरह की मांगें उठाने से कैसे रोकेंगे? इनर लाइन के बारे में भी स्पष्टीकरण जरूरी है। आपको जम्मू-काश्मीर में जाने के लिए परमिट की जरूरत नहीं है। अगर यह प्रावधान ट्राइवल्स के रक्षण के लिए रखा गया है तो गृह मंत्री महोदय को आश्वासन देना होगा कि इसका दुरुपयोग न होने पाएगा। आखिर हम मिजोरम को राष्ट्रीय जीवन की मुख्यधारा में लाना चाहते हैं। उनके विशेष हितों की रक्षा करनी चाहिए। एक अलगाव की, एक अलग-थलग करने की भावना को पनपने नहीं देना चाहिए।

एक बात और पूछना चाहता हूं कि वे जो बागी मिजोरम के हथियार डालना चाहते हैं, इसमें कौन लोग हैं, इनकी सेक्चुअरी क्या है, कौन देश इन्हें पनाह दे रहे हैं? वे हथियार डालेंगे, सबके सब हथियार डालेंगे इसकी क्या गारंटी है? जो हथियार उनके पास हैं, पूरे हथियार वह दे देंगे, यह सरकार कैसे देखेगी? और जिस देश में उनकी सेक्चुअरी है, क्या सरकार ने उस देश के साथ यह मामला उठाया कि हम मिजोरम के साथ समझौता करनेवाले हैं और आप अपने पास उन लोगों को शरण देना बंद करें?

एक और स्पष्टीकरण चाहता हूं कि एग्रीमेंट और गृह मंत्री के बयान में एमनेस्टी का जिक्र नहीं है। लालडेंगा साहब जिस तरह से इसकी व्याख्या कर रहे हैं उसमें से यह ध्वनि साफ निकलती है कि जो जेल में हैं केवल उन्हीं की रिहाई नहीं की जाएगी, उन्हीं का पुनर्वास नहीं किया जाएगा, बल्कि जो भारत छोड़कर चले गए हैं, जो हत्या और हिंसा के मामले में लिप्त थे, जिन्होंने बीसियों हत्याएं की होंगी, इस समझौते में उनको भी मुक्त कर दिया जाएगा, उनको भी सम्मान दे दिया जाएगा। गृह मंत्री सोच लें कि अगर ऐसा होगा तो इसकी प्रतिक्रिया पंजाब में क्या होगी? मैं जानना चाहता हूं कि इस संबंध में स्थिति क्या है?

त्रिपुरा में नरमेध!

अध्यक्ष महोदय, मैं अविलंबनीय महत्व के निम्नलिखित विषय की ओर गृह मंत्री का ध्यान दिलाता हूं और अनुरोध करता हूं कि वह इस बारे में वक्तव्य दें :

"बड़े पैमाने पर हुई हिंसक घटनाओं में भारी संख्या में लोगों के हताहत होने के कारण त्रिपुरा के दो जिलों को विक्षुब्ध क्षेत्र घोषित करने का समाचार।"

गृह मंत्री श्री जैल सिंह : माननीय अध्यक्ष महोदय, जैसा कि सभी माननीय सदस्यों को मालूम है, ७ जून से त्रिपुरा के अंदर गंभीर हिंसा की घटनाएं होने के कारण मैं अपने साथियों वाणिज्य मंत्री और उपमंत्री, सिविल सप्लाई और पुनर्वास, के साथ ११ जून को त्रिपुरा गया था। राज्य सरकार के पास प्राप्त सूचना के अनुसार ३१५ आदमियों की जानें गईं, सैकड़ों लोग घायल हुए, १०० से ऊपर गांवों में घरों को जलाया गया और एक लाख से अधिक व्यक्ति बेघर हो गए, और उन्हें सहायता कैंपों में ठहराया गया है। कुछ लोगों ने चिंता व्यक्त की है कि जान और माल का नुकसान उससे भी ज्यादा हुआ है।

मैंने तथा मेरे साथी मंत्रियों ने उन स्थानों का सर्वेक्षण भी किया, जहां हिंसक घटनाएं हुईं थीं और यह देखा कि बहुत से गांवों में, घरों में उस समय तक भी आग जल रही थी। हम कुछ सहायता कैंपों और अगरतल्ला हॉस्पीटल में भी गए, जहां लगभग ५०० घायलों को भर्ती किया गया है और उन दुखी लोगों की करुणापूर्ण और दिल दहला देनेवाली कथाओं को सुना। हमने उनके प्रति सहानुभूति दिखलाई और बतलाया कि यह सरकार इसके बारे में बहुत चिंतित है और आश्वासन दिया कि सरकार अपराधियों को दंड देने के लिए पूरी कोशिश करेगी तथा हिंसात्मक घटनाओं के शिकार व्यक्तियों को हर प्रकार की सहायता देगी। अगरतल्ला में जाने के दौरान हमसे विभिन्न क्षेत्रों के प्रतिनिधि मंडल भी मिले।

उपरोक्त हिंसात्मक घटनाओं के बारे में कोई अंतिम निर्णय अभी इस समय नहीं लिया जा सकता, लेकिन यह साफ है कि विभिन्न ग्रुपों के बीच तनाव बढ़ता जा रहा था। इसका एक कारण निश्चित रूप से असम के आंदोलन का प्रभाव भी है। ऐसा लगता है कि हिंसक और समाज विरोधी तत्वों ने स्थिति का नाजायज फायदा उठाने की कोशिश की।

** अशांत त्रिपुरा के संदर्भ में लोकसभा में १२ जून, १९८० को ध्यानाकर्षण प्रस्ताव।*

केंद्रीय सरकार ने इस स्थिति से निपटने के लिए राज्य सरकार को पूरी सहायता देने का आश्वासन दिया और सहायता शुरू कर दी। सेना और पैरा मिलिट्री फोर्सेज तुरंत भेज दी गई है। उनकी टुकड़ियों को हवाई जहाज से भेजा गया और वे भीतरी भागों में तैनात कर दी गई हैं। राज्य सरकार लगभग ७१५ व्यक्तियों को हिरासत में ले चुकी है, लेकिन स्थिति अभी तनावपूर्ण दिखाई देती है और इस पर कड़ी नजर रखा जाना जरूरी है।

अध्यक्ष महोदय, आपकी आज्ञा से मैं इस सदन की सहानुभूति उन सब परिवारों को पहुंचाना चाहता हूं जिनका इन हिंसात्मक घटनाओं के साथ जान व माल का नुकसान हुआ है।

श्री वाजपेयी : अध्यक्ष महोदय, गृह मंत्री के बयान को हम लोगों ने बड़े ध्यान से सुना है। त्रिपुरा में जो कुछ हुआ है, वह असाधारण है। अगर उसे नरमेध की संज्ञा दी जाए तो अतिशयोक्ति नहीं होगी। स्वतंत्र भारत में इतने बड़े पैमाने पर लोगों का मारा जाना और उनका घरों से निकाला जाना—और दुख की बात यह है कि घरों से जो लोग निकाले गए हैं, उनमें बड़ी संख्या में ऐसे लोग भी हैं जो एक बार उजड़कर हमारे देश में फिर से बसने के लिए आए थे, आज फिर से अपने ही देश में शरणार्थी हो गए हैं।

इतने बड़े पैमाने पर उपद्रव बड़ी तैयारी के बाद ही हो सकते हैं। यह तैयारी कब से चल रही थी? उपद्रवकारियों के हाथ में हथियार कहां से आए? विदेशी हथियार उन्हें प्राप्त हो रहे हैं, इस तरह के समाचार छपे हैं। उनमें कहां तक सचाई है?

क्या त्रिपुर-सेना बनी है?

पहले भी इस आशय की खबर मिली थी कि त्रिपुरा में एक त्रिपुर-सेना बनी है जो त्रिपुरा को मुक्त करने की बात करती है और सशस्त्र क्रांति के माध्यम से इस प्रकार से त्रिपुरा का पृथक्करण करना चाहती है। एक ओर नेशनल मिजो फ्रंट से इनके गठबंधन की बात कही जाती है, दूसरे, यह कहा जाता है कि इनके लोग चटगांव हिल ट्रैक्ट्स में जाकर सैनिक प्रशिक्षण प्राप्त करते हैं।

मंत्री जी ने असम के आंदोलन को भी इसमें जोड़ दिया है और उन्होंने कहा कि एक कारण यह है। हो सकता है कि असम के आंदोलन की प्रतिक्रिया वहां हुई हो, मगर मंत्री महोदय स्वीकार करेंगे कि त्रिपुरा का मामला वर्षों से बिगड़ रहा है। मैं पुराने अखबारों की कतरनें देख रहा था। ९ मई, १९६८ के इंडियन एक्सप्रेस का एक लेख मेरे सामने है, जिसका एक अंश मैं पढ़ना चाहता हूं—मैं आपका ज्यादा समय नहीं लूंगा :

"त्रिपुरा के राजनैतिक क्षितिज पर आनेवाले तूफान की पूर्व सूचना देनेवाले घने बादल एकत्रित हो रहे हैं, पूर्वी पाकिस्तान से अनपेक्षित बंगाली हिंदुओं का पलायन, भौगोलिक संतुलन की अस्त-व्यस्तता का परिणाम, जमीन पर बढ़ता दबाव, भोजन की दुखद कमी, बेरोजगारी में वृद्धि, पिछड़े एवं पहाड़ी क्षेत्रों की पूर्ण उपेक्षा, उत्साहहीन मर्माहत कर देनेवाली उदासीनता, लेकिन इस आहत क्षेत्र में शक्तिशाली नौकरशाही ने एक विस्फोटक स्थिति पैदा कर दी है।"

इसके बाद त्रिपुरा में कुछ राजनीतिक कदम उठाए गए जिनके अंतर्गत लोगों को अपने प्रतिनिधियों द्वारा अपना शासन चलाने का मौका मिला, लेकिन वहां के ट्राइवल्स को ऐसा लगा कि उनका अस्तित्व खतरे में है, शायद उनकी पहचान भी समाप्त हो जाएगी।

क्या यह सच है कि त्रिपुरा में जो वर्तमान सरकार है, वह चाहती थी कि ट्राइवल एरियाज

में आटोनामस डिस्ट्रिक्ट्स बनें, उनकी कौंसिल हो और यह कौंसिल अपने जिले का शासन संभाले? इस बारे में एक एक्ट भी बना। राष्ट्रपति महोदय ने उसको अपनी स्वीकृति दे दी, लेकिन वह अमल में नहीं आ सका, क्योंकि शासकीय मामला है, कोर्ट में पड़ा हुआ है।

मैं जानना चाहता हूं कि राजनीतिक दृष्टि से सारे सवाल को हल करने के लिए इससे पहले कोई कदम क्यों नहीं उठाए गए?

अभी तो कानून और व्यवस्था बनाए रखना पहला कर्तव्य है। इसलिए जिन्होंने हथियार इकट्ठा किए, उनका उपयोग किया और जो बड़े पैमाने पर हत्याकांड के दोषी हैं, उनके विरुद्ध कार्यवाही करनी पड़ेगी, लेकिन यह आवश्यक है कि केंद्र और त्रिपुरा की सरकार के बीच में पूरा तालमेल हो। इसमें राजनीतिक स्वार्थों को बीच में आने देने की छूट नहीं होनी चाहिए। कभी-कभी यह मांग आती है कांग्रेस (आई) के मित्रों से कि त्रिपुरा सरकार को बर्खास्त कर दिया जाए, क्योंकि वहां की सरकार कानून और व्यवस्था बनाए रखने में सफल नहीं हुई है। मैं मंत्री महोदय से जानना चाहूंगा, क्या इस तरह का विचार सरकार के दिमाग में कहीं है?

श्री भागवत झा आजाद (भागलपुर) : अगर नरमेध चलता रहे तो?

श्री वाजपेयी : अगर यह चलता रहे तो केंद्र और प्रदेश की सरकारें मिलकर कदम उठाएं। प्रदेश सरकार को समाप्त करने से सारी परिस्थिति और बिगड़ जाएगी और उसको सुधारने की संभावना नहीं रहेगी, या फिर आप कहें कि प्रदेश की सरकार कानून और व्यवस्था बनाए रखने में मदद नहीं दे रही है, वह बाधक बन रही है, इसलिए हटाना जरूरी है।

वाणिज्य मंत्री क्यों गए?

दूसरी बात यह है कि मंत्री महोदय अपनी यात्रा के दौरान—उनकी यात्रा बहुत छोटी थी, मैं मानता हूं, वे तत्काल गए यह बहुत अच्छा हुआ—वाणिज्य मंत्री को अपने साथ क्यों ले गए, यह बात समझ में नहीं आई। उसके अपने कारण होंगे, मैं उनमें जाना नहीं चाहता। लेकिन आर्थिक दृष्टि से त्रिपुरा की उपेक्षा हुई है। वर्तमान परिस्थिति में आर्थिक स्थिति के सुधार के लिए कोई लंबे-चौड़े कार्यक्रम नहीं बन सकते और न चर्चा हो सकती है। हो सकता है कि अपनी सहायता के लिए गृह मंत्री उन्हें ले गए हों कि बंगलाभाषियों से बात करने में श्री प्रणव मुखर्जी उनकी सहायता कर सकें। गृह मंत्री जी ने शायद इस संबंध में उनकी सहायता प्राप्त की हो।

त्रिपुरा-समस्या के दो पहलू हैं, एक तो हत्याकांड बंद करना, हिंसा की समाप्ति और शांति की स्थापना और दूसरे ट्राइवल्स में यह विश्वास पैदा करना कि भले ही बड़ी संख्या में लोग आए हैं, बसे हैं, जिससे उनकी आबादी घट गई है, फिर भी उनके हितों की, उनकी जीवन-पद्धति की रक्षा की जाएगी। परंतु इस तरह का कोई भी वक्तव्य गृह मंत्री जी का मैंने समाचारपत्रों में छपा हुआ नहीं देखा। एक बयान में आपने यह कहा है कि त्रिपुरा की समस्या आर्थिक नहीं है। लेकिन त्रिपुरा की समस्या आर्थिक भी है और ट्राइवल्स द्वारा अपने अस्तित्व की रक्षा करना भी है। मैंने प्रारंभ में कहा था कि इतना बड़ा नरमेध बड़ी तैयारी के बाद होना चाहिए, तो सरकार की इंटेलीजेंस क्या कर रही थी? त्रिपुरा के मुख्यमंत्री दिल्ली में आए हुए थे।...(व्यवधान) राज्य की सी.आई. डी. होती है, उसको हम पहचान सकते हैं लेकिन केंद्रीय सरकार की इंटेलीजेंस क्या कर रही थी? केंद्रीय सरकार के पास इस संबंध में पूरी जानकारी थी या नहीं? क्या उसे आभास था कि इतने बड़े पैमाने पर हत्याकांड की तैयारी हो रही है? मंत्री जी ने अपने बयान में कहा है—मिलिटेंट

एंड एंटी सोशल एलिमेंट्स—तो वह कौन से तत्व हैं?···(व्यवधान) कांग्रेस के एक सदस्य कह रहे हैं आर.एस.एस. वाले, लेकिन मुझे खुशी है कि आज जब अफगानिस्तान के संबंध में चर्चा हो रही थी तो विदेश मंत्री ने आर.एस.एस. को अफगानिस्तान की समस्या के लिए दोषी ठहराया! त्रिपुरा में वे मिलिटेंट कौन हैं, इनका किनके साथ संबंध है? बाहर से रुपया आ रहा है और हथियार आ रहे हैं, क्या उसकी रोकथाम की कोशिश की गई है? और मंत्री महोदय क्या समझते हैं कि कब तक सारी परिस्थिति पर काबू प्राप्त कर लिया जाएगा?

श्री जैल सिंह : अध्यक्ष महोदय, माननीय वाजपेयी जी ने कई बातें कही हैं। आखिर में तो वह सवालों पर ही आए, लेकिन उन्होंने कुछ तामीरी बातें भी कही हैं, उनके लिए मैं उनका मशकूर हूं।

बिहार जल रहा है!

सभापति जी, इस चर्चा में बार-बार मेरे दल की और स्वयं मेरी आलोचना की गई है। मैं यह दावा नहीं करता कि हम कोई गलती नहीं कर सकते, कोई त्रुटि नहीं कर सकते। उदाहरण के लिए, सहरसा में जो कुछ हुआ वह निंदनीय है। उस कांड के साथ हमारे दल का जो भी व्यक्ति शामिल है, उसका आचरण आपत्तिजनक है। हमने उससे सफाई मांगी है और अगर उसका हाथ उसमें पता लग जाएगा तो हम दलीय स्तर पर उन पर कार्यवाही भी करेंगे। लेकिन कांग्रेस के मित्रों से मेरा एक निवेदन है कि बिहार में जो कुछ हुआ, उसकी गहराई में जाकर सोचने का प्रयत्न करें। वे बलि के बकरे न ढूंढ़ें। अपनी विफलता पर परदा डालने के लिए वे बहानों की तलाश न करें। राजनैतिक लाभ उठाने के लिए वे आरोप लगाने की प्रक्रिया में न फंसें। गुजरात में जो कुछ हुआ और बिहार में जो कुछ हो रहा है, वह कोई राजनैतिक दल नहीं कर सकता। सब राजनैतिक दल मिलकर भी नहीं कर सकते। जनता बिगड़ गई है। लोग बगावत पर आमादा हैं। आम आदमी के धैर्य का बांध टूट रहा है। सारी वस्तुओं का अभाव हो रहा है, महंगाई आसमान चूम रही है, विषमता की खाई बढ़ रही है और प्रशासन में चोटी से लेकर एड़ी तक भ्रष्टाचार व्याप्त है।

श्री नागेंद्र प्रसाद यादव : गलत है।

श्री वाजपेयी : बिहार में आंदोलन अभी शुरू हुआ है मगर मेरे पास ११ सितंबर, १९७३ का कांग्रेस के एक एम.एल.ए. का दिया गया वक्तव्य है, उसकी दो लाइनें मैं उद्धृत करना चाहता हूं :

"श्री जय नारायण : राज्य कांग्रेस भ्रष्ट एवं साखहीन नेताओं से भरी पड़ी है। उसने सरकार पर मंत्रियों एवं अधिकारियों के निजी संस्थान के रूप में कार्य करने का आरोप लगाया।"

यह हमारा कहना नहीं है। कांग्रेस में भी ऐसे लोग हैं जो यह अनुभव करते हैं कि प्रशासन जिस तरह से चलना चाहिए, नहीं चल रहा है। बिना पैसा दिए आज सरकारी दफ्तरों में काम नहीं होता है। इससे आम आदमी का क्षुब्ध होना स्वाभाविक है, आवश्यक है। मैंने पिछले विवाद में कहा था कि यह एक पार्टी की विफलता नहीं है, सारी व्यवस्था टूट रही है, जनता लोकतंत्र में निष्ठा खो रही है। किसी के भड़काने से लोग गोलियां नहीं खाया करते। अगर बिहार में जो कुछ हो रहा है वह हम कर रहे हैं तब तो हम बड़े शक्तिशाली हैं। मगर हम इतने शक्तिशाली नहीं

** बिहार के हालात पर लोकसभा में १९ अप्रैल, १९७४ को वाद-विवाद।*

हैं। गुजरात में तो हमारी कोई स्थिति भी नहीं है। मगर गुजरात में सरकार को त्यागपत्र देने के लिए मजबूर होना पड़ा। गुजरात की विधानसभा तोड़नी पड़ी, क्योंकि गुजरात में जनता बिगड़ी और आज बिहार में जनता का रोष जाग रहा है। आप उसके कारणों में जाने की कोशिश कीजिए। क्या कोई इस बात से इन्कार कर सकता है कि बिहार आर्थिक दृष्टि से, सामाजिक दृष्टि से पिछड़ा हुआ है? प्राकृतिक साधनों से भरपूर लेकिन गरीबी में आकंठ डूबा हुआ बिहार अभी तक नहीं बिगड़ा यह ताज्जुब की बात है, अब बिगड़ गया यह ताज्जुब की बात नहीं है। २१ सितंबर, १९७३ को बिहार के राज्यपाल क्या कहते हैं, यह मैं बताना चाहता हूं, आंदोलन तो बाद में हुआ। 'हिंदू' के संवाददाता ने बिहार के राज्यपाल से भेंट की। ३७ लाख रुपए के एंप्लायमेंट देने के क्रैश प्रोग्राम के बारे में पूछा।' भंडारे साहब ने क्या कहा?

"बिहार में धमाके का कोई कार्यक्रम नहीं है। वहां केवल कुचलने का कार्यक्रम है।"

यह आंदोलन से पहले की बात है। बेकारी से त्रस्त विद्यार्थी बिगड़े। अब कहा जा रहा है, कांग्रेसी सदस्य कह रहे हैं, हमारे अन्य मित्र कह रहे हैं कि विद्यार्थियों की मांगें उचित हैं। वे मांगें कब से उचित हो गई हैं? क्या यह सच नहीं है कि आज मांगें तभी उचित होती हैं कि जब उसके समर्थन में लोग सड़कों पर निकल आते हैं? शिक्षा पद्धति में परिवर्तन की मांग अगर उचित है तो उसको मनवाने का तरीका क्या है? इस प्रश्न में सब कांग्रेसी सदस्य कह रहे थे कि शिक्षा पद्धति दोषपूर्ण है। उसको बदलेगा कौन? अगर शासन बदलने के लिए तैयार नहीं है तो क्या विद्यार्थी अपने भविष्य को अंधकार में डुबाकर विश्वविद्यालयों की खाक छानते फिरें? मैं बिहार के विद्यार्थियों को बधाई देना चाहता हूं कि वे अपनी उचित मांगों को मनवाने के लिए आंदोलन के रास्ते पर आए। यह ठीक है कि आंदोलन शांतिपूर्ण होना चाहिए। लेकिन मैं कांस्टीट्यूशन में और एक्स्ट्रा कांस्टीट्यूशन में एक अंतर करना चाहता हूं। आंदोलन शांतिपूर्ण हो। मगर आंदोलन एक्स्ट्रा कांस्टीट्यूशनल हो सकता है। हमारे कांस्टीट्यूशन में सत्याग्रह भी नहीं है। किसी से हाथ जोड़कर कहना कि आप त्यागपत्र दे दें, कांस्टीट्यूशन में इसकी व्यवस्था नहीं है। बिहार की विधानसभा भंग करने की मांग करना संविधान के अंतर्गत नहीं है। लेकिन एक बार केरल की जनता बिगड़ी थी तो केरल की विधानसभा भंग की गई थी।

श्री भोगेंद्र झा : केरल में सत्ता नहीं मिली थी, ऊपर से डिसमिस किया गया था।

श्री वाजपेयी : जो बात केरल के लिए भोगेंद्र झा जी कह रहे हैं, वह बिहार के लिए नहीं कह रहे हैं। केरल और बिहार को नापने के दो गज नहीं हो सकते।

सभापति जी, स्थिति यह है कि तर्कसंगत और न्यायोचित मांगें भी तब तक सुनी नहीं जातीं, जब तक जनता उनके पक्ष में सड़कों पर नहीं आती। रेलवे कर्मचारियों ने हड़ताल की धमकी दे दी, तो बोनस के बारे में श्री ललित नारायण मिश्र चर्चा करने के लिए तैयार हो गए, वरना वह बात करने के लिए भी तैयार नहीं हैं... (व्यवधान)

रेल मंत्री श्री एल.एन. मिश्र : मैं हमेशा तैयार रहता हूं। हम बराबर कहते रहे हैं कि बहस के लिए तैयार हैं।

श्री वाजपेयी : आपने कहा था कि बोनस नहीं मिलेगा, बोनस के बारे में बात नहीं हो सकती।

श्री एल.एन. मिश्र : आप प्रोसीडिंग्ज को देखिए।

श्री वाजपेयी : मेरा निवेदन है कि आज लोगों के अंदर से यह विश्वास डिग गया है कि शांतिपूर्ण तरीके से उनकी बात सुनी जाएगी। यह विश्वास फिर से प्रतिष्ठित होना चाहिए। यह प्रश्न

आरोप-प्रत्यारोप का नहीं है, इस विश्वास को कायम करने के लिए आप क्या कर रहे हैं?

सभापति जी, गृह मंत्री जी ने अपने वक्तव्य में यह बात कही है :

"मैं अत्यधिक आशा करता हूं कि सदन के सभी वर्ग हिंसा रोकने एवं शांति एवं भाईचारा स्थापित करने में पूरे मन से सहयोग करने तथा हमारे लोकतांत्रिक समाज के आधारभूत मूल्यों को बनाए रखने के लिए मेरे द्वारा बिहार, गुजरात तथा अन्य कहीं के भी विद्यार्थियों एवं अन्य व्यक्तियों से सहयोग करने के उत्साहपूर्ण आग्रह में सम्मिलित हों।"

मुझे लगता है कि बिहार के विद्यार्थी जो कुछ कह रहे हैं, उसमें और गृह मंत्री जी के कथन में कोई अंतर नहीं है। विद्यार्थी जो कह रहे हैं, उसका एक अंश मैं पढ़कर सुनाना चाहता हूं :

"प्रदेश की मौजूदा सरकार कातिल है, वह खत्म हो। लेकिन मात्र मंत्रिमंडल में हेर-फेर हमारा लक्ष्य नहीं है। सरकार बदलना या नई विधानसभा का चुनाव भी हमारा लक्ष्य नहीं है। हमारा लक्ष्य है इनके चरित्र को बदलना। लोकतांत्रिक मूल्य नष्ट होते हैं, लोकतांत्रिक प्रक्रियाएं भ्रष्ट होती हैं, तो लोकतांत्रिक संस्थाएं खिलौना बन जाती हैं। आज की स्थिति यही है। इसी कारण लोकतंत्र की औपचारिकता एक मुखौटा बन गई है जिसके पीछे भ्रष्टाचार, दामों की लूट और आतंक का राक्षस अपना मुंह छिपाता है। हमारा लक्ष्य है बालिग वोट के अधिकार को वास्तविक बनाना, लोकतांत्रिक मूल्यों, प्रक्रियाओं और संस्थाओं के पीछे विराट और संगठित जनशक्ति को खड़ा करना, क्योंकि ऐसी लोकतांत्रिक शक्ति ही महंगाई, भ्रष्टाचार और बेरोजगारी के राक्षस का वध करके प्रत्येक नागरिक को सुरक्षा और आत्मसम्मान का जीवन प्रदान कर सकती है। हमारी लड़ाई आर्थिक, सामाजिक और राजनीतिक क्षेत्रों के मौजूदा घिनौने स्वरूप को बदलने की, जनता को उसकी शक्ति और अधिकार से लैस करने की लड़ाई है।"

श्री हरिकिशोर सिंह : यह आपका ड्राफ्ट है।

श्री वाजपेयी : अगर मेरा ड्राफ्ट है तो आपने जो दोषारोपण मेरे ऊपर किए हैं, उनका कोई आधार नहीं रह जाता। बिहार के विद्यार्थी बड़े उद्देश्यों के लिए लड़ रहे हैं। सरकार को गंभीरता से विचार करना होगा कि देश के ढांचे में बुनियादी परिवर्तन कैसे लाया जा सकता है।

मैं कांग्रेस के मित्रों से पूछना चाहता हूं—अगर सरकार शिक्षा-पद्धति में परिवर्तन करने की उचित मांग को न माने तो क्या विद्यार्थियों को हाथ पर हाथ धरे बैठे रहना चाहिए? अब वे नहीं बैठेंगे—यही परिवर्तन आ गया है और यह परिवर्तन लाने में हमारी प्रधानमंत्री जी ने बड़ा योगदान दिया है। अब जनता मन को मसोसकर नहीं बैठेगी, अब जो अभाव से पीड़ित हैं, जो दलित हैं, वे वर्तमान के साथ समझौता नहीं करेंगे। आपने अपेक्षा का ज्वार जगाया है, अगर वह अपेक्षा पूरी नहीं करेंगे तो अपेक्षा बगावत के रूप में सड़कों पर निकलेगी—आज यही हो रहा है।

२९ दिसंबर, १९७० को प्रधानमंत्री जी ने चंडीगढ़ में भाषण करते हुए कहा था—अगर गरीबी बढ़ेगी, विषमता बढ़ेगी तो लोग हिंसा का आश्रय लेंगे, लोग सड़कों पर निकल आएंगे--आज यही हो रहा है। जिन्होंने आंधी के बीज बोए हैं, उन्हें तूफान की फसल काटने के लिए तैयार रहना चाहिए।

बिहार में जो कुछ हुआ है—उसमें एक घटना अभी तक पूरी तरह से सामने नहीं आई है। सरकार ने भी 'सर्चलाइट' पर हुए हमले की जांच का आदेश नहीं दिया है। यह प्रेस की स्वाधीनता का मामला है। बिहार के कांड के लिए हमारा दल दोषी ठहराया जाता है। किंतु सचाई क्या है? कुछ दिन पूर्व 'सर्चलाइट' के संपादक यहां आए थे। उन्होंने एक प्रेस कांफ्रेंस की थी। मैं उनके

कुछ शब्दों को यहां उद्धृत करना चाहता हूं :

"सर्चलाइट की प्रेस एवं कार्यालय को जला देना एक मुखर समाचारपत्र के विरुद्ध गहरी साजिश थी; इसके संपादक एस.के. राव ने आज यहां बताया। उन्होंने कहा कि साजिश में राज्य सरकार का सम्मिलित होना इस तथ्य से स्पष्ट है कि पुलिस को भीड़ के विरुद्ध कार्रवाई करने का आदेश नहीं दिया गया तथा अग्निशमन सेवा आग लगाने के अगले दिन तक भी उपलब्ध नहीं कराई गई। श्री राव ने जोर देकर कहा कि उपद्रवी न तो विद्यार्थी थे और न ही आनंद मार्गी। उन्होंने राष्ट्रीय स्वयं सेवक संघ एवं जनसंघ को भी अलग बताया। उन्होंने कहा कि बिहार की भारतीय साम्यवादी पार्टी अपनी आलोचना के कारण नाराज थी।"...(व्यवधान)

श्री भोगेंद्र झा : श्री राव स्वयं जनसंघी हैं।

श्री वाजपेयी : सभापति जी, सर्चलाइट के संपादक ने जांच की मांग की है और यह कहा है कि अगर जांच-कमीशन बनेगा तो वे और तथ्यों को कमीशन के सामने रखेंगे। मैं जानना चाहता हूं कि सरकार सर्चलाइट पर हुए हमलों और अग्निकांड के लिए जांच-कमीशन बनाने को तैयार क्यों नहीं है?

दूसरी बात गया के बारे में है। बहुत सी बातें कही गई हैं, मगर मेरे सामने श्री मुद्रिकाप्रसाद सिंह, एक्स एम.पी. का बयान है, वे कांग्रेस के हैं, एक जिम्मेदार आदमी हैं। उन्होंने कहा है :

"उन्होंने आज यहां पत्रकारों को बताया कि सामान्य जन-विश्वास के अनुसार गया में हुई अविवेकपूर्ण पुलिस फायरिंग में, १२ अप्रैल को ४० से ५० व्यक्ति मारे गए। उन्होंने कहा कि गया की संपूर्ण जनता ४८ घंटों तक घरों में कैद रही। गस्त दे रही सशस्त्र पुलिस बलों की टुकड़ियां हर पांच मिनट में घोषणा कर रही थीं कि घर से बाहर निकलनेवाले किसी भी व्यक्ति को गोली मार दी जाएगी।"

यहां माननीय गृह मंत्री का बयान गलत साबित हो जाता है। आगे—

"श्री सिंह ने कहा कि आधिकारिक आंकड़ों के अनुसार पुलिस फायरिंग में मरनेवालों की संख्या ८ थी। लेकिन केवल ईश्वर ही जानता है कि कितने मरे। लेकिन तथ्य यह है कि पुलिस वैनों में रखकर अनेक शव ले जाए गए। शवों को कुछ दूरी पर दबा दिया गया। अनेक सड़कों पर पड़े खून से सने कपड़े इसके साक्षी हैं। उन्होंने कहा कि पुलिस ने डाकखाने के पास, जैन मंदिर, ऊनघर, किरन सिनेमा, सब्जी बाजार, मोती महल तथा अन्य स्थानों पर फायरिंग की। १२ वर्षीय लड़के का शव फाल्गू नदी पर पड़ा मिला। उन्होंने कहा कि विद्यार्थियों का विरोध-प्रदर्शन एकदम शांतिपूर्ण था। यह स्वाभाविक रूप से ठीक था। जनता में एक जन-आंदोलन की लहर का उफान था। सरकारी कार्यालयों का कार्य धरनों के कारण बिल्कुल ठप था, जो कि शांतिपूर्ण थे। विद्यार्थियों की ओर से कोई भी शारीरिक प्रतिरोध नहीं था। उन्होंने कहा कि स्थानीय अधिकारी गया की जनता एवं विद्यार्थियों को गोलीबारी से सबक सिखाने की साजिश बना चुके थे। यद्यपि गोलीबारी दोपहर बाद तीन बजे हुई, लेकिन उनके पास गुप्त सूचना है कि साजिश उस दिन प्रातः नौ बजे रची गई।"

यह किसी प्रतिपक्ष के सदस्य का बयान नहीं है, यह श्री मुद्रिकाप्रसाद सिंह जो कांग्रेस के एम. पी. रहे हैं, उनका बयान है। हमारे कांग्रेस के सदस्य कह रहे थे कि जो मरे हैं वे विद्यार्थी नहीं हैं। क्या इसका अर्थ यह नहीं है कि आंदोलन केवल विद्यार्थियों तक सीमित नहीं है, इसमें जनता भी बड़ी मात्रा में शामिल हो गई है? क्या यह जन-आंदोलन नहीं बन गया है? क्या यह सही नहीं है कि पुलिस ने महिलाओं के साथ दुर्व्यवहार किया है?

श्री उमाशंकर दीक्षित : यह सही नहीं है।

श्री वाजपेयी : क्या आप देखने गए थे? मेरा दीक्षित जी से निवेदन है कि बिहार की सरकार जो कुछ कह रही है, केवल उस पर भरोसा न करके आप केंद्र की तरफ से जांच कराइए। महिलाओं के साथ दुर्व्यवहार का मामला किसी पार्टी का मामला नहीं है। अगर यह आरोप गलत है तब तो सरकार को अदालती जांच की मांग स्वीकार करने में और भी आपत्ति नहीं होनी चाहिए। तथ्य सामने आ जाएंगे, दूध का दूध और पानी का पानी हो जाएगा, जो झूठे आरोप लगा रहे हैं उनकी कलई खुल जाएगी। बिहार में गोली चली, इतने लोग मारे गए, सर्चलाइट पर हमला हुआ—इन सब बातों की जांच से सरकार क्यों डरती है?

मुझे खेद है कि इस चर्चा में श्री जयप्रकाश नारायण जी का नाम भी घसीटने की कोशिश की गई है। जो उनके चरणों में बैठने की पात्रता भी नहीं रखते, वे आज उनके माथे पर कीचड़ उछालने की कोशिश कर रहे हैं।

जयप्रकाश जी से मतभेद हो सकता है, लेकिन उनकी देशभक्ति में कोई संदेह नहीं कर सकता। लोकतंत्र एक साधन है, साध्य नहीं है। जयप्रकाश जी को पूरा अधिकार है कि वे यह कहें कि लोकतंत्र के वर्तमान ढांचे में बुनियादी परिवर्तन की आवश्यकता है। लेकिन इसके कारण कोई यह नहीं कह सकता··(व्यवधान)

आज बिहार जल रहा है, बिहार की सड़क रक्तरंजित हैं, सरकार जुल्म पर आमादा है। संगीनों से लोगों को मारा जा रहा है। लेकिन संगीनों पर बैठा नहीं जा सकता। मैं साहिर लुधियानवी की एक ग़ज़ल का एक हिस्सा रखते हुए खत्म करना चाहता हूं :

जुल्म फिर जुल्म है बढ़ता है तो मिट जाता है,
खून फिर खून है, टपकेगा तो जम जाएगा,
तुमने जिस खून को मक्तल में दबाना चाहा,
आज वह कूचा-ओ-बाजार में आ निकला है,
कहीं शोला, कहीं नारा, कहीं पत्थर बनकर।
खून चलता है तो रुकता नहीं संगीनों से,
गर उठता है तो दबता नहीं आईनों से,
जुल्म की बात ही क्या, जुल्म की औकात ही क्या,
जुल्म बस जुल्म है आगाज से अंजाम तलक।
खून फिर खून है, सौ शक्ल बदल सकता है,
ऐसी शक्ल कि मिटाओ तो मिटाए न बने,
ऐसे शोले कि बुझाओ तो बुझाए न बने,
ऐसे नारे कि दबाओ तो दबाए न बने।

पुलिस अत्याचार से समस्याएं हल करने के बजाय विद्यार्थियों के साथ, नई पीढ़ी के साथ संपर्क करने का सेतु स्थापित कीजिए, सरकार और प्रतिपक्ष के बीच पुल टूट गया है, वह स्थापित कीजिए। हमको दोष देने से समस्या हल नहीं होगी। यह प्रश्न एक पार्टी का नहीं है, सारे देश का है। गुजरात एक चेतावनी थी, बिहार में वह चेतावनी दोहराई जा रही है। अगर हम नहीं सुनेंगे तो देश-भर में आग भड़केगी जो हमको ले बैठेगी।

धारा ३५६ का फिर दुरुपयोग

सभापति महोदय, जब भारत के संविधान का निर्माण हुआ, तो उसके निर्माताओं ने कभी इस बात की कल्पना नहीं की थी कि अनुच्छेद ३५६ का इतना दुरुपयोग किया जाएगा। अनुच्छेद ३५६ के अंतर्गत केंद्र को किसी राज्य का शासन अपने हाथ में लेने का अधिकार है, यदि वहां ऐसी परिस्थिति पैदा हो जाए, जिसमें उस राज्य का शासन इस संविधान के उपबंधों के अनुसार न चल सके।

स्पष्ट है कि सांविधानिक संकट उत्पन्न होने की स्थिति में केंद्र हस्तक्षेप कर सकता है। क्या उत्तर प्रदेश में कोई सांविधानिक संकट उत्पन्न हुआ था? हमारे कांग्रेसी मित्र भी कहते हैं कि सत्ता कांग्रेस के साथ २७२ सदस्य थे, विधानसभा में उन्हें प्रचंड बहुमत प्राप्त था, मुख्यमंत्री सत्तारूढ़ दल का विश्वास संपादन करते थे। कोई सांविधानिक संकट उत्तर प्रदेश में पैदा नहीं हुआ। सत्तारूढ़ दल का संकट सांविधानिक संकट नहीं है। लेकिन सत्तारूढ़ दल को अपने बनाए हुए संकट में से उबारने के लिए संविधान का उपयोग किया गया, राष्ट्रपति शासन लागू कर दिया गया और अब उसके पक्ष में ऐसे तर्क दिए जा रहे हैं, जो बड़े विचित्र हैं।

राज्यपाल महोदय का पत्र कई दृष्टियों से बड़ा हास्यास्पद है, मैं यह कहने के लिए विवश हूं। राज्यपाल महोदय का मैं आदर करता हूं। वह राज्यसभा में मेरे सहयोगी थे। राज्यपाल का पद स्वीकार करने से पहले उन्होंने दलगत राजनीति का परित्याग कर दिया। लेकिन वह अपने पत्र में लिखते हैं कि उत्तर प्रदेश में राष्ट्रपति राज्य एक टेंपोरेरी समय के लिए लागू किया जाए। क्या अर्थ है इसका? आप कहेंगे कि 'टेंपोरेरी' उन्होंने इसलिए कहा कि जब सरकार बनाने की स्थिति पैदा हो जाएगी तो राष्ट्रपति राज्य समाप्त कर दिया जाएगा। इसका अभिप्राय यह है कि जब सत्तारूढ़ दल के झगड़े मिट जाएंगे··(व्यवधान)

श्री डी.एन. तिवारी : नहीं, जब आप बहुमत में हो जाएंगे।

श्री वाजपेयी : तिवारी जी इतनी जल्दी न करें।

जब सत्तारूढ़ दल अपना घर ठीक कर लेगा, जब अंतर्कलह मिट जाएगा, तब राज्यपाल महादेय सत्ता कांग्रेस को शासन में आने के लिए अनुगृहीत कर देंगे। क्या संविधान के निर्माताओं

** उत्तर प्रदेश में राष्ट्रपति शासन के विरोध में लोकसभा में ८ अगस्त, १९७३ को भाषण।*

ने राज्यपाल की इस भूमिका को ध्यान में रखकर अनुच्छेद ३५६ का निर्माण किया था? क्या राज्य का राज्यपाल एक दल के हाथों में खेलने के लिए बना है? क्या राज्यपाल को ऐसा आचरण करना चाहिए जिस पर आक्षेप किया जा सकता है। इतना ही नहीं, राज्यपाल महोदय ने अपने पत्र में पं. कमलापति त्रिपाठी की बड़ी प्रशस्ति गाई है, उन्हें अच्छे शासन के लिए बधाई दी है और त्यागपत्र के लिए तो उन्हें गौरव के शिखर पर आरूढ़ कर दिया है।

मैं पूछना चाहता हूं कि—अगर कमलापति त्रिपाठी के नेतृत्व में शासन अच्छा चल रहा था और उत्तर प्रदेश की वाटिका में चहुंओर हरियाली ही हरियाली थी और ऐसी हरियाली जिससे राज्यपाल भी आकर्षित हो गए और अपने पद की मर्यादा को तोड़कर उन्होंने एक अपदस्थ किए जानेवाले मुख्यमंत्री को प्रमाणपत्र प्रदान करने की गलती की, तो फिर उनको हटाने की आवश्यकता क्या थी, उन्हें त्यागपत्र का बलिदान करने के लिए विवश क्यों किया गया? सभापति जी, विवशता में त्यागपत्र दिया गया, त्रिपाठी जी त्यागपत्र देने के लिए तैयार नहीं थे।

केंद्र ने नैया गंगा मैया में डुबो दी…

पी.ए.सी. कांड का उल्लेख किया गया है, पी.ए.सी. कांड हो चुका था, उसके बाद त्रिपाठी जी का एक वक्तव्य आया था कि मैं त्यागपत्र नहीं दूंगा। दिल्ली में बुलाहट हुई, विचार-विनिमय होता रहा, दबाव-प्रभाव की राजनीति चलती रही। उनसे कहा गया कि अपने कुछ साथियों से मुंह मोड़ लो, नाता तोड़ लो। शायद उन्होंने सोचा हम डूबेंगे तो सभी डूबेंगे और केंद्र ने श्री त्रिपाठी की नैया गंगा मैया में डुबो दी। अब इस विवशता के लिए उनकी प्रशंसा की जा रही है, मगर राज्यपाल का काम यह नहीं है कि वह प्रमाणपत्र दे।

सभापति जी, अगर कांग्रेस पार्टी शासन चलाने की स्थिति में नहीं थी, बहुमत होने के बाद भी, तो राज्यपाल का यह संवैधानिक कर्तव्य था कि वह प्रतिपक्ष को सरकार बनाने के लिए आमंत्रित करते, वह सरकार चलती या न चलती, इसका निर्णय विधानसभा भवन में होता, राजभवन में नहीं। सरकारों की तकदीरों का निर्णय राज्यपाल के कक्ष में नहीं होगा, विधानसभा भवन में होगा, अगर वह सरकार नहीं चलती तो गिर जाती, फिर राज्यपाल पर पक्षपात का आरोप तो न लगता, फिर उन पर अंगुली न उठाई जाती, लेकिन राज्यपाल महोदय कहते हैं—हमने संख्या लगाकर देख ली और सरकार नहीं चल सकती थी। अगर संख्या का सवाल है तो २७२ संख्या वाली कांग्रेस पार्टी भी सरकार नहीं चला सकी। जो सरकार नहीं चला सकी, उसे कहा जाता है कि उसने त्याग कर दिया, प्रतिपक्ष को मौका तो देना चाहिए था।

एक बात और—अगर श्री त्रिपाठी इस्तीफा देते, प्रतिपक्ष सरकार बनाने की स्थिति में नहीं था, राष्ट्रपति राज्य लागू करना था—तो विधानसभा क्यों नहीं तोड़ी गई? विधानसभा को मूर्छित क्यों रखा गया है, अब कौन हनुमान संजीवनी लाकर उस मूर्छित विधानसभा को फिर से सजीव करेगा, यह संजीवनी कहां से आएगी, क्या यह गृह मंत्रालय में बंद है? विधानसभा को न तोड़ने का कारण क्या है? इसका अर्थ यह है कि जो सरकार, जो दल सरकार न चला सके, वह दल फिर से सरकार में आ जाए, उसके लिए दरवाजा खोलकर रखा गया है।

श्री के.डी. मालवीय (डुमरियागंज) : आपका दृष्टिकोण संकीर्ण है।

श्री वाजपेयी : मालवीय जी जब बोलें तो विस्तीर्ण दृष्टिकोण से बोलें।

विधानसभा भंग नहीं की गई। अब चर्चा हो रही है कि अक्तूबर के पहले उत्तर प्रदेश में

फिर लोकप्रिय सरकार बन जाएगी। एक बात तो स्पष्ट है कि सरकार अलोकप्रिय हो गई थी, यह मान लिया गया है, लेकिन जब चाहा राष्ट्रपति राज्य लागू कर दिया और जब चाहा खत्म कर दिया—यह गुड़ियों का खेल नहीं है। यह संविधान का दुरुपयोग है, यह संसदीय लोकतांत्रिक मान्यताओं का हनन है, संसदीय लोकतंत्र इस ढंग से नहीं चलाया जा सकता।

२२ बार ३५६ का उपयोग

जब से प्रधानमंत्री जी ने शासन का भार संभाला है—पिछले साढ़े सात सालों में २२ बार अनुच्छेद ३५६ का उपयोग करके राष्ट्रपति राज्य लागू किए गए। यह संविधान के अनुसार शासन नहीं चलता, इसलिए लागू नहीं किए जाते, बल्कि सत्तारूढ़ दल को कठिनाइयों से निकालने के लिए, नेतृत्व पर होनेवाले आक्षेपों से नेतृत्व को बचाने के लिए, दलगत स्वार्थ-सिद्धियों के लिए, संविधान को ताक पर रखकर लागू किए जाते हैं, लोकतांत्रिक मूल्यों की हत्या की जाती है।

सभापति जी, पी.ए.सी. कांड की बात कही गई है। गृह मंत्री महोदय ने भी कुछ कहा था। मेरा दल इस पक्ष का नहीं है कि हम सशस्त्र बलों को, चाहे वह सेना हो या सशस्त्र पुलिस हो, ट्रेड यूनियन बनाने की अनुमति नहीं दे सकते, लेकिन हमें उनकी एसोसिएशन को मान्यता देकर उनकी कठिनाइयों पर विचार करने का कोई रास्ता खुला रखना चाहिए। वे भी हमारे समाज में से आते हैं, परिस्थितियां उनको भी प्रभावित करती हैं, सेवा की शर्तों के बारे में भी शिकायत हो सकती है। मैं एक ही उदाहरण दूंगा—नियमों के अनुसार पी.ए.सी. के जवान ओवर-टाइम करते हैं। ओवर-टाइम का उन्हें भत्ता भी मिलता है, मगर नियम ऐसा है कि भत्ता महीने में १० रुपए महीने से ज्यादा नहीं हो सकता। ओवर-टाइम का भत्ते से संबंध नहीं होना चाहिए। वह घंटों खड़ा रहे, वह सादे वेश में प्रधानमंत्री की सभा में जाकर संख्या बढ़ाए, जन-आंदोलनों को कुचलने के लिए उन्हें प्रेरित किया जाए···(व्यवधान)

गृह मंत्री श्री उमाशंकर दीक्षित : ऐसा न कहिए, महाराज। हम आपका आदर करते हैं, आप बहुत विवाद की बात कह रहे हैं, आपसे निवेदन है, प्रार्थना है।

श्री वाजपेयी : पी.ए.सी. वालों ने सार्वजनिक रूप से यह आरोप लगाया है, यह मेरा मनगढ़ंत आरोप नहीं है। मुझे तो सचमुच इसकी जानकारी भी नहीं थी, लेकिन यह रहस्योद्घाटन हुआ है कि पी.ए.सी. वालों को सादे वेश में सिक्योरिटी के लिए भेजा जाता है। प्रधानमंत्री अगर लोकप्रिय नेत्री हैं, तो सुरक्षा के लिए कोई फौज का अंबार लगाने की जरूरत नहीं है। मैं जो कुछ कह रहा हूं, आप उस पर गंभीरता से सोचिए।

सभापति जी, क्या आप जानते हैं कि पी.ए.सी. के जवान अफसरों की भैंसों की देखभाल के लिए प्रयोग में लाए जाते हैं। मैं उन स्थानों के नाम ले सकता हूं जहां पी.ए.सी. के जवान न केवल अफसरों की भैंसों की देखभाल करते थे, दूध को बाजार में बेचते थे और जो पैसा मिलता था, वह अफसरों की जेब में जमा करते थे। क्या यह परिस्थिति चलेगी? क्या अफसर दोषी नहीं हैं? पी.ए.सी. के असंतोष की तीन महीने पहले से इंटेलिजेंस विभागवाले, राज्य सरकारवाले केंद्र को खबर दे रहे थे, आज कहा जा रहा है कि गुप्तचर सेवा विफल हो गई। मैं स्वयं गुप्तचर विभाग के अधिकारियों से मिला हूं। गृह मंत्रालय ने कुछ राजनीतिक दलों पर आरोप लगाया है। मैं चाहता हूं कि सुप्रीम कोर्ट के जज के द्वारा पी.ए.सी कांड की जांच होनी चाहिए, इतना बड़ा कांड कैसे हो गया, कौन इसके लिए जिम्मेदार है, इसमें किस दल का हाथ था? यह सामान्य परिस्थिति नहीं

है, इसलिए तथ्यों को सामने लाना चाहिए। आरोप-प्रत्यारोपों की राजनीति को इस मामले में चलने नहीं दिया जा सकता, गृह मंत्रालय ने जो आरोप लगाए हैं, उनके प्रकाश में सर्वोच्च न्यायालय के जज की अध्यक्षता में पी.ए.सी. कांड की जांच होनी चाहिए, ताकि पता लग सके कि पी.ए.सी. इस तरह से अपनी मर्यादा तोड़ने पर कैसे विवश हो गई थी।

उ.प्र. विधानसभा भी भंग करो

सभापति जी, उत्तर प्रदेश में राष्ट्रपति राज्य है। मेरा निवेदन है कि विधानसभा तत्काल भंग कर दी जाए और चुनाव कराए जाए। चुनाव के बारे में अनिश्चितता का वातावरण ठीक नहीं है। अक्तूबर में नई सरकार बनाने का सवाल पैदा नहीं होता। किसी के दबाव, किसी के प्रभाव में आकर, चूंकि चुनाव जीतना है, सत्तारूढ़ दल सरकार में आ गया तो शासनतंत्र का दुरुपयोग अधिक कर सकेगा। इसलिए अब फिर गुड़िया सरकार बना दो। यह संविधान के साथ और भी खिलवाड़ होगा। चुनाव तत्काल होने चाहिए। लेकिन जब तक चुनाव नहीं होता है, उत्तर प्रदेश का शासन चलना है। कई क्षेत्रों में सूखा है, देर से वर्षा होने से परिस्थिति जितनी बुरी थी, अब उतनी नहीं है। लेकिन परिस्थिति अच्छी हो गई है, इस भ्रम में न रहें। जो फसल नष्ट हो गई है, उसकी वजह से अगले तीन-चार महीने बड़े कठिन हैं। सहायता कार्य बंद किए जा रहे हैं। मजदूर इकट्ठे होते हैं मगर केंद्र ने अपना अनुदान देना बंद कर दिया है और उत्तर प्रदेश में रिलीफ वर्क्स बंद किए जा रहे हैं। मजदूर घरों को वापस जा रहे हैं, जिनकी स्थिति बिगड़ रही है···(व्यवधान) खेती में जिन्हें कार्य है, वह तो सहायता-कार्य में आएगा ही नहीं। अनाज १८० रु० क्विंटल बिक रहा है। जिलों में प्रतिबंध लगाए गए हैं।···(व्यवधान) टेस्ट वर्क की बात इसलिए कर रहा हूं कि लोगों के पास खरीदने की ताकत होनी चाहिए।

सभापति जी, आप जानते हैं सारे उत्तर प्रदेश में इनकी मिट्टी गीली हो गई है, उससे कोई इन्कार नहीं कर सकता। लेकिन रिलीफ वर्क बंद करने की कोई वजह नहीं है। ऐसे काम ढूंढ़े जा सकते हैं कि जो बरसात में भी चल सकें। ऐसे काम आपको ढूंढ़ने पड़ेंगे, नहीं तो बड़ी संख्या में लोग भुखमरी से मरेंगे। फिर सूखे के साथ बाढ़ की समस्या है। कुछ इलाकों में बाढ़ की समस्या है, कुछ इलाकों के बाढ़ आई है और बकाया वसूली हो रही है, बैल नीलाम किए जा रहे हैं, विद्यार्थियों को फीस देने के लिए विवश किया जा रहा है। ये समस्याएं ऐसी हैं जिन पर संवेदना के साथ विचार करना पड़ेगा। और मेरा निवेदन है कि राष्ट्रपति राज में राज्यपाल के अधीन जो नौकरशाही शासन चला रही है, उसमें संवेदन के दर्शन नहीं हैं।

मैं एक बात कहकर समाप्त कर दूंगा। कुछ बातें उत्तर प्रदेश में ऐसी हो रही हैं जो राज्यपाल केवल चुनाव को ध्यान में रखकर कर रहे हैं। कल जब मेरी उनसे मुलाकात हुई थी, तब भी मैंने उनसे कहा था और इस सदन में भी कहना चाहता हूं। आपको सुनकर ताज्जुब होगा सभापति जी, कि पांचवें दर्जे में विद्यार्थियों की अंतिम परीक्षा से पहले एक मिनिमल टेस्ट होता है, अभी शुरू किया गया है। वह टेस्ट हिंदी भाषा और गणित में होता है। यदि कोई विद्यार्थी हिंदी और गणित में टेस्ट दे तो उसके लिए गणित में ६० नंबर लाना जरूरी है। लेकिन अगर कोई विद्यार्थी गणित और उर्दू में परीक्षा दे तो उसके लिए गणित में केवल ५० नंबर लाना जरूरी है। यह स्थिति मैं नहीं समझ सकता। यह प्रदेश का आदेश है। क्या विद्यार्थियों में भेदभाव किया जा सकता है उर्दू-हिंदी के आधार पर? उर्दू फले-फूले, लोग पढ़ें, कोई आपत्ति नहीं, मगर उर्दू लेनेवाले विद्यार्थी

गणित में कम नंबर लाएं, तब भी पास हैं और हिंदी पढ़नेवाला अधिक नंबर लाए, तब पास किया जाएगा…(व्यवधान) मैं जो बोलता हूं जिम्मेदारी के साथ बोलता हूं, आपकी बात ठीक नहीं है।

सभापति जी, दूसरी बात यह है कि जहां उर्दू पढ़नेवाले विद्यार्थी नहीं भी हैं, वहां भी उर्दू के शिक्षक तैनात किए जा रहे हैं। यह कैसे हो रहा है? आखिर हमारे नियम स्पष्ट हैं, कमिशन की रिपोर्ट स्पष्ट है कि एक क्लास में अगर १० विद्यार्थी हों और पूरे विद्यालय में अगर ४० विद्यार्थी हों तो उनके लिए शिक्षक का प्रबंध होना चाहिए। मैं चाहता हूं कि इसका कड़ाई से पालन किया जाए।…(व्यवधान) संस्कृत तो आप भी पढ़ सकते हैं, ब्राह्मणों को क्यों घसीट रहे हैं? उर्दू के पहले विद्यार्थी हों फिर पढ़ानेवाले हों। ऐसा नहीं कि पढ़ानेवाले पहले पहुंच जाएं फिर वह विद्यार्थियों को बटोरें। उसमें उर्दू का प्रेम नहीं झलक रहा है। इसमें चुनाव की राजनीति काम कर रही है। परमात्मा के लिए हर काम चुनाव पर नजर रखकर न कीजिए। चुनाव जीतने के लिए आज गलत काम करेंगे तो वह गलत काम कल आपके लिए कठिनाई बनकर पैदा होगा।

अंत में मैं कहना चाहूंगा, राष्ट्रपति राज है तो केंद्र के द्वारा उत्तर प्रदेश के लिए, विशेषकर पहाड़ी, पूर्वी उत्तर प्रदेश और बुंदेलखंड के विकास के लिए एक जबर्दस्त अभियान जारी होना चाहिए। अब तो प्रशासन की ढिलाई नहीं है, अब तो सरकार की सुस्ती नहीं है। अब तो हम जुट कर काम कर सकते हैं, आर्थिक विकास की योजनाएं निर्धारित की जा सकती हैं, केंद्र उन योजनाओं को कार्यान्वित करने के लिए आगे आए तब तो राष्ट्रपति राज की कुछ सार्थकता होगी, अन्यथा यही समझा जाएगा कि सत्तारूढ़ दल ने अपने को संकट से बचाने के लिए संविधान का दुरुपयोग किया। यह दुरुपयोग लोकतंत्र को स्वस्थ करने में सहायक नहीं होगा। मैं इतना ही कहना चाहता हूं।

राज्यपाल के घातक सिद्धांत

सभापति जी, इसे एक संयोग की बात ही कहना चाहिए कि २ अक्तूबर को महात्मा गांधी के जन्म दिन पर उत्तर प्रदेश में लोकतंत्र की हत्या हुई और आज श्रीमती इंदिरा गांधी के जन्म दिन पर उसकी शव-परीक्षा की जा रही है। शव-परीक्षा मैं इसलिए कह रहा हूं कि अंततोगत्वा उत्तर प्रदेश में अपनी सरकार कायम करने के सत्तारूढ़ दल के मंसूबे चकनाचूर हो गए। वहां राष्ट्रवाद, लोकतंत्र और आर्थिक-सामाजिक न्याय में विश्वास करनेवाले दलों की विजय हुई। प्रधानमंत्री का प्रदेश स्वयं उन्हीं के लिए वाटरलू बन गया। जो भी विजय प्राप्त हुई है, उसे हमें सुदृढ़ बनाना होगा और भविष्य में भी सत्ता हड़पने के इस प्रकार के प्रयत्नों को विफल करना होगा।

उत्तर प्रदेश के प्रकरण में अनेक महत्वपूर्ण प्रसंग खड़े होते हैं। राज्यपाल रेड्डी ने एक नए घातक सिद्धांत का प्रतिपादन किया है। यह किसी दल का प्रश्न नहीं है, संसदीय लोकतंत्र के भविष्य से संबंधित प्रश्न है। उन्होंने एक दल के मुख्यमंत्री में और मिली-जुली सरकार के मुख्यमंत्री में भेद करने का प्रयत्न किया है। उनका कहना है कि मिली-जुली सरकार का मुख्यमंत्री यह सलाह नहीं दे सकता कि जिन मंत्रियों ने उसका विश्वास खो दिया, उन्हें या तो त्यागपत्र दे देना चाहिए या राज्यपाल को उन्हें पद से मुक्त कर देना चाहिए। यह तो भारत के संविधान को नए ढंग से लिखने का प्रयत्न है। हमारा संविधान एकदलीय सरकार में या बहुदलीय सरकार में कोई अंतर नहीं करता। मुख्यमंत्री जब तक मुख्यमंत्री हैं, फिर वह अल्पमत में हैं या बहुमत में, एकदलीय मंत्री है या अनेक दलों का मुख्यमंत्री है, इस बात का अधिकार रखता है कि जिसे चाहे मंत्री बनाए और जिसे चाहे मंत्री-पद से मुक्त कर दे।

सभापति जी, केंद्र में क्या स्थिति होती अगर कांग्रेस के विभाजन के बाद भी डॉ. रामसुभग सिंह, श्री पूनाचा और श्री जयसुख लाल हाथी इस्तीफा देने से इन्कार कर देते? क्या राष्ट्रपति महोदय यह कहते कि श्रीमती इंदिरा गांधी अल्पमत में रह गईं, इसलिए अब वह इस्तीफा दें? ऐसा कोई राष्ट्रपति कह नहीं सकता। ऐसा किसी गवर्नर को भी कहना नहीं चाहिए। यूनाइटेड किंगडम की बात कही जाती है। आइवर जैनिंग्स आप उठाकर देखें। 'कैबिनेट गवर्नमेंट' नामक पुस्तक में

** उत्तर प्रदेश के राज्यपाल की कार्यवाही पर ध्यानाकर्षण प्रस्ताव के दौरान लोकसभा में १९ दिसंबर, १९७० को भाषण।*

जैनिंग्स ने उदाहरण दिया है, जब वहां माइनारिटी गवर्नमेंट थी १९२९ और १९३१ के बीच में, तब भी तत्कालीन प्रधानमंत्री ने सम्राट या सम्राज्ञी को जो कुछ सलाह दी, वह सलाह मानी गई। एटार्नी जनरल ने ऐसी सलाह दी है जो सारे लोकतंत्र के ढांचे को चरमराकर टूटने के लिए विवश कर सकती है। अगर मुख्यमंत्री या प्रधानमंत्री को अपने मंत्रियों को चयन करने का अधिकार नहीं है, उन्हें हटाने का अधिकार नहीं है तो फिर कलेक्टिव रैस्पांसिबिलटी नहीं रह सकती। मुझे याद है, संविधान सभा में इस सवाल पर बड़ी बहस हुई थी। मैं डॉ. अंबेडकर का एक उद्धरण सदन के सामने रखना चाहता हूं :

"कोई व्यक्ति मंत्रिमंडल का सदस्य नहीं रह सकता, यदि प्रधानमंत्री कहता है कि उसे बर्खास्त किया जाए।"

जो बात प्रधानमंत्री पर लागू होती है केंद्र में, वह राज्य में मुख्यमंत्री पर लागू होती है। मुख्यमंत्री अल्पमत का है या बहुमत में है, यह प्रश्न इस संदर्भ में नहीं उठता।

चौधरी चरण सिंह ने कांग्रेस के मंत्रियों के इस्तीफे मांगे। जिनसे इस्तीफे मांगे गए उनमें एक भारतीय क्रांति दल का मंत्री भी था। होना तो यह चाहिए था कि सत्तारूढ़ कांग्रेस के मंत्री जब मुख्यमंत्री का विश्वास खो चुके थे तो अपने पद से स्वयं हट जाते। यही नैतिकता का तकाजा था, यही शालीनता की मांग थी। मगर सभापति जी, बेशर्मी की हद हो गई। यह बात इतिहास में लिखी जाएगी। संसदीय लोकतंत्र की प्रक्रिया में एक कलंक के रूप में सत्तारूढ़ पार्टी के माथे पर यह बात अंकित रहेगी कि दल ने अपना समर्थन हटा लिया, लेकिन उसके मंत्रीगण मंत्रिमंडल में कायम रहे। मैं फिर कहना चाहता हूं कि अगर डॉ. रामसुभग सिंह प्रधानमंत्री से नाता तोड़ने के बाद भी मंत्रिमंडल में बने रहते तो क्या रामसुभग सिंह की प्रशंसा की जाती? मगर आज कोई नहीं है सत्तारूढ़ दल में जो अपने दल के मंत्रियों के आचरण के बारे में एक शब्द भी कहे। उत्तर प्रदेश में केवल संविधान की हत्या नहीं हुई है, राजनैतिक नैतिकता को भी समाप्त किया गया है।

राज्यपाल की विचार-प्रक्रिया

लेकिन मैं राज्यपाल रेड्डी की बात कर रहा था। राज्यपाल रेड्डी २७ सितंबर तक चौधरी चरण सिंह को मुख्यमंत्री मानते रहे थे। कांग्रेस ने समर्थन वापस लिया ता. २४ को। उस समय राज्यपाल ने नहीं कहा कि समर्थन वापस ले लिया है, अब आप अल्पमत में हैं, इस्तीफा दे दीजिए। राज्यपाल महोदय विचार करते रहे, २५ बीत गई, २६ बीत गई और ता. २७ को चौधरी चरण सिंह के कहने पर राज्यपाल ने कांग्रेसी मंत्रियों के विभाग ले लिए। स्पष्ट है कि उस दिन उन्होंने माना कि चौधरी चरण सिंह का बहुमत है, वह मुख्यमंत्री हैं। अगर ता. २७ को चौधरी चरण सिंह मुख्यमंत्री थे और उनके कहने पर विभाग लिए जा सकते थे और राज्यपाल महोदय उसी प्रभाव से निर्देश जारी कर सकते थे, तो वे कांग्रेस मंत्रियों को अपने पद से मुक्त क्यों नहीं कर सकते थे?

यह कहना भी गलत है कि चौधरी चरण सिंह का समर्थन करने का वचन भारतीय जनसंघ और कांग्रेस संगठन ने बाद में दिया। सभापति महोदय, आप राज्यपाल की रिपोर्ट पढ़िए—इतनी हास्यास्पद रिपोर्ट राज्यपाल के उत्तरदायी पद पर बैठनेवाला व्यक्ति कैसे दे सकता है—मुझे आश्चर्य होता है। इसके पृष्ठ ४ पर वह लिखते हैं :

"इस रपट के लिखने तक किसी भी राजनैतिक दल ने कोई विशेष संकेत नहीं दिया है कि वह श्री चरण सिंह के नेतृत्व में किसी नई सरकार को समर्थन देगा।"

यह रिपोर्ट ता. २९ की है। पृष्ठ ५ पर शुरू में कहा जाता है :

"२६ सितंबर को श्री माधो प्रसाद त्रिपाठी जनसंघ विधानमंडल दल के नेता तथा श्री गिरधारी लाल, संगठन कांग्रेस विधान मंडल दल के नेता ने श्री चरण सिंह के नेतृत्ववाली नई सरकार को अपना समर्थन देने के लिए मुझे लिखा।"

ता. २६ को चौधरी चरण सिंह को बहुमत का समर्थन था, सदस्यों की संख्या २६५ थी, राज्यपाल को लिखकर सूचना दी जा चुकी थी, मगर राज्यपाल ने उस बहुमत को नहीं माना।

सभापति जी, जब चौधरी चरण सिंह मुख्यमंत्री बनने के लिए निमंत्रित किए गए थे, तब वह एक दल के नेता थे, उस दल का बहुमत नहीं था, सत्तारूढ़ कांग्रेस ने बाद में समर्थन दिया, लेकिन यहां तो दो दलों ने समर्थन दे दिया, लिखित समर्थन दे दिया था। संयुक्त सोशलिस्ट पार्टी ने कहा—मंत्रिमंडल का भविष्य विधानसभा में तय होगा, विधानसभा की बैठक ता. ६ को होनेवाली थी। चौधरी चरण सिंह ता. ३१ या ता. १ को भी विधानसभा बुलाने के लिए तैयार थे, मगर राज्यपाल महोदय रुके नहीं।

राज्यपालों का स्वविवेक क्या है?

संविधान में राज्यपालों को एक महत्वपूर्ण पद दिया गया है, वे राज्य के प्रमुख हैं, राष्ट्रपति के प्रतिनिधि हैं, वे केंद्र और राज्य के बीच में एक कड़ी हैं, उन्हें भारत के संविधान का संरक्षण और परिरक्षण करना है। लेकिन क्या राज्यपाल इसी तरह से आचरण करेंगे? समान परिस्थितियों में राज्यपाल अलग-अलग ढंग से आचरण करते हैं। राजस्थान में डॉ. संपूर्णानंद ने यह स्वीकार नहीं किया कि निर्दलीय सदस्यों को लेकर बहुमत हो सकता है, वह उनके स्वविवेक का निर्णय था। राज्यपाल श्री चक्रचर्ती ने राव वीरेंद्र सिंह को बरखास्त कर दिया, क्योंकि उनकी राय में दल-बदल हो रहा था। श्री धर्मवीर ने पश्चिमी बंगाल की सरकार को बरखास्त कर दिया, क्योंकि श्री अजय मुखर्जी यद्यपि विधानसभा बुलाने के लिए तैयार थे, लेकिन थोड़ा समय चाहते थे और राज्यपाल को कोई अधिकार नहीं था कि वह विधानसभा बुलाने के लिए मजबूर करते। पंजाब के राज्यपाल श्री पावटे ने दूसरा मापदंड अपनाया। लखनऊ की माया सबसे अलग है। यह सब क्या है?

क्या राज्यपालों को स्वविवेक के अधिकार का मनमाने ढंग से प्रयोग करने की छूट दी जाएगी? क्या स्वविवेक के नाम पर राज्यपाल संविधान की अवहेलना करेंगे? लोकतंत्रीय प्रक्रियाओं की हत्या करेंगे? क्या स्वविवेक के नाम पर राज्यपाल केंद्र की कठपुतली के रूप में काम करेंगे? अगर ऐसा करेंगे तो भारत का संघात्मक शासन—फेडरल कांस्टीट्यूशन खतरे में पड़ जाएगा। अब केंद्र में एक दल की सरकार और प्रदेशों में अलग-अलग दलों की सरकारें होंगी। उन सरकारों में मतभेद भी होंगे। राज्यपालों को न्याय की तराजू के दोनों पलड़ों को बराबर रखना होगा। राज्यपाल को संविधान की गरिमा की रक्षा करनी होगी। लेकिन इन सारे मामलों में जयपुर से लेकर लखनऊ तक राज्यपालों ने अलग-अलग ढंग से स्वविवेक के अधिकारों का उपयोग किया, मगर परिणाम एक ही निकला, जो सत्तारूढ़ दल था, वह लाभ में रहा। और जो इधर बैठते हैं, वे घाटे में रहे, इसका कारण क्या है?

सभापति जी, श्री हनुमंतैया जी सदन में नहीं हैं, लेकिन जब आर्टीकिल ३५६ पर संविधान सभा में बहस हो रही थी, उस समय श्री हनुमंतैया ने एक चेतावनी दी थी। आज मुझे उनके ऊपर

दया आती है। एटार्नी जनरल की राय की हम बहुत चर्चा सुन रहे हैं, मगर विधि मंत्रालय की राय क्या है, यह पता नहीं लगता। उस समय श्री हनुमंतैया ने कहा था :

"यह है जो नियम ३६५ (६) करने के लिए कहता है, लेकिन इसके समर्थन में मैं एक चेतावनी नोट करने के लिए कहता हूं। वे लोग जो समझते हैं कि वे घास खोद रहे हैं, सूर्य निकलते ही भविष्य के विषय में सोचते हैं। यदि यह कानून काम करता है, जैसी कि हमें शंका है, वर्ग या समुदायों के हित में कि उन पर भारत सरकार का कब्जा हो जाएगा, जनता शांत नहीं बैठेगी। भारतीय एकता और भारतीय राष्ट्रवाद के बाद और टूटन की समस्या की एक शुरुआत होगी।"

आज श्री हनुमंतैया की चेतावनी हमारे कानों में गूंज रही है। विधि मंत्री के पद पर बैठकर वह अपनी चेतावनी को भले ही न दोहराएं, लेकिन उनकी चेतावनी आज भी उतनी ही सार्थक है। अगर हमें भारत को एक रखना है, अगर प्रजातंत्र को सफल बनाना है तो राज्यपालों को निष्पक्ष संवैधानिक प्रमुख के नाते आचरण करना होगा।

राष्ट्रपति ने जल्दबाजी की

सभापति महोदय, यह भी बड़े आश्चर्य की बात है कि जब राज्यपाल महोदय ने राष्ट्रपति को रिपोर्ट भेजी तो राष्ट्रपति महोदय ने उस रिपोर्ट पर विचार करने तक का कष्ट नहीं किया। कम से कम हमारे पास इस बात का कोई प्रमाण नहीं है, जिससे यह पता लग सके कि उन्होंने दूसरे पक्ष की बात भी जानने की कोशिश की। वह विदेश गए थे, लेकिन विरोधी दल के नेताओं ने उन्हें वहां भी तार दिए थे, चौधरी चरण सिंह का केबल उनके पास था, उनसे यह प्रार्थना की जा चुकी थी कि आप थोड़े दिन रुक जाएं, दिल्ली आने के बाद निर्णय कीजिए। ६ अक्तूबर को विधानसभा की बैठक होनेवाली थी, लेकिन २ अक्तूबर को विधानसभा को मूर्छित कर दिया गया, चौधरी चरण सिंह के मंत्रिमंडल को अलग कर दिया गया। अगर तीन दिन राष्ट्रपति महोदय रुक जाते तो कोई आसमान नहीं टूट जाता। ९६ घंटे बाद राष्ट्रपति महोदय आकर सारी परिस्थितियों पर विचार कर सकते थे। अभी श्री देव ने डॉ. अंबेडकर के भाषण का उद्धरण दिया है, मैं उसी को दोहराना चाहता हूं :

"मैं आशा करता हूं कि राष्ट्रपति, जिनको यह अधिकार है, प्रदेश के प्रशासन को वास्तव में निलंबित करने से पहले उचित सावधानियां बरतेंगे।"

यह संविधान के निर्माता डॉ. अंबेडकर की आशा थी, मगर डॉ. अंबेडकर को यह पता नहीं था कि नई दिल्ली का शासन ऐसे लोगों के हाथ में चला जाएगा जो शासन को अपने हाथ में रखने के लिए या उत्तर प्रदेश पर अपनी हुकूमत कायम रखने के लिए संविधान की धज्जियां उड़ा देंगे।

सभापति महोदय, बड़े आश्चर्य की बात है—राज्यपाल रेड्डी कहते हैं कि चौधरी चरण सिंह का बहुमत नहीं था, तो क्या पंडित कमलापति त्रिपाठी का बहुमत था? मुझे त्रिपाठी जी के साथ बड़ी सहानुभूति है। ऐसा लगता है कि उनकी जन्मपत्री में मुख्यमंत्री बनने का कोई ग्रह नहीं है। लेकिन अगर बहुमत चौधरी चरण सिंह के साथ नहीं था तो वह कमलापति त्रिपाठी को मुख्यमंत्री पद का निमंत्रण दे सकते थे, त्रिपाठी जी सरकार बना सकते थे, विधानसभा को मूर्छित करने की कार्यवाही क्यों हुई? लेकिन मूर्छित इसलिए किया गया, विधानसभा को सस्पेंड इसलिए किया गया

कि राज्यपाल महोदय सत्तारूढ़ कांग्रेस को मेंबरों की खरीद-फरोख्त करने का मौका देना चाहते थे। पं. कमलापति त्रिपाठी का बहुमत नहीं था, राज्यपाल इस बात को जानते थे, लेकिन बहुमत बनाने का समय दिया गया, ईमान को खरीदो, लखनऊ के बाजार में आत्मा का सौदा करो। लोभ से, लालच से, भय से, प्रपंच से, किसी भी तरह उत्तर प्रदेश हाथ से नहीं जाना चाहिए। मुझे दुख है कि राज्यपाल महोदय केंद्र के इस षडयंत्र में शामिल हो गए। उन्होंने न केवल अपने लिए व्यक्तिगत रूप से अपकीर्ति अर्जित की है, उन्होंने राज्यपाल के पद को भी कलंकित किया है।

राज्यपाल का पद समाप्त कर दो

आज राज्यपाल का पद विवाद का विषय बन गया है और यह मांग की जा रही है कि राज्यपाल के पद को समाप्त कर दो। हमारे डी.एम.के. के मित्र भी मांग कर रहे हैं कि उनके अधिकारों को कम करो। यह परिस्थिति क्यों पैदा हुई? क्योंकि राज्यपालों को मोहरा बनाकर केंद्र ने राजनीति की शतरंज पर अपनी गोटी लाल करनी चाही और इसलिए आज राज्यपाल का पद भी खतरे में पड़ गया है।

इस सारे मामले में केंद्र सरकार का जो रवैया है, उसके बारे में कहना चिकने घड़े पर पानी डालने के समान है। जब हम कहते हैं कि वर्तमान शासन में तानाशाही प्रवृत्तियां पैदा हो रही हैं और जब हम कहते हैं येन-केन-प्रकारेण सत्ता अपने हाथ में बनाए रखने के लिए यह सरकार सब कुछ करने के लिए तैयार है तो इस तरह की घटनाएं हमारी नजर में रहती हैं। मुझे खेद है कि प्रधानमंत्री सदन में नहीं हैं। हम जब कभी कहते हैं कि वे तानाशाही रवैया अपना रही हैं, तो वे नाराज हो जाती हैं।

श्री स. मो. बनर्जी : क्योंकि आप उन्हें देखकर उग्र रूप धारण करते हैं।

श्री वाजपेयी : सत्तारूढ़ कांग्रेस ने, जब कांग्रेस संयुक्त थी, तब राष्ट्रपति पद के लिए प्रधानमंत्री की सलाह नहीं मानी तो प्रधानमंत्री ने पार्टी को तोड़ दिया। जब राजाओं का जेबखर्च और विशेषाधिकार समाप्त करने का विधेयक राज्यसभा ने स्वीकार नहीं किया, तब प्रधानमंत्री ने एक्जीक्यूटिव आर्डर से वह काम करके दिखाया। और जब उत्तर प्रदेश की गद्दी पर पं. कमलापति त्रिपाठी को सीधे रूप से आरूढ़ करने में प्रधानमंत्री सफल नहीं हुईं तो फिर उन्होंने संविधान की अवहेलना करके, राज्यपाल के पद का दुरुपयोग करके, उत्तर प्रदेश की सरकार को भंग करवा दिया। ये तानाशाही प्रवृत्तियां हैं, जिनका हम विरोध कर रहे हैं। क्या यह इसलिए है कि इसमें प्रधानमंत्री को दक्षिणपंथी कम्युनिस्ट पार्टी का समर्थन प्राप्त है? देश में एक ही ऐसा दल था जिसने उत्तर प्रदेश के राज्यपाल के आचरण का समर्थन किया है।

श्री स. मो. बनर्जी : क्योंकि वे दलदल में नहीं पड़ना चाहते थे।

श्री वाजपेयी : क्योंकि वे गले तक दलदल में डूबे हुए हैं। लेकिन मेरा निवेदन है कि समय आ गया है जब राज्यपालों के स्वविवेक के अधिकारों को असंदिग्ध शब्दों में स्पष्ट किया जाना चाहिए। राज्यपालों के लिए नापने के अलग-अलग गज नहीं होने चाहिए। स्वविवेक के अधिकार क्या हैं, मैं संविधान की धारा पढ़कर बताना नहीं चाहता, लेकिन संविधान स्पष्ट है। किसी मंत्री का त्यागपत्र लेना या न लेना राज्यपाल के ऊपर नहीं है, बल्कि मुख्यमंत्री के ऊपर है। राज्यपालों की डिस्क्रीशनरी पावर्स के बारे में, जैसे किस परिस्थिति में राज्यपाल किस ढंग से आचरण करेगा और उसके आचरण में एकरूपता होगी या नहीं, इसके लिए संवैधानिक निर्देश होना चाहिए।

दूसरी बात यह है कि राज्यपालों की नियुक्ति के सवाल पर पुनर्विचार होना चाहिए। मेरे मित्र श्री नाथ पई ने एक विधेयक पेश किया है कि उनकी नियुक्ति संसद में पुष्ट कराई जाए—एक तरीका यह हो सकता है। दूसरा तरीका यह हो सकता है कि एक पैनल बनाया जाए जिसमें विरोधी दलों की सलाह भी ली जाए और उस पैनल से राज्यपाल बनाए जाएं। वे केवल सत्तारूढ़ दल के कठपुतले न हों, बल्कि सच्चे अर्थों में संविधान के संरक्षक हों।

तीसरी बात यह है कि एटार्नी जनरल महोदय श्री नीरेन डे ने उत्तर प्रदेश के सारे प्रकरण में अपने पद की गरिमा के अनुकूल काम नहीं किया है। केंद्रीय सरकार को जो सलाह चाहिए थी, वही सलाह उन्होंने दी। राज्यपाल को वह सलाह माननी नहीं चाहिए थी और श्री नीरेन डे को वह सलाह देनी भी नहीं चाहिए थी। श्री नीरेन डे को त्यागपत्र दे देना चाहिए और अगर वे त्यागपत्र नहीं देते हैं तो केंद्रीय सरकार को चाहिए कि उन्हें ससम्मान विदा कर दे। ऐसा व्यक्ति केंद्रीय सरकार को जरूर किसी खाई में पटकेगा और जिस तरह से उत्तर प्रदेश में आपको पराजय का मुंह देखना पड़ा, अगर ऐसी गलत सलाह ही मिलेगी तो फिर से पराजय का मुंह देखना पड़ेगा। जहां तक इस प्रस्ताव का संबंध है, हम इसके साथ हैं और मुझे विश्वास है कि सदन भी इसे स्वीकार करेगा।

मुख्यमंत्री अनशन पर?

अध्यक्ष महोदय, इस सदन में हम सारे देश की समस्याओं पर चर्चा करते आए हैं, परंतु यह बड़े आश्चर्य की बात है कि हमारे मित्र पश्चिमी बंगाल पर चर्चा का विरोध करते हैं। उन्होंने अहमदाबाद की घटनाओं पर चर्चा की मांग की थी। क्या अहमदाबाद देश में है और पश्चिमी बंगाल देश से बाहर चला गया? ···(व्यवधान) पश्चिमी बंगाल अभी तक भारत का भाग है। शायद कुछ लोगों का प्रयत्न हो कि पश्चिमी बंगाल को देश से बाहर ले जाया जाए, मगर उनके मंसूबे कभी पूरे नहीं होने दिए जाएंगे।···(व्यवधान)···एक बड़ी विचित्र परिस्थिति पैदा हो गई है। एक प्रदेश के मुख्यमंत्री···(व्यवधान)

अध्यक्ष महोदय : माननीय सदस्य मेहरबानी करके बैठ जाएं।

श्री हुकम चंद कछवाय (उज्जैन) : अध्यक्ष महोदय, आप इन लोगों को नियंत्रित कीजिए, वर्ना हम इनसे निपटने के लिए तैयार हैं।···(व्यवधान)

श्री वाजपेयी : अध्यक्ष महोदय, पश्चिम बंगाल का मामला उठाने का विरोध किया जा रहा है, इसका अर्थ एक ही है कि जो लोग इसका विरोध करते हैं, वे अपने पाप पर पर्दा डालना चाहते हैं।···(व्यवधान)

श्री पी. राममूर्ति : हम इस पर चर्चा करने को तैयार हैं। इस पर उचित चर्चा होनी चाहिए। कौन क्या ढकना चाहता है···(व्यवधान)

श्री वाजपेयी : यह बड़ी विचित्र बात है कि हमारे मित्र चर्चा के लिए तो तैयार हैं, लेकिन ध्यानाकर्षण प्रस्ताव के लिए तैयार नहीं हैं। जिस विषय पर चर्चा हो सकती है, उस हर ध्यानाकर्षण प्रस्ताव भी आ सकता है।

सदन के अधिकार बिल्कुल स्पष्ट हैं। पश्चिमी बंगाल में एक विचित्र परिस्थिति पैदा हो गई है। किसी प्रदेश का मुख्यमंत्री अपने ही प्रदेश में व्याप्त अराजकता और हिंसा के खिलाफ अनशन करे, यह हमारे लोकतंत्र के इतिहास में एक असाधारण बात है।···(व्यवधान)

श्री सत्य नारायण सिंह (वाराणसी) : वह पुराना कांग्रेसी है।···(व्यवधान)

** पश्चिम बंगाल में हिंसा और मुख्यमंत्री द्वारा भूख हड़ताल करने के समाचार पर लोकसभा में ३ दिसंबर, १९६९ को ध्यानाकर्षण प्रस्ताव।*

श्री ओम प्रकाश त्यागी (मुरादाबाद) : अध्यक्ष महोदय, इन माननीय सदस्य को चुप कराइए।

श्री वाजपेयी : गृह मंत्री महोदय ने अपने वक्तव्य में बंगाल कांग्रेस द्वारा प्रकाशित एक वक्तव्य का हवाला दिया है। मैं बंगाल कांग्रेस द्वारा प्रकाशित एक डाकुमेंट का हवाला देना चाहता हूं। मैं गृह मंत्री महोदय से यह जानना चाहता हूं कि क्या उन्हें डाकुमेंट में दिए गए तथ्यों के बारे में जानकारी है या नहीं?

बंगाल कांग्रेस द्वारा प्रकाशित इस दस्तावेज के अनुसार फरवरी अंत से लेकर ४ अक्तूबर तक पश्चिमी बंगाल में ३७८ हत्याएं हुई हैं,...(व्यवधान) जिनमें से २०० हत्याएं राजनीतिक थीं।...(व्यवधान) जो व्यक्ति घायल हुए, उनकी संख्या ६७३ है। उस दस्तावेज के अनुसार पुलिस को २९२ शिकायतें की गईं, लेकिन पुलिस ने कोई कार्यवाही नहीं की।...(व्यवधान)

अकेले चौबीस परगना जिले में अदालत ने पुलिस के खिलाफ २०२ स्ट्रिक्चर्स पास किए। ३ पुलिसवालों पर जुर्माने भी हुए। एक हजार से अधिक मामले वापस ले लिए गए। उस दस्तावेज के अनुसार अगस्त तक ३६७ घेराव हुए, ५५१ हड़तालें हुईं और ७३ तालाबंदियां हुईं जिससे ६१, ५९, ७८७ श्रम-घंटे नष्ट हुए।

अदालत में नारे!

एक घटना और है, जिसका सदन को नोट लेना होगा। अलीपुर की अदालत में कुछ लोगों को फांसी की सजा सुनाई गई, तो अदालत में नारे लगे और जज को काम नहीं करने दिया गया। पश्चिमी बंगाल में जो लोग सरकार को चला रहे हैं, ये उनके द्वारा प्रकाश में लाए गए तथ्य हैं। मैं गृह मंत्री महोदय से यह जानना चाहता हूं कि क्या वह पश्चिमी बंगाल की स्थिति के संबंध में एक विस्तृत वक्तव्य देने के लिए तैयार हैं, जिससे इस सदन और देश को विश्वास में लिया जा सके कि पश्चिमी बंगाल में क्या हो रहा है?

हमने देश में संविधान की रक्षा की शपथ ली है। पश्चिमी बंगाल के राज्यपाल महोदय ने भी यह शपथ ली है कि पश्चिमी बंगाल में संविधान का संरक्षण किया जाएगा और कानून के अनुसार शासन चलेगा। मैं जानना चाहता हूं कि गृह मंत्री या केंद्रीय सरकार ने पश्चिमी बंगाल के राज्यपाल से कोई रिपोर्ट मांगी है? संविधान के अनुसार सरकार राज्यपाल से रिपोर्ट मांग सकती है। अगर उनसे रिपोर्ट नहीं मांगी गई है तो उसका क्या कारण है और क्या गृह मंत्री महोदय उनसे इस तरह की रिपोर्ट मांगने के लिए तैयार हैं?

हरियाणा में राज्यपाल ने वहां की सरकार इसलिए बर्खास्त कर दी कि वहां 'आयाराम' और 'गयाराम' हो रहा था और उनका तर्क यह था कि उससे लोकतंत्र के लिए खतरा पैदा हो रहा था। स्वयं पश्चिमी बंगाल के राज्यपाल ने इसलिए सरकार बर्खास्त कर दी कि वह सरकार राज्यपाल द्वारा सुझाई गई तिथि पर विधानसभा की बैठक बुलाने के लिए तैयार नहीं थी। हम जानना चाहते हैं कि पश्चिमी बंगाल के राज्यपाल इस मामले में क्या कर रहे हैं?

सवाल यह है कि क्या केंद्रीय सरकार इस सारी परिस्थिति को मूक दर्शक बनकर देखती रहेगी? पश्चिमी बंगाल में जो कुछ हो रहा है, उससे देश की सुरक्षा, अखंडता और विधि तथा कानून के राज्य के लिए संकट पैदा हो रहा है। वहां राजनीतिक हत्याएं हो रही हैं, मजदूरों के क्षेत्र में विरोधियों का सफाया करने की नीति अपनाई जा रही है, पुलिस के बल पर एक पार्टी का शासन कायम करने की कोशिश हो रही है।

अभी वहां जो उपचुनाव हुआ, मेरे मित्र उसमें विजय की बातें कर रहे हैं। हम जम्मू में एक उपचुनाव जीते हैं।···(व्यवधान)

श्री सत्य नारायण सिंह : आपने जम्मू में हिंदू-मुस्लिम दंगे करवाए थे।

श्री वाजपेयी : और पश्चिमी बंगाल में इन लोगों ने जगतदल में हिंदू-मुस्लिम दंगे कराए हैं। मगर उस चुनाव के बारे में···(व्यवधान) पश्चिमी बंगाल में इंदिरा जी की कांग्रेस के नेता, श्री सिद्धार्थ शंकर राय ने कहा है कि उस चुनाव में पुलिसवाले अपने गले में लाल रूमाल बांधकर पोलिंग स्टेशन पर मौजूद थे।···(व्यवधान)

श्री एच. एन. मुखर्जी : अध्यक्ष महोदय, आपने कहा कि जो अपेक्षित न हो या जरूरी न हो, ऐसी बात का संदर्भ न दें। क्या किसी के काम करने का यही तरीका है? क्या हम अध्यक्ष से ऐसी बातों की अनुमति की अपेक्षा करें? आपने हमसे कहा कि किसी अनपेक्षित संदर्भ की अनुमति नहीं देंगे और वह संसदीय दृष्टि से गैरजरूरी संदर्भ दिए जा रहे हैं।

श्री वाजापेयी : क्या मैं यह नहीं कह सकता हूं कि चुनाव को प्रभावित करने के लिए पुलिस वालों को गले में लाल रूमाल बंधवाकर पोलिंग स्टेशन पर ले जाया गया? क्या गृह मंत्री महोदय इसको कांट्राडिक्ट कर सकते हैं?···(व्यवधान)

श्री एच.एन. मुखर्जी : क्या आप इन बातों को रिकार्ड में जाने की अनुमति दे रहे हैं? क्या इसी तरह से देश को संदेश दिया जा रहा है? यह असंसदीय है।···(व्यवधान) व्यवस्था के बिंदु पर मैं आपकी व्यवस्था चाहता हूं। अध्यक्ष महोदय, श्री वाजपेयी ऐसे आकलन कर रहे हैं, जो आपके कथन की भावना के विरुद्ध जाते हैं; कि आप ऐसी बातों की अनुमति नहीं देंगे। मैं चाहता हूं कि आप रिकार्ड देखें। क्या आप चाहेंगे कि इस तरह की बातें राष्ट्र के लिए प्रकाशित की जाएं? यह पूर्णरूपेण व्यवस्था के विरुद्ध है···(व्यवधान) मैं चाहता हूं आप रिकार्ड का निरीक्षण करें। क्या यह उसके अनुरूप है, जो आपने पहले कहा कि गैर-जरूरी संदर्भ की अनुमति नहीं देंगे? कृपया रिकार्ड की जांच करें।···(व्यवधान)···मैं जबर्दस्ती के विरुद्ध हूं।

चुनाव में पुलिस का उपयोग

श्री वाजपेयी : लेकिन पश्चिम बंगाल में आपके प्रतिपक्ष में नहीं।

अध्यक्ष महोदय, चुनाव देश में निष्पक्ष हों और ठीक तरह से हों, यह केंद्र की जिम्मेदारी है और अगर किसी चुनाव में पुलिस का उपयोग किया जाता है—यह मैं अपने किसी कार्यकर्ता का वक्तव्य नहीं दे रहा हूं, इंदिरा जी की कांग्रेस के लेजिस्लेचर के जो नेता हैं उनका वक्तव्य दे रहा हूं, अगर गृह मंत्री चाहें तो इसका खंडन कर सकते हैं। लेकिन पश्चिमी बंगाल में जो परिस्थिति पैदा हो गई है, मैं फिर अपने सवाल को दोहराना चाहता हूं, गृह मंत्री महोदय उसके बारे में एक विस्तृत वक्तव्य दें और राज्यपाल महोदय से रिपोर्ट मांगें। क्या वह इसके लिए तैयार हैं? राज्यपाल महोदय की रिपोर्ट आने के बाद उसे सदन की मेज पर रखें।

श्री वाई.बी. चह्वाण : जहां तक पश्चिम बंगाल की स्थिति का संबंध है, वह वैसी ही है जो यहां सभी के लिए चिंता का कारण होती है। लेकिन इसी के साथ, इस मामले को हमने सावधानी से लेना है। मुख्यमंत्री ने वहां स्थिति पर स्वयं ही ध्यान दिया है और इसे नैतिक रूप से लेने की कोशिश कर रहे हैं, क्योंकि मुख्य समस्या है वातावरण की, जो वहां पर पैदा हो गया है और उसके लिए वह जनता को विशेष कार्यवाही के लिए तैयार कर रहे हैं।

एक माननीय सदस्य : वह कार्यवाही क्या है?

श्री वाई.बी. चह्वाण : मैं सोचता हूं कि यह ज्यादा अच्छा है कि आप ये बातें मुख्यमंत्री से पूछें। उनके प्रयास उस दिशा में जाते हुए लग रहे हैं। मुख्यमंत्री के लिए दो विकल्प खुले हुए हैं। एक है संवैधानिक, प्रशासनिक कार्यवाही जिसे वह वैध तरीके से मुख्यमंत्री के रूप में कर सकते हैं। दूसरा है राजनैतिक कार्यवाही। उन्होंने राजनैतिक विधि को चुना है। मैं सोचता हूं कि उन्हें हमारे समर्थन और सहानुभूति की जरूरत है।

श्री वाजपेयी : अध्यक्ष महोदय, मेरे सवालों का क्या हुआ? मैंने दो बातें कही थीं कि क्या गृह मंत्री महोदय पश्चिमी बंगाल की स्थिति के बारे में एक विस्तृत वक्तव्य देंगे और क्या राज्यपाल से कहेंगे कि वह अपनी रिपोर्ट भेजें? धन्यवाद।

संवैधानिक प्रमुख सो रहे हैं!

अध्यक्ष महोदय, नियम ३७० के अंतर्गत, आपकी इजाजत से मैं सदन में मध्य प्रदेश का मामला उठाना चाहता हूं। पश्चिमी बंगाल के बाद अब मध्य प्रदेश में एक संवैधानिक नाटक खेला जा रहा है। प्रश्न बुनियादी है और वह प्रश्न यह है कि मध्य प्रदेश की सरकार का भाग्य का निर्णय क्या राज्यपाल महोदय करेंगे या मध्य प्रदेश की विधानसभा के निर्वाचित सदस्य करेंगे? वहां की सरकार की तकदीर का फैसला राज भवन में होगा या विधानसभा भवन में होगा? मध्य प्रदेश की विधानसभा इस समय चल रही है। विधानसभा बुलाई जाए या न बुलाई जाए, यह सवाल किसी के सामने नहीं है। उस विधानसभा में संयुक्त विधायक दल का बहुमत है और प्रचंड बहुमत है। विधानसभा की बैठक हो रही है, लेकिन उसमें प्रतिपक्ष को—मध्य प्रदेश में कांग्रेस प्रतिपक्ष में है—अपनी शक्ति का परीक्षण करने का साहस नहीं हुआ। संयुक्त विधायक दल ने अपना नया नेता चुना। नये नेता के चुनाव के निर्णय को लेकर मध्य प्रदेश विधानसभा के संयुक्त विधायक दल के नेता राज्यपाल को मिलने के लिए गए, लेकिन राज्यपाल महोदय सो चुके थे। केंद्रीय मंत्रिमंडल में भी परिवर्तन होते हैं, विभाग बदले जाते हैं, तो राष्ट्रपति को सोते हुए में उठाया जाता है, उनको रात्रि में शपथ दिलाने के लिए तैयार किया जाता है, लेकिन मध्य प्रदेश के राज्यपाल रात को उठकर नहीं आए।...(व्यवधान)...स्पष्ट है कि राज्यपाल बड़ी गहरी निद्रा में सो रहे थे। प्रदेशों में केंद्र का प्रतिनिधि, संवैधानिक प्रमुख इस तरह से रात्रि में प्रगाढ़ निद्रा में सो जाएगा, मैं इस समय उसके औचित्य-अनौचित्य पर चर्चा नहीं करना चाहता। दूसरे दिन जब राज्यपाल महोदय मिले होंगे तो उनको चाहिए था कि वे नेता के परिवर्तन को स्वीकार करते और नवनिर्वाचित नेता को सरकार बनाने के लिए बुलाते। लेकिन राज्यपाल महोदय ने कहा कि मुझे तीन दिन का समय चाहिए। उन्होंने यह भी कहा कि कामचलाऊ सरकार के रूप में यह सरकार काम कर सकती है। इसमें काम चलाऊ सरकार का सवाल नहीं है क्योंकि सरकार बनी हुई है, केवल नेता में परिवर्तन हुआ है। राज्यपाल महोदय नए नेता को मुख्यमंत्री की शपथ दिलाकर सरकार का काम चलाने के लिए कह सकते थे और वह सरकार विधानसभा का सामना कर सकती थी। अगर मध्य प्रदेश

** मध्य प्रदेश मंत्रिमंडल के गठन में राज्यपाल द्वारा उठाए गए कदम पर लोकसभा में १२ मार्च, १९६९ को हुई चर्चा में हिस्सेदारी।*

में कांग्रेस को बहुमत प्राप्त हो गया है तो कांग्रेस विधानसभा में अपनी शक्ति दिखा सकती है, संयुक्त विधायक दल की सरकार को पलट सकती है, लेकिन कामचलाऊ सरकार का नाम देकर कांग्रेस को विधानसभा के सदस्यों को खरीदने और बेचने का मौका देना, यह संविधान के प्रतिकूल है। इस प्रकार से लोकतंत्र की हत्या की गई है। मुझे खेद है कि मध्य प्रदेश के राज्यपाल अपने दायित्व का पालन नहीं कर रहे हैं। आज के 'स्टेट्समैन' के संपादकीय का एक हिस्सा आपके सामने मैं पढ़ना चाहूंगा। मध्य प्रदेश के राज्यपाल की बीमारी राजनीतिक है या नहीं, इस पर चर्चा हो रही है। एक ओर तो वे बीमार हैं और दूसरी ओर मिसेज रेड्डी—भोपाल से मेरे पास यह समाचार आया है—एक्टिंग राज्यपाल का काम कर रही हैं। वे कांग्रेस के सदस्यों से बातचीत कर रही हैं। कांग्रेस की शक्ति कितनी बढ़ गई है, कितनी घट गई है, इसके बारे में प्रतिवेदन प्राप्त कर रही हैं। मैं नहीं जानता, संविधान के किस प्रावधान के अंतर्गत राज्यपाल की पत्नी को यह अधिकार मिलता है? स्टेट्समैन ने जनता की भावनाओं को प्रकट किया है, जिसे मैं उद्धृत कर रहा हूं :

"विशेष रूप से मध्य प्रदेश की राजनीति के हालात देखते हुए श्री रेड्डी की बीमारी शारीरिक की अपेक्षा राजनैतिक होने का अधिक संदेह है, जिसका स्पष्टीकरण होना चाहिए। तीन दिन तक के लिए मंत्रिमंडल बनाने में देरी, और इस कालखंड के लिए राज्य में संवैधानिक मशीनरी को ठंडे बस्ते में डाले रखना, किसी भी मामले में अपेक्षित नहीं है, चाहे इससे कांग्रेस पार्टी को संविद सदस्यों को तोड़ने में मदद मिले या इसके उलट संविद को मदद मिले। यदि श्री रेड्डी का स्वास्थ्य उन्हें कार्य करने की अनुमति नहीं देता तो किसी और से उनके स्थान पर कार्य करने के लिए कहा जा सकता है।"

अगर राज्यपाल महोदय सचमुच में बीमार हैं तो यह केंद्र का दायित्व है कि वह मध्य प्रदेश के लिए दूसरे राज्यपाल की व्यवस्था करे। लेकिन राज्यपाल महोदय को यह अधिकार नहीं दिया जा सकता है कि वे सरकार की तकदीर का फैसला राजभवन में करें और विधानसभा की बैठक भी स्थगित कर दी जाए। राज्यपाल महोदय ने कहा कि यह केयर टेकर गवर्नमेंट है। स्पीकर महोदय कहते हैं कि केयर टेकर गवर्नमेंट जवाब कैसे दे सकती है। नई सरकार बन सकती है और वह सरकार विधानसभा में अपनी शक्ति का प्रदर्शन कर सकती है। अगर वह सरकार अल्पमत में होगी तो ठुकरा दी जाएगी। मैं जानना चाहता हूं कि क्या गृह मंत्री महोदय ने भोपाल में राज्यपाल की स्थिति के संबंध में कोई जानकारी प्राप्त की है और क्या उन्होंने राज्यपाल से कोई परामर्श किया है और क्या राज्यपाल को कोई निर्देश दिए हैं? राज्यपाल की बीमारी को देखते हुए क्या गृह मंत्री कोई नया राज्यपाल भेजने पर विचार कर रहे हैं? या भोपाल में जो कुछ हो रहा है, उसमें गृह मंत्रालय की साजिश है? मैं चाहता हूं कि गृह मंत्री सदन में वहां की स्थिति को स्पष्ट करें। धन्यवाद।

सरकारों की तकदीर कहां तय होगी?

अध्यक्ष महोदय, मैं प्रस्ताव करता हूं : "कि यह सभा खेद व्यक्त करती है कि भारत सरकार ने उत्तर प्रदेश के राज्यपाल द्वारा राष्ट्रपति को भेजी गई दिनांक १० अप्रैल, १९६८ की रिपोर्ट को अस्वीकार नहीं किया जिसमें राज्य विधानसभा को विघटित करने और राज्य में मध्यावधि चुनाव करने के लिए उद्घोषणा की गई थी, जारी करने की सिफारिश की गई थी, चूंकि राज्य विधानसभा में संयुक्त विधायक दल को बहुमत प्राप्त था और उसके नेता को सरकार बनाने के लिए निमंत्रित किया जाना चाहिए था।"

दोनों प्रस्तावों पर एक साथ विचार होना है तो वह भी मूव कर दें और मेरा भाषण बाद में हो।

अध्यक्ष महोदय : गृह मंत्री इस प्रस्ताव को प्रस्तुत कर सकते हैं।...

गृह मंत्री श्री वाई.वी. चह्वाण : पहले मैं प्रस्ताव रखूंगा।

श्री वाजपेयी : मैं समझता हूं कि प्रस्तावों पर अलग-अलग चर्चा नहीं होगी।

श्री वाई.वी. चह्वाण : मैं औपचारिक रूप से प्रस्ताव रखूंगा। पर बाद में बोलूंगा। अब उन्हें अपनी कहने दें।

श्री एस.एम. बनर्जी (कानपुर) : क्या मैं निवेदन कर सकता हूं कि आर्डर पेपर में एक गलती है? पहले प्रस्ताव प्रस्तुत किया जाना चाहिए था और तभी मोशन आ सकता है। लेकिन दोनों उलट गए हैं।

अध्यक्ष महोदय : श्री ए.बी. वाजपेयी अपने प्रस्ताव पर अभी बोलने को तैयार हैं। इसलिए, माननीय सदस्य इस बारे में चिंतित न हों। बाद में गृह मंत्री अपना प्रस्ताव रखेंगे।

श्री वाजपेयी : अध्यक्ष महोदय, एक और प्रदेश में लोकतंत्र की हत्या हो गई और हम यहां शव-परीक्षा के लिए इकट्ठा हुए हैं। एक और गैर-कांग्रेसी सरकार केंद्र की कुटिलता और कुचक्र का शिकार बना दी गई है और आज हम उनके ऊपर अपना रोष व्यक्त करने जा रहे हैं।

अध्यक्ष महोदय, गत बारह महीनों में यह चौथा अवसर है जब कि संविधान के अनुच्छेद ३५६

** उत्तर प्रदेश में राष्ट्रपति शासन के बारे में प्रस्ताव और संकल्प के अवसर पर लोकसभा में १८ अप्रैल, १९६८ को भाषण।*

का दुरुपयोग करके केंद्रीय सरकार ने प्रादेशिक स्वायत्तता का गला घोंटा है और दलगत और गुटगत स्वार्थों की रक्षा के लिए अपने अधिकारों का दुरुपयोग किया है। पहले राजस्थान, फिर हरियाणा, बाद में पश्चिम बंगाल और अब प्रधानमंत्री का उत्तर प्रदेश। यह एक ही कड़ी की लड़ियां हैं, यह एक ही मनमानी की कहानी है। यह कहानी केंद्र के अलोकतंत्रीय आचरण की है। यह कहानी भारतीय संविधान की खुली अवहेलना की कहानी है। यह कहानी भारतीय गणराज्य के आधार पर ही कुठाराघात करनेवाली कहानी है। यह कहानी चौथे आम चुनाव के बाद देश में लोकतंत्र की शोकांतिका की कहानी है। इस सदन को इस कहानी पर आज गंभीरता से विचार करना होगा।

जब संविधान निर्माण के समय संविधान परिषद इस धारा ३५६ के बारे में तीन और चार अगस्त १९४७ को विचार कर रही थी, तब डॉ. कुंजरू ने आपत्ति की थी कि केंद्रीय सरकार को यह देखने का अधिकार नहीं होना चाहिए कि किसी राज्य में शासन संविधान के प्रावधानों के अनुसार चलता है या नहीं। उन्होंने यह तो माना था कि किसी विदेशी आक्रमण की स्थिति या घरेलू तोड़-फोड़ अथवा व्यापक उपद्रवों के समय केंद्र को राज्यों के शासन में हस्तक्षेप करके उनका शासन अपने हाथ में लेने का अधिकार होना चाहिए; किंतु संविधान के अनुसार शासन चलता है या नहीं चलता है, यह एक बड़ी अस्पष्ट बात है। डॉ. कुंजरू ने कहा था कि यह बात संविधान में शामिल नहीं की जानी चाहिए। संविधान परिषद में इस बात पर चर्चा हुई थी और यह प्रश्न उठा था कि अगर किसी प्रदेश में अनेक दल हों और वे स्थायी सरकार नहीं बना सकते हों तो क्या केंद्र को यह अधिकार होना चाहिए कि वह उस क्षेत्र की जनता को अपने लोकतंत्रीय शासन के अधिकार से वंचित् कर दे? मैं डॉ. कुंजरू का यह अंश सदन के सामने उद्धृत करना चाहता हूं :

"यदि किसी प्रांत में दलों की बहुलता है, तो हम उसका स्वागत नहीं करेंगे। लेकिन क्या यह तथ्य अपने आप में प्रांतीय प्रशासन में केंद्रीय सरकार के हस्तक्षेप के लिए पर्याप्त है? कुछ देशों में कई दल हैं, जो मंत्रिपरिषद को अस्थिर बनाते हैं। फिर भी सुरक्षा या अस्तित्व को कोई खतरा बने बिना इन देशों की सरकारें चल रही हैं। यह दुर्भाग्य का विषय होगा यदि प्रांतों में कई दल हों और वे मिलकर काम करने में असमर्थ हों या अपने प्रांत के हित में किसी महत्वपूर्ण विषय पर सहमत न हो सकें। लेकिन, यह कितना ही दुभार्ग्यपूर्ण क्यों न हो, मेरी राय में, यह केंद्र सरकार के हस्तक्षेप करने और खुद को संसद के साथ संयुक्त रूप से संबंधित राज्य के शासन के लिए जिम्मेदार बनाने को औचित्यपूर्ण नहीं बनाएगा।"

डॉ. कुंजरू की इस आपत्ति का जवाब देते हुए डॉ. अंबेडकर ने जो कुछ कहा था, सदन को उसका भी स्मरण रखना चाहिए। चर्चा के दौरान प्रश्नोत्तर हुए थे और डॉ. कुंजरू ने यह स्पष्ट प्रश्न किया था :

"क्या मैं अपने माननीय मित्र से एक मुद्दे को स्पष्ट करने को कह सकता हूं? क्या यह अनुच्छेद २७८ का उद्देश्य है।"

संविधान के प्रारूप में अनुच्छेद इस प्रकार था :

"और अनुच्छेद २७८ (ए) केंद्र सरकार को प्रांतों में अच्छे शासन के लिए हस्तक्षेप की दृष्टि से सक्षम बनाने के लिए।"

"डॉ. अंबेडकर : नहीं, नहीं। केंद्र सरकार को वह अधिकार नहीं दिया गया है।"

"पंडित कुंजरू : या सिर्फ तभी जब प्रांत में ऐसा बुरा शासन हो कि नागरिक शांति को खतरा हो या…"

इसका डॉ. अंबेडकर ने जो जवाब दिया था, वह भी मैं पढ़ना चाहता हूं :

"जो सामान्य चर्चा हुई है उसके संबंध में, यह सुझाव दिया गया कि इन अनुच्छेदों का दुरुपयोग हो सकता है। मैं कह सकता हूं कि मैं पूरी तरह इस बात से इन्कार नहीं करता कि इन अनुच्छेदों के दुरुपयोग की संभावना है और ये राजनीतिक उद्देश्यों के लिए प्रयोग किए जा सकते हैं। लेकिन यह आपत्ति पूरे संविधान पर लागू होती है जो केंद्र को प्रांतों के कानूनों को रद्द करने का अधिकार देता है। वास्तव में, कल मेरे माननीय मित्र श्री गुप्ता द्वारा व्यक्त भावनाओं से मैं सहमत हूं कि जिस उचित चीज की हमें आशा करनी चाहिए, वह यह है कि ये अनुच्छेद कभी भी लागू नहीं किए जाएंगे और वे मृत शब्दों की तरह पड़े रहेंगे।"

भारतीय संविधान के निर्माण में जिन्होंने निर्णायक भाग लिया, उन डॉ. अंबेडकर का यह कहना था कि अनुच्छेद ३५६ जैसे प्रावधान को कभी प्रयोग में नहीं लाया जाएगा, उसका उपयोग करने की कभी आवश्यकता नहीं पड़ेगी। मैं पिछले १८ साल के उस इतिहास में नहीं जाना चाहता, जब १२ बार इस अनुच्छेद का उपयोग करके प्रांतीय सरकारें तोड़ी गईं और राष्ट्रपति राज लागू किया गया। इसमें एक बात जो स्मरण करनेवाली है, वह यह है कि इन बारह अवसरों में से केवल दो अवसर ऐसे हैं, जिनमें इस धारा का उपयोग किए जाने के कारण कांग्रेस दल को नुकसान हुआ। शेष दस बार विरोधी दलों को शासन से वंचित करने के लिए ही इस अनुच्छेद का उपयोग किया गया है। चौथे आम चुनाव के बाद अब चौथी बार इस अनुच्छेद का उपयोग किया गया है।

विरोधी बहुमत में आए कि विधानसभा भंग

हर बार यह प्रयत्न किया गया है कि अगर कांग्रेस सत्ता में नहीं है, तो उसे किसी प्रकार सत्ता में लाया जाए और अगर विरोधी दल सत्ता में है, तो उन्हें किसी प्रकार सत्ता से अपदस्थ किया जाए।

प्रारंभ हुआ राजस्थान से। राजस्थान में विधानसभा स्थगित की गई, क्योंकि कांग्रेस बहुमत बनाने की स्थिति में नहीं थी। जैसे ही कांग्रेस बहुमत बनाने की स्थिति में हो गई, विधानसभा को पुनरुज्जीवित कर दिया गया, और कांग्रेस को सत्तारूढ़ कर दिया गया।

लेकिन विधानसभा को स्थगित करने की प्रक्रिया हरियाणा में नहीं अपनाई गई। हरियाणा में गैर-कांग्रेसी मंत्रिमंडल बहुमत में था। उसे विधानसभा में परास्त नहीं किया गया, उसे शक्ति-परीक्षण तक का मौका नहीं दिया गया। उसे अपना आचरण सुधारने की चेतावनी भी नहीं दी गई और विधानसभा तोड़ दी गई तानाशाह तरीके से, गैर-कांग्रेसी सरकार अपदस्थ कर दी गई।

पश्चिमी बंगाल के राज्यपाल ने किस तरह से आचरण किया और पश्चिमी बंगाल की सरकार किस तरह से चल रही थी, इस चर्चा में मैं नहीं जाना चाहता। उस विषय में मतभेद हो सकते हैं। लेकिन किसी राज्यपाल को यह अधिकार नहीं दिया जा सकता कि वह जनतंत्रीय तरीकों से किसी चुनी हुई सरकार को विधानसभा में परीक्षा का मौका दिए बिना बर्खास्त कर दें। पश्चिमी बंगाल के राज्यपाल ने भी ऐसा ही आचरण किया, जो कांग्रेस को सत्ता में आने का रास्ता खोलने वाला और विरोधी दलों को शासन से वंचित करनेवाला था।

ताजा उदाहरण उत्तर प्रदेश का है। उत्तर प्रदेश में क्या स्थिति थी? राज्यपाल महोदय ने जो

रिपोर्ट दी है और जिसके आधार पर केंद्रीय सरकार ने यह निर्णय किया है, वह रिपोर्ट हास्यास्पद है। वह रिपोर्ट १० अप्रैल को दी गई थी। १० अप्रैल को उत्तर प्रदेश में क्या स्थिति थी? संयुक्त विधायक दल में शामिल सभी दलों ने श्री हरिश्चंद्र सिंह को अपना नेता माना था।

एक माननीय सदस्य : गलत।

एक माननीय सदस्य : सभी दलों ने नहीं माना।

श्री वाजपेयी : संयुक्त समाजवादी दल का एक प्रतिनिधि मंडल राज्यपाल को मिला था और उसने उनसे कहा था कि वह श्री हरिश्चंद्र सिंह को सरकार बनाने के लिए बुलाएं, हम उनके साथ हैं। भारतीय क्रांति दल इस निर्णय में शामिल था। नौ विरोधी दलों का प्रतिनिधि मंडल राज्यपाल से मिला था। अगर राज्यपाल को यह संदेह था कि संयुक्त विधायक दल को बहुमत प्राप्त नहीं है तो वह कांग्रेस पार्टी को सरकार बनाने के लिए आमंत्रित कर सकते थे।

श्री शिव नारायण (बस्ती) : करना चाहिए था।

श्री वाजपेयी : निमंत्रित क्यों नहीं किया? संयुक्त विधायक दल के नेताओं ने यह मांग की थी कि जो कांग्रेस अल्पमत में थी, चूंकि वह इस बात का दावा कर रही है कि संयुक्त विधायक दल के कुछ विधायक कांग्रेस में चले गए हैं, और अब वह बहुमत में हो गई, इसलिए उन दल बदलनेवाले विधायकों के नाम घोषित कर दिए जाएं। कांग्रेस पार्टी ने इस मांग को नहीं माना। इसको मैं समझ सकता हूं, क्योंकि इस प्रकार के विधायक सचमुच में अस्तित्व में थे ही नहीं। जोर-जबर्दस्ती से, लाभ या लालच से उनके हस्ताक्षर प्राप्त कर लिए गए थे। अगर उनके नाम प्रकट कर दिए जाते, तो वे लोग लोक-लाज के सामने टिक नहीं सकते थे।

क्या दल बदलने की प्रक्रिया राजभवन से चलेगी? अध्यक्ष महोदय, आप कल्पना कीजिए। संसद की बैठक नहीं चल रही है और विरोधी दल के कुछ सदस्य जाकर राष्ट्रपति से मांग करें कि इंदिरा गांधी सरकार का बहुमत खत्म हो गया है, क्योंकि कांग्रेस के २०, २२ या ३० सदस्यों ने लिखकर दे दिया है कि वे हमारे साथ शामिल होने को तैयार हैं···

एक माननीय सदस्य : यह मौका इनको कभी नहीं मिलेगा।

श्री हुकुम चंद कछवाय (उज्जैन) : जल्दी आएगा।

श्री वाजपेयी :···तो क्या स्थिति होगी? मैं एक उदाहरण दे रहा हूं। क्या ऐसे अवसर पर राष्ट्रपति को या किसी प्रदेश में किसी राज्यपाल को यह अधिकार होगा कि उन नामों को बिना घोषित किए, केवल उन लोगों के कहने के आधार पर इस बात का निर्धारण करें कि किसका बहुमत है और किसका नहीं? यह एक बड़ी खतरनाक नीति अपनाई जा रही है। इसके भयंकर परिणाम हो सकते हैं।

अगर किसी को दल बदलना है, तो उसे जनता की नजर के सामने दल बदलना चाहिए। उसमें जनता का सामना करने का साहस होना चाहिए। हमारे लोकतंत्र को तभी शक्ति मिलेगी, जब हम दल बदलनेवालों को जनता का सामना करने का साहस जुटाने की सलाह देंगे।

एक माननीय सदस्य : मध्य प्रदेश में क्या हुआ?

श्री वाजपेयी : मगर उत्तर प्रदेश के राज्यपाल ने यह नहीं किया। राज्यपाल महोदय यह दावा करते हैं कि मैंने एक स्थायी सरकार बनाने की कोशिश की, लेकिन वह सरकार नहीं बनी। मैं पूछना चाहता हूं कि यह स्थायी सरकार का मतलब क्या है? अगर किसी दल में ५१ सदस्य हैं और विरोधी दल में ४९ सदस्य हैं, तो राज्यपाल किसको सरकार बनाने के लिए आमंत्रित करेंगे?

बहुमत चाहे एक का ही हो, वह बहुमत है और किसी भी राज्यपाल को या राष्ट्रपति को बहुमत के आधार पर जाना होगा। स्थायित्व भविष्य का विषय है। राज्यपाल को निर्णय वर्तमान में करना है। कोई सरकार टिकेगी या नहीं, यह तो भविष्य ही बता सकता है, जो किसी के साथ अन्याय भी कर सकता है, कोई राज्यपाल, आज जिसका बहुमत है, उसको सरकार बनाने के अधिकार से वंचित कर सकता है।

इस बात का भी निर्णय होना चाहिए कि सरकारों की तकदीर का फैसला राजभवन में होगा या विधानसभाओं में होगा? गृह मंत्री कहेंगे कि जब राज्यपाल ने विधानसभा स्थगित कर दी तो परिस्थिति बदल गई, उन्हें तय करना था कि कौन सा दल सरकार बना सकता है या नहीं बना सकता है।

यह बात तो राज्यपाल भी मानते हैं, संयुक्त विधायक दल का बहुमत था।

चौधरी चरण सिंह ने संयुक्त दल में मतभेद के कारण इस्तीफा दिया, लेकिन संयुक्त विधायक दल का बहुमत खत्म नहीं हुआ। संयुक्त विधायक दल ने दूसरा नेता चुना श्री रामचंद्र विकल के रूप में।

एक माननीय सदस्य : कितने दिनों के बाद?

श्री वाजपेयी : तीन दिन के बाद।

राज्यपाल ने उन्हें सरकार बनाने के लिए क्यों नहीं बुलाया? १७ तारीख को चौधरी चरण सिंह ने इस्तीफा दिया और २१ तारीख को श्री रामचंद्र विकल चुने गए। राज्यपाल ने एक बड़ी विचित्र बात कही। मैं राज्यपाल के २२ फरवरी के कथन का एक अंश उद्धृत कर रहा हूं :

"यदि उचित वक्त दिया जाए तो राज्य विधानसभा में राजनीतिक संबद्धता की नई स्थिति उभर सकती है, जो एक अन्य आम चुनाव की आवश्यकता के बगैर स्थिर सरकार के गठन में सक्षम हो सकती है।"

राज्यपाल मध्यावधि चुनाव को टालना चाहते थे। उन्होंने स्वीकार किया था कि मध्यावधि चुनाव महंगे हैं, राज्य की जनता को इस कष्टसाध्य प्रक्रिया में नहीं डालना चाहिए। इसलिए उन्होंने विधानसभा स्थगित की। वह दलों को मौका देना चाहते थे कि वे अपनी शक्ति का संयोजन इस तरह से करें कि राज्य में एक लोकप्रिय सरकार चल सके। मैं पूछना चाहता हूं कि १० अप्रैल को ऐसी क्या बात हो गई? असलियत यह है कि जो दल परस्पर थोड़े दूर चले गए थे, वे १० अप्रैल को निकट आ गए थे। संयुक्त विधायक दल एकमत होकर खड़ा था। श्री हरिश्चंद्र सिंह के नाम पर सबका मतैक्य था।

उपाध्यक्ष महोदय, उत्तर प्रदेश के राज्यपाल के विरुद्ध मेरा अभियोग है कि उन्होंने राज्यपाल का पद ग्रहण करते समय जो शपथ ली थी उसका उल्लंघन किया है। शपथ के अनुसार प्रत्येक राज्यपाल को अपनी पूरी योग्यता से संविधान और विधि-परिरक्षण और प्रतिरक्षण करना होता है और जनता की सेवा और कल्याण में निरत रहने का संकल्प लेना होता है। उत्तर प्रदेश के राज्यपाल इस शपथ का उल्लंघन करने के दोषी हैं। उन्होंने राज्य के संवैधानिक प्रमुख के नाते आचरण करने के बजाय दलबंदी की दलदल में फंसना अधिक उपयुक्त समझा है, निष्पक्ष आचरण करने के बजाय पक्षपात से काम लिया है। क्या आप किसी ऐसे राज्यपाल की कल्पना कर सकते हैं जो मुख्यमंत्री बनाने के संबंध में निर्णय करने से पहले 'विरोधी दल' के नेता को यह पत्र लिखे कि क्या 'विरोधी दल' के नेता चौथी पंचवर्षीय योजना में विश्वास करते हैं, क्या वे योजना के

लिए साधन जुटाने को तैयार हैं, क्या वे नीतियों की निरंतरता को बनाए रखना चाहते हैं। राज्यपाल ने श्री हरिश्चंद्र सिंह को जिस प्रकार का पत्र लिखा है, वह बड़ी गंभीर बात है।

किसी भी राज्यपाल को यह अधिकार नहीं दिया जा सकता कि वह मुख्यमंत्री का पद ग्रहण करने से पहले उनके ऊपर शर्तें लगाए, या उन्हें किन्हीं नीतियों के लिए बांधे। यह लोकतंत्र की प्रक्रिया के बिल्कुल विपरीत है। यह लोकतंत्र पर आघात करना है, लेकिन उत्तर प्रदेश के राज्यपाल ने श्री हरिश्चंद्र सिंह को पत्र लिखकर इस प्रकार की शर्तें लगाने की कोशिश की। और आश्चर्य की बात यह है कि उन्हीं राज्यपाल ने श्री चंद्रभानु गुप्त को पत्र लिखा तो उसमें चौथी पंचवर्षीय योजना के लिए साधन जुटाने और नीतियों में निरंतरता कायम करने के ऊपर बल नहीं दिया।

मैं चाहता हूं कि गृह मंत्री महोदय इस बात को स्पष्ट करें कि क्या वह किसी राज्यपाल के द्वारा इस तरह का पत्र लिखने का समर्थन करते हैं? उपाध्यक्ष महोदय, इस सारे कांड में केवल राज्यपाल ही दोषी नहीं हैं, केंद्र में बैठी हुई कांग्रेस की सरकार भी दोषी है। राज्यपाल ने अनुच्छेद ३५६ के अंतर्गत सिफारिश की, उन्होंने अपनी रिपोर्ट भेजी, संविधान राज्यपाल को संविधान को भंग करने का अधिकार नहीं देता। राज्यपाल केवल राष्ट्रपति को सलाह दे सकते हैं। केंद्रीय सरकार के लिए यह मार्ग खुला था कि वह राज्यपाल की रिपोर्ट उनके पुनर्विचार के लिए वापस कर देती। केंद्रीय सरकार के लिए यह भी मार्ग खुला हुआ था कि वह राज्यपाल की रिपोर्ट से सहमत होने से इन्कार कर देती। केंद्रीय सरकार इतना कठोर कदम उठाने से पहले, जिसे न तो कांग्रेस ही उत्तर प्रदेश में चाहती थी और न विरोधी दल ही चाहते थे, उत्तर प्रदेश के सभी दलों को चेतावनी दे सकती थी कि अगर लोकतांत्रिक ढंग से उत्तर प्रदेश में सरकार नहीं बनेगी तो केंद्रीय सरकार को कुछ सोचना पड़ेगा। लेकिन केंद्रीय सरकार ने इसकी आवश्यकता नहीं समझी। संविद के नेता दिल्ली आए, राष्ट्रपति भवन में गए, उन्होंने प्रधानमंत्री से भी चर्चा की। वे अपने पक्ष में २२९ सदस्यों का बहुमत सिद्ध करने के लिए तैयार थे। वे तैयार थे कि उनके सदस्यों की संख्या गिन ली जाए। लेकिन केंद्रीय सरकार ने इस बात का मौका नहीं दिया।

विधानसभा भंग, स्पीकर कायम

आश्चर्य की बात तो यह है कि राज्यपाल ने सिफारिश की कि उत्तर प्रदेश की विधानसभा के स्पीकर बरकरार रहें और केंद्रीय सरकार ने उस सिफारिश को मान लिया। विधानसभा भंग कर दी गई, विधान परिषद के जो नए सदस्य चुने गए हैं वे शपथ नहीं ले सकेंगे, वे वेतन प्राप्त नहीं कर सकेंगे, लेकिन जिस विधानसभा को भंग कर दिया गया है उसके स्पीकर अपने आसन पर बैठे रहेंगे। भला हरियाणा के स्पीकर को क्यों नहीं कायम रखा गया? क्या इसलिए कि उत्तर प्रदेश विधानसभा का स्पीकर कांग्रेसी था और हरियाणा का स्पीकर विरोधी दल का था? क्या केंद्रीय सरकार के लिए राज्यपाल की इस सिफारिश को मानना जरूरी था? गृह मंत्री जी इसका जवाब दें। लेकिन वे इसका कोई जवाब नहीं दे सकते, वे लीपा-पोती करने की कोशिश करेंगे और कहेंगे कि यह आचरण ठीक है, क्योंकि उससे न तो कांग्रेसवाले खुश हैं और न विरोधी दलवाले खुश हैं। अगर ठीक काम की यही कसौटी है कि उससे सब नाराज हों तब तो फिर लोकतंत्र में लोकप्रियता का कोई मापदंड ही नहीं रहेगा।

श्री यशवंत राव चह्वाण : इसमें पक्षपात साबित नहीं होता है।

श्री वाजपेयी : पक्षपात भी दिखाता हूं।

अगर उत्तर प्रदेश में यह सिद्ध हो जाता कि कांग्रेस की सरकार बनकर टिकेगी तो फिर केंद्रीय सरकार विधानसभा को भंग करने का कठोर कदम नहीं उठाती। मुझे दुख इस बात का है कि कांग्रेस पार्टी के अंदर जो गुटबंदी चल रही है, उसका शिकार विधानसभा को होना पड़ा है। जब चौधरी चरण सिंह ने कहा कि मध्यावधि चुनाव होने चाहिए तब राज्यपाल ने नहीं माना, क्योंकि वह देखना चाहते थे कि दल बदलनेवालों के समर्थन से कांग्रेस को सरकार बनाने का मौका मिलता है या नहीं। जब कांग्रेस को यह मौका नहीं मिला तब उन्होंने संविद को सरकार बनाने का मौका देने के बजाय विधानसभा को ही भंग कर देना ठीक समझा।

यह केवल पक्षपात नहीं। उत्तर प्रदेश में पक्षपात से भी निकृष्ट गुटबंदी का एक नग्न नृत्य चल रहा है। केंद्र में बैठे हुए कुछ कांग्रेस के नेता यह नहीं चाहते कि चंद्रभानु गुप्त मुख्यमंत्री बनें। इसलिए निष्पक्षता का यह नाटक रचा जा रहा है।

उपाध्यक्ष महोदय, अभी हमारे लोकसभा अध्यक्ष के नियंत्रण में, नियमन में, उनकी अध्यक्षता में देश की विधानसभाओं के अध्यक्षों का एक सम्मेलन हुआ था। इस सम्मेलन में कुछ महत्वपूर्ण निर्णय किए गए हैं, मैं गृह मंत्री महोदय से पूछना चाहता हूं कि क्या वे लोकसभा-अध्यक्ष द्वारा आहूत सम्मेलन के निर्णयों को स्वीकार करते हैं? मैं डॉ. संजीव रेड्डी के भाषण का एक अंश उद्धृत कर रहा हूं :

"मंत्रिपरिषद जिसने सत्र समाप्त होने के बाद विधानसभा में बहुमत खोया है, वह अगले सत्र तक सत्ता में बनी रह सकती है, और यदि वह उचित समायावधि के अंदर विधानसभा का सत्र बुलाने में असफल रहती है, तो पिछले पैरे में मैंने जो उपाय सुझाया है, वह लागू होगा : अर्थात सदस्यों का बहुमत मुख्यमंत्री को उनके द्वारा सुझाए दिन पर सत्र बुलाने के लिए बाध्य कर सकता है।"

उसी के आधार पर उस सम्मेलन ने एक प्रस्ताव पास किया, जिसमें कहा गया था :

"यह सवाल कि मुख्यमंत्री ने विधानसभा में बहुमत खो दिया है या नहीं, हमेशा विधानसभा द्वारा निर्णीत किया जाएगा।"

यह निर्णय बड़ा महत्वपूर्ण निर्णय है।

श्री वाई.बी. चह्वाण : यह यहां कैसे लागू होता है?

श्री वाजपेयी : गृह मंत्री महोदय कह सकते हैं कि यह उत्तर प्रदेश में कैसे लागू होता है? वह मैं आपको बतला रहा हूं। इस बात का निर्णय कि कोई राज्य सरकार टिकेगी या नहीं, विधानसभा में होना चाहिए अथवा यह राज्यपाल की मनमानी के ऊपर छोड़ दिया जाए।

एक माननीय सदस्य : क्या वहां कोई सरकार थी? सरकार इस्तीफा देकर हट गई थी।

श्री वाजपेयी : सरकार इस्तीफा देकर नहीं हटी थी। चौधरी चरण सिंह ने इस्तीफा दिया था। यह बात उत्तर प्रदेश पर इस अर्थ में लागू होती है कि एक मुख्यमंत्री के इस्तीफा देने के बाद जिस दल का बहुमत था, उसके प्रतिनिधि को सरकार बनाने के लिए नहीं बुलाया गया। विधानसभा की पीठ के पीछे किसका बहुमत है, यह निर्णय करने की कोशिश की गई। अगर इस प्रश्न को उत्तर प्रदेश से अलग भी कर दिया जाए तो मैं पूछता हूं कि बंगाल में क्या हुआ था? क्या गृह मंत्री भविष्य के लिए इस प्रकार की परंपरा डालने के लिए तैयार हैं? अगर कांग्रेस यह समझती है कि राज्यपालों के पद का दुरुपयोग कर उन्हें कठपुतली बनाकर वह अपनी खोई हुई लोकप्रियता वापस प्राप्त कर लेगी, तो कांग्रेस को बड़ी निराशा हाथ लगनेवाली है।

हैदराबाद के अधिवेशन में गैर-कांग्रेसी सरकारों का खात्मा करने का निश्चय किया गया था। उसी षडयंत्र के अनुसार एक-एक करके गैर-कांग्रेसी सरकारें तोड़ी जा रही हैं। लेकिन इससे कांग्रेस फिर से जनता के हृदय में अपनी जगह नहीं बना सकती। लोकसभा के तीन उपचुनाव हो चुके हैं। इन तीनों उपचुनावों में कांग्रेस हारी है। कांग्रेस पार्टी को दीवार पर लिखे हुए को पढ़ना चाहिए। देश के भीतर धरती के अंदर से उठनेवाले भूकंप की गड़गड़ाहट को उसे सुनना चाहिए।

उपाध्यक्ष महोदय, मध्यावधि चुनाव एक बड़ी खर्चीली चीज है। क्या केंद्रीय सरकार ने इस बारे में विचार किया है कि एक प्रदेश के बाद दूसरे प्रदेश को इस खर्चीली प्रक्रिया में डालना लोकतंत्र को मजबूत करेगा या वह लोकतंत्र को पूंजी का गुलाम बना देगा? जो दल जनता के बल पर शक्ति ग्रहण करते हैं, जो विदेशों से पैसा लेना देशद्रोह समझते हैं, उन दलों के सामने आज बड़ा संकट खड़ा है। वह कहां से चुनाव लड़ने के लिए पैसा लाएं? एक ओर तो समाजवाद को लाने की चर्चा हो रही है, दससूत्री कार्यक्रम की घोषणाएं की जाती हैं। मगर दूसरी ओर नीतियां ऐसी अपनाई जा रही हैं कि राजनीति पर पूंजी का प्रभाव बढ़ेगा। इस दृष्टि से भी विधानसभा को तोड़ने का और मध्यावधि चुनाव के आदेश देने का निर्णय गलत है। इसका अर्थ यह नहीं कि हम चुनाव से घबराते हैं। हम उसके लिए तैयार हैं। मैं दावे के साथ कहना चाहता हूं कि अगर चुनाव हुए तो कांग्रेस की जितनी सीटें आज हैं, उनसे कम सीटें उसके पास आनेवाली हैं। लेकिन प्रश्न यह है कि क्या हम अपने देश में लोकतंत्र पर आधारित संघात्मक संविधान को सफल बनाना चाहते हैं या नहीं? इस सदन को इस प्रश्न का उत्तर देना होगा। मैं सदन से अपील करूंगा कि वह मेरा प्रस्ताव स्वीकार करे और गृह मंत्री पर अंकुश लगाए, जिससे भविष्य में और अन्य किसी प्रदेश में लोकतंत्र पर आघात करने का उनका साहस न हो। धन्यवाद।

राज्यपालों में तानाशाह बनने की चाह

अध्यक्ष महोदय, भारतीय लोकतंत्र बड़े नाजुक दौर में से गुजर रहा है। केंद्रीय सरकार के लिए यह परीक्षा का काल है। हमारा संघात्मक संविधान कसौटी पर कसा जा रहा है। पिछले २० वर्षों तक केंद्र और राज्यों में एक ही दल का एकाधिकार रहा। वह एकाधिकार अब टूट गया है। केंद्र और राज्यों के बीच में जो प्रश्न खड़े होते थे, उन्हें कांग्रेस पार्टी के स्तर पर हल किया जाता था। लेकिन अब केंद्र में कांग्रेस का शासन और आठ राज्यों में गैर-कांग्रेसी सरकारें हैं। संविधान की दृष्टि से, कौन से प्रश्न खड़े होंगे, इसका पिछले २० वर्षों में विचार नहीं हुआ। पिछले आम चुनावों ने देश में लोकतांत्रिक क्रांति की है। आठ राज्यों में कांग्रेस को सत्ता से अपदस्थ होना पड़ा है। अब हमारे संविधान की रक्षा होगी। अब हमें स्वस्थ परंपरा स्थापित करके दिखलाना होगा कि दल के हित के बजाय देश का हित हमारे लिए प्रमुख है। लोकतंत्र की स्वस्थ परंपराओं की स्थापना और उसका संवर्धन; आज ये महत्वपूर्ण है।

अध्यक्ष महोदय, प्रश्न श्री नित्यानंद कानूनगो का नहीं है, प्रश्न पश्चिमी बंगाल की सरकार को बचाने या उसको तोड़ने का भी नहीं है। व्यक्ति आएंगे और चले जाएंगे, इस देश में लोकतंत्रात्मक ढंग से सरकारें बनेंगी और बदलेंगी। प्रश्न यह है कि क्या इस परीक्षा की घड़ी में हम लोकतंत्र को मजबूत करेंगे या उसे कमजोर बनाएंगे?

अध्यक्ष महोदय, हमारा संविधान संघात्मक संविधान है। राज्यपाल का एक महत्वपूर्ण स्थान है। यह ठीक है कि राज्यपाल केंद्र का प्रतिनिधि होता है, किंतु जिस राज्य में नियुक्त किया जाता है उस राज्य का प्रमुख भी होता है। कहा गया है कि उसे दोनों के बीच की कड़ी बनना चाहिए। लेकिन वह कड़ी तभी बन सकता है, जब उसे संविधान के अनुसार आचरण करने के लिए विवश किया जाए। वह केंद्र और राज्य की कड़ी तभी बन सकता है, जब वह केंद्र और राज्य दोनों के विश्वास का संपादन करे और उस विश्वास की रक्षा करे।

हमारा संविधान स्पष्ट है। राज्यपाल को वे अधिकार नहीं दिए जा सकते जो अधिकार राष्ट्रपति को भी हमने नहीं दिए हैं। कहा जाता है कि राज्यपाल स्वविवेक का उपयोग करके विधानसभा की बैठक बुला सकता है, स्वविवेक (डिस्क्रीशन) का उपयोग करके विधानसभा को

** राज्यों में राज्यपाल के अधिकार और दायित्वों पर लोकसभा में १५ नवंबर, १९६७ को भाषण।*

भंग कर सकता है—मैं समझता हूं कि संविधान के निर्माताओं की यह मंशा नहीं थी। किन मामलों में राज्यपाल अपने स्वविवेक का उपयोग करेगा, ये बिल्कुल स्पष्ट कर दिए गए हैं। चुनाव के बाद किस व्यक्ति को मुख्यमंत्री के रूप में सरकार बनाने के लिए निमंत्रित किया जाए—वहां राज्यपाल के लिए स्वविवेक का उपयोग करने की गुंजाइश है। राज्य की विधानसभा द्वारा पारित किसी विधेयक को स्वीकृत किया जाए या न किया जाए—इसमें भी राज्यपाल स्वविवेक का उपयोग कर सकता है। कानून के द्वारा अगर राज्यपाल किसी पद पर मनोनीत किया जाता है, उदाहरण के लिए अगर राज्यपाल किसी विश्वविद्यालय का कुलपति बनता है, तो कुलपति के अधिकारों का उपयोग करते समय वह स्वविवेक से काम ले सकता है। लेकिन विधानसभा की बैठक बुलाना मुख्यमंत्री के परामर्श के बिना राज्यपाल के अधिकार-क्षेत्र के अंतर्गत नहीं आता।

राज्यपालों के खतरनाक निर्णय

मुझे ताज्जुब है अभी नई दिल्ली में राज्यपालों का जो सम्मेलन हुआ, उसमें बड़े खतरनाक निर्णय किए गए। समाचारपत्रों की रिपोर्ट कहती है कि राज्यपालों ने यह तय कर दिया कि वे स्वविवेक का उपयोग बिना किसी बंधन के करेंगे। मैं समाचार का एक अंश सुनाना चाहता हूं :

"जहां एक सरकार जो बहुमत खो चुकी है, विधायिका का सामना करने से मना करती है, तो राज्यपाल को किसी अन्य व्यक्ति को, जिसे बहुमत प्राप्त हो, सरकार बनाने के लिए बुलाना चाहिए।"

इसका निर्णय कौन करेगा कि सरकार अल्पमत में रह गई है। इसका निर्णय राज्यपाल भवन में किया जाएगा या विधानसभा में?

श्री अ.कु. सेन : विधानसभा में, बुलाइए विधानसभा को।

श्री वाजपेयी : अगर निर्णय विधानसभा में होना है, तो विधानसभा का अधिवेशन कौन बुलाएगा? सब स्वीकार करते हैं कि विधानसभा की बैठक मुख्यमंत्री को बुलानी है। कहा जा रहा है कि अगर मुख्यमंत्री विधानसभा की बैठक बुलाने से इन्कार करता है तो गवर्नर क्या करे? अध्यक्ष महोदय, हमारे संविधान में स्पष्ट लिखा हुआ है कि विधानसभा की दो बैठकों के बीच में ६ महीने से ज्यादा का अंतर नहीं होना चाहिए। ६ महीने के भीतर विधानसभा की बैठक होनी चाहिए। अगर आज यह स्थिति पैदा हो गई है कि ६ महीने का समय कांग्रेस पार्टी को ज्यादा मालूम होता है, यद्यपि संविधान के निर्माण में कांग्रेस पार्टी का बड़ा हाथ था; तो वह संविधान में संशोधन का विधेयक ला सकती है। यह अवधि ६ महीने से घटाकर तीन महीने की जा सकती है, लेकिन जब तक भारत का संविधान यथावत है, विधानसभा की बैठक ६ महीने के भीतर होनी चाहिए। उसके लिए कोई चीज मुख्यमंत्री पर लादी नहीं जा सकती। कोई सरकार अल्पमत में है या नहीं, इसका निर्णय विधानसभा को करना होगा। यह निर्णय राज्यपाल पर नहीं छोड़ा जा सकता··· (व्यवधान) मध्य प्रदेश के लिए जो कहा गया, मैं बतलाना चाहता हूं कि मध्य प्रदेश में विधानसभा की बैठक में सरकार गिर गई थी···(व्यवधान)

एक माननीय सदस्य : हरियाणा में क्या हो रहा है?

श्री वाजपेयी : धीरज रखिए, मैं हर एक सवाल का जवाब देने के लिए तैयार हूं। मैं अभी हरियाणा पर भी आऊंगा।

राज्यपालों ने हाल के अपने सम्मेलन में यह निर्णय किया है कि अगर कोई मुख्यमंत्री

विधानसभा की बैठक न बुलाए तो राज्यपाल किसी और व्यक्ति को, जिसे वह समझता है कि उसका बहुमत है, सरकार बनाने के लिए निर्मंत्रित कर सकता है। मान लो कि ऐसा व्यक्ति निर्मंत्रित किया गया, विधानसभा की बैठक हुई और उसकी सरकार को बहुमत नहीं मिला तो राज्यपाल की स्थिति क्या होगी? जब निष्ठाएं बदली जा रही हैं और गृह मंत्री ने कहा कि एक हफ्ते में चार बार दल बदले जाते हैं, पश्चिमी बंगाल के गवर्नर इस निर्णय पर पहुंचे कि जो सरकार है वह अल्पमत में है और विधानसभा की बैठक होते-होते वह बहुमत में हो गई, तो राज्यपाल की स्थिति हास्यास्पद हो जाएगी। स्पष्ट है कि अगर प्रश्न को संविधान की दृष्टि से देखना है तो जहां तक विधानसभा की बैठक बुलाने का सवाल है, राज्यपाल को मुख्यमंत्री के परामर्श से ही काम करना होगा।

लेकिन प्रश्न केवल संवैधानिक नहीं है, राजनीतिक भी है। कोई मुख्यमंत्री अल्पमत में होते हुए शासन चलाए, हम यह नहीं चाहेंगे। लोकतंत्र का तकाजा है कि वह मुख्यमंत्री जल्दी से जल्दी विधानसभा में शक्ति का परीक्षण करे और मैं चाहूंगा कि पश्चिमी बंगाल के मुख्यमंत्री और हरियाणा के मुख्यमंत्री भी विधानसभा की बैठक जल्दी से जल्दी बुलाकर अपना बहुमत प्रमाणित करें···(व्यवधान) जिसे कांग्रेस पार्टी ने खरीद लिया और जब मैं कह रहा हूं कि कांग्रेस पार्टी ने खरीद लिया, तो कांग्रेसी मित्र खुश हो रहे हैं। हम हरियाणा में सरकार का समर्थन कर रहे हैं। हम वहां सरकार में शामिल नहीं हैं, मगर हमने हरियाणा के मुख्यमंत्री से कहा है कि विधानसभा की बैठक जल्दी से जल्दी होनी चाहिए। ३ दिसंबर को एक उपचुनाव है, यह कोई बहाना नहीं हो सकता विधानसभा की बैठक को टालने का, जैसे पश्चिमी बंगाल में प्रोक्योरमेंट कोई बहाना नहीं हो सकता विधानसभा की बैठक को टालने का, लेकिन पश्चिमी बंगाल के मुख्यमंत्री ने विधानसभा की बैठक बुलाने से इन्कार नहीं किया है। वह १६ दिसंबर को बैठक बुला रहे हैं। वह बैठक जल्दी हो इस बात का भी आग्रह किया जा सकता है, मगर यह आग्रह राजनीतिक स्तर पर होना चाहिए। गवर्नर को छोटा डिक्टेटर बनने की छूट नहीं दी जा सकती। मैं यह कहना चाहता हूं कि हममें से कोई भी दल पार्टी के हित में ऐसा काम न करे जो भारतीय लोकतंत्र के विकास के मार्ग में एक खतरनाक परंपरा डालने का कारण बने। आज पश्चिमी बंगाल में कांग्रेस सत्ता में नहीं है और केंद्र में सत्ता है, कल यह स्थिति बदल भी सकती है। इसलिए प्रश्न को दलगत चश्मे से नहीं देखना होगा, बल्कि लोकतंत्र के व्यापक हितों में देखना होगा। संविधान के अक्षर की और संविधान की भावना की रक्षा करनी होगी और उसका सम्मान करना होगा।

मुझे बड़ा ताज्जुब है कि जहां तक राज्यों की विधानसभा बुलाने का प्रश्न है, विधानसभा के अध्यक्ष कहीं तस्वीर में नहीं हैं। सदस्यों के लिए इस बात की छूट होनी चाहिए, यह परंपरा होनी चाहिए, आवश्यक हो तो यह नियम बनाया जा सकता है कि अगर विधानसभा के बहुसंख्यक सदस्य अध्यक्ष से जाकर मांग करें कि विधानसभा की बैठक बुलाई जाए तो अध्यक्ष मुख्यमंत्री के साथ परामर्श करके राज्यपाल को बिना तस्वीर में लाए हुए विधानसभा की बैठक बुलाएं, जिसमें यह निर्णय हो कि किसके साथ बहुमत है और किसके साथ नहीं है। किंतु २० साल तक, जो आज परंपरा स्थापित करने की बात कर रहे हैं, उन्होंने विधानसभाओं के अध्यक्षों को कहीं तस्वीर में नहीं रखा। आज वह तस्वीर में राज्यपाल को लाना चाहते हैं, क्योंकि वह समझते हैं कि राज्यपाल नई दिल्ली की इच्छाओं का पालन करेगा।

अध्यक्ष महोदय, पिछले ८ महीनों से ८ प्रदेशों में गैर-कांग्रेसी सरकारें चल रही हैं। कोई भी

ऐसा उदाहरण हुआ है कि राज्यपाल का निर्णय किसी गैर-कांग्रेसी दल के पक्ष में गया हो? ···(व्यवधान) क्या कारण है कि हर बार निर्णय कांग्रेस पार्टी के हक में ही होता है, चाहे वह मध्य प्रदेश हो चाहे वह राजस्थान हो। अब बंगाल की बारी आई है। राज्यपाल राष्ट्रपति के प्रतिनिधि हैं, वे केंद्र और राज्य को जोड़नेवाली कड़ी हैं। वह संघात्मक संविधान के एक महत्वपूर्ण पद पर आरूढ़ सम्मानित व्यक्ति हैं या नई दिल्ली के इशारों पर चलनेवाला, जनता के मन में अपने लिए आदर पैदा न करनेवाला, केंद्र के हाथ का खिलौना है? हमें इस प्रश्न पर ब्रड़ी गंभीरता से विचार करना होगा।

राज्यपाल कैसे चुनें?

यह कहा गया कि राज्यपालों की नियुक्ति की पुष्टि लोकसभा में होनी चाहिए। हमारे मित्र श्री नाथ पई ने इस आशय का एक विधेयक भी दिया है। मैं उससे सहमत नहीं हूं। लोकसभा की स्वीकृति का अर्थ है बहुसंख्यक दल की स्वीकृति। लोकसभा की मुहर क्या होगी? यह तो बहुसंख्यक दल का निर्णय होगा। हम इस जाल में नहीं फंसेंगे। फिर लोकसभा में अगर पुष्टि करनी पड़ेगी तो नामों पर विचार होगा। गुणावगुणों की चर्चा होगी। पुराने पाप प्रकट किए जाएंगे। नए आरोप लगाए जाएंगे। जो व्यक्ति राज्यपाल बनकर जाएगा, उसकी पहले ही छीछालेदर हो जाएगी।

एक यह भी सुझाव दिया गया है कि केंद्र सरकार विरोधी दल के नेता से विचार-विमर्श करके राज्यपाल को नियुक्त करे। आज की स्थिति में यह सुझाव भी व्यावहारिक नहीं दिखाई देता।

तीसरी बात यह कही गई है कि जब राष्ट्रपति राज्यपाल की नियुक्ति करते हैं तो उन्हें केंद्रीय सरकार से परामर्श से काम करने की जरूरत नहीं है। वह स्वविवेक से नियुक्ति करें। मैं इस बारे में अपनी शंकाएं रखता हूं। राष्ट्रपति कहां स्वविवेक का पालन करें या न करें यह अभी स्पष्ट होना बाकी है। स्वर्गीय डॉ. राजेंद्र प्रसाद ने इस बात की चर्चा चलाई थी कि राष्ट्रपति के अधिकार क्या हैं, क्या नहीं हैं, इसकी चर्चा होनी चाहिए। बहुमत इसी पक्ष का निकला कि राष्ट्रपति को केंद्रीय सरकार की सलाह से काम करना चाहिए। अब यदि राज्यपाल नियुक्त होंगे केंद्रीय सरकार की सलाह से और राष्ट्रपति उन्हें नियुक्त करेगा तो हमें नए ढंग से सोचना होगा। मैंने प्रारंभ में निवेदन किया कि राज्यपाल केंद्र का प्रतिनिधि होगा, मगर वह राज्य का प्रमुख भी होगा। क्या यह संभव नहीं है कि केंद्र सरकार दो-तीन नाम मुख्यमंत्रियों के सामने रखे। एक पैनल रखा जाए और मुख्यमंत्री उस पैनल में से एक नाम चुन लें। मैं यह तो नहीं चाहूंगा कि राज्य सरकार जो कहे, जिस किसी व्यक्ति को चाहे, उसी व्यक्ति को राज्यपाल बना दिया जाए।

उदाहरण के लिए अगर पश्चिम बंगाल सरकार कहे कि श्री निर्मलचंद्र चटर्जी पश्चिम बंगाल के राज्यपाल बना दिए जाएं, तो लोकसभा में उनका अभाव हो जाएगा, इसलिए हम इस बात की सलाह नहीं देंगे।

श्री एन.सी. चटर्जी : मैं उस पद के लिए कभी भी उम्मीदवार नहीं बनना चाहूंगा।

श्री वाजपेयी : लेकिन अगर बिहार की सरकार कहती है कि हम श्री नित्यानंद कानूनगो को नहीं चाहते, तो फिर क्या राज्यपाल थोपे जाएंगे? क्या राज्यपालों को लादा जाएगा? बिहार सरकार कहती है कि हम सहयोग नहीं करेंगे, तो राज्यपाल अपने राजभवन में क्या करेगा? लोकतंत्र बड़ा नाजुक पौधा है, लोकतंत्र को धीरे विकसित करना होगा। केंद्र को सबको साथ लेकर चलने की भावना से आगे बढ़ना होगा। अगर केंद्र में यह भावना है कि वह सरकार गैर-कांग्रेसियों की सरकार

है, और वह स्वयं उन राज्यों में विरोधी दल में बैठी है, तो फिर इस देश का लोततंत्र खतरे में पड़ जाएगा।

बंगाल को कंगाल न समझें

पश्चिम बंगाल में बहुत सी ऐसी चीजें हो रही हैं जिन्हें हम पसंद नहीं करते। नक्सलबाड़ी में सशस्त्र विद्रोह करने के प्रयत्नों को सबसे पहले हमने इस सदन में उठाया था। हमने घेराव का विरोध किया है। पश्चिम बंगाल में कुछ लोग माओ-त्से-तुंग का नारा लगाएं, इस बात को बर्दाश्त नहीं किया जा सकता। लेकिन कुछ लोगों को सारा बंगाल समझने की गलती मत कीजिए। यह वह बंगाल है जिसने वंदेमातरम् का नारा दिया था, जिस वंदेमातरम् के नारे को लेकर लोग फांसी के तख्तों पर झूल गए थे। यह वह बंगाल है जिसने नेताजी को पैदा किया, जिन्होंने जयहिंद का नारा दिया और सारे देश में एक प्रेरणा पैदा की। यह वह बंगाल है जिसने डॉ. मुखर्जी जैसा नररत्न पैदा किया। केंद्र का एक गलत कदम उन तत्वों के हाथ मजबूत करेगा जिनकी लोकतंत्र में आस्था नहीं है, जो हथियारों से शासन को बदलना चाहते हैं। लड़ाई राजनीतिक है, निर्णय राजनीतिक स्तर पर करना होगा। ऐसी सरकार को, जो बहुमत में नहीं है, जनता का सामना करना होगा। बकरे की मां कब तक खैर मनाएगी। लोकतंत्र में देर हो सकती है, लेकिन अंधेर नहीं होना चाहिए। लोकतंत्र की चक्की देर से चलती है, लोकतंत्र धीरे-धीरे पीसता है, मगर बारीक पीसता है। इस सदन को और इस सरकार को बंगाल की जनता पर विश्वास होना चाहिए। वह ऐसे तत्वों से लड़ेगी। ऐसे तत्वों से लड़ने का उसका अधिकार है। ऐसे तत्वों से लड़ना शेष भारत का कर्तव्य है।

अगर किसी राज्य में संविधान के अनुसार शासन नहीं चलता या कानून-व्यवस्था भंग हो गई है, तो केंद्र हस्तक्षेप कर सकता है। आज अगर ऐसे हस्तक्षेप की नौबत आई है तो वह जम्मू और काश्मीर में भी आई है। मगर जम्मू और काश्मीर में शासन, जैसा मेरे मित्र श्री नाथ पई ने कहा, उनका है जो नई दिल्ली में भी सत्तारूढ़ हैं। अभी कांग्रेस को यह समझना बाकी है कि जिन आठ राज्यों में कांग्रेसी शासन नहीं है, वहां कांग्रेसी लोगों को विरोधी दल में बैठने का अभ्यास करना चाहिए। केंद्रीय कांग्रेस नेताओं को लोकतंत्र की परंपराओं का जिस समय अंतिम रूप से निर्धारण होने जा रहा है, उनका दृढ़ता से पालन करना चाहिए। मैं चाहूंगा कि सारी परिस्थिति पर गंभीरता के साथ विचार करके निर्णय किए जाएं। धन्यवाद।

केरल में आम चुनाव क्यों नहीं?

उपसभाध्यक्ष जी, इस विधेयक पर बोलने का मेरा इरादा नहीं था, लेकिन विवाद में कुछ ऐसी बातें कहीं गईं कि जिससे मुझे बोलने के लिए उत्तेजना मिली है। केरल में आम चुनाव शीघ्र होने चाहिए। राष्ट्रपति-राज वहां अधिक बढ़ाया जाए, इसकी आवश्यकता नहीं है। यह ठीक है कि केरल की जनता राजनैतिक दलों और उनकी गुटबंदियों से परेशान है, लेकिन वह राष्ट्रपति-राज से कभी संतुष्ट नहीं रहेगी और यह सदन, यह संसद, केरल के साथ कभी न्याय नहीं कर सकेगी। दिल्ली में केंद्र का शासन है, हम दिल्ली की समस्याएं हल नहीं कर सकते, तो केरल से हजारों मील दूर बैठकर यदि हम यह आशा करें कि यह संसद, यह केंद्रीय सरकार, केरल की समस्याएं हल कर सकेगी तो यह दुराशा मात्र होगी। केरल की जनता...

उपसभाध्यक्ष श्री महावीर प्रसाद भार्गव : वाजपेयी जी, केरल में लोग बड़े खुश हैं।

श्री वाजपेयी : मैं भी केरल में जाकर आया हूं। आपके साथ तो नहीं था।

श्री एम.एन. गोविंदन नायर : ठीक आप जैसे लोगों के समान एक बार अंग्रेज ने कहा था कि भारतीय ब्रिटिश शासन के अधीन बहुत खुश थे।

श्री वाजपेयी : केरल की जनता लोकतंत्रीय शासन वापस चाहती है और उसमें देर नहीं लगनी चाहिए। यह बड़े खेद की बात है कि केरल में चुनाव कब हों, इस सवाल को कांग्रेस पार्टी के स्वार्थों की दृष्टि से देखा जा रहा है! यदि कांग्रेस पार्टी आज वहां संगठित हो जाए तो कल चुनाव कराए जा सकते हैं...

श्री भूपेश गुप्त : कांग्रेस पार्टी और उसके भविष्यवेत्ता...

श्री वाजपेयी :...और अगर पार्टी संगठित न हो तो चुनाव टाले जाएंगे। मैं समझता हूं, यह स्थिति बड़ी भयावह है। अगर लोकशाही को एक पार्टी के साथ एकरूप किया जाएगा तो लोगों में लोकतंत्र के प्रति विश्वास नहीं रहेगा। मुझे यह भी शिकायत है कि केरल के राज्यपाल महोदय कांग्रेस पार्टी के हितों की ज्यादा चिंता कर रहे हैं, केरल के हितों की चिंता कम कर रहे हैं। मैंने इस सदन में कहा था कि जब उनकी नियुक्ति की गई तो उन्होंने केंद्रीय सरकार से यह आश्वासन ले लेना चाहा कि वह केरल में राज्यपाल होकर तभी जाएंगे जब वहां राष्ट्रपति का राज लागू होगा

** केरल के संदर्भ में विनियोग बिल पर राज्यसभा में ७ दिसंबर, १९६५ को वाद-विवाद।*

और अगर वहां विधानसभा चलती, लोकतंत्रीय शासन कायम होता तो श्री अजित प्रसाद जैन वहां राज्यपाल बनकर जाने के लिए तैयार नहीं थे, जब राष्ट्रपति-राज हो गया तब वह चले गए। लेकिन राज्यपाल का काम है, राष्ट्रपति के प्रतिनिधि के रूप में अपने संवैधानिक दायित्व का पालन करना, उसका काम पार्टीबंदी में पड़ना नहीं है। कांग्रेस पार्टी एक हो या नहीं, कांग्रेस पार्टी लड़-कर समाप्त हो जाए, उनके हृदय में कांग्रेस के लिए कितनी भी जगह क्यों न हो, मगर जब तक वह राज्यपाल के पद पर विद्यमान हैं, केरल के शासन के लिए उत्तरदायी हैं, वह पार्टीबंदी का आचरण नहीं कर सकते।

किंतु मुझे शिकायत है कि वह पार्टीबंदी में पड़ गए हैं और उससे सारे केरल का राजनैतिक वातावरण खराब हो रहा है। राज्यपाल रहते हैं केरल में, मगर उनका हृदय सहारनपुर में है। मैं चाहूंगा कि मंत्री महोदय इस बात की जानकारी सदन में रखें कि जब से श्री अजित प्रसाद जैन केरल में राज्यपाल होकर गए हैं, तब से वह कितनी बार सहारनुपर आ चुके हैं। वह अपना चुनाव-क्षेत्र बना रहे हैं, वह स्कूल का उद्घाटन करने के लिए सहारनपुर आते हैं, वह किसी सड़क पर पुलिया बनती है, तो उसका उद्घाटन करने के लिए आते हैं। मैं नहीं जानता हूं कि किसी राज्यपाल को अपना राज्य छोड़ने के पहले राष्ट्रपति की अनुमति की जरूरत होती है या नहीं। वह पब्लिक सर्वेंट हैं, उनको वहां के शासन का प्रमुख बनाया गया है, वह अगर हरदम सहारनपुर की यात्रा करते रहेंगे तो वह केरल के प्रति अपने दायित्वों का पालन नहीं कर सकते। वह सहारनपुर से चुनाव लड़ना चाहते हैं तो लड़ें, फिर उन्हें केरल के राज्यपाल का पद छोड़ देना चाहिए।

राष्ट्रपति का शासन चलता है तो उसके लिए हमें ऐसा व्यक्ति चाहिए जो पार्टीबंदी में न पड़े, जो केरल के औद्योगिक विकास में ध्यान लगाए। केरल शिक्षा की दृष्टि से बड़ा उन्नत है, मगर औद्योगिक प्रगति की दृष्टि से बहुत पीछे है। अगर राष्ट्रपति-राज के अंतर्गत केरल आर्थिक दृष्टि से उन्नत होगा तो वहां की जनता राष्ट्रपति-राज को धन्यवाद देगी। मगर पहले भी जब राष्ट्रपति-राज था, कागज पर अच्छी योजनाएं बनीं, किंतु उन्हें कार्यान्वित नहीं किया गया, इस बार यह गलती नहीं होनी चाहिए।

एक बात मुझे और कहनी है। मेरे कुछ मित्रों ने शिकायत की है कि डिफेंस ऑफ इंडिया रूल्स का दुरुपयोग हुआ है। मैं उन बातों में जाना नहीं चाहूंगा, मगर मैं एक ऐसा मामला सदन के सामने रखना चाहता हूं जिसमें आज तक डिफेंस ऑफ इंडिया रूल्स का उपयोग क्यों नहीं किया गया, यह मैं जानना चाहूंगा और वह मामला है श्री नंबूदरीपाद का। वह खुलेआम गोल्ड बांड्स के खिलाफ प्रचार कर रहे हैं, वह खुलेआम जनता से कह रहे हैं कि उसे युद्ध-प्रयत्नों में हिस्सा नहीं देना चाहिए। श्री नंबूदरीपाद मेरे मित्र हैं, व्यक्तिगत रूप से बहुत अच्छे आदमी हैं, मगर उनकी राजनीति, उनके द्वारा किया गया प्रचार, यह देश के युद्ध-प्रयत्नों में बाधा डाल रहे हैं और आप ऐसे आदमी को इस तरह का प्रचार करने की छूट देते हैं। देश एक संकट में फंसा है, कोई बात ऐसी नहीं कही जानी चाहिए जो लोगों का मनोबल तोड़े, मगर वह निरंतर प्रचार करते घूम रहे हैं, न केरल का शासन कार्यवाही करता है, न नंदा जी जिनकी बड़ी आलोचना की गई, इस बारे में कोई कदम उठाते हैं। मैं जानना चाहूंगा कि डिफेंस ऑफ इंडिया रूल्स अगर हैं तो क्या किसी व्यक्ति का अपवाद किया जा सकता है, और अगर अपवाद किया गया है तो इसका कारण क्या है? धन्यवाद।

कम्युनिस्टों का तानाशाही रवैया

उपाध्यक्ष महोदय, विश्व के इतिहास में पहली बार कम्युनिस्ट पार्टी केरल में लोकतंत्र के मार्ग से सत्तारूढ़ हुई थी। उनके लिए यह एक महान अवसर था कि वे लोकतंत्र-विरोधी होने के आरोपों को, जो कि विदेशी पूर्वजों के कारण उन्हें प्राप्त हुए हैं, धोकर बहा देते और अपने आचरण से यह साबित करते कि लोकतंत्र उनके लिए लोकतंत्र को समाप्त करने का एक साधन नहीं है, अपितु सामाजिक ढांचे में परिवर्तन का एक सशक्त, प्रभावी और स्थायी माध्यम है। लेकिन २७ मास के केरल में कम्युनिस्टों के शासन से यह स्पष्ट हो गया है कि लोकतंत्र और कम्युनिज्म साथ-साथ नहीं चल सकते। यह भी प्रकट हुआ है कि कम्युनिस्ट अपरिवर्तनवादी हैं—सबसे बड़े दकियानूसी हैं। दुनिया कहीं से कहीं पहुंच जाए, परिस्थितियां कितनी भी बदल जाएं, मगर कम्युनिस्ट पार्टी डिक्टेटरशिप ऑफ दि प्रालिटेरियट की दुहाई देना बंद नहीं करेगी। और डिक्टेटरशिप ऑफ दि प्रालिटेरियट का मतलब है डिक्टेटरशिप ऑफ दि पार्टी ऑफ प्रालिटेरियट, और प्रालिटेरियट की पार्टी तो कम्युनिस्ट पार्टी ही हो सकती है, और कोई पार्टी नहीं।

उपाध्यक्ष महोदय, मेरा आरोप है कि केरल में कम्युनिस्ट पार्टी तानाशाही स्थापित करने के लिए काम कर रही थी। लोकतंत्र का अर्थ है जतना का शासन, जनता के लिए शासन, जनता द्वारा शासन, मगर मैं आंदोलन के दिनों में केरल गया था। मैंने जो कुछ देखा और सुना, मैं उससे इस परिणाम पर पहुंचा कि केरल में जनता का शासन नहीं है, कम्युनिस्ट पार्टी का शासन है, जो कम्युनिस्ट पार्टी के लिए चलता है और कम्युनिस्ट पार्टी के द्वारा चलाया जाता है। मेरा आरोप है कि कम्युनिस्ट पार्टी ने भारतीय संविधान को उसकी संपूर्ण मान्यताओं के साथ अभी तक स्वीकार नहीं किया। केरल के मुख्यमंत्री जब राजगद्दी पर बैठे, तो उन्होंने केरल की जनता के नाम एक संदेश प्रसारित किया, जिसमें उन्होंने अपनी मजबूरी प्रकट की कि जो कुछ भी वह करना चाहते हैं, वह नहीं कर सकते। क्यों नहीं कर सकते? मैं उनके शब्दों को कोट करता हूं :

"समस्याग्रस्त राज्य का प्रशासन एक मुश्किल काम है; वास्तव में मुश्किल है। वास्तविक रामस्या यह तथ्य है कि उन्हें और उनके सहकर्मियों को एक ऐसी व्यवस्था के ढांचे के अतंर्गत

** केरल के कम्युनिस्ट शासन की बर्खास्तगी और राष्ट्रपति शासन से संदर्भित प्रस्ताव के अवसर पर लोकसभा में २० अगस्त, १९५९ को भाषण।*

काम करना होता है, जिसमें कुछ नियम और प्रक्रिया ऐसी हैं जो उनकी पसंद की नहीं हैं।"

भारत का संविधान जो नियम लगाता है, जो बंधन लगाता है जिससे लोकतंत्र तानाशाही में न बदल जाए, केरल के मुख्यमंत्री को ये बंधन खटकते थे। यद्यपि उन्होंने लोकतंत्र की घोषणाएं कीं, मगर आचरण लोकतंत्र के सर्वथा विपरीत किया। कौन से बंधन हैं, जो कि हमारा संविधान शासन पर लगाता है? पहला बंधन यह है कि पार्टी और सरकार के बीच में एक रेखा होनी चाहिए—एक लक्ष्मण-रेखा होनी चाहिए, जिसको चीरकर अगर कोई पार जाएगा तो लोकतंत्र की सीता को अधिनायकवाद का रावण हरण करके ले जाएगा। केरल में इस लक्ष्मण-रेखा को मिटा दिया गया। न्यायालय की स्वतंत्रता में हस्तक्षेप किया गया और यह हस्तक्षेप केवल स्वतंत्रता तक सीमित नहीं रहा, अगर सैल-कोर्ट्स कायम किए गए, जो कि सम्मन जारी करते थे।

अभी हमारे कुछ मित्र कांग्रेस शासित राज्यों की आलोचना कर रहे थे। मैं भी कांग्रेस का कोई बहुत बड़ा प्रशंसक नहीं हूं और मेरे कम्युनिस्ट भाई भी जानते हैं कि इसी दिल्ली में बैठ कर कांग्रेस को हराने के लिए वे हमारे साथ हाथ मिला चुके हैं। लेकिन कांग्रेस का आलोचक होते हुए भी मुझे यह बात कहने में बिल्कुल संकोच नहीं है कि केरल के कम्युनिस्ट शासन में जो कुछ हुआ, वह कांग्रेस शासित १३ राज्यों में अभी तक नहीं हुआ। किसी भी कांग्रेस के राज्य में सैल-कोर्ट्स नहीं कायम किए गए, १४ वर्ष के बच्चों को गांव से निर्वासित नहीं किया गया, किसी के माता-पिता को यह नहीं कहा गया कि आप अपनी लड़की की शादी कम्युनिस्ट से कर दीजिए, और जिसने सैल-कोर्ट के आदेश को नहीं माना, उसको छुरे का निशाना नहीं बनाया गया। यह किसी तानाशाही देश में ही संभव है और कम्युनिस्ट पार्टी इस मार्ग से केरल में आगे बढ़ रही थी।

केरल में मजदूर-मजदूर में भेद-भाव

यहां पर कम्युनिस्टों की नई पुलिस-पालिसी की बड़ी तारीफ की गई है। मैं समझता हूं कि लेनिन ने जो एप्रिल थीसिस बनाई थी, उसके आधार पर यह नई पुलिस-पालिसी गढ़ी गई है। कहा गया है कि हमने मजदूरों और किसानों के हित के लिए इस नई पालिसी का निर्धारण किया, लेकिन मैंने केरल में देखा कि जहां कहीं ऐसे मजदूरों का सवाल आता था, जो कि कम्युनिस्ट पार्टी से संबंध नहीं रखते थे, या कम्युनिस्ट पार्टी के विरोधी थे, वहां पर पुलिस दखलंदाजी नहीं करेगी, यह नीति ताक पर धरी रह जाती थी और पुलिस हस्तक्षेप करती थी। केरल की कम्युनिस्ट पुलिस ने विद्यार्थियों पर लाठियां चलाईं और मजदूरों पर गोलियां चलाईं। स्पष्ट है कि यह नई पुलिस-पालिसी कम्युनिस्ट पार्टी को मजबूत करने के लिए बनाई गई। ऐसे उदाहरण हैं जिनसे यह प्रकट होता है कि जिस किसी कारखाने में अगर कम्युनिस्ट-विरोधी मजदूर-संगठन काम करता था तो सरकार उसकी मांगों को नहीं मानती थी। और वे कारखाने केवल पूंजीपतियों के ही नहीं हैं, हमारी केंद्रीय सरकार का भी एक कारखाना केरल में चलता है। उसमें कुछ गड़बड़ हुई।

कम्युनिस्टों ने वहां धरना लगाया कि मजदूरों को जाने नहीं देंगे और पुलिस देखती रही। क्या वह कारखाना किसी पूंजीपति का था? वह तो पब्लिक सेक्टर का कारखाना है, केंद्रीय सरकार का कारखाना है और मजदूरों को जब रोका गया धरना देकर, तो पुलिस ने हस्तक्षेप नहीं किया। सीताराम मिल में क्या हुआ? गवर्नमेंट प्रेस में क्या हुआ? पुलिस हस्तक्षेप करती थी, जहां कम्युनिस्ट पार्टी के हितों पर चोट आती थी और जहां विरोधी दबाए जाते थे और विरोधी संगठनों

को कुचला जाता था, वहां पुलिस को निष्क्रिय और निष्प्रभावी बना दिया गया। मैंने अपने दौरे में एक मजदूर से पूछा कि यह तो मजदूरों की सरकार है, तुम मजदूरों की सरकार के खिलाफ कैसे हो गए? उसने कहा कि मैं कम्युनिस्ट संगठन में नहीं हूं इसलिए मैं एक फुटपाथ पर सोता था और एक रात को मुझे उस फुटपाथ से उठाकर छुरा दिखाया गया और कहा गया कि यदि तुम कम्युनिस्ट यूनियन में शमिल नहीं होगे, तो यहां नहीं सो सकोगे और अगर सोए, तो यह छुरा है। यह एक मजदूर की बात है। केरल में सब मजदूरों की रक्षा नहीं की गई और अगर सब मजदूरों की रक्षा की जाती, तो इतना बड़ा आंदोलन खड़ा नहीं होता।

इस बात को दोहराया गया है कि आंदोलन किसी पार्टी ने खड़ा नहीं किया—यह तो जनता का आंदोलन था और पार्टियां उसमें बाद में आईं। अगर पार्टियां न आतीं, तो जनता का ज्वार उन पार्टियों को भी बहा देता। जनता जाग्रत हो गई, भारत के संविधान की रक्षा के लिए, जमींदारी की रक्षा के लिए नहीं, उत्तर प्रदेश में, उपाध्यक्ष महोदय, बीस लाख जमींदार कांग्रेस सरकार ने खत्म कर दिए।

एक माननीय सदस्य : केवल शब्दों में खत्म किया है।

श्री वाजपेयी : वहां तो कोई आंदोलन नहीं हुआ। कम्युनिस्ट पार्टी जनता को साथ लेकर नहीं चल सकी और फिर प्रधानमंत्री से यह आशा की गई कि जनता को राय देते कि वहां अपना आंदोलन बंद कर दें। कम्युनिस्ट पार्टी यह भूल जाती है कि हमारे प्रधानमंत्री बड़े लोकतंत्रवादी हैं। जब जनता जाग्रत हो जाती है, तो कोई भी लोकतंत्रवादी उस जनता को—अगर उसकी मांगें सही हैं—शांत होने के लिए नहीं कह सकता। उन्होंने कम्युनिस्टों से कहा कि इस्तीफा दे दीजिए। बहुत से कम्युनिस्ट सदस्य बोले हैं, परंतु किसी ने यह नहीं बताया कि आखिर वे कुर्सी से क्यों चिपके रहे। मुझे कभी-कभी शक होता है कि वे कुर्सी से चिपके रहे या कुर्सी ही उनसे चिपक गई, जिसको छुड़ाने के लिए राष्ट्रपति को घोषणा करनी पड़ी। अगर प्रधानमंत्री के लिए उनके हृदय में आदर था, तो वे कहते कि इस्तीफे की बात है तो गलत, लेकिन आप कहते हैं, इसलिए हम मानते हैं। इससे कम्युनिस्ट पार्टी की कीर्ति बढ़ जाती, उनके यश में चार चांद लग जाते, मगर उनमें यह नैतिक मनोबल नहीं था कि वे गद्दी को लात मारकर जनता-जनार्दन की अदालत में जाकर कहते कि अगर हमने तुम्हारे लिए कुछ किया है, तो हमको चुनकर दिखाओ। इसलिए उन्होंने इस्तीफे की बात नहीं मानी।

केंद्र ने केरल में लोकतंत्र की रक्षा की है

अब केंद्रीय सरकार क्या करती? भारत का संविधान बड़ा दुष्प्रभावी, निष्प्रभावी होता, बहुत कमजोर साबित होता अगर केरल में संविधान की, लोकतंत्र की हत्या देखकर भी हमारी केंद्रीय सरकार हाथ पर हाथ रखे बैठी रहती। लेकिन मुझे खुशी है कि भारत का संविधान सशक्त साबित हुआ है, प्रभावी साबित हुआ है। अगर लोकतंत्र पर कहीं भी कुठाराघात होगा तो हम उस आक्रमण का सामना कर सकते हैं। केरल में केंद्रीय हस्तक्षेप से यह साबित हो गया है। लेकिन जो देर लगाई, उससे कम्युनिस्टों को जनता के मन में भ्रम पैदा करने का मौका मिल गया।

मैं समझता हूं कि अभी यह स्पष्ट होना बाकी है कि केंद्रीय हस्तक्षेप कम्युनिस्ट जो संविधान को तोड़ने की कार्यवाही कर रहे थे, उसके कारण हुआ है या जनता के आंदोलन के कारण हुआ है। मेरा निवेदन है कि केंद्रीय सरकार को जनता के आंदोलन के लिए राह नहीं देखनी चाहिए

थी। जब कम्युनिस्ट संविधान का उल्लंघन कर रहे थे, लोकतंत्र की हत्या कर रहे थे, भारत के नागरिक और नागरिक के बीच में स्वतंत्रता को समाप्त कर भेदभाव कर रहे थे, जब लोकतंत्र का सहारा लेकर के अधिनायकवाद कायम कर रहे थे, तो केंद्रीय सरकार को हस्तक्षेप करना चाहिए था। मगर मैं केंद्रीय सरकार की कठिनाई को समझता हूं। केंद्रीय सरकार कांग्रेस की, केरल की सरकार कम्युनिस्टों की, फिर अंतर्राष्ट्रीय प्रतिक्रिया का भी कुछ डर होगा, जनता क्या कहेगी, इसका भी कुछ संकोच होगा, लेकिन कार्यवाही देरी से की गई, मगर सही दिशा में की गई और मैं उसका समर्थन करता हूं।

श्री डांगे ने कहा—हमारे प्रधानमंत्री जी का रथ धरती से ऊंचे चलता था, अब वह नीचे आ गया है। मेरा निवेदन है कि प्रधानमंत्री जी का रथ धरती से ऊंचे चलता है, इसलिए कम्युनिस्ट पार्टी को देश की धरती पर पैर जमाने का मौका मिल गया। अब अगर सचमुच में वह रथ नीचे लग गया है तो कम्युनिस्ट पार्टी देश की धरती पर पैर नहीं जमा सकती है, उसको धरती के नीचे जाना होगा, अंडर-ग्राउंड जाना होगा। हमारे प्रधानमंत्री से बढ़कर कम्युनिस्ट पार्टी का और कोई मित्र नहीं हो सकता है। लेकिन जब कम्युनिस्ट पार्टी के हित में होता है तब वह प्रधानमंत्री को बड़ा बनाती है, अगर कहीं उसके विरोध में बात चली जाती है, तो वह छोटे हो जाते हैं। केरल के गवर्नर ने अंकमाली की गोलीवर्षा के बाद जो वक्तव्य दिया, जिसमें विरोधियों पर हिंसा का भी प्रत्यक्ष रूप से आरोप लगाया गया है, तो कम्युनिस्ट बड़े प्रसन्न थे, तब केरल के गवर्नर उनके लिए आदर्श गवर्नर थे। आज जब केरल के गवर्नर ने रिपोर्ट में कह दिया कि कम्युनिस्ट पार्टी संविधान को तोड़ने की दोषी है, तो वही केरल के गवर्नर अब उनके लिए पतित हो गए हैं। अब केरल के गवर्नर पर वे विश्वास करने के लिए तैयार नहीं हैं। मेरा निवेदन है कि इस तरह के दो मापदंड नहीं चल सकते हैं, दो गज नहीं चल सकते हैं।

भारत में कम्युनिज्म असफल ही रहेगा

कम्युनिस्टों ने केरल के शासन से यह प्रमाणित कर दिया है कि कम्युनिस्ट पार्टी लोकतंत्र के मार्ग से काम नहीं कर सकती है और अगर वह करना भी चाहे, तब भी नहीं कर सकती है। दुर्योधन ने महाभारत में कहा है कि मैं समझता हूं कि काम गलत है, मगर मेरी प्रवृत्ति ही ऐसी है कि मैं सही काम कर नहीं सकता हूं। जब तक कम्युनिस्ट पार्टी डिक्टेटरशिप ऑफ दी प्रालिटेरिएट को तिलांजलि नहीं देती है, जब तक वर्गयुद्ध में से अपना विश्वास नहीं उठाती है, जब तक देश के बाहर से प्रेरणा लेना बंद नहीं करती है; तब तक वह भारत के संविधान के अतंर्गत काम नहीं कर सकती। केवल केरल ही नहीं, भारत के किसी भी प्रांत में कम्युनिस्टों की सरकार यदि बनेगी तो वह भारत के संविधान के प्रतिकूल जाएगा। यह बात श्री डांगे ने साफतौर से कह दी है। उन्होंने पश्चात्ताप नहीं किया है उस पर, जो कुछ केरल में हुआ है। उन्होंने चुनौती दी है केंद्रीय सरकार को जिसने केरल की कम्युनिस्ट सरकार को बर्खास्त कर दिया है और उन्होंने चुनौती दी है इस सदन को कि हम अगर फिर चुनकर आएंगे तो फिर ऐसा ही करेंगे। मेरा निवेदन है कि इस सदन को गंभीरता से इस पर विचार करना चाहिए कि जो पार्टी खुलेआम भारत के संविधान को तोड़ना चाहती है और केवल तोड़ना ही नहीं चाहती, बल्कि अपने आचरण से तोड़ भी चुकी है, क्या उस पार्टी को इस बात की स्वतंत्रता होनी चाहिए कि वह भारत के संविधान के अंतर्गत चुनाव जीतकर सत्ता पर कब्जा कर सके?

मैं दो बातें कहकर समाप्त कर दूंगा। श्री डांगे ने महाभारत की चर्चा की थी। मुझे भी महाभारत का एक प्रसंग याद आता है। कौरव और पांडवों में लड़ाई हो रही थी और कर्ण ने कहा कि अरे-अरे, यह क्या करते हो, धर्म क्या है, न्याय क्या है, नीति क्या है? अर्जुन ने कहा, जब दुर्योधन के दरबार में द्रौपदी के तन के वस्त्रों का अपहरण किया जा रहा था, तो उस समय धर्म क्या था, जब लाक्षागृह में पांडवों को जलाकर मारने की साजिशें की गई थीं, तब धर्म क्या था?

आज कम्युनिस्ट जो लोकतंत्र की बात करते हैं, न्याय की बात करते हैं, मैं उनसे पूछना चाहता हूं कि भारत की आजादी के बाद जब वे तेलंगाना में हथियार लेकर खड़े हो गए थे, तब लोकतंत्र कहां गया था, तब संविधान कहां गया था? तेलंगाना दूर है, अभी-अभी पंजाब में उपाध्यक्ष महोदय, आप जानते ही हैं, कि बेटेरमेंट लेवी के मामलों को लेकर एंटी बेटेरमेंट लेवी के अंतर्गत कम्युनिस्ट पार्टी ने हिंसा को प्रोत्साहन दिया है, यह प्रमाणित हो चुका है। अदालतों में घुसकर उन पर कब्जा किया गया और कहा गया कि हम स्पेसिफिक इशूज के लिए लड़ते हैं। मैं कहना चाहता हूं कि केरल की जनता भी स्पेसिफिक इशूज को लेकर ही लड़ी थी और उसने कहा था कि जो लोकतंत्र में विश्वास नहीं करते, उनको जाना चाहिए।

केरल की जनता बधाई की पात्र है

केरल की जनता हमारी बधाई की पात्र है। केरल की वीर जनता ने सारे देश का मार्गदर्शन किया है। केरल की जनता आगे भी, मैं समझता हूं कि कम्युनिस्ट पार्टी को उचित उत्तर देगी। लेकिन इस सदन को और केंद्रीय सरकार को इस बात पर गंभीरता से विचार करना चाहिए कि जब कम्युनिस्ट पार्टी लोकतंत्र का मार्ग ग्रहण नहीं कर सकती है, उस मार्ग पर चल नहीं सकती है, तो उसको लोकतंत्र द्वारा दी जानेवाली सुविधाओं का उपयोग करने की छूट दी जाए या नहीं।

एक और बात कहकर मैं समाप्त करता हूं। जब राष्ट्रपति शासन वहां लागू हुआ है, केरल के हमारे कम्युनिस्ट मित्र आरोप लगा रहे हैं और उस दिन श्री नारायण कुट्टि मेनन ने आरोप लगाया कि मंदिर तोड़ दिया गया है। जब उनसे पूछा गया कि कहां तोड़ा है, तो पहले उन्होंने कहा कि त्रिचूर डिस्ट्रिक्ट में तोड़ा गया है और बाद में उन्होंने इसका खंडन किया और कहा कि एर्नाकुलम् में तोड़ा गया है।

उन्होंने जिन स्थानों का नाम लिया, मैंने वहां के अपने पार्टी के लोगों को लिखा कि आप जांच करके बताएं कि क्या सचमुच में एक मंदिर तोड़ा गया है। उपाध्यक्ष महोदय, मेरे पास जिस स्थान के आरोप लगाए गए हैं कि मंदिर तोड़ा गया है, उसके चित्र मौजूद हैं और कोई भी मंदिर तोड़ा नहीं गया है और यह सरासर गलत बात है। मगर आज कम्युनिस्ट हिंदुओं के हिमायती बनकर खड़े हो गए हैं, कम से कम राष्ट्रपति की घोषणा का यह तो लाभ हुआ है। लेकिन मैं कहना चाहता हूं कि हिंदू मंदिरों के बारे में अभी तक केरल में जो आरोप लगाया गया है, वह गलत आरोप है और मुझे विश्वास है कि इन गलत आरोपों से कोई भी भ्रम में नहीं पड़ेगा।

इन शब्दों के साथ मैं प्रस्ताव का समर्थन करता हूं। धन्यवाद।

असम और पंजाब

असम

असम-आंदोलन की जड़ें गहरी हैं • ४ मार्च, १९८३
असम में नरसंहार जारी है • २१ फरवरी, १९८३
असम का संकट : विश्वास का संकट • २१ दिसंबर, १९८१
असम के लोगों का धैर्य टूटा • २ फरवरी, १९८०

पंजाब

पंजाब में राष्ट्रपति शासन! • १७ अगस्त, १९८७
केंद्र की पंजाब-नीति क्या है? • ११ नवंबर, १९८६
मुक्तसर में जो हुआ, दुखदायी है • २८ जुलाई, १९८६
हरमिंदर साहिब में सेना! • २५ जुलाई, १९८४
पंजाब में केंद्र सरकार झुकी • ४ अप्रैल, १९८४
पंजाब में निर्मम हत्याओं का दौर • १६ नवंबर, १९८३
पंजाब अशांत क्षेत्र नहीं है • १५ नवंबर, १९८३
पंजाब में सरकार बदलिए • २६ जुलाई, १९८३
विधानसभा में लोकतंत्र की हत्या • २१ मार्च, १९६८
पंजाब का पुनर्गठन मंजूर नहीं • २४ अगस्त, १९६६

असम-आंदोलन की जड़ें गहरी हैं

उपाध्यक्ष महोदय, शिखर की ऊंचाई पर सात दिन उड़ने के बाद हम लोग आज फिर वास्तविकता की धरती पर आ गए हैं। पिछले सात दिन तक तो यह कोशिश हुई कि असम के बारे में सच्चाई लोगों तक न पहुंचे। टेलीविजन को कह दिया गया कि असम से अगर कोई डिसटरबिंग खबर आती है, तो उसे टेलीविजन पर दिखाने की जरूरत नहीं है। जिन समाचारपत्रों ने...

श्री एम. रामगोपाल रेड्डी (निजामाबाद) : उपाध्यक्ष महोदय, जब शिखर सम्मेलन हो रहा था, उसी दिन इंडियन एक्सप्रेस में छपा था कि असम में भुखमरी हो रही है और दूसरी तरफ बाहर से मेहमान आ रहे हैं। यह तो हमारी कंट्री का हाल है।

श्री वाजपेयी : उपाध्यक्ष महोदय, मैं टेलीविजन की बात कर रहा हूं, इंडियन एक्सप्रेस की नहीं।...

उपाध्यक्ष महोदय : वे सिर्फ टेलीविजन के बारे में बता रहे हैं। सरकार जवाब देगी, कृपया टोकें नहीं।

श्री वाजपेयी : मैं पत्रों पर भी आ रहा हूं, इंडिया टुडे, संडे, रविवार—जिन्होंने असम के कांड के चित्र छापे हैं, उस अंक की प्रतियां कहीं विदेशियों के हाथ में न पहुंच जाएं, इसलिए जहां विदेशी मेहमान फाइव स्टार होटल में ठहरे, वहां जाकर सब प्रतियां खरीद ली गईं।

श्री एम. रामगोपाल रेड्डी : फिर आप क्यों बोल रहे हैं।

श्री वाजपेयी : कस्टम में रोक लिए गए दो विदेशी पत्र टाइम और न्यूज वीक थे। मैं पूछना चाहता हूं कि यदि वहां के फोटो नहीं छपेंगे, तो क्या दुनिया मान लेगी कि वहां कोई कांड नहीं हुआ है? दुनिया अगर मान भी लेगी और आप अपने को खाम-खयाली में डुबा भी लेंगे, तो भी असम के लोगों को आपको जवाब देना होगा। लोगों का सामना करना पड़ेगा। वह दबाए नहीं जा सकते। स्थिति को झुठलाया नहीं जा सकता। खून बोलेगा और अगर वह निरपराध खून है और उस खून के लिए यह सरकार जिम्मेदार है, तो खून की आवाज बंद नहीं होगी।

उपाध्यक्ष महोदय, चुनाव के परिणामों से क्या नतीजे निकले हैं? हमने सलाह दी थी कि

** असम की असामान्य घटनाओं पर लोकसभा में ४ मार्च, १९८३ को ध्यानाकर्षण प्रस्ताव।*

चुनाव मत कराइए। संविधान में संशोधन करने के मामले में हम सहयोग करने को तैयार हैं। मगर मैं आज उस बहस में नहीं जाना चाहता हूं। चुनाव के जो परिणाम आए हैं, बायकाट के बाद, खून-खराबे के बाद, शासनतंत्र के खुले दुरुपयोग के पश्चात, चुनाव को मखौल बनाने के बाद जो चुनाव-परिणाम आए हैं, यह साबित करते हैं कि असम का आंदोलन केवल घाटी तक सीमित नहीं है, केवल बड़े लोगों तक सीमित नहीं है, आंदोलन की जड़ें बहुत गहरी फैली हैं।

मैं कुछ आंकड़े सदन के सामने रखना चाहता हूं। १७ चुनाव क्षेत्रों में चुनाव नहीं हुए। क्यों नहीं हुए—मैं इस पर बाद में आऊंगा, लेकिन असेंबली की १७ सीटें खाली पड़ी हैं। जिन सीटों पर चुनाव हुए, उन पर मतदान का विवरण क्या है? ४० सीटों पर १५ परसेंट से कम मतदान हुआ। चाय-बागान चुनाव क्षेत्र, जिनके बारे में कहा जाता है कि चाय-बागान के मजदूर इस आंदोलन के साथ नहीं हैं, उनमें वोटिंग का परसेंटेज है—१६ परसेंट। जो शेड्यूल्ड ट्राइब्स की कांस्टीट्युएंसीज हैं, उनमें कुल वोटिंग का परसेंटेज है—३० परसेंट, जिनके बारे में यह प्रचार किया जा रहा है कि सब ट्राइब्स आंदोलन के खिलाफ हैं, क्योंकि आंदोलनकारी ट्राइब्स को उखाड़ना चाहते हैं। केवल ४० सीटें असेंबली की ऐसी हैं, जिनमें सामान्य मतदान हुआ।

१२६ सीटों की विधानसभा में १७ में चुनाव नहीं हुआ। क्यों नहीं हुआ? यह मामला अदालत में गया था कि १७ सीटों में चुनाव क्यों नहीं हो रहा है। इलेक्शन कमिश्नर को उसमें पार्टी बनाया गया था। श्री गणेशन जवाब देने के लिए गए थे, उनका एफिडेविट मेरे पास है :

"शेष विधानसभा और लोकसभा चुनाव क्षेत्रों में चुनाव स्थगित कर दिए गए, क्योंकि संबंधित चुनाव क्षेत्रों में असामान्य स्थिति थी।"

उस समय यदि १७ में चुनाव टाला जा सकता था, क्योंकि सिचुएशन एबनार्मल थी, तो फिर चुनाव कमीशन द्वारा लिखे गए पत्र के अनुसार अन्य स्थानों में भी टाला जा सकता था। मैं मंत्री महोदय से कहूंगा—जरा अपनी अलमारी ठीक से देख लें। अगर डीजल आयात वाली फाइल सरकार के पास से गायब हो सकती है तो इलेक्शन कमीशन द्वारा लिखा गया पत्र भी गायब हो सकता है।

१४ तारीख को वहां पोलिंग हो गया, ६२-६३ सीटों में उसी दिन पता लग गया था कि क्या होनेवाला है। दंगे शुरू हो गए थे। ता. १२ को दंगा शुरू हुआ—तेजपुर में। उसी समय नवगांव में दंगा शुरू हुआ। ता. १४ को पोलिंग के लिए आप कहते हैं—इसलिए रोका नहीं जा सकता था, क्योंकि संविधान का तकाजा था और हमें उसे पूरा करना था। लेकिन ता. १४ के पोलिंग के बाद कांस्टीट्यूशनल आब्लीगेशन को पूर्ण कर दिया गया था। चीफ इलेक्शन कमिश्नर इस मत के थे कि चुनाव आगे बढ़ा देना चाहिए। चुनाव क्यों नहीं टाले गए, यह किसकी जिद थी? अगर १७ चुनाव क्षेत्रों में चुनाव टाले जा सकते थे, चूंकि परिस्थितियां सामान्य नहीं थीं, तो ज्यादा क्षेत्रों में भी टाले जा सकते थे। लेकिन सब जिद पर अड़े हुए थे।

यह बात दिमाग में से निकाल दीजिए कि केवल ब्रह्मपुत्र घाटी या कान्यकुब्ज प्रदेश से गए हुए असमी इस आंदोलन के साथ हैं। यह अपवाद मत फैलाइए। बड़ी तादाद में ब्राह्मणों ने इलेक्शन का बायकाट किया है। बड़ी तादाद में असम में पहले से रहनेवाले मुसलमानों ने आंदोलन का साथ दिया है, वे वोट देने नहीं गए। बड़ी संख्या में बंगालियों ने साथ दिया। वे अपना वोट देने नहीं गए। यह बात गलत है कि जो डर गए वे वोट देने नहीं गए, जो नहीं डरे वे वोट देने गए। असम में जो पहले से बसे हुए हैं—चाहे हिंदू हों, मुसलमान हों, बंगाली हों या वहां के चाय-बागानों

में काम करनेवाले मजदूर हों, मारवाड़ी हों, सब यह अनुभव कर रहे थे कि असम के साथ ज्यादती हो रही है। सीमा के पार से लोगों का बेरोक-टोक आना रोका जाना चाहिए।

श्री एम. रामगोपाल रेड्डी : क्या वे अभी भी आ रहे हैं?

श्री वाजपेयी : अभी भी आ रहे हैं।

बार-बार हमें ताना दिया गया है कि चुनाव तो १९७७ में भी हुए थे और उस समय जो सरकार बनी थी, उस समय तो कोई आपत्ति नहीं की गई थी। फिर कहा गया कि १९७९ में भी चुनाव हुए थे और राज्य में मंत्रिमंडल बना था। उसके बाद कहा जाता है कि १९७७-७८ की मतदाता सूची पर आपको एतराज नहीं है, लेकिन १९७९ की मतदाता सूची पर एतराज है—क्यों?

उपाध्यक्ष महोदय, जो ऐसी बातें कहते हैं, शायद उन्हें पूरे तथ्य मालूम नहीं हैं। १९७७-७८ की मतदाता सूची और १९७९ की मतदाता सूची में फर्क है। करीब ८ लाख मतदाता बढ़ाए गए। मेरे पास आंकड़े हैं और अगर आप समय दें, तो मैं सारे आंकड़े रख सकता हूं। उदाहरण के लिए नवगांव में ३२.१९ परसेंट वोटर बढ़ गए, १९७७ और १९७८ की मतदाता सूची की तुलना में। यह कैसे हुआ? मैं इस समय जवाब नहीं मांग रहा हूं। आंकड़े इस बात को कहते हैं, कुछ आंकड़े मेरे मित्र श्री संतोष मोहन देव ने भी पढ़कर सुनाए हैं। कछार जिले को छोड़ दें, जहां ३२ परसेंट पोलिंग हुआ है। कछार की सीटों पर जो मतदान हुआ है, उनको छोड़ दें, तो इतना कम पोलिंग हुआ है।

हर सीट पर वोटर बढ़ाए गए। मुझे बताया गया कि डुबरी का जो विधानसभा क्षेत्र है, उसमें १९७५ की तुलना में १२००० वोटर बढ़े हैं। ये वोटर कैसे बढ़े, वोटर बढ़ाने की प्रक्रिया क्या थी? क्या वोटरों की गिनती की गई, क्या आब्जकशंस इनवाइट किए गए? ६-७ लाख वोटों का बढ़ना कोई साधारण बात नहीं है। जिनकी उमर २१ साल हो गई और जो कायदे से वोट देने के अधिकारी हैं, क्या उनके ये नाम हैं? ये किनके नाम हैं, कौन जांच करेगा इनकी? जिन पार्टियों ने चुनाव में भाग लिया है, मैं उनसे भी यह कहना चाहता हूं कि क्या यह तथ्य उनके ध्यान में था कि १९७९ के इलैक्टोरल रोल की लिस्ट वह लिस्ट नहीं है, जिसके आधार पर सन् १९७८ और १९७७ में पोलिंग हुआ था।

असम फौज के हवाले क्यों

तीसरी बात मैं यह कहना चाहता हूं कि हमने असम को फौज के हवाले कर दिया है। क्या वहां मार्शल लॉ है? वहां मार्शल लॉ नहीं है, तो वहां फौज किस तरह से अपने कर्त्तव्य का पालन कर रही है? जिस कानून के अंतर्गत फौज भेजी गई है, उसमें फौज शक में तलाशी ले सकती है और बिना वारंट गिरफ्तार कर सकती है। जोरहाट की रिसर्च लेबोरेटरी के डायरेक्टर डॉ. बरुआ और १० वैज्ञानिक पकड़े गए। उनके खिलाफ क्या आरोप हैं?

"राज्य के खिलाफ युद्ध कर रहे हैं?"

वे राज्य के खिलाफ क्या लड़ाई का ऐलान कर रहे थे? भारतीय जनता पार्टी की नेशनल एग्जीक्यूटिव के मेंबर श्री रमेश कुमार को केवल इसलिए गिरफ्तार कर लिया गया, क्योंकि वे थाने में यह शिकायत करने के लिए गए थे कि आसपास के गांवों में पुलिस इतजाम नहीं है। उनको ३०२ में बंद कर दिया गया और उनकी पिटाई की गई। एक रिटायर्ड एडीशनल जज को पकड़ लिया गया। इस तरह से वहां अंधाधुंध गिरफ्तारियां हो रही हैं।

उपाध्यक्ष महोदय, गृह मंत्री जी इसको नोट करें कि फौज के बारे में गोहाटी हाई कोर्ट में जो मामला गया था, तो उसने फौज के बारे में कहा है कि अगर वर्तमान कानून के अंतर्गत फौज काम में लाई जाएगी, तो वह गोली नहीं चलाएगी। क्या यह सच है कि फौज के गोली चलाने पर अदालत ने रोक लगा दी है? सरकार ने उस रोक को अभी तक हटवाने की कोशिश क्यों नहीं की? अगर शरारती लोगों के बीच में फौज फंस गई और फौज पर हमला हो गया, और फौज को गोली चलाने से रोका हुआ है, इसका नतीजा क्या होगा? क्या फौज के बिना असम में शांति स्थापित नहीं हो सकती? क्या वहां पर बार्डर सेक्यूरिटी फोर्स और सी.आर.पी. इसके लिए काफी नहीं हैं? असम में हम सामान्य स्थिति लाना चाहते हैं या स्थिति को बिगाड़ना चाहते हैं। अगर अंधाधुंध गिरफ्तारियां होंगी, तो स्थिति बिगड़ेगी।

असम पुलिस और सी.आर.पी. के खिलाफ निश्चित आरोप हैं, निश्चित शिकायतें हैं। मैं सारी फोर्स को दोष नहीं दे रहा हूं। जो शिकायतें हैं, वे बड़ी गंभीर हैं। क्या उनकी कोई जांच-पड़ताल करनेवाला है? एक सिपाही का गलत आचरण भी सारे गांव में आग लगा सकता है। अगर बलात्कार के आरोप लगेंगे और जांच नहीं होगी तो स्थिति सामान्य बनाने में मदद नहीं मिलेगी।

उपाध्यक्ष महोदय, असम में एक सरकार है जो केवल नाम की सरकार है। उसे राज करने का अधिकार नहीं है। उसे जनता का विश्वास प्राप्त नहीं है। मंत्री सड़क पर नहीं निकल सकते हैं, वे लोगों से मुलाकात नहीं कर सकते हैं।

हेलीकॉप्टरों की भरमार

श्रीमती वाजपेयी पुलिस के पहरे में घूमती थीं, मैं वैसे ही घूमता था। उन्हें घुमाने के लिए हेलीकॉप्टर मिला हुआ था। उपाध्यक्ष महोदय, हेलीकॉप्टरों के बारे में बहुत शिकायत हो रही है। कौन लोग हेलीकॉप्टर में उड़नेवाले थे, कितने हेलीकॉप्टर उड़ रहे थे? हेलीकॉप्टरों के बारे में यह आरोप लगाया गया कि उनसे हथियार डाले गए, पेट्रोल डाला गया। यह आरोप लग रहे हैं, इसकी जांच होनी चाहिए। सरकार ने खंडन कर दिया लेकिन केवल खंडन करने से काम नहीं चलेगा, इसकी जांच होनी चाहिए। चुनावों के दौरान वहां कितने हेलीकॉप्टर थे, उन्हें प्रयोग करने का अधिकार किसको दिया गया था, १४ तारीख के बाद १७ तारीख को वहां आग लगी तो किसी ने कहा कि हमने हेलीकॉप्टर देखा था। वह किसका हेलीकॉप्टर था? आज तक जहां पोलिंग नहीं हुआ है, लाइसेंसी आर्म्स रखवाए जा रहे हैं। गंगतोक में हथियार रखवाए जा रहे हैं। जहां पोलिंग हुआ है, वहां हथियार नहीं रखवाए जाएंगे।

उपाध्यक्ष महोदय, जो रिलीफ केंद्र हैं, उनकी हालत का मैं वर्णन नहीं कर सकता। मैं मानता हूं कि यह मानवीय सवाल है। यह हिंदू, मुसलमान, बंगाली, असमिया का सवाल नहीं है। अगर कोई विदेशी है तो उसके साथ भी न्याय करना होगा। मगर क्या यह सरकार न्याय कर रही है?

अभी तक शरणार्थी-शिविरों में पूरी तरह से भोजन की व्यवस्था नहीं है। ऐपीडेमिक फैलने का खतरा है, अप्रैल में बरसात शुरू हो जाती है। कई जगह रिफ्यूजी खुले मैदान में पड़े हैं। मैं स्वयं नाल्ली गया, मैंने वहां लोगों से बातचीत की। हम चाहते हैं कि उन्हें जल्दी घर भेज दिया जाए, लेकिन सिक्यूरिटी नहीं होगी तो कैसे वे सब जाएंगे, किसके भरोसे घर जाएंगे? २१ नए थाने खोले जा रहे हैं। मेरी राय है कि इतना पर्याप्त नहीं है। आर्मी को अनिश्चित काल के लिए नहीं रखा जा सकता, फिर सेंस ऑफ सिक्योरिटी कैसे पैदा होगी?

गृह मंत्री जी वहां कल और परसों थे। वहां पर दो दिन की उपस्थिति का लाभ उठाकर वहां के नागरिकों को मिलने के लिए बुला सकते थे। आप घावों पर मरहम रखने का काम कर सकते थे। खाली हेलीकॉप्टर से जाना और शरणार्थियों और अफसरों से बात करके गोहाटी से वापस चले आना सरकार के लिए तो ठीक हो सकता है, लेकिन प्रकाशचंद्र सेठी को यह शोभा नहीं देता।

गवर्नर जनता में अविश्वसनीय हो चुके हैं

मैंने कल गोहाटी में सुझाव दिया था कि सहायता के लिए सिटीजंस कमेटी बननी चाहिए, लेकिन ऐसा नहीं किया गया। गवर्नर जनता का विश्वास खो चुके हैं। मुख्यमंत्री से कोई बात करने के लिए तैयार नहीं है। मगर लोगों को मदद पहुंचानी पड़ेगी। कल उसकी शुरुआत हो सकती थी, अगर सेठी जी सब नागरिकों को बुलाते और कहते कि जो हो चुका सो हो चुका, आओ अब नए अध्याय की शुरुआत करें। लोगों को राहत दें, बसाएं और फिर असम के सारे सवाल हल करें। मगर यह बात कहां है? लोगों से अपने को जोड़ने का संकल्प कहां है। बंदूक के बल पर राज करने का फैसला है।

एक गलती की गई जो चुनाव कराया गया। दूसरी गलती उस सरकार को बनाए रखने की है और तीसरी गलती उस सारे दोष को बेचारे वाजपेयी के माथे मढ़ना है। अगर इससे आपको संतोष मिलता है तो मैं सारा दोष लेने के लिए तैयार हूं। मगर मुझे इतना गौरव मत दीजिए, जिसके मैं लायक नहीं हूं। हमारी वहां शक्ति न के बराबर है, मगर हम बार-बार असम जा रहे हैं। किसी राजनीतिक लाभ के लिए नहीं, राजनीतिक लाभ होगा भी नहीं। हम असम जा रहे हैं इसलिए कि हम असमवालों को बताना चाहते हैं कि इस लड़ाई में तुम अकेले नहीं हो, तुम केवल असम के लिए नहीं लड़ रहे हो, सारे हिंदुस्तान के लिए लड़ रहे हो और हम तुम्हारे साथ हैं। यह बात आगे काम आएगी, असम को शेष हिंदुस्तान के साथ रखने में। जिस तरह का भाषण श्रीमती वाजपेयी ने दिया है, वह एकता रखने के काम नहीं आएगा। जिस पर्चे का उन्होंने हवाला दिया है, क्या उन्होंने उसकी जांच की?

डॉ. राजेंद्र कुमारी वाजपेयी : वह पर्चा मेरे पास है।

श्री वाजपेयी : वह पर्चा हिंदी में है, मैंने नहीं देखा है। चुनावों के दिनों में प्रेसवालों को देकर छपवाने की कोशिश की गई थी। वह 'आसु' का पर्चा नहीं है।

प्रो. मधु दंडवते : महोदय, कृपया इसे रोकें। विवाद वाजपेइयों के बीच है।

उपाध्यक्ष महोदय : विवाद दो वाजपेइयों के बीच है।

डॉ राजेंद्र कुमारी वाजपेयी : गर्दन काटकर आंसू बहाना मैंने नहीं सीखा है।

श्री वाजयेयी : आपने तो अभी बहुत सी बातें नहीं सीखी हैं। श्रीमती इंदिरा गांधी के दरबार में आप बहुत सी बातें सीख जाएंगी।

दिल्ली में बैठकर सत्ता की राजनीति खेलना एक बात है, और असम में जाकर समस्याओं को हल करना दूसरी बात है। मैं दोष नहीं देना चाहता, लेकिन अगर यही रवैया रहा तो असम में स्थिति सामान्य नहीं होगी। जब स्थिति बिगड़े तो आप उसका दोष भले ही हमें दे देना, लेकिन इतिहास आपको दोषी साबित करेगा। धन्यवाद।

असम में नरसंहार जारी है

सभापति महोदय, असम में चुनाव के नाम पर जो नाटक हो रहा था और जो अंत में एक ट्रेजेडी में बदल गया, वह नाटक तो कल खत्म हो गया, लेकिन असम में नरसंहार अभी जारी है। आज सबेरे का एक समाचार मेरे पास है :

"तेजपुर के निकट बहुत बड़ी भीड़ ने बस्तियों पर हमला किया, कम से कम १०० लोग मारे गए हैं और दो हजार लोग घायल होकर अस्पताल में पड़े हैं।"

आज प्रधानमंत्री असम में हैं। मैं नहीं जानता वह किन इलाकों का दौरा करेंगी। चुनाव के अभियान के सिलसिले में जब वे असम में गईं तो उन्होंने केवल उन्हीं इलाकों को चुना, जहां बंगला देश या पूर्वी पाकिस्तान से आए हुए लोग बड़ी संख्या में बसे हुए हैं।

क्या प्रधानमंत्री को और क्षेत्रों में नहीं जाना चाहिए था? इसके अलावा उन्होंने जिस तरह के भाषण दिए, मैं चाहता हूं कि कांग्रेस के सदस्य, जरा उन भाषणों को पढ़ें। हम तो विरोधी दल में हैं, हम तो उत्तरदायित्वहीन हैं, हम तो देशभक्त नहीं हैं। देशभक्ति का सारा ठेका उधर बैठने वालों ने ले लिया है। फिर आपको तो जिम्मेदारी की बात करनी चाहिए थी असम में।

श्री अब्दुल गनी खां चौधरी ने किस तरह के भाषण दिए हैं, इसका उल्लेख हो चुका है। क्या प्रधानमंत्री के लिए जरूरी था कि जजज फील्ड में सभा करने के बजाय वह मालेगांव में सभा करतीं, जहां बंगाली बड़ी संख्या में हैं? वह असम में भाषण कर रही थीं, मगर उन्होंने अपना भाषण बंगला में शुरू किया और भाषण के अंत में जयहिंद नहीं कहा। भारत की प्रधानमंत्री ने भाषण के अंत में कहा—खुदा हाफिज। क्या मतलब है इसका? खुदा हाफिज से मेरा कोई झगड़ा नहीं है, मगर चुनाव के दिनों में इस तरह की बातें करना क्या असम में सद्भाव और सांप्रदायिक एकता बनाने का तरीका है? प्रधानमंत्री गई थीं मेखला पहनकर, पहनी मेखला, बोली बंगला और जयहिंद की जगह कहा खुदा हाफिज। यह है भारत की प्रधानमंत्री का रूप···(व्यवधान)

सभापति महोदय, जब विरोधी दलों के नेताओं की देशभक्ति को चुनौती दी जा रही थी, तब कोई कांग्रेसी सदस्य आपत्ति करने के लिए नहीं खड़ा हुआ। सच्चाई बुरी लगती है। प्रधानमंत्री स्वयं उत्तर देंगी। यहां गृह मंत्री बैठे हुए हैं···(व्यवधान)

** असम के हालात पर लोकसभा में २१ फरवरी, १९८३ को भाषण और वाद-विवाद।*

सभापति महोदय : आप चेयर को एड्रेस कीजिए, सीधे बात न कीजिए।

श्री वाजपेयी : आप सभी लोग जानते हैं कि असम में भिन्न-भिन्न भाषा के लोग रहते हैं, अलग-अलग मजहब माननेवाले लोग रहते हैं, वहां आदिवासी भी हैं। लेकिन प्रधानमंत्री के किस तरह के भाषण हुए, उसे मैं आपके सामने उद्धृत करना चाहता हूं :

"सरकार को परेशान करने के लिए विपक्ष द्वारा हरिजन, मुस्लिम और महिलाओं पर आक्रमण किया जा रहा है, क्योंकि वे मुझे समर्थन कर रहे हैं।"

हरिजनों पर हमला कौन कर रहा है? विरोधी दलवाले? मुसलमानों और औरतों पर हमला कौन कर रहा है? विरोधी दलवाले?

हम प्रधानमंत्री का इसलिए विरोध कर रहे हैं, क्योंकि वे यह भ्रम पैदा करना चाहती हैं कि अगर इस देश में औरतें, मुसलमान, हरिजन बचेंगे तो केवल प्रधानमंत्री के हाथ से बचेंगे, और किसी के हाथ से नहीं बचेंगे।

प्रधानमंत्री ने गोहाटी की सभा में यह कहा कि किसी को भी असम से निकाला नहीं जाएगा। प्रधानमंत्री इन्कार करें कि उन्होंने यह भाषण नहीं दिया। हिंदुस्तान टाइम्स का १३ फरवरी का अंक मैंने देखा है, प्रधानमंत्री ने १२ फरवरी को भाषण दिया था :

"क्या हम एक झूठा वायदा कर दें कि वे हटा दिए जाएंगे, जबकि हम जानते हैं कि वे नहीं हटाए जाएंगे।"

असम से किसी को निकाला नहीं जाएगा। कोई विदेशी भी अगर होगा तो निकाला नहीं जाएगा। क्या असम में कोई विदेशी नहीं है? अगर असम में कोई विदेशी नहीं है तो तीन साल तक क्यों बातचीत चलती रही? क्या सरकार ने स्वयं यह स्वीकार नहीं किया था कि १९७१ के बाद जो आए हैं, उन्हें पहचाना जाएगा और उनके नाम मतदाता सूची में से निकाले जाएंगे? क्या सरकार इस समझौते से अपने को बंधा हुआ नहीं पाती?

क्या १९७९ के इलेक्टोरल रोल पर चुनाव कराने की हठ—मैं उसे हठ कह रहा हूं—इस हठ ने असम में आग नहीं लगाई है? अगर प्रधानमंत्री हठ नहीं छोड़ेंगी, तो इतिहास में देश की बर्बादी उनके नाम लिखी जाएगी।···(व्यवधान)

१९७९ की मतदाता सूची के आधार पर चुनाव कराने का क्या मतलब है? क्या उसमें ऐसे लोग नहीं हैं जो १९७१ के बाद आए हैं? क्या विदेशी वोट दे सकते हैं? असम के जो नौजवान १९८० में २१ साल के हो गए, वे ८ लाख नौजवान वोट नहीं दे सकते हैं, विदेशी वोट दे सकते हैं?

ऐसी मतदाता सूची के आधार पर होनेवाले चुनाव क्या लोकतंत्र को प्रतिबिंबित करेंगे या लोकतंत्र को मजबूत करेंगे? पूरे चुनाव में प्रचार इस तरह से किया जा रहा था कि विदेशी निकाले नहीं जाएंगे।

मैं भी असम गया था

सभापति जी, मैं असम के कई भागों का दौरा करके आया हूं। कांग्रेस के सदस्य इसे पार्टी का सवाल न बनाएं। इतना सब खून-खराबा देखकर, असम को देखकर १९४७ की याद आती है। अगर हम दोषी हैं तो हमको फांसी दे दो, मगर असम के लोगों के हृदय में जो बात घुस गई है, वह किसी पार्टी ने उनके अंदर नहीं बैठाई है।

अभी प्रो. समर मुखर्जी ने माना कि असम के कर्मचारी चुनाव में हिस्सा लेने को तैयार नहीं हैं। कर्मचारियों को नौकरी जाने का खतरा है, कर्मचारियों के बीवी-बच्चे भूखे मर जाएंगे, यह डर है। उन पर पुलिस का पूरा पहरा था, मगर असम का कर्मचारी आज नौकरी को दांव पर लगा कर चुनाव का विरोध कर रहा है, क्योंकि वह समझ रहा है कि विदेशियों के आधार पर, विदेशियों के नाम के आधार पर बनी हुई मतदाता सूची पर अगर चुनाव हुए तो असम की अलग संस्कृति, अलग रहन-सहन और उसका पृथक व्यक्तित्व खत्म हो जाएगा।

कत्लेआम हुआ है। किसने किसका कत्लेआम किया है, यह बड़ा महत्वपूर्ण नहीं है। मैंने कभी नहीं कहा कि खून की नदियां बहा दी जाएंगी, मगर यहां नदियां बह रही हैं। आज गृह मंत्री ने नहीं बताया कि कितने लोग मरे हैं। लाशें गिननेवाला कोई नहीं है।

मैं गोहपुर गया था १६ तारीख को, वहां उपद्रव हुए १२ तारीख को। डिप्टी कमिश्नर गोहपुर नहीं गए। जिले का डिप्टी कमिश्नर उस हत्याकांड को देखने नहीं गया, स्पेशल एस.पी. नहीं गए। १८ तारीख को मैंने ओ.सी. से पूछा, वहां के अतिरिक्त सुपरिंटेंडेंट से पूछा कि कितने मरे? जवाब मिला कि हमें कोई जानकारी नहीं है।

श्री आनंद गोपाल मुखोपाध्याय : मुझे क्षमा करें, वाजपेयी जी, विदेशी की आपकी क्या परिभाषा है?

श्री वाजपेयी : मैं इस पर आऊंगा। महोदय, उन्होंने एक अच्छा प्रश्न पूछा है।

श्री आनंद गोपाल मुखोपाध्याय : असम के लिए और काश्मीर के लिए।

श्री वाजपेयी : विदेशियों की परिभाषा मेरे द्वारा नहीं दी जानी है। एक विदेशी को संविधान के अनुसार और कानून के अनुसार परिभाषित करना चाहिए। परिभाषित करनेवाला मैं कौन होता हूं?

लाशों पर चुनाव का महल

सभापति महोदय, मैं गोहपुर की बात खत्म कर लूं, इस सवाल पर भी बाद में आऊंगा। चुनाव कराने के लिए आप वहां पर एक लाख की बटैलियंस ले गए, फिर भी गोहपुर का हत्याकांड होने के बाद वहां का ओ.सी. मुझसे शिकायत कर रहा था कि हमारे पास ७० लोग हैं, बार्डर सिक्योरिटी फोर्स का छोटा सा दल आया है, हम गांव के लोगों को बचा नहीं सकते हैं। जब डिप्टी कमिश्नर से संपर्क किया गया कि आप जाते क्यों नहीं हैं, सैकड़ों घरों में आग लगा दी गई है और लाशें जंगलों में पड़ी हैं, तो उन्होंने कहा कि मेरा काम है चुनाव कराना, लोगों की जान बचाना सरकार का काम नहीं है। लाशों के ऊपर चुनाव का महल खड़ा करके सत्ता की सीढ़ी तक पहुंचना सत्तारूढ़ दल का काम है।...(व्यवधान) यह कहानी केवल गोहपुर की नहीं है, मुखर्जी साहब को मालूम नहीं है गोहपुर का झगड़ा इनका झगड़ा नहीं है जो चुनाव चाहते हैं या चुनाव के विरोधी हैं। इन जनजातियों के वोट नहीं हैं। वे उदयाचल जिंदाबाद के नारे लगा रहे थे, वे इंदिरा गांधी जिंदाबाद के नारे लगा रहे थे। कांग्रेस के नेताओं ने कचारी जनजाति के लोगों से कहा—२० तारीख हो जाने दो, इन असमियों को रेलवे लाइन के पार ब्रह्मपुत्र नदी तक खदेड़ दिया जाएगा।...(व्यवधान) दूसरा उदाहरण देखिए। दिसपुर के पास एक सीट का चुनाव हुआ। क्षेत्री गांव में १३ तारीख को आग लगाई गई थी, १० बजे से २ बजे तक गांव जलता रहा। गांववालों ने ११ तारीख को ही पुलिस में लिखित शिकायत की थी लेकिन कोई प्रबंध नहीं किया गया। सारा गांव जल गया। बाद

में पुलिस ने कुछ लोगों को जाकर पकड़ा, लेकिन उन लोगों को छोड़ दिया गया, क्योंकि कांग्रेस उम्मीदवार ने कहा कि ये हमारे मतदाता हैं, हमारे लिए वोट देनेवाले हैं, इनको छोड़ दो। गोहपुर में भी जो वनवासी पकड़े गए थे, आग लगाते हुए, उनको पुलिस थाने से छोड़ दिया गया। हमने पूछा, कैसे छोड़ा तो कहा—इन्होंने आश्वासन दिया था कि कोई गड़बड़ नहीं करेंगे। इतना बड़ा हत्याकांड हो गया, लेकिन कोई गिरफ्तारी नहीं हुई। अगर लोगों को हमने भड़काया था तो हमें गिरफ्तार कर लेते। वहां हवालात में एक भी आदमी नहीं था। दिसपुर के पास क्षेत्री में जो नारे लग रहे थे वे इस प्रकार थे : इंदिरा जी को हम हारने नहीं देंगे, विदेशियों को निकलने नहीं देंगे। क्या मतलब है इसका? इसके बावजूद आप चुनाव करा लेते तो भी समझ में आता। जो कुछ हुआ है वह चुनाव नहीं है, असम में लोकतंत्र की हत्या हुई है।...(व्यवधान)

पोलिंग स्टेशन जीप में!

भारतीय जनता पार्टी का एक दल १० पोलिंग बूथ्स पर गया था। हाजी चुनाव क्षेत्र में शहर में १० पोलिंग बूथ हैं—हाजी हायर सेकेंडरी स्कूल, बर्चा पुरील लोअर प्राइमरी स्कूल, हाजी बुर्ता लोअर प्राइमरी स्कूल—इन केंद्रों पर एक बजे जब हमारी पार्टी के लोग पहुंचे तो पोलिंग स्टेशन गायब थे। ढूंढ़ा गया कि पोलिंग स्टेशन कहां गए, शायद हटा दिए न हों! लेकिन शिफ्ट नहीं किए गए थे, प्रेजाइडिंग ऑफीसर्स ने पूरा पोलिंग स्टेशन अपनी जीप और बस में लाद दिया था। बैलेट पेपर बस में, बैलेट बॉक्स बस में और प्रेजाइडिंग ऑफीसर बस में। उनसे पूछा गया कि क्या हो रहा है तो उन्होंने कहा कि कोई वोट देने नहीं आया, इसलिए साढ़े तीन बजे तक बैठना हमारे लिए जरूरी नहीं है, हम जा रहे हैं। यह चुनाव है या चुनाव का मखौल? नामजदगी पर्चे लेने का अधिकार डॉक्टरों को दे दिया गया था। पुलिस ऑफीसर ने घर-घर जाकर नामजदगी के पर्चे एकत्र किए। आम आदमी की जान बचाने के लिए पुलिस नहीं थी। मगर उसी गोहपुर में कांग्रेस के उम्मीदवार के घर के बाहर बड़ी भारी हथियारबंद पुलिस खड़ी थी। उम्मीदवार की रक्षा होनी चाहिए, मुझे इसमें कोई ऐतराज नहीं है, मगर क्या नागरिकों को असुरक्षित छोड़ देना चाहिए? क्या असम सरकार ने अपने दायित्व को पूरी तरह से तिलांजलि नहीं दे दी? वहां अंधाधुंध गोलियां चली हैं और बंदूक की नोक पर चुनाव कराए गए हैं।

सभापति महोदय, मैं जोरहाट के पास टीटावर गया था। वहां एक दिन पहले गोली चली थी। गोली से चार लोग मारे गए और उसमें अताउर्रहमान नाम का एक व्यक्ति भी था। पूरे आंदोलन को जो लोग एक सांप्रदायिक रंग देने की कोशिश कर रहे हैं, वे ठीक नहीं कर रहे हैं। वह व्यक्ति आंदोलनकारियों के साथ था। असम में बड़ी संख्या में ऐसे मुसलमान हैं, जो पहले से रहते हैं और वे अनुभव करते हैं कि बंगला देश से जो अंधाधुंध लोग आए हैं, वे नहीं आने चाहिए।...(व्यवधान) आप उन्हें आंदोलन का विरोधी क्यों समझ रहे हैं? मगर मैं दूसरी बात कह रहा था। ४० घंटे तक पुलिस ने गोली से मरनेवालों की लाशें न हटाईं, न उठाईं। अरे, युद्ध में भी जब दो स्वतंत्र देश लड़ते हैं, तो घायलों के इलाज में कोई कमी नहीं होती है। मरनेवालों को बेइज्जत नहीं किया जाता है। मगर आप चुनाव में इतने व्यस्त थे कि लाशें पड़ी रहीं और सड़ती रहीं।

मैं डिब्रूगढ़ और गोहाटी के अस्पताल में गया था। पुलिस की गोली से घायल लोगों की लाइनें पर लाइनें लगी हुई हैं और डॉक्टर कह रहे हैं कि हमारे पास एंटी-गैगरीन-सिरप नहीं है। एक हफ्ता पहले मैंने गृह मंत्री जी को कंसलटेटिव कमेटी की मीटिंग में बताया था। गोली चलाना

जरूरी है, मगर गोली से घायल होनेवालों का इलाज कराना जरूरी नहीं है। मेरे पास दवाओं की लिस्ट है, जो मुझे डॉक्टरों द्वारा दी गई है। दवाओं की कमी की वजह से लोग मर रहे हैं। कोई कांग्रेस का सदस्य हृदय पर हाथ रखकर इस स्थिति का समर्थन कर सकता है! मान लीजिए, आंदोलनकारी गलत थे या विरोधी दलवालों ने उनको गुमराह किया, मगर पुलिस की गोली से जो घायल हुआ है, वह भारत का नागरिक है। उस नागरिक के साथ आप इसलिए दुश्मनी निभाएंगे कि वह आपकी राय से एक गलत रास्ते पर चला गया? आज ही गृह मंत्री जी ने कहा है कि हम दवाएं भेज रहे हैं। क्या दवाएं पहले नहीं भेजी जा सकती थीं? जो चुनाव संचालन करने के लिए कर्मचारी गए हैं, उनके लिए डबलरोटी के टन के टन जा सकते हैं, लेकिन दवाएं नहीं जा सकती थीं। असमवाले हमारे अपने लोग हैं। आज हमने उनके मरने पर शोक प्रकट किया है। प्रधानमंत्री जी संवेदना प्रकट करने गई हैं। मैं आपसे पूछना चाहता हूं कि दवाई न होने का औचित्य क्या है?

सत्ता को सिर्फ वोटों की चिंता

आपको सुनकर ताज्जुब होगा डिब्रूगढ़ के डॉक्टरों ने मुझे कहा है कि आसपास के गांवों में गोली चली है, लेकिन पुलिस घायलों को नहीं लाई और हमारे यहां एंबुलेंस खड़ी है जिसे लेकर हम गांवों में जाना चाहते हैं, लेकिन जिले के ऑफीसर ने कहा कि आप नहीं जा सकते हैं। इसी सवाल पर गोहाटी के डॉक्टर हाई कोर्ट में गए और कहा कि हमारा गांवों में जाना प्रतिबंधित है। हाई कोर्ट ने कहा कि ऐसा कोई प्रतिबंध नहीं हो सकता है। मगर दूसरे ही दिन जब डॉक्टर फिर वहां पहुंचे तो उनको अधिकारियों द्वारा रोक लिया गया और कहा गया कि आप गांव में मत जाओ, जो मरता है उसको मरने दो। कांग्रेस सरकार का विरोध करनेवालों को विरोध की कीमत अपनी जान से चुकानी पड़ेगी।...(व्यवधान)

सभापति महोदय, चुनाव की शर्त यह है कि चुनाव निष्पक्ष होने चाहिए और स्वतंत्र होने चाहिए। श्री शिवशंकर जी यहां बैठे हुए हैं। बेसिक फीचर में फ्री और फेयर इलेक्शन आता है। क्या असम में स्वतंत्र और निष्पक्ष चुनाव की परिस्थिति थी? १९७९ की मतदाता सूची को आप छोड़ दीजिए, यद्यपि १९७९ की मतदाता सूची को भी बदला जा सकता था। उस समय भी श्री एस. एल. शकधर ने सबसे पहले इस सवाल को उठाया था। मंगलदेई में जब पड़ताल हो रही थी, तो पता लगा कि लोकसभा के एक चुनाव क्षेत्र में ४५ हजार ऐसे लोग हैं, जिनकी नागरिकता संदिग्ध है।

क्या इसके बाद जरूरी नहीं था कि पूरी पड़ताल होती? क्या जांच हुई? जुडिशियल ट्रिब्यूनल क्यों नहीं बनाए गए? विदेशियों के नाम निकालने की कोशिश क्यों नहीं हुई? यहां नई दिल्ली की मतदाता सूची में एक विदेशी महिला का नाम आ गया था। पता नहीं कैसे आ गया था। अगर यहां एक विदेशी महिला का नाम मतदाता सूची में आ सकता है तो असम में क्या हो रहा होगा, जहां ३५ साल से लगातार विदेशियों को लाने की कोशिश हो रही है, इसका सहज ही अनुमान लगाया जा सकता है।

मैं सत्तारूढ़ दल पर आरोप लगाना चाहता हूं—आपको देश की एकता की चिंता नहीं है। आपको असम की चिंता नहीं है। आपको केवल वोटों की चिंता है, आप अपने वोट बैंक को बचाना चाहते हैं, बढ़ाना चाहते हैं। मैं कुछ ऐसा कहने जा रहा हूं जो शायद आपको चिल्लाने के

लिए मजबूर करे।

१९६८ में गोहाटी में एक दंगा हुआ था। आयल रिफायनरी का मामला था। उस दंगे में काफी मारपीट हुई, आग लगी। फौज को बुलाया गया। फौज को बुलाने के बाद—ब्रिगेडियन काले फौज का कमांड कर रहे थे—जो कुछ वहां हुआ, उसकी जांच के लिए कलकत्ता हाई कोर्ट के जस्टिस सेन को नियुक्त किया गया। ब्रिगेडियर काले कमीशन के सामने आए और उन्होंने अपने बयान में कहा—दंगे के दौरान जब मैंने अपना टेलीफोन बातचीत करने के लिए उठाया तो मैंने ओवर हियर किया कि केंद्र का एक मंत्री प्रदेश के एक मंत्री से कह रहा था कि गोहाटी में अभी दंगा दो घंटे और चलने दो। यह ब्रिगेडियर काले का बयान है, जो जस्टिस सेन के सामने दिया गया था। जस्टिस सेन ने कहा—मंत्री का नाम लिखो। दोनों नाम परची पर लिखे गए। सरकार ने वह रिपोर्ट दबा ली है। मैं चाहता हूं कि १९६८ में दंगे की जांच के लिए नियुक्त कमीशन की रिपोर्ट सदन की टेबल पर रखी जाए। यह कौन केंद्रीय मंत्री था? यह किसी राजनैतिक नेता का आरोप नहीं था, ब्रिगेडियर काले आर्मी के ऑफीसर थे। कौन दिल्ली में बैठा कह रहा था कि गोहाटी में दंगा चलने दो? गोहाटी का कौन मंत्री था जो दिल्ली के इशारे पर दंगा रोकने में आनाकानी कर रहा था? यह आज का मामला नहीं है। असम के लोगों में एक डर पैदा हो गया है। यह सही है या गलत, मैं इसमें नहीं जाना चाहता। औरतें, बच्चे, मर्द, मजदूर, व्यापारी, सरकारी कर्मचारी जो कुछ कर रहे हैं, वह किसी के भड़काने से कर रहे हैं, यह बात अपने दिमाग से निकाल दीजिए, तभी आप उन्हें आश्वस्त कर सकेंगे।

असम में विदेशियों की भरमार

मैं मानता हूं—विदेशी की परिभाषा मैं तय नहीं करूंगा, संविधान तय करेगा, कानून तय करेगा। लेकिन क्या कोई विदेशी केवल इसलिए नागरिक हो जाएगा कि वह मतदाता सूची में अपना नाम लिखाने में सफल हो गया है? मैं मानता हूं बंगला देश के शरणार्थियों को कुछ आश्वासन दिए गए थे। मगर यह आश्वासन नहीं दिया गया था कि उन सबको असम में बसाया जाएगा। आश्वासन यह था कि भारत आपकी मदद को आएगा, भारत असम के अलावा भी है। असम वालों को शिकायत यह है कि सब यहां क्यों आ रहे हैं? उनका कहना है कि हमारा क्या होगा? क्या हम अपने घर में ही पराए हो जाएंगे, बेगाने हो जाएंगे? इसलिए 'असम-माता' के जो नारे लगाए जा रहे हैं, इसका मतलब यह नहीं है कि वे 'भारत-माता' की जय का नारा नहीं लगाते हैं। वे 'भारत-माता की जय' का नारा भी लगाते हैं। हमारे प्रदेशों की अलग-अलग विशेषता, विविधता है। मैं आंध्र में गया—वहां 'आंध्र' को राष्ट्र कहा जाता है, प्रदेश नहीं कहा जाता। मगर वह तेलुगु शब्द है जो प्रदेश के लिए प्रयुक्त होता है। आंध्रवाले यह नहीं कहते कि वह पृथक राष्ट्र हैं। महाराष्ट्र में कहा जाता है—'प्रिय अमुचा एक महाराष्ट्र देश हा'। कोई कहेगा—क्या महाराष्ट्र की बात करते हो, राष्ट्र की बात करो। लेकिन इन शब्दों में वे महाराष्ट्र की बात करते हैं और राष्ट्र की बात भी करते हैं। मैं सदन से कहना चाहता हूं—आज नगालैंड की जो परिस्थिति है, वह किसी से छिपी नहीं है, मिजोरम में अशांति है, मणिपुर धीरे-धीरे उपद्रवकारियों के प्रभावक्षेत्र में आ रहा है। त्रिपुरा में शांति नहीं है। केवल ब्रह्मपुत्र की घाटी अभी तक ऐसी है, जहां शांति है, जहां के लोग सौम्य हैं, जो अपनी भाषा की रक्षा करना चाहते हैं, संस्कृति की रक्षा करना चाहते हैं, मगर देश से अलग नहीं होना चाहते हैं।

आप उन्हें पृथकतावादी कहकर देश से अलग करने का प्रयास न करें। हां, उनमें कुछ तत्व ऐसे हो सकते हैं, जो इस परिणाम पर पहुंचे हैं कि इस देश में लोकतंत्र के आधार पर उनकी कोई सुनेगा नहीं, कुछ लोग इस परिणाम पर भी पहुंचे हैं कि राजनीतिक नेताओं को वोट की चिंता है न कि देश के किसी भाग की चिंता है और न ही पूरे देश की चिंता है। क्या आप चाहते हैं कि असम घाटी के सभी लोग उनके चंगुल में चले जाएं, उनके प्रभाव में आ जाएं। क्या आप उग्रपंथियों के हाथों में सारी स्थिति दे देना चाहते हैं? क्या होगा इसका नतीजा? हमने आंदोलनकारी नेताओं से साफ कहा है कि हम हिंसा का विरोध करते हैं। चौधरी साहब यहां पर बैठे हुए थे, उनको मालूम है। मैं इस आरोप का खंडन करना चाहता हूं कि हमने गोहाटी में हिंसा की निंदा नहीं की। गोहाटी के बहुत से लोग हमारी सभा में सुनने के लिए आए थे। गवर्नर साहब से मेरी बातचीत हुई और गवर्नर साहब ने यह कहा कि वाजपेयी जी, आप लोग पहली बार यहां आकर यह कह रहे हैं कि हिंसा नहीं होनी चाहिए और आप यह अच्छा कर रहे हैं।…(व्यवधान)

यहां बातचीत, वहां गिरफ्तारी

आप यह भी जानते हैं कि वहां के नेताओं के साथ क्या हुआ? श्री महंती और श्री भृगु कुमार फूकन जब दिल्ली में बातचीत करने के बाद गोहाटी लौट रहे थे, उन्होंने दिल्ली में कोई अपराध नहीं किया था, हवाई जहाज पर कोई जुर्म करने का सवाल ही पैदा नहीं होता, हवाई जहाज से उतरते ही उन्हें क्यों पकड़ लिया? जो बातचीत के लिए यहां आते हैं उन्हें गिरफ्तार नहीं किया जाता, यह परिपाटी है। मगर उन्हें गिरफ्तार कर लिया और वहां के लोग नेतृत्वविहीन हो गए। सन् १९४२ की स्थिति पैदा हुई।

अब जरा गहराई से जांच कीजिए कि हिंसा कब शुरू हुई? १२ तारीख को गोहपुर में पहला कांड हुआ। उसको भड़कानेवाले कौन थे? प्रधानमंत्री के भाषणों और श्री अब्दुल गनी खां चौधरी के भाषणों ने पूरे असम में क्या भावना पैदा की? असम के लोगों ने समझा कि हमारे लिए कोई भविष्य नहीं है। बंगला देश से आनेवालों ने समझा कि हमें कौन निकाल सकता है, हमारे पीछे सरकार है, हमारे पीछे दिल्ली का दरबार है, हमारे पीछे पुलिस है। पुलिस किस तरह से व्यवहार करती रही है, यह आप देख रहे हैं। सी.आर.पी. और असम की पुलिस में सशस्त्र लड़ाई होना कोई मामूली घटना नहीं है। कितने लोग मारे गए, जरा आप बताइए? कुछ आंकड़े हम भी लाए हैं। ये आंकड़े यहां आपके सामने रखकर हम देश में सनसनी पैदा नहीं करना चाहते, मगर ऐसी परिस्थिति किसने पैदा की? क्या हमने सी.आर.पी. को भड़काया, क्या हमने असम पुलिस को भड़काया, क्या सी.आर.पी. सड़क पर चलनेवाले किसी भी व्यक्ति को डंडा मार सकती है? क्या अंधाधुंध गोली चला सकती है?

सभापति महोदय, असम में एक स्थान है, मेरे पास उसका नाम लिखा हुआ है। उस स्थान के लोग वोट देने के लिए तैयार नहीं थे। सी.आर.पी. ने वहां पर गोली चलाई और वे अभी भी अस्पताल में पड़े हैं। उनके बयान हम लोग लेकर आए हैं। यह काम सी.आर.पी. ने किया। मेरे पास जोरहाट का फोटो है और वह फोटो मैं सदन की मेज पर रखने के लिए तैयार हूं। फोटो में सी.आर.पी. का आदमी एक आदमी को खींच रहा है और जबर्दस्ती वोट देने को कह रहा है।…(व्यवधान) यह फोटो है, यह मजाक नहीं है। आप हंस रहे हैं। यह रोने की बात है। वहां पर सरकारी वाहनों में वोटर लाए गए। क्या चुनाव के लिए सरकारी वाहन का उपयोग निषिद्ध

नहीं है? अगर वोटरों के साथ जोर-जबर्दस्ती की जाएगी और वोट दिलाने के लिए गोली चलाई जाएगी, तो क्या इससे लोकतंत्र मजबूत होगा?

गृह मंत्री जी कहते हैं कि हाई कोर्ट ने, सुप्रीम कोर्ट ने चुनाव संबंधी मामला रद्द कर दिया। आप स्वयं चुनाव टालने के लिए तैयार नहीं थे। आप चुनाव टाल सकते थे। उसके लिए संविधान में संशोधन हो सकता था। हम मत देने को तैयार थे। आप यह कहिए कि आपने फैसला किया कि आप चुनाव नहीं टालेंगे। मगर विरोधी दलों के बारे में यह न कहें कि वे सहयोग के लिए तैयार नहीं थे। नहीं चाहते थे। आपको हमारा और भी सहयोग लेना है। अगर आपका यह रवैया रहा तो विरोधी दल भी यह फैसला कर सकते हैं कि हम आपके साथ बातचीत में आगे हिस्सा लें या न लें। आप यह दावा करते हैं कि आप हर समस्या का हल करने के लिए विरोधी दलों से सलाह-मशविरा करते हैं। हम सलाह देने के लिए तैयार हैं, सहयोग देने को भी तैयार हैं। मगर भगवान के लिए झूठ मत बोलिए। जो गलत हो रहा है, उसका जिम्मा अपने ऊपर लीजिए। कुछ अच्छा होता है, तो उस सबके लिए प्रधानमंत्री साधुवाद लेने को तैयार हैं। लेकिन असम में जो रक्त की नदियां बह रही हैं, इसका दोष कौन लेगा? इस पाप को कौन धोएगा?...(व्यवधान) हम धोएंगे? हम तो आपको भी धो रहे हैं। मगर असम की जनता आपके पाप को नहीं धोएगी।

आधी रात का करिश्मा

सभापति महोदय, १९७९ की मतदाता सूची को हाई कोर्ट में चैलेंज किया गया और यह कहा गया कि उनके आधार पर चुनाव नहीं हो सकता। हाई कोर्ट ने पूछा कि इलेक्ट्रोल रोल कहां है? एडवोकेट जनरल से कहा गया कि वे ४ बजे तक आएं। ४ बजे एडवोकेट जनरल ने कहा कि ४ बजे नहीं, कल १० बजे लाएंगे। दूसरे दिन १० बजे जब हाई कोर्ट बैठा तो आधी रात में इलेक्शन का जो नोटिफिकेशन जारी कर दिया था, वह रख दिया गया। इस पर हाई कोर्ट ने कहा कि हमारे हाथ अब बंधे हुए हैं। उस समय न हाई कोर्ट कुछ कर सकता था न सुप्रीम कोर्ट कुछ कर सकता था।

लेकिन मुझे अफसोस के साथ कहना पड़ता है कि इलेक्शन कमीशन का काम यह देखना नहीं है कि कांस्टीट्यूशनल वैक्यूम हो जाएगा या नहीं। उसने अपने दायित्व का पालन नहीं किया। हाई कोर्ट की बैंच के निर्णय से पहले उसने नोटिफिकेशन जारी कर दिया। अगर चुनाव निष्पक्ष और स्वतंत्र नहीं हो सकते, यह देखना इलेक्शन कमीशन का काम है, अगर वह इस नतीजे पर पहुंचता कि आज की हालत में स्वतंत्र और निष्पक्ष चुनाव नहीं हो सकते हैं तो वहां चुनाव नहीं होना चाहिए, यह कहना उसका दायित्व था। इलेक्शन कमीशन हमारे संविधान में एक स्वतंत्र संस्था है। अगर कोई इलेक्शन कमीशन की आलोचना करे, यह मुझे अच्छा नहीं लगता। लेकिन आज हमारी इंस्टीट्यूशंस, डेमोक्रेटिक इंस्टीट्यूशंस एक-एक कर आप लोगों के हमले का निशाना बन रही हैं। सुप्रीम कोर्ट में आज ऐसे जज भरे जा रहे हैं जिनके बारे में आप या सरकार यह समझती है कि वे उसके हक में फैसला देंगे।...(व्यवधान) इलेक्शन कमीशन को भी विवाद का विषय बना दिया गया है।...(व्यवधान)

श्री जमीलुर्रहमान (किशनगंज) : मैं व्यवस्था की बात पर हूं। सर्वोच्च न्यायालय के विरुद्ध कुछ नहीं कहा जाना चाहिए, जो यहां पार्टी नहीं है।...(व्यवधान) उन्होंने सर्वोच्च न्यायालय पर कलंक का टीका लगाया है। वह कह चुके हैं—सरकार की मदद करने के कारण ऐसे लोगों को

पुरस्कृत किया जाता है। ऐसे लोग बहाल किए जाते हैं जो कि सरकार को सहायता दें।

श्री वाजपेयी : सभापति महोदय, जिस तरीके से सुप्रीम कोर्ट के एक जज ने कांग्रेस (आई) की उम्मीदवारी स्वीकार की है, क्या उससे सुप्रीम कोर्ट पर आंच नहीं आती?

श्री जमीलुर्रहमान : वाजपेयी जी, मैं आपका सम्मान करता हूं, लेकिन आपकी ओर से ऐसा कहना अच्छा नहीं होगा।

श्री वाजपेयी : सभापति जी, मैंने कहा था कि सरकार की ओर से सुप्रीम कोर्ट में ऐसे जज भरने की कोशिश हो रही है जिनके बारे में सरकार यह समझती है कि वे उसके हक में फैसला देंगे। इस पर क्या आपत्ति हो सकती है? क्या श्री वहरुल इस्लाम के बारे में मुझे पूछने का हक नहीं है, जिन्होंने जगन्नाथ मिश्र को अच्छे चरित्र का प्रमाणपत्र दे दिया?...(व्यवधान) सभापति महोदय, पहले वे कांग्रेस में थे, फिर सुप्रीम कोर्ट में चले गए, अब फिर कांग्रेस में चले गए।...(व्यवधान) ऐसा लगता है कि...(व्यवधान) वहरुल इस्लाम के अलावा इस देश में और कोई नहीं हो सकता। सभापति महोदय, मैं दूसरी बात कहता हूं—लोकतंत्र का आधार है स्वतंत्र 'न्यायपालिका', उस पर आधारित...(व्यवधान)

उपाध्यक्ष महोदय, मैं समाप्त कर रहा हूं। मेरा निवेदन है कि असम पर चुनाव थोपकर सरकार ने आज जो स्थिति पैदा की है, उसको सरकार ने स्वयं निमंत्रण दिया है। दमन के बल पर न चुनाव हो सकते हैं, न सरकार चल सकती है। यह कैसा चुनाव है जिसमें विरोधी दलों को सभा करने की इजाजत नहीं थी?

आचार्य भगवानदेव (अजमेर) : अभी तो आपने कहा कि आपने एक बहुत बड़ी सभा की थी?

श्री वाजपेयी : हां-हां एक जगह की है, लेकिन मैं दूसरी जगह का उदाहरण दे रहा हूं।

आचार्य भगवानदेव : उपाध्यक्ष महोदय, ये सदन को गुमराह कर रहे हैं।...(व्यवधान)

श्री वाजपेयी : १९७१ के बाद सिंध से पाकिस्तानी राजस्थान नहीं आए थे? क्या उनकी नागरिकता के लिए कानून नहीं बनाना पड़ा? क्या एग्जीक्यूटिव आर्डर से आप किसी को नागरिक बना सकते हैं? माननीय शिवशंकर जी, १९६५ में एक एग्जीक्यूटिव आर्डर निकाला गया और कह दिया गया कि जो भी ईस्ट पाकिस्तान से आएगा, वह नागरिक है। यह संविधान के अनुकूल नहीं है। हम जानते हैं जो मुसीबत के मारे आए हैं, उनके लिए भारत के अलावा और कहीं कोई जगह नहीं है।

एक माननीय सदस्य : वह पॉलिसी डिसीजन था।

श्री वाजपेयी : पॉलिसी डिसीजन को इंप्लीमेंट करने के लिए कांस्टीट्यूशन को अमेंड कीजिए। उसके बिना कैसे कर सकते हैं? आनेवालों को आश्वासन यह था कि उन्हें हिंदुस्तान में जगह मिलेगी। यह आश्वासन नहीं था कि सारा बोझ असम उठाएगा।

श्री चित्त बसु : वह एक नीतिगत निर्णय था...(व्यवधान)

उपाध्यक्ष महोदय : उन्हें अपना दृष्टिकोण रखने दो। यदि आप उनके दृष्टिकोण का विरोध करना चाहते हैं, उनका भाषण पूर्ण होने के बाद अपने अवसर पर आप उसका उत्तर दे सकते हैं।

श्री वाजपेयी : उपाध्यक्ष महोदय, मैं कहता हूं कि सारी समस्या को बातचीत से हल करने के अलावा और कोई रास्ता नहीं है।

उपाध्यक्ष महोदय : अब समापन का समय है। यदि आप समाप्त करने जा रहे हैं, वे हस्तक्षेप नहीं करेंगे। इसलिए मैं आपसे समाप्त करने को कह रहा हूं।

श्री वाजपेयी : इन्होंने मेरी गाड़ी इतनी बार पटरी से उतारी है, मैं उपाध्यक्ष महोदय, समाप्त कर रहा हूं।

आखिर में मैं एक अपील करना चाहता हूं। असम की आत्मा पर लगे घावों को भरने का प्रयत्न होना चाहिए। असम के नागरिकों के एक-एक आंसू को पोंछने की जरूरत है। आज हम पोस्टमार्टम कर रहे हैं। मैं इस राय का हूं कि चुनाव टाले जा सकते थे। आप इस राय के हैं कि चुनाव नहीं टाले जा सकते थे। मैं पूछना चाहता हूं कि आगे क्या? ह्वाट नेक्स्ट? चुनाव तो आपने कर लिए, इतनी बड़ी कीमत दे दी, आगे क्या होगा? क्या इस चुनाव से विदेशियों की समस्या का हल निकल आता है? अब असम में जो सरकार बनेगी, उसे चुनाव का बायकॉट करने वाले स्वीकार नहीं करेंगे। इतने बड़े पैमाने पर असहयोग हुआ है, इसका अंदाज लगाना मुश्किल है। सरकार का कर्फ्यू अमल में नहीं आता, आंदोलनकारियों का कर्फ्यू अमल में आता है। मैंने पहले भी कहा था, फिर दोहराता हूं कि आंदोलन में कर्मचारी नौकरी छोड़कर भाग लेने को तैयार हैं, नौजवान मरने को तैयार हैं, औरतें, बच्चे लड़ने को तैयार हैं। इसके मूल में कोई तीव्र भावना है जो उनको आंदोलित कर रही है, यह मानकर चलिए। उस भावना का उपहास मत कीजिए, उसे विघटनकारी मत बताइए। उनके साथ फिर से बातचीत का सिलसिला शुरू होना चाहिए। अगर यह सदन, हम सब मिलकर इसमें कुछ भाग अदा कर सकें तो जहां तक मेरी पार्टी का सवाल है, हम जरूर भाग लेने के लिए तैयार रहेंगे।

असम का संकट : विश्वास का संकट

उपाध्यक्ष महोदय, कब तक इस सदन में असम का स्वर नहीं सुनाई देगा? कब तक असम में राष्ट्रपति शासन लागू करने, उसे उठाने, सरकार बनाने और उसे बिगाड़ने का खेल चलता रहेगा? असम से लोकसभा के १२ स्थान खाली पड़े हैं। असम की विधानसभा जनता का विश्वास खो चुकी है। लेकिन शासन चुनाव कराने की स्थिति में नहीं है। इसके लिए नौजवानों को दोष देना ठीक नहीं होगा। असम के नौजवानों को बधाई दी जानी चाहिए कि वे न केवल असम को बचाने के लिए लड़ रहे हैं, बल्कि सारे भारत की एकता और अखंडता की रक्षा के लिए संघर्ष कर रहे हैं। असम-आंदोलन विदेशियों के खिलाफ है। अन्य प्रदेशों से गए हुए भारतीयों के विरुद्ध नहीं है। वह आंदोलन असम में रहनेवाले बंगलाभाषी के खिलाफ भी नहीं है और न मुस्लिम मतावलंबियों के खिलाफ है। लेकिन कोई भी देश अपनी सीमा में विदेशियों के बेरोक-टोक प्रवेश की छूट नहीं दे सकता है। अगर असम में विदेशियों का सवाल नहीं है, तो सरकार ने १९७१ को कट-ओफर्म इयर क्यों माना?

विदेशियों का सवाल है, मैं यहां भाषण कर रहा हूं और असम में घुसपैठ हो रही है और अब घुसपैठ केवल असम तक सीमित नहीं है, बिहार के सीमावर्ती जिलों में, पश्चिम बंगाल के सीमावर्ती जिलों में लोग बड़ी संख्या में बंगला देश से आ रहे हैं। वे केवल रोजगार की तलाश में नहीं आ रहे हैं, रोजगार की तलाश में आनेवाले पासपोर्ट नहीं बदला करते, रोजगार की तलाश में आनेवाले वोटर लिस्ट में चोरी-छिपे नाम लिखाने की कोशिश नहीं करते। वे एक इरादे से आ रहे हैं और हमें उस इरादे को समझना होगा।

बंगला देश के साथ हमारे मैत्रीपूर्ण संबंध रहने चाहिए। लेकिन बंगला देश अपना बोझा हमारे यहां न डाले। बंगला देश में रहनेवाले अल्पसंख्यकों को भी बताने की आवश्यकता आ गई है कि वे अपने अधिकारों की लड़ाई बंगला देश में लड़ें। हर मुसीबत में भारत की तरफ भागना ठीक नहीं है। यह सत्य है कि हमने विभाजन के समय कुछ आश्वासन दिए थे, लेकिन हमेशा के लिए कोई देश अपनी सीमा खुली रखकर नहीं चल सकता है। सरकार इस बात को मानती है कि १९७१ के बाद जो विदेशी आए हैं, उन्हें पहचाना जाना चाहिए तथा उनके नाम मतदाता सूची में से

---

* *असम के हालात पर लोकसभा में २१ दिसंबर, १९८१ को भाषण।*

निकलने चाहिए और उन्हें जहां से आए हैं, वापस भेज देना चाहिए। १९७१ को १० साल बीत गए, हम १९८१ में बैठे हैं। मैं सरकार से पूछना चाहता हूं कि १० साल में कितने विदेशी आए, क्या विदेशियों को पहचाना गया तथा क्या वोटर लिस्ट में से उनके नाम निकालने का काम हुआ है? यदि ये सवाल उठाए जाते हैं तो कहा जाता है कि जब तक आंदोलन चलेगा, तब तक वह काम नहीं हो सकता है। बीच में आंदोलन ठंडा पड़ गया था। सरकार भी झुक गई थी। आंदोलनकारियों ने बीच में आंदोलन स्थगित भी कर दिया था। सरकार को अपनी ईमानदारी का सबूत देना होगा—क्या उसमें इच्छाशक्ति है विदेशियों को निकालने की और भविष्य में विदेशियों का प्रवेश रोकने की?

असम का संकट विश्वास का संकट है। नौजवानों को सत्ता नहीं चाहिए। उन्हें सरकारी पार्टी में शामिल करने के पैंतरे हुए हैं। मगर उन नौजवानों ने उन पैंतरों को ठुकरा दिया है। वे एम.एल.ए. नहीं बनना चाहते हैं, एम.पी. बनने की उनकी आकांक्षाएं नहीं हैं। असम की सारी समस्या सत्तालोलुप नेताओं ने पैदा की है। वे असम में आंखें मूंदकर बैठे रहे हैं और लाखों की संख्या में विदेशी असम में घुसते रहे हैं। नौजवानों की भावनाओं को समझना चाहिए। असम आज राष्ट्रीय जीवन की मुख्यधारा से जुड़ा हुआ है। मिजोरम में क्या हो रहा है, दोहराने की आवश्यकता नहीं है। मणिपुर में नौजवान बंदूक से लड़ रहे हैं। नगालैंड पहले से अशांत है। सारा पूर्वांचल विस्फोटक परिस्थिति में है। क्या हम असम के देशभक्त नौजवानों को भी विघटनकारी तत्वों के हाथों में फेंक देना चाहते हैं?

आंदोलन में बुराई क्या है?

उपाध्यक्ष महोदय, १० नवंबर से वहां जो कुछ हुआ है, मैं सरकार से जवाब मांगना चाहता हूं। सरकार कहती है कि बातचीत चल रही है। बातचीत के १४ चक्र चले। लेकिन अभी भी आंदोलनकारियों को संदेह है कि सरकार बातचीत इसीलिए लंबी करना चाहती है कि वे थक जाएं, आंदोलन अपनी मौत मर जाए और सवाल जहां के तहां रह जाएं। मान लीजिए, नौजवान यहां कुछ बात मान लेते हैं और गोहाटी में लौटकर जाने के बाद उससे पलट जाते हैं, आखिर नौजवानों को आंदोलन चलाने का अनुभव नहीं है। आंदोलन चलाना आसान होता है, वापस लेना कठिन होता है। उन नौजवानों के साथ सहानुभूति की जरूरत है, और उनके यहां भी ऐसे तत्व हैं जो उन्हें अतिरेक की ओर धकेलना चाहते हैं। मान लीजिए, नौजवान यहां जो तय करके गए थे उससे पलट गए और फिर १० नवंबर को उन्होंने तय किया कि गोहाटी में रैली होनी चाहिए, तो रैली पर प्रतिबंध लगाने की क्या आवश्यकता थी? मैं भी थोड़े दिन पहले गोहाटी में रैली करके आया, तब कोई गड़बड़ी नहीं हुई। आंदोलनकारी भी रैली कर लेते। मगर शक्ति का प्रदर्शन, जजेज-फील्ड पर बी.एस.एफ. का कैंप, किसी को भी सभा करने की इजाजत नहीं दी जाएगी। बहाना यह बनाया गया कि यदि हम आंदोलनकारियों को सभा करने की इजाजत देंगे, तो उस दिन माइनारिटी एसोसिएशन भी सभा करना चाहती है। हमें उनको भी इजाजत देनी पड़ती है। माइनारिटीज एसोसिएशन को दूसरे दिन सभा करने की अनुमति दे सकते थे। असम के माइनारिटीज की बात भी सुनी जानी चाहिए, उसके वैध हितों की रक्षा होनी चाहिए।

हमने आंदोलनकारी नेताओं से भी कहा है कि आंदोलन में जो हिंसा हुई है, अल्पसंख्यकों को परेशान करने की घटनाएं हुई हैं, उन्हें हम पसंद नहीं करते हैं और न हम उनका समर्थन करते

हैं। लेकिन मोटे तौर पर आंदोलन शांतिपूर्ण है, आंदोलन देशभक्तिपूर्ण है, आंदोलन भारत की अखंडता के लिए है, असम को अलग ले जाने के लिए नहीं है। लेकिन हम वहां क्या व्यवहार कर रहे हैं? रैली नहीं होने दी मगर जनसमर्थन से आंदोलनकारियों की सात सभाएं हुईं, जिनमें हजारों लोग आए। सारे शहर का कामकाज ठप हो गया। लेकिन दमन का सिलसिला शुरू हो गया। वहां जजेज-फील्ड में बी.एस.एफ. का कैंप बना दिया गया। रेडियो से प्रचार किया गया—१.१० के बुलेटिन में कहा कि वहां एक बम फूट गया है। बाद में चीफ सेक्रेटरी से कहलाया गया कि वह बम नहीं था, लेकिन कुछ ऐसा ही विस्फोट था। और बाद में पता यह लगा कि वहां कागजों का एक पुलिंदा मिला था। असम में ऑल इंडिया रेडियो की क्रेडिबिलिटी आपने खत्म कर दी। यह तरीका नहीं है असम की जनता के साथ व्यवहार करने का।

आप दमन कर रहे हैं असम में!

१४ नवंबर को नेहरू जी का जन्मदिन था। गोहाटी के बच्चे एक अलग स्थान पर एकत्र हुए, वहां के सरकारी समारोह में शामिल नहीं हुए। समारोह में शामिल होना जरूरी नहीं था। बच्चों में भी विदेशियों के विरुद्ध भावना है। इस आंदोलन ने छोटे-छोटे बच्चों, पुरुषों, नारियों, साहित्यकारों, मजदूरों, कर्मचारियों सबको स्पर्श किया है। यह प्रश्न ऐसा है जो उनके मर्म को छू जाता है। हमारे लिए यह वोट का सवाल नहीं है, मगर मैंने असम की जनता के दर्द का थोड़ा सा एहसास किया है। उन्हें लगता है कि वे अपने ही घर में पराए होनेवाले हैं, माइनारिटी में आनेवाले हैं। असम की अलग भाषा है, उनके रहन-सहन का अलग तरीका है, उनकी सैकड़ों सालों की परंपराएं हैं--क्या उसे सुरक्षित नहीं रखा जाना चाहिए? उनके मन में जो डर है उसको निकालने की कोशिश कीजिए। लेकिन आप दमन कर रहे हैं लोगों को पीटकर, जेलों में बंद करके।

उपाध्यक्ष महोदय, क्या लोगों को शांतिपूर्ण बंद करने का अधिकार नहीं है? मगर तारीख १९ और २० को जब बंद का आह्वान किया गया तो गोहाटी के जिन दुकानदारों ने अपनी दुकानें खोलने से इन्कार कर दिया उनके खिलाफ कार्यवाही की गई। क्या पुलिस जबर्दस्ती दुकान खुलवा सकती है? वे दुकानें अगर लुट जाएंगी तो उसके लिए कौन जिम्मेदार होगा? अगर दुकानदारों की सहानुभूति आंदोलनकारियों के साथ है तो इससे उनको कौन रोक सकता है? लेकिन चार प्रमुख व्यापारियों को वहां गिरफ्तार कर लिया गया, गोहाटी जिले से निकाल दिया गया। नतीजा यह हुआ कि बंद और बढ़ गया।

कर्मचारी आपके साथ नहीं हैं। इस एसेंशियल सर्विसेज मेंटेनेंस एक्ट को वहां लगाने की जरूरत क्यों पड़ी? मैंने राज्यसभा में मकवाना साहब के भाषण को पढ़ा था—कर्मचारी आंदोलन के साथ हैं। अब बिजली चलाना जरूरी है तो बिजली कौन चलाएगा, कर्मचारी चलाएगा या और कोई? कर्मचारी क्यों आंदोलन के साथ हैं? उन्हें नौकरी से निकाले जाने का डर है। उनके खिलाफ कार्यवाहियां हुई हैं। मगर कहीं न कहीं उनके हृदय में यह भाव है कि यह आंदोलन हमारी पहचान की रक्षा के लिए किया जा रहा है, हमारे अस्तित्व की रक्षा के लिए किया जा रहा है।

बंद पूर्णतया सफल रहा। सरकार ने बस और ट्रक चलाने की कोशिश की, लेकिन उनमें बैठनेवाला कोई नहीं था। १४ नवंबर को बच्चों की रैली को पुलिस के प्रयोग से भंग करने की कोशिश की गई, छोटे-छोटे बच्चों के विरोध को भी सहन करने के लिए आप तैयार नहीं हैं और उम्मीद यह करते हैं कि असम की जनता आपके साथ होगी। यह ढंग नहीं है असम के लोगों

को अपने साथ लेने का। १९ नवंबर को धींग में सी.आर.पी. की गोलियों से एक १३ वर्ष के बच्चे की हत्या हुई। जान तो बच्चे की गई, लेकिन चोट सारे असमवालों के दिल पर लगी। २८ नवंबर की घटना को आप लें। एग्रीकल्चरल ऑफिस में एक बम-विस्फोट हुआ। मैं मकवाना जी से जानना चाहता हूं कि इस बम विस्फोट के सिलसिले में किसे गिरफ्तार किया गया? क्या यह सच नहीं है कि मुक्तावली नाम का एक व्यक्ति, जो पकड़ा गया, ऑल असम माइनारिटीज एसोसिएशन से संबद्ध है? क्या यह संभव नहीं है कि आंदोलन को बदनाम करने के लिए कुछ लोग बम-विस्फोट करें? किसने ऐसे तत्वों को भड़काया है। इस सारी कहानी में मैं जाना नहीं चाहता हूं। राष्ट्रपति राज के दौरान सरीन साहब जब वहां थे, तब किस तरह से असम के आंदोलन को बदनाम करने की कोशिश की गई, सारी कहानी मुझे मालूम है। २९ नवंबर को सी.आर.पी., बी. एस.एफ. ने एग्रीकल्चर यूनिवर्सिटी के बेटर्नरी कैंप पर धावा बोल दिया। रात गुजरनेवाली थी और कैंप पर पुलिस ने हमला कर दिया। हॉस्टल में रहनेवाले ४९ लड़के पकड़े गए। वे जेल नहीं ले जाए गए। २४ घंटे तक उन्हें बस में रोके रखा गया। पीने का पानी नहीं दिया गया, खाना नहीं दिया गया। नेचुरल कॉल करने के लिए भी बस से उतरने नहीं दिया गया। साल-भर पहले गोहाटी यूनिवर्सिटी में जो घटना हुई थी, उसकी आपने पुनरावृत्ति कर दी।

असम-समस्या को बढ़ाइए मत

सभापति महोदय, आंदोलनकारियों का रवैया कड़ा हो रहा है, मुझे मालूम है। उन्हें भरोसा नहीं है कि सरकार ईमानदारी के साथ उनके सवाल को हल करना चाहती है। विरोधी दल अपना योग देने के लिए तैयार हैं। लेकिन ईमानदारी से प्रयत्न तो करिए। पंडित नारायण दत्त तिवारी जब असम जाते हैं तो असम के पिछड़ेपन को दूर करने के लिए क्या ठोस योजनाएं हो सकती हैं, इस पर विचार करने के लिए नहीं जाते हैं, जाते हैं इस वास्ते कि सरकार कैसे बनेगी, जो मजदूर एम. एल.ए. चाय बागान में काम करनेवाले टूटकर चले गए हैं, उनको कैसे वापस ले आया जाए, इस वास्ते जाते हैं। अनवरा तैमूर की सरकार बन गई थी, लेकिन वह चली नहीं। उस सरकार ने जितना नुकसान किया, आप शायद यहां बैठकर उसका अंदाजा नहीं कर सकते हैं। सांप्रदायिक नीतियों पर अगर कोई सरकार चलेगी तो वह असम की आत्मा को सांत्वना नहीं पहुंचा सकती। हां, सांप्रदायिक नीतियों पर चलकर असम-समस्या को बढ़ाया जा सकता है, लेकिन दमन से एक ऐसा विस्फोट होगा जो असम को दूसरा नगालैंड बना सकता है। मेरा निवेदन है कि दमन बंद करिए, सरकार के गठन की कोशिश न करिए, असम के आंदोलनकारियों से जल्द से जल्द बातचीत करके तुरंत वहां चुनाव कराइए। आंदोलन का हल निकालना आसान होगा, अगर वहां राष्ट्रपति शासन रहेगा। जो सरकार वहां बनती है, वह इस सवाल को एक तरफ रख देती है। श्रीमती अनवरा तैमूर ने भी यही किया था। उसने कहा था कि विदेशियों का सवाल केंद्र का मामला है, मुझे तो लॉ एंड आर्डर मेनटेन करना है। असम में एम.एल.ए. हॉस्टल को एक किला बना दिया गया है, लेकिन फिर भी वहां विस्फोट हो गया। विस्फोट की जांच के लिए पुलिस के कुत्ते लाए गए एम.एल.ए. हॉस्टल में। कुत्तों ने विस्फोट की जगह को सूंघा। सूंघकर, जानते हैं वे किस दिशा में गए? उसी दिशा में गए जहां मुख्यमंत्री का बंगला था। मुझे नहीं मालूम कि जांच का क्या हुआ। जांच रोक दी गई। कुत्ता रास्ता भूल गया। अगर कुत्ता मुख्यमंत्री के बंगले की तरफ जाता है तो कुत्ता भी दिग्भ्रांत हो जाता है। कुत्ते से भी यह उम्मीद की जाती है कि वह सरकार

के इशारे पर चले। सरकार के इशारे पर स्वार्थी इंसान चल सकता है, ईमानदार जानवर नहीं। मैं दोहराना नहीं चाहता हूं। हम असम की परिस्थितियों का राजनैतिक फायदा नहीं उठाना चाहते। मैं पूरी ईमानदारी के साथ इस सदन को विश्वास दिलाना चाहता हूं। मगर जिस ढंग से आप असम की समस्या का हल करने की कोशिश कर रहे हैं उससे असम की समस्या हल नहीं होगी। नौजवानों को बातचीत के लिए बुलाया जा सकता है। कोई उन्हें नहीं भड़का रहा है। वह तो राजनैतिक दलों से बात तक नहीं करना चाहते। वह जानते हैं कि राजनीतिक दलों को वोट की चिंता है, असम की चिंता नहीं है। वे अच्छे नौजवान हैं, चरित्रवान नौजवान हैं। उन नौजवानों पर किसी देश को रश्क होना चाहिए। मगर आपने फौज को कह दिया कि ये आंदोलनकारी असम को हिंदुस्तान से बाहर ले जाना चाहते हैं, इन्हें दबा दो। और फौज में एक बुलेटिन निकाल दिया गया कि बातचीत, नंबर मुझे उस बुलेटिन का ठीक याद नहीं है, उसमें कहा गया असम का आंदोलन देशभक्तिपूर्ण नहीं है, अनमैट्रोआटिक है। भगवान के लिए उसमें फौज को न लाइए। राजनैतिक लड़ाई चलेगी। असम की जनता की भावना को हम समझने की कोशिश करें और उनका हल निकालें।

बंगला देश किसी को लेनेवाला नहीं

१९७१ के बाद में तो कोई मतभेद नहीं है? १९७१ के बाद आनेवाले कितने बंगला देश वापस भेजे गए हैं, मैं जानना चाहता हूं, यह कसौटी है सरकार की ईमानदारी की? यह भी हम समझ लें, बंगला देश किसी को लेनेवाला नहीं है। मकवाना साहब ने कहीं कह दिया था कि २००, २५० निकाले गए। फिर पत्रकारों ने पूछा—कहां निकाले गए? कह दिया—यह नहीं पूछो। उनको कहीं से निकाला होगा, वह दूसरी जगह से अंदर फिर आ गए होंगे। यही सिलसिला चलता रहा। सीमा की सुरक्षा कठिन है, मगर इतनी कठिन नहीं है कि ३४ साल तक उसकी रक्षा ही न की जाए। श्री नंदा जी के जमाने में, मैं २५ साल से असम का मामला सदन में उठाता रहा हूं, नंदा जी ने आश्वासन दिया था कि बौब्ड आगर लगेगा। नहीं लगा। सीमा बंद नहीं की गई। चौकियां नहीं बढ़ीं।

जब मैं विदेश मंत्री था तो मेरे सामने एक ऐसी घटना आई, मुझे कहा गया कि आप जो पासपोर्ट देते हैं, वह तो ठीक है मगर हिंदुस्तान और बंगला देश की सीमा पर एक और पासपोर्ट चलता है। उसका नाम है गर्दनिया पासपोर्ट। मैंने कहा—गर्दनिया पासपोर्ट क्या है? कहने लगे कि पासपोर्ट लेने की जरूरत नहीं है। आप सीमा के उस पार जाना चाहते हैं तो सीमा पार पहुंच जाइए, कुछ रुपया निकालिए। जो चौकीदार वहां तैनात है, वह चाहे असम राइफल्स का हो, चाहे बार्डर सिक्योरिटी फोर्स का हो, वह आपकी गर्दन को एक धक्का देगा और आप बंगला देश में पहुंच जाएंगे, पासपोर्ट की जरूरत नहीं है। अभी भी यह सिलसिला चल रहा है, इसे आप रोक नहीं सके। असम के लोगों में विश्वास नहीं पैदा कर सके। क्या असम को भी हम एक्सट्रीमिस्ट्स के हाथों में फेंक देना चाहते हैं? यह गलती न करें—असम की जनता में यह भी भावना है कि उसकी उपेक्षा हुई है। आर्थिक दृष्टि से प्रदेश पिछड़ा है। असम में तेल है, और आंदोलनकारियों पर आरोप लगाया जाता है कि उन्होंने हजारों करोड़ रुपए का नुकसान कर दिया, क्योंकि तेल नहीं निकालने दिया। मगर जो तेल निकला नहीं, वह बर्बाद तो नहीं हुआ? तेल फसल तो नहीं है कि अगर काटो नहीं तो नुकसान हो जाएगा। तेल जमीन में दबा हुआ है, सुरक्षित है, आगे निकाल लीजिए। मगर असमवाले पूछते हैं कि जो हजारों क्यूबिक मीटर गैस रोज जल रही है, उसका क्या इलाज

है? उस गैस का हम उपयोग नहीं कर पा रहे हैं। बरौनी रिफाइनरी विकसित की जाती है, चाय की नीलामी कलकत्ता में होती है। असम को रॉयल्टी कम मिलती है। गंगा पर हमने ६ पुल बनाए हैं, लेकिन ब्रह्मपुत्र पर अभी तक दो पुल ही बन सके हैं। मनोवैज्ञानिक समस्या के साथ आर्थिक प्रश्न भी जुड़ जाते हैं। अभी समय है इनको हल करने का। प्रधानमंत्री ने विरोधी दलों को वार्ता में शामिल किया, यह अच्छा कदम था। लेकिन जब वार्ता टूटने लगी, तभी विरोधी दलों की याद आई। यह ठीक नहीं है। मैंने ज्ञानी जी से पूछा कि जब वार्ता में गतिरोध पैदा हो गया, तो आपने हमें क्यों बुलाया। कहने लगे कि जब वार्ता ठीक चल रही थी तो बुलाने की क्या जरूरत थी?

दुख में सुमरिन सब करें, सुख में करे न कोय, जो सुख में सुमरिन करे तो दुख काहे को होय। हम ईश्वर होने का दावा नहीं करते। मगर असम की समस्या एक राष्ट्रीय समस्या है। इसे दलगत समस्या नहीं बनाना चाहिए। असम की समस्या वास्तविक समस्या है। उसको हल करने के लिए कदम उठाइए, नौजवानों को साथ लीजिए, जो एक्सट्रीमिस्ट हैं, उनको आइसोलेट करिए, अलग करिए, आम जनता को अपने साथ जोड़िए।

असम के लोग भूले नहीं हैं, १९६२ में चीनी हमले के बाद जब चीनी देश का दरवाजा खटखटा रहे थे, तो भारत के प्रधानमंत्री श्री जवाहरलाल नेहरू ने रेडियो पर जो कुछ कहा था, असमवाले कहते हैं कि मुसीबत आई तो आप हमको छोड़ने के लिए तैयार हो गए, बाकी के देश ने कभी हमारी चिंता नहीं की है।

उनकी पीड़ा को हम पहचानें, उनकी वेदना को हम समझें और इस राष्ट्रीय समस्या को, राष्ट्रीय प्रश्न को हल करने की कोशिश करें। रास्ता निकल सकता है, मगर दमन का तरीका बंद कर दीजिए, हो सकता है कि नौजवान बातचीत के लिए आने से इन्कार कर दें, अगर यह दमन का चक्र चलता रहा।

अपने अधिकारियों को सूचना दीजिए कि समझा-बुझाकर लोगों को सही रास्ते पर लाने की जरूरत है, और अगर प्रयत्न किया जाएगा तो असम की समस्या का हल भी निकाला जा सकता है, मगर यह उधर बैठनेवालों पर निर्भर करता है।

असम के लोगों का धैर्य टूटा

अध्यक्ष महोदय, आज जब यह सदन असम की विषम परिस्थिति के बारे में चर्चा कर रहा है, तब कछौर को छोड़कर शेष असम के निर्वाचित प्रतिनिधि इस सदन में नहीं हैं। १२ सीटें खाली पड़ी हैं, देश का एक महत्वपूर्ण भाग, जो सीमा पर अवस्थित है, सामरिक दृष्टि से हमारे लिए बड़े महत्त्व का है, उसका इस सदन में प्रतिनिधित्व नहीं है।

अभी हमारे मित्र ने कहा कि असम की जनता के मन में यह भावना घर कर गई है कि नई दिल्ली में उसकी उपेक्षा होती है। जितना महत्वपूर्ण क्षेत्र है, उतनी तेजी से कदम उस क्षेत्र के आर्थिक विकास के लिए नहीं उठाए गए। परिणाम यह है कि असम के लोग अपने को उपेक्षित, अनादृत, शोषित और शापित समझते हैं।

इस आर्थिक संकट के साथ एक नया संकट असम में खड़ा हो गया है, उसे आप संख्यासुर कह सकते हैं। संख्या का असुर। सारे देश में आबादी बढ़ती है २४ फीसदी की रफ्तार से। मगर असम में आबादी बढ़ती है ३४ फीसदी की रफ्तार से। १९७१ में ही असम की जनसंख्या में २६ लाख की वृद्धि हुई, जिस वृद्धि को प्राकृतिक या स्वाभाविक नहीं कहा जा सकता।

समस्या की गंभीरता को चीफ इलेक्शन कमिश्नर श्री शकधर ने भी स्वीकार किया था। उटकमंड में इलेक्ट्रोल ऑफीसर्स का जो १९७८ अक्तूबर में सम्मेलन हुआ था, उसमें श्री शकधर ने जो कुछ कहा था, उसे मैं उद्धृत करना चाहता हूं :

"घुसपैठ एक नियमित विशेषता हो गई है। मैं सोचता हूं कि दो जनगणनाओं के बीच ३४.९५ प्रतिशत की वृद्धि के आधार पर यह अनुमान लगाना गलत नहीं है कि १९६१ की जनगणना की अपेक्षा १९९१ की जनगणना में १०० प्रतिशत से अधिक की वृद्धि होगी। दूसरे शब्दों में एक ऐसी स्थिति आ जाएगी कि राज्य को विदेशी नागरिकों के साथ हिसाब लगाना पड़ेगा, जो यदि राज्य की आबादी में बहुसंख्यक नहीं हुए तो भी एक पकड़ बनाने योग्य आबादी के प्रतिशत के रूप में होंगे।"

असम का संकट उसके व्यक्तित्व को बचाने का संकट है। असम की अपनी भाषा है, प्रकृति उदार है, असम-संस्कृति संपन्न है, प्राकृतिक साधनों से भरपूर है। मगर असमवासियों को यह डर

** असम के हालात पर लोकसभा में २ फरवरी, १९८० को भाषण।*

है कि वह अपने ही घर में अल्पसंख्या में रह जाएंगे। इस भय को निकालना बहुत जरूरी है। पिछले चार-पांच महीने से असम में जो आंदोलन चल रहा है, वह किसी राजनीतिक दल द्वारा संचालित नहीं है, वह जनता का आंदोलन है। वह किसी भाषा-भाषी वर्ग के खिलाफ भी नहीं है। किसी विशेष धर्म या मजहब को माननेवालों के विरुद्ध भी नहीं है। उसके मूल में एक ही प्रेरणा है कि असम असमिया भाषा बोलनेवालों का प्रदेश किस प्रकार रहेगा?

इस आंदोलन के दौरान कुछ ऐसी घटनाएं हुई हैं, जिन पर केंद्रीय सरकार को ध्यान देना चाहिए। असम में राष्ट्रपति राज्य है, विधानसभा मूर्च्छित अवस्था में है, केंद्र की देखरेख में शासन चल रहा है। अभी दुलियाजान में जो गोलीकांड हुआ है, उसकी अदालती जांच जरूरी है। सरकारी सूत्रों के अनुसार पांच व्यक्ति मरे, लेकिन असम में अफवाह उड़ रही है, मुझे भी असम में जाने का मौका मिला था, और उन अफवाहों से लोग भ्रमित हो रहे हैं, गुमराह हो रहे हैं। कितने लोग मरे हैं, यह निश्चित करना असंभव नहीं होना चाहिए। क्या गोली चलाना आवश्यक था? जितने बल का प्रयोग किया गया, क्या उतना बल काम में लाए बिना परिस्थिति पर काबू नहीं पाया जा सकता था? इन प्रश्नों का उत्तर जरूरी है। सरकार का कहना है कि पांच लोग मरे हैं। मगर वहां के लोगों का कहना है कि संख्या बहुत ज्यादा है, ७१ लोग लापता हैं। अगर असम के समाचार पत्रों को देखें, तो उनसे तो बड़ी भयावह तस्वीर हमारे सामने आती है। मेरी मांग है कि दुलियाजान के गोलीकांड की अदालती जांच होनी चाहिए। केंद्र सरकार को इस संबंध में शीघ्र कदम उठाना चाहिए।

उत्तर कामरूप में व्यापक पैमाने पर हिंसात्मक घटनाएं हुई हैं, लोग मरे हैं और हजारों लोग शिविरों में पड़े हैं। वहां स्थिति पर काबू पाने के लिए फौज को बुलाया गया था।

जवानों ने भी ज्यादतियां कीं

केंद्रीय रिजर्व पुलिस या सीमा-सुरक्षा बल की सहायता से स्थिति नियंत्रण में होनी चाहिए। मुझे उस क्षेत्र में एक बार जाने का अवसर मिला। सेना के जवानों के विरुद्ध ज्यादती की शिकायतें मिली हैं, और यह अत्यधिक खेदजनक है कि शिकायत करनेवालों में हमारी बहनें शामिल हों, यह बड़ी दुखदायी स्थिति है। इस स्थिति को टाला जाना चाहिए। इस संबंध में भी जनमानस में जो उद्वेलन है, उसको शांत करने के लिए कुछ कदम जरूरी हैं।

प्रधानमंत्री के निमंत्रण पर असम के छात्र संगठनों के प्रतिनिधि यहां आए हैं। हम उम्मीद करते हैं कि बातचीत के द्वारा कोई ऐसा रास्ता निकलेगा, जिससे असम के जनमानस को शांत किया जा सकेगा। दो-तीन कदम आवश्यक हैं।

असम में विदेशी नागरिकों का आना रुकना चाहिए। बंगला देश के साथ लगी हुई सीमा को कड़े प्रबंध में देना चाहिए। मैं जानता हूं कि इसमें व्यावहारिक कठिनाइयां हैं। पिछले ३० सालों से हम इस बारे में चर्चा कर रहे हैं, लेकिन अमल नहीं कर पा रहे हैं। असम के लोगों का धैर्य टूट रहा है, नौजवान बिगड़ रहे हैं। अगर समय रहते कदम न उठाया गया तो नौजवानों का एक वर्ग ऐसे तत्वों के हाथ में जा सकता है जो भारत का भला नहीं चाहते हैं। मैं अपने मित्र, श्री मुखर्जी से सहमत नहीं हूं कि यह आंदोलन सिंसेशनिष्ट है। आंदोलन में भाग लेनेवाले भारतीय हैं, देशभक्त हैं। असम को भारत के अभिन्न अंग के रूप में देखना चाहते हैं। लेकिन नौजवानों का एक वर्ग ऐसा हो सकता है जो कहे कि जब हमारी सुनवाई नहीं हो सकती है, तो हम ऐसा रास्ता

अपनाएं, जो अहिंसा का रास्ता न हो।

विदेशी नागरिक कौन हैं, यह तय होना चाहिए। मतदाता सूचियों में उन्हें स्थान नहीं मिलना चाहिए था। अगर उन्हें स्थान मिल गया तो उन्हें पहचानकर मतदाता सूचियों से निकाला जाना चाहिए। असम के लोगों का कहना है कि लाखों लोग मतदाता सूचियों में शामिल कर लिए गए हैं। पहली बार यह परिस्थिति तब सामने आई, जब श्री हीरालाल पटवारी के निधन पर उपचुनाव का प्रश्न उठा। मतदाता सूची देखी गई तो पता लगा कि एक चुनाव-क्षेत्र में ७० हजार विदेशी नागरिक हैं। जब उनमें से २८ हजार के नाम छांट लिए गए तो एक आंदोलन हो गया। कोई भारत के नागरिकों को वहां से निकालना नहीं चाहता है, और न निकालना चाहिए। जो असम में रहते हैं, वे किसी भी भाषा के बोलनेवाले हों, किसी भी मजहब के माननेवाले हों, वे असम के नागरिक और निवासी हैं। उनके अधिकार, जीवन और सम्मान की रक्षा होनी चाहिए। मगर जो विदेशी नागरिक हैं, वे कैसे असम में रह सकते हैं? वे मतदान में भाग किस आधार पर ले सकते हैं? वे सरकार बनाने में अपने अधिकार का उपयोग कैसे कर सकते हैं? उनको पहचानना और निकालना जरूरी है।

असम की आर्थिक परिस्थिति को सुधारने के लिए शीघ्र कदम उठाने चाहिए। मैं स्वीकार करता हूं कि अभी तक हम वहां ब्रॉड गेज लाइन नहीं ले जा सके हैं। एक छोटी सी पट्टी असम को जोड़ती है। बंगला देश का दवाब है, उधर चीन है, और इसलिए इस संबंध में कदम उठाना जरूरी है।

एक बात मैं नई सरकार के गठन के बारे में कह दूं। अगर सचमुच में असम की समस्या को हल करना है तो वहां सर्वदलीय सरकार का गठन, अगर यह संभव है तो, होना चाहिए। मैं जानता हूं कि सर्वदलीय सरकार बनाना बहुत मुश्किल है। लेकिन असम की परिस्थिति अगर हम विस्फोटक समझते हैं और समझते हैं कि असम के कारण देश की अखंडता और सुरक्षा को भी आंच आ सकती है, तो सारे राजनैतिक दल आपस के विवाद से ऊपर उठकर असम के प्रश्न को एक राष्ट्रीय प्रश्न के रूप में ले सकते हैं और उसके समाधान के लिए अगर सरकार गठन करना संभव हो तो सर्वदलीय सरकार का गठन कर सकते हैं।

पंजाब में राष्ट्रपति शासन!

उपाध्यक्ष महोदय, जो विधेयक सदन के सामने विचाराधीन है, उसमें विरोध करने लायक कुछ भी नही हैं। राष्ट्रपति-राज के सवाल पर मतभेद हो सकते हैं, लेकिन एक बार राष्ट्रपति-राज लागू हो गया तो संसद को कानून बनाने का अधिकार लेना और इस संबंध में संसद-सदस्यों की एक सलाहकार समिति का निर्माण, यह सही दिशा में एक कदम है।

महोदय, यह सच है कि पंजाब में राष्ट्रपति-राज लागू करने का सवाल हरियाणा के चुनाव के साथ जोड़ दिया गया। राष्ट्रपति-राज देर से लागू किया गया। गलत वक्त पर लागू किया गया। अभी जनरल अरोड़ा ठीक कह रहे थे। राष्ट्रपति शासन लागू करने से पहले बरनाला सरकार की तुलना महाराजा रणजीत सिंह की सरकार से की गई थी। अमृतसर जलियांवाला बाग में केंद्र के एक मंत्री के मुंह से बरनाला सरकार को प्रशस्ति-पत्र दिया गया था। अचानक बरनाला सरकार बर्खास्त करने लायक कैसे हो गई? सचमुच में राष्ट्रपति-राज उस दिन लागू किया जाना चाहिए था जिस दिन अकाली बरनाला सरकार अल्पमत में आ गई थी, विधानसभा में अपना बहुमत खो चुकी थी, कांग्रेस पार्टी के समर्थन पर टिकी हुई थी, उस दिन अगर कांग्रेस पार्टी समर्थन वापस ले लेती और बहुमत के अभाव में पंजाब में राष्ट्रपति-राज लागू करना पड़ता तो आज कांग्रेस पार्टी कठघरे में खड़ी न होती।

एक दूसरा पहलू भी रखना चाहता हूं। राष्ट्रपति-राज गलत वक्त पर लागू किया गया। जैन मुनि सुशील कुमार जी केंद्र की अनुमति से, केंद्र की जानकारी में स्वर्ण मंदिर में अलग-अलग वर्गों से, अलग-अलग गुटों से बात करने के लिए गए थे। अभी न्यूयार्क में मेरी उनसे मुलाकात हुई थी। उन्होंने कहा था कि हम किसी नतीजे पर पहुंचने लगे थे कि राष्ट्रपति-राज लागू कर दिया गया और हमें अमृतसर से वापस आना पड़ा। मैं जानना चाहूंगा कि इस संबंध में स्थिति क्या है?

बरनाला सरकार के चलते आतंकवाद पर नियंत्रण असंभव हो गया था, क्योंकि बरनाला सरकार के कुछ मंत्री स्वयं मुख्यमंत्री की इच्छा के विपरीत आतंकवादियों से जुड़े हुए थे। बरनाला उन्हें काबू में नहीं रख सकते थे। स्थिति बिगड़ने लगी थी। समाज-सुधार के नाम पर पंजाब में

** पंजाब में राष्ट्रपति शासन लागू करने के बाद संसद-सदस्यो की सलाहकार समिति के गठन पर राज्यसभा में १७ अगस्त, १९८७ को वाद-विवाद।*

हिंसा और हत्या की एक ऐसी हवा फैल गई थी जिसमें लोगों का पंजाब में रहना मुश्किल हो गया था। राष्ट्रपति-राज की इतनी उपलब्धि माननी पड़ेगी कि समाज-सुधार के नाम पर चलनेवाला आंदोलन कि महिला किस तरह के कपड़े पहने, कौन लोग किस तरह की दुकानें करें, यह सिलसिला बंद हो गया। लेकिन आतंकवादियों की गतिविधियां बढ़ गई हैं। पंजाब के बाद हरियाणा, दिल्ली, दिल्ली तो केंद्र शासित है, पहले ग्रेटर कैलाश में सामूहिक हत्या हुई और बाद में कालकाजी में भारतीय जनता पार्टी के दो प्रमुख नेताओं को उनके घर के सामने, भारत की राजधानी में, दिनदहाड़े गोली से मार दिया गया। जब ग्रेटर कैलाश में घटना हुई थी तो सरकार को चेतावनी दी गई थी कि दक्षिणी दिल्ली, चंडीगढ़, मोहाली में आतंकवादी अपने नए अड्डे बना रहे हैं। रोकथाम के लिए प्रभावी कार्यवाही नहीं की गई। हत्यारे अभी तक पकड़े नहीं गए। आतंकवादियों का उद्देश्य साफ है।

आतंकवादियों के मंसूबे

पंचाब में उन पर दबाव बढ़ा है, मैं यह मानता हूं। लेकिन अगर वे और जगह घटनाएं करके बच निकलते हैं तो फिर उनके मंसूबे पूरे होने के लिए वातावरण बनेगा। उनके मंसूबे साफ हैं—हिंदू और सिखों में दंगे कराना, पंजाब से गैर-सिखों को निकालने की परिस्थिति पैदा करना। अब पंजाब से गैर-सिख फिर से निकलने लगे हैं, ये खबरें आ रही हैं। मैं पूछना चाहता हूं कि पंजाब पुलिस और पैरामिलिटरी फोर्सेज की मदद के लिए क्या पंजाब के तीन जिलों में, जो पकिस्तान से लगते हैं और जहां आतंकवादियों ने अपनी गतिविधियां केंद्रित की हैं; क्या उनकी मदद के लिए फौज की सहायता नहीं ली जा सकती? मैं पंजाब में फौजी शासन की मांग नहीं कर रहा हूं। दिल्ली में फौज को कह दिया गया कि तैयार रहे। मेरठ में फौज ने मार्च किया। अहमदाबाद में भी फौज की आवश्यकता पड़ी थी। लोगों का निकलना रोकना भी बहुत जरूरी है। मगर पंजाब से लोगों का निष्क्रमण हुआ है और अगर पंजाब से निकलनेवाले लोग देश के विभिन्न भागों में जाएंगे, दिल्ली में फिर से उन्होंने डेरा डाला तो वातावरण बिगड़ेगा। मैं दिल्ली की जनता को बधाई देना चाहता हूं। श्री सेठी और श्री मुंजाल की हत्या के बाद भी दिल्ली के लोगों ने संयम से काम लिया। बदले की एक भी घटना नहीं हुई। लोगों से आप क्या आशा करते हैं? प्रधानमंत्री लालकिले पर बोले कि जनता साथ दे। किस तरह से साथ दे? राष्ट्रपति जी ने भी अपील की है। हम मानते हैं कि आतंकवाद से निपटना सबका काम है। मगर इससें आम आदमी क्या करे? क्या सरकार की जिम्मेवारी नहीं है कि हिंसात्मक घटनाएं रोके? मैं मानता हूं कि राष्ट्रपति का राज पंजाब की समस्या का समाधान नहीं है। राज्यपाल रे या डायरेक्टर जनरल रिबेरो पंजाब का राजनैतिक हल ढूंढ़ लेंगे, यह न उनके बस की बात है और न उनकी जिम्मेवारी है। उनकी जिम्मेवारी इतनी है कि आतंकवाद को फैलने से रोकें, नियंत्रित करें, हिंसा और हत्या पर अंकुश लगाएं।

मगर केंद्रीय सरकार क्या इस बात का जवाब दे सकती है कि इस सदन ने २४९ के अतंर्गत जब एक प्रस्ताव पास कर दिया, आपने पंजाब में सुरक्षा-पट्टी क्यों नहीं बनाई? कल प्रधानमंत्री ने किसी पत्रिका को साक्षात्कार दिया और फिर से शिकायत की है कि पाकिस्तान से हथियार आ रहे हैं, पाकिस्तान में अड्डे हैं। आप हथियारों का आना और ट्रेनिंग लेकर जो लोग आ रहे हैं, उनको रोकते क्यों नहीं? सुरक्षा-पट्टी का प्रस्ताव खटाई में क्यों डाल दिया गया? पहले कहा गया कि बरनाला सरकार विरोध कर रही है। हम उस सरकार का विरोध मोल लेकर सुरक्षा-पट्टी नहीं बनाना

चाहते हैं। अब तो बरनाला सरकार नहीं है। केंद्र का शासन है। अब आप सुरक्षा-पट्टी को लागू करिए। राजस्थान में आवश्यकता है, गुजरात में आवश्यकता है।

प्रधानमंत्री ने ठीक ही कहा कि हथियार आ रहे हैं, नशे की चीजें आ रही हैं, अवैध घुसपैठ हो रही है। मगर सरकार ने उस प्रस्ताव पर अमल नहीं किया। मैं चंडीगढ़ गया था। राज्यपाल श्री रे से मेरी मुलाकात नहीं हो सकी, मगर डायरेक्टर जनरल श्री रिबेरो मुझे मिले। मैंने उनसे पूछा कि जो एनकाउंटर की खबरें आ रही हैं, निर्दोष लोग मारे जा रहे हैं, क्या गलत है? वहां आतंकवादी निर्दोष लोगों को मार रहे हैं, यह भी नहीं भूलना चाहिए। लेकिन पुलिस निर्दोष लोगों को मारे, यह ठीक नहीं है। मैंने उनसे कहा कि अगर इस तरह के आरोप लगाए जाएंगे तो आप क्या करेंगे?

उन्होंने मुझसे कहा कि वे स्वयं सौ गांवों में हो आए हैं। वे गांवों मे जाते हैं, गांवों की सभा में पूछते हैं कि क्या गांव में कोई नौजवान गायब है? क्या कोई नौजवान मुठभेड़ में मारा गया है? श्री रिबेरो का कहना है कि सौ गांवों में एक भी ऐसा व्यक्ति उन्हें नहीं मिला, जो इस बात की पुष्टि करे कि कहीं गलत ढंग से लोग मारे गए हैं।

सरदार जगजीत सिंह अरोड़ा : व्यवस्था के प्रश्न पर, महोदय...

उपसभापति श्री जगेश देसाई : अब व्यवस्था का प्रश्न कैसे हो सकता है, जब वह बोल रहे हैं।

सरदार जगजीत सिंह अरोड़ा : आप कैसे कह रहे हैं कि व्यवस्था का कोई प्रश्न नहीं है? श्री रिबेरो के खिलाफ एक वक्तव्य दिया गया है। मैं सिर्फ यह कहना चाहता हूं कि राज्यपाल से एक मुलाकात में, श्री कृपाल सिंह ने, जो एक विधायक हैं, कहा कि पंद्रह निर्दोष लोगों को मार दिया गया है और वे उनके नाम दे सकते हैं। पर श्री रिबेरो ने कभी भी वे नाम नहीं पूछे...।

उपसभापति श्री पवन कुमार बंसल : उन्हें वे नाम बताने चाहिए थे...यह उनका कर्तव्य था कि वे नाम बताएं, यदि उन्हें नाम मालूम थे।

पंजाब समस्या है क्या?

श्री वाजपेयी : महोदय, पंजाब की समस्या केवल कानून और व्यवस्था की समस्या नहीं है, यह हम लोग भी स्वीकार करते हैं। समस्या देश की एकता और अखंडता की रक्षा की है। केवल पुलिस के बल पर समस्या हल नहीं हो सकती है। लेकिन जब तक हिंसा और हत्या का सिलसिला बंद नहीं होता है, राजनैतिक हल ढूंढ़ने की दिशा में कैसे प्रगति की जा सकती है। अमृतसर में जो कुछ अभी हाल में घटनाएं हुई हैं, जिस तरह से अकाल तख्त तक के जत्थेदार श्री रागी को अमृतसर और अकाल तख्त छोड़कर जाना पड़ा है और जिस तरह से खालिस्तान की घोषणाएं हुई हैं, उससे ऐसा लगता है कि आतंकवादी तुले हुए हैं मुठभेड़ के लिए। उनकी चुनौती का जवाब देने के अलावा और कोई चारा नहीं है; और उनकी चुनौती के जवाब में हम लोग अधिक से अधिक सहयोग दें।...(व्यवधान)

भजनलाल जी, आप मत बोलिए। हरियाणा में बस-हत्याकांड के बाद भजनलाल ने जो राजनीति की, वह घटिया राजनीति थी।

पर्यावरण और वन मंत्री श्री भजनलाल : कैसे?...(व्यवधान) उपसभापति महोदय, अटल जी ने बहुत गुस्से में कहा कि मैंने इस तरह की राजनीति की है। मैं जरा-सा क्लैरीफाई करना चाहता

हूं। जब मुझे पता लगा तो क्या मेरा फर्ज नहीं बनता था कि हत्याकांड के स्थान पर जाऊं! वह मेरा जिला है, क्षेत्र है, गांव है, जहां वह हत्याकांड हुआ। वह एरिया मेरा है। इसलिए मैं जाती तौर पर वहां गया। इनके सहयोगी जो हरियाणा में राज करते हैं, उन्होंने मेरे ऊपर इल्जाम लगाया कि इस हत्याकांड में भजनलाल का हाथ है। तो क्या मैं उनको चैलेंज न करूं? मैं आज भी चैलेंज करता हूं कि कोई भी सुप्रीम कोर्ट या हाई कोर्ट का जज इसकी जांच करे और अगर यह आरोप साबित हो जाए तो भजनलाल हमेशा के लिए राजनीति से संन्यास ले लेगा, अगर वह साबित न हो तो वे इस्तीफा दे दें। यह मैं आज भी कहता हूं।

अगर कोई मेरे खिलाफ इल्जाम लगाए तो क्या मुझे बोलने का अधिकार नहीं है?

श्री वाजपेयी : श्री भजनलाल के खिलाफ आरोप यह नहीं है कि उन्होंने बस-हत्याकांड कराया। मेरा उनके ऊपर कोई आरोप नहीं है, आपका उसमें कोई हाथ नहीं है, मगर आपमें···

श्री भजनलाल : बार-बार कहा है।

श्री वाजपेयी : लेकिन बाद में जो हिंसा हुई, उसमें भजनलाल जी के साथ जुड़े हुए लोग मिले थे।

श्री भजनलाल : यह भी गलत है कि इस तरह से बेबुनियाद बात कह दी आपने। हम अगर यह कहना चाहें कि बी.जे.पी. और लोकदल और आपका हाथ है तो यह अच्छी बात नहीं है। यहां पर कांग्रेस की, लोकदल या बी.जे.पी. की बात न करें, जिसका कसूर हो उनके खिलाफ करें। दिल्ली में जो लोकदलवालों ने विजय रैली के समय किया, क्या हालत उन्होंने की, लूटमार की, कैसे हालात यहां पैदा किए? बहू-बेटियों की इज्जत तक लूटी गई, गरीबों के खोखे-रेहड़ियां तक लूट लीं। यह काम लोकदलवाले ही कर सकते हैं, कांग्रेसवाले नहीं।

श्री वाजपेयी : उस समय जो कुछ हुआ, उसकी हमने वकालत नहीं की। मगर हरियाणा सरकार अभी चुनकर आई थी और उसको उत्तराधिकार में जब शासन मिला तो यह बस-कांड, जिसमें अचानक लोग मारे गए, अचानक हमला हुआ, हो गया। उसके लिए हरियाणा सरकार के खिलाफ राजनैतिक अभियान आरंभ करना और वह भी एक केंद्रीय मंत्री द्वारा। अगर भजनलाल जी केंद्र में मंत्री न होते तो मुझे कोई शिकायत न होती।

श्री भजनलाल : आप एक सीनियर मेंबर हैं। आपको यह बात कहना शोभा नहीं देता। मैं आपका मान करता हूं। मैंने कुछ नहीं किया है। उन्होंने जो कुछ कहा है, मैंने उसका जवाब मजबूरी में दिया है।

श्री वाजपेयी : उपसभाध्यक्ष जी, मैं तो बोल रहा था। मैं भजनलाल जी का नाम भी न लेता। मैं सवेरे अलग से भजन कर लिया करता हूं। मुझे भजनलाल जी का सदन में नाम लेने की जरूरत नहीं है।

श्री भजनलाल : आप बोलिए और सुझाव दीजिए कि पंजाब की हालत बहुत बुरी है और पंजाब में इसका इलाज क्या होना चाहिए, कैसे हालात ठीक हो सकते हैं, उसके बारे में कोई सुझाव दीजिए।

श्री वाजपेयी : उपसभाध्यक्ष महोदय, मैं जो सुझाव यह दे रहा था सुरक्षा-पट्टी बनाने का, क्या यह सुझाव नहीं है? क्या तीन जिलों में सेना की मदद लेना, यह सुझाव नहीं है? क्या पंजाब के लोगों को संगठित करने के लिए गांव-गांव में रक्षा दल बनाने और जो आतंकवाद से लड़ना चाहते हैं, उन्हें हथियार देना और इस ओर सावधानी बरतना ताकि हथियार गलत हाथों में न चले

जाएं, यह सुझाव नहीं है? वहां हमारा कार्यकर्त्ता मारा गया है, अभी कल हत्या हो गई, उन्होंने दल तोड़ दिया। हथियार नहीं हैं, लाइसेंस नहीं हैं। आतंकवाद से पुलिस हर जगह लड़ नहीं सकती, लोग लड़ना चाहते हैं, लेकिन उनके पास हथियार नहीं हैं। हथियार महंगे हैं, उनके पास लाइसेंस नहीं हैं। गांव-गांव में रक्षा दलों को क्यों नहीं बनाया जा रहा है? राज्यपाल अधिक से अधिक स्थानों पर जाने का प्रयत्न कर रहे हैं, मेहनत कर रहे हैं। मगर इतना काफी नहीं है। मैं सहमत हूं अपने मित्रों से कि इस लड़ाई में जनता का अधिक से अधिक सहयोग प्राप्त होना चाहिए और इसके लिए, पंजाब में मिलकर बैठें और बातचीत करें। राष्ट्रपति का शासन हमेशा नहीं रह सकता। एक दिन आएगा जब राष्ट्रपति-शासन की अवधि समाप्त होगी और पंजाब में फिर से चुनी हुई सरकार काम करेगी। हमारी भी इच्छा है, लेकिन आज के वातावरण में जब तक आतंकवादियों द्वारा हिंसा और हत्याएं बंद नहीं होतीं, चुन-चुनकर लोगों को मारना और सामूहिक रूप से मारना, इस पर रोकथाम नहीं लगती, इसका राजनैतिक हल कैसे निकल सकता है, यह मेरी समझ में नहीं आता। धन्यवाद।

केंद्र की पंजाब-नीति क्या है?

महोदया, गृह मंत्री ने अपने वक्तव्य में यह स्वीकार किया है कि अक्टूबर महीने से आतंकवादी कार्यवाहियों में अचानक वृद्धि हो गई, लेकिन उन्होंने इस बात पर प्रकाश नहीं डाला कि इस वृद्धि का कारण क्या है? अगर आए-दिन सामूहिक हत्याएं पंजाब में खेल बनेंगी तो फिर यह आशा करना कि स्थिति सुधर रही है और सुधर जाएगी, दुराशा मात्र होगी। यह कहना भी ठीक नहीं है कि चूंकि सुरक्षा बलों ने आतंकवादियों के इर्द-गिर्द अपना घेरा कसा है, इसलिए वह निराशा से उन्मत्त होकर अपनी गतिविधियों में तेजी ले आए हैं। जो तेजी आई है, वह एक योजना के अंतर्गत है, समझ-बूझकर कदम उठाए जा रहे हैं, चुन-चुनकर लोग मारे जा रहे हैं, साथ ही सामूहिक हत्याएं भी की जा रही हैं।

डायरेक्टर जनरल रिबेरो के नेतृत्व में सुरक्षा बलों ने अच्छा काम किया है। उसमें पंजाब पुलिस का भी योगदान है, लेकिन रिबेरो के कथनानुसार ही, अभी तक 'ए' ग्रेड के एक-तिहाई आतंकवादी पकड़े गए या मारे गए हैं, दो-तिहाई बाकी हैं। बी प्लस ग्रेड के भी बड़ी संख्या में आतंकवादी अभी तक चंगुल में नहीं आए हैं।

मुझे लगता है कि आतंकवादियों की संख्या बढ़ रही है और रिबेरो साहब उस बढ़ती हुई संख्या का कोई हिसाब नहीं रख रहे हैं। आतंकवादी पाकिस्तान से बड़ी संख्या में आ रहे हैं, इस तरह के समाचार हैं। सरकार, इस दावे के बावजूद कि सीमा को सील करने के लिए कदम उठाए गए हैं, उनका आना रोक नहीं सकी है। मैं इस विषय पर बाद में आऊंगा।

इससे भी गंभीर बात यह है कि पिछले कुछ महीनों में पंजाब में जो राजनीतिक स्थिति बिगड़ी है, उसके कारण नए नौजवानों को आतंकवादियों की श्रेणी में शामिल होने का प्रोत्साहन मिला है। अकाली दल में फूट पड़ी है, जो अलग हुए वे दरबार साहब में पुलिस भेजने के एक नाजुक मसले को मुद्दा बनाकर अलग हुए। जब श्री बादल साहब से पूछा गया था कि आप अगर मुख्यमंत्री होते और आतंकवादी गुरुद्वारों को अपना एक अड्डा बनाते तो आप क्या करते? उनके पास कोई उत्तर नहीं था। लेकिन उन्होंने उसको एक मुद्दा बनाया और फिर वह इतनी दूर तक चले गए कि जो

** पंजाब की स्थिति से जुड़े अत्यधिक सार्वजनिक महत्व के मुद्दे पर राज्यसभा में ११ नवंबर, १९८६ को ध्यानाकर्षण प्रस्ताव।*

आतंकवादी हैं, उनके साथ खुलेआम जुड़ गए। हत्या करनेवालों के भोग में शमिल होने लगे। इससे पंजाब का वातावरण बिगड़ा और रिबेरो के करे-कराए पर बहुत कुछ अंश में पानी फिर गया।

पंजाब सरकार ने भी ढील दिखाई। यूनाइटेड अकाली दल के नेता सारे पंजाब के गांव-गांव में जाकर जहरीला प्रचार करते रहे, हत्यारों की तारीफ करते रहे, उन्हें सरोपे देते रहे। प्रधानमंत्री जी की हत्या करने की खुलेआम धमकी देते रहे। लेकिन उनके खिलाफ कोई कार्यवाही नहीं की गई। उन्हें पकड़ा नहीं गया। जब यह मामला पंजाब में उठाया गया तो कहा गया कि यह टिड्डी दल की फौज है, इसको निकल जाने दो। वे जहां-जहां गए, जहर के बीज बोते गए। आग की चिंगारियां फैलाते गए।

ग्रामीण क्षेत्रों में, विशेषतः गुरुद्वारों में बड़ा घातक प्रचार हो रहा है और रागी, गायक उसमें लगातार रात-दिन लगे रहते हैं। दुर्भाग्य से देश के शहीद बंट गए हैं। बसों में विषैला प्रचार हो रहा है। जब अकाली दल में फूट पड़ गई और एक धर्म से जुड़े हुए सवाल को लेकर पड़ गई, तो राजनीतिक वातावरण और बिगड़ा।

मुझे अफसोस के साथ कहना पड़ता है, और मैं इस मामले में गृहमंत्री जी से दो-टूक जवाब मांगूंगा। इतना कहना काफी नहीं है कि हम पंजाब की सरकार को पहले भी मदद दे रहे थे और अब भी मदद दे रहे हैं। तो फिर हालत बिगड़ क्यों रही है? या आप भी संतुष्ट हैं कि हालत सुधर रही है? महोदया, यह कहने का कोई अर्थ नहीं कि आतंकवादी भाग रहे हैं। जब आतंकवादी निर्दोषों को मारते हैं तब हमारे गृह मंत्री को भागकर जाना पड़ता है। हम लोग यहां दिल्ली से जाते हैं। आतंकवादी तो पाकिस्तान से भारत में आ रहे हैं, शहरों से गांवों में जा रहे हैं और जिन क्षेत्रों में वे सक्रिय नहीं थे, वहां वे अपनी गतिविधियां तेज कर रहे हैं। आतंकवादी किसी एक जगह पर बैठा नहीं करते। उनका स्वभाव है, चरित्र है चलना, वे डेरे नहीं डालते, किले नहीं बनाते। हम इस खामखयाली में न रहें कि आतंकवादी भाग रहे हैं। पंजाब में स्थिति बिगड़ी है और केंद्र इस जिम्मेदारी से बच नहीं सकता।

मैं सीधा-साधा सवाल करना चाहता हूं कि क्या केंद्र बरनाला सरकार को रखना चाहता है या नहीं रखना चाहता? बरनाला का अपना बहूमत नहीं है। वह कांग्रेस पार्टी के बहुमत पर टिके हैं। भंडारे साहब सदन में नहीं हैं। वह कह रहे थे कि इस सदन में पंजाब के सवाल पर एक आवाज पर बोला जाना चाहिए।

पंजाब कांग्रेस का मत कुछ, केंद्र की कांग्रेस का कुछ

मैं भंडारे साहब से कहता हूं कि कांग्रेस पार्टी स्वयं एक आवाज में बोलने के लिए तैयार नहीं है। पंजाब की कांग्रेस कुछ कह रही है, केंद्र के नेता कुछ कह रहे हैं। मेरे पास एक वक्तव्य है; गुरदासपुर १० नवंबर, पंजाब प्रदेश इंका के अध्यक्ष बेअंत सिंह ने बरनाला सरकार पर सत्ता में बने रहने के लिए राजनीति के मौलिक सिद्धांतों को बलि चढ़ाने का आरोप लगाया है। बेअंत सिंह ने कहा है कि बरनाला सरकार बिना पंखों के उड़ने की कोशिश कर रही है। उन्होंने कहा कि अब तक ७०० व्यक्ति आतंकवादियों का शिकार हो चुके हैं। उन्होंने इस आरोप को दोहराया कि कुछ मंत्री आतंकवादियों को शरण दे रहे हैं। फिर श्री बेअंत सिंह ने यह भी कहा कि हम कोई जम्मू-काश्मीर की तरह पंजाब में मिली-जुली सरकार नहीं बनाएंगे अकालियों के साथ, क्योंकि कांग्रेस एक धर्मनिरपेक्ष पार्टी है और उसका किसी सांप्रदायिक पार्टी से गठजोड़ नहीं हो

सकता।

पता नहीं सरदार बेअंत सिंह मुस्लिम लीग पार्टी को सांप्रदायिक पार्टी मानते हैं या नहीं मानते। हैदराबाद के म्युनिसपल कारपोरेशन में इत्तिहादुल मुसलमान व्यक्ति को मेयर बनाना और उस इत्तिहादुल को अपना समर्थन देना उन्हें कहां तक ठीक लगता है?

लेकिन मैं जानना चाहता हूं, केंद्र की नीति क्या है? क्या बरनाला को हटाने का फैसला हो रहा है? जो खबरें आ रही हैं, उससे पंजाब में एक राजनीतिक अस्थिरता पैदा हो रही है। स्वयं बरनाला साहब विचलित हो गए हैं। क्या आप सरदार बलवंत सिंह को लाने की सोच रहे हैं, जिन्होंने पाकिस्तान के साथ कोरीडोर बनाने की बात कही थी? सरदार बलवंत सिंह और श्री अर्जुन सिंह, जोकि केंद्रीय मंत्रिमडंल में आ गए हैं, कहते हैं, उनमें गहरी छन रही है। या आप किसी और को लाना चाहते हैं। क्या अमरेंद्र सिंह की तरफ आपकी नजर है?

गृह मंत्री महोदय के बयान में एक वाक्य ऐसा है, जो अप्रत्यक्ष रूप से उनकी तारीफ करने वाला है। उनके बयान की मैं भी तारीफ करूंगा, अगर वे बादल से अलग हो सके, अच्छी बात है। अगर आतंकवाद से लड़नेवाले सब इकट्ठे किए जा सकें, तो हम उसका स्वागत करेंगे। मगर इसमें देर नहीं होनी चाहिए। जम्मू-काश्मीर की तुलना में पंजाब की स्थिति अलग है। मामला लटकाइए मत। अगर मामला लटकेगा तो आतंकवादियों का हौसला बढ़ेगा, प्रशासन की हिम्मत पस्त होगी। आप आतंकवादियों के खिलाफ जो लड़ाई लड़ रहे हैं, उसको और दूर तक आपको लड़ना पड़ेगा। क्या केंद्र की कोई पंजाब-नीति है?

पाकिस्तान का हाथ है तो उसे बेनकाब करिए

दूसरी बात मैं यह पूछना चाहता हूं कि पाकिस्तान से आतंकवादी आ रहे हैं, यह हम वर्षों से सुन रहे हैं। पाकिस्तान का नाम लिया जा रहा है कि पाकिस्तान हथियार दे रहा है, पाकिस्तान ट्रेनिंग दे रहा है। मैंने श्री चिदंबरम् का एक जवाब देखा है। उन्होंने कहा है कि हम नौ अवसरों पर पाकिस्तान का ध्यान खींच चुके हैं। अगर कोई उनसे पूछता कि अब आप आगे क्या करेंगे, तो वे कहेंगे कि हम दसवें अवसर की प्रतीक्षा कर रहे हैं। आखिर यह सिलसिला कब तक चलेगा? वैसे रिबेरो साहब ने जो कुछ कहा है, मैं चाहूंगा कि गृह मंत्री महोदय का ध्यान उस ओर जाए। उनसे जब पूछा गया पाकिस्तान की लिप्तता के बारे में, तो उन्होंने कहा कि पाकिस्तान छोटे हथियार दे रहा है और अब उन्हें जानकारी मिली है कि पाकिस्तान हथियार बेच रहा है।

मैं गृह मंत्री महोदय से कहूंगा कि आपके पास दस्तावेज हैं, आपके पास सबूत हैं, हमें विश्वास में लीजिए, पाकिस्तान के मित्रों को वह दस्तावेज और सबूत बताइए, पाकिस्तान को बेनकाब करिए, पाकिस्तान से दो-टूक बात करिए कि अगर आप आतंकवादियों को हथियार और ट्रेनिंग देने का सिलसिला बंद नहीं करते तो आपके साथ संबंधों को सामान्य बनाने की बातचीत नहीं चलेगी। क्या सरकार यह नहीं कर सकती?

एक बात मैं यह जानना चाहता हूं महोदया, कि पिछले अधिवेशन में बड़े जोर-शोर से हमारी देशभक्ति को ललकारते हुए संविधान के अनुच्छेद २४९ के अंतर्गत एक प्रस्ताव लाया गया था और उस प्रस्ताव पर भाषण करते हुए हमारे गृह मंत्री महोदय ने बड़ी मर्मस्पर्शी बातें कही थीं, उन्होंने सारा दोष दूसरों पर डालने की कोशिश की थी और यह कहा था कि इच्छाशक्ति की कमी है। मैं उनके शब्द उद्धृत करना चाहता हूं :

"राजनीतिक इच्छा होनी चाहिए, दृढ़ संकल्प होना चाहिए और क्षेत्र में एक उचित संगठनात्मक व्यवस्था होनी चाहिए जो प्रतिबद्ध हो, जो देश की अखंडता और सुरक्षा के लिए मरने को तैयार हो। यही वह चीज है जिसकी कमी है।"

वे प्रदेश सरकार की ओर इशारा कर रहे थे। इसलिए केंद्र ने कहा कि हमें विशेष अधिकार चाहिए, हम सीमा को पूरी सख्ती से सील करना चाहते हैं, हम पुलिस के, प्रशासन के, अदालतों के, जेल के मामले में कुछ अधिकार लेना चाहते हैं। उसके लिए कुछ विरोधी दलों ने सरकार का साथ नहीं दिया, मगर हमने साथ दिया था और हमारे दल के सदस्य श्री जसवंत सिंह ने भाषण करते हुए कहा था कि हम आपको अधिकार दे रहे हैं, अब आगे बहाना मत बनाना।

गृह मंत्री महोदय ने भाषण में और भी बातें कहीं। उन्होंने जो प्रश्न उठाए, मैं उन्हें उद्धृत करना चाहता हूं :

"विपक्ष के नेतृत्व से मेरे तीन सवाल हैं : क्या उन्हें ज्ञात है कि ऐसी स्थिति है जो राष्ट्रीय महत्त्व की है? मेरा सीधा-सा सवाल यह है, क्या उन्हें विश्वास है सीमाई क्षेत्रों में ऐसी स्थिति है जो राष्ट्रीय महत्त्व की है? दूसरे, यदि ऐसी स्थिति है तो क्या वे जिस ढंग से फिलहाल समस्या से निपटा जा रहा है, उससे संतुष्ट हैं? और तीसरे, यदि नहीं, तो कौन सा रास्ता बचता है? क्या हमें खड़े रहना है और दिन-प्रतिदिन निर्दोष लोगों को मरते, घर-परिवार से भागते, राज्य से बाहर खदेड़े जाते हुए देखना है? ये तीन सवाल हैं। दुर्भाग्य से विपक्ष के किसी भी माननीय नेता ने इन सवालों का जवाब नहीं दिया है।"

सरकार का दिमाग साफ नहीं है

आज मैं गृह मंत्री महोदय से केवल एक सवाल पूछूंगा—संसद से आप जो अधिकार चाहते थे, वे आपको मिल गए। अब किसकी कमी है? किसकी खामी है? प्रश्न पूछा गया, अनुच्छेद २४९ के बारे में क्या हुआ? जवाब दिया कि हम राज्यों से सलाह कर रहे हैं, हम विचार कर रहे हैं। इसका अर्थ यह हुआ कि मामला गंभीर नहीं है, तुरंत फैसला करने की जरूरत नहीं है। जब सरकार यह अधिकार मांग रही थी, हमने सरकार से पूछा था—पंजाब की सरकार अगर साथ नहीं देगी तो आप क्या करेंगे? हमें कहा गया था कि पंजाब की सरकार के बावजूद देश की रक्षा के लिए अगर कदम उठाने जरूरी होंगे, तो उठाए जाएंगे। लेकिन आज कहा जा रहा है कि बरनाला सरकार से आप अपना समर्थन वापस ले लीजिए, बरनाला सरकार इस बात को नहीं मानेगी। मगर संसद से अधिकार प्राप्त करने के बाद पांव उठाने में आपके पंजों में पसीना आ गया। अगर कहीं इच्छा शक्ति की कमी है तो इस सरकार में कमी है, दिमाग साफ नहीं है। पंजाब में फिर से गोटें बिठाई जा रही हैं, पंजाब को फिर से दलगत और दल के अंदर भी गुट की राजनीति का मोहरा बनाया जा रहा है। यह खेल कब तक चलेगा?

महोदया, कुछ और भी सवाल हैं, जो मैं उठाना चाहूंगा। बार-बार यह बात कही जाती है कि हमें पंजाब में आतंकवादियों को अलग-थलग करना चाहिए। इसके लिए जरूरी है कि पंजाब के समझौते पर अमल किया जाए। मैं गृह मंत्री महोदय से पूछना चाहूंगा, प्रधानमंत्री जी की विदेश यात्रा में जब एक स्थान पर उनसे इस बारे में पूछा गया, तो उन्होंने कहा कि पंजाब समझौते को लागू करने में हमने इसलिए ढिलाई की है, क्योंकि बरनाला सरकार स्वयं नहीं चाहती कि तत्काल समझौता लागू किया जाए। क्या यह बात सच है? सच है तो फिर बरनाला सरकार को सफाई

देना होगी। २६ जनवरी को अगर चंडीगढ़ पंजाब को दे दिया जाता, तो मुझे आपत्ति नहीं होती। १५ अगस्त तक नहर बन जानी चाहिए थी, वह नहीं बनी है। लेकिन मैं आज आतंकवाद और पंजाब के समझौते को लागू करने का सीधा कोई संबंध नहीं मानता हूं। अगर समझौता पूरी तरह लागू कर भी दिया गया, यद्यपि समझौता अंतर्विरोधी है, उसमें परस्पर विरोधी बातें हैं, जल्दबाजी में किया गया समझौता है और हरियाणा की राजनीति पर नरज रखकर उस समझौते को लागू करने का बल केंद्र सरकार जुटा पाएगी, मुझे इसमें संदेह है, लेकिन मैं यह बात कहना चाहता हूं कि यदि समझौता लागू भी हो गया तो बादल गुट कहेगा कि हमारी मांग आनंदपुर प्रस्ताव को लागू करने की है, उससे कम पर समझौता नहीं होगा और आतंकवादी अलग बातें कहेंगे। उनका एक कट्टर गुट है, जो खालिस्तान के साथ जुड़ गया है, उन्हें कैसे वापस लाया जाएगा? मैं अपने मित्रों से सहमत हूं कि जोधपुर जेल में जो बंदी हैं दो साल से और जिन पर मुकदमे नहीं चल रहे हैं, जिनको कोई सजा नहीं मिल रही है, जो निर्दोष हैं, उनको छोड़ दिया जाना चाहिए और जो अपराधी हैं, उनको सजा मिलनी चाहिए।

उपसभाध्यक्ष श्रीमती कनक मुखर्जी : आपको १५ मिनट हो गए हैं। अब आप समाप्त करें।

श्री वाजपेयी : महोदया, पंजाब का मामला है और आप जानती हैं कि हम लोग उसके साथ जुड़े हुए हैं।

उपसभाध्यक्ष श्रीमती कनक मुखर्जी : फिर भी संक्षेप में कहिए।

पंजाब दिल्ली के दंगों के दोषियों के नाम जानना चाहता है

श्री वाजपेयी : आर्मी के डेजरटर्स का भी सवाल है। जो आर्मी से भागे उनको डेजरटर्स कहा गया, म्युटिनर्स नहीं कहा गया। उनके बारे में क्या स्थिति है? बरनाला साहब ने दावा किया है कि कुछ डेजरटर्स भी छोड़े गए हैं। कितने छोड़े गए? जोधपुर जेल में बंदी लोगों की क्या स्थिति है? मैं चाहूंगा कि गृह मंत्री महोदय इस संबंध में सदन को विश्वास में लें। जो पंजाब से निर्वासित होकर आए हैं, दिल्ली में भटक रहे हैं, उनके लिए सरकार ने कुछ नहीं किया है। वह एक विस्फोटक पदार्थ है। उनको शांत रखने की आवश्यकता है। अन्य प्रदेशों से सिखों का पंजाब में जाना रोका जाना चाहिए। रंगनाथ मिश्र की रिपोर्ट को प्रकाशित करने की मांग की गई है। मैं उस मांग में अपनी आवाज मिलाना चाहता हूं। मैंने तो सुना है कि रंगनाथ मिश्र की रिपोर्ट राष्ट्रपति महोदय तक को नहीं दिखाई जा रही है। मैं नहीं जानता कि इसमें कहां तक सच्चाई है। लेकिन अगर रिपोर्ट सच है और अगर उन्हें नहीं नहीं दिखाई जा रही है तो हम लोग किस मुंह से कहें। लेकिन दिल्ली के दंगों में जिनके हाथ खून से रंगे हुए हैं, वह पंजाब की समस्या का सफलतापूर्वक समाधान कर सकेंगे, इस बारे में मुझे संदेह है। दिल्ली के दंगों के लिए किसी को दोष लेना पड़ेगा। किसी को सजा भुगतनी पड़ेगी।

जब कभी हम पंजाब में जाते हैं और हिंदू सिख भाई-चारे की बात करते हैं तो हमारे मुंह पर कुछ सवाल मारे जाते हैं। यह पूछा जाता है कि इंदिरा जी की हत्या के बाद जब सैकड़ों सिख वहां मारे जा रहे थे, तब आप कहां थे। हम तो अपने ढंग से उसका जवाब दे देते हैं, क्योंकि हम हत्यारों में शामिल नहीं थे, लेकिन यह सरकार जरूर कठघरे में खड़ी है। इसलिए मैं कहूंगा कि आपने दंगों की जांच के लिए कमीशन बनाया, देर से बनाया और उसको ठीक तरह से काम नहीं करने दिया, लेकिन अब उसकी रिपोर्ट को दबाइए मत। सीमा पर जो लोग मारे जा रहे हैं,

जिनके बारे में 'फेक एन्काउंटर' की बात कही जा रही है, उस पर भी ध्यान देने की जरूरत है। मैं डायरेक्टर जनरल रिबेरो की बात कहना चाहूंगा कि सीमा पर जो कुछ हो रहा है, वह बार्डर सिक्योरिटी फोर्स कर रहा है। वे उससे संबधित नहीं हैं। उनके कथनानुसार पुलिस पर निर्दोष लोगों को मारने का आरोप नहीं लगाया जा सकता। उन्होंने यह भी कहा कि डेरा बाबा नामक गांव में जो लोग मारे गए, वे सचमुच में पाकिस्तान से आए थे। लेकिन मैं जानना चाहता हूं कि अगर ऐसी घटनाएं होती हैं तो उसमें जांच करने में केंद्र को आपत्ति क्यों होनी चाहिए? कभी-कभी सुरक्षा बल भी ज्यादतियां कर सकते हैं। पंजाब जैसी परिस्थिति में ऐसी कुछ ज्यादतियां हम समझ सकते हैं, लेकिन अगर उनको इसकी आदत पड़ गई तो आतंकवाद को दबाने के साथ-साथ आप एक नए आतंकवाद को प्रोत्साहन देंगे। इस बात को भूलना नहीं चाहिए। धन्यवाद।

मुक्तसर में जो हुआ, दुखदायी है

उपसभापति जी, २५ जुलाई को मुक्तसर में जो कुछ हुआ, उससे सारा देश दुखी है। लोगों में बेचैनी है, गुस्सा है। पंजाब में लगभग तीन साल पहले ऐसा ही हत्याकांड हुआ था। ५ अक्तूबर, १९८३ को ढिलवां में इसी तरह से बस के यात्रियों को, निर्दोष यात्रियों को, निरीह यात्रियों को उतारकर कत्ल कर दिया गया था। लगातार तीन साल से पंजाब में यह सिलसिला चल रहा है। पंजाबियों की नाड़ियों में खून बह रहा है, पंजाबियों की आंखों में अश्रुजल बह रहा है। पंजाब में हिंसा और हत्या खुलकर खेल रही है।

उपसभापति जी, हम इस समय बरनाला सरकार की बर्खास्तगी की मांग नहीं कर रहे हैं, यद्यपि तीन साल पहले दरबारा सिंह की सरकार को ढिलवां के हत्याकांड के बाद बर्खास्त कर दिया गया था।

श्री दरबारा सिंह (पंजाब) : मैंने तब इस्तीफा दिया था।

श्री वाजपेयी : हम बरनाला सरकार से इस्तीफे की भी मांग नहीं कर रहे हैं, न केंद्र से कह रहे हैं कि आप बरनाला सरकार को बर्खास्त करो। अगर जरूरत होगी तो हम बरनाला सरकार से इस्तीफे की मांग करेंगे, अगर जरूरत होगी तो हम केंद्र का भी इस्तीफा मांगेंगे। आखिर यह हत्याकांड का सिलसिला कब तक चलेगा?

उपसभापति जी, उस दिन इस सवाल पर बहस होती रही कि जो मारे गए वे एक कम्युनिटी के हैं या दोनों कम्युनिटियों के हैं। श्री चिदंबरम् यहां नहीं हैं। उन्होंने पहले बयान दे दिया कि एक कम्युनिटी के हैं। उनके लिखित बयान में है। बयान शाम को हुआ। सरकार १२ घंटे में पता नहीं लगा सकी कि मरनेवाले एक कम्युनिटी के हैं या दोनों कम्युनिटियों के हैं? और फिर अगर पता नहीं था तो इसको एक इशू बनाने की क्या जरूरत थी? जब चिदंबरम् साहब बयान पढ़ रहे थे, उन्होंने एक पर्चा पढ़ा, "मुझे गृह मंत्री से पता चला है कि मरनेवाले दोनों कम्युनिटी के हैं।" पंजाब के अखबार लिख रहे हैं, न्यूज एजेंसियां लिख रही हैं कि मरनेवाले एक कम्युनिटी के थे। अब कहा जा रहा है कि दूसरी कम्युनिटी के थे, मगर ऐसे थे जिनके केश नहीं थे। फिर कहा जा रहा है कि वे घायल हुए हैं, मरे नहीं हैं। मैं पूछना चाहता हूं कि अगर दोनों कम्युनिटी के हैं तो क्या

** पंजाब के हालात पर गृह मंत्री के वक्तव्य पर राज्यसभा में २८ जुलाई, १९८६ को हुई चर्चा।*

आतंकवादियों का पाप, अपराध कुछ कम हो जाता है? यह जिस इरादे से किया गया था, शायद इरादा यह था कि सारे देश में खबर फैलेगी कि एक कम्युनिटी के लोग मारे गए हैं, तो लोगों को उत्तेजना कुछ ज्यादा होगी। मगर जो नुकसान होना था वह हो गया, क्योंकि आपने ६ बजे खंडन किया था कि दूसरी कम्युनिटीवाले भी मरे हैं। जबकि समाचारपत्रों में, ईवनिंग न्यूज में, न्यूज एजेंसियों ने दे दिया था कि एक कम्युनिटी के लोग थे। क्या १२ घंटे में भी यह सरकार सही खबर नहीं ला सकती?

उपसभापति जी, आज भी गृह मंत्री का बयान कुछ मुद्दों पर चुप है। क्या बस में कोई सुरक्षा गार्ड था? नहीं था। क्या मुक्तसर में, जहां यात्री बस में चढ़े तो कोई जांच-पड़ताल करनेवाला था? नहीं था। क्या यह सच है कि उनके पास वॉकी-टॉकी था? वहां ट्रैक्टर कहां से आया? ट्रैक्टर था भी या नहीं था? वे कैसे भागे?

उपसभापति जी, हम मांग कर रहे हैं, महीनों से मांग करते रहे हैं, इसके लिए दिल्ली में हमें सत्याग्रह करना पड़ा कि सीमा पर लगे हुए जिलों में पेट्रोलिंग के लिए आपको फौज बुलाने में संकोच नहीं होना चाहिए। किंतु इसे दिल्ली में भी प्रतिष्ठा का प्रश्न बना लिया गया और चंडीगढ़ में भी प्रतिष्ठा का प्रश्न बना लिया गया। आखिर आपको फौज बुलानी पड़ी। फौज खाली पंजाब में ही नहीं बुलानी पड़ी, दिल्ली में भी बुलानी पड़ी। अगर पंजाब में फौज पहले ही बुला लेते तो शायद मुक्तसर के हत्याकांड को टाला जा सकता था। मगर केंद्र ने सलाह नहीं दी। बरनाला सरकार आज इस स्थिति में नहीं है कि केंद्र की सलाह को टाल सके। बरनाला सरकार अल्पमत में है। बरनाला सरकार कांग्रेस पार्टी के समर्थन पर टिकी हुई है। कल बरनाला दिल्ली आए थे, बूटा सिंह जी ने उनसे कहा—दिल्ली में रहना ठीक नहीं है, जाओ वापस। वे चले गए।

उपसभापति जी, फौज बुलाई, अच्छा किया। फौज को पेट्रोलिंग का काम दीजिए। अगर उस दिन रास्तों पर पेट्रोलिंग हुई होती तो यह घटना न घटी होती। मुक्तसर उन जिलों में है, जो उपद्रवग्रस्त हैं। यह भी पता था कि अगर अमृतसर में और गुरुदासपुर में आतंकवादियों का पीछा किया जाएगा तो वे और कहीं हमला करेंगे। अपने चुने हुए स्थान पर हमला करेंगे। बड़े जोरों से हमला करेंगे, क्योंकि आतंकवादी, इस समय जो कार्यवाही हो रही है उसके खिलाफ, उससे परेशान हैं। लेकिन इसके लिए रोकथाम की कोई कार्यवाही नहीं की गई।

दिल्ली की हवा में जहर

उपसभापति महोदय, दिल्ली में जो कुछ हुआ, बड़ा दुखदायी है। दिल्ली के निवासी के नाते मुझे लज्जा है, मुझे शर्म है। कल मैंने जले हुए गुरुद्वारे देखे, टूटे हुए मंदिर देखे और मस्जिदों पर भी पत्थर मारे गए। दिल्ली की हवा बिगड़ गई है। दिल्ली की हवा में जहर घुल गया है। १९८४ के दिल्ली के दंगों में जब से निर्दोष लोग मारे गए थे, तब से दिल्ली में खाई चौड़ी हो गई है। कल गृह मंत्री जी गए थे, उन्हें पता होगा। मैं भी उपद्रवग्रस्त क्षेत्रों में घूमा हूं। पूरा समाज दो भागों में बंटा हुआ है। कौन जोड़ने का काम करेगा, कौन उन्हें साथ लाएगा?

तिलकनगर की घटना को टाला जा सकता था। चौबीस घंटे आपको मिले थे। यह केंद्रीय सरकार कठघरे में खड़ी है। केंद्रीय सरकार दिल्ली के लिए सीधे उत्तरदायी है। मुक्तसर की घटना सवेरे हुई। पूरा दिन आपके पास था। तिलकनगर में पहले तनाव हो चुका है। उत्तमनगर में मुठभेड़ की नौबत आ गई थी। तिलकनगर में डेढ़ सौ, दो सौ पंजाब से आए हुए शरणार्थी बसे हुए हैं,

मंदिरों में पड़े हुए हैं। हम दो महीनों से मांग कर रहे हैं कि इनको मंदिरों में मत रहने दीजिए, इनको कहीं और जगह ले जाइए, इनको बसाइए। मंदिरों में लोग आते हैं। उनको पंजाब से आए लोग अपनी दुखभरी दास्तां सुनाते हैं। शायद बात बढ़ा-चढ़ाकर भी कहते हों। तिलकनगर में वातावरण गर्म हो रहा था। रात को स्यापा हुआ। रात में पुलिस का इंतजाम नहीं था। क्या रात में कर्फ्यू नहीं लगाया जा सकता था?

गृह मंत्री कह सकते हैं, यहां पर अपना बयान दे सकते हैं कि पूरा प्रबंध था, मगर जितना प्रबंध होना चाहिए, उतना नहीं किया गया।...(व्यवधान) श्री बूटा सिंह जी, इस बात को समझिए। यह प्रतिपक्ष और सरकार का सवाल नहीं है। तिलकनगर की घटना टाली जा सकती थी। सुबह दो पुलिस अफसर गए। मेरे पास उनके नाम हैं, एक कोई देवोल, डी.सी.पी. और ए.सी.पी. ठाकुर। वहां पर औरतें बैठी हुई थीं, परदा दिया हुआ था, रास्ता बंद कर दिया गया था। ऐसी नौबत नहीं आने देनी चाहिए थी। उनको समझा-बुझाकर वापस किया गया। लेकिन जाते हुए पुलिस अफसर ने ऐसे शब्द कह दिए जिनसे बात बिगड़ गई। इस पर कई जगह एक साथ मामले खड़े हो गए।

हरिजनों-सिखों में झगड़े की जड़

हरिजनों, और जो सिख भाई वहां पर बसाए गए हैं, उनका पुराना झगड़ा है। सन् १९८४ में इस झगड़े की जड़ पड़ गई थी। यहां पर सन् १९८४ के दंगों में जो लोग उजड़ गए थे, उनको मकान दिए गए थे। ये मकान इस क्षेत्र के हरिजनों के लिए बनाए गए थे। हरिजन बस्ती कहकर उस कालोनी का उद्घाटन भी किया गया था। मैं मानता हूं कि सन् १९८४ के दंगों में जिन लोगों को बसाया गया था वे भी हमारे कुकर्मों से उजड़े थे, उन्हें भी बसाना हमारी जिम्मेदारी है। लेकिन हरिजनों के दिलों में यह बात घर कर गई थी कि हमारी बस्ती में बने हुए मकान हमें नहीं दिए गए, दूसरे लोगों को दे दिए गए। उनको यह गम खाया हुआ है। वहां पर हरिजनों की बहुत बुरी हालत है। वहां पर गंदगी है, नालियां नहीं हैं। वहां पर १० घर जला दिए गए। उनको घर नहीं कहना चाहिए, झोंपड़ियां हैं। क्या सरकार उनको बसाने के लिए कोई प्रबंध नहीं कर सकती थी? क्या उनके मकान उनको नहीं दिए जा सकते थे? यह मामला सन् १९८४ से चल रहा था।

मगर दिल्ली में हर मामले को लटकाया जाता है। दिल्ली में उत्तरदायित्व बंटा हुआ है। दिल्ली में कोई केंद्रीय कक्ष नहीं है—सत्ता का केंद्रीय कक्ष, जहां से फैसला किया जा सके।

कर्फ्यू लगने में देर हुई। कर्फ्यू जल्दी लगाया जा सकता था। ऐलान करने के बाद उस पर अमल नहीं किया गया। मैं चाहता हूं कि दिल्ली में सारे मामले की एक उच्चस्तरीय जांच होनी चाहिए। इसमें प्रशासन विफल हुआ है। उस विफलता के बारे में पता लगाया जाना चाहिए, जिससे भविष्य में इस तरह की गलती को दोहराया न जा सके।

वातावरण इतना विस्फोटक हो गया है कि जामा मस्जिद के इलाके में, हौजकाजी में दो लड़कों की लड़ाई होती है। एक लड़का हिंदू है, एक लड़का मुसलमान है। एक लड़का शराब पिए हुए है। पुलिस शराब पिए हुए लड़के को पकड़कर ले जाती है। हिंदू लड़के को क्यों पकड़ा गया, हिंदू पुलिस थाने का घेराव करते हैं। वह लड़का शराब पिए हुए था। आज के वातावरण में लोगों की आंखों में पट्टी पड़ गई है। राजनैतिक स्तर पर इससे लड़ने की कोशिश करनी पड़ेगी। राजनैतिक नेताओं को जरा साफ-साफ सुनने और कहने की आदत डालनी पड़ेगी।

उपसभापति जी, हमने बंद का आह्वान किया। लेकिन सचमुच में यह बंद नहीं है, यह आम

हड़ताल है, क्योंकि आवश्यक सेवाएं उससे मुक्त हैं। जब बंद का आह्वान किया गया था तो दिल्ली में उपद्रव नहीं हुए थे। दिल्ली में बंद के आह्वान को हम वापस ले सकते थे, लेकिन अगर हम वापस ले लेते तो दिल्ली में और उसके आसपास जो छोटी-छोटी संस्थाएं और समितियां खड़ी हो गई हैं, वे बंद की बात करतीं। लोग भड़क रहे थे, गलत रास्ते पर जा रहे थे। हालत और बिगड़ जाती। गाजियाबाद में बंद का आह्वान हमने नहीं किया था, लेकिन बंद हो गया। गुजरात में बंद के आह्वान में हम शामिल नहीं हुए थे। बंद की संगठित कार्यवाही रोष को रास्ता देने का एक तरीका है। हमने जिम्मेदारी ली है कि हम शांति बनाए रखेंगे। लेकिन अगर कांग्रेस पंजाब में, चंडीगढ़ में बंद में शामिल हो सकती है, तो दिल्ली में क्यों नहीं हो सकती है? इसलिए कि पंजाब में कांग्रेस विरोध में है और दिल्ली में सत्ता में है?

उपाध्यक्ष महोदय : कृपया अब स्पष्टीकरण पर ही सीमित रहें। बहुत बड़ी संख्या में अभी वक्ता हैं।

श्री वाजपेयी : उपाध्यक्ष महोदय, मैं यह गृह मंत्री से जानना चाहता हूं। वह कहेंगे, 'आप कांग्रेस (आई) का संदर्भ दे रहे हो। मैं देश का गृह मंत्री हूं। कांग्रेस (आई) के मामले में मैं कुछ नहीं कर सकता।' लेकिन बंद का प्रश्न मेरे मित्र द्वारा यहां उठाया गया था।

श्री बूटा सिंह : यह जो आप विदेशी भाषा बोल रहे हैं, यह मेरी समझ में नहीं आ रही है।

श्री वाजपेयी : पंजाब में कांग्रेस, सी.पी.आई., सी.पी.एम. ये बंद में शामिल थे। और बंद शांतिपूर्ण हो गया। यहां भी मैंने निमंत्रण दिया था कि आप भी बंद में शामिल हो जाइए। लेकिन आप शामिल नहीं हुए।...(व्यवधान)

श्री बूटा सिंह : उपसभापति जी, इसका उत्तर तो मैं दे दूंगा क्लैरिफिकेशन का, लेकिन वाजपेयी जी जैसे बहुत सुदृढ़ नेता यह समझें कि जैसे दिल्ली की पृष्ठभूमि रही, कल-परसों क्या यही पंजाब की थी। पंजाब में सब लोगों ने शोक मनाया। अगर यहां भी शोक होता है तो यहां भी वही कुछ होता। यहां पर कल जो कुछ हुआ, वह अभी चल रहा है और इसके दरम्यान आपका बंद हो गया। यह ऊपर से और बोझा लाद दिया गया।

श्री वाजपेयी : उपसभापति जी, यह स्पष्टीकरण मिलना बाकी है कि क्या सरकार इस सारे मामले की जांच करके, यह मैं कह चुका हूं मगर फिर भी दोहराना चाहता हूं कि इस समय इंतजाम में जो कमियां और खामियां दिखाई दी हैं, क्या उनका पता लगाने का प्रयत्न करेगी? आखिर में, गृह मंत्री महोदय ने घोषणा की थी कि वे नेशनल इंटीग्रेशन कौंसिल की बैठक बुलानेवाले हैं।...(व्यवधान)

एक माननीय सदस्य : घर जल रहा है।

श्री वाजपेयी : घर जल रहा है तो घर को बचाने के लिए जहां फायर ब्रिगेड की जरूरत है, उस फायर ब्रिगेड में लगातार पानी आता रहे, इसका भी तो प्रबंध करना पड़ेगा।...(व्यवधान)

हरमिंदर साहिब में सेना!

उपाध्यक्ष महोदय, मैं सबसे पहले सेना के उन अफसरों और जवानों को बधाई देना चाहता हूं जिन्होंने अपने अनमोल प्राणों की बलि चढ़ाकर और अपनी बहुमूल्य जानें जोखिम में डाल कर सिखों के पवित्रतम तीर्थ और सभी भारतीयों के लिए श्रद्धा के स्थान श्री हरमिंदर साहिब को आतंकवादियों से मुक्त किया और उसकी पवित्रता को पुनः कायम किया।

सेना को एक बड़ा कठिन और नाजुक दायित्व सौंपा गया था। इस दायित्व को कुशलता और बहादुरी से निभाने के लिए सेना का अभिनंदन किया जाना चाहिए। किंतु हमें यह नहीं भूलना चाहिए कि सेना मुख्य रूप से विदेशी शत्रुओं का मुकाबला करने के लिए संगठित और सज्जित की गई है। अपने ही देशवासियों के विरुद्ध सेना का उपयोग एक अप्रिय कदम है, जिसे यथासंभव टाला जाना चाहिए।

हरमिंदर साहिब में सैनिक कार्यवाही के विषय में मुझे दो बातें कहनी हैं। पहली बात यह है कि किसी भी धर्मिक स्थान पर सेना भेजने का यह पहला और आखिरी मौका होना चाहिए। फिर कभी ऐसी परिस्थिति नहीं आनी देनी चाहिए कि हमें फिर अपनी सेना को अपने ही देशवासियों के खिलाफ किसी धर्म स्थान में कार्यवाही के लिए भेजना पड़े। आखिर आंतरिक व्यवस्था की देखभाल करना पुलिस की जिम्मेदारी है। पुलिस की सहायता के लिए सेंट्रल रिजर्व पुलिस जा सकती है। पंजाब में ये तीनों दल विफल हो गए। इसका कारण क्या है? सेना बुलाने की नौबत क्यों आई? पंजाब में ऐसी सरकार थी जिसे भंग करना पड़ा। विधानसभा भंग नहीं है, मगर मूर्च्छित है। प्रशासन पंगु हो गया। पुलिस पक्षपात से पूर्ण हो गई। समाज बंट गया। दिलों में दरार पड़ गई। रोटी और बेटी के रिश्ते भी उन दरारों को बढ़ने से नहीं रोक पा रहे हैं।

उपाध्यक्ष महोदय, राज्यपाल पांडे और भिंडर ने इस्तीफा दे दिया है। इससे नए सवाल खड़े हो रहे हैं। पंजाब में कितने अफसरों के खिलाफ कार्यवाही की गई? कितने अफसरों पर यह आरोप है कि वे आतंकवादियों के साथ मिले हुए थे? श्वेतपत्र इसके बारे में मौन है।

श्वेतपत्र प्रकाशित करने की मांग विरोधी दलों ने सबसे पहले की थी। हम चाहते थे कि श्वेतपत्र ऐसा हो जिससे पंजाब में आतंकवाद के उदय की सच्ची कहानी और कच्चा चिट्ठा देश

** पंजाब के संबंध में जारी श्वेतपत्र पर लोकसभा में २५ जुलाई, १९८४ को भाषण और वाद-विवाद।*

के सामने आए। यह किसी से छिपा हुआ नहीं है कि अकाली आंदोलन बाद में प्रारंभ हुआ, आतंकवाद ने पहले सिर उठाया। श्वेतपत्र में भी यह बात मानी गई है।

श्वेतपत्र समूचे सत्य का उद्घाटन नहीं करता। यह अर्द्ध सत्य का उद्घाटन करता है। पंजाब में आतंकवाद का उदय क्यों हुआ? उसे रोका क्यों नहीं गया? यह नौबत क्यों आने दी गई?

उपाध्यक्ष महोदय, अफसरों को दोष देने से काम नहीं चलेगा। गुनहगार हैं राजनीतिक नेता। गुनहगार हैं सत्ताधीश।

१९८० से पहल भिडरावाले का कोई नाम नहीं जानता था। भिंडर गांव का एक छोटा सा ग्रंथी, जो गुरुवाणी का पाठ करने की शिक्षा दिया करता था, राजनीतिक मंच पर कैसे आया? आतंकवाद का वो सूत्रधार कैसे बना? उपाध्यक्ष महोदय, सेना भेजने का फैसला किया गया है १९८४ में ५-६ जून को। मैं १९८० की बात करना चाहता हूं। निरंकारी बाबा की हत्या की गई। हत्या एक षड्यंत्र का परिणाम थी। हत्या दिल्ली में हुई थी। दिल्ली के उपराज्यपाल जगमोहन ने ५ सितंबर, १९८० को पंजाब के मुख्यमंत्री दरबारा सिंह को एक 'सीक्रेट मोस्ट इमीजिएट' डी.ओ. लिखा। डी.ओ. नंबर था २८७/ एल.जी./८०, उसमें लिखा कि सी.बी.आई. निरंकारी बाबा की हत्या की जांच कर रही है। २० व्यक्तियों के खिलाफ नोटिस जारी किए गए हैं। कुछ लोगों के खिलाफ गैर-जमानती वारंट भी जारी किए गए हैं। लेकिन पत्र में शिकायत की गई कि पंजाब की पुलिस हमें सहयोग नहीं दे रही। मैं पत्र का एक अंश पढ़कर सुनाना चाहता हूं :

"इस बात के प्रमाण इकट्ठे किए गए हैं कि वे सभी बीस व्यक्ति जिनके खिलाफ नोटिस जारी किए गए थे और तीन व्यक्ति जिनके खिलाफ वारंट जारी किए गए थे, या तो भिंडरावाले जत्था से संबंधित हैं, या उसके निकट के सहयोगी, रिश्तेदार हैं और उसकी सुरक्षा में छुपे हुए हैं। यह कारण था कि जिला अमृतसर की स्थानीय पुलिस से नोटिस और वारंट देने का आग्रह किया गया था। दो और गैर-जमानती वारंट संलग्निका में उल्लिखित लोगों के खिलाफ लिए जा रहे हैं। सी.बी.आई. भी संत जरनैल सिंह भिंडरावाले को दंड प्रक्रिया संहिता की धारा १६० के अंतर्गत नोटिस जारी करने की प्रक्रिया में है।"

फिर पत्र में शिकायत की गई कि यहां से सी.बी.आई. द्वारा जारी किए गए नोटिसों पर कार्यवाही करना तो अलग रहा, वे नोटिस हमें वापिस भी नहीं किए जा रहे हैं और उन नोटिसों को लेने के लिए हम अपना एक आदमी भेज रहे हैं।

श्वेतपत्र में इस बात का उल्लेख है कि भिंडरावाले को गिरफ्तार किया गया। इस बात का उल्लेख नहीं है कि भिंडरावाले को रिहा कर दिया गया। आगे जाकर है, लेकिन उस स्थान पर नहीं है, जहां होना चाहिए था। पुराने मुख्यमंत्री दरबारा सिंह ने कल राज्यसभा में बड़ा जोरदार भाषण दिया। उन्हें पता है कि पाकिस्तान में आतंकवादियों को प्रशिक्षण देने के लिए कैंप चलाए जा रहे हैं। पुराने मुख्यमंत्री को पता है, मगर पुराने विदेश मंत्री को पता नहीं है। मुख्यमंत्री दरबारा सिंह कहते हैं कि मैं सबूत देने के लिए तैयार हूं। तो इसमें उसका समावेश क्यों नहीं है। अगर भारत सरकार के गृह सचिव पाकिस्तान का नाम ले सकते हैं तो भारत के गृह मंत्री नाम लेने में क्यों संकोच कर रहे हैं? उस सवाल की चर्चा अभी नहीं कर रहा हूं, उस पर बाद में आऊंगा।

पांच और छह जून की कहानी कोई गौरव की कहानी नहीं है। सेना को हमने बधाई दी है, क्योंकि सेनावाले अपनी जान पर खेले हैं। सेना को राजनीतिक आदेश का पालन करना है। मगर, आज कठघरे में वे खड़े हैं जिन्होंने राजनीतिक आदेश दिया। यह परिस्थिति क्यों आने दी गई?

भिंडरावाले को ५ सितंबर, १९८० को क्यों गिरफ्तार नहीं किया गया? जगमोहन के पत्र में वर्णित कारणों के आधार पर बाद में जब भिंडरावाले को पकड़ा भी तो छोड़ दिया। भिंडरावाले ने कहा, मैं इस तारीख को, इस जगह और इस वक्त पकड़ा जाऊंगा। पकड़े जाने से पहले मैं स्वर्ण मंदिर में स्नान करूंगा। पुलिस के अफसर भिंडरावाले को स्वर्ण मंदिर में स्नान के लिए ले गए। उन्हें पकड़ लिया और छोड़ दिया। निरंकारी बाबा की हत्या के बाद सरकार ने भिंडरावाले के रिश्तेदार और साथी तक नहीं पकड़े। भिंडरावाले को हीरो किसने बनाया? अकाली निर्दोष नहीं हैं। किंतु जो काम सरकार को करना चाहिए था, उसकी आशा अकालियों से कर रहे थे। प्रधानमंत्री ने विरोधी दल के नेताओं से कहा कि अकालियों ने हमें नहीं बताया कि स्वर्ण मंदिर में हथियार इकट्ठे होते हैं। प्रो. मधु दंडवते ने पूछा था, क्या सरकार को मालूम था? अकाली जब बताएंगे कि स्वर्ण मंदिर में हथियार इकट्ठे हो रहे हैं तब सरकार को पता लगेगा, वर्ना नहीं।

अकालियों को स्वर्ण मंदिर के दुरुपयोग की निंदा करनी चाहिए थी। अकालियों को आतंकवादियों के खिलाफ खुलकर आना चाहिए था। मुझे अकाली मित्रों से शिकायत है। लेकिन क्या इससे सरकार अपनी जिम्मेदारी से बच सकती है? भिंडरावाले दिल्ली आए। केंद्र के वे दो मंत्री कौन हैं, जिन्होंने दिल्ली में भिंडरावाले के पैर छुए थे।...(व्यवधान)

प्रो. के.के. तिवारी : यह गलत है।

श्री वाजपेयी : यह सही है।

भिंडरावाले बंबई तक गए और वहां से वापस आ गए।...(व्यवधान)

उपाध्यक्ष महोदय : कृपया बैठ जाएं श्री अंबरासू, कृपया बैठ जाएं। आपको जब मौका मिले तो आप जवाब दीजिएगा। कृपया बैठ जाएं।...(व्यवधान) यह एक महत्वपूर्ण बहस है। शांतिपूर्ण बहस होने देनी चाहिए।

प्रो. मधु दंडवते : विपक्ष को तथ्य उजागर करने का अधिकार है, और हम यह निर्दयता से करेंगे।

उपाध्यक्ष महोदय : कृपया शांत बहस होने दें।

श्री एरा अंबरासू : उन्हें उन मंत्रियों का नाम लेने दें, जिन्होंने ऐसा किया है।

एक माननीय सदस्य : उन्हें अपने शब्द वापस लेने चाहिए।

उपाध्यक्ष महोदय : श्री अंबरासू, उन्होंने किसी मंत्री का नाम नहीं लिया है। आप जिद क्यों कर रहे हैं? यदि आप उनसे सहमत नहीं तो आप बाद में उन्हें जवाब दे सकते हैं।

श्री कृष्णदत्त सुलतानपुरी : इनको उन दो मंत्रियों के नाम बताने चाहिए।

श्री वाजपेयी : अगर मैं नाम बता दूंगा तो ये और भी शोर करेंगे। अब नाम नहीं बता रहा हूं तो इतना शोर है। यदि मैं उनमें से एक नाम ऐसा ले दूंगा जिसके बारे में कहा जाएगा कि उनका यहां उल्लेख नहीं हो सकता।...(व्यवधान)

उपाध्यक्ष महोदय : श्री वाजपेयी, आपने जो कहा ठीक है, जारी रखें...(व्यवधान) कृपया यह एक महत्वपूर्ण मुद्दा है।

श्री वाजपेयी : उपाध्यक्ष महोदय, सिविल एडमिनिस्ट्रेशन की मदद के लिए सेना बुलाई जा सकती है। लेकिन सेना सिविल एडमिनिस्ट्रेशन की मदद के लिए होनी चाहिए, सिविल एडमिनिस्ट्रेशन चलाने के लिए नहीं होनी चाहिए। पंजाब में क्या हो रहा है? पंजाब में समूचा शासन सेना द्वारा चलाया जा रहा है। क्या यह आवश्यक है? क्या यह वांछनीय है? क्या आप यह सही

परंपरा डाल रहे हैं?

उपाध्यक्ष महोदय, एक पत्रकार थे जो अमृतसर में ६० घंटे तक कर्फ्यू में बंद रहे। फिर उनसे कहा गया कि दिल्ली चले जाओ और पास लेने के लिए डिप्टी कमिश्नर के यहां पहुंचो। जब वे डिप्टी कमिश्नर के यहां पास लेने के लिए पहुंचे तो डिप्टी कमिश्नर ने उन्हें पास तो दे दिया और जाते-जाते कहा कि उधर सेना के ऑफिसर बैठे हैं, उनके भी दस्तखत करा लेना। क्यों?

राष्ट्रपति-राज बहुत जगह लागू हो चुका है। सिविल एडमिनिस्ट्रेशन की मदद के लिए सेना भी बहुत जगह बुलाई जा चुकी है, मगर ऐसा कहीं नहीं हुआ कि राज्यपाल के सलाहकारों में सेना के ऑफिसर को शामिल कर लिया जाए और उसे लॉ एंड आर्डर और जस्टिस जैसे महत्वपूर्ण विभाग सौंप दिए जाएं।

एक माननीय सदस्य : पंजाब के पहले और भी कई जगह ऐसा हो चुका है।

उपाध्यक्ष महोदय : प्लीज, आर्डर।

श्री वाजपेयी : अभी स्वर्ण मंदिर में कार सेवा का मामला आया। हम समझते थे कि कार सेवा इस तरह से चलाई जाएगी कि प्रधानमंत्री का वह ऐलान कि हम हीलिंग टच लगाना चाहते हैं, पूरा किया जाएगा। लेकिन कार सेवा किस तरह से चल रही यह सब देख रहे हैं। यह घाव पर मरहम रखने का तरीका नहीं है। यह घाव को कुरेदने का तरीका है। लेकिन मैं दूसरी बात कह रहा हूं।

जब कार सेवा के बारे में गुरुद्वारे के नेताओं से, शिरोमणि गुरुद्वारा प्रबंधक कमेटी के नेताओं से बातचीत हुई तो सरकार की ओर से राज्यपाल सतारावाला नहीं थे, एक्टिंग आर्मी चीफ को बुलाया गया और जनरल ओबेराय को तस्वीर में लाया गया। क्या यह काम राज्यपाल सतारावाला नहीं कर सकते थे? मगर यह बात यहीं तक सीमित नहीं है। बीमारी जम्मू-काश्मीर तक फैल गई है। जम्मू-काश्मीर के राज्यपाल, श्री जगमोहन ने जब उस दुर्भाग्यपूर्ण दिन श्री फारूख अब्दुल्ला को…(व्यवधान)

ऊर्जा राज्य मंत्री श्री आरिफ मोहम्मद खान : क्या अब हम जम्मू और काश्मीर पर विचार कर रहे हैं?

श्री वाजपेयी : मैं उल्लेख कर सकता हूं। मैं इसका उल्लेख करूंगा। यह काश्मीर का उल्लेख करते रहे…(व्यवधान)

उपाध्यक्ष महोदय : उस बहस के लिए वे अपने तर्कों को पलट देंगे।

श्री वाजपेयी : यह संकेत है।

श्री सत्यसदन चक्रवर्ती : किस नियम के तहत आप यह कह सकते हैं।…(व्यवधान)

श्री वाजपेयी : आप जम्मू और काश्मीर पर बहस को प्रतिबंधित नहीं कर सकते।

अध्यक्ष महोदय, मैं यह कह रहा था कि सेना का गलत ढंग से उपयोग किया जा रहा है। जम्मू-काश्मीर में जब मुख्यमंत्री को राज्यपाल ने बुलाया यह कहने के लिए कि आपका बहुमत खत्म हो गया, आप इस्तीफा दे दीजिए, तो राज्यपाल के पास सेना के एरिया कमांडर बैठे हुए थे।…

श्री आरिफ मोहम्मद खान : यह पूरी तरह झूठ है।

श्री वाजपेयी : आप क्या कह रहे हैं? मैं जिम्मेदारी की भावना से बोल रहा हूं।

आचार्य भगवान देव (अजमेर) : अध्यक्ष जी, इनको आप पंजाब पर बोलने के लिए कहिए, काश्मीर पर नहीं।

अध्यक्ष महोदय : आप मुझे कुछ पढ़ाने नहीं जा रहे। बैठ जाएं। आचार्य जी, आप बैठ जाइए। आपको रीयलाइज करना चाहिए कि डेकोरम भी कोई चीज है।

काश्मीर कोई बाहर का हिस्सा नहीं है। अगर कोई अनुचित बात होगी तो मैं रोकूंगा, कोई अनपार्लियामेंटरी बात होगी तो उसको भी रोकूंगा, ऐलीगेशन को रोकूंगा। लेकिन अगर कोई अपने मन की बात या कोई आर्गूमेंट देता है तो उसका आप खंडन कर सकते हैं। यह बात है। अब आप बैठिए।

श्री सत्यसदन चक्रवर्ती : आप कृपया रिकार्ड देखें। उन्होंने झूठ शब्द का इस्तेमाल किया है।

अध्यक्ष महोदय : मैं रिकार्ड देखूंगा।

श्री आरिफ मोहम्मद खान : श्रीमान, मैं ऐक्सप्लेन करने की कोशिश कर रहा हूं। माननीय वाजपेयी जी वरिष्ठ सदस्य हैं। वह जो कुछ कह रहे हैं, उसके लिए मैं कल्पना भी नहीं कर सकता कि यह कहूं कि यह झूठ है।

अध्यक्ष महोदय : मैं यही कहता हूं कि सारा हिंदुस्तान आता है।

श्री वाजपेयी : उपाध्यक्ष महोदय···(व्यवधान)

अध्यक्ष महोदय : एक ही बात है, कोई बात नहीं। कभी राम, कभी लक्ष्मण।

श्री वाजपेयी : अध्यक्ष महोदय, स्वर्ण मंदिर में सेना भेजे हुए करीब डेढ़ महीना होने को आया, लेकिन पंजाब में आतंकवादी गतिविधियां जारी हैं, हत्याओं का सिलसिला चल रहा है।

एक केंद्रीय मंत्री ने मुझे कहा, आप फिर कहेंगे कि नाम बताओ। उन्होंने कहा कि ५०० आतंकवादी इस समय घूम रहे हैं, शिकारों की तलाश में।

एक माननीय सदस्य : दिल्ली में?

अध्यक्ष महोदय : कहीं भी घूमते होंगे, चलिए।

श्री वाजपेयी : इसमें दिल्ली भी शामिल है। मगर आपके यहां तो सिर्फ गो-सेवक जा रहे हैं, आप त्रिपाठी जी चिंता मत करिए।

स्वर्ण मंदिर में सेना भेजने से पहले परिस्थिति यह थी कि आतंकवादी अंदर थे और पुलिस बाहर थी। आज स्थिति यह है कि फौज अंदर है और आतंकवादी बाहर हैं।

आतंकवाद ने एक नया आयाम ले लिया है। भाखड़ा नहर का दो बार काटा जाना, सैनिक कार्यवाही के बाद भी हवाई जहाज का अपहरण।

एक माननीय सदस्य : कहां से किया गया?

श्री वाजपेयी : यह भी देश के ही एक भाग से किया गया।

श्री हरिकेश बहादुर : वह भी तो आप ही लोगों ने करवाया।

श्री आरिफ मोहम्मद खान : मैं खड़ा हूं। श्री वाजपेयी एक वरिष्ठ सदस्य हैं। मुझे अपनी स्थिति स्पष्ट करने दें। श्री वाजपेयी जी न केवल जिम्मेदार व्यक्ति हैं, बल्कि इस सदन के एक वरिष्ठ सदस्य भी हैं।

यह बात अगर माननीय वाजपेयी जी अपनी जाती जानकारी के आधार पर कहते, मैं कभी यह हिम्मत नहीं करता कि आप गलत कह रहे हैं। मुझे रिफ्यूट करना होगा तो बाद में करता। लेकिन यह बात अखबार में छपी है। मेरा कहना था कि यह अखबार में बिल्कुल गलत छपी है, झूठ छपी है।

दूसरी बात, हम यहां काश्मीर की चर्चा नहीं कर रहे हैं, पंजाब की चर्चा कर रहे हैं।

अध्यक्ष महोदय : छोड़िए, कोई बात नहीं है। रेफरेंस आ जाता है। कभी कर्नाटक का आ जाता है, कभी पंजाब का आ जाता है, कभी काश्मीर का आ जाता है, यह कोई बात नहीं है।

श्री वाजपेयी : अध्यक्ष महोदय, हम यहां पर एक राष्ट्रीय संकट पर चर्चा कर रहे हैं। राष्ट्रीय संकट के अंतर्गत पंजाब भी आता है और जम्मू-काश्मीर भी आता है।

अध्यक्ष महोदय, आतंकवादियों की संख्या घटी है या बढ़ी है, मैं इसका जवाब नहीं दे सकता। आतंकवादी मारे गए, पकड़े गए, मगर स्वर्ण मंदिर में सेना भेजने से आतंकवाद की सैद्धांतिक भूमिका, सैद्धांतिक धरातल को बल मिला है। अब इसे मानें या न मानें, यह अलग बात है।

आज समाज दो खेमों में बंटा हुआ है, जैसे ध्रुवीकरण हो गया है। बहुतांश हिंदुओं को समझ में नहीं आता। बहुतांश हिंदू यह समझने में असमर्थ हैं कि आखिर सिख भाई इतने नाराज क्यों हैं? इन्होंने स्वयं स्वर्ण मंदिर का दुरुपयोग नहीं रोका, स्वर्ण मंदिर में हथियार इकट्ठे होने दिए, अपराधी इकट्ठे होने दिए, कार्यवाही की गई तो वे नाराज क्यों हैं?

अध्यक्ष महोदय : सिखों ने कहां कर दिया?

श्री वाजपेयी : दूसरी ओर स्थिति यह है कि सिख समुदाय की समझ में यह नहीं आ रहा कि गलती तो मुट्ठी-भर आतंकवादियों ने की थी, सारे सिख समाज को क्यों सजा दी जा रही है, क्यों अपमानित किया जा रहा है?

एक माननीय सदस्य : बिल्कुल गलत बात है।

श्री वाजपेयी : अध्यक्ष महोदय, मैं उनकी भावनाओं की बात कह रहा हूं।

प्रो. मधु दंडवते : यह उनका आकलन है।

श्री वाजपेयी : क्या उन्होंने देशभक्ति का ठेका ले लिया है? हमें भी इस देश से प्यार है।

आचार्य भगवान देव : आप उनको प्रोत्साहन देते हैं। आपने उनको प्रोत्साहित किया है।

श्री वाजपेयी : अध्यक्ष महोदय, यह ठीक नहीं है। मैं सबूत देने के लिए तैयार हूं।

श्री जी.एस. निहालसिंहवाला (संगरूर) : 'सिख' शब्द इस्तेमाल नहीं किया जाना चाहिए, 'अकाली' शब्द इस्तेमाल होना चाहिए।

श्री संतोष मोहन देव (सिलचर) : उन्हें बोलने की इजाजत क्यों दी जाए? वे सिख नहीं हैं। क्या आपका अर्थ है कि वे सिख हैं?

श्री वाजपेयी : वे महसूस करते हैं कि स्वर्ण मंदिर में सेना की कार्यवाही ने उन्हें बेइज्जत किया है।

श्री संतोष मोहन देव : नहीं।

श्री वाजपेयी : मैंने यह तो नहीं कहा कि सारे सिख ऐसा अनुभव कर रहे हैं।

प्रो. मधु दंडवते : श्री खुशवंत सिंह कौन हैं? वह कांग्रेस इ के सदस्य हैं?...(व्यवधान)

अध्यक्ष महोदय : मैं खड़ा हूं, कृपया बैठ जाएं। एक दूसरे पर चिल्लाएं नहीं, कृपया बैठ जाएं ...(व्यवधान) जब मैं खड़ा हूं तो आपको बैठ जाना चाहिए। मैं एक बात जरूर कहूंगा। यह शीर्ष मंच है। हमें बहुत जिम्मेदार रहना है।

सोचने के ढंग अलहदा-अलहदा हो सकते हैं। विचार अलग-अलग हो सकते हैं, लेकिन विचारों को इस तरह व्यक्त न करें, जिससे देश के लिए खतरा पैदा हो।

आप आरोपों का खंडन कर सकते हैं (व्यवधान) इस व्यवहार पर मुझे बहुत शर्म आती है।

आपको कुछ चीजों में अंतर करना होगा। ये कुछ व्यक्ति विशेष थे, जिनके खिलाफ एक्शन लेना था। यह एक्शन किसी समाज या समुदाय के खिलाफ नहीं है। हमें किसी को इसका फायदा नहीं उठाने देना है, वर्ना आनेवाली नस्लें क्या कहेंगी?

प्रो. मधु दंडवते : महोदय, जब आप सीट पर हैं तो कृपया अपने राजनीतिक दृष्टिकोण को व्यक्त न करें।

अध्यक्ष महोदय : यदि यह राजनीतिक विचार है, यदि मैंने कुछ भी राजनीतिक कहा हो तो मैं अपने शब्द वापस लेता हूं। मैं कुछ भी राजनीतिक नहीं कहना चाहता। मैं सिर्फ वह कहना चाहता हूं जिसका संबंध देश के भविष्य से है। यही एकमात्र चीज है, जिसके लिए मैं चिंतित हूं। मैं कुछ भी नहीं कहना चाहता। यदि मुझे गलत समझा गया, तो मुझे इसका दुख है।

मैं आज एक बात कहना चाहता हूं कि भगवान के लिए ऐसा मत करिए कि इसमें ऐसे बीज बोए जाएं। बस, इतनी बात मैं आपसे कहना चाहता हूं।

श्री राम विलास पासवान : अध्यक्ष महोदय, आपने स्पीकर की चेयर से कहा था कि सरकार को पहले बहुत एक्शन लेने के लिए।

अध्यक्ष महोदय : अब भगवान के लिए आप बैठ जाइए।

प्रो. के.के. तिवारी : महोदय, जो प्रो. दंडवते ने कहा है वह निंदनीय है और पद पर बहुत गंभीर आरोप हैं।

प्रो. मधु दंडवते : मुझे किसी प्रमाणपत्र की जरूरत नहीं है। मैं कुछ सिद्धांतों का पालन करता हूं।

अध्यक्ष महोदय : मैं इस सदन पर स्वयं को आरोपित नहीं करना चाहता। मैं सिर्फ यह कहना चाहता हूं कि मैं अपनी राजनीतिक इच्छा या राजनीतिक चिंतन को इस सदन पर नहीं लादना चाहता। यह सदन खुद की चिंता करने में सक्षम है। यह मेरा व्यक्तिगत चिंतन था। मैं सिर्फ देश की भावी पीढ़ियों और इसके भविष्य के बारे में कहना चाहता था। यदि मेरे कोई मित्र आपत्ति करना चाहते हैं, तो मैं हस्तक्षेप नहीं करना चाहता। कृपया जारी रखें।

श्री सोमनाथ चटर्जी : महोदय, यह बहुत महत्वपूर्ण बहस है। सदस्यों को सुनना चाहिए और उन्हें इस ढंग से व्यवधान नहीं डालना चाहिए। वे जिम्मेदारी की भावना से क्यों नहीं सुन सकते?

श्री वाजपेयी : अध्यक्ष महोदय, अगर मेरे मित्र मेरी पूरी बात सुन लेते तो शायद वह इतने उत्तेजित नहीं होते। मैं यह कहने जा रहा था कि सैनिक कार्यवाही से बहुत से ऐसे लोग हैं, जिन्होंने राहत अनुभव की है, उन सबको सिख विरोधी या पंथ विरोधी नहीं समझा जाना चाहिए।

अध्यक्ष महोदय : फिर वही बात।

श्री वाजपेयी : मैं यह भी कहने जा रहा था कि जिन्होंने सेना भेजने का विरोध किया है, उन सबको हम खालिस्तानी समझने की गलती न करें। भावनाएं भड़की हुई हैं। इसीलिए प्रधानमंत्री को हीलिंग टच की बात करनी पड़ी। मगर मैं पूछना चाहता हूं, हीलिंग टच कहां है? हीलिंग टच के दो अवसर थे। एक यह श्वेतपत्र का प्रकाशन था। अगर इसके प्रकाशन में ईमानदारी बरती जाती, अगर अप्रिय तथ्यों को भी सामने लाया जाता, उन तथ्यों से सरकार कठघरे में खड़ी होती तो बात कुछ समझ में आ सकती थी।

अध्यक्ष महोदय, चीन के सवाल पर मैंने श्वेतपत्र प्रकाशित करने की मांग की थी। हमारे प्रधानमंत्री पंडित जवाहरलाल नेहरू थे। चीन और भारत के संबंधों पर जो श्वेतपत्र प्रकाशित हुआ,

उसमें एक ऐसी चिट्ठी थी जिससे यह साबित होता था कि चीन ने हमारी सीमा पर अतिक्रमण कर दिया है, मगर उस बात को संसद को नहीं बताया गया, क्योंकि पंडित जी ने कहा कि इससे भावनाएं भड़क जाएंगी, हम पहले आपस की बातचीत से यह मामला तय कर लें। इसी चिट्ठी के आधार पर मैंने पंडित जी से कहा था कि आपने देश को अंधेरे में रखा है, आपने गलती की है और नेहरू जी ने कहा कि हां, मेरी गलती हुई है, मैं अपनी गलती मानता हूं। गलती मानने के लिए भी बड़प्पन चाहिए। यह श्वेतपत्र अधूरा है। मैं फिर कहना चाहता हूं कि आतंकवाद के पंजाब में उदय के लिए जिम्मेदार शक्तियों को, भिंडरावाले को, १९८०, १९८१, १९८२ और १९८३ में राह पर लाने के लिए प्रशासन की, जिसमें राज्य सरकार शामिल है और केंद्र सरकार शामिल है, विफलता का इसमें उल्लेख नहीं है। क्या यह बात भी मैं देश के खिलाफ कर रहा हूं?

गुप्त बैठकों में क्या हुआ था?

गुप्त बैठकों का उल्लेख किया गया। कल कहा गया कि गुप्त बैठकें प्रकट नहीं करनी थीं, तो उन्हें गुप्त ही रहने दिया जाता। अगर बैठकें प्रकट कर दीं तो यह भी बता दीजिए कि उन बैठकों में क्या हुआ था? सारी गुप्त बैठकों का भी इसमें उल्लेख नहीं है। क्या कांग्रेस पार्टी ने सरदार स्वर्ण सिंह को भी डिसओन कर दिया? उन्होंने कोई प्रयत्न किए थे या नहीं किए थे? एक बैठक ऐसी हुई थी जिसमें अकाली दल के प्रतिनिधि शामिल थे, और हमारे वित्त मंत्री शामिल थे। अलग-अलग मंत्रियों ने अलग-अलग ढंग से बातें की हैं। उस बैठक में यह समझौता हो गया था कि चंडीगढ़ को बांट दिया जायगा। प्रधानमंत्री न्यूयार्क गई हुई थीं। प्रधानमंत्री के लौटने के बाद उसकी पुष्टि करने का फैसला हुआ था। बाद में वह बात आगे नहीं चली। मैं पूछना चाहता हूं—२६ मई को क्या हुआ? यह आखिरी बैठक थी, उसके बाद सैनिक कार्यवाही हुई, उस बैठक में क्या हुआ? कल भी हमने कहा था, आप अंधेरे में क्यों रख रहे हैं? अब कुछ बात कही जा रही है, यह कहा जा रहा है कि अकाली किसी समझौते के लिए तैयार नहीं थे। उस दिन कौन सी बात हुई थी? क्या सरकार की ओर से यह कहा गया कि चंडीगढ़ हम पंजाब को दे देते हैं, चंडीगढ़ के आसपास के लगे हुए कुछ गांव हरियाणा को मिलने चाहिए? क्या अकालियों ने इस प्रस्ताव को अस्वीकार कर दिया? अकाली कहते हैं—नहीं, हमें प्रस्ताव स्वीकार था। इस सत्य का उद्‌घाटन कैसे हो? प्रधानमंत्री ने विरोधी दलों के नेताओं से कहा—अकाली यमुना नदी का मामला उठा रहे थे, यमुना नदी के पानी के बंटवारे का मामला उठा रहे थे। अकाली कहते हैं—हम ऐसे मूर्ख नहीं थे, हम रायपैरियन राइट्‌स की बात करते रहे थे। यमुना हरियाणा से निकलती है, हम यमुना की बात कैसे कर सकते थे। प्रधानमंत्री ने यह भी कहा कि अकाली दल इस बात पर जोर दे रहा था कि आनंदपुर साहब के प्रस्ताव को सरकारिया कमीशन के पास सरकार भेजे, जब कि सरकार कहती थी कि कमीशन बन गया है, आप भेज दीजिए। अकाली इससे भी इन्कार करते हैं। आप कह सकते हैं कि अकालियों पर विश्वास न करिए, प्रधानमंत्री पर विश्वास करिए। कांग्रेस के सदस्यों के लिए ऐसा कहना आसान है, लेकिन हम इसको नहीं मानते, इसीलिए मैं कह रहा हूं कि गुप्त बैठक में जो हुआ, उसको प्रकट कीजिए।

एक बात और—श्री दरबारा सिंह ने कल राज्यसभा में क्या कहा, मैं उसका उल्लेख कर चुका हूं। श्वेतपत्र चुप है—विदेशी संबंधों के बारे में—खालिस्तान के समर्थक? एक बात फैलाई जा रही है—मैं स्पष्टीकरण चाहता हूं—गृह मंत्री से, लेकिन यहां गृह मंत्री नहीं हैं, प्रधानमंत्री नहीं हैं...

अध्यक्ष महोदय, पंजाब के पुराने मुख्यमंत्री ने कहा है कि उनके पास सबूत है कि पाकिस्तान में आतंकवादियों को हथियार चलाने का प्रशिक्षण दिया गया। क्या वह सबूत केंद्रीय सरकार के पास भी है?

आतंकवादियों को पाकिस्तान में प्रशिक्षण : श्वेतपत्र मौन

अगर वह सबूत है, तो इस श्वेतपत्र में उसका समावेश क्यों नहीं है? क्या कूटनीतिक स्तर पर यह मामला कभी पाकिस्तान से उठाया गया? कब उठाया गया, किस रूप में उठाया गया? अगर पाकिस्तान भारत के नागरिकों को भारत में बगावत करने के लिए हथियार चलाने की शिक्षा देता है, तो पाकिस्तान भारत के खिलाफ शत्रुतापूर्ण कार्यवाही करता है। पाकिस्तान के साथ इस स्थिति में कोई बात नहीं हो सकती। फिर नो-वार पैक्ट कैसा? फिर व्यापार और सांस्कृतिक संबंध बढ़ाने की चर्चा कैसे हो सकती है? जब हमने चीन के साथ संबंध सामान्य बनाने का फैसला किया, तो चीन से साफ कहा कि आप नागाओं को हथियार देते रहे हैं, चलाने की शिक्षा देते रहे हैं, आप इसे बंद करनेवाले हैं या नहीं? चीन ने कहा—वह बात पुरानी हो गई है, आप उसको छोड़िए। हम पाकिस्तान से प्रेमालाप कर रहे हैं। अभी-अभी भगत जी वहां होकर आए हैं। शाही कोफ्ता, बिरियानी खाकर अघाकर आए हैं। पाकिस्तान के अतिथि-सत्कार की वाहवाही करते आए हैं। हमारे पुराने विदेश मंत्री पाकिस्तान के विदेश मंत्री को हवाई जहाज में लेकर मालद्वीप गए थे। यह हाइजैकिंग के बाद की घटना है। यह दोहरी नीति नहीं चल सकती है, यह दोगली नीति नहीं चल सकती है। अगर पाकिस्तान भारत को तोड़ने का षडयंत्र कर रहा है तो प्रधानमंत्री सारी बात हमें बतलाएं। चलिए, आप विरोधी दलों के नेताओं को ही बुलाकर विश्वास में ले लें। उस दिन जब सैनिक कार्यवाही के बाद हम प्रधानमंत्री जी से मिले, तो उन्होंने इस बारे में कुछ नहीं कहा। गृह सचिव ने कह दिया कि पाकिस्तान का हाथ है। श्वेतपत्र इस बारे में मौन है।

मैं एक बात और पूछना चाहता हूं कि सैनिक कार्यवाही के लिए ५ जून को क्यों चुना गया? ४ जून को गुरु अंगद देव जी का ज्योति-जोत समारोह था। बड़ी संख्या में गांव से लोग गुरुद्वारे में आए थे दर्शन के लिए, स्नान के लिए और गुरुवाणी, सबद-कीर्तन सुनने के लिए। बहुत से निरपराधी लोग मारे गए। हमारी सहानुभूति उनके साथ है। हमने कल उन्हें श्रद्धांजलि दी है। क्या उनकी मौत को टाला नहीं जा सकता था? कहा यह जा रहा है कि ५ जून इसलिए जरूरी था कि सरकार को ऊंचे सूत्रों से, विदेशी सूत्रों से खबर मिली थी कि अगर ५ जून को सेना अंदर नहीं भेजी गई, तो हरमिंदर साहिब से स्वतंत्र खालिस्तान का ऐलान कर दिया जाएगा और उस स्वतंत्र खालिस्तान को कुछ अरब देश मानेंगे और कुछ पश्चिमी देश मानेंगे।

श्री भीम एस. निहालसिंहवाला : १ और २ तारीख को २० आदमी मारे गए अंदर से गोली चलाकर, और ३० तारीख को वे आंदोलन करनेवाले थे।

अध्यक्ष महोदय : आप बैठिए, मैं आपको बोलने की इजाजत दूंगा।

श्री वाजपेयी : अध्यक्ष महोदय, कुछ समाचारपत्र नाम ले रहे हैं के.जी.बी. का। क्या उन्हें रूस से खबर मिली है? मैं नहीं जानता कि इसमें कहां तक सच्चाई है, लेकिन अगर इसमें सच्चाई है तो साफ कहिए और सदन को विश्वास में लीजिए।

अध्यक्ष महोदय, मैं कार सेवा के बारे में कहना चाहता हूं। बड़े दुर्भाग्य की बात है कि यह विवाद का विषय बन गया है। हम तो सोचते थे कि जो हो गया सो हो गया। सेना ने आतंकवादियों

से हरमिंदर को मुक्त कराने के लिए कार्यवाही की और उसमें अकाल तख्त को क्षति पहुंची, अब सिख पंथ की परंपरा के अनुसार उस अकाल तख्त का फिर से पुनर्निर्माण किया जाए और जो कार सेवा की जाए, उसमें सब लोग शामिल हों, लेकिन यह मामला भी विवाद का मामला बन गया। मैं पूछना चाहता हूं कि बाबा खड़ग सिंह से जो बात हुई, वह क्यों टूटी? क्या यह सच है कि सरकार स्वर्ण मंदिर से सेना हटाने को तैयार हो गई थी और उसका जोर केवल इस बात पर था कि तोशाखाने पर सेना रहेगी और दर्शनी ड्योढ़ी पर सेना रहेगी। तोशाखाने में क्या है? वहां सेना रखना क्यों जरूरी है? दर्शनी ड्यूढ़ी में सेना रखना क्यों आवश्यक है? आप मंदिर की रक्षा कीजिए और अवैध आदमियों को जाने से रोकिए। वहां हथियार क्यों जाएं? गुरुद्वारा प्रबंधक कमेटी का कहना है कि हमने मान लिया था कि यहां केवल पारंपरिक हथियार, मतलब यह कि तलवार और कृपाण ही आएगी और कोई हथियार नहीं आएगा। उन्होंने यह भी मान लिया था कि यहां अपराधियों को पनाह नहीं दी जाएगी। यह बाबा संता सिंह कहां से आ गए? मैं उनके खिलाफ कुछ नहीं कह रहा हूं। बाबा संता सिंह कार सेवा करने के लिए सर्वाधिक उपयुक्त हैं, तो पहले बाबा खड़ग सिंह से क्यों बात चली? क्या बाबा संता सिंह के साथ कोई समझौता हुआ है? गुरुद्वारों का प्रबंध भविष्य में कैसे चलाया जाएगा, क्या इसके बारे में बाबा संता सिंह को कोई आश्वासन दिए गए? क्या यह सच नहीं है कि बाबा संता सिंह के खिलाफ भी पुलिस में मामले दर्ज हैं?

संत लाए गए, गिरफ्तार पाए गए

अध्यक्ष महोदय, सैनिक कार्यवाही हो गई और उसके बाद हमने टेलीविजन पर देखा कि एक संत लाए गए। उन्होंने संत भिंडरावाला की बड़ी आलोचना की। हमने कहा कि बड़ी हिम्मतवाले हैं। थोड़े दिन बाद अखबार में पढ़ा कि उन्हें गिरफ्तार कर लिया गया। उनके यहां से बहुत से हथियार मिले हैं। मैं दोषारोपण करने के लिए भाषण नहीं कर रहा हूं।...(व्यवधान)

अध्यक्ष महोदय, मैं अपना भाषण उपसंहार की ओर ले जाता हूं। आजादी के ३६ साल बाद, देश के बंटवारे के ३६ साल बाद भी आज देश की एकता के ऊपर फिर से प्रश्नचिह्न लग जाए, यह शासन चलानेवालों के लिए कोई बहुत अच्छी बात नहीं है। हम अभी तक एक राष्ट्र नहीं बने, यह कोई अच्छी बात नहीं है। मजहब के आधार पर पाकिस्तान बना, वह बंट गया। हमने मजहब को अपना आधार नहीं बनाया। हमने कहा कि हमारा देश धर्मनिरपेक्ष, सेक्यूलर होगा। यह सभी धर्मों के माननेवालों के लिए होगा। फिर भी भारत बंटने के कगार पर आ गया है। क्या इसके लिए अकाली ही जिम्मेदार हैं, और प्रधानमंत्री दूध की धुली हुई हैं?

प्रधानमंत्री जी कहती हैं कि वे जहर पीने के लिए तैयार हैं। उनके हिस्से में तो अमृत आया है, जहर तो बाकी लोग पिएंगे। लेकिन मैं कहना चाहता हूं कि परमात्मा के लिए देश की एकता को राजनीति का मुद्दा मत बनाइए, चुनाव का मुद्दा मत बनाइए। देश की एकता के साथ खिलवाड़ मत करिए, जो कुछ हो गया, उसको अब भूल जाएं और एक नए अध्याय का श्रीगणेश करें। आखिर स्वर्ण मंदिर में सेना कब तक रहेगी, पंजाब में सेंसर कब तक चलेगा? आप किसी भी हिस्से के चप्पे-चप्पे पर फौज नहीं खड़ी कर सकते हैं। देश एक रहेगा तो किसी एक पार्टी की वजह से नहीं रहेगा, किसी एक व्यक्ति की वजह से नहीं रहेगा, किसी एक परिवार की वजह से नहीं रहेगा। देश एक रहेगा तो देश की ७० करोड़ जनता की देशभक्ति की वजह से रहेगा। धन्यवाद।

पंजाब में केंद्र सरकार झुकी

उपाध्यक्ष महोदय, यह पहला मौका नहीं है जब पिछले कुछ वर्षों में इस सदन में पंजाब की परिस्थिति के बारे में एक गंभीर पृष्ठभूमि में चर्चा हो रही है। पंजाब में हिंसा, हत्या, आतंकवाद, धर्म और राजनीति—राजनीति और धर्म को मिलाना—और उस परिस्थिति को काबू में लाने में सरकार की विफलता, अक्षमता, किंकर्तव्यविमूढ़ता पर सदन में लगातार चर्चा होती रही है। लेकिन जैसे-जैसे दिन बीतते जा रहे हैं, परिस्थिति बिगड़ रही है, काबू से बाहर होती जा रही है। प्रश्न राजनीतिक दलों का, राजनीतिक लाभ उठाने का नहीं है। कभी-कभी भारत की एकता और अखंडता के बारे में गंभीर चिंता पैदा होती है।

२८ फरवरी को हरियाणा और पंजाब की स्थिति के बारे में गृह मंत्री महोदय ने एक बयान दिया था, मैं उसका एक अंश आपके सामने पढ़कर सुनाना चाहता हूं :

"मैं सदन को विश्वास दिलाना चाहता हूं कि सरकार क्रूर हिंसा को समाप्त करने के लिए हर संभव कदम उठाएगी, चाहे उसकी कीमत कुछ भी हो।"

यह २८ फरवरी का बयान है और २८ मार्च को इसी दिल्ली में, भारत की राजधानी में, रात के अंधेरे में नहीं, दिनदहाड़े; एकांत में, कोने में नहीं; भीड़-भरे चौराहे में दिल्ली गुरुद्वारा प्रबंधक कमेटी के अध्यक्ष श्री मनचंदा की हत्या कर दी गई।

श्री मनचंदा का नाम हिट लिस्ट में था, उन्हें रक्षक दिया गया था। हत्यारों की हिम्मत देखिए। वे मनचंदा की हत्या करके चले गए, उन्हें पकड़ा नहीं जा सका। हत्यारे जरूर पहले से उनका पीछा कर रहे होंगे। सरकार क्या कर रही थी?

पंजाब की आग राजधानी तक पहुंच गई है। मनचंदा सरकारी पार्टी से जुड़े हुए एक व्यक्ति थे। सरकार उन्हें भी नहीं बचा सकी।

१ अप्रैल को गृह मंत्री महोदय ने धारा २५ के बारे में अकालियों के सामने घुटने टेक दिए। उन्होंने विरोधी दलों को, विश्वास में लेना तो अलग रहा, सूचना देने तक की जरूरत नहीं समझी। यह पहला मौका नहीं है। जब धार्मिक मांगें स्वीकार की गई थीं, तब भी विरोधी दलों को ताक पर रखकर गुरुद्वारे में जाकर एलान कर दिया गया था।

** अकालियों की मांगों पर लोकसभा में ४ अप्रैल, १९८४ को हुई चर्चा।*

सेठी जी यह कह सकते हैं कि संसद की बैठक नहीं हो रही थी, २ अप्रैल से अकाली अपना आंदोलन तेज करनेवाले थे, मेरे सामने इसके सिवाय कोई चारा नहीं था कि मैं एलान करता। लेकिन विरोधी दल के नेताओं से टेलीफोन पर तो संपर्क हो सकता था।

आजाद पंथ सप्ताह मनाने का फैसला हुआ था। क्या धारा २५ के बारे में संशोधन करने की स्वीकृति देने से पहले आपने अकाली नेताओं से पूछा कि पंथ को आजाद करने का क्या मतलब है? पंथ किससे आजाद होना चाहता है? क्या पंथ हिंदुस्तान से आजाद होना चाहता है या पंथ हिंदुओं से आजाद होना चाहता है? क्या पंथ आज आजाद नहीं है? पंथ की रचना, पंथ की स्थापना देश और धर्म की रक्षा के लिए हुई थी।

मैं नहीं जानता कि अकाली दल से क्या बातचीत हुई है। गृह मंत्री महोदय ने अपने बयान में कहा है कि १८ मार्च को अकाली दल का कोई पत्र सरकार को मिला। मैं जानना चाहता हूं कि उस पत्र में क्या लिखा है? क्या अकाली दल ने यह आश्वासन दिया है कि धारा २५ में संशोधन के बाद वे अलग पर्सनल लॉ की मांग नहीं उठाएंगे? गृह मंत्री महोदय ने धारा २५ के बारे में सुप्रीम कोर्ट की सलाह लेने की बात अकाली दल के सामने क्यों नहीं रखी? धारा २५ एक ऐसी धारा है, जैसा कि कई मित्रों ने कहा है और सिख विद्वानों तथा सिख विधि-विशेषज्ञों की भी राय है, जिसके अंतर्गत सिख धर्म की अलग सत्ता और पहचान स्वीकार की गई है। सुप्रीम कोर्ट का एक फैसला है १९६५ का, जिसमें उसने लिखा है :

"अनुच्छेद २५ के नियम २ के उपनियम (बी) के विशेष उद्देश्य के लिए हिंदू की परिभाषा को विस्तारित किया गया है, और किसी के लिए नहीं।"

धारा २५ के अंतर्गत सिखों को अधिकार है कि वे कृपाण रख सकते हैं, कृपाण रखकर आ-जा सकते हैं। उसमें सिख पंथ को अलग स्वीकार किया गया है। जो दलित या हरिजन सिख धर्म को स्वीकार कर लेते हैं, आज वे सभी विशेष सुविधाओं के भागीदार हैं। क्या अकाली दल से यह भी पूछा गया है कि क्या वे चाहते हैं कि ये सुविधाएं उनसे वापस ले ली जाएं?

आख़िर धारा २५ के मामले में इतनी जल्दी करने की क्या जरूरत थी? मगर सरकार घबरा गई कि पता नहीं दो अप्रैल को क्या होगा और उसने समर्पण कर दिया।

सिख स्टूडेंट फेडरेशन की चुनौती

सिख स्टूडेंट फेडरेशन को अवैध घोषित कर दिया गया है। जरूर सरकार के पास उसे अवैध घोषित करने के कारण रहे होंगे। लेकिन फेडरेशन ने चुनौती दी कि हम मोगा की सारी सड़कें बंद कर देंगे, किसी बस को आने या जाने नहीं देंगें। सैकड़ों लोग धरने पर बैठ गए। सारा काम-काज ठप हो गया। उन्होंने मांग की कि जो लोग गिरफ्तार किए गए हैं, उनको छोड़ दिया जाए। जो गिरफ्तार थे, वे उनको थाने से छुड़ाकर ले गए और जो बचे थे, वे जमानत पर छोड़ दिए गए। दिल्ली में घुटने टेकने से पहले सरकार ने पंजाब में घुटने टेक दिए। अगर किसी संगठन को अवैध घोषित किया जाता है, उसके सदस्य खुलेआम धारा १४४ की धज्जियां उड़ाते हैं और सरकार उन्हें गिरफ्तार नहीं कर सकी, तो उसे अवैध घोषित करने की क्या जरूरत थी?

गृह मंत्री महोदय ने अकालियों से यह भी नहीं कहा कि आपने यह मामला पहले क्यों नहीं उठाया, त्रिपक्षीय वार्ता में धारा २५ का सवाल कभी नहीं उठा और अब आप यहां तक चले गए कि उसके लिए आप संविधान को जला रहे हैं, हम इस पर विचार करेंगे। लेकिन ऐसा न करके

उन्होंने उस बात को स्वीकार कर लिया। उसका नतीजा क्या हुआ? हमने अहमदाबाद में कहा था कि तुष्टिकरण की नीति से लाभ नहीं होगा। दूसरे ही दिन अमृतसर में भारतीय जनता पार्टी के नेता, श्री हरबंसलाल खन्ना की हत्या कर दी गई। वह पहले से हत्यारों के निशाने पर थे। उनकी हत्या की पहले कोशिश हो चुकी थी, मगर वह बच गए। उनको एक गनमैन दिया गया था। उस गनमैन के पास स्टेनगन थी। हत्यारे पिस्तौल लेकर आए, पहले गनमैन को मारा, स्टेनगन छीन ली और फिर स्टेनगन का उपयोग कर उन्होंने श्री हरबंसलाल खन्ना की हत्या कर दी। इसका मतलब यह है कि हत्यारे स्टेनगन चलाना जानते थे।

श्री इंद्रजीत गुप्त (बसीरहाट) : बहुत अच्छी ट्रेनिंग है उनकी।

श्री वाजपेयी : पंजाब में ऐसे कितने हत्यारे हैं? उनको ट्रेनिंग कहां मिल रही है? सरकार के सिक्योरिटी एडवाइजर, मिस्टर काओ क्या कर रहे हैं? विरोधी दलों के पार्लियामेंट के मेंबर जब विदेशों में जाते हैं, तो उनके पीछे रॉ के लोग लगा दिए जाते हैं। हमसे क्या खतरा है इस सरकार को? मैं अमरीका गया था। मेरे पीछे एक रॉ का अफसर लगा दिया। वह मेरे ही जमाने में नियुक्त हुआ था। मैं उसको जानता था। जब मैंने प्रधानमंत्री से शिकायत की कि यह क्या हो रहा है तो प्रधानमंत्री ने कहा कि नहीं–नहीं, वह आपके पीछे नहीं गया था, वह तो देख रहा था कि आपकी देखभाल ठीक तरह से होती है या नहीं।

गुप्तचर विभाग टूट चुका है

इस सरकार का गुप्तचर विभाग टूट गया है। सारा तंत्र बिखर रहा है। सेवाओं का मनोबल टूट गया है। क्या हो रहा है पंजाब में? हरबंसलाल खन्ना की वहां हत्या की गई। उनका हिंदू-सिख एकता में पूरा विश्वास था। मगर वह एक दिलेर आदमी थे। उनकी हत्या से उनकी आवाज दबने वाली नहीं है। हमारी आवाज भी नहीं दबेगी। मगर हत्यारों ने एक वार और किया। डॉ. तिवारी जैसा व्यक्ति मतांधों द्वारा शिकार बनाया गया। उनकी पत्नी सिख परिवार से आई हैं। इस हत्या के पीछे पागलपन है। जो देश को जोड़ेगा, जो समाज को मिलाने की कोशिश करेगा, जो हिंदू और सिखों को एक साथ रखने का प्रयत्न करेगा, उसकी आवाज दबा दी जाएगी, उसे मिटा दिया जाएगा! डॉ. तिवारी के हत्यारे उनके शिष्य बनकर गए थे। इस देश में शिष्य कभी गुरु के लिए जान देते थे। आज जान लेनेवाले शिष्य का रूप लेकर जाते हैं।

इस सदन में कल बहस होती रही कि इस सदन की बैठक स्थगित होगी या नहीं। नियमों का हवाला दिया जाता रहा। तिवारी जी दूसरे सदन के सदस्य हैं, इसलिए हम उनकी हत्या पर शोक प्रकट नहीं कर सकते, सदन की बैठक स्थगित नहीं कर सकते? वह तो कांग्रेस पार्टी से जुड़े हुए थे। उन्होंने विश्व पंजाबी सम्मेलन का आयोजन किया था। पंजाबी भाषा के जानकार थे। यह हत्या सारी सरकार को चुनौती है। क्या सरकार में साहस है, सरकार में दृढ़ता है इस चुनौती का सामना करने के लिए? यदि आपने घुटने टेकने का फैसला कर लिया है तो मामला इतना लटकाया क्यों?

अभी भी सरकार ने, पंजाब की समस्याओं का समाधान उसके दिमाग में क्या है, यह नहीं बताया।

सरकार के पास चार विकल्प हैं, मैं उन्हें दोहराना नहीं चाहता। समय कम है; १९७० के एवार्ड को लागू करना, चंडीगढ़ सहित सभी विवादों को एक नए कमीशन को सौंप देना, पंजाब

और हरियाणा के बीच चंडीगढ़ का विभाजन और शेष विषयों को एक कमीशन को सौंपना और चौथा यह कि हरियाणा और पंजाब दोनों जो मान लें, उसको लागू करना। यदि दोनों मान गए तो उसमें केंद्र सरकार कहां तक आती है?

शासन की बागडोर आपके हाथ में है। समस्याओं को हल करना आपकी जिम्मेदारी है। आप इसको हल क्यों नहीं करना चाहते? पंजाब की समस्या के जिस हल को आप उचित समझते हैं उसका एलान करिए, उसको एकतरफा लागू करिए। मगर उसको एकतरफा लागू नहीं करेंगे। धार्मिक मांगें एकतरफा लागू करेंगे। धारा २५ का एलान एकतरफा करेंगे।

शिकायत अकाली दल से भी है

मुझे अकाली दल से भी शिकायत है। उन्होंने धारा २५ के बारे में विरोधी दल की बातें नहीं सुनीं। भारतीय जनता पार्टी, लोकदल अकाली दल का पूरा समर्थन नहीं करते रहे हैं। लेकिन जो दल करते रहे हैं, उनको भी अकाली दल ने विश्वास में नहीं लिया। सरकार के साथ समझौता कर लिया। आजाद पंथ सप्ताह वापस ले लिया गया, इसके लिए मुझे संतोष है, खुशी है। मगर क्या बात यहीं रुक जाएगी? क्या इसके बाद दूसरी मांगें नहीं रखी जाएंगी? मैं फिर पूछना चाहता हूं कि क्या पर्सनल लॉ के बारे में बात हुई है? जो परिगणित और दलित सिख धर्म स्वीकार करते हैं, क्या उनकी सुविधाओं के बारे में चर्चा हुई है? हिंसा, हत्या और आतंकवाद का क्या होगा? क्या वर्तमान सिलसिला चलता रहेगा?

आज पंजाब में कत्ल और हिंसा की जो अंधेरी रात है, उसमें अभी तक मानवता और आत्मीयता के, हिंदू-सिख भाई-चारे के छोटे-छोटे दिये टिमटिमा रहे हैं। गांवों से जो हिंदू डर से शहरों में चले आए थे, उन्हें उन्हीं गांवों के सिख लोग वापस ले गए। अभी भी गांवों में यह दुर्भाग्य पूरी तरह से फैला नहीं है। लेकिन अगर सरकार हर नागरिक की रक्षा करने के प्राथमिक दायित्व का पालन नहीं कर सकती, तो यह हालत बिगड़ती जाएगी।

पंजाब की जनता का पंजाब की पुलिस पर भरोसा नहीं है। जब श्री हरबंसलाल खन्ना की शव यात्रा निकाली गई, तब चौराहों पर खड़े सिपाही को देखते ही लोग गुस्से से भर जाते थे। सी.आर.पी. जहां जाती है वहां उसका स्वागत होता है। यह एक बड़ी दुर्भाग्यपूर्ण स्थिति बन गई है। यह कोई स्वस्थ स्थिति नहीं है। लेकिन इस स्थिति का सामना करना पड़ेगा। पंजाब पुलिस को संकटपूर्ण क्षेत्रों से हटाना चाहिए और सी.आर.पी. की तादाद बढ़ानी चाहिए, यद्यपि सी.आर.पी. का भी मनोबल जितना होना चाहिए, वैसा नहीं है। एक जगह बैंक लूटा जाता रहा और सी.आर.पी. के जवान खड़े रहे कि हम अपनी जान क्यों खतरे में डालें। यह सरकार हमें नहीं बचा सकती, अपने मेंबर पार्लियामेंट को नहीं बचा सकती, विरोधी दल के नेता को नहीं बचा सकती तो कौन ऐसी सरकार के लिए अपनी जान देगा? आपने देश को कहां से कहां ले जाकर खड़ा कर दिया है।

इसी सदन में गृह मंत्री जी ने एलान किया था कि पंजाब के शांतिपूर्ण नागरिकों को, जिनके पास हथियार नहीं हैं, हम लाइसेंस देने में उदारता से काम लेंगे। आज हर जिले में लाइसेंस के लिए दरख्वास्तों के अंबार लगे हैं लेकिन कौन अफसर लाइसेंस देकर अपनी जान खतरे में डाले? जरा गृह मंत्री जी पता लगाएं। अब सरकार के लोग कह रहे हैं कि श्री भैरोंदत्त पांडे को बड़ा दृढ़ प्रशासक समझा गया था, परंतु वे बड़े कमजोर निकले।···(व्यवधान)

सभापति जी, पंजाब के पुलिस इंस्पेक्टर जनरल पुलिस, श्री भिंडर को भी वापस बुलाया जाना

चाहिए। उनकी भी बहुत गंभीर शिकायतें हैं। पंजाब में हमें ऐसे अफसर चाहिए—वे चाहे हिंदू हों, सिख हों—जिनके मन में सांप्रदायिकता का लेशमात्र भी न हो। आज चुनौती दी जा रही है सेक्युलरवाद को। पंजाब में अगर हम सेवाओं को सांप्रदायिक विष से अलग नहीं रख सकते तो इस देश का सेक्युलर ढांचा नहीं बचेगा।

सभापति महोदय, प्रधानमंत्री जी इस सदन में नहीं हैं। थोड़ी देर के लिए आईं थीं, उनका बड़ा अहसान था।

यह डेंजर्सली डिस्टर्ब क्या है?

मैं चेतावनी देना चाहता हूं कि पंजाब की स्थिति के साथ ज्यादा खिलवाड़ मत कीजिए। आज अखबार में मैंने पढ़ा है कि सारे पंजाब को डेंजर्सली डिस्टर्ब्ड एरिया डिक्लेयर कर दिया गया है। यह डेंजर्सली डिस्टर्ब क्या है? पहले डिस्टर्ब एरिया था, अब डेंजर्सली डिस्टर्ब है—कानून में इसका क्या मतलब है? आपने जो बिल पेश किया है, वह है—पंजाब डिस्टर्ब एरियाज बिल, १९८३। क्या समाचारपत्रों ने अपनी तरफ से खतरनाक जोड़ दिया है या समाचारपत्रों को आपने बताया है?

प्रो. मधु दंडवते : क्या यह कंपोजिंग की त्रुटि है?

श्री वाजपेयी : ये छोटी-छोटी बातें हैं, लेकिन इस सरकार के निकम्मेपन को उजागर करती हैं।

मैं आपको एक घटना सुनाना चाहता हूं। तिवारी जी को गोली लग गई। तिवारी जी अस्पताल चले गए। श्री अडवाणी, राज्यसभा के सदस्य, ने सेठी साहब को फोन किया कि तिवारी जी की क्या हालत है? यह बात सवेरे ९.३० बजे की है। सेठी जी ने कहा कि तिवारी जी खतरे के बाहर हैं। अडवाणी जी अमृतसर जाने के लिए हवाई अड्डे पर पहुंचे, तो वहां पर खबर लगी कि तिवारी जी मर गए हैं। मैं पूछना चाहता हूं कि गृह मंत्री जी को पूरी खबर मिलती भी है या नहीं? क्या यह सच नहीं है कि गृह मंत्रालय को ताक पर रखकर कहीं और फैसले हो रहे हैं? ये फैसले करनेवाले कौन हैं? पंजाब की परिस्थिति सुलझी नहीं है, समस्या हल नहीं हुई है और गृह मंत्रालय के पुराने अफसरों को बदल दिया गया है। अगर उनके परिवर्तन से कोई सुधार हो जाता तो मैं शिकायत नहीं करता। लेकिन ऐसा दीख रहा है कि सरकार की नीति है कि सवाल को लटकाओ। आपकी यह नीति असम में थोड़ी-बहुत सफल हो गई, लेकिन पंजाब में नहीं होगी।

प्रो. एन.जी. रंगा : नहीं, यह सही नहीं है।

श्री वाजपेयी : सभापति महोदय, पंजाब की समस्या का राष्ट्रीय हल ढूंढने का प्रयत्न होना चाहिए। उसके लिए बातचीत जरूरी है, लेकिन उससे पहले पंजाब में शांति और व्यवस्था पूरी तरह से कायम की जानी चाहिए। इसके लिए सरकार को कठोर कदम उठाना पड़ेगा। मेरी समझ में नहीं आता है कि विरोधी दल से पूछा जाता है कि आपका हल क्या है? शासन आपका है, कानून को लागू करने और बदलने का अधिकार आपका है, प्रशासन आपके इशारे पर चल रहा है, पुलिस-फौज आपकी है, आपके निर्देश पर चलेगी—हल हमसे पूछा जा रहा है। मगर जब कभी हम हल बताते हैं तो उसका राजनीतिक लाभ उठाया जाता है।

भिंडरावाले के नाम से इतना नाराज होने की क्या जरूरत है? कोई छिपी हुई बात नहीं है कि १९८० के चुनाव में भिंडरावाले ने कांग्रेस पार्टी के लिए काम किया था। कोई छिपी हुई बात नहीं है कि गुरुद्वारा प्रबंधक कमेटी के चुनाव में भिंडरावाले के सहयोगी कांग्रेस के साथ मिलकर

चुनाव लड़े थे। सरकार में जो भी फैसले होते हैं, उसकी खबर भिंडरावाले को कौन देता है? भिंडरावाले दिल्ली आए, लेकिन पकड़े नहीं गए। प्रधानमंत्री जी ने बंबई के एक साप्ताहिक को भेंट दी, लेकिन भिंडरावाले के खिलाफ एक शब्द नहीं कहा। दिल्ली के एक साप्ताहिक को भेंट दी, तो कहा कि हम दोनों संतों से मिलने को तैयार हैं। लोंगोंवाल से भी और भिंडरावाले से भी मिलने के लिए तैयार हैं। अगर आप मिलने से रास्ता निकाल सकें, तो निकाल लीजिए। लेकिन भगवान के लिए पंजाब की समस्या को हल करिए। आनेवाली पीढ़ी आपको कभी क्षमा नहीं करेगी।

मैं आपको फिर कहना चाहता हूं कि आप इसको पार्टी का मामला मत बनाइए। विरोधी दल का रवैया रचनात्मक रहा है, सहयोग का रहा है। लेकिन जब आपको सहयोग चाहिए, आप सहयोग लेते हैं और जब आपको लाभ नहीं होता, आप हमें एक तरफ रखकर फैसला कर लेते हैं। उन फैसलों से भी शांति हो जाए, तो हमें शिकायत नहीं होगी। मगर पंजाब धधक रहा है। किसी भी क्षण कोई ऐसी घटना हो सकती है, जो सारे देश के अस्तित्व को और देश के भविष्य को दांव पर लगा दे। उससे पहले दिल्ली के शासको, थोड़ा चेतो। अपने कर्तव्य को पहचानो। अगर अपनी जिम्मेदारी का पालन नहीं कर सकते तो प्रधानमंत्री कांग्रेस पार्लियामेंट्री पार्टी की बैठक बुलाएं, उसमें अपना इस्तीफा दे दें और पार्टी का नया नेता चुनने के लिए कहें।

पंजाब में निर्मम हत्याओं का दौर

उपाध्यक्ष महोदय, अगर कोई सही कदम देर से उठाया जाए तो किस प्रकार से प्रभावहीन हो जाता है, पंजाब में राष्ट्रपति-राज की स्थापना इसका ताजा उदाहरण है। अगर साल-भर पहले पंजाब में राष्ट्रपति-राज स्थापित कर दिया जाता या दरबारा सिंह के मंत्रिमंडल को हटाकर किसी और अधिक सक्षम मंत्रिमंडल का वहां निर्माण हो जाता तो आज जिस संकट में पंजाब की जनता अपने को पाती है और जिस चिंता में आज सारा देश घिर गया है, उस संकट से, उस चिंता से निकला जा सकता था।

लाला जगतनारायण की हत्या ११ दिसम्बर, १८८१ को हुई। इसके बाद लगातार हत्याओं का सिलसिला चलता रहा।

उग्रवादियों की गतिविधियां बढ़ती गईं, प्रशासन का मनोबल टूटता रहा, पंजाब में एक असुरक्षा की भावना फैलती रही और इसकी चरम परिणति हुई ६ अक्तूबर को जबकि कपूरथला के नूरपुर गांव के पास ढलवा में अमृतसर से दिल्ली आनेवाली बस के निरपराध और निर्दोष लोगों को बाहर निकालकर मौत के घाट उतार दिया गया। ढलवा हत्याकांड से पहले जगराओं के निकट सवेरे जो लोग घूमने के लिए जाते थे, उन सात लोगों को इसी तरह मारा गया।

ये हत्याकांड पंजाब में पहले होनेवाले हत्याकांडों से भिन्न हैं। पहले उग्रपंथियों का निशाना या तो निरंकारी थे या पुलिस अफसर थे और उनमें भी सिख बहुसंख्या में थे। चुने हुए व्यक्तियों को ही शिकार बनाया जाता था। लेकिन पंजाब में कोई प्रभावी सरकार न होने के कारण मामले को लटकाए रखा गया। दिल्ली ने भी कोई तत्काल कार्यवाही नहीं की। नतीजा यह हुआ कि बात यहां तक पहुंच गई कि ६ अक्तूबर को जो कुछ हुआ, कपूरथला जिले में, वह १९४७ के दुर्भाग्यपूर्ण बंटवारे की याद दिलाता है। बस में बैठे हुए और लोग छोड़ दिए गए। जो मारे गए वे यह कह कर मारे गए कि तुम हिंदू हो, तुम्हें मारा जाएगा। ऐसा पागलपन पहले तो कभी सवार नहीं हुआ था। क्या सरकार इसी दिन की प्रतीक्षा कर रही थी? दरबारा सिंह मंत्रिमंडल परिस्थिति को काबू में नहीं ला पा रहा था, यह बिल्कुल स्पष्ट है। स्वयं मुख्यमंत्री दरबारा सिंह यह शिकायत कर रहे

** पंजाब राज्य के संबंध में अधिघोषणा के अनुमोदन हेतु प्रस्ताव के अवसर पर लोकसभा में १६ नवंबर, १९८३ को ध्यानाकर्षण प्रस्ताव।*

थे कि उन्हें काम करने नहीं दिया जाता है, केंद्र हर मामले में अड़ंगा लगाता है।

अब केंद्र की सीधी सरकार हो गई है।७ अक्तूबर को राष्ट्रपति का राज लागू हो गया। पंजाब को हमने उपद्रवग्रस्त घोषित कर दिया है। पुलिस को असाधारण अधिकार दे दिए हैं। सेना का उपयोग करने की भी तैयारी हो रही है। परिस्थिति क्यों इतनी बिगड़ने दी गई? मेरे पास समय सीमित है। मैं पुरानी कार्यवाही देख रहा था। ११ सितंबर, १९८१ को जब लाला जगतनारायण की हत्या का मामला सदन में उठाया गया तो गृह मंत्री ने कहा कि मुट्ठी-भर लोग गड़बड़ करना चाहते हैं, अतः विरोधी दलवाले परिस्थिति को बढ़ा-चढ़ाकर पेश कर रहे हैं और उन्होंने हमें ताना मारा था कि राजनीतिक लाभ उठाने के लिए ऐसा कर रहे हैं। दो साल में यह हालत कैसे पैदा हो गई?

अब राष्ट्रपति-राज लागू होने के बाद क्या हो रहा है? मैं इस बारे में पुराने मुख्यमंत्री जी की राय बताना चाहता हूं। श्री दरबारा सिंह ने 'दिनमान' के प्रतिनिधि से बातचीत की। उसमें जो सवाल-जवाब हुए, उसके अंश इसमें दिए हैं।

श्री दरबारा सिंह जी से पूछा गया कि क्या राष्ट्रपति शासन लागू होने के बाद स्थिति में कोई सुधार हुआ है? उनका जवाब था कि "मेरे ख्याल से तो नहीं, बल्कि स्थिति बिगड़ी ही है।" इतनी धरपकड़ और गिरफ्तारियां हो रही हैं? इसका दरबारा सिंह जी जवाब देते हैं कि यह कौन सी नई बात है। सभी फहरिस्ती अपराधी हैं। ऐसे अपराधी जिनकी फहरिस्त बनी हुई है और जिन्हें पुलिस को पहले पकड़ना चाहिए था, लेकिन अभी तक नहीं पकड़ा था। अब उनको पकड़ा जा रहा है। आगे कहते हैं कि "इनमें उग्रवादी शायद ही कोई हो।" भले ही वे अब मुख्यमंत्री नहीं हैं, पर पुराने मुख्यमंत्री हैं और सत्तारूढ़ दल के जिम्मदार आदमी हैं। अगर हम आलोचना करें तो हम पर दोष दिया जा सकता है, लेकिन दरबारा सिंह जो कुछ कह रहे हैं, वे तो सोच-समझकर ही कह रहे होंगे।

मैं गृह मंत्री महोदय से पूछना चाहता हूं कि कितने उग्रवादी पकड़े गए हैं। चार हजार से अधिक लोग गिरफ्तार किए गए हैं। उनमें या तो तस्कर हैं या समाज विरोधी तत्व हैं, चोर-उचक्के, बदमाश हैं। उग्रपंथी कितने हैं? गृह मंत्री सदन को विश्वास में लेकर बताएं कि उग्रपंथियों की कुल संख्या के बारे में, कुल शक्ति के बारे में क्या स्थिति है?

ट्रेनिंग कैंपों की बड़ी चर्चा हो रही है। सैकड़ों लोग ट्रेनिंग कैंपों में भाग ले रहे हैं। चाहे जम्मू-काश्मीर हो, उत्तर प्रदेश, हिमाचल प्रदेश हो, अगर सैकड़ों लोगों के ट्रेनिंग कैंप चल रहे हैं तो केंद्र सरकार इस दोष से बच नहीं सकती।

पंजाब पर श्वेतपत्र जारी किया जाए

सभापति महोदय, मैं चाहता हूं कि सरकार एक श्वेतपत्र प्रकाशित करे। श्वेतपत्र में मुख्य रूप से दो बातें होनी चाहिए। उग्रपंथी कौन है? उग्रपंथियों का किस राजनीतिक दल से संबंध है? उग्रपंथियों का किन राजनीतिक नेताओं से संबंध है? दल खालसा की स्थापना किसने की? १९८० के चुनावों में संत भिंडरावाले और उनके सहयोगियों का सहयोग और समर्थन किसने लिया था? दिल्ली में सरदार संतोख सिंह की हत्या हुई। मेरी जानकारी में अभी तक पुलिस को उसका कोई सुराग नहीं मिला है। पुलिस ने कोई अधिकृत जानकारी दी हो, इसका मुझे पता नहीं है। वह सरदार संतोख सिंह भिंडरावाले से मिला हुआ था। उन्होंने मेहता चौक में जाकर बड़ा भड़कानेवाला भाषण दिया था। श्वेतपत्र में यह भी होना चाहिए कि विदेशी शक्तियों की भूमिका क्या है? मुझे खेद है,

प्रधानमंत्री जी ने आज प्रश्नोत्तर-काल में कहा कि मामले अदालत में साबित नहीं हो सकते। कोई नहीं कहता कि आप अदालत में साबित करिए। आप इस अदालत को तो विश्वास में लीजिए। अगर पाकिस्तान में खालिस्तानियों के ट्रेनिंग कैंप चल रहे हैं, तो पाकिस्तान से संबंधों को सामान्य बनाने की सारी बातचीत बंद कर देनी चाहिए।

दोस्ती का तो सवाल ही नहीं है, संबंध भी सामान्य नहीं हो सकते, अगर हमारे नागरिकों को घर पर बुलाकर ट्रेनिंग दें। जब मैं पीकिंग गया था तो मैंने चीनी नेताओं से कहा था कि आप नागाओं को हथियार दे रहे हैं। हमारे और आपके संबंध कैसे सुधरेंगे? चीनियों का जवाब था कि यह बात पुरानी हो गई, अब आगे नहीं होगा। मैं जानना चाहता हूं कि क्या पाकिस्तान से कूटनीतिक स्तर पर यह मामला उठाया गया? फिर, सरकार सदन को विश्वास में क्यों नहीं लेती? आज भी जो जवाब दिया गया है, उस पर मुझे उप-प्रश्न पूछने का मौका नहीं मिला है। लेकिन प्रश्न था सी.आइ.ए. के बारे में।

'क्या यह एक तथ्य नहीं है कि हाल ही में इस्लामाबाद ने अपने ही कुछ लोगों को सिखों के भेष में भारत में घुसने और उग्रवादी गतिविधियों में लिप्त होने को प्ररित किया?'

"सरकार ने यह खबर देखी है।"

मंत्री महोदय का यह जवाब क्या है?

अब पंजाब में यह बात खुलेआम कही जा रही है कि ६ अक्तूबर को जो बस से उतारकर लोग मारे गए, वे मारनेवाले सिख नहीं हो सकते। सिखों में उग्रपंथी भी हैं? यह सच है। लेकिन कहा जा रहा है कि मारनेवाले विदेशी थे। क्या सरकार उनको पकड़ पाई है? क्या अभी तक कोई ऐसा जासूस पकड़ा गया, एक भी व्यक्ति पकड़ा गया जिस पर विश्वास के साथ कहा जा सके कि यह पाकिस्तान द्वारा भेजा गया है?

उग्रवादी, हत्यारे कहां के थे?

आप तो यह भी जवाब नहीं देते। जवाब यह दिया है कि हमें कुछ रिपोर्ट मिल रही हैं और उनकी हम जांच कर रहे हैं। यह भी नहीं कहा कि हमारे पास निश्चित जानकारी है कि कुछ विदेशी शक्तियां सक्रिय हैं और इस संबंध में हम पूरी बात सदन को नहीं बता सकते, क्योंकि पब्लिक इंटरेस्ट का तकाजा यह है कि सारे तथ्य सदन के सामने न रखे जाएं। प्रधानमंत्री ने कह दिया कि अदालत में साबित नहीं कर सकते। मगर हमें तो समझाया जा सकता है, हमें तो विश्वास में लिया जा सकता है।

प्रधानमंत्री ने वक्तव्य दिया था कि खालिस्तान की जड़ अमरीका में है। प्रधानमंत्री उसके बाद अमरीका गई थीं। क्या राष्ट्रपति रीगन के साथ यह मामला उठाया गया? क्या उनसे पूछा गया कि खालिस्तान से अमरीकी सरकार का क्या संबंध है? यदि नहीं पूछा गया तो क्या यह सब सार्वजनिक प्रचार के लिए कहा जा रहा है?

आज गृह मंत्री का जवाब आया है कि महीने-भर से हथियारों की तलाश हो रही है और सिर्फ सवा दो सौ हथियार पकड़े गए। इनमें कितने हथियार पाकिस्तानी हैं, कितने चीनी हैं? अगर हैं, तो बताइए। सदन को विश्वास में लीजिए।...(व्यवधान)

मेरा निवेदन है कि श्वेतपत्र आप प्रकाशित करें। सारी जानकारी आपके पास है। पंजाब के राज्यपाल का आज जो बयान अखबार में छपा है, उसे आप यह कहकर नहीं टाल सकते कि

उन्हें पता नहीं है। केंद्र को पता है। पंजाब के राज्यपाल कोई राजनीतिज्ञ नहीं हैं। शर्मा जी अब नहीं हैं। उनकी तो कलकत्ता बदली कर दी है। उन्हें नियुक्त करते समय नहीं सोचा कि वे पंजाब जैसे प्रदेश में जा रहे हैं। यहां से हटाना था। कहां भेजें, पंजाब भेज दो। तब भी पंजाब की परिस्थिति बिगड़ रही थी। वहां मंत्रिमंडल था, यह ठीक है। लेकिन तब भी ऐसे राज्यपाल की आवश्यकता थी, जो मुख्यमंत्री को सलाह दे सकता और सेवाओं का मनोबल बनाए रख सकता। मगर शर्मा जी को हटाना है, इसलिए कहां ले जाएं, पंजाब। श्री बी.डी. पांडेय आ गए हैं, अनुभवी आदमी हैं। मगर उन्हें काम करने की खुली छूट होनी चाहिए। अगर कोई राजनीतिक नेता राज्यपाल हो और फिर राष्ट्रपति शासन लागू हो जाए, तब मैं सलाहकार नियुक्त करने की बात समझ सकता हूं। पांडेय जी जैसे कुशल प्रशासक को सलाहकारों की क्या आवश्यकता है? क्या पंजाब का प्रशासन नहीं है? चार सलाहकार गए हैं। चारों इस तरह से व्यवहार कर रहे हैं जैसे वे मंत्री हों। हर एक अमृतसर जाता है। वहां जाने के बाद हर एक दरबार साहिब में जाकर मत्था टेकता है। दरबार साहिब में जाना काफी नहीं, दुर्गियाना मंदिर जाना भी जरूरी है। बयान देते हैं कि पुलिस स्वर्ण मंदिर में नहीं जाएगी। एक सलाहकार ने तो यह भी कह दिया है कि गुरु नानक निवास स्वर्ण मंदिर का हिस्सा है। हम लोग जानते हैं कि गुरु नानक निवास अलग है। बीच में सड़क थी पहले। वहां पहले आम रास्ता बना हुआ था। बाद में उसे घेर लिया गया। इस प्रकार की व्यवस्था देनेवाले यह सलाहकार कौन हैं कि गुरु नानक निवास भी स्वर्ण मंदिर का हिस्सा है। उनका नाम शायद जगतपति है। जगतपति को अगर आप पंजाबपति बनाएंगे तो आप इसी मुश्किल में फंसेंगे। सलाहकार से कहिए कि सचिवालय में बैठकर काम करे।

पंजाब के प्रशासन को पूरी तरह से उलटने-पलटने की जरूरत है। सरदार निहालसिंहवाला यहां नहीं हैं। वे कह रहे थे कल कि जब वहां जनता और अकाली दल की सरकार चल रही थी, तब पुलिस में ऐसे तत्व घुस गए जो बड़े खतरनाक हैं। हमारे राज में तो घुस गए, लेकिन आपके साढ़े तीन साल के राज्य में कैसे घुसे रहे? आपने उन्हें निकाला क्यों नहीं? साढ़े तीन साल आप करते क्या रहे?

सभापति महोदय, आज पंजाब के नागरिकों के मन में आशंका है। वे अपना दुखड़ा लेकर पुलिस स्टेशन में नहीं जा सकते और पुलिस पर भरोसा नहीं कर सकते। एक विश्वास का संकट पैदा हो गया है। यह केवल प्रशासनिक मामला नहीं है। आज पंजाब में बहुत बड़ी संख्या में हमारे सिख भाई ऐसे हैं जो यह समझते हैं कि उनके साथ ज्यादती हो रही है। विदेशों मे बसे हुए सिख भी यही समझते हैं। उनका ऐसा समझना सही है या गलत, इसमें मैं नहीं जा रहा हूं। दूसरी ओर जो गैर-सिख हैं, वे यह समझते हैं कि हम तो दूसरे दर्जे के नागरिक रह गए हैं। दोनों बातें तो सही नहीं हो सकती हैं। लेकिन एक ऐसी विचित्र मनोवैज्ञानिक परिस्थिति पैदा हो गई है, जिसका इलाज केवल राष्ट्रपति शासन नहीं है, केवल पुलिस को ज्यादा अधिकार दे देना इलाज नहीं है।

एक बात हम अच्छी तरह से समझ लें। अगर पंजाब की समस्यायों को लटकाए न रखा जाता तो यहां तक नौबत न आती। अब केंद्र क्या करने जा रहा है। गृह मंत्री जी ने एक दिन कह दिया कि हम अकालियों से बात करने के लिए तैयार हैं? आंदोलन को स्थगित कर दिया है तो बहुत अच्छा है, लेकिन यह हमारी शर्त नहीं है। बातचीत के लिए वे आ जाएं। विरोधी दल वाले तो शर्त लगा रहे हैं कि आंदोलन स्थगित करो, इस आंदोलन का लाभ उठाकर उग्रपंथियों को अपनी खतरनाक गतिविधियां फैलाने का मौका मिला है, लेकिन आप कहते हैं कि आंदोलन

वापस न भी लो तो भी बातचीत के लिए आ जाओ। हम पूछना चाहते हैं कि सत्तारूढ़ दल का उग्रपंथियों के साथ नाता क्या है? बंबई के कांग्रेस के अधिवेशन में भिंडरावाला के खिलाफ एक शब्द नहीं कहा गया था। जम्मू-काश्मीर के निर्वाचित मुख्यमंत्री का नाम लेकर उन्हें बरखास्त करने की बात हो गई, लेकिन हमारे कांग्रेस के एक भी प्रतिनिधि ने यह नहीं कहा कि भिंडरावाला को गिरफ्तार कर लो।

श्री गिरधारीलाल व्यास (भीलवाड़ा) : कई लोगों ने कहा था।

श्री वाजपेयी : जिस तरह के दबाव में सेवाओं का मनोबल टूटा है, सरकारी अफसरों का मनोबल टूटा है, उसको कायम करना बहुत जरूरी है। कुछ लोग यहां मांग कर रहे हैं कि समानांतर सरकार कायम करो। समानांतर सरकार तो वहां चल ही रही है। जो सरकारी अफसर अपने कर्त्तव्य का पालन कर रहे हैं, उसका नाम ले दिया जाता है। फिर उसकी जान के पीछे पड़ जाते हैं। सरकार अफसरों को बचा नहीं पाती। फिर अफसरों की औरतें स्वर्ण मंदिर में जाकर भिंडरावाला के दरबार में याचिकाएं पेश करती हैं, हा हा खाती हैं और प्रार्थना करती हैं कि हमारे पति को छोड़ दें, हमारे भाई को छोड़ दें। यह 'हिंदुस्तान टाइम्स' की कटिंग है।

आजकल हमारे कांग्रेस के मित्रों को हिंदुस्तान टाइम्स से काफी लगाव हो गया है। इसलिए मैं भी हिंदुस्तान टाइम्स की कटिंग लाया हूं :

'अधिकारी ने भिंडरावाले से जिंदगी मांगी'

एक वरिष्ठ पुलिस अधिकारी, जिसका नाम समझा जाता है कि हिट लिस्ट में था, के गुरु नानक निवास जाकर अपने जीवन की भीख मांगने की खबर है। आधिकारिक और स्वर्ण मंदिर सूत्रों के अनुसार, पुलिस अधिकारी एक वरिष्ठ पुलिस सुपरिटेंडेंट हैं, जो दो अकाली नेताओं के साथ, उग्रवादी सिख नेता जरनैल सिंह भिंडरावले से गुरु नानक निवास में मिले।

आधिकारिक सूत्र कहते हैं कि पुलिस अधिकारी सादे कपड़ों में और विलंबित विधानसभा के एक सदस्य और एक अन्य सरपंच सहित दो अकाली नेताओं के साथ था।

स्वर्ण मंदिर सूत्र कहते हैं कि ये तीनों भिंडरावाले के पास गए और उसकी हिट लिस्ट से वरिष्ठ पुलिस अधिकारी का नाम निकालने की प्रार्थना की। सूत्र बताते हैं कि भिंडरावाला सिर्फ मुस्कराया और कुछ कहा नहीं।

श्री आर.एल. भाटिया (अमृमसर) : बाद में उसका खंडन किया गया।

श्री वाजपेयी : किसके द्वारा खंडन किया गया?

श्री आर.एल. भाटिया : पुलिस महानिदेशक द्वारा कि कोई पुलिस अधिकारी वहां नहीं गया।

श्री वाजपेयी : उन्होंने नाम का पता लगा लिया है?

श्री आर.एल. भाटिया : अब आप आरोप लगा रहे हैं...

श्री वाजपेयी : मैं कोई आरोप नहीं लगा रहा। इसका खंडन नहीं किया गया।

श्री आर.एल. भाटिया : इसका खंडन किया गया था।

श्री वाजपेयी : किसने खंडन किया? मैं इसके बारे में कैसे जानूं? खंडन इस समाचारपत्र में प्रकाशित होना चाहिए। अफसरों की पत्नियां गई हैं और दुहाई देती हुई वापस आई हैं।

श्री आर.एल. भाटिया : नहीं गई हैं। आप कह रहे हैं वे गईं। मैं कहता हूं कि वे कभी नहीं गईं।

श्री वाजपेयी : मेरा निवेदन है कि कानून और व्यवस्था बनाए रखने के लिए सरकार कड़ी

कार्यवाही करे, इसमें कोई मतभेद नहीं है। लेकिन मामला केवल प्रशासनिक नहीं है। इसमें राजनीति को लाने की कोशिश कौन कर रहा है? प्रधानमंत्री ने विरोधी दलों पर आरोप लगाया है :

"नई दिल्ली, १० अगस्त : श्रीमती गांधी ने आम विपक्ष की, जो वह सोचती हैं, उसकी पंजाब समस्या पर विरोधाभासी नीति के लिए कटु निंदा की। उन्होंने कहा कि विपक्ष सरकार से कुछ कहता है और अकालियों से कुछ और।"

सभापति महोदय, प्रधानमंत्री ने एक और बात कही। उन्होंने कहा कि पंजाब का मामला इसलिए बढ़ा है कि हमने विरोधी दलों को बातचीत में शामिल किया है। हमने नहीं कहा था शामिल होने के लिए। जिस दिन यह सब होने जा रहा था कि विरोधी दलों को शामिल किया जाए या नहीं, उस दिन इस बारे में मेरे रिजर्वेशन थे। गृह मंत्री यहां बैठे हुए हैं। मैंने कहा था कि विरोधी दलों को असम के बारे में जो अनुभव हुआ है, उसके प्रकाश में हम आपसे बातचीत नहीं करना चाहते, आप अकालियों से बातचीत कीजिए। अगर भविष्य में कोई त्रिपक्षीय बातचीत होगी, तो विरोधी दलों को उसमें शामिल होने से पहले सौ बार सोचना पड़ेगा।

अगर बातचीत विफल हो जाए, तो विरोधी दलों को दोषी ठहराया जाता है। इस सदन में गृह मंत्री ने स्वयं कहा था कि बातचीत में विरोधी दलों ने रचनात्मक भूमिका निभाई, यह भी माना कि मतभेद कम हुए हैं। मैंने उनका रतलाम का बयान पढ़ा है, जिसमें उन्होंने कहा है कि भारतीय जनता पार्टी और लोकदलवाले हमारा साथ नहीं दे रहे हैं, बाकी का अपोजीशन हमारा साथ दे रहा है। तो बाकी अपोजीशन को साथ लेकर समस्या का हल निकाल लीजिए।

मैं संक्षेप में अपनी मांगें रखना चाहता हूं कि विधानसभा भंग करनी चाहिए, उसको कायम न रखा जाए। दूसरी बात पंजाब में एक उच्चाधिकार संपन्न आयोग बनाया जाए, जो इस आरोप की जांच करे कि पंजाब में किसके साथ भेदभाव हो रहा है। इसमें दूसरों की शिकायतें भी आ जाएं। नौकरियों, व्यापार और सेना में किस तरह से भेदभाव हो रहा है, तो उसका निराकरण होना जरूरी है।

तीसरी बात, पंजाब में जो निर्दोष लोग हैं वे मारे जा रहे हैं। हत्यारों के पास हथियार हैं, लेकिन नागरिकों के पास खाली हाथ हैं। आप पंजाब में उदारता के साथ हथियारों के लाइसेंस देने के बारे में फैसला करें। अभी तक लोगों की शिकायत है कि उन्हें लाइसेंस मिलने चाहिए, जिन्हें आत्म-रक्षा करनी है, उन्हें हथियार नहीं मिलते।

एक बात मैं और कहना चाहता हूं। सरकार अपना दिमाग बना ले कि क्या करना है। अगर अगले चुनाव तक मामला लटकाए रखना है तो ठीक है। मगर ये देश के साथ एक बड़ा खतरनाक खेल होगा। जितनी देर हो रही है, उतनी ही स्थिति बिगड़ती जा रही है। आप त्रिपक्षीय वार्ता न करें, अकालियों को बातचीत के लिए न बुलाएं, जो भी आपका इरादा है उसका एलान करें और उसको लागू करें। चंडीगढ़ का और अबोहर-फाजिल्का का मामला लटकने न दें। हरियाणा में चुनाव में क्या होगा, इसकी चिंता न करें। पंजाब में क्या होगा, हरियाणा में क्या होगा, इसकी चिंता न करें। अगर देश की एकता के लिए सचमुच में चिंता है और उसकी सुरक्षा के लिए सबका सहयोग लेने की भावना है, तो जो सही हो वह करिए। मगर देर मत लगाइए। चक्र घूमता जा रहा है। महीने पहले जिन दिलों और दिमागों में जहर नहीं था, वहां अब वह घुस गया है और अगर यह प्रक्रिया रोकी नहीं गई तो नतीजे बहुत खतरनाक होंगे। धन्यवाद।

पंजाब अशांत क्षेत्र नहीं है

उपाध्यक्ष महोदय, विरोध का मेरा आधार भिन्न है। यह अध्यादेश ७ अक्तूबर को जारी किया गया था, १५ नवंबर को इस पर चर्चा हो रही है, बीच में १३ नवंबर को मुझे अमृतसर जाने का मौका मिला था।

पंजाब की जनता दो पाटों में पिस रही है—एक ओर आतंकवादियों ने निर्दोषों को, निरपराधियों को अपना निशाना बना रखा है, दूसरी ओर इस तरह की शिकायतें हैं कि पुलिस झूठी मुठभेड़ के नाम पर नागरिकों की जान ले रही है।

मैं पूछना चाहता हूं—जो एक महीने से ज्यादा का समय बीच में बीता है, क्या आपने इस कानून का उपयोग किया है? पंजाब में तस्कर पकड़े जा रहे हैं, आतंकवादी नहीं पकड़े जा रहे हैं। क्या तस्करों को पकड़ने के लिए कानून चाहिए? क्या समाज विरोधी तत्वों को शिकंजे में लाने के लिए पंजाब को उपद्रवग्रस्त घोषित करना जरूरी है?

गृह मंत्री जी ने कह दिया है कि हम अकालियों से बात करने के लिए तैयार हैं, बिना शर्त बात करने के लिए तैयार हैं, और अकालियों के साथ मिलकर सरकार बनाने को भी तैयार हैं। तब फिर पंजाब को उपद्रवग्रस्त घोषित करने की जरूरत क्या है?

मैं यह भी पूछता हूं क्या हवलदार को इस तरह के अधिकार देना जरूरी है?

उपाध्यक्ष महोदय, सरकार में इच्छाशक्ति नहीं है, अधिकाधिक अधिकार लेकर क्या करेंगे? उनका दुरुपयोग होगा, यह हमारी आशंका है, इसलिए हम इसका विरोध कर रहे हैं।

** 'पंजाब : अशांत क्षेत्र' विधेयक पर लोकसभा में १५ नवंबर, १९८३ को विरोध प्रस्ताव।*

पंजाब में सरकार बदलिए

उपाध्यक्ष महोदय, इस काम रोको प्रस्ताव का उद्देश्य पंजाब की गंभीर समस्या को हल करने में सरकार की विफलता के लिए उसकी निंदा करना है। प्रस्ताव का उद्देश्य पंजाब में कानून और व्यवस्था की निरंतर बिगड़ती हुई स्थिति के लिए राज्य सरकार को भी आड़े हाथों लेना है। आखिर समस्या को हल करने की जिम्मेदारी किसके ऊपर है?

प्रतिपक्ष ने समस्या के समाधान में सहयोग दिया है। क्या गृह मंत्री महोदय इस बात से इन्कार कर सकते हैं? कुछ दिनों से प्रधानमंत्री के भाषण इस ढंग के हो रहे हैं जिनसे लगता है, जैसे सारी स्थिति के बिगाड़ के लिए प्रतिपक्ष दोषी है। मुझे याद है कि ४ मार्च को गृह मंत्री महोदय ने इसी सदन में कहा था, मैं उद्धृत करना चाहता हूं :

"मैं त्रिपक्षीय बातचीत में भाग लेने एवं अपना मूल्यवान सहयोग देने के लिए, संसद में प्रतिपक्षी नेताओं को अपना धन्यवाद देना चाहता हूं। हम उसी भावना से समाधान की तलाश जारी रखेंगे और एक सौहार्दपूर्ण समाधान निकालने के लिए विपक्षी नेताओं एवं दलों का समर्थन एवं सहायता लेते रहेंगे।"

लेकिन इन दिनों प्रतिपक्ष के खिलाफ बाकायदा एक अभियान चालू कर दिया गया है। प्रधानमंत्री कहती हैं कि प्रतिपक्ष के नेता जब उनसे मिलते हैं तो कुछ कहते हैं और जब अकालियों से मिलते हैं तो कुछ और कहते हैं। क्या मतलब है इस आरोप का? वे किसी नेता का नाम लेकर बताएं। किस तरह उस नेता ने दोहरी बात कही है, यह स्पष्ट करें। अगर प्रतिपक्ष की ईमानदारी पर शक है तो फिर सहयोग नहीं हो सकता। प्रधानमंत्री ने किस तरह के उत्तर दिए हैं? मैं समाचारपत्र से उद्धृत कर रहा हूं :

"लखनऊ, १८ मई। जनवादी पार्टी के नेता चंद्रजीत यादव के सुझाव पर अकाली दल की मांगें जो इतने समय से सरकार द्वारा स्वीकृत नहीं की गई हैं, सर्वोच्च न्यायालय के जज को सौंप दी जानी चाहिए, पर श्रीमती गांधी ने मुंहतोड़ जवाब दिया : कैसा रहेगा यदि पूरी सरकार ही न्यायालय को सौंप दी जाए?"

अभी कांग्रेस के सदस्य कह रहे थे कि वे अदालत के फैसले से बंधने के लिए तैयार हैं।

** पंजाब के हालात पर लोकसभा में २६ जुलाई, १९८३ को काम रोको प्रस्ताव।*

श्री बूटा सिंह : राजनैतिक समस्याएं राजनैतिक दलों द्वारा ही सुलझाई जानी चाहिए।

श्री चंद्रजीत यादव (आजमगढ़) : अब पंजाब के राज्यपाल भी कहेंगे कि उन्हें पानी और क्षेत्र के मुद्दे पर सर्वोच्च न्यायालय जाना चाहिए।

श्री वाजपेयी : आरोप लगाया जा रहा है—विरोधी दलों पर कि वे अलग-अलग भाषाओं में बोल रहे हैं। गृह मंत्री विरोधी दलों को धन्यवाद देते हैं सहयोग के लिए। लेकिन प्रधानमंत्री विरोधी दलों की निंदा कर रही हैं असहयोग के लिए। जब अकाली दल और कांग्रेस सरकार की वार्ता विफल हो गई तो प्रतिपक्ष को उसमें शामिल करने के लिए बुलाया गया। लेकिन जब कांग्रेस सरकार और अकाली दल के बीच पहले वार्ता आरंभ हुई तो उस वार्ता में प्रतिपक्ष को शामिल नहीं किया गया, क्योंकि हमारे कांग्रेस के मित्र समझते थे कि यह उनका और अकाली दल का घरेलू मामला है, हम इसको निपटा लेंगे, पंजाब की और पार्टियों को विश्वास में लेने की जरूरत नहीं है, राष्ट्रीय स्तर पर बात करने की आवश्यकता नहीं है, मामला हल हो जाएगा। लेकिन जब मामला हल नहीं हुआ तब प्रतिपक्ष के नेताओं को बुलाया गया। मेरे मित्र इंद्रजीत गुप्त जी यहां बैठे हुए हैं और वह यह जानते हैं कि जब यह तय हुआ कि त्रिपक्षीय वार्ता हो तो मैं तैयार नहीं था, मेरे मन में रिजर्वेशन था, मैं असम के अनुभव से सीखा हुआ था। जब बातचीत विफल होने लगती है या जब सरकार अपना मन बना लेती है कि समझौता नहीं करना है, तो विरोधी दलों पर दोषारोपण किया जाता है।

त्रिपक्षीय वार्ता के सच

क्या यह सच नहीं है कि त्रिपक्षीय वार्ता के परिणामस्वरूप मतभेद कम हुए थे, अकालियों ने यह मान लिया था कि केंद्र और राज्यों के संबंधों पर विचार करने के लिए जो कमीशन बनेगा, उसके निर्माण में आनंदपुर साहिब के प्रस्ताव का हवाला देने की जरूरत नहीं है? क्या यह सच नहीं है कि अकालियों ने यह मान लिया था कि हिमाचल पर, हरियाणा के बहुत बड़े हिस्से पर, राजस्थान के गंगानगर पर वे अपना दावा छोड़ते हैं? क्या यह सच नहीं है कि उन्होंने मान लिया था कि जहां तक जल के बंटवारे का सवाल है, राजस्थान के साथ जो समझौता हुआ था उसको हाथ न लगाया जाए? क्या यह प्रगति नहीं है? सेठी साहब ने स्वयं अपने स्टेटमेंट में कहा था कि कुछ मामलों में प्रगति हुई है और आगे मामलों पर बातचीत करेंगे।

"जैसा कि आप जानते हैं, सरकार ने शिरोमणि अकाली दल की मांगों पर चर्चा के लिए एक लंबी शृंखला में बात की है, जिसमें कुछ प्रगति हुई है, लेकिन आगे भी कुछ चर्चा की जरूरत है।"

श्री रघुनंदन लाल भाटिया : आज वे कायम हैं इस बात पर? अकाली कायम हैं?

श्री वाजपेयी : यही सवाल मैं सेठी साहब से कर रहा हूं।

सेठी साहब ने अकालियों को वार्ता के लिए पुनः निमंत्रण दिया तो विरोधी दलों को क्यों छोड़ा गया? आपने संत लोंगोवाल को यह लिखा—मैं उद्धृत करना चाहता हूं :

"यह अधिक ठीक रहेगा कि फिर चर्चा सीधे ही शुरू की जाए। इसलिए मैं आपको दिल्ली में मुझसे मिलने के लिए आमंत्रित करता हूं।"

उस समय विरोधी दलों को विश्वास में लेने की जरूरत क्यों नहीं रही? अगर आप सीधे बातचीत के जरिए मामला हल कर लें तो हमें बड़ी खुशी होगी। लेकिन अगर आप मामला हल

नहीं कर पाते तो अपनी विफलता का दोष हमारे मत्थे क्यों मढ़ रहे हैं?

पंजाब के हाल क्या हैं?

आज पंजाब में हालत क्या है? क्या पंजाब में कोई हुकूमत है? क्या पंजाब में जान और माल की हिफाजत है? आए दिन लोग मारे जा रहे हैं। हिंदू-सिख संघर्ष का दुर्भाग्यपूर्ण, भयावह खतरा पैदा हो गया है। पटियाला की चिंगारी किसने लगाई? हिंदू सुरक्षा समिति की ओर से पंजाब बंद का आह्वान करनेवाले कौन थे? हरियाणा में हिंदू रक्षा समिति क्यों बनाई गई है? अगर हरियाणा और पंजाब में विवाद हो और हरियाणा की रक्षा के लिए, हरियाणा की बात कहने के लिए कोई समिति बने तो मैं इस बात को समझ सकता हूं। लेकिन हरियाणा के हिंदू को क्या खतरा है?

एक माननीय सदस्य : बी.जे.पी. का।

श्री वाजपेयी : गलत बात है, झूठी बात है। यह खिलवाड़ न करो देश की तकदीर के साथ। एकता, अखंडता कौन नहीं चाहता है? क्या अकाली दल ने अपने को खालिस्तान की मांग से अलग नहीं किया है? मुट्ठी-भर सिखों को छोड़कर कोई खालिस्तान नहीं चाहता। सिख देशभक्त हैं। मैंने इंग्लैंड में बातचीत की, यूरोप के कई देशों में, अमरीका में बातचीत की। जो खालिस्तान के समर्थक हैं वह न्यूयार्क में गुरुद्वारे में नहीं जा सकते हैं। लंदन में गुरुद्वारे में नहीं जा सकते। हर जगह मेरी सभाओं में बड़ी संख्या में सिख आए। मैंने कहा, खालिस्तान नहीं बनेगा। उन्होंने कहा, कौन मांग रहा है? हम खालिस्तान नहीं मांग रहे हैं। मगर आज हम हर सिख को शक की नजर से देख रहे हैं। क्या यह उन्हें चुभता नहीं है? विदेशों में मुझसे सिखों ने कहा, हम भारत से प्यार करते हैं, लेकिन जब हम भारत जाते हैं, तो हवाई अड्डे पर हमें शक की नजर से देखा जाता है। पुलिस और कस्टम्सवाले हमें अलग खड़ा कर देते हैं, हमें रोककर रखा जाता है, हमारे पासपोर्ट की अतिरिक्त जांच होती है। अगर किसी सिख ने कनैडियन पासपोर्ट ले लिया तो क्या हुआ? पासपोर्ट के रंग से खून का और दिल का रंग नहीं बदल सकता। आज हम क्या कर रहे हैं? हम जबर्दस्ती खालिस्तान की बात कर रहे हैं।

मैं दोहराना चाहता हूं, खालिस्तान के सवाल पर कोई समझौता नहीं होगा, देश को दुबारा बंटने नहीं दिया जाएगा। मगर कौन बंटवारा मांग रहा है? हमने एक हौवा खड़ा कर दिया है, और उसका लाभ उठाने की कोशिश की जाएगी अगले चुनाव में। यह देश हित का तकाजा नहीं है। मैं पूछना चाहता हूं, पंजाब में आप स्थिति सामान्य क्यों नहीं कर सकते हैं? यह ठीक है कि अकालियों को हिंसा की, हत्या की, आतंकवाद की और कड़ी निंदा करनी चाहिए। वह निंदा कर रहे हैं। यह भी ठीक है कि गुरुद्वारों में अपराधियों को शरण नहीं मिलनी चाहिए। मगर मैं पूछना चाहता हूं कि पंजाब की पुलिस और वहां का प्रशासन क्या कर रहा है? लोग मारे जा रहे हैं, पुलिसवाले मारे जा रहे हैं। अटवाल को किसने मारा। उसकी सी.बी.आई. जांच कर रही है। उसका परिणाम क्या है? वह ब्रिगेडियर कौन था? वह आई.पी.एस. अफसर कौन था?

जब पंजाब में समझौता होने लगता है, तब कोई न कोई ऐसी हत्या कर दी जाती है। कौन है इसके पीछे? पटियाला में जो कुछ हुआ वह जालंधर में दोहराया गया। सोडल मंदिर पुराना विवाद का स्थान है। मामला अदालत में है। अदालत ने अपने फैसले को रोक दिया है कि वहां कोई नया निर्माण नहीं होगा। वहां २४ घंटे पुलिस का पहरा है। फिर २३ जून की रात में निर्माण

कैसे हो गया? बड़ा भारी चबूतरा कैसे बन गया, १२५ फुट ऊंचा निशान साहब लग गया। पुलिस क्या कर रही थी? क्या पुलिस पंजाब सरकार के काबू में है? क्या पंजाब का प्रशासन मुख्य मंत्री के काबू में है? सरदार दरबारा सिंह राष्ट्रवादी सिख हैं, मगर प्रशासक नहीं हैं। पंजाब की सरकार जानमाल की रक्षा के प्राथमिक कर्तव्य में विफल रही है। 'प्रताप' के दफ्तर में बम से भरा पार्सल भेज दिया गया। किसी भी डाकखाने में जांच क्यों नहीं हुई पार्सल की?

'प्रताप' के दफ्तर को पहले भी धमकियां मिल चुकी हैं। वह पार्सल कर्मचारियों के हाथ में सीधा चला गया। पार्लियामेंट हाउस में मेटिल डिटेक्टर लग रहे हैं। पंजाब में प्रबंध नहीं है। कर्मचारियों ने पार्सल खोल लिया। दो लोग मर गए, जिससे तनाव बढ़ गया। पंजाब की पुलिस ने शोक करनेवालों पर गोली चलाई। निहंगों को खुली छूट दे दी। पंजाब में सरकार बदलिए। पंजाब के प्रशासन की सफाई करने की जरूरत है। सरकार के फैसले अपराधियों को पहले पता लग जाते हैं। ऐसे लोग पंजाब के प्रशासन में घुसे हुए हैं जो देश के प्रति वफादार नहीं हैं। उनकी खोजबीन कीजिए। पंजाब में कानून और व्यवस्था का जहां तक सवाल है, वह कायम कीजिए, इसमें विरोधी दल क्या करेंगे?

श्री सी.एम. स्टीफन : घुसपैठिए, कहां से?

श्री वाजपेयी : श्री स्टीफन, मैंने जो कहा आप समझ नहीं पाए।

श्री सी.एम. स्टीफन : मैं पूर्णरूपेण समझ गया हूं।

श्री वाजपेयी : बंगला देश से नहीं।

श्री सी.एम. स्टीफन : अंदर से, मैं जानता हूं।

पंजाब में राष्ट्रपति शासन लागू करो

श्री वाजपेयी : मैं मांग करता हूं कि अगर आवश्यक हो तो पंजाब में राष्ट्रपति शासन लागू कर दिया जाए। खालिस्तान अमरीका में नहीं है, अगर खालिस्तान की थोड़ी-बहुत भावना है तो आपकी विफलता के कारण पंजाब में है। कड़ाई से निबटिए, फिर जो राजनीतिक सवाल हैं, उनको हल करने के लिए बातचीत जारी रखिए। मगर बातचीत जारी रखने का यह तरीका नहीं है, जो प्रधानमंत्री अपना रही हैं।

प्रधानमंत्री कहती हैं कि मैं कौन हूं जो हरियाणा की जमीन दे दूं? वे पूछती हैं कि क्या यह मेरी जमीन है? जब चंडीगढ़ पंजाब को दिया था तो किसका था? जब अवार्ड दिया तो क्यों दिया? यह क्यों नहीं कहा कि अदालत फैसला करेगी। बेरूबारी दिया, तीस बीघा दिया, तब यह जमीन किसकी थी?

कौन कहता है कि हरियाणा की जमीन पंजाब को दे दो? मैं समझता था कि सारी जमीन हिंदुस्तान की है। मैंने पंजाब में भी कहा, हरियाणा में भी कहा कि जब तक चंडीगढ़ हिंदुस्तान में है, मुझे कोई चिंता नहीं है। कोई ऐसा रास्ता नहीं हो सकता कि जो थोड़े-बहुत मतभेद अभी बचे हैं, उन्हें हल कर लिया जाए? मगर अब सरकार अगर त्रिपक्षीय वार्ता बुलाएगी तो उसमें शामिल होने के पहले मुझे दो बार सोचना पड़ेगा। हम गालियां खाने के लिए नहीं हैं, हमने ईमानदारी से बातचीत सफल बनाने की कोशिश की है। आज हमारी इंटेग्रिटी पर आरोप किए जा रहे हैं। मुझे भी संदेह है कि सरकार पंजाब की समस्या को अगले चुनाव तक हल नहीं करना चाहती। सरकार सहयोग नहीं चाहती, संघर्ष चाहती है, सद्भाव नहीं चाहती, तनाव चाहती है। सरकार की नजर

राष्ट्रीय एकता पर नहीं है, आनेवाले चुनाव पर है। यह सत्ता का खेल कब तक चलेगा?

अकालियों से अपील

मैं अकाली दल से भी एक बात कहना चाहता हूं। उन्होंने १५ अगस्त तक अपनी कार्यवाही करने का फैसला किया है। मैं उसका स्वागत करता हूं, मगर मैं एक कदम आगे जाना चाहता हूं। पंजाब में जो परिस्थिति पैदा हो गई है, उसको ध्यान में रखते हुए उन्हें अपने आंदोलन को अनिश्चित काल के लिए स्थगित कर देना चाहिए। हिंदू और सिखों की लड़ाई इस देश के जीवन में बड़ी दुर्भाग्य की बात होगी।

कब पंजाब में आग लग जाएगी, कोई नहीं कह सकता। यह तो पंजाब के लोग देशभक्त हैं, राजनीतिक दलों के कार्यकर्ता संयम से काम ले रहे हैं। लेकिन बात बिगड़ सकती है। तीन जगह दंगे हुए हैं। अकाली दल से मैं अपील करना चाहता हूं, सरकार तो नहीं सुनेगी, इन्हें तो कुर्सी चाहिए, आंदोलन स्थगित करने के बाद हिंदू और सिख एकता के लिए पंजाब में अभियान शुरू किया जाए।

मैं अकाली दल से कहना चाहता हूं कि प्रधानमंत्री से कुछ मत मांगो, जो कुछ मांगना है हरियाणा से मांगो। देश से मांगो। हरियाणा में बहुमत पैदा करो। प्रधानमंत्री कहती हैं कि १९७७ में अकाली चुप क्यों थे? केवल इसलिए चुप नहीं थे कि उन्हें गद्दी में हिस्सा मिल गया था, गद्दी में हिस्सा तो आप भी देने के लिए तैयार हैं। आप तो सरदार प्रकाश सिंह बादल को मुख्यमंत्री बनाने को तैयार हैं।...(व्यवधान)

लेकिन अकाली दल ने इस प्रस्ताव को नहीं माना। अकाली दल ने कहा कि कोई भी सरकार का परिवर्तन होगा तो उससे पहले ६ महीने के लिए असेंबली को सस्पेंड करना जरूरी है। आप उसके लिए तैयार नहीं हुए।

आप कहते हैं कि आप गठबंधन नहीं चाहते, आप सरकार में हिस्सा नहीं देना चाहते, आप कहते हैं तो मैं मान लेता हूं, मगर हमारा कहना है कि हमारे लिए पंजाब का सवाल केवल सत्ता में बंटवारे का सवाल नहीं है।

१९७७ में अकाली संतुष्ट थे, आज उनमें विश्वास का संकट पैदा हो गया है। यह विश्वास का संकट पैदा हुआ था १९८० के बाद। केंद्र जिस तरह से चला है, केंद्र का गृह मंत्रालय जिस तरह से चलाया गया है, गुरुद्वारों के चुनाव में जिस तरह से अकालियों की काट करने के लिए भिंडरावाले को बढ़ावा दिया गया, उससे अकालियों के मन में एक संदेह पैदा हो गया है।

संसदीय कार्य, खेल तथा निर्माण और आवास मंत्री श्री बूटा सिंह : आपके राज में गुरुद्वारों के चुनाव हुए थे।

श्री वाजपेयी : हमारे राज में हुए थे, तब गड़बड़ नहीं हुई थी।

श्री बूटा सिंह : वाजपेयी जी, आप अच्छी तरह से जानते हैं कि पूरी पंजाब सरकार ने आपका चुनाव अभियान किया था। मुख्यमंत्री आए थे और उनके सभी मंत्री आए थे।

श्री वाजपेयी : दिल्ली के ले. गवर्नर ने कालेजों के प्रिंसिपलों को बुला-बुलाकर कहा था कि किन उम्मीदवारों के लिए वोट देना। जब मैंने यह आरोप पार्लियामेंट में लगाया था तो ज्ञानी जी ने कहा कि ले. गवर्नर भी एक सिख हैं, भले ही मोना सिख होंगे।...(व्यवधान)

प्रधानमंत्री ने स्वयं उत्तर दे दिया कि केंद्र हमारे पास था तो समस्याएं नहीं थीं। अगर केंद्र

में आज समस्याएं हैं तो यह आपकी विफलता है। उस समय गैर-जनता सरकारें थीं, कहीं टकराव नहीं था और आज प्रधानमंत्री कहती हैं कि गैर-कांग्रेसी सरकारें, गैर-कांग्रेसी राज्य केंद्र से टकराव करने पर तुले हुए हैं।...(व्यवधान)

क्या राज्यों के लिए अधिक अधिकार मांगना केंद्र से टकराव करना है? हम भी चाहते हैं राज्यों को आर्थिक मामलों में अधिक अधिकार दिए जाएं। अगर यह देश टूटेगा तो क्षेत्रीय दलों के उभार के कारण नहीं टूटेगा, देश अगर टूटेगा तो केंद्र में जो जरूरत से ज्यादा सत्ता इकट्ठी हो गई है, उसके कारण देश की एकता कमजोर होगी।

कौम चलेगा, नेशन नहीं

मैं अकाली दल से एक बात कहनेवाला था कि वे सिखों के लिए अलग कौम शब्द का प्रयोग करते हैं। कौम शब्द के प्रयोग पर मुझे कोई आपत्ति नहीं है, क्योंकि कौम का अर्थ है कम्युनिटी, उसका अर्थ है जाति। लेकिन वे अंग्रेजी में नेशन लिखते हैं, इससे भ्रम पैदा होता है। आज भी संत लोगोंवाल की जो किताब मुझे मिली है, उसमें नेशन शब्द का प्रयोग किया गया है। हमने दो राष्ट्रों के सिद्धांत को नहीं माना है, हम बहुराष्ट्र के सिद्धांत को नहीं मानते। मजहब के आधार पर राष्ट्रीयता नहीं चल सकती। मजहब के आधार पर जो पाकिस्तान बना था, वह बंट गया, बंगला देश अलग हो गया। ईरान-इराक आपस में लड़ रहे हैं। एक राष्ट्र में अनेक मजहब मानने वाले लोग रह सकते हैं और एक मजहब माननेवाले अनेक राष्ट्र हो सकते हैं। अतः सिख नेशन मानने की बात पैदा नहीं होती है। लेकिन अब अकाली दल ने एक नया टुइस्ट दिया है, एक नया मोड़ दिया है, उन्होंने कहा है :

"सिखों द्वारा बार-बार, अभी-अभी कहना, 'वे एक राष्ट्र हैं' को इस संदर्भ में देखा जाना चाहिए।"

संदर्भ क्या है?

उन्होंने नेहरू जी को कोट किया है। फिर आर्टिकल (२५) की बात कही है। कहा है कि सिखों को हिंदू कहा जाता है, उन पर हिंदू पर्सनल लॉ लागू है। अब अकाली दल कह रहा है कि आर्टिकल (२५) में संशोधन कर दो और सिखों को हिंदुओं की परिभाषा में से निकाल दो और सिखों के लिए अलग पर्सनल लॉ बना दो। मैं नहीं जानता-सिखों का कोई पर्सनल लॉ अलग है या नहीं। अभी तक तो नहीं है। अब शायद वे नया पर्सनल लॉ बनाना चाहते हैं। संविधान के डायेक्टिव प्रिंसिपल्स में लिखा हुआ है कि सारे देश के लिए एक पर्सनल लॉ होगा, अभी तक वह लागू नहीं हुआ है, क्योंकि हम किसी पर जबर्दस्ती पर्सनल लॉ थोपना नहीं चाहते। लेकिन सिखों के मामले में मैं एक बात कहना चाहता हूं कि सारे समाज का ढांचा और कानून की सारी व्यवस्था इस ढंग से बनाई गई है कि सिख हमारे अभिन्न अंग हैं। अगर आज कोई हरिजन सिख पंथ को कबूल कर ले तो वह उन सुविधाओं से वंचित नहीं हो जाता जो सुविधाएं हरिजन होने के नाते उसको मिलती रहती हैं। अगर वह इस्लाम को कबूल कर ले या ईसाइयत को कबूल कर ले या बौद्ध बन जाए तो उन सुविधाओं से वंचित हो जाता है। सिख होने पर वह वंचित नहीं होता, क्योंकि हम समझते हैं कि वे हमारे अपने ही हैं, हिंदू परिवार के अंग हैं। क्या अकाली इस चीज को खत्म करना चाहते हैं?

दूसरा सवाल मैं उनसे यह पूछना चाहता हूं कि एक ही परिवार में एक लड़का हिंदू है और

एक लड़का सिख है। लड़की सिख परिवार से आई है, लड़का सिख परिवार में ब्याहा है। अगर पर्सनल लॉ अलग हो गया तो क्या परिवार के अलग-अलग व्यक्तियों पर अलग-अलग लॉ लागू होंगे। क्या परिवार टूटेंगे नहीं? अभी तो उन्हें डर है कि कहीं ऐसा न हो जाए कि लोग सिख रहना छोड़ दें। फिर कहीं दूसरा डर पैदा न हो जाए कि लोगों को जबर्दस्ती सिख रहना पड़े। मेरा निवेदन है कि इसका निर्णय व्यक्ति पर छोड़ देना चाहिए, वह किस मत को मानता है और किस पंथ को मानता है, यह उसका अपना मामला है। अलग पर्सनल लॉ की बात मुझे थोड़ी सी खटकती है। सिख एक पंथ है, मैं उसके सामने माथा झुकाता हूं। उसमें बलिदान की परंपरा रही है। दुनिया के इतिहास में ऐसे बलिदानों की परंपरा दिखाई नहीं देती। मगर गुरु गोविंद सिंह जी ने कभी भी अलग होने की बात नहीं की थी। पहले सिख नानकपंथी कहे जाते थे। गुरु गोविंद सिंह जी महाराज ने कहा था :

अखिल विश्व में खालसा पंथ गाजे।
जगे धर्म हिंदू सकल भण्ड भाजे।।

आज आइडेंटिटी की तलाश में अकाली कहते हैं कि वे हिंदू नहीं हैं। मैं मान लूंगा, लेकिन मैं उनसे कहूंगा कि आप भारतीय तो हैं। इतना ही काफी है। अभी भी पंजाब की स्थिति को सुधारा जा सकता है, बशर्ते कांग्रेस चुनाव पर से अपनी नजर हटाकर समस्या को हल करने पर ध्यान लगाए। मगर मुझे इसकी आशा नहीं है, इसीलिए हम सरकार की निंदा करना चाहते हैं। धन्यवाद।

विधानसभा में लोकतंत्र की हत्या

अध्यक्ष महोदय, नियम १९३ के अंतर्गत मैं गृह मंत्री महोदय के द्वारा २० मार्च को पंजाब के संबंध में दिए गए वक्तव्य पर चर्चा उठा रहा हूं।

यह बड़े खेद का विषय है कि गृह मंत्री ने पंजाब के संबंध में जो वक्तव्य दिया है, वह गिल सरकार से प्राप्त जानकारी के आधार पर दिया गया है। उस वक्तव्य की कीमत एक अपराधी के बयान से अधिक नहीं है—ऐसा अपराधी, जो न केवल अपने पाप पर पर्दा डालने के लिए तथ्यों को तोड़ता-मरोड़ता है, बल्कि असत्य का आश्रय लेने में भी संकोच नहीं करता है।

१८ मार्च को पंजाब की विधानसभा में क्या हुआ? कुछ तथ्य ऐसे हैं, जो निर्विवाद हैं और जिनके संबंध में किसी प्रकार का मतभेद नहीं है। एक यह तथ्य निर्विवाद है कि उस दिन पंजाब की विधानसभा में पुलिसवालों को सफेद कपड़ों में बुलाया गया। यह भी निर्विवाद है कि पुलिस पंजाब विधानसभा में मुख्य मंत्री के आदेश पर बुलाई गई। जब विधानसभा की बैठक शुरू हुई तो पुलिसवाले सफेद कपड़ों में पीछे की बैंचों की आड़ में छिपे हुए बैठे थे। अध्यक्ष के आगमन से पहले ही पुलिसवाले विधानसभा के भीतर आ गए थे और ऐसी जगह बैठे थे, जहां से दिखाई न दें।

श्री विभूति मिश्र (मोतीहारी) : आपने देखा है?

श्री वाजपेयी : देखा तो आपने भी नहीं है। अब यह कहा जाता है कि वे वाच एंड वार्ड के आदमी थे। अगर यह बात सच होती तो जब विधानसभा के अध्यक्ष सदन में आए, तो उन लोगों को अध्यक्ष के सम्मान में खड़े होना चाहिए था। लेकिन प्रत्यक्षदर्शियों का कहना है कि जब विधानसभा के अध्यक्ष सदन में आए, तो वे बैंचों के पीछे छिपे हुए बैठे थे और जब विरोधी दलों की तरफ से व्यवस्था का प्रश्न उठाया गया तो वे पंक्ति बनाकर बाहर चले गए। वे विधानसभा भवन के बाहर नहीं गए। वे पंक्तियों में मुख्यमंत्री और डी.आई.जी. सी.आई.डी. के आदेश की प्रतीक्षा करते रहे।

क्या किसी मुख्यमंत्री को यह अधिकार है कि विधानसभा के भीतर पुलिस को बुलाए? आखिर सदन का स्वामी कौन है? विधानसभा का अध्यक्ष या मुख्य मंत्री? अध्यक्ष महोदय, यहां

** पंजाब की संवैधानिक स्थिति पर गृह मंत्री के वक्तव्य के बाद लोकसभा में २१ मार्च, १९६८ को भाषण।*

सदन का स्वामी कौन है?—आप स्वामी हैं या प्रधानमंत्री स्वामिनी हैं? क्या प्रधानमंत्री के आदेश पर इस सदन में पुलिसवाले बुलाए जा सकते हैं?

गत बीस वर्ष से भारत में संसदीय लोकतंत्र चल रहा है। पड़ोसी देशों की तुलना में हमने लोकतंत्र की मशाल को जलाए रखा है, इस पर हमें गर्व होता है, अभिमान होता है। इस संसदीय लोकतंत्र की प्रक्रिया में कुछ बातें ऐसी भी हुई हैं जो अवांछनीय हैं, जो नहीं होनी चाहिए थीं। लेकिन १८ मार्च को पंजाब में जो कुछ हुआ, वह अभी तक बीस वर्षों के भारत के लोकतंत्र के इतिहास में नहीं हुआ है।

पंजाब की विधानसभा चंडीगढ़ में है। चंडीगढ़ केंद्र प्रशासित क्षेत्र है। लेकिन सारे पंजाब की पुलिस चंडीगढ़ में इकट्ठी कर दी गई और विधानसभा के भीतर उस पुलिस को लाकर लोकतंत्र की हत्या का सामान जुटाया गया। यह परिस्थिति गणतंत्र भारत के माथे पर एक कलंक है। यह लोकतंत्र के भविष्य के लिए खतरे की घंटी है। इस घंटी को आज हमें सुनना होगा और लोकतंत्र की सर्वोच्च संस्था के रूप में इस संसद को इस परिस्थिति में अपना कर्तव्य-पालन करना होगा।

१८ मार्च को विधानसभा की बैठक से पहले ही 'आपरेशन गिल' की तैयारी कर ली गई थी। मुख्यमंत्री ने विरोधी दलों के विधायकों को गिरफ्तार करना शुरू कर दिया था। १६, १७ मार्च को चार विधायक जेलों में बंद कर दिए गए और बीस से अधिक विधायकों के खिलाफ वारंट जारी कर दिए गए। उनमें से कुछ विधायक अध्यक्ष के पास पहुंचे और उनसे संरक्षण की प्रार्थना की। १८ मार्च को सवेरे पंजाब की विधानसभा के अध्यक्ष के घर में एक बैठक हुई, जिसमें यह निश्चय किया गया कि आज की सदन की कार्यवाही शांति से चलनी चाहिए। लेकिन जब विरोधी दल के सदस्यों ने शिकायत की कि हमारे खिलाफ वारंट है, हमें घुसने नहीं दिया जाएगा, वहां पुलिसवाले गुंडे इकट्ठे किए जा रहे हैं, जो सदन की कार्यवाही में बाधा पैदा करेंगे, तो विधानसभा के अध्यक्ष ने उन्हें आश्वासन दिया कि मेरे साथ मेरी मोटर में चलना, किसी तरह की रुकावट नहीं डाली जाएगी।

आपको सुनकर ताज्जुब होगा—गुस्सा भी आएगा—कि विधानसभा के अध्यक्ष की मोटर पुलिसवालों ने रोकी, उस मोटर को आगे बढ़ने देने से इन्कार कर दिया। विधानसभा के अध्यक्ष स्वयं मोटर चला रहे थे। लेकिन पुलिसवालों ने मोटर के दरवाजे खोले और मोटर में बैठे हुए सदस्यों को घसीटकर बाहर निकालने का प्रयत्न किया।…(व्यवधान) यह बात अलग है कि मोटर रुकी नहीं और विधानसभा के अध्यक्ष सदस्यों को लेकर भीतर चले गए।

विधानसभा भवन में भी एक बजे बैठक हुई थी, जिसमें यह निश्चय किया गया था कि सदन की कार्यवाही गरिमा और अनुशासन के साथ चलनी चाहिए और जिन्हें व्यवस्था के प्रश्न उठाने हैं, वे शांति के साथ व्यवस्था के प्रश्न उठाएं और अध्यक्ष का दिया गया निर्णय सबको मान्य और अंतिम होगा।

अब यह चर्चा की जाती है कि क्या राज्यपाल द्वारा जारी किए गए अध्यादेश को अवैध घोषित करने का अध्यक्ष को अधिकार था और क्या विधानसभा के सदस्य राज्यपाल द्वारा जारी किए गए अध्यादेश को चुनौती दे सकते थे? इस संबंध में पंजाब की विधानसभा के जो प्रक्रिया और कार्य संचालन संबंधी नियम हैं, हमें उनके प्रकाश में निर्णय करना होगा। राज्यपाल ने संविधान के अनुसार, नियम के अनुसार, अध्यादेश जारी किया या नहीं, इस पर भी विचार करना आवश्यक है। संविधान राज्यपाल को अध्यादेश जारी करने का अधिकार देता है, लेकिन वह अधिकार तभी

काम में आ सकता है, जब दोनों सदनों की बैठक न हो रही हो। पंजाब विधानसभा और विधान परिषद की बैठक हो रही थी और पंजाब के विरोधी दल के सदस्यों का यह दावा है—और उस दावे में सचाई है—कि विधानसभा की बैठक का सत्रावसान करने का जो आदेश राज्यपाल ने जारी किया, वह १८ मार्च से लागू होता है, वह १४ मार्च से लागू नहीं होता है।

गृह मंत्री कह सकते हैं कि जिस दिन राज्यपाल ने दस्तखत किए, उसी दिन से विधानसभा के प्रोरोगेशन का आदेश लागू हो गया। मैं इस संबंध में पंजाब विधानसभा की नियमावली का नियम ७ आपके सामने रखना चाहता हूं :

"जब सभा का सत्र बिना समाप्त किए निर्लंबित हो, सचिव गजट के लिए सूचना जारी करेगा और सदस्यों को सूचित करेगा।"

गृह-कार्य मंत्री श्री यशवंत राव चह्वाण : माननीय सदस्य इसको ठीक तरह से पढ़ें कि उनके क्या माने हैं।

श्री वाजपेयी : मैं मंत्री महोदय की जानकारी के लिए फिर से पढ़ता हूं।

श्री यशवंतराव चह्वाण : फिर से पढ़ने का सवाल नहीं है। यह समझना चाहिए कि उसका अर्थ क्या है।

श्री वाजपेयी : अगर गृह मंत्री का यह दावा है कि सारी समझ का ठेका उन्होंने ले लिया है तो मुझे कुछ नहीं कहना है, लेकिन जब भगवान के यहां समझ बंट रही थी तो मेरा नंबर पीछे रहा होगा, पर मैं वहां गैरहाजिर नहीं था।

श्री स.मो. बनर्जी (कानपुर) : मैं कहता हूं आपका नंबर पहला था। मैं था वहां पर।

श्री वाजपेयी : अध्यक्ष महोदय, क्या राज्यपाल का दस्तखत करना ही काफी है या नोटिफिकेशन की सूचना सदस्यों को भी मिलनी चाहिए? क्या गृह मंत्री महोदय इस बात से इन्कार कर सकते हैं कि सदस्यों को सूचना १८ मार्च को मिली? और नियम स्पष्ट है कि केवल गजट में सूचना का प्रकाशन काफी नहीं है। उस सूचना की जानकारी सदस्यों को भी होनी चाहिए और प्रोरोगेशन की सूचना की जानकारी सदस्यों को नहीं मिली, इसका अर्थ यह है कि सत्रावसान का राज्यपाल का आदेश चुनौती के लिए खुला हुआ है और पंजाब विधानसभा के विरोधी दल के सदस्यों ने उसको चुनौती दी है। अब जब विधानसभा की बैठक चल रही थी तो फिर अध्यादेश कैसे जारी हो सकता है और इसी आधार पर उस अध्यादेश को १८ मार्च की बैठक में चुनौती दी गई। राज्यपाल द्वारा जारी किए गए आदेश को, भले ही वह आदेश संविधान के अंतर्गत जारी किया गया हो, चुनौती दी जा सकती है या नहीं, इस पर भी विवाद खड़ा किया गया है। इसके लिए भी हमें पंजाब विधानसभा के नियमों को देखना होगा। मैं नियम ११२ (१) की ओर आपका ध्यान खीचंना चाहता हूं :

"सदन की कार्यवाही चलाने के लिए संविधान के ऐसे नियम या इन कानूनों की व्याख्या करने या लागू करने के संबंध में व्यवस्था का बिंदु हो सकता है और एक प्रश्न उठ सकता है जो अध्यक्ष की जानकारी के अंदर हो।"

संविधान के अंतर्गत जारी किए गए आदेश भी विधानसभा की प्रक्रिया से संबंध रखते हैं, तो उस पर व्यवस्था का प्रश्न उठाया जा सकता है। अध्यक्ष उसके बारे में अपना निर्णय देने के लिए स्वतंत्र हैं। वह निर्णय अंतिम होगा, इस बात से इन्कार नहीं किया जा सकता और पंजाब विधानसभा के अध्यक्ष ने निर्णय दिया कि प्रोरोगेशन १८ मार्च से शुरू होता है। १४ मार्च को जारी

किया गया अध्यादेश सदन को या सदस्यों को बांधता नहीं। दो-ढाई घंटे तक बड़ी शांति के साथ विधानसभा में चर्चा होती रही। अध्यक्ष महोदय अपना अंतिम निर्णय देकर चले गए और इसके बाद जो विधानसभा में नाटक हुआ, उसने गणतंत्रीय भारत का सिर शर्म से झुका दिया है। किसी भी विधानसभा में इस तरह का लज्जाजनक दृश्य उपस्थित नहीं किया गया। कई-कई सदस्यों ने अपने अधिकारों का अतिक्रमण किया है, कई-कई अशोभनीय घटनाएं हुई हैं, लेकिन उस दिन जो कुछ हुआ वह असाधारण था, वह सारी सीमाएं तोड़कर चला गया।

अध्यक्ष महोदय, यह बात निर्विवाद है कि विधानसभा के सचिवालय के कर्मचारियों को पुलिस द्वारा जबर्दस्ती पकड़-पकड़कर विधानसभा में लाया गया। यह बात भी अनिर्विवाद है कि विधानसभा सचिवालय के सचिव मुख्यमंत्री द्वारा स्पीकर के कमरे में घसीटकर लाए गए। पुलिस के पहरे में उन्हें काम करने के लिए मजबूर किया गया। पुलिस को भीतर घुसाने के लिए सीढ़ी लाई गई। अब कहा जाता है कि सीढ़ी इसलिए लाई गई थी कि जो गांधी जी का चित्र लटक रहा था, उस चित्र को हम हटाना चाहते थे। मैं समझता हूं कि जो गांधी जी के चित्र को हटाना चाहते थे, मैं समझ सकता हूं क्योंकि उनके मन में भी यह डर था कि गांधी जी के चित्र के लगे रहते हुए हम लोकतंत्र की हत्या का नाटक नहीं कर सकते, लेकिन गांधी जी का चित्र हटाने की जरूरत क्या थी? जो पुलिस लाई गई, पुलिस को लाने के लिए सीढ़ी का उपयोग किया गया और फिर विरोधी दलों के सदस्यों को पीटा गया, घसीटा गया। २०० से अधिक पुलिसवाले गुंडे सादी वर्दी में विधानसभा में घुस आए और उन्होंने विरोधी दलों के सदस्यों के साथ मनमानी की।

बजट कैसे पास किया गया?

और पंद्रह मिनट के भीतर बजट पास हो गया। अध्यक्ष महोदय, इस संबंध में भी पंजाब की विधानसभा के नियम हैं, जो हमारे नियमों से मिलते-जुलते हैं। बजट दो भागों में पास होना चाहिए। एक तो बजट पर आम बहस होनी चाहिए और दूसरे अलग-अलग अनुदानों की मांगें पास की जानी चाहिए। सदन इस प्रक्रिया को बदल सकता है। सदन अगर चाहे तो आम बहस को और अनुदान की मांगों पर चर्चा को एक कर सकता है। मगर पंजाब में उस दिन सदन की राय से कुछ नहीं हुआ, पुलिस के जोर पर हुआ, धक्काशाही में हुआ, लोकतंत्र की हत्या करके हुआ। उस दिन का पास किया गया बजट पास किया हुआ बजट नहीं माना जा सकता।

अध्यक्ष महोदय, डिप्टी स्पीकर साहब ने उसको आथेंटिकेट किया है। यह डिप्टी स्पीकर महोदय वही हैं कि जब स्पीकर के खिलाफ अविश्वास प्रस्ताव की सूचना मिली तो डिप्टी स्पीकर साहब अपनी जगह पर बैठे रहे, खड़े नहीं हुए। तो मुख्यमंत्री ने कहा कि अरे, तुम बैठे हुए हो, तुम भी खड़े हो जाओ और डिप्टी स्पीकर खड़े हो गए। अध्यक्ष महोदय, आप जरा कल्पना कीजिए, अध्यक्ष के विरुद्ध अविश्वास के प्रस्ताव की सूचना आए और उसके पक्ष में डिप्टी स्पीकर खड़े हो जाएं।

फिर उस डिप्टी स्पीकर को पकड़कर कुर्सी पर बिठाया जाए, उनकी देख-रेख में बजट पास करने का नाटक खेला जाए और फिर दस्तखत कराकर विधान परिषद को भेज दिया जाए। मुझे खेद है, गृह मंत्री महोदय यह बात मानने के लिए तैयार नहीं हैं कि किसी डिप्टी स्पीकर को किसी मनी बिल को आथेंटिकेट करने का अधिकार नहीं है। इस बारे में संविधान का आर्टिकिल १९९(४) बिलकुल स्पष्ट है। वह कहते हैं कि अगर स्पीकर बेहोश हो जाए तो क्या होगा?...

(व्यवधान) उनका शायद अभिप्राय यह है कि अगर स्पीकर मूर्च्छित हो जाए तो फिर कौन सा हनुमान संजीवनी लेकर आएगा? और वह कहते हैं कि वह हनुमान डिप्टी स्पीकर है। मुझे खेद है कि या तो गृह मंत्री महोदय ने कानून मंत्रालय से सलाह नहीं ली है और अगर सलाह ली है तो उनको गलत सलाह दी गई है। डिप्टी स्पीकर मनी बिल को आर्थेंटिकेट नहीं कर सकता। अगर स्पीकर नहीं होगा तो वह अप्रोप्रिएशन-बिल मनी बिल के रूप में नहीं जाएगा विधान परिषद में, एक साधारण बिल के रूप में जाएगा। आखिर मनी बिल क्यों बनाया जाता है? उसको मनी बिल इसलिए बनाया जाता है कि विधान परिषद को विचार करने की उस पर एक परिधि के भीतर छूट मिले। लेकिन यह अधिकार डिप्टी स्पीकर को दिया जाएगा तो पैनल ऑफ चेयरमैन में जो सदस्य हैं, उनको भी यह अधिकार हो जाएगा। फिर यह अधिकार किसी और भी सदस्य को दिया जा सकता है। संविधान बनानेवालों की यह मंशा नहीं थी। गृह मंत्री बताएं कि पंजाब की विधान परिषद ने अप्रोप्रिएशन पर मनी बिल के रूप में विचार किया या नहीं किया? अगर मनी बिल के रूप में विचार किया है तो वह विचार गलत है और उनके निर्णय को अदालत में चुनौती दी जा सकती है।

एटार्नी जनरल को सदन में बुलाएं

मैं एक मांग और करना चाहता हूं। प्रश्न विधानसभा का नहीं है। संसद का भी है। यह परिस्थिति कभी हमारे यहां भी पैदा हो सकती है। उस समय क्या होगा? अध्यक्ष महोदय, कभी आप आर्थेंटिकेट करने के लिए अगर उपलब्ध न हों तो क्या डिप्टी स्पीकर को वह अधिकार होगा? मैं मांग करना चाहता हूं, गृह मंत्री महोदय एटार्नी जनरल को सदन में बुलाएं। इस प्रश्न का अंतिम रूप से फैसला होना चाहिए कि क्या डिप्टी स्पीकर को अधिकार है मनी बिल को आर्थेंटिकेट करने का? संविधान के आर्टिकिल १९९ के अंदर यह काम केवल स्पीकर कर सकता है।

श्री वाई.बी. चह्वाण : क्या मैं हस्तक्षेप कर सकता हूं? आपकी सूचना के लिए, मैंने कभी नहीं कहा कि उपाध्यक्ष को अधिकार है। मैंने कहा कि यह मामला अभी तक मेरे लिए स्पष्ट नहीं है। यह स्थिति है, जो मैंने ली। मैंने वह स्थिति नहीं ली है। मैंने कहा कि प्रमाणपत्र का यह अधिकार अध्यक्ष का निजी है, यह एक दृष्टिकोण है, जिसमें मैं आपके साथ पूर्णरूपेण भागीदार नहीं हो सकता। यह वक्तव्य था, जो मैंने दिया।

श्री वाजपेयी : अध्यक्ष महोदय, इसका अर्थ यह है कि गृह मंत्री महोदय के मन में भी संदेह है।

श्री वाई.बी. चह्वाण : है।

श्री वाजपेयी : तो फिर संदेह के निराकरण का तरीका यह है कि एटार्नी जनरल को सदन में बुलाया जाए, उनकी राय ली जाए...

श्री यशवंत राव चह्वाण : यहां बुलाने की क्या जरूरत है?

श्री वाजपेयी : क्या यहां बुलाने की जरूरत नहीं है?

श्री यशवंत राव चह्वाण : जब इस हाउस में हमने कुछ किया ही नहीं है तो बुलाएं क्यों?

श्री वाजपेयी : यह प्रश्न केवल पंजाब विधानसभा का नहीं है—यह संविधान का पेचीदा मामला है, जो अन्यत्र भी उठ सकता है, और इस प्रश्न के बारे में किसी तरह का संदेह नहीं रहने

देना चाहिए। इसलिए अच्छा यह है कि एटार्नी जनरल को बुलाकर, उनकी राय सुनकर इस बारे में अंतिम निर्णय कर दिया जाए।

अध्यक्ष महोदय, अगर यह कहा जाता है कि अगर पंजाब का विरोधी दल संतुष्ट नहीं है और उनका दावा है कि बजट ठीक तरह से पास नहीं हुआ है तो वे अदालत में जा सकते हैं और अदालत निर्णय दे सकती है। अदालत का दरवाजा खुला हुआ है—इससे इन्कार नहीं किया जा सकता, लेकिन मैं पूछना चाहता हूं कि अगर ३१ मार्च के बाद अदालत ने फैसला दिया और यह फैसला दिया जाता है कि जिस बजट को पास समझा जाता है वह बजट पास नहीं हुआ है, तो उसका परिणाम क्या होगा? क्या गृह मंत्री महोदय ने उन गंभीर परिणामों की परिकल्पना की है? पंजाब का सारा आर्थिक ढांचा अस्त-व्यस्त हो जाएगा, सरकार लड़खड़ा जाएगी। इसलिए 'अदालत में जाने की छूट' है—यह कहकर इस सदन में केंद्रीय सरकार को अपने उत्तरदायित्व से मुंह नहीं मोड़ना चाहिए।

अध्यक्ष महोदय, प्रश्न संविधान का है, प्रश्न कानून का है, प्रश्न तथ्यों का है और प्रश्न नैतिकता का भी है। जो मुख्यमंत्री पुलिस को विधानसभा के भीतर बुला सकता है, क्या उस मुख्यमंत्री को अपने पद पर बने रहने देना चाहिए? क्या नैतिकता का, संविधान का, लोकतंत्र का तकाजा नहीं है कि वह मुख्यमंत्री बरखास्त कर दिया जाए? उस मुख्यमंत्री का कौन समर्थन कर रहा है, किसके बल पर गिल सरकार टिकी हुई है—आज उस दल की नैतिकता भी कसौटी पर कसी जा रही है, उसकी लोकतंत्रीय उद्घोषणाएं आज जनता के लिए निर्णय का विषय बन गई हैं। जहां तक संविधान का प्रश्न है, संविधान स्पष्ट है और पंजाब के स्पीकर के आचरण से मतभेद होते हुए भी स्पीकर ने जो कुछ किया, वह संविधान की परिधि में किया। वह उचित था या अनुचित इसके बारे में मतभेद हो सकते हैं, लेकिन उसे एक संवैधानिक जामा पहनाया गया है। लेकिन बाद के जो आचरण हुए हैं, वे संविधान के प्रतिकूल हैं, लोकतंत्र के विरुद्ध हैं, वे नैतिकता से गिरे हुए हैं, वे लोकतंत्र पर कुठाराघात करनेवाले हैं।

कांग्रेस का एकाधिकार टूट गया

अध्यक्ष महोदय, आम चुनावों के बाद सत्तारूढ़ कांग्रेस पार्टी का एकाधिकार टूट गया, मताधिकार में लोगों की आस्था बढ़ी, लोकतंत्रीय शक्तियां मिलीं, मगर आम चुनाव के बाद जो घटनाएं हुई हैं, वे लोकतंत्र के भविष्य के प्रति शंकाएं पैदा करती हैं। पंजाब में गड़बड़ उस दिन शुरू हुई जब पंजाब के राज्यपाल ने भूतपूर्व मुख्यमंत्री सरदार गुरनाम सिंह की वह प्रार्थना अस्वीकार कर दी कि इस अल्पमतवाली सरकार को लादने की बजाय विधानसभा भंग कर दी जाए और जनता को नए चुनाव में अपना मत प्रकट करने का मौका दिया जाए। केंद्र में बैठे हुए कांग्रेस के नेता अल्पमत की सरकार को थोपकर, टट्टी की ओट में शिकार खेलकर, लोकतंत्र के मार्ग में जो कांटा बो रहे हैं, वह एक दिन उनके दामन को चीर-चीर करनेवाला है। लोकतंत्र खतरे में है, संपूर्ण शक्ति के साथ हम को उसकी रक्षा करनी होगी, और इस सदन में बैठे हुए सदस्यों का दायित्व है कि लोकतंत्र की रक्षा के लिए आगे बढ़ें, और उसका पंजाब में एक ही तरीका है—और कोई तरीका अब बचा नहीं है—कि पंजाब की विधानसभा भंग कर दी जाए, वहां पर राष्ट्रपति का शासन लागू कर दिया जाए और पंजाब की जनता को नए चुनाव के द्वारा अपनी राय प्रकट करने का मौका दिया जाए। अगर केंद्र के कांग्रेस के नेता इस मार्ग पर चलने के लिए

तैयार हैं, तभी पंजाब में लोकतंत्र बच सकता है।

अंत में मैं एक अखबार का उद्धरण पढ़कर खत्म कर दूंगा—'हिंदुस्तान टाइम्स' के संपादकीय का एक अंश पढ़कर मैं समाप्त कर देना चाहता हूं :

"यदि और बुरा नहीं होने देना चाहते तो लक्ष्मण सिंह गिल सरकार सीधे ही बरखास्त की जानी चाहिए, राज्य में राष्ट्रपति शासन लागू किया जाए और शांत वातावरण होने पर मध्यावधि चुनाव करवाए जाएं। पंजाब की जनता ऐसे मंत्रिमंडल को कब तक सहती रहेगी जो झूठे, तकनीकी आरोपों के आधार पर निर्दोष जनता को गिरफ्तार करे तथा अपने आप को सत्ता में बनाए रखने के लिए विपक्षी सदस्यों को विधानसभा चैंबर से जबर्दस्ती बल प्रयोग द्वारा निकाल दे?"

आगे एडीटोरियल में लिखा है :

"पंजाब में बाद के दिनों की राजनीति स्व. प्रतापसिंह कैरों के निरंकुश शासन के विरुद्ध प्रतिक्रिया के रूप में शुरू हुई। पंजाब में आजकल प्रशासनिक गलियारों में उनका व्यवहार तुलनात्मक दृष्टि से कैरों शासन को श्रेष्ठ प्रतिष्ठा प्रदान करता लगता है। यह उनकी गिरावट का मापदंड है।"

यह पतन की पराकाष्ठा हो गई है, मगर पंजाब के पतन से नई दिल्ली अप्रभावित नहीं रह सकता। अगर दिल्ली के देवता नहीं जागे तो पंजाब का घटनाचक्र नई दिल्ली को भी अपनी चपेट में ले लेगा और फिर लोकतंत्र के लिए देश में ऐसा संकट पैदा हो जाएगा, जिस पर हमें विजय प्राप्त करना मुश्किल होगा। अभी समय है, अपने विवेक को जाग्रत करके दृढ़ता के साथ केंद्र सारे कदम उठाए, इस बात की आवश्यकता है।

पंजाब का पुनर्गठन मंजूर नहीं

महोदया, मैं इस विधेयक का विरोध करने के लिए खड़ा हुआ हूं। इसलिए नहीं कि मैं सिद्धांततः इस बात के खिलाफ हूं कि संविधान में इस बात की व्यवस्था होनी चाहिए कि किसी राज्य का कोई अंग संघीय क्षेत्र में मिलाया जा सके या संघीय क्षेत्र की स्थिति में परिवर्तन करके उसका पुनर्गठन किया जा सके। लेकिन जिस संदर्भ में यह विधेयक प्रस्तुत किया गया है, उस संदर्भ के कारण मैं इसका विरोध करने के लिए विवश हूं।

निर्णय किया गया है पंजाब के पुनर्गठन का और कांग्रेस वर्किंग कमेटी ने भी यह फैसला किया था कि जो वर्तमान पंजाब है, उसमें से पंजाबीभाषी राज्य बनाया जाएगा। यह फैसला नहीं था कि उसमें से किसी हिस्से को अलग निकालकर हिमाचल प्रदेश में मिला दिया जाएगा। हिमाचल प्रदेश में किसी हिस्से को मिलाने का सवाल ही कहां पैदा होता है, क्योंकि उसी पंजाब में से एक हिंदी भाषाभाषी क्षेत्र बनाया जा रहा है और हिंदीभाषी क्षेत्र हरियाणा के साथ जोड़ा जा सकता है।

कुछ माननीय सदस्य : पहाड़ीभाषी क्षेत्र है।

श्री वाजपेयी : पहाड़ीभाषी क्षेत्र कोई नहीं है। हिमाचल प्रदेश की भाषा भी हिंदी भाषा है। पहाड़ी बोली है, भाषा नहीं है और पहाड़ी भाषा हमारे संविधान की १४ भाषाओं में नहीं है! एक बोली के नाते मैं उसका सम्मान करता हूं और मेरी यह इच्छा है कि यह बोली खूब फले-फूले। मगर बोलियों के आधार पर राज्य बनाने का फैसला नहीं हुआ है। नहीं तो, हमारे बिहार के अनेक लोग राज्यों की मांग करेंगे, जिनको रोकना कठिन हो जाएगा। मैं निवेदन यह कर रहा हूं कि वर्तमान पंजाब में से निकालकर के कोई हिस्सा हिमाचल प्रदेश में जोड़ा जाए, इस स्थिति को टाला जा सकता था और पंजाबी सूबा बनाने के निर्णय को कायम रखते हुए इस प्रकार के विधेयक को लाने की आवश्यकता को भी टाला जा सकता था। लेकिन यह विधेयक प्रस्तुत कर दिया गया है और कहा जा रहा है कि एक हिस्सा हिमाचल प्रदेश में मिलाया जाएगा।

चंडीगढ़ को संघीय क्षेत्र बनाया जा रहा है। इससे यह विवाद पैदा हुआ है। मैं यहां पंजाब के बंटवारे के व्यापक प्रश्न पर नहीं जाना चाहता। इसके बारे में अलग विधेयक आएंगे, सदन

** पंजाब के पुनर्गठन पर केंद्रित १८वें संविधान संशोधन विधेयक पर विचार के दौरान राज्यसभा में २४ अगस्त, १९६६ को विरोध-प्रस्ताव।*

को विचार करने का मौका मिलेगा। मैं यहां पंजाब के बंटवारे के खिलाफ हूं क्योंकि मुझे लगता है कि केवल भाषा राज्यों के पुनर्गठन का आधार नहीं हो सकती। भाषा एक महत्वपूर्ण तत्व है, भाषा का विचार करना होगा, लेकिन सुरक्षा को खतरे में डाल करके, प्रशासनिक कठिनाइयों को जन्म देकर, एक सांप्रदायिक भावना का जहर घोलकर अगर हम केवल भाषा के आधार पर पुनर्गठन करेंगे तो हम कठिनाई में फंस जाएंगे। मैं पूछना चाहता हूं कि क्या यह सरकार, यह सदन, भाषा के सिद्धांत को जम्मू और काश्मीर में भी लागू करने को तैयार है? क्या हमें कल्पना है कि उस सिद्धांत को वहां लागू करने का क्या परिणाम हो सकता है? जम्मू और काश्मीर की भाषा एक नहीं है, जम्मू की भाषा हिमाचल प्रदेश से मिलती है, काश्मीर की घाटी से नहीं, मगर ऐतिहासिक कारणों से जम्मू और काश्मीर साथ हैं और हम चाहते हैं कि साथ रहें, क्योंकि यह राष्ट्र के हित में है, भले ही भाषा के हित में न हो। क्या राष्ट्र के हित में यह नहीं था कि पंजाब एक रहना चाहिए? सीमावर्ती छोटे प्रदेश को और भी छोटा बनाने की आवश्यकता क्या है?

भाषा का सवाल, भाषा का विवाद

जहां तक भाषा का सवाल था, पंजाबी भाषा के फलने-फूलने के मार्ग में बाधा नहीं थी। पंजाबी तो हरियाणा में भी अनिवार्य रूप से पढ़ाई जाती थी, उस हरियाणा में जिसकी भाषा पंजाबी नहीं है। जब भाषा के आधार पर क्षेत्र बनाने का, राज्य बनाने का सिद्धांत स्वीकार किया जाना है तो क्या इस सिद्धांत का अर्थ यह है कि भाषा का क्षेत्र संकुचित हो जाए, या उस सिद्धांत का अर्थ यह है कि भाषा को और भी बड़ा क्षेत्र मिलना चाहिए, शासन के लिए, राजकाज के लिए, शिक्षा के लिए। मगर एक सांप्रदायिक मांग के सामने घुटने टेककर सरकार ने मदारी का पिटारा खोल दिया है, जिसका कहां अंत होगा, कुछ कहा नहीं जा सकता। अब बंबई, महाराष्ट्र, मैसूर का विवाद खड़ा हो गया है। अब पृथक विदर्भ बनाने की मांग जोर पकड़ रही है, और जम्मू में भी आवाज उठ रही है कि हिमाचल के साथ हमको मिला दिया जाए।

श्री शीलभद्र याजी : असम में भी।

श्री वाजपेयी : असम में भी पृथक पहाड़ी राज्य की मांग बल पकड़ेगी। क्या देश को छोटे-छोटे टुकड़ों में बांटा जाएगा? क्या भारत का बाइकेनाइजेशन किया जाएगा? इस पृष्ठभूमि में मैं पंजाब के विभाजन का विरोधी हूं, लेकिन मेरा निवेदन है कि यदि पंजाब में विभाजन भी किया जाना चाहिए था, तो उसके किसी हिस्से को हिमाचल प्रदेश में मिलाने की आवश्यकता नहीं थी। जिस हिस्से को हिमाचल प्रदेश में मिलाया गया है उसकी भाषा क्या है, यह एक बड़े विवाद का विषय है। बहुत से लोग इसलिए अपनी भाषा हिंदी बता रहे हैं कि वे पंजाबी सूबे में रहना नहीं चाहते। क्यों नहीं रहना चाहते? लोग पंजाबी सूबे से निकलकर हरियाणा में जाना चाहते हैं, हिमाचल में जाना चाहते हैं। पठानकोट में मांग बल पकड़ रही है। ऊना तहसील के बारे में तो कमीशन ने भी लिखा है कि उसकी भाषा हिंदी है, मगर ऊना तहसील पंजाबी सूबे में जानी चाहिए, क्योंकि आनंदपुर साहब का गुरुद्वारा ऊना में है। यह तरीका मेरी बिलकुल समझ में नहीं आता। अगर भाषा के आधार पर विभाजन, पुनर्गठन करना है तो ऊना तहसील हिमाचल प्रदेश में जानी चाहिए, भले ही आनंदपुर साहब का गुरुद्वारा भी हिमाचल प्रदेश में चला जाए। क्या हिमाचल कोई दूसरा देश है, अपना प्रदेश नहीं है? क्या गुरुद्वारा के आधार पर किसी क्षेत्र का विभाजन होगा? मुझे आश्चर्य है कि शाह कमीशन ने ऐसी बात कैसे कह दी, गुरु गोविंद सिंह का जन्म पटना में

हुआ था। गुरु गोविंद सिंह हमारे भी गुरु हैं, केवल सिखों के गुरु नहीं हैं। हम सब उन्हें आदर और श्रद्धा की दृष्टि से देखते हैं। मगर चूंकि आनंदपुर साहब का गुरुद्वारा ऊना में है, इसलिए ऊना पंजाबी सूबे में रहना चाहिए, भले ही शाह कमीशन यह मानता हो कि ऊना की भाषा हिंदी है।

महोदया, चंडीगढ़ के संबंध में जो निर्णय किया गया है, उससे असंतोष बढ़ा है।

श्री अर्जुन अरोड़ा (उत्तर प्रदेश) : चंडीगढ़ के लोग तो खुश हैं।

श्री वाजपेयी : चंडीगढ़ के लोग खुश हैं क्योंकि पंजाबी सूबे में जाने से बचेंगे, लेकिन हरियाणावाले खुश नहीं हैं। आखिर कमीशन ने जब हरियाणा को चंडीगढ़ दे दिया तो सरकार ने यह निर्णय क्यों नहीं माना? विधि मंत्री कह सकते हैं कि चंडीगढ़ के बारे में निर्णय एकमत नहीं था और श्री दत्त ने एक शंकालु टिप्पणी लगा दी थी, नोट ऑफ डिसेंट लगा दिया था, लेकिन निर्णय तो बहुमत का ही माना जाता है। फिर भी हरियाणावाले चंडीगढ़ केंद्र प्रशासित रहे, दोनों प्रदेशों के नवनिर्मित राज्यों की समान राजधानी रहे, इसको कड़वी गोली की घूंट की तरह निगलने को तैयार हैं। लेकिन मैं पूछता हूं कि अगर कमीशन की सिफारिश चंडीगढ़ को पंजाबी सूबा में देने की होती तो क्या केंद्रीय सरकार में इतनी हिम्मत है कि फिर चंडीगढ़ को पंजाबी सूबा के हाथ से निकाल कर दोनों प्रदेशों की समान राजधानी बना देती? हरियाणावालों को यह शिकायत है कि पहले भी हरियाणा के साथ अन्याय हुआ था और अब फिर हरियाणा के साथ अन्याय किया गया। लेकिन अगर केंद्रीय सरकार यह कहे कि पंजाबी सूबा के निर्माण के विरोध में जो आंदोलन चल रहा था, उसके दौरान हमने जनता को कुछ आश्वासन दिए थे और वे आश्वासन ये थे कि दोनों राज्यों के बीच में अधिक से अधिक सामान्य कड़ियां कायम रखी जाएंगी, उदाहरण के लिए, दोनों राज्यों का एक गवर्नर होगा, दोनों राज्यों की बिजली का, सिंचाई का, पानी का इंतजाम एक बोर्ड के अंतर्गत चलेगा और उसी आश्वासन को पूरा करने के लिए हम चंडीगढ़ को कॉमन कैपिटल बना रहे हैं, समान राजधानी बना रहे हैं, तब तो उसको स्वीकार किया जा सकता है। लेकिन सरकार और सामान्य कड़ियों की बात नहीं करती। क्या केवल चंडीगढ़ कॉमन कैपिटल होगा, कामन गवर्नर नहीं होगा? कुछ कड़ियों के बारे में स्थिति क्या है, वह स्थिति स्पष्ट की जानी चाहिए। यह तो ठीक है कि अकाली दल धमकी दे रहा है कि हम इस प्रकार की सामान्य कड़ियां नहीं मानेंगे, मगर क्या सरकार केवल एक ही दल की धमकियों के आगे झुकेगी और दूसरे पक्ष की भावनाओं का, देश की आवश्यकताओं का और भविष्य का विचार नहीं करेगी?

पंजाबी बनाम हिंदी बनाम उर्दू

एक बात और। मेरे मित्र श्री भूपेश गुप्त यहां उपस्थित नहीं हैं। उन्होंने १९६१ की जनगणना का उल्लेख किया है। यह बात सच है कि १९६१ की जनगणना में जो लोग पंजाबी बोलते हैं उन्होंने अपनी मातृभाषा हिंदी लिखाई। मगर ऐसे भी लोग हैं जो गैर-सिख हैं और जिन्होंने अपनी मातृभाषा पंजाबी लिखाई। मैं सदन का समय नहीं लेना चाहता, मेरे पास आंकड़े हैं। तो यह कहना गलत होगा कि पंजाब में हर एक गैर-सिख ने अपनी मातृभाषा हिंदी लिखाई और किसी ने अपनी मातृभाषा पंजाबी नहीं लिखाई। लाखों ने अपनी मातृभाषा पंजाबी भी लिखाई है, मगर यह भी उतना ही सच है कि लाखों लोगों ने अपनी मातृभाषा हिंदी लिखाई। उनका कहना यह है कि हम पंजाबी बोलते हैं, मगर हमने गुरुमुखी कभी नहीं लिखी, पंजाबी हमारी बोली है, भाषा नहीं है, हम पंजाबी घर में बोलते हैं, पंजाबी में व्यवहार करते हैं, मगर जब लिखने का समय आता है तो हम हिंदी

लिखते हैं, सचमुच में पंजाब में तो उर्दू चल रही है और उर्दू में लिखते रहे हैं। हम इस बात को नहीं भूल सकते कि पंजाब में जब हिंदी का आंदोलन चला स्वामी दयानंद के नेतृत्व में तो वह उर्दू के विरोध में था, पंजाबी के विरोध में नहीं था। वह राष्ट्रीयता के उन्मेष के रूप में था, भारत की अन्य भाषा को अमान्य करने के लिए नहीं था। तब गुरुमुखी नहीं थी, गुरुमुखी का प्रचलन भी नहीं था। तब झगड़ा हिंदी बनाम पंजाबी का नहीं था, तब झगड़ा हिंदी बनाम उर्दू का था। उस समय पंजाब में हिंदी का प्रचार हुआ।

मैं चाहता हूं कि पंजाब के लोग ईमानदारी से अपनी मातृभाषा लिखाएं। लेकिन मैं किसी व्यक्ति का यह अधिकार नहीं छीन सकता कि उस व्यक्ति के लिए कोई दूसरा व्यक्ति तय करे कि उसकी मातृभाषा क्या है। हमारे संविधान ने हर एक व्यक्ति को अधिकार दिया है कि वह तय करे कि उसकी मातृभाषा क्या है। अगर कोई मातृभाषा अपनी हिंदी बताता है तो हमें उसके निर्णय को स्वीकार करना होगा। इसीलिए गृह मंत्री ने जब पंजाब के पुनर्गठन की घोषणा की तो यह स्पष्ट आश्वासन दिया कि जो अल्पसंख्यक हैं, भाषायी अल्पसंख्यक हैं, उन्हें पूरा संरक्षण प्रदान किया जाएगा। अपनी भाषा में—बोली में नहीं—शिक्षा लेने का, राजकाज में भाग लेने का उन्हें पूरा अधिकार होगा। यह तो सभी जानते हैं कि जो नया पंजाब बनेगा उसकी प्रमुख भाषा पंजाबी होगी, मगर उस पंजाबी में हिंदी के प्रचलन, हिंदी के व्यवहार पर रोक लगाना ठीक नहीं होगा।

जरूरत पंजाब को एक रखने की है

मैं निवेदन करना चाहता हूं कि सरकार जो इस समय विधेयक ला रही है, पंजाब के पुनर्गठन के संबंध में, इन सुझावों को ध्यान में रखकर एक निर्णय ले लेगी। पंजाब के बंटवारे के निर्णय का मैं विरोध करता हूं, लेकिन मैं यह भी चाहता हूं कि राज्य के पुनर्गठन के सवाल को लेकर किसी तरह का सांप्रदायिक विद्वेष बढ़ना नहीं चाहिए। पंजाब एक रहे इससे भी जरूरी यह है कि पंजाब में रहनेवाली जनता एक रहे। धरती की एकता आवश्यक है, मगर उस धरती पर निवास करनेवाली संतति की एकता उससे भी अधिक आवश्यक है। और इसलिए पंजाब में पंजाबी सूबा के खिलाफ जो आंदोलन चल रहा था उसे कुछ आश्वासनों के बाद रोक दिया गया। क्योंकि हमें ऐसा दिखाई दिया कि यदि वह आंदोलन ज्यादा चलेगा तो सांप्रदायिक रूप पकड़ लेगा। मगर इसका अर्थ यह नहीं है कि हम पंजाब के विभाजन को बड़े उत्साह के साथ स्वीकार करते हैं। राष्ट्रीय परिप्रेक्ष्य में जब हम पंजाब के पुनर्गठन के प्रश्न को देखते हैं तो हमारे मन में आशंकाएं पैदा होती हैं और हम सरकार से आशा करते हैं कि उन आशंकाओं का निवारण करने का वह अधिक से अधिक प्रयत्न करेगी।

महोदया, इस विधेयक के द्वारा संविधान में संशोधन किया जा रहा है और अधिकार प्राप्त किया जा रहा है कि किसी राज्य के क्षेत्र को संघीय क्षेत्र में मिलाया जा सके। प्रश्न यह है कि यदि पंजाब का एक बहुत बड़ा भाग हिमाचल प्रदेश में मिलाना है तो फिर हिमालय प्रदेश को एक संघीय क्षेत्र में क्यों रखा जाए और क्यों न हिमाचल प्रदेश को एक पूरे राज्य का दर्जा दे दिया जाए?

दूसरी बात यह है कि इस संविधान में संशोधन के द्वारा संघीय क्षेत्र की विधानसभाओं को यह अधिकार नहीं मिलता है कि राष्ट्रपति महोदय उनके अस्तित्व के बारे में उनसे परामर्श करें। यह अधिकार अन्य राज्य की विधानसभाओं को है, किंतु संघीय क्षेत्र की विधानसभाओं को ऐसे

अधिकार से वंचित कर दिया गया है। मैं समझता हूं कि यह संघीय क्षेत्र की विधानसभाओं के साथ, जनता के साथ न्याय करना नहीं है।

चंडीगढ़ हरियाणा को देने में आपत्ति क्यों?

जहां तक चंडीगढ़ का प्रश्न है, मैं यह कहना चाहूंगा कि जब कमीशन के बहुमत ने यह सिफारिश की थी कि चंडीगढ़ को हरियाणा में जाना चाहिए, तो सरकार को सिफारिश बदलने की आवश्यकता नहीं थी। अगर कमीशन का बहुमत यह सिफारिश करता कि चंडीगढ़ पंजाबी सूबे में जाना चाहिए, तो क्या सरकार उस सिफारिश को बदलने का साहस करती? हरियाणा के साथ अन्याय किया गया है, फिर भी मैं चंडीगढ़ को दोनों राज्यों की सामान्य राजधानी के पक्ष में हूं क्योंकि बहुत सी ऐसी चीजें हैं जिनको मिलकर रहना है। राजनीतिक पुनर्गठन करने के बाद भी पंजाब के भूगोल को बदला नहीं जा सकता है, नहरों को और नदियों को बदला नहीं जा सकता है। पंजाब के जीवन में जो घुलीमिली चीज है, उसको बांटा नहीं जा सकता है। लेकिन जिस ढंग से पंजाब का विभाजन किया गया है, उससे अन्य छोटे-छोटे राज्यों की मांग को बल मिला है और अन्य राज्यों की मांग को टालना सरकार के लिए मुश्किल होगा।

फिर भी मैं आशा करता हूं कि सरकार ने जो आश्वासन दिए हैं अधिक-से-अधिक मेल-जोल बनाए रखने के बारे में, उन आश्वासनों पर सरकार ईमानदारी से अमल करेगी। धन्यवाद।

काश्मीर

काश्मीर को दिया धन कहां जाता है? • २२ अगस्त, १९९५
डोडा में आतंकवादी जमा हुए • १४ जून, १९९४
काश्मीर आदर्शों का प्रतीक है • ६ दिसंबर, १९७८
काश्मीर-नीति होनी चाहिए • २९ मार्च, १९७७
जम्मू-काश्मीर संकट में है! • १९ नवंबर, १९७१
धारा ३७० को समाप्त करो • २२ नवंबर, १९६८
भेदभाव करती है धारा ३७० • ५ दिसंबर, १९६८
काश्मीरी सांसद कब चुन पाएंगे? • ११ दिसंबर, १९६५
काश्मीर पर राष्ट्र संघ में मौन साधें • २२ अप्रैल, १९६०

काश्मीर को दिया धन कहां जाता है?

उपाध्यक्ष महोदय, हम जम्मू-काश्मीर एप्रोप्रिएशन (नं. २) बिल पर चर्चा कर रहे हैं। यदि जम्मू-काश्मीर की स्थिति सामान्य होती तो इस विधेयक को यहां लाने की आवश्यकता नहीं थी, लेकिन जम्मू-काश्मीर की स्थिति असामान्य है और इसलिए संसद अनेक ऐसे दायित्वों का निर्वाह कर रही है, जिनका निर्वाह जम्मू-काश्मीर की विधानसभा को करना चाहिए था।

लगभग ४४ अरब रुपए जम्मू-काश्मीर में विभिन्न कामों के लिए, विभिन्न गतिविधियों के लिए वहीं के कंसोलिडेटेड फंड से निकाले जा रहे हैं और यह सदन उसकी स्वीकृति दे रहा है। इसमें जनरल एडमिनिस्ट्रेशन है, होम है, प्लानिंग एंड डेवलपमेंट है, इन्फार्मेशन है, पॉवर डेवलपमेंट है, एजुकेशन है, फाइनेंस है, पार्लियामेंट्री अफेयर्स है, टूरिज्म है, फोरेस्ट है, लेबर है, स्टेशनरी एंड प्रिंटिंग है, फिशरीज है, हायर एजूकेशन है।

इसको पढ़ने के बाद तो ऐसा लगता है कि जम्मू-काश्मीर में सब कुछ ठीक-ठाक है और खाली धन देने की आवश्यकता है। लेकिन धन खर्च कौन करेगा, क्या धन ठीक तरह से खर्च होगा, क्या गांव के स्तर पर, जिले के स्तर पर, प्रदेश के स्तर पर प्रशासन नाम की कोई चीज है?

जो लोग श्रीनगर गए हैं, काश्मीर की घाटी में घूमे हैं, वे लौटकर यह रिपोर्ट लाए हैं कि जम्मू-काश्मीर के विकास के लिए जो भी धन दिया जाता है, उसमें से अधिकांश आतंकवादियों के हाथ में चला जाता है, कुछ भय के कारण और कुछ मिलीभगत के कारण। लेकिन हम जिस जनता की भलाई के लिए, कल्याण के लिए धन देते हैं, धन भेजते हैं, उसका जन-कल्याण पर व्यय नहीं हो रहा। अब इस सदन का यह उद्देश्य तो नहीं हो सकता कि आतंकवादियों की जो धन की आवश्यकता है, वह हम यहां से पूरी करें, न इस सरकार का यह उद्देश्य हो सकता है, लेकिन ऐसा हो रहा है। यह बात सिर्फ इतना बताती है कि अभी वहां स्थिति खराब है।

बीच में ऐसा लगा था कि स्थिति में थोड़ा सुधार हुआ है, लोग आतंकवाद से त्रस्त हैं, लोग सामान्य जीवन जीना चाहते हैं, लेकिन चरार-ए-शरीफ की घटना के बाद आतंकवादियों को एक बार फिर से अपना प्रभाव जमाने का मौका मिला है। आज जब हम लोग यहां चर्चा कर रहे हैं,

---

** जम्मू-काश्मीर के वित्त विधेयक पर लोकसभा में २२ अगस्त, १९९५ को चर्चा का आरंभ।*

मेरा ध्यान जाता है उन विदेशी पर्यटकों की ओर जो ४ जुलाई से बंधक हैं, आतंकवादियों की गिरफ्त में हैं। वे भारत-भ्रमण के लिए आए थे। वे भारत की भूमि पर काश्मीर, जिसे स्वर्ग कहा जाता है, उसके भ्रमण के लिए आए थे, वे तो नर्क से भी ज्यादा बदतर स्थिति में पहुंच गए। एक पर्यटक की हत्या कर दी गई, अब चार बाकी हैं। उनका क्या होगा? सारी दुनिया का ध्यान, जिस तरह से नार्वे के पर्यटक की हत्या हुई है, उसकी ओर गया है। विश्व का जनमत उसके खिलाफ मुखर हुआ है। सुरक्षा परिषद में भी उसके विरुद्ध आवाज उठाई गई है। मुस्लिम देशों ने, अरब देशों ने भी उस हत्या की निंदा की है। लेकिन हम हत्या को रोक नहीं सके। हम हत्या से पहले उनकी रिहाई नहीं करा सके।

विदेशी पर्यटक किनके कब्जे में हैं?

सदन जानना चाहेगा इस चर्चा के उत्तर के रूप में कि जो चार विदेशी पर्यटक इस समय भाड़े के टट्टुओं के हाथ में हैं, उनसे निबटने के लिए सरकार क्या करने जा रही है? मेरी जानकारी के अनुसार अपहरणकर्ताओं में पाकिस्तानी हैं और कुछ अफगानिस्तानी भी हैं। उसमें काश्मीर घाटी के ज्यादा लोग नहीं हैं। पहलगांव के पास उनको ४ जुलाई को बंधक बना लिया, अब उनको लेकर घूम रहे हैं, उन पर सौदा कर रहे हैं। उनकी रिहाई का आश्वासन देकर अन्य दुर्दांत आतंकवादियों की रिहाई कराना चाहते हैं। जो अभी तक दृढ़ता दिखी है, वह अच्छी है। आगे भी इस मामले में दृढ़ रहना होगा। इसमें हमें अंतरराष्ट्रीय समर्थन भी मिलेगा। एक गलती हो गई जनता शासन के दौरान, जिसका हम समर्थन कर रहे थे, मुफ्ती मोहम्मद सईद की लड़की को छुड़ाने के लिए जो समझौता किया गया, वह समझौता गलत था। उससे आतंकवादियों के हौसले बढ़े। उसके बाद इस सरकार ने भी एक अधिकारी को छुड़ाने के लिए आतंकवादियों को जेल से रिहा किया।

मैं पढ़ रहा था, ब्रिटिश वीकली 'स्पेक्टेटर' ने इस संबंध में जो टिप्पणी की है। वह हमसे कह रहे हैं कि डटे रहो। आतंकवादियों के सामने सिर न झुकाना, क्योंकि एक जगह आतंकवादियों के सामने सिर झुक गया तो वह दूसरी जगह सिर उठाएंगे। स्पेक्टेटर ने लिखा है कि लेबनान में, जहां आतंकवादियों के सामने समर्पण किया गया, उसका नतीजा यह है कि काश्मीर में अब आतंकवादी अपने घृणित कृत्य कर रहे हैं। मैं उद्धृत करना चाहता हूं। स्पेक्टेटर के अनुसार :

"कुछ न करने की यह चतुराई जो बेदर्द और हृदयहीन दिखाई देती है, आंतरिक रूप से पाई जाती है कि बंधक बनानेवालों से ब्रिटिश नागरिक की सुरक्षा का एकमात्र रास्ता अपहरणकर्ताओं को कभी नहीं देना है।"

सबसे अच्छा तरीका यह है कि जिन्होंने अपहरण किया है उनके सामने झुकना नहीं, लेकिन मामला यहां समाप्त नहीं होता। उपाध्यक्ष महोदय, आखिर उनको छुड़ाने के लिए हम क्या कर रहे हैं? क्या उनके कब्जे में जो विदेशी मेहमान हैं, वे काश्मीर घाटी में हैं या उनको डोडा ले जाया गया है? हम उनको घेरने में अभी तक क्यों सफल नहीं हुए हैं? क्या ऐसा होगा कि सरकार इस मामले में दृढ़ तो रहेगी, मगर कुछ करेगी नहीं? उन्होंने एक विदेशी मेहमान की हत्या कर दी। वे और हत्याएं कर सकते हैं, उसको रोकना चाहिए। अगर वे सबकी हत्याएं करने में सफल रहे, तो हमें यह कहने को तो होगा कि हम झुके नहीं और हम दृढ़ता से खड़े रहे। वह भी अपने में एक उपलब्धि होगी। लेकिन हमें तो पर्यटकों को छुड़ाना है, और जिन्होंने पर्यटकों को गिरफ्तार किया है, जिस तरह की नारकीय यातनाएं दी हैं, उन्हें गिरफ्तार करना है और उन्हें सजा दिलानी

है। क्या सरकार के पास इसकी कोई योजना है?

अगर इस मामले में कुछ मित्र देश आपको सलाह देना चाहते हैं, कोई सहायता देना चाहते हैं, तो उसे लेने में किसी तरह का संकोच नहीं होना चाहिए। आतंकवाद एक अंतरराष्ट्रीय खतरा है। उसका सामना करने के लिए, सभी जो लोकतंत्र में, शांति में विश्वास करते हैं, उनको एकजुट होना चाहिए। लेकिन मैं समझता हूं कि हमारी सरकार के पास जो तंत्र है, वह अपने आप में सक्षम है और हम उनकी रिहाई के लिए कदम उठा सकते हैं, उसमें सफलता पा सकते हैं। मुझे लगता है कि जिस निर्णय की आवश्यकता है, उसमें एक संकल्प-शक्ति के भाव की कमी है। आत्मविश्वास के साथ कदम उठाने की जरूरत है। इस काम में दलबंदी का सवाल नहीं है, आपको सारे सदन का समर्थन मिलेगा, सारे देश का समर्थन मिलेगा।

लेकिन दुर्भाग्य की बात है कि इस सरकार की काश्मीर के बारे में कोई नीति ही नहीं है। कौन संचालन करता है नीति का, यह प्रश्न तो बाद में उठेगा और उठना स्वाभाविक है, लेकिन नीति क्या है? घटनाचक्र को भगवान के भरोसे छोड़ देना और आशा करना कि कुछ अच्छा हो जाएगा, यह तो नीति नहीं हो सकती। न एक संकट से दूसरे संकट तक जिंदा रहना, यह नीति हो सकती है। न कामचलाऊ फैसले करना, यह नीति हो सकती है। नीति क्या है? हम आतंकवादियों को और जो आतंकवादियों के आका हैं, जो सीमा-पार बैठे हैं, उन्हें क्या संदेश देना चाहते हैं? अगर हम उन्हें दृढ़ता का संदेश भेजना चाहते हैं, तो उस पर अमल करना पड़ेगा। नीति के निर्धारण में स्पष्टता होनी चाहिए और लक्ष्य भी ऐसा हो, जिस पर हम सचमुच चल सकें, जिसको पा सकें।

गवर्नर की मंशा, गवर्नर के तेवर

अब जम्मू-काश्मीर में एक गवर्नर हैं। मैंने सुना है कि आजकल वे कहते हैं, मुझे चेयरमैन ऑफ द फाइनेंस मैनेजमेंट कमेटी कहा जाए, गवर्नर नहीं। उनकी और उनके सलाहकारों की आपस में बात नहीं होती। गवर्नर तो शायद गृह मंत्री से भी बात सीधे नहीं करते हैं। उससे भी और जरा ऊपर बात करते हैं। कितनी बात करते हैं मालूम नहीं, अभी तक पायलट साहब गृह मंत्रालय में थे। वे और कुछ भले न करते हों, कभी-कभी हवाई जहाज लेकर वहां घूम जरूर आते थे। अब तो वह भी बंद है। अब तो गृह मंत्री जी एक तरह से स्वतंत्र हैं नीति-निर्धारण के लिए और उस नीति पर अमल करने के लिए। लेकिन पी.एम.ओ.! अब पी.एम.ओ. नीति के निर्धारण में कितनी मदद देता होगा? मैं नहीं समझता, वहां कोई काश्मीर का विशेषज्ञ है, काश्मीर का कोई अनुभवी ऑफिसर है, काश्मीर से सतत संपर्क में रहनेवाला कोई आदमी है, मुझे नहीं जानना है। प्रधानमंत्री जी कितना समय दे सकते होंगे। उन्होंने तो इतना भार उठा रखा है कि जब कोई संकट होता होगा, तो ही प्रधानमंत्री से बात होती होगी।

एक बात मैं कहना चाहूंगा। हम जब कभी प्रधानमंत्री जी से मिले, और मिलते रहते हैं जम्मू-काश्मीर के बारे में, और लोग भी मिलते रहते हैं और वे भी प्रधानमंत्री को सुझाव देते हैं कि जम्मू-काश्मीर में जो वर्तमान गवर्नर हैं, उनकी उपयोगिता समाप्त हो गई है और अगर वहां कोई नया अध्याय शुरू करना है तो उसके लिए नए गवर्नर की आवश्यकता है। प्रधानमंत्री से मिलने के बाद हम लौटकर यह धारणा लेकर आते हैं कि गवर्नर बदलनेवाला है, गवर्नर के बदलने में ज्यादा समय नहीं लगेगा, मगर वह आशा कभी पूरी नहीं होती। मैं गवर्नर महोदय के व्यक्ति

के रूप में खिलाफ नहीं हूं। एक संस्था का प्रश्न है। अगर वह अपने एडवाइजरों को विश्वास में लेकर नहीं चल सकते तो वह जनसमर्थन कैसे जुटाएंगे?

अब स्थिति को सामान्य बनाने की बात हो रही है। उसके लिए लोगों के पास जाना पड़ेगा, लोगों में जो भय की भावना व्याप्त है, उसे निकालना पड़ेगा और लोगों को दृढ़ता के साथ समझदारी के रास्ते पर चलने के लिए प्रेरित करना पड़ेगा। वहां राजनीतिक नेता नहीं हैं। जो हैं वे अधिक सक्रिय नहीं हैं। पहले गृह मंत्री महोदय ने माना था कि दिल्ली में कोई एडवाइजरी कमेटी बनाई जाएगी। वह तो अस्तित्व में नहीं आई। कभी-कभी जम्मू में या लद्दाख में या श्रीनगर में भी कोई बैठकें हो जाती हैं और उसके बाद सब मामला ठप्प हो जाता है। यह धन जो हम दे रहे हैं, यह धन लोगों की भलाई में लगे, इसके लिए वहां किसी न किसी रूप में कोई न कोई प्रशासन का तंत्र होना चाहिए। यह धन ठीक तरह से खर्च होना चाहिए। पहले भी धन नई दिल्ली से जम्मू-काश्मीर के लिए जाने में कभी कमी नहीं हुई, कभी कोताही नहीं हुई। मैं आंकड़े नहीं बताना चाहता। ४०-४५ सालों में कितना धन यहां से गया है और गया है तो ठीक गया है, स्वाभाविक गया है। जम्मू-काश्मीर हमारा भाग है, अटूट अंग है हमारा, और उसके विकास के लिए, उसकी रक्षा के लिए हम उन पर कोई खर्च करते हैं तो हम उन पर कोई अहसान नहीं करते, अपने दायित्व का पालन करते हैं। लेकिन धन ठीक तरह से खर्च हो, इसके लिए वहां प्रशासन चाहिए। प्रशासन में ईमानदार लोग चाहिए। न तो आतंकवादियों से डरनेवाले लोग चाहिए और न आतंकवादियों के साथ सांठ-गांठ करनेवाले लोग चाहिए।

अमरनाथ-यात्रा

उपाध्यक्ष महोदय, जम्मू-काश्मीर की बिगड़ती हुई स्थिति में कुछ उज्ज्वल पक्ष भी हैं। एक उज्ज्वल पहलू तब दिखाई दिया जब अमरनाथ की यात्रा के लिए देश के कोने-कोने से हजारों यात्री मौत का खतरा मोल लेकर, अपने जीवन को संकट में डालकर, आतंकवादियों को चुनौती देते हुए और उनके जो आका सीमा के पार बैठे हैं, उनके मुंह पर भी जैसे एक करारी चपत लगाते हुए अमरनाथ की ओर बढ़े, काश्मीर की घाटी को पार करके गए। बर्फ गिर रही थी, बरसात हो रही थी, लोगों के पास जाड़े के पर्याप्त कपड़े नहीं थे, मगर एक तो भक्ति का भाव उन्हें ले गया और दूसरा अमरनाथ भारत की भूमि में है। काश्मीर से लेकर कन्याकुमारी तक भारत एक है, इसका भी उनकी यात्रा से परिचय मिला, उनकी यात्रा से इस बात का भी संकल्प प्रकट हुआ। आतंकवादी भी यात्रियों की संख्या देखकर चौंक गए। स्थानीय लोगों ने यात्रा में मदद की। मैं सरकार को भी बधाई देना चाहता हूं। पहले तो ऐसा लगा था कि शायद सरकार प्रबंध नहीं कर पाएगी, लेकिन सरकार ने प्रबंध किया और आतंकवादियों की एक नहीं चली। तो इसका मतलब यह है कि सरकार अगर मन में ठान ले और उस पर पार्लियामेंट का पर्याप्त दबाव हो और देश का दबाव हो तो इस सरकार से भी, जैसी भी है और जब तक है, कुछ अच्छा काम कराया जा सकता है। अमरनाथ की यात्रा का यह एक उज्ज्वल पक्ष है।

आम आदमी जैसा मैंने कहा, शांति चाहता है। वह तंग है। वह भारत से अलग होना नहीं चाहता। कभी आजादी के नारे ने कुछ गुमराह नौजवानों को लुभाया होगा, लेकिन वे भी अब समझ रहे हैं कि आजादी का कोई मतलब नहीं है। पाकिस्तान उन्हें आजाद नहीं रहने देगा। पाकिस्तान में जो हालत सिंध में हो रही है, जो मुहाजिर वहां से गए हैं, उनकी जो दुर्दशा हो रही है, पाकिस्तान

में अन्य भाषा-भाषियों के साथ जो दुर्व्यवहार हो रहा है, उससे भी लोगों की आंखें खुली हैं। अंतरराष्ट्रीय मत में भी एक परिवर्तन हुआ है, लेकिन हम अपने घर को तो ठीक करें, अपनी नीतियां तो प्रभावी बनाएं और नीतियों को कार्यान्वित करने का जो तंत्र है, उसे भी प्रभावी बनाएं।

उपाध्यक्ष महोदय, हम इनसरजेंसी में लड़ रहे हैं। पांच साल से इनसरजेंसी चल रही है लेकिन अभी तक हम इनसरजेंसी से लड़ने का प्रभावी ढांचा तैयार नहीं कर सके हैं। वहां गवर्नर है, गवर्नर के एडवाइजर हैं, वहां एडमिनिस्ट्रेशन है, आर्मी है, सी.आर.पी.एफ. है, वहां बोर्डर सिक्योरिटी फोर्स है, जम्मू-काश्मीर की पुलिस है। कोआर्डिनेशन कौन करता है? क्या इनका कोई यूनिफाइड कमांड है? हमारे गवर्नर सेना के रिटायर्ड सी.एन.सी. हैं, लेकिन उनके पास तो सेना नहीं है, उन्हें तो और औजारों से काम लेना है, और शस्त्रों से काम लेना है। वे शस्त्र कैसे हैं, क्या उनमें तालमेल है? अभी तक पता नहीं लगा कि चरार-ए-शरीफ में क्या हुआ? उससे पहले हजरत बल में क्या हुआ था? हम कहां गलती कर जाते हैं? कहां हमसे भूल होती है? भविष्य में ऐसी भूल न होने पाए इसके लिए जरूरी है कि जो कमियां हुई हैं, कुछ खामियां हुई हैं, उनका ईमानदारी से विश्लेषण होना चाहिए।

श्वेतपत्र प्रकाशित करो

इसलिए भारतीय जनता पार्टी मांग करती रही है कि जम्मू-काश्मीर के बारे में भारत सरकार एक श्वेतपत्र प्रकाशित करे। श्वेतपत्र में यह बताने की जरूरत है कि किस तरह से जम्मू-काश्मीर स्वेच्छा से भारत का भाग बना था। उसमें यह भी बताने की जरूरत है कि हमारा पड़ोसी किस तरह से वहां हस्तक्षेप कर रहा है, किस तरह से आतंकवाद को बढ़ावा दे रहा है। इस समय अंतरराष्ट्रीय अदालत में पाकिस्तान डिफेंसिव पर है, पाकिस्तान को अपना बचाव करना पड़ रहा है। लेकिन हमारी जो मुद्रा आक्रामक होनी चाहिए, वह नहीं है।

किस तरह से ये विदेशी मेहमान अपहृत किए गए, किस तरह से इन्हें रखा जा रहा है, वह एक चुनौती है। आखिर दो-चार लोग नहीं रख सकते, वहां १५-२० लोग होने चाहिए। उनके लिए खाने की जरूरत है, अगर बीमार पड़ते हैं तो दवा का भी आतंकवादियों को प्रबंध करना पड़ता होगा। वैसे तो उन्हें कोई चिंता नहीं है कि पर्यटकों का क्या होता है। लेकिन क्या उनका पता नहीं लगाया जा सकता है? क्या छापा, कमांडो-एक्शन नहीं लिया जा सकता है?

चरार-ए-शरीफ से मस्तगुल निकलकर चला गया। दरगाह भी नहीं बची, मस्तगुल भी चला गया। अब वह पाकिस्तान में प्रकट हुआ है। पाकिस्तान एक बार फिर से बेनकाब हो गया है। लेकिन हमने उसे जाने दिया। मुझे डर है कि कहीं ये भी न चले जाएं और यदि पर्यटकों को मारने के बाद गए तो हमारे लिए अपनी स्थिति का समर्थन करना बहुत मुश्किल होगा। सरकार झुके, इसका तो सवाल ही नहीं है। अब आतंकवादियों के सामने देश नहीं झुकेगा, यह मन में संकल्प होना चाहिए, और है। लेकिन इस संकल्प के साथ तंत्र भी जरूरी है कि किस तरह से रिहा कराया जाए, और जैसा मैंने कहा कि इसमें मिल-बैठकर योजना बनाकर तैयारी करिए, सदन को भी विश्वास में लीजिए। अगर सदन को सब बातें नहीं बताई जा सकतीं तो विरोधी दलों के नेताओं को बुलाकर संपर्क रखना चाहिए कि क्या हो रहा है, हम जानना चाहते हैं। यह कोई पार्टी का मामला नहीं है। आज आप हैं, कल हम आनेवाले हैं, आप चले जानेवाले हैं। कभी कोई और आ सकता है। लेकिन यह विचार-विनिमय की पद्धति चलती रहनी चाहिए, परंपरा चलती रहनी चाहिए।

उपाध्यक्ष महोदय, एक मामला उठाया जाता है कि जम्मू-काश्मीर को और अधिक स्वायत्तता की जरूरत है। मैं समझता हूं कि जम्मू-काश्मीर की स्वायत्तता थी, स्वायत्तता है और अगर स्वायत्तता बढ़ाने का सवाल है तो उस पर शांति-स्थापना के बाद, चुनाव के पश्चात जब जन-प्रतिनिधि चुनकर आएं तो उनके साथ विचार-विनिमय में तय किया जा सकता है कि वे सचमुच में कितनी स्वायत्तता चाहते हैं और क्यों चाहते हैं? कथित स्वायत्तता की कमी से उनके विकास में किसी तरह की बाधा पैदा नहीं हुई है। लेकिन जो स्वायत्तता थी, उसका लाभ कुछ मुट्ठी-भर नेताओं ने उठाया, आम आदमी ने नहीं, चाहे वह सबसिडी का सवाल हो या धारा ३७० का सवाल हो।

धारा ३७० कब तक?

जब धारा ३७० पर संविधान परिषद में बहस हो रही थी तो गोपालस्वामी आयंगर ने कहा था कि यह धारा अस्थायी धारा है। यह उनका वक्तव्य है, जो संविधान परिषद में उन्होंने दिया था। मैंने, सदन में एक प्रस्ताव लाकर कि धारा ३७० को समाप्त कर दिया जाए, यह मामला उठाया था। तत्कालीन प्रधानमंत्री पंडित जवाहरलाल नेहरू ने उस बहस का जवाब दिया था। उन्होंने कहा कि वाजपेयी जी आप जरा जल्दी कर रहे हैं। धारा ३७० घिस रही है और घिसते-घिसते घिस जाएगी। उन्होंने यह नहीं कहा कि यह कोई लक्ष्मण-रेखा है या पत्थर की लकीर है, जिसे मिटाने का सवाल ही नहीं है। हमारे संविधान निर्माताओं की भूमिका स्पष्ट थी। वे जानते थे कि काश्मीर का आम आदमी सुप्रीम कोर्ट का संरक्षण चाहेगा। काश्मीर का आम आदमी यह चाहेगा कि वहां जो भी धन जाता है, भारत के कंट्रोलर एंड ऑडिटर जनरल उसके हिसाब-किताब की जांच करें। काश्मीर का आम आदमी यह चाहेगा कि वहां चुनाव निष्पक्ष हों, स्वतंत्र हों। इसके लिए वह हिंदुस्तान के इलेक्शन-कमीशन के ज्यूरिस्डिक्शन के भीतर आना पसंद करेगा। धारा ३७० के अंतर्गत यही सुविधाएं हैं, उन्हीं का विस्तार किया गया है। वह कोई दीवार नहीं है, कोई रुकावट नहीं है।

मैं मानता हूं कि कुछ लोग वहां स्वायत्तता चाहते हैं, मगर याद रखिए कि स्वायत्तता केवल काश्मीर के लोग ही नहीं चाहते, जम्मू के लोग भी चाहते हैं और लद्दाख के लोग भी चाहते हैं। लद्दाख के लोगों को संतुष्ट करने के लिए तो आपने कुछ कदम उठाए हैं, मगर जम्मू के लोग दुखी हैं। जम्मू के लोगों की पीड़ा की कोई सीमा नहीं है।

जब काश्मीर घाटी में आतंकवादियों पर दबाव पड़ता है तो वे डोडा पहुंच जाते हैं, किश्तवाड़ या भदरवाह पहुंच जाते हैं। वहां वे लोगों का अपहरण कर रहे हैं, किडनैप कर रहे हैं, हत्या कर रहे हैं। मेरे पास पूरी जानकारी है, लेकिन मैं सदन का अधिक समय नहीं लेना चाहता।

अभी १४ अगस्त को ठकराई क्षेत्र में एक पूर्व सैनिक रतनचंद की आतंकवादियों द्वारा हत्या कर दी गई। एक आतंकवादी भी मारा गया। फिर १७ अगस्त को उसी क्षेत्र में दुलीचंद की हत्या कर दी गई। उसके टुकड़े-टुकड़े कर दिए गए और उसकी आंखें निकाली गईं। विदेशी पर्यटकों का सिर काटने का जो कांड वहां हुआ है, वह पहला नहीं है, मगर विदेशियों के साथ पहला है। वहां आतंकवादी कितने निर्मम हैं, कितने निष्ठुर हैं, कितना पशु की तरह व्यवहार करनेवाले हैं, यह इसी से स्पष्ट है कि वे लोगों को मारते हैं, मारकर टुकड़े करते हैं और टुकड़े करने के बाद मांस को माता और पिता को खाने के लिए मजबूर करते हैं। आंखें निकालते हैं। ऐसी एक नहीं,

अनेकों घटनाएं वहां हो चुकी हैं। इस समय डोडा में दो दर्जन के करीब लोग अपहृत हैं। आतंकवादी उन्हें पकड़कर ले गए हैं। लगभग १०० मुस्लिम नौजवानों को वहां आतंकवादियों द्वारा उनके घरों से जबर्दस्ती ले जाया गया, ताकि वे आतंकवादियों की श्रृंखला में शामिल हो सकें, आतंकवादी-आंदोलन में शामिल हो सकें। सरकार उन १०० नौजवानों को अभी तक रिहा नहीं करा पाई है। वहां के हिंदू आज ऐसा अनुभव करते हैं जैसे उन्हें पूछनेवाला कोई नहीं है।

मैं सारी घटनाएं नहीं बता रहा हूं। जम्मू में बम-विस्फोट हुए। उन्होंने हमारी असम राइफल्स की एक पिकेट पर २२ जुलाई को हमला किया। पहले आतंकवादियों ने उनसे दोस्ती कर ली थी और फिर धोखे से आकर सैनिकों को मार दिया, वायरलैस-आपरेटर की हत्या कर दी, एक रसोइए का गला काटा और फिर दो हथगोले फेंके जिससे टेंट में ५ जवान मारे गए, ५ घायल हो गए और उनमें से २ बाद में मर गए।

डोडा से जो खबरें आ रही हैं, उनका एक पहलू चिंताजनक है। हमारे सुरक्षा बलों को वहां क्या निर्देश है। अभी एक ऐसी घटना हुई जहां आतंकवादियों ने हमला किया, एक आदमी को मारा, उसके पास ही हमारी एक पिकेट थी। हो सकता है वह बी.एस.एफ. की पिकेट हो या कोई और पिकेट हो, लेकिन उस पिकेट के जवानों ने कुछ नहीं किया। जब उनसे कहा गया कि आप कुछ करते क्यों नहीं हैं तो वे कहते हैं कि हमें आदेश नहीं है। उन्हें क्या आदेश है?

लोग भाग रहे हैं

उस इलाके के लोगों का मनोबल टूट रहा है। वहां से माइग्रेशन हो रहा है। एक हजार के करीब परिवार रामवन चले आए हैं। शहर में स्थिति सुधरी है, लेकिन गांवों में आतंकवादी घूम रहे हैं। पहाड़ों पर अड्डे बने हुए हैं, लोगों को लूटते हैं, औरतों को उठा ले जाते हैं। उनका जिस तरह से मुकाबला होना चाहिए, वह नहीं हो रहा है। इसलिए नहीं कि हमारे सुरक्षा बल मुकाबले के लिए तैयार नहीं हैं, बल्कि इसलिए कि स्पष्ट निर्देश नहीं है। अगर वे कार्यवाही करते हैं, तो उन्हें दोष दिया जाता है और उन्हें कटघरे में खड़ा करने की कोशिश की जाती है। इसलिए वे 'बचकर चलो' यह नीति अपनाते हैं। इसलिए उनके मनोबल की रक्षा करना बहुत जरूरी है।

जम्मू की तरफ सरकार को ध्यान देना चाहिए। जो घटनाएं हो रही हैं और घटनाओं की श्रृंखला है, इन्हें रोका जाना चाहिए। जम्मू में बड़ी संख्या में एक्स सर्विसमैन रहते हैं। वे एक्स सर्विसमैन सेवा करने के लिए तैयार हैं, और आतंकवादियों का मुकाबला करने के लिए तैयार हैं। उन्हें ट्रेनिंग की भी जरूरत नहीं है, वे सब ट्रेंड हैं। उन्हें हथियारों की जरूरत है। वे देशभक्त लोग हैं। आज वे अपनी दुर्दशा पर आठ-आठ आंसू रो रहे हैं। सुरक्षा बल कार्रवाई नहीं करते, क्योंकि दिशा-निर्देश स्पष्ट नहीं हैं और वे कार्यवाही नहीं कर सकते, क्योंकि उनके पास हथियार नहीं हैं। आतंकवादियों ने कई एक्स सर्विसमैन मारे हैं। अब उनके स्थानीय दलों का संगठन किया जा सकता है। लोगों को संगठित किया जा सकता है। रक्षा के काम में लगाया जा सकता है। आतंकवादियों का मुकाबला करने के लिए लोगों को खड़ा किया जा सकता है। अब वह स्थिति आ गई है। मगर सरकार न घाटी में यह कर पा रही है न जम्मू में यह कर पा रही है।

उपाध्यक्ष महोदय, मैं अधिक समय नहीं लूंगा। हम लोग चाहते थे कि जम्मू-काश्मीर पर विस्तार से चर्चा हो। इसीलिए स्पीकर महोदय के कमरे में कहा गया था कि गृह मंत्री आएं और हम लोगों की बातें सुनकर सरकार की नीति को स्पष्ट करें। वर्तमान में सरकार के पास काश्मीर

नीति जैसी कोई नीति नहीं है। एक ड्रिफ है, एक एडहॉक पॉलिसी है। टुकड़ों-टुकड़ों में समस्याएं हल करने की कोशिश होती है।

चुनाव की चर्चा हो रही है, मगर बंदूक का भय कायम है। ऐसे में चुनाव कैसे होंगे? हम चाहते हैं कि चुनाव हों और स्वतंत्र चुनाव हों। १९९० में चुनाव में जो धांधली हुई, उसके कारण भी जम्मू-काश्मीर की स्थिति बिगड़ी। लोगों को भरोसा होना चाहिए कि उन्हें अपनी इच्छा से वोट डालने की छूट होगी, लेकिन लोग घर से निकल सकें, पालिटिकल पार्टियां वहां प्रचार कर सकें, इतना वातावरण तो बनाना ही पड़ेगा; और यह जिम्मेदारी सरकार की है। अभी तक सरकार इसमें पूरी तरह विफल रही है।

जहां तक इस एप्रोप्रिएशन का सवाल है, हम उसकी स्वीकृति देते हैं। उसमें हमारी कोई आपत्ति नहीं है, लेकिन ध्यान इतना ही रखना चाहिए कि जो धन है, वह जिनके लिए दिया जाता है वह उनके ऊपर खर्च हो, वह आतंकवादियों को शक्तिशाली न बनाए।

डोडा में आतंकवादी जमा हुए

अध्यक्ष महोदय, गृह मंत्री महोदय डोडा जिले से परिचित हैं। सरकार का ध्यान डोडा की स्थिति के बारे में बार-बार दिलाया जा चुका है। हम लोग इस संबंध में प्रधानमंत्री से मुलाकात कर चुके हैं।

अध्यक्ष महोदय, डोडा महत्वपूर्ण क्षेत्र है, अगर डोडा कट गया तो काश्मीर घाटी से हमारा कोई संपर्क और संबंध नहीं रहेगा। इसीलिए आतंकवादी अब डोडा में अपनी गतिविधियां केंद्रित कर रहे हैं। लोगों में आतंक पैदा करके वहां से हिंदुओं को निकालने की लगातार कोशिश कर रहे हैं। आतंकवादी लोगों को गिरफ्तार कर लें, उनको ज्यादतियों का शिकार बनाकर मारें, उनके चीथड़े करें और फिर उनके घरवालों को बुलाकर भरी भीड़ के सामने उन लाशों से मांस के लोथड़े निकालकर उनके बच्चों के मुंह पर मारें, इस देश में ये घटनाएं हो रही हैं। भद्रवाह में सैनिक छावनी कायम होनी चाहिए। यह मामला वर्षों से पड़ा हुआ है। हम लोग जब मिलते हैं, तब कहा जाता है कि छावनी होनी चाहिए, मगर जमीन कौन देगा, पैसा कौन देगा, यही तय नहीं हो पा रहा है। लोग अपनी जान दे रहे हैं। लोग हथियार लेकर आतंकवादियों से लड़ने को तैयार हैं, आप उन्हें हथियार नहीं देते हैं। आप स्वयं उनकी रक्षा नहीं करते हैं। इस मसले पर सदन को विचार करना चाहिए। हमें बार-बार कहा जा रहा है कि यह जो विशेष अधिवेशन बुलाया गया है, उसके दौरान डोडा में क्या होता है, इसकी चिंता न करो और इलेक्शन-कमीशन के जो पर कतरने हैं, उसमें सब जुट जाओ। हम उस बहस में भी भाग लेने को तैयार हैं; पर कतरने में नहीं, रोकने में। लेकिन डोडा की स्थिति के संबंध में आप गृह मंत्री को निर्देश दें कि एक विस्तृत और स्पष्ट वक्तव्य दें, फिर हम उस पर सदन में चर्चा करेंगे। यह कोई ऐसा मामला नहीं है जिसको नजरंदाज कर दिया जाए।

अध्यक्ष महोदय : क्या आप उत्तर देना चाहेंगे?

श्री एस.बी. चह्वाण : अध्यक्ष महोदय, इस समय मेरे पास एकदम ठीक सूचना नहीं है, लेकिन जैसे ही सूचना मेरे पास पहुंचती है, सरकार गंभीरता से विचार कर रही है कि क्या डोडा को गड़बड़ी का क्षेत्र पोषित कर दिया जाए। एक बार जैसे ही हम इसे उपद्रवग्रस्त क्षेत्र घोषित करते

** डोडा के हालात पर प्रश्नकाल के दौरान लोकसभा में १४ जून, १९९४ को टिप्पणी।*

हैं, तब सेना को सभी विशेष शक्तियां प्राप्त हो जाएंगी जो उस अधिनियम के अंतर्गत आती हैं। इसलिए हम इस पर गंभीरता से विचार कर रहे हैं। लेकिन इस स्थिति में, मैं वहां की ठीक स्थिति बताने में सक्षम नहीं हूं।

श्री लालकृष्ण आडवाणी (गांधीनगर) : इस मामले में आठ दिन पहले हम प्रधानमंत्री जी से मिले, डिटेल में तथ्य दिए।

अध्यक्ष महोदय : सबसे बड़ी बात उन्होंने कही कि डिस्टर्ब एरिया बनाने जा रहे हैं।

श्री लालकृष्ण आडवाणी : वह मांगों में से एक थी। उसमें विलंब हो रहा है। स्पेशल सेशन इसके लिए बुलाया जा सकता है, डोडा के लिए नहीं हो सकता?

अध्यक्ष महोदय : यह आश्वासन सदन के पटल पर है।

श्री लालकृष्ण आडवाणी : महोदय, मेरा आग्रह है कि यह ऐसा मामला है जिस पर वे परसों निर्णय ले सकते हैं।

अध्यक्ष महोदय : नहीं, नहीं।

श्री लालकृष्ण आडवाणी : क्यों नहीं? कम से कम हमें यह तो जानने दें कि सरकार का क्या करने का प्रस्ताव है।

श्री वाजपेयी : आप उनसे कहिए एक विस्तृत वक्तव्य दें डोडा की स्थिति के बारे में, क्योंकि यह मामला केवल डिस्टर्ब एरिया तक का नहीं है। कुछ और भी प्रश्न हैं जो लोगों को उत्तेजित करते रहे हैं। वे मांग करते रहे हैं कि सुरक्षा बलों में वृद्धि की जाए।

अध्यक्ष महोदय : मैं इस मामले पर चर्चा करूंगा।...(व्यवधान)

श्री वाजपेयी : आतंकवादी पहाड़ों पर बैठे हैं। जब तक हेलिकॉप्टरों से उन आतंकवादियों को उतरने के लिए मजबूर नहीं किया जाएगा या उन्हें मारा नहीं जाएगा, तब तक आप जमीन पर बैठकर उनका मुकाबला नहीं कर सकते।

काश्मीर आदर्शों का प्रतीक है

अध्यक्ष महोदय, मैं डॉ. कर्ण सिंह को उनके बड़े ओजस्वी और तेजस्वी भाषण के लिए बधाई देना चाहता हूं।

श्री वसंत साठे (अकोला) : आप कुछ कम नहीं हैं।

श्री वाजपेयी : उनके स्वर में स्वर मिलाकर मैं यह कहना चाहता हूं कि जम्मू-काश्मीर भारत का न केवल अभिन्न अंग है अपितु भारत का भविष्य जम्मू-काश्मीर के साथ अटूट रूप से जुड़ा हुआ है। वह हमारे लिए केवल जमीन का टुकड़ा नहीं है। कुछ आदर्शों का प्रतीक है। जिस तरह से अन्य देशी रियासतें भारत में शामिल हुईं, उसी प्रक्रिया का पालन करते हुए जम्मू-काश्मीर भारतीय संघ का अंग बना। जम्मू-काश्मीर की जनता ने भी स्वेच्छा से भारत के साथ अपने भाग्य को बांधने का फैसला किया। यूनाइटिड नेशंस का कोई दस्तावेज गलतबयानी करके न तो इस तथ्य को बदल सकता है, न उन आदर्शों पर पानी फेर सकता है, जिनका जम्मू-काश्मीर प्रतीक है। हम यह मामला बड़ी गंभीरता के साथ ले रहे हैं।

एक बात मैं कहना चाहूंगा कि १९७३ से यह चीज किसी-न-किसी रूप में चल रही है। १९७४ में पहली बार एक दस्तावेज आया जिसमें जम्मू-काश्मीर का उल्लेख था। मैं यह पता करने का प्रयत्न कर रहा हूं कि उस समय हमने यह मामला क्यों नहीं उठाया? अब तक रिकार्ड्स से मुझे कोई ऐसी चीज नहीं मिली, जिससे मैं यह कह सकूं कि हमने आपत्ति की और मामला धीरे-धीरे बिगड़ता गया। १९७७ में पहली बार जब यह मामला सरकारों के स्तर पर आया तो श्रीमती विजयलक्ष्मी पंडित ने भारत की भावनाओं को प्रतिबिंबित किया।

विशेष रिपोर्ट में कुछ सफाई भी दी लेकिन जैसा मैंने अपने प्रारंभिक उत्तर में कहा, श्री चित्त बसु को, उस सफाई से हमारा संतोष नहीं हो सकता—१९७३ में तिब्बत का समावेश इन दस्तावेजों में उन क्षेत्रों के अंतर्गत था जिनको एलियन डोमिनेशन कहा जाता था। और इस बार तिब्बत निकाल दिया गया। जम्मू-काश्मीर उसमें बना हुआ है। यह कैसे हुआ, इसकी मैं जांच कर रहा हूं। सेक्रेटरी जनरल से मामला उठाने से पहले हमारे मंत्रालय से, हमारी तरफ से कहां गड़बड़ हुई।

** संयुक्त राष्ट्र जांच दल की रिपोर्ट के संदर्भ में लोकसभा में ६ दिसंबर, १९७८ को विदेश मंत्री के रूप में सरकार की ओर से बहस का जवाब।*

इस बात को बड़ी गंभीरता से देखना पड़ेगा। जरूर हम भी कहीं न कहीं असावधान थे और हमने जम्मू-काश्मीर का हवाला उसमें मान लिया। लेकिन अब हम सचेत हैं और इस प्रश्न को गंभीरता से उठाना चाहते हैं।

श्री वसंत साठे : तिब्बत को डलवाइए इसमें।

श्री वाजपेयी : अगर साठे जी अपनी पार्टी से पूछकर राय दें तो मैं विचार करने के लिए तैयार हूं।

डॉ. कर्ण सिंह ने जनरल जिया-उल-हक़ के भाषण का हवाला दिया है, मैं उनसे सहमत हूं कि जम्मू-काश्मीर के मामले को पाकिस्तान के शासकों ने आंतरिक स्थिति की ओर से अपनी जनता का ध्यान हटाने के लिए समय-समय पर प्रयुक्त किया है। लेक़िन ३० साल का इतिहास इस बात का भी साक्षी है कि यह प्रयत्न सफल नहीं हुआ है, उन्हें बंगला देश से हाथ धोना पड़ा। बंगला देश जो पूर्वी पाकिस्तान था, वह आज स्वतंत्र बंगला देश के रूप में प्रतिष्ठित हो गया है।

अगर पाकिस्तान के शासक अपनी जनता के वास्तविक हितों की उपेक्षा कर फिर कोई दुस्साहस करेंगे, तो परिणाम उनके लिए अच्छे नहीं होंगे।

जिया-उल-हक से हमारी बातचीत

प्रधानमंत्री जी से जनरल जिया-उल-हक़ की नैरोबी में बातचीत हुई थी। मैं जब इस्लामाबाद गया था तब हमने काश्मीर के मामले में भारत की स्थिति स्पष्ट की थी। शिमला समझौते में यह तय हुआ था कि काश्मीर के बारे में हम बातचीत करेंगे। इसका अर्थ यह हैं कि यह मामला द्विपक्षीय है। अब यूनाइटिड नेशंस के रेजूलेशन का हवाला नहीं दिया जाना चाहिए। जब यूनाईटिड नेशंस की सिक्योरिटी काउंसिल ने प्रस्ताव पास किए, तब से लेकर अब तक बहुत सा पानी हिंदुस्तान और पाकिस्तान की नदियों में बह गया है। शिमला में पाकिस्तान ने यह स्वीकार किया कि हम इस मामले में बातचीत करेंगे और मुझसे जब पूछा गया कि आप कब से बातचीत शुरू करने को तैयार हैं, तो हमने कहा कि हम तो आज से ही बातचीत शुरू करने को तैयार हैं।

पाकिस्तान अगर इस बात पर बल देता है कि काश्मीर का जो भाग भारत में मिल गया, उसका मामला है तो हमारी स्थिति सचमुच में स्पष्ट है कि मामला उस भाग का है, जिस पर पाकिस्तान ने बलात् कब्जा करके रखा है। कभी भी बात होगी तो पाकिस्तान से यह कहा जाएगा कि आप अपना आक्रमण खाली कीजिए। मगर मैं एक और बात कहना चाहता हूं कि वह काश्मीर के बारे में आत्मनिर्णय का सवाल उठाकर आग से खेलने की कोशिश कर रहे हैं। पाकिस्तान के शासक जरा विचार करें कि आत्मनिर्णय के अधिकार की ज्यादा दुहाई देने के मामले में उनके अपने देश ने ही क्या किया? इसके बारे में वे जरा ठंडे दिमाग से सोच लें, मैं इस बारे में अधिक नहीं कहना चाहता।

तीसरी बात डॉ. कर्ण सिंह ने कही है कि हमें सतर्क रहना चाहिए। मैं समझता हूं कि हम चौकन्ने हैं। पाकिस्तान के साथ संबंधों को मैत्रीपूर्ण बनाने की पूरी कोशिश करते हुए भी हम अपनी सुरक्षा का इंतजाम मजबूत रख रहे हैं, हम किसी भी चुनौती का उत्तर देने में समर्थ हैं। यद्यपि हमारी इच्छा है कि सारे मामले बातचीत से हल हों।

जैसा डॉ. कर्ण सिंह ने कहा है, पाकिस्तान की जनता के लिए हमारे हृदय में सद्भावना के अलावा कुछ नहीं है, हम नहीं चाहते कि पाकिस्तान टूटे, हम नहीं चाहते कि पाकिस्तान बिखरे।

हम चाहते हैं कि पाकिस्तान में स्थायित्व हो, पाकिस्तान फले-फूले। लेकिन अगर पाकिस्तान आग से खेलने की कोशिश करेगा तो उसका दामन हम नहीं बचा सकते, पाकिस्तान को खुद बचाना होगा।

अध्यक्ष महोदय, सदन ११ को अंतरराष्ट्रीय स्थिति एवं भारत सरकार की विदेश नीति पर चर्चा करने जा रहा है। मैं सोचता हूं कि मेरे मित्र सौगत राय—मैं उन्हें टोटल राय नहीं कहूंगा—अपनी बारूद उस दिन के लिए तैयार रखेंगे।

आज हम एक विशेष मुद्दे पर चर्चा कर रहे हैं। मैं भारत सरकार की ढुलमुल नीति के आरोप पर किसी भी प्रश्न का उत्तर देने के लिए तैयार हूं। आरोप निराधार है। यह बिना किसी आधार के है। हमने पाकिस्तान के साथ सलाल परियोजना पर बिना उन्हें कोई नई रियायत दिए समझौता किया है। मैं श्री चह्वाण को बताना चाहूंगा कि आप पाकिस्तान के साथ एक विशेष आधार पर समझौता करना चाहते थे, हमने सामान्य आधार पर समझौता किया है।

आलोचना का स्वागत

हम विदेश नीति पर चर्चा कर रहे हैं और डॉ. कर्ण सिंह ने कहा कि काश्मीर एक राष्ट्रीय मुद्दा है। क्या हम अंतरराष्ट्रीय मामले और भारत सरकार की नीतियों पर एक विस्तृत राष्ट्रीय आम राय नहीं बना सकते? हम आलोचना का स्वागत करेंगे, लेकिन आलोचना राजनीति से प्रेरित न हो। मैं छवि बनाने में रुचि नहीं रखता···(व्यवधान)

श्री व्यालार रवि (चिरियां किल) : काठमांडू के साथ समझौते का क्या हुआ? आपने कलकत्ता बंदरगाह पर नेपाल को मुफ्त प्रवेश की अनुमति दी है, यह बहुत खतरनाक है।

श्री वाजपेयी : नेपाल के लिए भी···(व्यवधान)

एक माननीय सदस्य : फरक्का परियोजना समझौते के विषय में क्या हुआ?

श्री वाजपेयी : हमने फरक्का समझौते पर चर्चा की है। हम आगे चर्चा के लिए तैयार हैं यदि आवश्यक हुआ तो।

अध्यक्ष महोदय : कृपया हमें अपने आपको काश्मीर पर सीमित रखना चहिए।

श्री वाजपेयी : लेकिन वे स्वयं को काश्मीर तक सीमित नहीं रख रहे हैं।

अध्यक्ष महोदय : लेकिन आप कह सकते हैं।

श्री वाजपेयी : हां, मैं कह सकता हूं। उस मामले में, मैंने जो कुछ कहा है, उसमें और जोड़ने के लिए मेरे पास कुछ नहीं है। धन्यवाद।

काश्मीर-नीति होनी चाहिए

अध्यक्ष महोदय, घड़ी की सुई पूरा घूम गई है। काल के चक्र ने ऐसा परिवर्तन किया है कि २५ जून, १९७५ से पहले जो इस सदन में काम-रोको प्रस्ताव पेश किए जाने का विरोध करते थे, आज वे काम-रोको प्रस्ताव पेश करने की स्थिति में आ गए, और जो पेश किया करते थे आज वे उस काम-रोको प्रस्ताव का सफलतापूर्वक उत्तर देने में समर्थ हो गए हैं।

जब डॉ. कर्ण सिंह भाषण कर रहे थे, तो मुझे महाभारत के कर्ण की याद आई। युद्ध में जब कर्ण का रथ धरती में धंस गया और उसे बाणों से बिद्ध किया जाने लगा तो उसे धर्म का स्मरण हुआ। कर्ण ने कहा कि निहत्थे पर प्रहार करना न्यायसंगत नहीं है। अर्जुन थोड़ी देर के लिए असमंजस में पड़े। लेकिन सारथी के स्थान पर विराजमान भगवान कृष्ण ने कहा : कर्ण के मुंह से धर्म का उल्लेख शोभा नहीं देता। धर्म कहां था जब छल-कपट से पांडवों को द्यूत में परास्त कर उनका राज्य ले लिया गया? धर्म कहां था जब भरी सभा में द्रौपदी को निर्वसन किया गया? धर्म कहां था जब लाक्षागृह में पांडवों को जीवित जलाने की चेष्टा की गई? मैं डॉ. कर्ण सिंह से पूछना चाहता हूं—जिस लोकतंत्र की वे दुहाई दे रहे हैं वह लोकतंत्र कहां था जब तमिलनाडु की विधानसभा में डी.एम.के. का स्पष्ट बहुमत होते हुए केंद्र में बैठी हुई कांग्रेस सत्ता ने चुनी हुई सरकार को भंग कर दिया, लोकतंत्र को ताक पर रख दिया, संविधान को रद्दी की टोकरी में फेंक दिया?

श्री के. मयाथेवर : अध्यक्ष महोदय, माननीय मंत्री महोदय ने यहां तमिलनाडु सरकार का संदर्भ दिया। मैं बताना चाहता हूं कि उस सरकार को भ्रष्टाचार के आरोप में तत्कालीन राज्यपाल द्वारा बर्खास्त किया गया था।

श्री वाजपेयी : मैं तमिलनाडु को छोड़ देता हूं। मैं उड़ीसा की बात करता हूं। वैसे अगर काश्मीर की चर्चा हो तो कन्याकुमारी का स्मरण आए बिना नहीं रह सकता। आखिर दोनों भारत के भाग हैं। उड़ीसा में क्या हुआ था? १९७३ में उड़ीसा में मेरे मित्र श्री बीजू पटनायक के नेतृत्व में विधानसभा में उन्हें बहुमत प्राप्त हो गया। उस बहुमत का राजयपाल के सामने प्रदर्शन किया

** काश्मीर के संदर्भ में काम-रोको प्रस्ताव के विरुद्ध लोकसभा में २९ मार्च, १९७७ को विदेश मंत्री के रूप में सरकार का पक्ष।*

गया था, संख्या गिन करके किया गया था। लेकिन केंद्र के निर्देश पर राज्यपाल ने कहा कि बहुमत को सरकार बनाने का मौका नहीं दिया जाएगाए क्योंकि सरकार टिकेगी नहीं। स्थायित्व के आधार पर अपने विवेक से राज्यपाल ने उड़ीसा में निर्णय ले लिया। क्या जम्मू-काश्मीर के राज्यपाल अपने विवेक के आधार पर निर्णय नहीं ले सकते? क्या अलग-अलग मानदंड होंगे?

अध्यक्ष महोदय, जम्मू-काश्मीर का पृथक संविधान है। इस संविधान के अनुसार अगर राज्यपाल संतुष्ट हैं कि सरकार संविधान की धाराओं के अनुसार नहीं चल सकती तो वे विधानसभा को भंग कर सकते हैं। मैं एक बात स्पष्ट करना चाहता हूं कि जम्मू-काश्मीर में राष्ट्रपति का राज लागू नहीं किया गया है, राज्यपाल का राज लागू किया गया है। यह संविधान उन्होंने बनाया है जो आज इस संविधान को अपने लिए अड़चन का विषय पा रहे हैं। मेरी आत्मा तो स्पष्ट है। हम तो प्रतिपक्ष में बैठकर यह मांग करते थे कि जम्मू-काश्मीर का पृथक संविधान नहीं होना चाहिए। भारत का संविधान पूरी तरह से जम्मू-काश्मीर पर लागू करना चाहिए। इस पृथक संविधान के अनुसार वे सारी बातें जम्मू-काश्मीर पर लागू नहीं होती हैं जो अन्य प्रदेशों पर लागू होती हैं। क्या हमारे कांग्रेस के मित्र अब काश्मीर की विशेष स्थिति को भूलना चाहते हैं?

अध्यक्ष महोदय, ३ मार्च, १९७५ को जब इस सदन में शेख साहब के साथ हुए समझौते की चर्चा हुई थी तो तत्कालीन प्रधानमंत्री ने कहा था, उसका थोड़ा सा मैं उल्लेख करना चाहता हूं :

"यह नई राजनैतिक समझदारी शेख अब्दुल्ला जैसे एक व्यक्ति की लंबी जनसेवा के रिकार्ड एवं हमारी परमार्थ की मान्यताओं के फलस्वरूप है। लगभग ४० वर्ष पहले शेख अब्दुल्ला सामंतशाही के विरुद्ध लड़नेवाली काश्मीरी जनता के अग्रगण्य नेता बन गए और उन्होंने अपने संघर्ष को स्वतंत्रता एवं धर्मनिरपेक्षता के लिए विशाल राष्ट्रीय संघर्ष का हिस्सा बना दिया।"

और उन्होंने शेख साहब की बहुत तारीफ की थी। उस समय किसी को यह ध्यान नहीं रहा कि शेख अब्दुल्ला के साथ कितने व्यक्ति हैं। तब शेख अब्दुल्ला का व्यक्तितत्व सारे जम्मू-काश्मीर पर छाया हुआ था। जब शेख अब्दुल्ला कांग्रेस पार्टी के लिए अनुकूल थे तो वे बड़े थे, तब उनका कद ऊंचा था, तब वे सबको साथ लेकर चलने का दायित्व निर्वाह कर सकते थे। जब कांग्रेस पार्टी ने देखा कि वे उनके इशारे पर चलने के लिए तैयार नहीं हैं तो जम्मू-काश्मीर के स्थायित्व को खतरे में डालकर शेख अब्दुल्ला के प्रति अविश्वास प्रकट करने की गलती की गई।

मैं पूछना चाहता हूं कि जब देश में चुनाव हो रहे थे, नई सरकार बननेवाली थी, जब देश संक्रमण-काल से गुजर रहा था, शेख अब्दुल्ला पर से विश्वास वापस लेने का निर्णय क्यों हुआ? इसके पीछे भी एक चाल है। शेख अब्दुल्ला के साथ विश्वासघात किया गया, वह बात अलग है, लेकिन जनता के समर्थन से जो नई सरकार बनी है, उसके मार्ग में रुकावटें पैदा करने के लिए काश्मीर में गड़बड़ी की स्थिति उत्पन्न करने की कोशिश की जा रही है। शेख अब्दुल्ला पर अगर विश्वास इतने दिन था तो क्या वह कुछ और दिन नहीं रह सकता था?...(व्यवधान)

जम्मू-काश्मीर की संविधान में विशेष स्थिति है, उसका मैं उल्लेख नहीं करना चाहता, लेकिन आप स्वीकार करेंगे कि जम्मू-काश्मीर के एक-तिहाई भाग पर पाकिस्तान का कब्जा है और जम्मू-काश्मीर में अभी तक संयुक्त राष्ट्र संघ के पर्यवेक्षक मौजूद हैं। सभी इस बात को स्वीकार करेंगे कि जम्मू-काश्मीर का प्रश्न दलगत आधार पर नहीं देखा जाना चाहिए। यह एक राष्ट्रीय प्रश्न है। मैं पूछना चाहता हूं कि जब नई सरकार आ जाती, उस सरकार के नेताओं से परामर्श करके जम्मू-काश्मीर के बारे में कोई फैसला किया जाता तो क्या आसमान टूट जाता? मगर इतना धैर्य

नहीं दिखाया गया। चुनाव में परास्त हो गए तो एक कुचक्र शुरू कर दिया। एक ऐसी स्थिति पैदा कर दी गई है जो सारे देश को कठिनाई में डाल सकती है। मैं कांग्रेस पार्टी के प्रबुद्ध नेताओं से अपील करना चाहता हूं, परमात्मा के लिए, आप तो हमसे अनुभवी हैं, आप तो हमसे अधिक असंप्रदायवादी होने का दावा करते हैं, आप तो हमसे अधिक राष्ट्रवादी होने पर बल देते हैं, आप जम्मू-काश्मीर में कोई ऐसा काम मत करिए जो हमारे लिए सिरदर्द बन जाए। वह सिरदर्द केवल सरकार के सिर पर नहीं होगा, वह सारे देश का सिरदर्द होगा और जनता कभी भी कांग्रेस पार्टी को माफ नहीं करेगी।

काश्मीर का हल चुनाव है

अध्यक्ष महोदय, स्थिति को सुलझाने का एक यही तरीका है कि चुनाव करवा दिए जाएं। जम्मू-काश्मीर की जनता स्वतंत्र और निष्पक्ष चुनाव में अपना अभिमत प्रकट करे। चुनाव जल्दी से जल्दी कराए जाएं, इस बात का प्रबंध होना चाहिए, लेकिन जनता के पास जाने में आपको संकोच क्यों? आज कुरैशी साहब कहते हैं कि कोई एक व्यक्ति बड़ा नहीं है। सचमुच में जनता के निर्णय के बाद अब कोई भी एक व्यक्ति बड़ा नहीं रहा। अब वे दिन निकल गए।...(व्यवधान) हमने कभी व्यक्ति-पूजा नहीं की और न व्यक्ति-पूजा करेंगे। हमने कभी एक व्यक्ति को भारत का प्रतिरूप नहीं माना और न ही मानेंगे। जम्मू-काश्मीर के सवाल पर जो स्थगन प्रस्ताव आपने पेश किया है, वह ठीक किया है, लेकिन जिस भावना से हमारे नेता ने उसको स्वीकार किया है, उसकी आप कद्र कीजिए। लेकिन स्थगन प्रस्ताव के बाद, मैं चाहता हूं कि कांग्रेस पार्टी के नेता और हमारे वरिष्ठ नेता मिलकर बैठें और जम्मू-काश्मीर में कोई ऐसी परिस्थिति पैदा होने से रोकें, जिससे कि अंतरराष्ट्रीय स्वार्थ लाभ उठा सकें। ये झगड़े घर के झगड़े हैं, ये परस्पर के मतभेद हैं, मगर सत्ता की होड़ में कोई ऐसा काम नहीं होना चाहिए जो काश्मीर के बारे में एक अनिश्चय की स्थिति पैदा कर दे। मुझे विश्वास है कि कांग्रेस के मित्रों में कुछ देश के लिए भलाई की भावना जाग्रत होगी।

श्री मुहम्मद शफी कुरैशी (अनंतनाग) : यह आपको पहले कहना चाहिए था—इससे पहले प्राइम मिनिस्टर गवर्नर को एडवाइस करते, अगर हमसे राय ली जाती तो ज्यादा अच्छा था।

श्री वाजपेयी : अगर हमारे कांग्रेसी मित्र शेख अब्दुल्ला में अपना विश्वास वापस लेने से पहले हमसे परामर्श कर लेते, तो यह स्थिति पैदा ही नहीं होती। खैर जो हो गया, सो हो गया। मैं उसमें नहीं जाना चाहता। लेकिन भविष्य के बारे में मैं कहना चाहता हूं कि मिलकर काश्मीर के बारे में नीति का निर्धारण हो। इस दिशा में हमारी सरकार प्रयत्न करेगी, लेकिन कांग्रेस पार्टी चुनाव की पराजय के बाद कहां तक ऊंची उठती है—हमें यह देखना है।

भाषण समाप्त करने से पहले, मैं एक बात कहना चाहूता हूं : जब मैं प्रतिपक्ष में था तब एक मांग किया करता था कि धारा ३७० समाप्त होनी चाहिए, लेकिन उस समय हम पर टीका-टिप्पणी की जाती थी कि हम जम्मू-काश्मीर की जनता की भावनाओं का आदर नहीं करना चाहते। आज वही धारा ३७० के अंतर्गत बना हुआ संविधान काश्मीर में राज्यपाल का राज्य लागू करने का कारण बना है। लेकिन एक बात मैं स्पष्ट कर देना चाहता हूं कि नई सरकार धारा ३७० में कोई एकतरफा परिवर्तन नहीं करेगी, जम्मू-काश्मीर की जनता के विचारों को ध्यान में रखकर निर्णय किया जाएगा।

जम्मू-काश्मीर संकट में है!

महोदय, मैं प्रस्ताव करता हूं कि "भारत के संविधान का और संशोधन करनेवाले विधेयक पर विचार किया जाए।"

सभापति महोदय, संविधान की धारा ३७० में संशोधन करने के लिए मैंने यह विधेयक प्रस्तुत किया है। प्रत्येक लोकसभा में इस आशय के विधेयक पेश होते रहे हैं। यदि आप संविधान पर दृष्टिपात करें तो आप पाएंगे कि धारा ३७० संविधान के ऐसे अंश में समन्वित है, जिसे संविधान निर्माताओं ने टेंपोरेरी और ट्रांजीशनल कहा है। संविधान का भाग २१ अस्थायी और अंतर्कालीन है। इस शीर्षक से स्पष्ट है कि इस भाग के अंतर्गत जो धाराएं हैं, अनुच्छेद हैं, वे किसी विशेष परिस्थिति के कारण संविधान में शामिल किए गए थे और संविधान के निर्माता चाहते थे कि ये उपबंध संविधान के स्थायी अंग न बनें।

मुझे याद है कि जब इस धारा पर संविधान परिषद में बहस हो रही थी, तब मौलाना हसरत मोहानी ने कहा था कि धारा ३७० का समावेश करके जम्मू और काश्मीर के साथ भेदभाव क्यों किया जा रहा है? सचमुच यह धारा जम्मू और काश्मीर के साथ कोई विशेष रियायत नहीं करती। यह वहां के नागरिकों के साथ भेदभाव करती है। उन्हें सारे देश के नागरिकों के समान स्तर पर नहीं आने देती और इसीलिए मौलाना हसरत मोहानी ने कहा था कि आप जम्मू-काश्मीर के साथ यह डिस्क्रिमिनेशन क्यों करते हैं। डॉ. गोपालस्वामी आयंगर ने इसका जो उत्तर दिया था, मैं उसको उद्धृत करना चाहता हूं। उन्होंने कहा था कि :

"काश्मीर की विशेष स्थिति के कारण पक्षपात है। वह विशेष राज्य इस प्रकार के एकीकरण के लिए अभी तैयार नहीं है। यहां मौजूद हर किसी की यह आशा है कि वक्त के साथ, जम्मू एवं काश्मीर भी इसी प्रकार के एकीकरण के लिए तैयार होगा, जैसा अन्य राज्यों के मामलों में हुआ था।"

जो माननीय सदस्य पुरानी लोकसभा में थे, उन्हें याद होगा कि पंडित जवाहरलाल नेहरू के वक्त में जब-जब धारा ३७० को समाप्त करने का मामला उठाया, उन्होंने भी कहा था कि यह धारा अस्थायी है। मुझे याद है, उन्होंने एक बार कहा था कि यह धारा घिसते-घिसते घिस जाएगी।

---

* *धारा ३७० की समाप्ति के लिए लोकसभा में ११ नवंबर, १९७१ को संविधान-संशोधन विधेयक।*

नेहरू जी के दिमाग में यह बात साफ थी कि यह धारा ३७० सदैव के लिए हमारे संविधान का हिस्सा बनकर नहीं रहेगी। लेकिन संविधान को स्वीकृत हुए २१ वर्ष हो गए, यह धारा कायम है। आप इस धारा पर दृष्टिपात करें तो पता लगेगा, यह धारा कितनी अनावश्यक और निरर्थक हो गई है। मैं उद्धृत कर रहा हूं :

"इस संविधान की किसी चीज के अनुसार, (अ) धारा २३८ की व्यवस्था जम्मू एवं काश्मीर राज्य के संबंध में लागू नहीं होगी।"

आर्टिकल २३८ अब संविधान में है ही नहीं। यह धारा निकाल दी गई, क्योंकि वह 'बी' श्रेणी के राज्यों से संबंधित थी। 'बी' श्रेणी के राज्य हमारे मानचित्र से तिरोहित हो गए। संविधान में उनका अस्तित्व नहीं है और न अब संविधान में धारा २३८ ही पाई जाती है, लेकिन धारा ३७० में उस धारा २३८ का उल्लेख बना हुआ है। इस धारा ३७० में आगे कहा गया है कि :

"(बी) उपरोक्त राज्य के कानून बनाने की संसद की शक्तियां सीमित होंगी :

(१) राज्य सरकारों के साथ समवर्ती सूची और संघीय सूची के वे विषय जिन्हें राष्ट्रपति द्वारा, भारतीय संघ में राज्यों के विलय से संबंधित 'इंस्ट्रूमेंट ऑफ अक्सेशन' में उल्लिखित मामलों के अनुरूप, ऐसे विषय के रूप में घोषित किया जाए जिस पर संघीय कार्यपालिका उस राज्य के लिए कानून बना सकती है।"

उस समय भारत एक डोमीनियन के रूप में उल्लिखित किया गया था। अब हमारा पूर्ण स्वाधीन देश है। आज भारत डोमीनियन नहीं है, लेकिन धारा ३७० में डोमीनियन का उल्लेख चल रहा है। इस धारा में काश्मीर के महाराज का भी उल्लेख है, जबकि काश्मीर में राजतंत्र समाप्त कर दिया गया है। पहले वहां सदरे-रियासत थे और अब वहां अन्य राज्यों की तरह से राज्यपाल हैं। लेकिन भारत के इस संविधान में अगर कोई विद्यार्थी इस धारा को उठाकर देखेगा तो यह समझने में असमर्थ रहेगा कि यह धारा हमारे संविधान में क्यों चली आ रही है।

अब पूश्न पूछा जा सकता है कि आप इस धारा को हटाने पर क्यों बल दे रहे हैं। सबसे बड़ी बात तो यह है कि यह धारा जम्मू-काश्मीर और शेष भारत के बीच में एक मनोवैज्ञानिक दीवार खड़ी करती है। किसी राज्य का विशेष दर्जा क्यों होना चाहिए? एक ओर हम कहते हैं कि जम्मू और काश्मीर भारत का अभिन्न भाग हैं, और इसमें कोई दो राय नहीं हो सकतीं। लेकिन दूसरी ओर हमने इसको एक विशेष दर्जा दिया हुआ है। संविधान में एक यूनियन लिस्ट है। उस यूनियन लिस्ट के अंतर्गत दिए गए विषयों पर यह सदन कानून बना सकता है, लेकिन जम्मू और काश्मीर के बारे में यह स्थिति नहीं है। अभी हमने संविधान का चौबीसवां संशोधन पारित किया और संविधान के उस संशोधन का इस आधार पर समर्थन किया गया कि वह इस सदन की सर्वोपरिता को प्रस्थापित करता है। यह सदन सर्वोपरि है, यह सदन सर्वोच्च न्यायालय से भी बड़ा है, यह बात कही गई। लेकिन जहां जम्मू और काश्मीर का सवाल आता है, यह सदन जम्मू और काश्मीर की विधानसभा से भी बड़ा नहीं है। यह अंतर्विरोध कैसा है? इसलिए मैंने संशोधन उपस्थित किया है कि अब समय आ गया है कि हम यह स्पष्ट कर दें कि जहां तक यूनियन लिस्ट का संबंध है, इन विषयों का सवाल है, उसके लिए जम्मू-काश्मीर की सरकार से पूछने की आवश्यकता नहीं है।

मैं नहीं जानता कि इस तरह का संशोधन क्यों नहीं लाया जा रहा है। यह ठीक है कि जबसे संविधान बना है तब से लेकर आज तक की जो स्थिति है, उसमें परिवर्तन हुआ है : जम्मू और

काश्मीर शेष भारत के अधिक निकट आया है। जो महालेखा परीक्षक हैं, वह यहां के लेखों की जांच कर सकते हैं। चुनाव आयोग का अधिकार जम्मू-काश्मीर राज्य तक विस्तृत हो गया है तथा और भी अनेक सामाजिक सुधार संबंधी कानून जम्मू-काश्मीर पर लागू किए जा रहे हैं। लेकिन इसके बाद भी इस बात को भुलाया नहीं जा सकता कि धारा ३७० संविधान में मौजूद है, और जो अस्थायी अंतर्कालीन उपबंध था वह जम्मू-काश्मीर को शेष भारत से अलग करने का कारण बन गया। अनुच्छेद ३७० में यह भी उल्लेख किया गया है कि अगर कोई कानून लागू किया जाएगा तो वह जम्मू-काश्मीर की विधान-निर्मात्री परिषद की सलाह से किया जाएगा। संविधान निर्मात्री परिषद बाद में बनी। उसने भारत में मिलने का फैसला किया। वह जनता का फैसला है और वह फैसला अपरिवर्तनीय है। जम्मू-काश्मीर भारत के अभिन्न अंग के रूप में हमारा एक भाग है। लेकिन अनुच्छेद ३७० में कोई परिवर्तन नहीं किया गया है। मैं चाहता हूं कि यह परिवर्तन किया जाए। परिवर्तन की प्रक्रिया का आरंभ होना चाहिए था इस बात से कि हम यूनियन लिस्ट में दिए गए विषयों पर लोकसभा को इस सदन में कानून बनाने का पूरा अधिकार दे रहे हैं।

राजतंत्र गया, प्रजाजन कायम

मैंने एक मनोवैज्ञानिक दीवार की बात कही। दीवार केवल मनोवैज्ञानिक नहीं है, कुछ भौतिक भी है। भारत का कोई नागरिक जम्मू-काश्मीर में जमीन नहीं खरीद सकता। हमारे राष्ट्रपति महोदय को भी जब एक पोस्ट ऑफिस के लिए जमीन लेने की जरूरत पड़ी तो बड़ी कठिनाई हुई, क्योंकि वहां जम्मू-काश्मीर में जमीन वही खरीद सकता है जो जम्मू-काश्मीर का सबजैक्ट हो। अभी तक सबजैक्ट शब्द चला आ रहा है, प्रजाजन शब्द चला आ रहा है। राजतंत्र समाप्त हो गया है, सबजैक्ट बने हुए हैं। किसके सबजैक्ट? जम्मू-काश्मीर गणतंत्र का एक भाग है। लेकिन एक पुरानी परिपाटी चली आ रही है, शब्दावली दोहराई जा रही है। दीवार ढाने के बजाय और भी मजबूत की जा रही है। इस आधार पर उसका समर्थन किया जा रहा है कि अगर दूसरों को जमीन खरीदने का अधिकार दे दिया गया तो भारत के पूंजीपति जाकर जम्मू-काश्मीर की सारी जमीन खरीद लेंगे। कैसी हास्यास्पद बात है? इसके लिए संविधान में धारा ३७० की आवश्यकता नहीं है। जमीन की खरीद करने पर प्रतिबंध लगाया जा सकता है। मैं तो यूनियन लिस्ट को शामिल करने की बात कर रहा हूं। बाकी के सारे विषय तो राज्य सरकार के लिए बचे हुए रहेंगे। वह कानून बना सकती है और किसी को जमीन खरीदने का अधिकार देना या न देना, यह राज्य सरकार के अधिकार क्षेत्र में आएगा। वैसे मैं समझता हूं कि भारत के हर एक नागरिक को किसी भी भाग में जाकर बसने, जमीन खरीदने, काम-धंधा शुरू करने का अधिकार होना चाहिए। यह भावनात्मक एकीकरण के लिए आवश्यक है।

जम्मू-काश्मीर के संबंध में एक आर्थिक पहलू भी है। हम देख रहे हैं कि वहां उद्योग-धंधों का जितना विकास होना चाहिए, नहीं हुआ है। राज्य सरकार को जो विपुल धनराशि दी गई है, वह भी ठीक तरह से खर्च नहीं की गई है। केंद्र सरकार बड़ी परियोजनाएं जम्मू-काश्मीर में आरंभ कर नहीं सकी। अब सुना है कि श्रीनगर में कोई टेलीफोन की फैक्टरी लाख-दो-लाख खर्च करके लगाने की बात हो रही है। वहां पर शिक्षा निःशुल्क है। नौजवान पढ़ रहे हैं, विश्वविद्यालयों से निकल रहे हैं। उन्हें रोजगार चाहिए। रोजगार के लिए औद्योगीकरण आवश्यक है। यदि वहां पूंजी उपलब्ध नहीं है, साधन उपलब्ध नहीं हैं तो भारत से ले जाकर पूंजी लगाई जा सकती है। आज

वहां कोई पूंजी लगाना नहीं चाहता। उसमें बाधाएं हैं। अनुच्छेद ३७० बाधक है।

औद्योगिक विकास जिस गति से होना चाहिए, नहीं हो रहा है। इस कारण शिक्षित वर्ग में असंतोष है और जगह-जगह प्रदर्शन होते हैं। लेकिन जम्मू-काश्मीर में असंतोष का राष्ट्र विरोधी तत्व लाभ उठाते हैं, इस बात को हमें भूलना नहीं चाहिए। विद्यार्थी हड़ताल करें, न्यायोचित मांगों के लिए संघर्ष करें, विद्यार्थी रोजगार मांगें तो पड़ोसी पाकिस्तान उसका भारत विरोधी रूप प्रस्तुत करता है। हर सवाल को भारत विरोधी बनाकर पेश करता है। ये समस्याएं देश के और भागों में भी हैं, लेकिन जम्मू-काश्मीर की तरफ हमें विशेष ध्यान देना होगा। वहां आर्थिक विकास की गति को और तेजी से बढ़ाना होगा। बिजली पैदा करने के काम में तेजी लाई जा सकती है। कई पहलू ऐसे हैं जिन पर केंद्रीय सरकार ध्यान दे सकती थी लेकिन उसने नहीं दिया। मैं उन सब बातों में नहीं जाना चाहता और मेरे विधेयक का यह विषय भी नहीं है। मैं तो इतना ही कह रहा हूं कि जहां तक जम्मू-काश्मीर का संबंध है, शेष भारत को जम्मू-काश्मीर से अलग रखनेवाली धारा ३७० की समाप्ति पर सक्रिय विचार होना चाहिए और उसका आरंभ होना चाहिए। मैंने जिस प्रकार का संशोधन किया है, और उसमें जो ढंग सुझाया है, उसको मैं आपके सामने उद्धृत करना चाहता हूं :

"इस संविधान को किसी भी चीज के बावजूद जम्मू एवं काश्मीर राज्य के लिए कानून बनाने की संसद की शक्तियां सीमित रहेंगी।"

लिमिटेशन रहेगी, वह अभी भी है। लेकिन अब तो यूनियन लिस्ट के बारे में भी हम बिना जम्मू-काश्मीर की सरकार से राय लिए हुए कोई कानून नहीं बना सकते हैं। मैं चाहता हूं कि यह बात समाप्त कर दी जाए।

(अ) संघीय सूची के विषय; और

(ब) समवर्ती सूची और राज्य सूची के ऐसे अन्य विषय, जिन्हें राज्य सरकार की सलाह से, राष्ट्रपति निर्दिष्ट करें।

व्याख्या : इस धारा के उद्देश्यों के लिए, राज्य सरकार का अर्थ राज्य की मंत्रिपरिषद की सलाह पर जम्मू एवं काश्मीर के राज्यपाल द्वारा सलाह।

एक संशोधन मेरा और भी है। अभी तो हम यूनियन लिस्ट के बारे में संसद को कानून बनाने का अधिकार दें, लेकिन २६ जनवरी, १९७२ के बाद यह आर्टिकल ३७० जो है इसको निरस्त कर दिया जाना चाहिए, इसको इनऑपरेटिव कर दिया जाना चाहिए। इनऑपरेटिव करने का प्रबंध इसी अनुच्छेद के अंतर्गत किया गया है। मैं उद्धृत करना चाहता हूं :

"इस धारा की उपरोक्त व्यवस्थाओं की किसी भी चीज के बावजूद, राष्ट्रपति यदि चाहें तो पूरी धारा को निष्प्रयोजन बना सकते हैं। उसके लिए जम्मू-काश्मीर राज्य सरकार की सहमति लेना आवश्यक होगा। लेकिन मैं नहीं समझता हूं कि उन्हें सहमति देने में कोई आपत्ति होगी।"

आज जम्मू और काश्मीर संकट में है। पड़ोसी की आंख उस पर लगी है। हो सकता है कि फिर से घुसपैठिए भेजकर वह घाटी की शांति को भंग करना चाहें। लेकिन जम्मू-काश्मीर की जनता को भरोसा है कि सारा भारत उसकी पीठ पर खड़ा है। हमारी सेना के वीर जवान अपनी जान देकर जम्मू-काश्मीर की रक्षा करने के लिए कमर कसकर तैयार खड़े हैं। अगर हमारे जवान जम्मू-काश्मीर के लिए जान दे सकते हैं तो क्या वहां जमीन खरीदने का अधिकार नहीं पा सकते?

यह संसद अगर जम्मू-काश्मीर के विकास के लिए गत बीस वर्षों में ३०० करोड़ रुपए से

अधिक रुपए की धनराशि दे सकती है, तो क्या यूनियन लिस्ट के अंतर्गत जम्मू-काश्मीर के लिए कानून नहीं बना सकती है?

अभी तक कहा जाता था कि यह मामला संयुक्त राष्ट्र संघ में पड़ा हुआ है, पाकिस्तान उसे कुरेदता रहता है, हमें अनुच्छेद ३७० को छूना नहीं चाहिए, विधिवत रूप से उसे समाप्त नहीं करना चाहिए, बल्कि उसको धीरे-धीरे घिसने की कोशिश करनी चाहिए। अब तो स्थिति यह है कि जम्मू-काश्मीर के सवाल पर पाकिस्तान को बोलने का कोई मुंह नहीं है। जम्मू-काश्मीर के लोग समझ रहे हैं कि जो पूर्वी बंगाल के निवासी पाकिस्तान के निर्माण के साथ ही से पाकिस्तान में थे, जिनमें से अधिकांश मुसलमान हैं, उनके साथ पाकिस्तान की फौजी हुकूमत ने कैसा व्यवहार किया है। मैं नहीं समझता कि उसके बाद जम्मू-काश्मीर में एक भी व्यक्ति ऐसा निकलेगा, जो कहना चाहेगा कि हमें भारत के लोकतंत्र को छोड़कर, भारत की बराबरी को छोड़कर, उसकी समता को छोड़कर, पाकिस्तान की सैनिक तानाशाही के पैरों के तले रौंदा जाना स्वीकार होगा।

इसलिए यह आवश्यक है कि हम जम्मू-काश्मीर के सवाल को संयुक्त राष्ट्र संघ से वापस लें। इस बारे में जितनी भी अनिश्चितता है, उसे समाप्त कर दें। पाकिस्तान का कोई दावा नहीं है। पाकिस्तान जम्मू-काश्मीर में आक्रमणकारी है। एक-तिहाई काश्मीर जो पाकिस्तान के कब्जे में है, उसकी स्थिति क्या है, यह सारी दुनिया जानती है। इसकी तुलना में अनेक अभावों और अनिश्चितताओं के बावजूद जम्मू-काश्मीर भारत का एक हिस्सा है। उसने प्रगति की है। वहां लोकतंत्र है। जनता ने अपनी तकदीर का फैसला किया है। वहां निष्पक्ष चुनाव होते हैं, वहां के प्रतिनिधि अपना शासन चला रहे हैं। वहां के प्रतिनिधि इस संसद में भी बैठे हुए हैं। मैं समझता हूं कि अनुच्छेद ३७० को समाप्त करने का समय आ गया है। अगली २६ जनवरी को अनुच्छेद ३७० निष्प्रयोजनीय हो जाना चाहिए और उससे पहले आज हम यह संशोधन स्वीकार करें कि जहां तक यूनियन लिस्ट का सवाल है, इस सदन को कानून बनाने का अधिकार होगा।

मैं आशा करता हूं कि सदन मेरा यह विधेयक स्वीकार करेगा और चौधरी साहब भी कुछ ऐसा उत्तर देंगे, जो प्रतिपक्ष को भी पसंद आएगा।

धारा ३७० को समाप्त करो

उपाध्यक्ष महोदय, अभी हम मद्रास राज्य का नाम तमिलनाडु रखने का एक पवित्र संकल्प कर चुके हैं। तमिलनाडु सुदूर दक्षिण में है, जहां हिंद महासागर भारत के चरण धोता है। तमिलनाडु में कन्याकुमारी स्थित है, जो अनादिकाल से भारत की अखंडता की साधना में निमग्न है। अब मैं सदन को कन्याकुमारी से काश्मीर की ओर ले जाना चाहता हूं। सचमुच में एक ही दिन तमिलनाडु और काश्मीर की चर्चा भारत के समग्र चित्र को हमारे सामने उपस्थित कर देती है।

जम्मू-काश्मीर भारत का अभिन्न अंग है। लेकिन जम्मू-काश्मीर का संविधान अभी तक अलग है। जम्मू-काश्मीर भारत का अटूट भाग है। लेकिन जम्मू-काश्मीर की नागरिकता पृथक है। काश्मीर को हम भारतमाता का किरीट कहते हैं, मुकुटमणि कहते हैं। लेकिन काश्मीर राज्य का झंडा अलग है। मैं जानना चाहता हूं कि इसका क्या कारण है? भारत का संविधान जब शेष सब राज्यों के लिए उपयुक्त है, तो क्या वह जम्मू-काश्मीर राज्य के लिए उपयुक्त नहीं है? भारत की जो नागरिकता भारत के पचास करोड़ नागरिकों के लिए आदर और गौरव का विषय है, तो वह जम्मू-काश्मीर के चालीस लाख नागरिकों के लिए गौरव का विषय क्यों नहीं है? हमारा तिरंगा सारे देश का प्यारा और सबकी आंखों का तारा है, लेकिन तिरंगे के साथ काश्मीर ने अपना अलग झंडा बनाया हुआ है। जब सभी देशी रियासतों के झंडे अतीत के गर्भ में विलीन हो गए तो केवल जम्मू-काश्मीर का अलग झंडा रहे, इसका कोई औचित्य दिखाई नहीं देता।

प्रश्न यह है कि जम्मू-काश्मीर और शेष भारत के बीच में यह द्वैत कब तक चलेगा? यह दुविधा कब तक चलेगी? जहां द्वैत है, जहां दुविधा है वहां पृथक्करण है, अलगाव है। हम आए-दिन घोषणा करते नहीं थकते कि जम्मू-काश्मीर उसी तरह से भारत का भाग है, जिस तरह से अन्य राज्य या अन्य प्रदेश भारत के भाग हैं। लेकिन कुछ भेदभाव हम जम्मू-काश्मीर के साथ कर रहे हैं, जिस पर इस सदन को विचार करना चाहिए।

क्या यह आश्चर्य की बात नहीं है कि भारत का जो जवान, हमारी सेना का वीर युवक जो जम्मू-काश्मीर की रक्षा के लिए अपनी जान दे सकता है, वह जम्मू-काश्मीर में बस नहीं सकता?

** काश्मीर के हालात पर चर्चा के दौरान लोकसभा में २२ नवंबर, १९६८ को धारा ३७० समाप्त करने का प्रस्ताव।*

जम्मू-काश्मीर में जमीन नहीं खरीद सकता? क्या यह विचित्र बात नहीं है कि भारत की जनता की गाढ़ी कमाई की जो पूंजी जम्मू-काश्मीर में पानी की तरह से बहाई जा सकती है, उसके खर्चे का हिसाब-किताब मांगने का अधिकार यह संसद नहीं रखती है? क्या यह लज्जा की बात नहीं है कि भारत के राष्ट्रपति जम्मू-काश्मीर में जमीन नहीं खरीद सकते? अभी एक मामला अदालत में आया था और वहां की अदालत ने फैसला दिया कि राष्ट्रपति काश्मीर का 'सब्जैक्ट' नहीं है। जम्मू-काश्मीर का प्रजाजन नहीं है, इसलिए जमीन नहीं खरीद सकता। राजा चले गए, महाराजाओं के मुकुट भूलुंठ हो गए लेकिन जम्मू-काश्मीर में अभी भी राजा और प्रजा की बात चल रही है। पृथक नागरिकता के आधार पर वहां के कथित प्रजाजनों को ऐसी सुविधाएं प्राप्त हैं, जिनसे बाकी के देश को वंचित कर दिया गया है।

धारा ३७० अस्थायी है

जब संविधान बन रहा था और धारा ३७० की चर्चा आई थी, उस समय संविधान परिषद में जो कुछ कहा गया उसे थोड़े में दोहराने की आवश्यकता है। मैं आपका और सदन का ध्यान खींचना चाहूंगा कि धारा ३७० 'टेंपरेरी और ट्रांजीशनल प्रोवीजन' के अंतर्गत है। हमारे संविधान का एक भाग अस्थायी और अंतर्कालीन उपबंधों से संबंध रखता है और धारा ३७० उसी के अंतर्गत आती है। स्पष्ट है कि यह धारा अस्थायी है, अंतर्कालीन है, यह भारतीय संविधान का स्थायी अंग नहीं बन सकता।

डॉ. गोपालस्वामी आयंगर जब धारा ३७० पर चर्चा कर रहे थे, तो मौलाना हसरत मोहानी ने पूछा कि जम्मू-काश्मीर के साथ यह 'डिसक्रिमिनेशन' क्यों हो रहा है? मैं उनकी बात से सहमत हूं कि धारा ३७० जम्मू-काश्मीर राज्य को विशेष स्थिति नहीं देती है, वह जम्मू-काश्मीर के साथ भेदभाव करती है; उसे अन्य राज्यों की सतह पर नहीं आने देती है। डॉ. गोपालस्वामी आयंगर ने जो जवाब दिया, उसको मैं उद्धृत करना चाहता हूं :

"काश्मीर के विरुद्ध यह भेद इसकी विशेष स्थिति के कारण पैदा हो गया है। यह विशेष राज्य ऐसे इलाज के लिए तैयार नहीं था। यहां हम सभी आशा करते हैं कि जम्मू-काश्मीर भी शीघ्र ही ऐसे इलाज के लिए तैयार हो जाएगा जो अन्य राज्यों के विषय में उपलब्ध कराया जाता है।"

जब डॉ. आयंगर ने यह घोषणा की, तो संविधान सभा तालियों की गबड़गड़ाहट से गूंज उठी थी। सारी संविधान सभा चाहती थी कि धारा ३७० एक अस्थायी उपबंध रहे और वह समय शीघ्रातिशीघ्र आए, जब यह धारा निष्प्रयोजनीय करार दी जाए।

मुझे याद है कि २७ नवंबर, १९६३ को मेरे मित्र, श्री प्रकाशवीर शास्त्री के एक प्रश्न के उत्तर में स्वर्गीय नेहरू जी ने कहा था—मैं उद्धृत कर रहा हूं :

"हमारी राय है कि धारा ३७०, जैसा कि संविधान में लिखा है, ट्रांजीशनल अर्थात् अस्थायी है।"

फिर किसी सदस्य के कहने पर उन्होंने अंग्रेजी में यह बात दोहराई। मैं फिर उद्धृत कर रहा हूं :

"इस सदन को याद रखना चाहिए कि धारा ३७० एक परिवर्तनीय क्षेत्रीय समझौता है। यह संविधान के स्थायी भाग का रूप नहीं है। यह इसका भाग तभी तक रहेगा, जब तक समझौता लागू है।"

भूतपूर्व विदेश मंत्री, श्री चागला ने संयुक्त राष्ट्र संघ में काश्मीर के मामले में हमारा पक्ष बड़ी दृढ़ता, योग्यता और विद्वता के साथ पेश करने के बाद यह बात कही थी कि वर्तमान परिस्थिति में धारा ३७० के लिए कोई जगह नहीं रह गई है, यह धारा समाप्त होनी चाहिए।

जम्मू-काश्मीर के आज के मुख्यमंत्री श्री सादिक भी धारा ३७० को समाप्त करने के पक्ष में रह चुके हैं। २८ नवंबर, १९६३ को उन्होंने एक वक्तव्य में कहा था कि धारा ३७० के कारण जम्मू-काश्मीर और शेष भारत के बीच में एक दीवार खड़ी हो गई है और एकीकरण को वास्तविक रूप देने के लिए इस दीवार को हटाना जरूरी है। मुख्यमंत्री बनने के बाद भी १ मार्च और २० मई को कांग्रेस संसदीय दल की बैठक में भाषण करते हुए श्री सादिक ने धारा ३७० की समाप्ति के पक्ष में मत प्रकट किया था।

जम्मू-काश्मीर के भूतपूर्व मुख्यमंत्री बख्शी गुलाम मुहम्मद, जो इस सदन में मौजूद हैं, धारा ३७० को समाप्त करने की बात कह चुके हैं। मैं नहीं जानता कि आज वह क्या कहेंगे।

श्री गुलाम मुहम्मद (श्रीनगर) : जो मैंने कहा है, उस पर कायम रहूंगा।

श्री चपलाकांत भट्टाचार्य (रायगंज) : बख्शी साहब की जुबान एक ही है।

श्री वाजपेयी : बहुत से लोग बदल गए हैं, लेकिन किसी के बदलने के कारण, किसी व्यक्ति के मत में परिवर्तन होने के कारण, इतिहास की प्रक्रिया को नहीं बदला जा सकता है, न संविधान के निर्माताओं की मंशा को बदला जा सकता है, न काल के चक्र को पीछे घूमने के लिए विवश किया जा सकता है।

धारा ३७० में कुछ विचित्र बातें कही गई हैं। पहली बात तो यह कही गई है :

"धारा २३८ के प्रावधान जम्मू-काश्मीर पर लागू नहीं हो सकते।"

आज धारा २३८ का पता नहीं है। उसका संबंध 'बी' श्रेणी के राज्यों से था। वे राज्य समाप्त हो गए और उनके साथ धारा २३८ भी समाप्त हो गई। फिर धारा ३७० में 'डोमीनियन ऑफ इंडिया' की बात कही गई है। अब भारत डोमीनियन नहीं है, भारत गणराज्य बन चुका है। धारा ३७० में काश्मीर के महाराजा का भी उल्लेख है। अब काश्मीर के महाराजा नहीं हैं। अन्य राज्यों की तरह से वहां भी राज्यपाल हैं। इन दृष्टियों में भी यह धारा निष्प्रभावी और निष्प्रयोजनीय हो गई है।

धारा ३७० को समाप्त करने की प्रक्रिया उसी धारा में बताई गई है। संविधान के निर्माताओं ने इस संबंध में लिखा है—मैं उद्धृत कर रहा हूं :

"...राष्ट्रपति सार्वजनिक सूचना द्वारा घोषणा कर सकते हैं कि यह धारा केवल इन अपवादों के साथ, सुधारों के साथ और अमुक तिथि से जैसा वह निर्धारित करें, लागू हो सकती है या लागू करने से रोकी जा सकती है।"

धारा ३७० राष्ट्रपति को अधिकार देती है कि वह एक आदेश जारी करके यह घोषित कर दें कि धारा ३७० काम में नहीं आएगी, या केवल कुछ मामलों के लिए इस धारा के प्रयोग की इजाजत होगी।

यह ठीक है कि संविधान के अनुसार यह काम राज्य सरकार से पूछकर होना चाहिए। राज्य सरकार, जम्मू-काश्मीर की विधानसभा के प्रति उत्तरदायी है और इस परिवर्तन में उसकी सहमति भी आवश्यक होगी।

यह प्रस्ताव लाने का मेरा इतना उद्देश्य ही है कि यह सदन अपनी इस मनीषा को, इच्छा को, प्रकट करे, उद्घोषित करे कि अब धारा ३७० को राष्ट्रपति के आदेश के द्वारा निष्प्रयोजनीय,

इनऑपरेटिव, करने का वक्त आ गया है।

इस धारा का उपयोग करके राष्ट्रपति ने अनेक आदेश जारी किए हैं, जिनके द्वारा जम्मू-काश्मीर प्रशासन के मामलों में, आर्थिक मामलों में, और अन्य मामलों में भी, शेष भारत के अधिक निकट आ गया है। अब सर्वोच्च न्यायालय का अधिकार-क्षेत्र जम्मू-काश्मीर पर लागू है और भारत का चुनाव आयोग वहां के निर्वाचनों की देखभाल करता है। वित्तीय एकीकरण हो चुका है। अनेक बातें हुई हैं। पूर्ण एकीकरण की दिशा में, वे बातें अच्छी हुई हैं और हम उनका स्वागत करते हैं। मगर मेरा निवेदन है कि अब एक ही बार में, एक ही प्रहार में, पूरा काम करने का वक्त आ गया है।

काश्मीर और शेष भारत के बीच दीवार

जम्मू-काश्मीर और शेष भारत के बीच में आज एक मनोवैज्ञानिक दीवार खड़ी है। यह दीवार जम्मू-काश्मीर में अस्थिरता की स्थिति उत्पन्न करती है। यह दीवार भारत विरोधी तत्वों को बल प्रदान करती है। यह दीवार एकीकरण के मार्ग में बाधा है। समय आ गया है कि अब वह मनोवैज्ञानिक रुकावट दूर कर दी जाए और जम्मू-काश्मीर अन्य राज्यों की तरह से भारतीय गणराज्य में आदर और बराबरी का स्थान प्राप्त करे।

मैं यह समझने में असमर्थ हूं कि जम्मू-काश्मीर की विशेष स्थिति को बनाए रखने पर बल क्यों दिया जा रहा है?

जिन परिस्थितियों में विशेष दर्जा देने की बात कही, वे परिस्थितियां आज नहीं हैं। जम्मू-काश्मीर की संविधान सभा गठित हुई थी और उसने भारत के साथ जम्मू-काश्मीर को मिलाने का अंतिम निर्णय किया। कोई एक व्यक्ति उस संविधान सभा में उपस्थित नहीं था, इसलिए उस संविधान सभा का निर्णय नहीं बदला जा सकता। एक बार जब जम्मू-काश्मीर भारत का भाग बन गया तब फिर उसे अन्य राज्यों के समकक्ष लाया जाना चाहिए। लेकिन यह कहा जा रहा है कि जम्मू-काश्मीर की विशेष स्थिति बनी रहे। क्या यह कहनेवाले सांप्रदायिकता का परिचय नहीं देते? जम्मू-काश्मीर की विशेष स्थिति क्यों रहनी चाहिए? वह बराबरी के दर्जे पर क्यों नहीं आना चाहिए? जो लोग यह शिकायत करते हैं कि भारत में हम दूसरे दर्जे के नागरिक बन गए हैं, वही जम्मू-काश्मीर में विशेष स्थिति बनाए रखने की बात भी करते हैं। हम चाहते हैं सबका दर्जा एक हो, अधिकार बराबर हों, स्वाधीनता बराबर हो, अवसर बराबर हों। लेकिन बराबरी में फिर विशेष दर्जा नहीं चल सकता।

कुछ दिन पहले श्रीनगर में एक सम्मेलन हुआ था। उस सम्मेलन में परस्पर विरोधी बातें कही गईं। लेकिन कहा जाता है कि उस सम्मेलन का यह निष्कर्ष अच्छा निकला कि यह बात साफ हो गई कि जम्मू-काश्मीर का मामला भारतीय संघ के अंतर्गत हल होगा। तो क्या भारतीय संघ के बाहर ले जाकर जम्मू-काश्मीर का मामला हल हो सकता है? क्या यह सदन और यह सरकार इस बात की इजाजत देगी? प्रश्न बाहर जाने का नहीं है। जम्मू-काश्मीर को बाहर तो कोई ले नहीं जा सकता और जो सरकार इस मामले में ढिलाव करेगी, वह जनमत के रोष के सामने टिक नहीं सकेगी।

प्रश्न यह है कि क्या हम जम्मू-काश्मीर के संबंध में आज तक की संवैधनिक प्रक्रिया को पलटना चाहते हैं? क्या हम फिर से १९५३ में जाना चाहते हैं? क्या विशेष दर्जे के नाम पर यह

भेदभाव और पक्षपात बनाए रखना चाहते हैं? मेरा निवेदन है ऐसी मांग करना राष्ट्रीयता के प्रतिकूल है। यह लोकतंत्र पर कुठाराघात है। असांप्रदायिकता के नारे लगानेवाले जम्मू-काश्मीर के विशेष दर्जे की वकालत करें, यह मेरी समझ में नहीं आता क्योंकि विशेष दर्जा रखने से सांप्रदायिकता पनपती है। सबसे बड़ी बात यह है कि उससे जम्मू-काश्मीर की जनता के साथ भेदभाव होता है।

काश्मीर की आंतरिक स्थिति विस्फोटक है

आज जम्मू-काश्मीर की स्थिति क्या है? राज्य की आंतरिक स्थिति क्या है? राज्य की आंतरिक स्थिति विस्फोटक है। वहां तूफान के पहले की शांति है। पाकिस्तानी घुसपैठिए घाटी में सक्रिय हैं। कुछ ही दिन पहले एन.सी.सी. की बंदूक लूटने का प्रयत्न किया गया। नवजवानों का एक वर्ग उतावला हो रहा है। अलीगढ़ से गए हुए अध्यापक उन्हें कुछ ऐसी शिक्षा दे रहे हैं, जिससे मनोवैज्ञानिक दृष्टि से पृथकता का पोषण हो रहा है। पाक-समर्थक तत्व खुलेआम लोगों को भड़का रहे हैं। जगह-जगह राष्ट्रपति अयूब खां के चित्र देखे जा सकते हैं। कभी-कभी हमारी सेना की लारियों पर पथराव होता है, जवानों को अपमानित किया जाता है। जिन कठिन परिस्थितियों में हमारे जवान वहां काम कर रहे हैं, उसमें उनको बधाई दी जानी चाहिए। मैं उनका अभिनंदन करना चाहता हूं। उत्तेजना होते हुए भी वे धैर्य के साथ राष्ट्र के प्रति अपने कर्तव्य का निर्वाह कर रहे हैं। कानून और व्यवस्था की क्या स्थिति है, इसके कुछ उदाहरण रखना चाहता हूं :

१९६५ में पाकिस्तानी आक्रमण के समय ऊधमपुर जिले की माहुर चौकी पर कुछ स्थानीय लोगों ने और पाकिस्तानी घुसपैठियों ने हमला किया था। पंजाब पुलिस के १३ जवान मारे गए थे। काफी लोग पकड़े गए। कुछ पर मुकदमे चले। लेकिन किसी को दंडित नहीं किया जा सका। पंजाब के जवानों का रक्त आज भी वहां पुकार रहा है, लेकिन कोई सुननेवाला नहीं है।

जम्मू-काश्मीर में गत पांच वर्षों में २०० जगह आग लग चुकी है। उस आग के परिणामस्वरूप दस करोड़ रुपए का नुकसान हुआ है। आग लगानेवाले कौन हैं, इसका कुछ पता नहीं है। सरकार उनकी खोज करने में विफल रही है।

अरब-इजरायल संघर्ष के समय श्रीनगर में दो गिरजाघर जला दिए गए थे, लाखों की संपत्ति लूटी गई थी। मगर किसी को दंडित नहीं किया जा सका।

काश्मीरी पंडितों के आंदोलन में लोग मरे, घायल हुए, मकानों को आग लगाई गई। मगर किसी को सजा नहीं दी जा सकी।

प्रतिदिन हम जासूसों और पंचमार्गियों की गिरफ्तारी के समाचार पढ़ते हैं। अभी-अभी सुना है कि कोई बड़ा जासूसों का गिरोह पकड़ा गया है। मगर जासूसों पर मुकदमा चलाने के बजाय उन्हें जेल में नजरबंद रखा जाता है और नजरबंदी में उनके साथ राजनैतिक नेता जैसा व्यवहार किया जाता है।

क्या यह आश्चर्य की बात नहीं है कि १९६५ में पाकिस्तानी घुसपैठियों की मदद करनेवाला एक अफसर अब राज्य विधानसभा का सदस्य बन गया है? यह अफसर पहले पुंछ में ब्लाक डेवलपमेंट ऑफिसर था। जब पाकिस्तान का आक्रमण हुआ, वह गायब हो गया और जब पाकिस्तान ने रेवोल्यूशनरी कौंसिल बनाई तो उसका वह मेंबर था। जब हमारी फौज ने पाकिस्तानियों को खदेड़ दिया तो यह सज्जन भी प्रकट हो गए। इन्हें नौकरी में ले लिया गया।

विशेष कमिश्नर ने इनके खिलाफ शिकायत की थी। जांच हो रही थी। मगर राज्य सरकार ने मामला उठा लिया। और छह महीने बाद वह विधानसभा के सदस्य बन गए। जो पाकिस्तानियों के साथ चला गया था, जो पाकिस्तान द्वारा स्थापित रेवोल्यूशनरी कौंसिल का सदस्य था, आज वह राज्य की विधानसभा का सदस्य है।

देशभक्तों की आफत

१९६५ में ७५ हजार लोग पाकिस्तान चले गए थे। वह वापस आ रहे हैं। कुछ लोग तो गुरिल्ला युद्ध की शिक्षा लेकर आ रहे हैं। उस समय गृह मंत्री नंदा जी थे और रक्षा मंत्री श्री चह्वाण थे। उन्होंने उस समय कहा था कि जो चले गए हैं, उन्हें अंधाधुंध नहीं आने दिया जाएगा। उनकी छानबीन की जाएगी जिससे वह भारत में आकर यहां की सुरक्षा को संकट में न डाल सकें। मगर छानबीन करने का कोई प्रबंध नहीं है। जो प्रबंध है, वह देशभक्तों के विरुद्ध काम में लाया जा रहा है और पाकिस्तान गए हुए फिर से वापस आ रहे हैं।

आश्चर्य की बात तो यह है कि जम्मू-काश्मीर के जिन नागरिकों को पाकिस्तानियों ने लूटा, परेशान किया, उन्हें तो सरकार प्रति परिवार १२० रुपया मदद दे रही है और जो पाकिस्तान चले गए थे, किंतु अब वापस आ रहे हैं, उन्हें प्रति परिवार ६०० रुपया दिया जा रहा है।

पाकिस्तान को मदद देनेवालों को पुरस्कार और भारत के प्रति वफादार रहनेवालों को तिरस्कार, जम्मू-काश्मीर में अपने-परायों को न पहचानने का यह दृश्य कब तक चलता रहेगा? क्या इससे जम्मू-काश्मीर की सुरक्षा को मजबूत किया जा सकता है? क्या इससे घाटी में जो भारतपक्षीय तत्व हैं, उनको प्रोत्साहित किया जा सकता है?

सभापति जी, राज्य की वित्तीय स्थिति बड़ी चिंताजनक है। अभी तक केंद्र की ओर से राज्य को ३०० करोड़ रुपए से अधिक अनुदान के रूप में, ऋण के रूप में, वित्तीय सहायता के रूप में दिए गए हैं। आज स्थिति यह है कि राज्य न तो कर्जे की रकम की किस्त दे सकता है और न कर्जे का ब्याज ही चुका सकता है। पंचवर्षीय योजनाओं में राज्य का हिस्सा कम होता जा रहा है। प्रथम योजना में जम्मू-काश्मीर राज्य ने २७ प्रतिशत योगदान दिया था। दूसरी योजना में यह योगदान १२ प्रतिशत रह गया। तीसरी में ६ प्रतिशत, चौथी योजना २२५ करोड़ रुपए की बननेवाली है। उसमें जम्मू-काश्मीर राज्य का कहना है कि हम कुछ नहीं दे सकते। पूरा रुपया नई दिल्ली से आना चाहिए।

जम्मू-काश्मीर हमारा भाग है। उस पर रुपया खर्च करना किसी को खलता नहीं है। हमने जम्मू-काश्मीर के लिए रक्त बहाया है। हम पसीना बहा रहे हैं। हम जम्मू-काश्मीर के लिए धन भी खर्च कर रहे हैं और आगे भी करेंगे। लेकिन जो रुपया जम्मू-काश्मीर में खर्च होता है, वह ठीक तरह से खर्च होता है या नहीं, इसकी जांच कौन करेगा? क्या संसद केंद्र द्वारा दी गई धनराशि की जांच करने का अधिकार नहीं रखती? कौन सी बाधा इस प्रकार की जांच करने में है? अगर कोई बाधा है तो उसे हटा देना चाहिए। जो रुपया हम देते हैं वह ठीक तरह से खर्च होता है या नहीं, इसकी जांच-पड़ताल का हमें अवसर मिलना चाहिए।

अध्यक्ष महोदय, दोहरे आक्रमण से ग्रस्त इस राज्य में एक सुदृढ़, सक्षम और स्वच्छ प्रशासन की आवश्यकता है, किंतु वर्तमान प्रशासन दुर्बल है, सुस्त है और भ्रष्ट है। शासन में नियुक्तियां योग्यता के आधार पर नहीं होतीं, राजनैतिक, सांप्रदायिक तथा क्षेत्रीय आधार पर होती हैं। प्रशासन

की जरूरतों को पूरा करने के लिए जगह नहीं बनाई जाती, राज्यकर्ताओं और उनके सगे-संबंधियों को नौकरी देने के लिए पद कायम किए जाते हैं। अध्यक्ष महोदय, आपको यह जानकर आश्चर्य होगा—जम्मू-काश्मीर राज्य में कुल ३२ तहसीलें हैं, लेकिन तहसीलदारों की संख्या लगभग ७५ है और नायब तहसीलदारों की संख्या १०० है। मैं यह समझने में असमर्थ हूं कि इतने तहसीलदार करते क्या हैं? कहा जाता है कि एक मियान में दो तलवारें नहीं रह सकतीं। रहें, लेकिन जम्मू-काश्मीर में एक तहसील में दो तहसीलदार कैसा काम कर सकते हैं, इसकी सहज ही कल्पना की जा सकती है।

राज्य की कुल आमदनी १६ करोड़ रुपए है, मगर कर्मचारियों की तनख्वाहों पर २० करोड़ खर्च हो रहा है। सन् १९४७ में १० हजार कर्मचारी थे, लेकिन १९६३-६४ में ६६ हजार हो गए और १९६७-६८ में यह संख्या बढ़कर ९१ हजार हो गई है। राज्य की सारी आमदनी तनख्वाहों पर खर्च हो जाती है। राज्य के विकास के लिए धन कहां से आएगा। कम से कम हम जो धन देते हैं वह ठीक तरह से खर्च हो, इसका हमें प्रबंध करना होगा।

षड्यंत्रकारी अफसर बना

नियुक्तियां किस ढंग से की जाती हैं, हाल ही में इसका एक उदाहरण मिला है। वहां के मेडिकल कालेज में एक प्रोफेसर की नियुक्ति की गई है १०००-१५०० रु. के ग्रेड में। जो पुराने प्रोफेसर थे, उनका दावा रद्द कर दिया गया। अभी तक वहां किसी को सीधे प्रोफेसर नहीं बनाया जाता था, असिस्टेंट प्रोफेसर से शुरू करते थे, मगर एक सज्जन २९ सितंबर, १९६८ को हवाई अड्डे पर उतरे, वह राज्य के एक बड़े नेता के संबंधी थे, उन्हें प्रोफेसर बना दिया गया और आश्चर्य की बात यह है कि ये सज्जन राज्य के पैसे पर विदेश में डॉक्टरी पढ़ने के लिए गए, लेकिन वह सीधे यहां वापस नहीं आए, पहले पाकिस्तान गए, साल-भर वहां टक्करें मारते रहे, पाकिस्तान में नौकरी की कोशिश करते रहे, लेकिन जब पाकिस्तान में जगह नहीं मिली तो श्रीनगर आए और श्रीनगर में उन्हें एकदम प्रोफेसर बना दिया गया। असिस्टेंट प्रोफेसरों के हक को मार दिया गया। क्या इन तरीकों से कर्मचारियों और अधिकारियों का मनोबल बढ़ेगा? क्या उनमें कर्तव्यनिष्ठा जागेगी? अगर न्याय नहीं होगा तो कोई अपना कार्य ठीक तरह से करना नहीं चाहेगा।

अध्यक्ष महोदय, हाल ही में हमारे राष्ट्रपति महोदय ने राज्य सरकार की सिफारिश पर राज्य के २५ अफसरों को आई.ए.एस. और आई.पी.एस. में भरती किया है। किंतु इन अफसरों का चयन करते समय न योग्यता देखी गई, न प्रामाणिकता देखी गई, अफसरों की नियुक्ति में वरिष्ठता का भी ध्यान नहीं रखा गया। इनमें एक अफसर ऐसा भी है जो काश्मीर-षडयंत्र कांड में अभियुक्त था, शेख अब्दुल्ला के साथ था, लेकिन अब वह आई.ए.एस. अफसर हो गया है। कुछ आई.ए.एस. अफसर ऐसे हैं जो ग्रेजुएट नहीं हैं, कम से कम दो को मैं जानता हूं जो मैट्रिकुलेट हैं। अब अगर आई.ए.एस. के लिए डिग्री की आवश्यकता नहीं है, तो मैं उसका स्वागत करूंगा, लेकिन डिग्री का न होना केवल काश्मीर में ही प्रभावी नहीं होना चाहिए, सारे देश में होना चाहिए। सारे देश में डिग्रियां देखी जाएंगी और काश्मीर में मैट्रिकुलेट को आई.ए.एस. अफसर बनाया जाएगा, इसका कोई भी समर्थन नहीं कर सकता, और मैं देखूंगा कि गृह मंत्री कितनी चतुरता से इस बात पर लीपा-पोती करते हैं।

अध्यक्ष महोदय, अब मैं अपने वक्तव्य को उपसंहार की ओर ले जाना चाहता हूं। मेरी मांग

है कि राष्ट्रपति महोदय धारा ३७० का उपयोग करके, राज्य सरकार की सहमति से, इस धारा को निष्प्रयोजनीय घोषित कर दें। राष्ट्रपति के आदेश द्वारा यह काम हो सकता है। यह काम अब हो जाना चाहिए। समय आ गया है, राज्य में एक मनोवैज्ञानिक परिवर्तन की आवश्यकता है और इस परिवर्तन की प्रक्रिया नई दिल्ली से शुरू होनी चाहिए। राष्ट्रपति महोदय इस काम को आरंभ कर सकते हैं।

दूसरी बात—भारत के संविधान को पूरी तरह से जम्मू-काश्मीर में लागू किया जाना चाहिए। जम्मू-काश्मीर भारत का एक अटूट भाग है, हम उसके साथ भेदभाव नहीं कर सकते, हम वहां के नागरिकों को भारतीय संविधान के मूल अधिकारों से, भारतीय नागरिकता की गौरव-गरिमा से वंचित नहीं कर सकते। उन नागरिकों को समान अधिकार देने के लिए आवश्यक है कि मनोवैज्ञानिक दीवार हटा दी जाए और भारतीय संविधान को जम्मू-काश्मीर में पूरी तरह से लागू किया जाए।

मेरी तीसरी मांग है कि एक सर्वदलीय संसदीय समिति बननी चाहिए, जो इस बात की जांच करे कि अब तक केंद्र ने जम्मू-काश्मीर को जो रुपया दिया है, वह किस तरह से खर्च किया गया है। भविष्य में दिया जानेवाला रुपया राज्य के औद्योगिक विकास और आर्थिक विकास के लिए खर्च हो। इस दृष्टि से भी इस जांच की आवश्यकता है।

मेरी चौथी मांग यह है कि सरकार इस बात की स्पष्ट घोषणा करे कि जब तक शेख अब्दुल्ला और उनके साथी अपने को भारतीय नहीं कहते, जब तक वे स्वीकार नहीं करते कि जम्मू-काश्मीर भारतीय संघ का अटूट और अभिन्न अंग बन चुका है और जब तक वे पाकिस्तान को हमलावर नहीं कहते, उनके साथ किसी तरह की समझौता-वार्ता नहीं होनी चाहिए।

मेरी पांचवीं मांग यह है कि जम्मू और लद्दाख के प्रति जो भेदभाव की नीति बरती जा रही है, गजेंद्र गडकर कमीशन के चलते हुए भी जो नीति अपनाई जा रही है, उसे समाप्त करना बहुत आवश्यक है। नौकरियों में, आर्थिक नियोजनों में, उद्योग-धंधों में जम्मू तथा लद्दाख की उपेक्षा नहीं होनी चाहिए।

स्वायत्तता की मांग खतरनाक

कुछ लोग जम्मू की स्वायत्तता का नारा लगा रहे हैं, हम इस नारे को खतरनाक समझते हैं। भाषा के आधार पर जम्मू-काश्मीर के पुनर्गठन की मांग हो सकती है, जिन्होंने पंजाब का भाषा के आधार पर पुनर्गठन किया, वे जम्मू-काश्मीर में उस प्रक्रिया को आगे बढ़ने से रोक नहीं सकते, मगर मेरा मत है, मेरे दल का मत है कि इस समय भाषा के आधार पर जम्मू-काश्मीर के पुनर्गठन की बात करना वहां पर भारत के लिए संकट को मोल लेना होगा। लेकिन यदि जम्मू और लद्दाख के साथ न्याय नहीं किया जाएगा तो वहां पर क्षेत्रीयता को प्रोत्साहन मिलेगा।

यह भी जरूरी है कि जम्मू-काश्मीर के औद्योगिक विकास के लिए योजनाबद्ध प्रयत्न किया जाए। अब तक वहां कोई सेंट्रल प्रोजेक्ट नहीं है। २० साल से जम्मू-काश्मीर भारत का भाग है, हम ३०० करोड़ रुपए जम्मू-काश्मीर को दे चुके हैं, लेकिन कोई सेंट्रल प्रोजेक्ट वहां शुरू नहीं किया गया। बहुत दिनों से चर्चा सुन रहे हैं कि वहां टेलीफोन का कारखाना लगनेवाला है, वह कब तक लगेगा, कितनी लागत का होगा, उससे कितने लोगों को काम मिलेगा, यह हम जानना चाहते हैं। दस्तकारियों, घरेलू उद्योग-धंधों को जम्मू-काश्मीर में बढ़ावा देने के लिए योजनाबद्ध रीति

से प्रयत्न किया जाना चाहिए। वहां पर नौजवान पढ़कर निकल रहे हैं, जब वे बेकार रहते हैं तो भड़कावे में आ जाते हैं, उनके लिए काम के अवसर जुटाने की आवश्यकता है।

हमने अनलॉफुल एक्टिविटीज बिल को ऐक्ट का रूप दे दिया है। अब कोई व्यक्ति भारत के किसी हिस्से को बाहर ले जाने की बात नहीं कर सकता। जो संगठन इस तरह की बात कहता है, उसको अवैध घोषित किया जा सकता है। मैं समझने में असमर्थ हूं कि वह कानून अब तक जम्मू-काश्मीर में लागू क्यों नहीं किया गया। जो लोग भारत में रहकर भारत से बाहर ले जाना चाहते हैं, वे कानून के अंतर्गत अपराधी हैं और उनके साथ उसी तरह का व्यवहार किया जाना चाहिए।

अध्यक्ष महोदय, जब शेख अब्दुल्ला दिल्ली आए थे तो उन्होंने मुझसे मिलने की तकलीफ की थी और वह यह शिकायत करते थे कि भारतीय लोकतंत्र माधवपुर की चौकी तक है, ज्यादा से ज्यादा वह वनिहाल-पास तक है, लेकिन काश्मीर की घाटी में भारतीय लोकतंत्र नहीं पहुंचा है। मुझे जो उत्तर देना था वह मैंने दिया।

गृह कार्य मंत्री श्री यशवंत राव चह्वाण : आपने क्या उत्तर दिया?

हरदम दफा १४४

श्री वाजपेयी : मैंने कहा—शेख साहब, जब आप थे, तब तो लोकतंत्र माधवपुर की चौकी के पार भी नहीं घुस सकता था, तब तो माधवपुर की चौकी पर परमिट लगा हुआ था। लेकिन मैंने उनसे कहा कि हम आपसे सहमत हैं कि भारतीय लोकतंत्र काश्मीर की घाटी में भी पहुंचना चाहिए। नागरिकों को मूलभूत अधिकार मिलने चाहिए, नागरिक-स्वाधीनता समाप्त नहीं की जानी चाहिए, प्रामाणिक मतभेदों को दबाने की कोशिश नहीं होनी चाहिए। जो दल भारत में काम कर रहे हैं, वे जम्मू-काश्मीर में भी काम करें, यह आवश्यक है। लेकिन आज स्थिति ऐसी है कि वहां हरदम दफा १४४ लागू रहती है। जो पाकिस्तानपरस्त तत्व हैं, वे खुलकर खेलते हैं, लेकिन भारत के प्रति निष्ठा रखनेवाले दल काम नहीं कर सकते हैं। यह ठीक है कि सादिक साहब के आने के बाद स्थिति कुछ सुधरी है, लेकिन कुछ ही सुधरी है, उस स्थिति में आमूल परिवर्तन की आवश्यकता है।

जम्मू-काश्मीर के नागरिकों को समझाने की आवश्यकता है कि एक ओर भारतीय गणराज्य है जहां पर बोलने, लिखने और संगठन बनाने की आजादी है, जहां शांतिपूर्ण तरीके से शासन बदला जा सकता है, जहां इस महान राष्ट्र के निर्माण में सहभागी बनने का आनंद और अभिमान अनुभव किया जा सकता है, और दूसरी ओर पाकिस्तान है जहां पर बुनियादी लोकतंत्र के नाम पर जनता की स्वाधीनता का गला घोंट दिया गया है, जहां पर विरोधी दल के नेताओं की जगह संसद में नहीं, बल्कि जेल में है। जम्मू-काश्मीर के नागरिकों को भारत और पाकिस्तान का यह फर्क समझना चाहिए और यह हमारा काम है कि हम उन्हें समझाएं। मैं जानता हूं कि जम्मू-काश्मीर के मुसलमान पाकिस्तान जाना नहीं चाहते हैं, यदि मुट्ठी-भर लोगों को छोड़ दिया जाए, लेकिन वहां एक वर्ग ऐसा है जो पाकिस्तान का हौवा खड़ा रखना चाहता है। इस हौवे का हमें निराकरण करना होगा और जम्मू-काश्मीर की जनता को विश्वास दिलाना होगा कि वे भारतीय गणराज्य में बराबरी के साझीदार हैं। लेकिन इसके लिए भेदभाव की सारी दीवारें गिरनी चाहिए। मनोवैज्ञानिक रूप से हमें पृथक करनेवाले सारे तत्व समाप्त किए जाने चाहिए। इसलिए मैंने अपने प्रस्ताव द्वारा मांग

की है कि धारा ३७० को समाप्त किया जाए और अन्य ऐसे कदम उठाए जाएं, जिससे जम्मू-काश्मीर न केवल संवैधानिक रूप से भारत का अटूट अंग बने, जो वह आज है, बल्कि जीवन के हर क्षेत्र में बराबरी का दर्जा ले और जम्मू-काश्मीर के नागरिक भारत के नागरिक के नाते अपने अधिकारों का उपयोग और अपने कर्तव्य का पालन करें। मुझे विश्वास है कि सदन मेरे प्रस्ताव का समर्थन करेगा और सरकार को भी इस संबंध में अपना मत प्रकट करने का अवसर मिलेगा। धन्यवाद।

भेदभाव करती है धारा ३७०

अध्यक्ष महोदय, सदन ने मेरे संकल्प में जो अभिरुचि दिखलाई है, उसके लिए मैं सदन का आभारी हूं। मेरे प्रस्ताव में अनुच्छेद ३७० को समाप्त करने की बात एक उदाहरण के रूप में कही गई है। वह मेरे प्रस्ताव की एकमेव मांग नहीं है। मैं प्रस्ताव का एक अंश पढ़कर सुनाना चाहूंगा :

"...इस राज्य को पूर्ण रूप से भारत के अन्य राज्यों के समान लाया जाना चाहिए और इस प्रयोजनार्थ यह सभा सिफारिश करती है कि सभी आवश्यक कार्रवाइयां, जैसे कि अनुच्छेद ३७० का निराकरण, तुरंत आरंभ की जाएं।"

लेकिन सारा विवाद अनुच्छेद ३७० पर केंद्रित हो गया। एक दृष्टि से यह अच्छा हुआ है। बार-बार इस बारे में चर्चा करते रहना इस सदन और देश के दिमाग को बनाता है। इस दृष्टि से इस चर्चा का स्वागत होना चाहिए।

इस चर्चा में कुछ भाषण सुनकर मुझे ताज्जुब हुआ। यह पहला मौका नहीं है जब इस सदन में अनुच्छेद ३७० को समाप्त करने की बात की गई है। मेरे मित्र श्री प्रकाशवीर शास्त्री जी ने सन् ६४ में इस आशय का एक विधेयक प्रस्तुत किया था। मेरा तो केवल संकल्प है जो सिफारिश के रूप में है। उनका विधेयक अगर स्वीकार कर लिया जाता तो वह बंधन के रूप में होता। इस विधेयक पर मेरे मित्र श्री एस.एम. बनर्जी ने जो इस सदन से गायब हैं, भाषण दिया था कि अनुच्छेद ३७० समाप्त होना चाहिए। इस पर श्री सरजू पांडेय जी ने भी भाषण दिया था। मैं पांडे जी का भाषण उद्धृत करना चाहता हूं :

"इसलिए मैं कहना चाहता हूं कि अगर काश्मीर के बारे में आपको कुछ करना है तो आज ठीक प्रस्ताव आया है, आना तो इसको बहुत पहले चाहिए था, लेकिन आज ही सही।" श्री सरजू पांडेय जी का यह सन् ६४ का भाषण है।

मैं श्री बनर्जी के शब्दों को भी उद्धृत करना चाहता हूं :

"इतने साल के बाद भी आर्टिकल ३७० ऐब्रोगेट न होने के बारे में कोई दलील नहीं दी इस

** धारा ३७० की समाप्ति के लिए प्रस्तुत प्रस्ताव पर चर्चा के बाद लोकसभा में ६ दिसंबर, १९६८ को प्रस्ताव वापसी का अनुरोध।*

सदन में।"

प्रोफेसर मुखर्जी इस समय सदन में नहीं हैं। उनका भाषण सुनने में आनंद आता है, उनकी वाणी में सरस्वती बसती है। आज उनका भाषण सुनकर मुझे खेद और आश्चर्य हुआ। ऐसा लगता है, कम्युनिस्ट पार्टी की नीति में परिवर्तन हुआ है। क्या यह परिवर्तन सोवियत रूस की नीति में परिवर्तन का परिणाम है? अगर यह उस परिवर्तन का परिणाम है तो सदन को इसके बारे में गंभीरता से विचार करना होगा।

जो बात सन् १९६४ में ठीक थी, वह सन् १९६८ में गलत नहीं हो सकती है। अगर सन् १९६४ में अनुच्छेद ३७० को समाप्त करना उचित था, आवश्यक था, देश और जम्मू-काश्मीर के व्यापक हितों में था, तो आज यह नहीं कहा जा सकता कि अनुच्छेद ३७० को समाप्त नहीं किया जाना चाहिए। श्री प्रकाशवीर शास्त्री के विधेयक पर डॉ. लोहिया ने पक्ष में मत दिया था। और श्री मधु लिमये का मत भी उसके पक्ष में था। यह बात मैं अपने मित्र श्री एस.एम. जोशी को याद दिला रहा हूं। उन्होंने कहा कि वे मेरे प्रस्ताव की भावना से सहमत हैं, लेकिन राष्ट्रीय एकतात्मता का कार्य बड़ा कठिन कार्य है। इसको हमें धीरे-धीरे करना होगा।

मेरा निवेदन है कि राष्ट्रीय एकात्मता का कार्य निरंतर चलनेवाला कार्य है। यह लोगों के दिलों और दिमागों को जीतने का कार्य है। और मेरा इस संकल्प को लाने का उद्देश्य यही है कि जो अनुच्छेद ३७० जम्मू-काश्मीर की जनता के मन में एक दुविधा पैदा करता है, उसे निष्प्रयोजनीय बना दिया जाए। एक ओर तो राज्य की विशेष स्थिति है, दूसरी ओर यह धारा वहां के नागरिकों के साथ भेदभाव करती है।

जो लोग लिमिटेड एक्सेशन, भारत में सीमित विलय करने के पक्षपाती हैं, उन्हें मैं चेतावनी देना चाहता हूं कि जम्मू-काश्मीर की जनता सीमित विलय को पसंद नहीं करेगी। वह सर्वोच्च न्यायालय में जाने का अधिकार नहीं छोड़ेगी। वह चुनावों का निष्पक्ष निर्देशन चाहेगी। जो अधिकार भारतीय गणराज्य के हर नागरिक को प्राप्त हैं, वे अधिकार यदि जम्मू-काश्मीर के नागरिक को प्राप्त नहीं होंगे तो वहां की जनता उसके खिलाफ आवाज उठाएगी।

मैं बख्शी साहब का आभारी हूं जिन्होंने मुझे वहां के एक सरकारी कर्मचारी का मामला दिया। मैं पूछना चाहता हूं कि क्या भारत के किसी अन्य राज्य में यह स्थिति हो सकती है? कोई कर्मचारी एसोसिएशन का काम करे तो क्या उसको नोटिस दी जाएगी? कोई श्री अब्दुल हमीद अफ्रीदी, डिप्टी-एक्साइज कमिश्नर हैं, वह कहते हैं :

"मेरी जानकारी में यह बात आई है कि आप निम्न आय वर्ग कर्मचारियों की फेडरेशन की गतिविधियों में सक्रिय भूमिका निभा रहे हैं। आपकी गतिविधियों पर सख्त नजर रखी जा रही थी, इससे अधोहस्ताक्षरकर्ता और मैंने यह परिणाम निकाला है कि आप सरकारी काम-काज में बमुश्किल वक्त और ध्यान दे पाते हैं, क्योंकि आपका झुकाव इन गतिविधियों की तरफ ज्यादा है। मेरे कुछ सहयोगियों ने मुझे सूचित किया है कि उन्होंने आपको उक्त फेडरेशन के पोस्टर घरों और दुकानों की दीवार पर चिपकाते हुए भी देखा है।"

क्या जम्मू-काश्मीर के कर्मचारियों को संगठन बनाने का अधिकार नहीं है? क्या इसके लिए उनके खिलाफ कार्यवाही की जाएगी?

श्री नंबियार : वे यह काम यहां कर रहे हैं। केंद्रीय सरकार के कर्मचारियों के लिए यहां कर रहे हैं। इसकी प्रतिछाया वहां पड़ी है। वे तो भाई और बहन की तरह से हैं...(व्यवधान)

श्री वाजपेयी : यहां स्थिति खराब है, लेकिन इतनी खराब नहीं है। किसी को पोस्टर लगाते हुए देख लिया तो उसको नोटिस दी जाए, इसका गृह मंत्री भी समर्थन नहीं करेंगे। जम्मू-काश्मीर के कर्मचारियों के साथ यह व्यवहार नहीं होना चाहिए। इस तरह की कार्यवाहियां न चलें, इस दृष्टि से कुछ कदम उठाने आवश्यक हैं और उसके लिए मेरा एक सुझाव था कि अनुच्छेद ३७० समाप्त कर दिया जाए। अपने आदेश द्वारा राष्ट्रपति यह कर सकते हैं। मैं मानता हूं कि राज्य सरकार से पूछकर यह काम होना चाहिए, लेकिन यह सदन अपनी सिफारिश कर सकता है, अपनी राय प्रकट कर सकता है कि अनुच्छेद ३७० जो कि संविधान में एक अंतर्कालीन उपबंध था, अस्थायी था, उसे अब समाप्त करने का समय आ गया है। मुझे खेद है कि गृह मंत्री इस अनुच्छेद को ब्रिज कहकर सारा प्रश्न टालना चाहते हैं। शायद उन्होंने संविधान के निर्माताओं की मंशा नहीं समझी। अगर अनुच्छेद ३७० को ब्रिज समझा जाएगा—काश्मीर और भारत के बीच¨(व्यवधान)

श्री वाय.बी. चह्वाण : मैंने यह नहीं कहा कि यह काश्मीर और भारत के बीच का पुल है। मैंने कहा था—यह एक ऐसा पुल था जिस पर एक के बाद एक संविधान की धाराएं लगाई जाती रहीं--जम्मू-काश्मीर के लिए संवैधानिक पुल।

३७० कुछ समय के लिए थी

श्री वाजपेयी : संविधान के निर्माताओं की मंशा बिल्कुल साफ थी कि अनुच्छेद ३७० कुछ समय के लिए है। नेहरू जी ने कहा था कि अनुच्छेद घिसते-घिसते घिस जाएगा। क्या इसका अर्थ यह है कि वह बना रह जाएगा? आप कह सकते हैं कि आज उसको पूरी तरह से खत्म करने का समय नहीं है, लेकिन हम ऐसे समय की कल्पना नहीं कर सकते कि अनुच्छेद ३७०, जो अस्थायी है, वह स्थायी कर दिया जाएगा।

श्री वाय.बी. चह्वाण : किसी ने भी ऐसा नहीं किया।

श्री वाजपेयी : करना भी नहीं चाहिए। अब कहा जाता है कि परिस्थिति वही बनी हुई है, जो संविधान के निर्माण के समय थी। जम्मू-काश्मीर के एक तिहाई-भाग पर पाकिस्तान का कब्जा है। काश्मीर का मामला सुरक्षा परिषद में पेश है। जब तक यह परिस्थिति नहीं बदलती है, तब तक अगर हम यह अनुच्छेद ३७० हटाएंगे तो पाकिस्तान शोर मचाएगा।

मेरा कहना है कि क्या पाकिस्तान के लिए हमने यह अनुच्छेद ३७० रखा हुआ है? वह तो जब भी आप कोई नया कानून वहां पर लागू करते हैं तो शोर मचाता है। पाकिस्तान तो शोर मचाने वाला ही है। लेकिन अगर भारत की राष्ट्रीय एकात्मता का कारवां पाकिस्तान के शोर मचाने से रुक जाएगा तो यह देश के लिए बड़े दुर्भाग्य का दिन होगा। हम जम्मू-काश्मीर के मामले में पाकिस्तान को एक पक्ष नहीं मान सकते।

मेरा निवेदन है कि आज मामला सुरक्षा परिषद में मौजूद है, पाकिस्तान उसको नए सिरे से कुरेदने की कोशिश कर रहा है, इसलिए यह भी आवश्यक हो गया है कि वह मनोवैज्ञानिक दीवार, जो काश्मीर की जनता और हमको बांटती है, खत्म कर दी जाए। अगर काश्मीर का मामला सुरक्षा परिषद में न होता, अगर पाकिस्तान उस मामले को बार-बार उठाने की कोशिश न करता, कुछ अंतरराष्ट्रीय शक्तियां इस मामले में पाकिस्तान की पीठ थपथपाने की अबुद्धिमत्ता नहीं दिखातीं, तो शायद यह मांग करने की जरूरत नहीं पड़ती। मामला सुरक्षा परिषद में है और पाकिस्तान गड़बड़ करता है, इसलिए एक अनिश्चितता की स्थिति पैदा होती है। उस स्थिति का निराकरण करने के

लिए हम अनुच्छेद ३७० को समाप्त करने का कदम उठा सकते हैं।

मैं एक बात कहकर खत्म कर दूंगा। काश्मीर में अब राजतंत्र नहीं है। काश्मीर के महाराजा जनता के मतों से निर्वाचित होकर भारत गणराज्य की सेवा के लिए इस सदन में मौजूद हैं। कोई काश्मीर में फिर से राजतंत्र लाना नहीं चाहता। काश्मीर में जमींदारी खत्म कर दी गई है। कोई फिर से जमींदारी कायम करना नहीं चाहता। जहां तक जमीन लेने का सवाल है, जमीन लेने पर प्रतिबंध उचित होंगे या नहीं होंगे, यह सवाल अलग है। लेकिन उसके लिए अनुच्छेद ३७० जरूरी नहीं है।

बाहरवाले उवर्सियम में जमीन नहीं खरीद सकते। छोटा नागपुर में आदिवासियों की जमीन खरीदने पर रोक लगी है। लेकिन जो काम डिप्टी कमिश्नर कर सकता है, उसके लिए भारतीय संविधान को विकृत करने की आवश्यकता नहीं है। हम नहीं चाहते, बहुत बड़ी संख्या में लोग जम्मू-काश्मीर में जमीन खरीदने जाएं। लेकिन अगर जमीन खरीदने का डर हो तो उसका प्रबंध किया जा सकता है। उसके आधार पर अनुच्छेद ३७० को बनाए रखने का समर्थन नहीं होना चाहिए।

काश्मीरी जनता हमारे साथ है

एक बुनियादी बात है कि काश्मीर की जनता अपनी इच्छा से हमारे साथ मिली है। मैं उन शेख अब्दुल्ला का अभिनंदन करने के लिए तैयार हूं जो कायदे-आजम जिन्ना के दो राष्ट्रों के सिद्धांत के खिलाफ खड़े हुए थे। लेकिन कभी-कभी मुझे लगता है कि अब वह जम्मू-काश्मीर में तीन राष्ट्रों के सिद्धांत का प्रतिपादन कर रहे हैं। वह दो राष्ट्रों के सिद्धांत से तो लड़े, लेकिन आज वह काश्मीर को एक अलग राष्ट्र बता रहे हैं। मेरा कहना है कि काश्मीर अलग राष्ट्र नहीं हो सकता।

क्या आप जानते हैं कि जहां तक जमीन लेने का सवाल है, जम्मू के लोगों को भी काश्मीर की घाटी में जमीन नहीं लेने दी जाती है? मेरे पास एक नाम है डॉ. जे.आर. सेठी। यह आइ. स्पेशलिस्ट हैं। यह काश्मीर में मकान बनाकर रहना चाहते थे। उन्होंने इसके लिए जमीन मांगी, लेकिन वह नहीं दी गई। उन्हें जम्मू में जमीन दी गई··· (व्यवधान)

श्री गुलाम मुहम्मद बख्शी : वाजपेयी जी, यह गलत बात है।

श्री वाजपेयी : यह सच बात है। इसके अलावा मैं सदन को यह भी बतलाना चाहूंगा कि पश्चिमी पंजाब के २० हजार पुरुषार्थी सन १९४७ में जम्मू में प्रविष्ट हुए थे। ध्यान दीजिए कि पश्चिमी पाकिस्तान से २० हजार पुरुषार्थी जम्मू में आए, और वह वहां पर बस गए, मगर आज तक उन्हें वोट देने का अधिकार नहीं है। अपने देश में, अपने आदमियों को स्टेटलैस बना दिया गया है। भारत के नागरिक जो पाकिस्तान से निकाले गए, जो जम्मू-काश्मीर में आज बसे हुए हैं, वे चुनाव में वोट नहीं दे सकते हैं। आप अगर इस स्थिति का समर्थन करना चाहते हैं तो यह हम बर्दाश्त नहीं करेंगे।

जब पाकिस्तान ने मुजफ्फराबाद पर कब्जा किया तो २० हजार हिंदू जिनमें सिख भी शामिल थे, अपने घरों को छोड़ने के लिए विवश हुए। मुजफ्फराबाद से लोग श्रीनगर आए, परंतु उन्हें श्रीनगर में बसने नहीं दिया गया और उनको जम्मू में धकेल दिया गया। सांप्रदायिकता की मांग हम नहीं कर रहे हैं। सांप्रदायिकता का आचरण जम्मू-काश्मीर में हो रहा है। जो हमारे अधिकारी

जम्मू-काश्मीर में जाते हैं और गृह मंत्री जी जिनकी नियुक्ति करते हैं, वे वहां वोट नहीं दे सकते। वहां के मतदाताओं की सूची में उनका नाम नहीं जा सकता। यह स्थिति कब तक चलेगी? सवाल जमीन खरीदने का नहीं है, सवाल तो विषमता की दीवारों को ढाने का है, मनों में जो रुकावटें पैदा की गई हैं, उनको खत्म करने का है। मैं मानता हूं कि यह काम केवल कानून से नहीं हो सकता, लेकिन कभी कानून की मुहर लगाने की जरूरत तो पड़ेगी…(व्यवधान)

श्री अब्दुल गनी डार : फौज और पुलिस से राज्य नहीं चलेगा।

श्री वाजपेयी : कोई फौज और पुलिस से राज्य करना नहीं चाहता। लेकिन भारत में रहकर जो पाकिस्तान का गुणगान करते हैं और जो भारत के किसी भाग को पाकिस्तान में ले जाना चाहते हैं, उनको बर्दाश्त नहीं किया जाएगा और अगर जरूरत महसूस होगी तो उनसे फौज और पुलिस के जरिए भी निबटना पड़ेगा। आखिर हम फौज और पुलिस रखते किसलिए हैं?

अध्यक्ष महोदय, मेरा इस प्रस्ताव को लाने का एक ही उद्देश्य था कि सदन का दिमाग बने, इस देश का दिमाग बने, जम्मू-काश्मीर की समस्याएं इस सदन के सामने आएं। गृह मंत्री जी बड़े चतुर हैं। उन्होंने कई प्रश्न बड़े चातुर्य से टाल दिए हैं। जम्मू-काश्मीर की जनता एक स्वच्छ, ईमानदार और मजबूत शासन चाहती है। हमने पहले शेख अब्दुल्ला को प्रतिष्ठा दी, आज शेख अब्दुल्ला उस स्थान पर नहीं हैं। उनके बाद बख्शी गुलाम मोहम्मद आए और वह अब हमारे इस सदन के सदस्य हैं। बख्शी साहब के बाद अब जम्मू-काश्मीर में सादिक साहब मुख्यमंत्री हैं। मेरा कहना है कि यह उठापटक क्यों हो रही है? एक आता है, दूसरा जाता है, यह गड़बड़ आखिर वहां पर क्यों हो रही है?

श्री चह्वाण : सभी जगह हो रहा है।

श्री वाजपेयी : फर्क है। यह फर्क हमें समझना चाहिए। यह सब जगह हो रहा है, मगर सब जगह मुख्यमंत्री बदलते हैं तो अंतरराष्ट्रीय प्रश्न नहीं बनता है। सब जगह मुख्यमंत्री बनते हैं, तो पाकिस्तान को भारत को बदनाम करने का हथियार नहीं मिलता है। और जगह मुख्यमंत्री बदलते हैं तो लोगों के दिमाग में अस्थिरता पैदा नहीं होती है। इसलिए नई दिल्ली को इस पर गंभीरतापूर्वक विचार करना होगा और जम्मू-काश्मीर की स्थिति को स्थिर करने के लिए, जो लोग भारत के साथ अपना भाग्य जोड़ चुके हैं, उनको पूरी तरह से संतुष्ट करने के लिए और लोकतंत्रीय भारत में वह सम्मान और बराबरी के साथ अपना जीवन बिता सकें, एक ईमानदार और अच्छा प्रशासन पा सकें, इसके लिए कुछ करना चाहिए।

कई माननीय सदस्यों ने मुझसे अपील की है कि इस प्रस्ताव के ऊपर मतदान न कराऊं। मैं सदन की सदेच्छा के सामने सिर झुकाता हूं और मैं आपकी इजाजत चाहूंगा कि आप मुझे यह प्रस्ताव वापस लेने की अनुमति प्रदान करें। धन्यवाद।

काश्मीरी सांसद कब चुन पाएंगे?

महोदया, मैं इस विधेयक का स्वागत करने के लिए खड़ा हुआ हूं। जिन केंद्र प्रशासित क्षेत्रों के लिए अब तक लोकसभा के लिए सदस्य नामजद किए जाते थे, वहां अब वे जनता द्वारा चुनकर आएंगे, यह प्रसन्नता की बात है और उन्हें इस बात का पूरा अधिकार मिलना चाहिए। लेकिन इन क्षेत्रों को लोकसभा का सदस्य प्रत्यक्ष रूप से चुनने का अधिकार देते समय हम यह बात न भूलें कि अभी कुछ बड़े प्रदेश हैं, जहां से लोकसभा के सदस्य जनता द्वारा निर्वाचित नहीं होते। मेरा संकेत जम्मू और काश्मीर से है और वहां के मतदाता भी लोकसभा में अपना प्रतिनिधि प्रत्यक्ष रूप से चुनकर भेज सकें, यह अवसर जल्द आना चाहिए। शासन की ओर से आश्वासन दिया गया था कि जम्मू-काश्मीर की सरकार इस बारे में कोई सिफारिश भेजनेवाली है; किंतु अभी तक यह सिफारिश आई नहीं है, मुझे विश्वास है कि यद्यपि जम्मू और काश्मीर की एक विशेष परिस्थिति है. फिर भी लोकतंत्रीय प्रक्रिया रुकनी नहीं चाहिए और वहां के लोगों को अपना प्रतिनिधि प्रत्यक्ष रूप से चुनने का अधिकार मिलना चाहिए।

मैं श्री लोकनाथ मिश्र की इस बात से सहमत हूं कि दादरा और नगरहवेली को पृथक रखने का कोई औचित्य नहीं है। सचमुच में गोआ, दमण और दीव इन्हें भी निकटवर्ती प्रदेशों में मिला देना चाहिए। दादरा और नगरहवेली अलग क्यों रहे, यह बात मेरी समझ में नहीं आती है। यह बात ठीक है कि हमने पुर्तगाली उपनिवेशवाद के चंगुल से दादरा और नगरहवेली को सर्वप्रथम मुक्त किया था, लेकिन काफी समय बीत गया और अलग रखने का एक दुष्परिणाम यह होता है कि पृथकता में कुछ स्वार्थ पैदा हो जाते हैं जो फिर किसी क्षेत्र को मिलाने में बाधक बन जाते हैं। अभी माननीय मंत्री जी ने बताया कि ५७ हजार की आबादी है और वहां पर पंचायत चलती है, क्या यह संसद वहां के साथ न्याय नहीं कर सकती? हम उन्हें एक प्रतिनिधि चुनने का अधिकार दे रहे हैं, इससे मुझे शिकायत नहीं है। अगर वह पृथक रहता है तो लोकसभा में उनका प्रतिनिधि होना चाहिए, भले ही मतदाताओं की संख्या कम हो।

हमारे सभी प्रदेशों में लोकसभा में निर्वाचन क्षेत्र के लिए मतदाताओं की संख्या बराबर नहीं

** केंद्र शासित क्षेत्र की जनता द्वारा सदन के लिए अपने प्रतिनिधित्व का प्रत्यक्ष निर्वाचन विधेयक १९६५ के संबंध में लोकसभा में ११ दिसंबर, १९६५ को वाद-विवाद।*

है। जो बड़े प्रदेश हैं, जहां संख्या अधिक घनी है, वहां मतदाता अधिक हैं और छोटे प्रदेशों, कम संख्यावाले प्रदेशों में लोकसभा के निर्वाचन क्षेत्र के लिए मतदाता कम हैं। और इस दृष्टि से दादरा-नगरहवेली को अलग क्यों रखा जाए और इसके लिए क्या कारण है? अभी थोड़ी देर पहले गोआ, दमण और दीव के लिए विधेयक पारित हुआ है। संसद के हर सत्र में, किश्तों में विधेयक आते हैं, आज हम वहां सर्विसेज के बारे में विचार कर रहे हैं, कल निकटवर्ती प्रदेशों में मिलेगा, तो फिर वहां की सर्विसेज के इंटिग्रेशन करने का सवाल पैदा होगा। मैं आशा करता हूं कि माननीय मंत्री जी स्पष्ट करें कि दादरा-नगरहवेली को अलग क्यों रखा जा रहा है।

जहां तक अंडमान निकोबार का सवाल है, मैं अपने मित्र से सहमत नहीं हूं। अंडमान निकोबार किसी प्रदेश से मिल नहीं सकता है। समुद्र के बीच में वह टापू है। उसकी विशेष स्थिति है। अगर हमारे मित्र वहां गए होते तो शयद वे इस तरह का प्रश्न नहीं करते।

अंडमान निकोबार की जनता लोकसभा के लिए अपने प्रतिनिधि सीधे चुनकर भेजे, यह बड़ी अच्छी बात है और उनको इस बात का पूरा मौका देना चाहिए। हमें वहां के लोगों को अपने स्तर पर लाना है और बिना लोकतंत्रात्मक अधिकार दिए लोकतंत्र की शिक्षा नहीं हो सकती। यदि हममें से कोई यह समझे कि हम तब तक लोगों को अपन प्रतिनिधि चुनने का अधिकार नही देंगे, जब तक वे उसके लायक नहीं हो जाएंगे तो उनसे मेरा निवेदन है कि लोकतंत्र एक शिक्षा का भी तरीका है और लोगों को अधिकार दिया जाएगा, तभी वे उस अधिकार का उपयोग करने के अधिक लायक बनेंगे। इस दृष्टि से यह व्यवस्था जो की जा रही है, वह बड़ी अच्छी व्यवस्था है।

लेकिन आज की परिस्थिति में अंडमान निकोबार के साथ हमारे संबंध और भी घनिष्ठ हों, इसका प्रयत्न होना चाहिए। अभी वहां हवाई जहाज हफ्ते में एक दिन जाता है और वह भी रंगून होकर जाता है, सीधे नहीं जाता है। अंडमान निकोबार हमारा प्रदेश है और सामरिक दृष्टि से बड़ा महत्वपूर्ण है। दक्षिण-पूर्व एशिया में जो स्थिति बन रही है, उसकी दृष्टि से उसका महत्व और भी बढ़ गया है, लेकिन प्रशासन की दृष्टि से वह जितना हमारे निकट आना चाहिए उतना निकट हम उसको ला नहीं पाए हैं, ऐसा मुझे अनुभव होता है। यह ठीक है कि शेष भारत और अंडमान निकोबार के बीच में समुद्र है और उस टापुओं के समूह में आवागमन के साधन बड़े कठिन हैं, लेकिन वहां हमें आने-जाने के और भी साधनों का विकास करना चाहिए।

यह भी जरूरी है कि वहां सभी दलों को काम करने के लिए कुछ विशेष सुविधाएं दी जाएं। मुझे इस बारे में कुछ संदेह नहीं है कि वहां जो चुनाव होंगे, वे स्वतंत्र चुनाव होंगे, निष्पक्ष चुनाव होंगे, क्योंकि वे हमारे इलेक्शन कमीशन के अंतर्गत होंगे। लेकिन अन्य दल वहां जाकर काम कर सकें, अपना प्रचार कर सकें, इस दृष्टि से उन्हें कुछ सुविधाएं देनी होंगी। उन सुविधाओं का ठोस रूप क्या होगा, यह तो अभी मेरे लिए कहना मुश्किल है, लेकिन मुझे लगता है कि इस पहलू पर भी शासन को विचार करना होगा।

इन शब्दों के साथ मैं इस विधेयक का समर्थन करता हूं। धन्यवाद।

काश्मीर पर राष्ट्र संघ में मौन साधें

उपाध्यक्ष : प्रस्ताव प्रस्तुत हुआ :

"इस सदन की राय है कि संयुक्त राष्ट्र संघ द्वारा पाकिस्तान को काश्मीर में आक्रमण को खाली करने की अपील न करने के कारण सरकार को संयुक्त राष्ट्र संघ में विरोध की कार्यवाही के रूप में दर्ज शिकायत को वापस ले लेना चाहिए।"

श्री वाजपेयी : मैं संशोधन करना चाहूंगा :

प्रस्ताव में :

"संयुक्त राष्ट्र संघ में विरोध की कार्यवाही के रूप में दर्ज शिकायत को रद्द कर देना चाहिए।" शब्द रखे जाएं (३)

४. मैं संशोधन करना चाहूंगा :

प्रस्ताव में अंत में जोड़ा जाए :

"और संयुक्त राष्ट्र संघ से स्वतंत्र रूप से आक्रमण को खाली कराने के रास्ते तलाशने चाहिए।"(४)

उपाध्यक्ष महोदय : प्रस्ताव और श्री वाजपेयी के संशोधन नं. ३ व ४ सदन के सामने हैं।

श्री वाजपेयी : उपाध्यक्ष महोदय, मैंने जो संशोधन उपस्थित किए हैं, उनका स्पष्टीकरण कर दूं। मैं समझता हूं कि मि. तारिक ने जो प्रस्ताव रखा है यदि सरकार चाहे तो भी उसे स्वीकार नहीं कर सकती, क्योंकि जो प्रश्न संयुक्त राष्ट्र संघ में भेज दिया जाता है, उसे शायद टेक्निकली वापस नहीं लिया जा सकता। सरकार अगर चाहे, तो उस प्रश्न पर आगे बातचीत करने से, चर्चा करने से इन्कार कर सकती है। पहले भी जब यह मांग उठाई गई थी कि संयुक्त राष्ट्र संघ से काश्मीर का प्रश्न वापस ले लिया जाए, तो हमारे प्रधानमंत्री जी ने यही टेक्निकल आपत्ति रखी थी कि जो प्रश्न वहां भेज दिया जाता है, वापस नहीं लिया जा सकता है।

इसी कठिनाई को ध्यान में रखकर मैंने यह संशोधन रखा है कि हम इस प्रश्न को वापस न लें—यदि लेना संभव नहीं है, तो—किंतु इस बात का प्रयत्न करें कि संयुक्त राष्ट्र संघ

** संयुक्त राष्ट्र संघ से काश्मीर विवाद वापस उठाने संबंधी प्रस्ताव में लोकसभा में २२ अप्रैल, १९६० को संशोधन प्रस्ताव।*

जम्मू-काश्मीर के प्रश्न पर विचार न करे। यह मांग करने का कारण भी है। इस बात से इन्कार नहीं किया जा सकता कि काश्मीर के प्रश्न पर संयुक्त राष्ट्र संघ भारत के साथ न्याय करने में सफल नहीं हुआ है। पाकिस्तान ने जम्मू-काश्मीर पर आक्रमण किया और यह बात किसी से छिपी हुई नहीं है। सं.रा. संघ के जो प्रतिनिधि काश्मीर में आए थे, उन्होंने भी यह माना कि पाकिस्तान ने काश्मीर पर हमला किया है, लेकिन यह स्वीकार करने के बाद भी, किसी देश द्वारा दूसरे देश की भूमि पर आक्रमण हो, तो संयुक्त राष्ट्र का क्या कर्त्तव्य है, उस कर्त्तव्य का पालन संयुक्त राष्ट्र संघ ने नहीं किया। और जब हम काश्मीर की तुलना कोरिया से करते हैं—उत्तरी कोरिया ने दक्षिणी कोरिया पर हमला किया था—तो पाते हैं कि संयुक्त राष्ट्र संघ में जब यह मामला गया तो उसके २४ घंटे के अंदर उत्तरी कोरिया को आक्रमणकारी घोषित कर दिया गया और दक्षिणी कोरिया की रक्षा के लिए कदम उठाया गया।

संयुक्त राष्ट्र संघ ने शिकायत नजरंदाज की

लेकिन भारत की शिकायत पर संयुक्त राष्ट्र संघ ने कोई कदम नहीं उठाया। आक्रमण को देखकर भी विश्व-शांति का उत्तरदायित्व जिस संस्था के ऊपर है, वह निष्क्रिय बैठी रही और काश्मीर का सवाल शीतयुद्ध का सवाल बन गया। किसने आक्रमण किया, किसके ऊपर आक्रमण किया, ये बातें पीछे रह गईं और अमरीकी और रूसी गुट की जो अंतरराष्ट्रीय राजनीति है, उस राजनीति के ऊपर काश्मीर एक मुहरा बन गया। मैं समझता हूं कि हमारी सरकार ने गलती की, जो काश्मीर के सवाल को संयुक्त राष्ट्र संघ में भेजा : वास्तव में यह सवाल संयुक्त राष्ट्र संघ में भेजने की ही आवश्यकता नहीं थी। हम स्वयं इसको हल कर सकते थे या फिर हल करने का प्रयत्न हमें करना चाहिए था। और वह हल हो भी रहा था। हमारी सेनाएं युद्ध के मैदान में पाकिस्तानी सेनाओं को पछाड़ती हुई आगे बढ़ रही थीं। जब हम विजय पर विजय प्राप्त कर रहे थे, तब हमारी सरकार ने युद्धविराम समझौता कर लिया, यानि विजय प्राप्त करती हुई सेनाओं के कदमों में युद्धविराम रेखा की जंजीरें डाल दीं।

इसका परिणाम यह है कि काश्मीर का एक-तिहाई भाग आज भी पाकिस्तान के कब्जे में है। हम युद्ध के मैदान में नहीं हारे हैं, भारत युद्ध में पराजित नहीं हुआ है, हम संधि में हारे हैं, संधियों का, समझौतों का इतिहास हमारे लिए उतना सम्मानजनक नहीं है। हमारी सरकार यदि युद्धविराम समझौता न करती तो हो सकता है, हम पूरे काश्मीर को अपने साथ ले आते, लेकिन गलती हो गई।

काश्मीर के बारे में सरकार की जो नीति है, वह भयंकर भूलों की एक लंबी कहानी है। जम्मू-काश्मीर भारत के साथ पहले मिलना चाहता था। मगर हमारी सरकार ने उसको नहीं मिलाया। जब पाकिस्तान ने आक्रमण कर दिया और कोई चारा नहीं रहा, तब हमने जम्मू-काश्मीर को मिलाया। जनमत-संग्रह का वादा करने की कोई आवश्यकता नहीं थी। मगर हमारे प्रधानमंत्री जी ने लार्ड माउंटबेटन के सुझाव पर प्लेबिसाइट की ऑफर दे दी। जम्मू-काश्मीर के महाराज भी भारत में पूरी तरह से मिलने को तैयार थे और उसी तरह मिलने को तैयार थे, जिस तरह और रियासतें मिली थीं। मगर हमने प्लेबिसाइट की ऑफर देकर बड़ी गलती की। लेकिन वह प्लेबिसाइट की आफर पाकिस्तान को नहीं थी, जम्मू-काश्मीर की जनता को थी, उसमें पाकिस्तान को बोलने का कोई हक नहीं है। जब पाकिस्तान पख्तूनिस्तान को राइट ऑफ सैल्फडिटरमिनेशन देने के लिए

तैयार नहीं है और काश्मीर के लिए राइट ऑफ सैल्फडिटरमिनेशन मांगे तो यह बात मेरी समझ में नहीं आती है। जम्मू-काश्मीर भारत का अभिन्न अंग बन चुका है और मैं नहीं समझता कि इस संबंध में कोई भी परिवर्तन होनेवाला है। व्यक्ति आएंगे, चले जाएंगे, सरकारें बनेंगी, बिगड़ जाएंगी, मगर जम्मू-काश्मीर भारत के अभिन्न अंग के रूप में, भारत माता के सिर पर मुकुट के रूप में, सुशोभित रहेगा।

मेरा निवेदन है कि संयुक्त राष्ट्र संघ में हमें न्याय नहीं मिला, इसलिए अब इस मामले को संयुक्त राष्ट्र संघ में उठाने का कोई अर्थ नहीं है। अगर मामला उठाया भी जाता है, दूसरों की तरफ से, तो हम उसमें भाग लेकर भारत के हितों का संवर्द्धन करेंगे, ऐसा मुझे दिखाई नहीं देता। लेकिन संयुक्त राष्ट्र संघ से अलग होकर अगर अन्य उपायों के द्वारा हम जम्मू-काश्मीर पर जो पाकिस्तान का आक्रमण हुआ है, उसको हटाने के लिए प्रयत्न कर सकें, तो मैं ऐसे प्रयत्न का स्वागत करूंगा। मगर ऐसा प्रयत्न पाकिस्तान के आक्रमण को हटाने तक सीमित रहना चाहिए, और किसी बात पर नहीं।

न्यायपालिका

स्वीकृति विधेयक लागू करो • ३ मार्च, १९८८

मुख्य न्यायाधीश की नियुक्ति : संविधान गौण • २४ अगस्त, १९७३

मुख्य न्यायाधीश : आधार वरिष्ठता हो • ३० नवंबर, १९७३

जजों की नियुक्ति का दर्शन • ४ मई, १९७३

न्यायपालिका की स्वाधीनता • ४ अगस्त, १९७२

स्वीकृत विधेयक लागू करो

महोदय, १९७८ के ४४ वें संविधान संशोधन विधेयक को ३०.९.१९७९ को राष्ट्रपति की स्वीकृति मिली। निरोधात्मक नजरबंदी से संबंधी धारा ३ के अतिरिक्त विधेयक की सभी धाराओं को सरकारी अधिसूचना के द्वारा लागू किया गया।

विधेयक की धारा ३ ने संविधान के अनुच्छेद २२ की धारा ४ और ७ में संशोधन किया। यह संशोधन सुनिश्चित करता है कि मामलों पर सच्चे और निरक्षेप रूप से विचार किया जाएगा, क्योंकि उच्च न्यायालय के मुख्य न्यायाधीश की सलाह पर सलाहकार बोर्ड का गठन अपेक्षित है। इसमें उच्च न्यायालय के वर्तमान न्यायाधीश अध्यक्ष और उच्च न्यायालय के दो वर्तमान या सेवानिवृत्त न्यायाधीश सदस्य होंगे न कि जैसी पहले व्यवस्था थी कि सलाहकार बोर्ड में उच्च न्यायालय के न्यायाधीश की योग्यता रखनेवाले व्यक्ति सदस्य होंगे। दूसरे, सलाहकार बोर्ड में मामला ले जाने की अवधि को ३ महीनों से घटाकर २ महीने कर दिया गया है।

सर्वोच्च न्यायालय की संविधान पीठ ने २८.१२.१९८१ के अपने निर्णय में सरकार की आलोचना की कि वह संसद की वैधानिक इच्छा का पालन करने में असफल रही है। वास्तव में सरकार संसद की अवमानना की अपराधी है।

यह आश्चर्यजनक है कि संसद द्वारा पास संविधान संशोधन विधेयक, जिसे १९७९ में राष्ट्रपति की सहमति प्राप्त हो चुकी है, को अभी भी पूरी तरह लागू नहीं किया गया है। सर्वोच्च न्यायालय का उपरोक्त निर्णय भी सरकार को व्यक्तिगत स्वतंत्रता से संबंधित इस महत्वपूर्ण मामले में हिलाने में असमर्थ रहा।

मैं सरकार से जरूरी अधिसूचना जारी कर विधेयक की धारा ३ को आगे कोई विलंब किए बगैर लागू करने का अनुरोध करता हूं।

संसद द्वारा पास और राष्ट्रपति की स्वीकृति मिलने के बाद किसी विधेयक पर 'वीटो' इस्तेमाल करने की सरकार को इजाजत नहीं दी जा सकती।

धन्यवाद।

** ४४वें संविधान संशोधन विधेयक १९७९ को अमल में न लाए जाने पर राज्यसभा में ३ मार्च, १९८८ को ध्यानाकर्षण प्रस्ताव।*

मुख्य न्यायाधीश की नियुक्ति : संविधान मौन

उपाध्यक्ष जी, मैं प्रस्ताव करता हूं कि भारत के संविधान का और संशोधन करनेवाले विधेयक पर विचार किया जाए।

इस विधेयक के अंतर्गत मैंने अनुच्छेद १२४ में संशोधन का सुझाव रखा है। संविधान का अनुच्छेद १२४ संघ की न्यायपालिका और यूनियन ज्यूडिशियरी से संबंधित है। इस अनुच्छेद में यह कहा गया है, मैं उद्धृत कर रहा हूं : "१२४ (१) भारत का एक उच्चतम न्यायालय होगा जो भारत के मुख्य न्यायाधिपति तथा जब तक संसद विधि द्वारा और अधिक संख्या निर्धारण नहीं करती, तब तक, अन्य ७ से अधिक न्यायाधीशों से मिलकर बनेगा।

"(२) उच्चतम न्यायालय के तथा राज्यों के उच्च न्यायालयों के ऐसे न्यायाधीशों से परामर्श करके, जिनसे कि इस प्रयोजन के लिए परामर्श करना राष्ट्रपति आवश्यक समझें, राष्ट्रपति अपने हस्ताक्षर और मुद्रा सहित अधिपत्र द्वारा उच्चतम न्यायालय के प्रत्येक न्यायाधीश को नियुक्त करेगा तथा वह न्यायाधीश तब तक पद धारण करेगा जब तक कि वह ६५ वर्ष की आयु प्राप्त न कर ले।"

आगे यह भी कहा गया है, मैं उद्धृत कर रहा हूं :

"परंतु मुख्य न्यायाधिपति से भिन्न किसी अन्य न्यायाधीश की नियुक्ति के विषय में भारत के मुख्य न्यायाधिपति से सर्वदा परामर्श किया जाएगा।"

मैं चाहता हूं अनुच्छेद १२४ के खंड (१) के बाद निम्नलिखित जोड़ दिया जाए—"भारत के सर्वोच्च न्यायालय के वरिष्ठतम न्यायाधीश भारत के मुख्य न्यायाधीश होगें।"

अभी तक संविधान मुख्य न्यायाधीश की नियुक्ति के बारे में कुछ नहीं कहता। यह तो कहा गया है कि न्यायाधीशों की नियुक्ति करते समय मुख्य न्यायाधीश से राष्ट्रपति विचार-विनिमय करेंगे, लेकिन मुख्य न्यायाधीश किसके विचार-विनिमय से नियुक्त होगा, इस संबंध में संविधान मौन है। शायद मौन इसलिए है कि संविधान के निर्माता समझते थे कि मुख्य न्यायाधीश की नियुक्ति में जो वरिष्ठतम न्यायाधीश होगा, वही मुख्य न्यायाधीश बनेगा। लेकिन जब से इस देश में प्रतिबद्ध न्यायपालिका की चर्चा होने लगी है, जब से जन-न्यायालयों की मांग होने लगी है, जब से

---

* *वरिष्ठतम न्यायाधीश को भारत का मुख्य न्यायाधीश बनाने संबंधी संविधान संशोधन विधेयक पर लोकसभा में २४ अगस्त, १९७३ को संशोधन प्रस्ताव।*

पार्लियामेंट को संविधान से और देश से भी बढ़कर मानने की प्रवृत्ति बल पकड़ने लगी है, हमारे मन में यह संदेह उत्पन्न होने लगा था कि सरकार मुख्य न्यायाधीश की नियुक्ति अब किसी स्वस्थ परंपरा के आधार पर नहीं करेगी, राजनीतिक आधार पर करेगी।

मैंने इस विधेयक की सूचना २० मई, १९७१ को दी थी। उस समय सर्वोच्च न्यायालय में आगे क्या होनेवाला है, इसकी कल्पना नहीं की जा सकती थी। लेकिन एक आशंका जरूर थी। क्षितिज के ऊपर इस तरह की धुंधली परछाइयां दिखाई दे रही थीं, जिन्होंने हृदय में यह भय पैदा किया कि संभवतः यह सरकार न्यायपालिका की स्वाधीनता और निष्पक्षता पर कुठाराघात करने में संकोच नहीं करेगी। इसलिए इस विधेयक की सूचना दी गई। इसके उद्देश्यों में कहा गया है :

"संवैधानिक संशोधन का उद्देश्य भारत के सर्वोच्च न्यायालय की निष्पक्षता सुनिश्चित करना है। वर्तमान संवैधानिक स्थिति भारत सरकार को भारत के मुख्य न्यायाधीश की नियुक्ति में असीमित शक्ति देती है। यह शक्ति न्यायपालिका के सर्वोच्च अंग की निष्पक्षता और स्वतंत्रता को कम कर सकती है, क्योंकि सरकार अपने राजनीतिक विचारों से सहमत व्यक्ति की नियुक्ति कर रिक्तियां भर सकती है। इसलिए, संशोधन व्यवस्था करता है कि सर्वोच्च न्यायालय का वरिष्ठतम न्यायाधीश ही भारत का मुख्य न्यायाधीश बनेगा।"

आशंका तथ्य बनी

जो आशंका थी, वह तथ्य बनकर सामने आ गई। सर्वोच्च न्यायालय के तीन वरिष्ठ न्यायाधीशों को ताक पर रखकर एक कनिष्ठ न्यायाधीश को मुख्य न्यायाधीश बना दिया गया। मैं व्यक्तित्वों में नहीं जाना चाहता। इस चर्चा का यह उद्देश्य भी नहीं है। जो भी न्याय की पीठ पर बैठे, हमारे लिए सम्माननीय है, आदरणीय है।

लेकिन प्रश्न यह है कि मुख्य न्यायाधीश की नियुक्ति की कोई प्रक्रिया होगी या नहीं? अभी तक कहा जाता था कि एक परंपरा है कि वरिष्ठ न्यायाधीश मुख्य न्यायाधीश बनेगा। स्वाधीनता के प्रथम वर्ष से लेकर अब तक इस परम्पर का पालन किया गया, एक अपवाद को छोड़कर, जिसमें जस्टिस इमाम वरिष्ठ होने के बावजूद मुख्य न्यायाधीश नहीं बने-क्योंकि वह शारीरिक दृष्टि से अक्षम हो गए। लेकिन शेष सभी मामलों में वरिष्ठता के नियम का पालन किया गया। लेकिन इस बार अपवाद कर दिया गया। अपवाद के समर्थन में जो तर्क दिए गए, वे न केवल हास्यास्पद थे, उन्होंने सरकार के इरादों को भी बेनकाब कर दिया। विधि मंत्री सदन में विराजमान हैं। उन्होंने १९५८ में लॉ कमीशन द्वारा पेश की गई रिपोर्ट की धूल झाड़कर, उस पर लगे हुए मकड़ी के जाले साफ करके उस रिपोर्ट को सदन के सामने पेश कर दिया। डैक्रिल इसक्रिपचर्ज कोट किया करता है, लेकिन डैक्रिल के क्रेडिट में यह बात देनी होगी कि वह इसक्रिपचर्स को सही कोट करता है, गलत कोट नहीं करता है।

लेकिन इसी सदन में विधि आयोग की रिपोर्ट ठीक-ठीक उद्धृत नहीं की गई। विधि आयोग ने यह भी कहा कि अगर आपको ऐसी परंपर कायम करनी है, जिसके अनुसार केवल वरिष्ठता के आधार पर चीफ जस्टिस नियुक्त नहीं होगा तो पहले आपको इस नियम की, इस परंपरा की घोषणा करनी चाहिए, इस कनवेंशन को एस्टेबलिश करना चाहिए, ऐलान करना चाहिए, ताकि आने वाली किसी नियुक्ति के संबंध में किसी के मन में यह भाव न हो कि उसकी उपेक्षा की गई है, उसे अन्याय का शिकार बनाया गया है, उसे उसके विचारों के लिए दंडित किया गया है। अगर

१९५८ के बाद फौरन उसे आप स्वीकार कर लेते और यह परम्परा निश्चित हो जाती तो मामला दूसरा था। सरकार लॉ कमीशन की रिपोर्ट पर सोती रही, जमुना में बहुत-सा पानी बह गया, अनेक महीने वर्षों में बदल गए और अचानक जब सरकार ने फैसला कर दिया कि हमें तीन वरिष्ठ जजों को उनके अधिकार से वंचित करना है तो सरकार को लॉ कमीशन की रिपोर्ट की याद आई। लेकिन लॉ कमीशन ने जो कहा, उसको मैं उद्धृत करना चाहता हूं :

"इन सबसे ऊपर प्रबल स्वतंत्रता और विराट व्यक्तित्व का व्यक्ति, जो मौका पड़ने पर, न्यायपालिका की स्वतंत्रता का पहरेदार होगा।"

ऐसा व्यक्ति चीफ जस्टिस होना चाहिए। लॉ कमीशन ने यह नहीं कहा कि ऐसा व्यक्ति चीफ जस्टिस होना चाहिए जो एफीशेंट हो, कैपेसिटी रखता हो। ऐसा नहीं हो सकता कि सरकार लॉ कमीशन की रिपोर्ट के एक हिस्से को स्वीकार कर ले और दूसरे को अस्वीकार कर दे। मीठा-मीठा गप और कड़वा-कड़वा थू-थू। यह नहीं हो सकता। लॉ कमीशन की रिपोर्ट टुकड़ों में नहीं बांटी जा सकती। अगर आप लॉ कमीशन की यह बात मानते हैं कि जज ऐसा होना चाहिए, जो न्यायपालिका की स्वाधीनता और निष्पक्षता की रक्षा करे, जिसका व्यक्तित्व केवल सरकार के प्रभाव में न आ जाए तो फिर इस सदन में खड़े होकर जिस नए दर्शन का प्रतिपादन किया गया कि जज ऐसा होना चाहिए जो सरकार की सहायता करे, जज ऐसा होना चाहिए जो फारवर्ड लुकिंग हो, इसकी क्या जरूरत थी?

मैं जस्टिस हिदायतुल्ला का भाषण पढ़ रहा था। उन्होंने बड़ी मजेदार बात कही। उन्होंने कहा कि फार्वर्ड लुकिंग होना चाहिए या 'लुकिंग फार्वर्ड' होना चाहिए। फार्वर्ड लुकिंग जज नहीं, बल्कि ऐसा जो आगे देखकर, इनकी हां में हां मिलाकर चले और देखे कि उसको और क्या मिलनेवाला है। फार्वर्ड लुकिंग का क्या मतलब है?

चीफ जस्टिस ने क्या वादा किया है?

सदन में यह भी कहा गया है कि एक जज का दर्शन ऐसा दर्शन होना चाहिए जो सरकार का दर्शन हो, उसका सामाजिक दर्शन होना चाहिए। स्वर्गीय मोहन कुमारमंगलम् हमारे बीच में नहीं है। मैं उनको गलत उद्धृत नहीं कर रहा हूं। मैं उनकी बात नहीं भूला हूं जो उन्होंने उस दिन सदन में कही थी। आज वह हमारे बीच में नहीं हैं। हम सब इस कारण दुखी हैं। लेकिन इस बात से इन्कार नहीं किया जा सकता कि उन्होंने बड़ी स्पष्टवादिता से सारी बातें कह दीं और सरकार बेनकाब हो गई, उसका भांडा फूट गया। कम से कम मैं तो उनकी ईमानदारी की तारीफ करूंगा। उनके विचारों से मेरा मतभेद है, उनके विचारों का मैं विरोधी हूं, मैं उनके विचारों को लोकतंत्र के लिए घातक समझता हूं। लेकिन उन्होंने बड़ी निर्भीकता के साथ कह दिया कि हमें ऐसा जज चाहिए, जो सुप्रीम कोर्ट और पार्लियामेंट के बीच में जो कनफ्रंटेशन चल रहा है, उसे खत्म कर दे। क्या वर्तमान चीफ जस्टिस ने वादा किया है कि अब यह कनफ्रंटेशन नहीं चलेगा?

विधि मंत्री कुछ दिन पहले चंडीगढ़ गए थे। वहां उन्होंने कहा कि जजों की फिलॉसफी होनी चाहिए, वह जो कांस्टीटूयशन की फिलॉसफी है। लेकिन क्या उनके इस कथन में और स्वर्गीय श्री मोहन कुमारमंगलम् के उत्तर में अंतर्विरोध नहीं है? हम मानते हैं कि जजों का दर्शन संविधान का दर्शन होना चाहिए, जज संविधान की शपथ लेता है, जज को बिना किसी भय के, पक्षपात के न्याय करना है, लेकिन स्वर्गीय मोहन कुमारमंगलम् ने संविधान में निहित दर्शन की बात नहीं

कही। कही होती तो झगड़ा खड़ा न होता। उन्होंने कहा कि हमें ऐसा जज चाहिए, जो सरकार की सहायता करे। अगर सरकार की सहायता करनेवाला जज होगा, तो सरकार के विरुद्ध अपील करनेवाले नागरिक को न्याय कौन देगा? यह बात सदन में दोहराई जा चुकी है कि ६० फीसदी से अधिक मामले सरकार के विरुद्ध होते हैं। ये मामले बढ़ेंगे, क्योंकि सरकार अधिकाधिक आर्थिक और सामाजिक क्षेत्र को अपने हाथ के नीचे लेती रही है और शक्ति का केंद्रीकरण हो रहा है।

व्यक्ति को शिकायत हो सकती है। उसके मूलभूत अधिकारों का हनन हो सकता है। तब न्याय के लिए उसको अदालत का दरवाजा खटखटाना पड़ता है, लेकिन न्याय-मंदिर में अगर ऐसा न्यायमूर्ति बैठा है, जो सरकार की सहायता करने के लिए बैठा है, तो फिर व्यक्ति को न्याय नहीं मिलेगा, व्यक्तिगत स्वाधीनता की रक्षा नहीं होगी और मूलभूत अधिकारों का संरक्षण नहीं होगा।

सरकार अपनी स्थिति स्पष्ट करे

मैं चाहता था कि इस बात का सदन में खंडन किया जाए, लेकिन खंडन नहीं किया गया है। लीपापोती करने की कोशिश की गई है। सरदार दरबारा सिंह कह रहे हैं कि खाली कहने में फर्क है, वे माननीय सदस्य श्री मोहन कुमारमंगलम् की स्मृति के साथ न्याय नहीं कर रहे हैं। यह कथन का अंतर नहीं है, यह चिंतन का अंतर है, यह दर्शन का अंतर है। और इसलिए यह विधेयक सरकार को मौका देता है कि वह अपनी स्थिति स्पष्ट करे। सरकार कौन-सी बात चाहती है?

यह कहा जा सकता है कि अगर हमने संविधान में यह लिख दिया कि वरिष्ठ जज को ही मुख्य न्यायाधीश बनाया जाएगा, तो फिर उसमें अपवाद भी नहीं किए जा सकेंगे। अगर जस्टिस इमाम जैसे मामले फिर हुए तो क्या किया जाएगा? मेरा निवेदन है कि अगर जस्टिस इमामवाले मामले फिर से होंगे, तो यह आशा रखनी चाहिए कि ऐसे व्यक्ति स्वयं त्यागपत्र देकर चले जाएंगे। उनके लिए कोई अपवाद गढ़ने की आवश्यकता नहीं है। लेकिन इस आधार पर सरकार को यह अपरिमित अधिकार नहीं दिया जा सकता।

अभी दिल्ली में सारे देश के वकीलों का सम्मेलन हुआ था। सुप्रीम कोर्ट बार एसोसिएशन ने उस सम्मेलन का आयोजन किया था। लॉ कमीशन के अनेक सदस्य उसमें शामिल थे। उनको किसी दलगत राजनीति से मतलब नहीं है। लेकिन वे इस बात के लिए चिंतित हैं कि इस देश में न्यायपालिका की स्वाधीनता सुरक्षित रहेगी या नहीं। उन्होंने मांग की है कि सरकार इस संबंध में अपना दिमाग साफ करे।

जब संविधान बन रहा था, तो डॉ. अंबेडकर ने कहा था कि यह मामला केवल एक्जीक्यूटिव पर नहीं छोड़ा जा सकता है। फिर किसकी सलाह ली जाएगी? ऐसा भी सुझाव आया कि कोई पैनल बनाया जाए, वह पैनल नामों की सिफारिश करे और उन नामों में से कोई व्यक्ति मुख्य न्यायाधीश बने। अगर विधि मंत्री कोई ऐसी व्यवस्था बनाएं तो मुझे कोई आपत्ति नहीं होगी, लेकिन आज की स्थिति को स्वीकार नहीं किया जा सकता है।

क्या यह ताज्जुब की बात नहीं है कि जो अवकाश लेनेवाले न्यायाधीश थे उन्हें भी पता नहीं था कि अगला मुख्य न्यायाधीश कौन होगा, उनकी जगह कौन लेनेवाला है। रिटायरिंग चीफ जस्टिस के प्रति सामान्य शिष्टाचार भी नहीं दिखाया गया। आखिर सरकार को पता था कि वह रिटायर होने वाले हैं, उनका कार्यकाल समाप्त होनेवाला है। तो फिर पहले से निर्णय क्यों नहीं लिया गया? इसकी घोषणा पहले क्यों नहीं की गई? ऐन वक्त पर क्यों की गई?

मैंने जस्टिस हिदायतुल्ला के भाषण में एक बात और पढ़ी। मुझे उसको पढ़कर बहुत ताज्जुब हुआ। जस्टिस हिदायतुल्ला ने अपने भाषण में कहा है कि मैं सोचता था कि जस्टिस शेलट मुख्य न्यायाधीश बनेंगे। जस्टिस हिदायतुल्ला कहते हैं कि वह उनके साथ मजाक किया करते थे :

"हेलो शेलट! अपने शपथ ग्रहण समारोह में मुझे ले जाने के बारे में क्या विचार है।"

और वे उनको वैकेशन जज के नाम से पुकारते थे। लेकिन बात कुछ उल्टी हो गई। जस्टिस हिदायतुल्ला ने यह रहस्योद्घाटन किया :

"मैंने २५ तारीख की सुबह ११ बजे तीन न्यायाधीशों की वरिष्ठता को नजरअंदाज करते हुए न्यायमूर्ति की नियुक्ति के बारे में सुना। यह खबर मुझे कलकत्ता से मिली। यह बहुत महत्त्वपूर्ण बात है कि ३.३० बजे दोपहर घोषणा हुई और मैंने इसके बारे में सुबह ११ बजे जाना।"

विधि, न्याय एवं कंपनी मामलों के मंत्री श्री एच.आर. गोखले : यह किसका भाषण है?

श्री वाजपेयी : यह पूर्व मुख्य न्यायाधीश श्री हिदायतुल्ला का भाषण है। खबर कलकत्ता से आई। आधिकारिक घोषणा बाद में हुई। सूचना सवेरे मिल गई। अवकाश प्राप्त करनेवाले मुख्य न्यायाधीश को अंधेरे में रखा गया। क्या कारण है इसका?

दूसरा प्रश्न बार-एसोसिएशन के सम्मेलन में यह भी उठाया गया था कि सरकार तब तक चीफ जस्टिस के बारे में ऐलान करने से रुकी रही, जब तक कि फंडामेंटल राइट्स के बारे में सुप्रीम कोर्ट के फैसले का पता न लग जाए। क्या यह बात सच है कि जिन तीन जजों ने सरकार के पक्ष में फैसला नहीं दिया, उन्हें उठाकर ताक पर रख दिया गया, उन्हें उनकी वरिष्ठता से वंचित कर दिया गया। उन्हें अपमानित किया गया। जिन्होंने सरकार के पक्ष में फैसला दिया था, उनको मुख्य न्यायाधीश के पद पर प्रतिष्ठित कर दिया गया। क्या यह न्यायपालिका की गरिमा को बढ़ाने का तरीका है? क्या यह जनता में यह विश्वास भरने का ढंग है कि उसके मूलभूत अधिकारों की रक्षा होगी, उसके साथ सर्वोच्च न्यायालय में इंसाफ किया जाएगा।

यह प्रश्न केवल तीन जजों का नहीं है। मुझे चीफ जस्टिस से भी कोई शिकायत नहीं है। व्यक्ति के रूप में वह अच्छे हो सकते हैं। मैं एक सिद्धांत की बात कह रहा हूं। मैं एक प्रणाली को विकसित करने पर बल दे रहा हूं। यह बात हमेशा के लिए सरकार के हाथ में नहीं छोड़ी जा सकती। सरकार को किसी मर्यादा में बांधना होगा और यह विधेयक इस दिशा में प्रयत्न करता है। संविधान में लिखा जा सकता है कि जो वरिष्ठ न्यायाधीश होगा, वह मुख्य न्यायाधीश बनेगा।

यह भी कहा जाता है कि अगर वरिष्ठ न्यायाधीश योग्य न हो, तो? मैं पूछना चाहता हूं कि अगर वह योग्य नहीं है, तो वह सुप्रीम कोर्ट तक पहुंचा कैसे? क्या सुप्रीम कोर्ट तक पहुंचने के लिए योग्यता की कोई कसौटियां नहीं हैं? जो व्यक्ति सुप्रीम कोर्ट का जज हो सकता है, क्या वह चीफ जस्टिस नहीं हो सकता? और क्या कोई कह सकता है कि जो तीन जज सुपरसीड किए गए थे, वे योग्य नहीं थे या उनमें निर्णय लेने की और नेतृत्व देने की योग्यता नहीं थी।

लेकिन सरकार को हां में हां मिलानेवाले जज चाहिए। इसलिए वह अपने को किसी नियम, किसी परंपरा और किसी तरीके में बांधना नहीं चाहती। मेरा यह विधेयक इस दिशा में प्रयास है और मैं चाहूंगा कि सदन इस पर विचार करे और अपना मत दे। धन्यवाद।

मुख्य न्यायाधीश : आधार वरिष्ठता हो

उपसभापति महोदय, मेरे विधेयक पर जिन माननीय सदस्यों ने अपने विचार प्रकट किए हैं, मैं उन्हें धन्यवाद देना चाहता हूं। मैं सदन को यह स्मरण दिलाना चाहूंगा कि यह विधेयक १९७१ में पेश किया था और मैंने विधेयक के उद्देश्यों में कहा है कि उसी समय यह आशंका पैदा हो रही थी कि सरकार प्रबुद्ध न्यायपालिका के नाम पर ऐसे कदम उठाएगी या उठा सकती है, जिनसे न्यायपालिका की स्वाधीनता पर, निष्पक्षता पर आघात हो। बाद की घटनाओं ने इस आशंका की पुष्टि कर दी है।

उपाध्यक्ष महोदय, विधेयक के विरोध में एक बात कही है कि अगर वरिष्ठतम जज को सुप्रीम कोर्ट का मुख्य न्यायाधीश बना दिया जाएगा, तो ऐसे मामलों का क्या होगा जिनमें कोई जज अपंग हो जाता है या उसका दिमाग ठीक से काम नहीं करता है? इस तरह का एक उदाहरण हो चुका है, और सब जानते हैं कि उन चीफ जस्टिस महोदय ने अपनी इच्छा से त्यागपत्र दे दिया था। लेकिन यह तर्क दिया जा सकता है और दिया गया है कि अगर कोई त्यागपत्र से इन्कार कर दे तब क्या होगा? मेरा निवेदन है कि इसमें से रास्ता निकालने का तरीका यह नहीं है कि सरकार चीफ जस्टिस की नियुक्ति के अमर्यादित अधिकार अपने हाथ में ले ले। उसका एक तरीका है और उसकी व्यवस्था हमारे संविधान में की गई है। यूनियन पब्लिक सर्विस कमीशन के बारे में जो प्रावधान है, उनमें एक प्रावधान यह भी है अनुच्छेद ३१७ (३), जिसे मैं उद्धृत करना चाहता हूं :

"नियम (१) में यदि कुछ नहीं है, लोकसेवा आयोग के अध्यक्ष या किसी सदस्य पद से हटाने के लिए राष्ट्रपति आदेश दे सकता है, यदि अध्यक्ष या ऐसा अन्य सदस्य, जैसा भी मामला हो, राष्ट्रपति की राय में मानसिक या शारीरिक रूप से कार्यालय में कार्य करते रहने के लिए उपयुक्त नहीं है।"

हमने अपने संविधान में इस बात की व्यवस्था की है कि अगर कोई ऐसा व्यक्ति हो जो अपने दायित्व का ठीक से पालन नहीं कर सकता, तो राष्ट्रपति उसे हटा सकते हैं।

---

* *न्यायपालिका संबंधी १९७१ में प्रस्तुत किए गए संशोधन विधेयक पर लोकसभा में ३० नवंबर, १९७३ को दिया गया चर्चा का उत्तर।*

श्री ए.के.एम. इशाक (बारीहाट) : वह बिना महाभियोग के उन्हें नहीं हटा सकते।

श्री वाजपेयी : मैं उत्तर दे रहा हूं इस आपत्ति का कि अगर कोई जज जो चीफ जस्टिस बनाया गया है, वह दिमाग से या शरीर से ठीक न हो तो क्या किया जाए। मेरा कहना है कि आप वरिष्ठतम जज को चीफ जस्टिस बनाने का फैसला कर लीजिए और उसके साथ संविधान में यह संशोधन भी जोड़ दीजिए कि राष्ट्रपति को यह अधिकार होगा कि अगर ऐसा चीफ जस्टिस इनफर्म माइंड से हो या बॉडी से, राष्ट्रपति उसे हटा सकते हैं।

श्री ए.के.एम. इशाक : उन्हें बिना किसी महा अभियोग के हटाया नहीं जा सकता।

श्री वाजपेयी : यह तो संविधान में संशोधन करनेवाली बात है।

मुख्य न्यायाधीश की नियुक्ति वरिष्ठता के आधार पर होगी यह बात गत् २५ वर्ष तक सर्वमान्य रही। यहां मैं 'कांस्टीट्यूशनल लॉ ऑफ इंडिया' जिसके लेखक हैं श्री एच.एम. सीरवई, जो हमारे विधि मंत्री के मित्र हैं, उन्होंने यूनियन जुडीशियरी के चैप्टर के अंतर्गत जो लिखा है, उसको उद्धृत करना चाहता हूं :

"अभी तक सर्वोच्च न्यायालय के मुख्य न्यायाधीश और उच्च न्यायालय के मुख्य न्यायाधीश की नियुक्ति संबंधी प्रावधान पर कोई बहस नहीं हुई है, परंपरा से, सबसे वरिष्ठ न्यायाधीश ही मुख्य न्यायाधीश नियुक्त होते रहे हैं। परंपरा इस दृष्टिकोण पर आधारित है कि कुल मिलाकर न्यायिक प्रशासन का हित, सबसे अच्छे व्यक्ति की तलाश की बजाय, नियुक्ति करनेवाले प्राधिकरण की शक्तियां कम करने में है।"

यह श्री सीरवई का अभिमत है। सरकार संविधान के निर्माण से लेकर विगत कुछ महीनों तक इससे सहमत रही और बाद में सरकार ने वरिष्ठतम जज को चीफ जस्टिस बनाने की परिपाटी का परित्याग कर दिया।

अभी विधि मंत्री ने जो भाषण दिया, उससे लगता है कि वे चीफ जस्टिस की नियुक्ति के अमर्यादित और असीमित अधिकार चाहते हैं। इसीलिए मैंने यह संशोधन किया है जिसके अनुसार सरकार को बांधा जाना चाहिए कि केवल सीनियर मोस्ट जज चीफ जस्टिस हों। हमारे मित्र श्री मिश्र जी ने संविधान की जो व्याख्या की है, उसमें उनका कहना है कि जज के अंतर्गत मुख्य न्यायाधीश भी आता है और उसके अनुसार उसकी नियुक्ति में उपयुक्त सलाह से काम किया जाना चाहिए। उनकी व्याख्या को यदि विधि मंत्री मान लेते तो मेरे विधेयक की आवश्यकता ही नहीं थी।···(व्यवधान) जज चीफ जस्टिस बनाया जाएगा, उसमें दुविधा है और उसी का लाभ यह उठाते हैं। मेरा कहना है कि यह बात दो-टूक कर दी जानी चाहिए।

इस मुद्दे पर जो यह कहते हैं कि मुख्य न्यायाधीश की नियुक्ति के बारे में हमने विचार-विनिमय नहीं किया, वे गलत कहते हैं। वे यह भी कहते हैं कि हमने किसी मामले में विचार-विमर्श नहीं किया। उनका कहना है कि रिटायर होने से पहले चीफ जस्टिस सरकार को चिट्ठियां लिखा करते थे, सिफारिश करते थे कि मेरे बाद किसको चीफ जस्टिस बनाया जाए। मैं समझता हूं यह तथ्यों के विपरीत है। एक मामला मुझे मालूम है जब चीफ जस्टिस मि. कानिया रिटायर हो रहे थे और उनकी जगह किसी बाहर के व्यक्ति को चीफ जस्टिस बनाने का सवाल आया तो सुप्रीम कोर्ट के सभी जजों ने विरोध प्रकट किया था, त्यागपत्र देने की धमकी दी थी। मैं जानना चाहता हूं अगर उनसे सलाह नहीं की गई थी तो उन्हें पता कैसे लगा कि बाहर का व्यक्ति आनेवाला है और जो वरिष्ठतम जज है, वह चीफ जस्टिस नहीं बनाया जाएगा?

दिल्ली हाई कोर्ट में सरकार द्वारा दाखिल हलफनामे की मैं चर्चा नहीं करना चाहता था, लेकिन चर्चा निकल पड़ी है अतः मैं भी कुछ कहूंगा कि वह दस्तावेज पढ़कर मुझे ताज्जुब हुआ। उसमें सरकार की तरफ से यह भी अस्वीकार कर दिया गया है कि जो जज 'सुपरसीड' किए गए थे, वे एमिनेंट जजेज थे।

"सरकार ने खंडन किया कि न्यायाधीश जिसे मनोनीत (सुपरसीड) किया गया है, सर्वोत्कृष्ट है।"

वे सुप्रीम कोर्ट में जज थे, उन्हें आपने सुप्रीम कोर्ट में जज बनाया था, उनको चीफ जस्टिस नहीं बनाया, यह अलग बात है, लेकिन क्या अपने पक्ष को पुष्ट करने के लिए हाई कोर्ट में यह एफिडेविट देंगे कि वे जजेज एमिनेंट जजेज नहीं थे?

श्री ए.के.एम. इशाक : वह इतने श्रेष्ठ नहीं थे कि मुख्य न्यायाधीश बना दिया जाए।

श्री वाजपेयी : आपने एफिडेविट पढ़ी नहीं है।

सरकार का हलफनामा

यह बात बहुत आपत्तिजनक है। विधि मंत्री ने ज्वाइंट सेक्रेटरी के एफिडेविट को अपनी एफिडेविट मान लिया है और उस एफिडेविट में यह बात कही गई है, इससे यह संदेह पुष्ट हुआ है, यह धारणा बलवती हुई है कि जिनको आपने ताक पर रखा, जिन्हें सुपरसीड किया, उन्हें आप सजा देना चाहते थे। फंडामेंटल राइट्स के मामले में सरकार के विरोध में निर्णय देने के लिए मुझे ताज्जुब है, विधि मंत्री महोदय ने स्वर्गीय मोहन कुमारमंगलम् के भाषण के बारे में एक शब्द कहना ठीक नहीं समझा है। मेरे मित्र श्री साठे ने कहा—जज ऐसे होने चाहिए जिनका दर्शन संविधान का दर्शन होना चाहिए। अगर यह बात उसी दिन कही जाती तो इतना वितंडावाद खड़ा नहीं होता। लेकिन श्री मोहन कुमारमंगलम् ने कहा था कि हमें ऐसे जज चाहिए जो सरकार की मदद करें, हमें ऐसे जज चाहिए जो फारवर्ड लुकिंग हों। लेकिन फारवर्ड लुकिंग का मतलब क्या है? चीफ जस्टि हिदायतुल्ला ने इसी पर टिप्पणी की थी कि जज फारवर्ड लुकिंग हों या लुकिंग हों कि रिटायर होने के बाद किसी कमीशन में जगह मिलेगी या नहीं। लेकिन विधि मंत्री महोदय इस मामले पर बिल्कुल चुप हैं। उन्होंने इस बहस में और सवालों का जवाब तो दिया लेकिन इस सवाल पर चुप्पी साध ली कि क्या सरकार यह चाहती है कि सुप्रीम कोर्ट के जज और मुख्य न्यायाधीश सत्तारूढ़ पार्टी के दर्शन से बंधे हों या संविधान के दर्शन से बंधे हों?

श्री एच.आर. गोखले : मैं इसे अनेकों बार कह चुका हूं।

श्री वाजपेयी : अभी विधि मंत्री ने हवाला दिया है कि एटार्नी जनरल की ओर से क्या कहा गया है सुप्रीम कोर्ट में, वे जस्टिस हेगड़े को कोट न करें, मैं ऑल इंडिया रिपोर्टर की कापी लाया हूं। इसमें जजमेंट में जो कुछ कहा गया है, वह उद्धृत करना चाहता हूं।

श्री एच.आर. गोखले : वही मैंने पढ़ा है।

श्री वाजपेयी : प्रतिवादियों ने दावा किया कि संसद मूलभूत अधिकारों का, भाषण एवं अभिव्यक्ति की स्वतंत्रता, समिति या संगठन बनाने की स्वतंत्रता और धर्म की स्वतंत्रता की तरह निरसन कर सकती है। उन्होंने दावा किया कि लोकतंत्र को अपदस्थ किया जा सकता है तथा एक दलीय शासन स्थापित हो सकता है। वास्तव में, संविधान की खंडन करने की कमी के कारण, धारा ३६८ को लागू करके नागरिकों को बिना कोई स्वतंत्रता दिए किसी भी प्रकार की सरकार बनाई

जा सकती है।

उपाध्यक्ष महोदय, सरकार की तरफ से यह कहा जाना पार्लियामेंट की प्रतिष्ठा को बढ़ाने वाली बात नहीं है, उल्टे यह सरकार के इरादों के बारे में संदेह पैदा करनेवाली बात है। यह पार्लियामेंट चुनी जाती है। अलग मुद्दों को लेकर विधि मंत्री महोदय बोल रहे थे तो पार्लियामेंट और पीपुल को इक्वेट कर रहे थे। विधि मंत्री महोदय को याद होगा कि जब कांस्टीट्यूशन अमेंडमेंट बिल इस सदन में आया था, तो मैंने कहा था कि अगर आप फंडामेंटल राइट्स को एवरोगेट या एंब्रिज करना चाहते हैं तो आप ओपीनियन पोल कीजिए, रेफरेंडम कीजिए, लेकिन यह कहना कि हर पांच साल बाद जो पार्लियामेंट बनती है और जो अलग मुद्दों पर बनती है, वह संविधान की आत्मा को ही नष्ट कर सकती है, गलत है। चुनाव में फंडामेंटल राइट्स कम किए जाएं या बढ़ाए जाएं, यह सवाल कभी नहीं पेश किया जाता है।

श्री एच.आर. गोखले : यह घोषणापत्र में रखा गया था।

श्री वाजपेयी : लेकिन आपका घोषणापत्र गरीबी हटाओ पर जोर दे रहा था, मूलभूत अधिकारों के निरसन पर नहीं।

इसलिए मैंने कहा था अगर आप इस मुद्दे पर जनता की राय लेना चाहते हैं तो उससे कहिए कि हम अभिव्यक्ति की स्वतंत्रता का गला घोंटना चाहते हैं, आपकी राय है या नहीं?

पार्लियामेंट का दायरा

उपाध्यक्ष जी, मेरा कहना है कि पार्लियामेंट अपने दायरे में सीमित है। जिस दिन पार्लियामेंट इस लोकतंत्र को तानाशाही में बदलने का निर्णय करेगी, जिस दिन यह पार्लियामेंट नागरिकों के मूलभूत अधिकारों को समाप्त करने का प्रयत्न करेगी, उसी दिन पार्लियामेंट अपना रिपजेंटेटिव कैरेक्टर छोड़ देगी। अगर आपको ऐसा काम करना है तो आपको जनता के पास जाना चाहिए। कांस्टीट्यूशन एसेंबली बुलाना चाहिए, नए संविधान का निर्माण करना चाहिए। लेकिन पांच साल के लिए कुछ विशिष्ट मुद्दों पर चुना गया गार्जन इस संविधान के मूलभूत आधारों में परिवर्तन नहीं कर सकता। लेकिन ३६८ के अंतर्गत इसी अधिकार का दावा किया जा रहा है। इसी आधार को चुनौती दी गई और मैं उन जजों को बधाई देना चाहता हूं जिन्होंने यह कहा कि पार्लियामेंट कांस्टीट्यूशन के बेसिक कैरेक्टर में परिवर्तन नहीं कर सकती। कोई भारत के लोकतंत्र को राजतंत्र में नहीं बदल सकता। जिस दिन यह पार्लियामेंट ऐसा करेगी, उस दिन पार्लियामेंट नहीं रहेगी। लेकिन भारत सरकार की तरफ से ऐसा क्यों कहा गया, आखिर एटार्नी जनरल को सुप्रीम कोर्ट में ऐसी ऊल-जलूल बातें कहने की जरूरत क्यों हुई जो बात आपके मन में नहीं है, दिमाग में नहीं है, जैसा आप कह रहे हैं या नहीं, भगवान जाने, मैं अंतर्यामी नहीं हूं। उसे आप कहते क्यों हैं, इससे संदेह पुष्ट होता है। आपके मन में कुछ है, इसलिए आपने कहा था कि पार्लियामेंट को अधिकार है, चाहे लोकतंत्र को खत्म कर दे। यह अधिकार पार्लियामेंट को किसी ने नहीं दिया।

श्री एम. राजगोपाल रेड्डी (निजामाबाद) : मैं अपने मकान का पूरा सामान बाजार में रख सकता हूं। मगर नहीं रखता।

श्री वाजपेयी : उपाध्यक्ष जी, यह मकान नहीं है और न माननीय रेड्डी की दुकान है। यह भारत की सर्वोच्च प्रतिनिधि संस्था है। अपने दायरे में स्वाधीन है, सुप्रीम कोर्ट अपने दायरे में स्वाधीन है और इस सदन को सुप्रीम कोर्ट द्वारा की गई संविधान की व्याख्या को मानना पड़ेगा। अगर

पार्लियामेंट चाहे तो संविधान में संशोधन कर सकती है। लेकिन उस संशोधन को फिर अदालत के सामने अपना सर झुकाना पड़ेगा। शायद इसीलिए आप सुप्रीम कोर्ट में ऐसे जज चाहते हैं, जो हां में हां मिलाएं। मैं इसके लिए दरीचा बंद करना चाहता हूं। वरिष्ठतम जज को चीफ जस्टिस बनाने की बात स्वीकार कर लीजिए। अगर इसमें कोई कमी है तो एक संशोधन और किया जा सकता है कि अगर कोई चीफ जस्टिस इनफर्म हो बॉडी में या माइंड में, जैसे कंट्रोलर और ऑडिटर जनरल के लिए भी किया है···(व्यवधान)

श्री मूलचंद डागा (पाली) : अगर दकियानूसी ख्यालात का हो तो।

श्री वाजपेयी : अगर दकियानूसी ख्यालात का है तो वह सुप्रीम कोर्ट तक पहुंचा कैसे? आप उसको सुप्रीम कोर्ट तक पहुंचा सकते हैं, मगर चीफ जस्टिस नहीं बना सकते?···(व्यवधान) और फिर वह दकियानूसी है या नहीं यह कौन तय करेगा? दकियानूसीपन क्या है, यह कौन तय करेगा? यह क्या राज करनेवाले करेंगे?

डायरेक्टिव प्रिंसिपल्स बनाम फंडामेंटल राइट्स

हमारे डायरेक्टिव प्रिंसिपल्स में कहा गया है कि एग्जीक्यूटिव और जुडिशियरी का सेपरेशन होगा। उस दिन कांग्रेस के मेंबर बड़े भाषण दे रहे थे कि फंडामेंटल राइट्स नीचे हैं, डायरेक्टिव प्रिंसिपल्स ऊपर हैं। यही बात स्वर्गीय मोहन कुमारमंगलम् ने कही थी। मैं चाहता हूं कि अगर सचमुच में डायरेक्टिव प्रिंसिपल्स ऊपर हैं तो उनका आर्टिकिल १९ में समावेश कर दीजिए। बेकारी का भत्ता देने के डायरेक्टिव प्रिंसिपल का समावेश कर दीजिए, कॉमन सिविल कोर्ट बनाने के डायरेक्टिव प्रिंसिपल का समावेश करिए, गो-हत्या पर रोक लगाने के डायरेक्टिव प्रिंसिपल को फंडामेंटल राइट्स बना दीजिए। मगर जब फंडामेटल राइट्स में कमी की जाती है तो डायरेक्टिव प्रिंसिपल्स की दुहाई दी जाती है और जब डायरेक्टिव प्रिंसिपल्स पर अमल करने की बात कही जाती है, तो कहा जाता है कि वे जस्टिशिएविल नहीं हैं। आखिर डायरेक्टिव प्रिंसिपल्स जस्टिशिएविल नहीं हैं, यह व्यवस्था किसने बनाई है? यह व्यवस्था सुप्रीम कोर्ट की है या इस सदन की है या कांस्टीट्यूशन की है?

कहा जाता है कि सुप्रीम कोर्ट के जज डायरेक्टिव प्रिंसिपल्स का ध्यान नहीं रखते। बड़ी बेतुकी बात है, आपने स्वयं लिख दिया कांस्टीट्यूशन में कि डायरेक्टिव प्रिंसिपल्स जस्टिशिएविल नहीं होंगे···(व्यवधान) अगर सरकार और यह सदन डायरेक्टिव प्रिंसिपल्स पर आचरण चाहता है और सुप्रीम कोर्ट के जजों के लिए यह अनिवार्य करना चाहता है कि वह डायरेक्टिव प्रिंसिपल्स के अनुसार निर्णय दें तो संविधान में संशोधन करके डायरेक्टिव प्रिंसिपल्स को फंडामेंटल राइट्स के चैप्टर में लाया जा सकता है। हम उनका समर्थन करेंगे। लाइए, संशोधन। लेकिन यह संशोधन आप नहीं लाएंगे। कभी आप फंडामेटल राइट्स के हिमायती बन जाएंगे, कभी आप डायरेक्टिव प्रिंसिपल्स के समर्थक बन जाएंगे। मगर कुल मिलाकर आपका आचरण ऐसा होगा जो न्यायपालिका की स्वाधीनता पर आघात करेगा और भारत में लोकतंत्र के भविष्य के बारे में आशंका पैदा करेगा। विधि मंत्री का भाषण हमारी आशंकाओं का निराकरण नहीं करता। सचमुच में जो आशंकाएं थीं, वह उनके भाषण से पुष्ट हो गई हैं, और इसीलिए मैं अपने विधेयक पर जोर देने वाला हूं। मेरा विधेयक स्वीकार किया जाना चाहिए।

जजों की नियुक्ति का दर्शन

अध्यक्ष जी, जब मैं उस दिन श्री मोहन कुमारमंगलम् के भाषण को सुन रहा था तो मुझे उर्दू का एक शेर याद आया :

कपड़ा सड़ा गला हो तो मुमकिन नहीं रफू,
सीते थे आस्तीन गिरेबान फट गया।
बारे गुनाह बढ़ गया उज्रे--गुनाह से,
धोने से और दामने ईमां—चिकट गया।

अध्यक्ष महोदय : मुझे इस बात की खुशी है कि आपने भी उर्दू बोली।

श्री वाजपेयी : जब इस महत्वपूर्ण विषय पर चर्चा आरंभ हुई तब यह कहा गया था कि यह मामला एक मामूली मामला है। सुप्रीम कोर्ट के तीन जजों को ताक पर रखकर एक कनिष्ठ जज को सर्वोच्च न्यायाधीश के पद पर अधीष्ठित कर देना कोई बड़ी बात नहीं है। देश में और भी महत्वपूर्ण प्रश्न हैं, इस सवाल पर इतना समय लेने की आवश्यकता नहीं है। लेकिन अध्यक्ष महोदय, जो चर्चा हुई उस चर्चा में श्री मोहन कुमारमंगलम् ने जिस प्रकार का भाषण दिया, उससे यह बात स्पष्ट हो गई कि यह प्रश्न केवल एक व्यक्ति को चीफ जस्टिस बनाने का नहीं है, यह प्रश्न केवल तीन वरिष्ठ जजों को उनके अधिकारों से वंचित कर देने का भी नहीं है, यह प्रश्न इस बात का है कि देश में न्यायपालिका की स्वाधीनता रहेगी या नहीं रहेगी?

श्री मोहन कुमारमंगलम् ने जो भाषण दिया, उस भाषण से विरोधी दलों और संसद के बाहर वकीलों के संघों ने, बुद्धिजीवियों ने चीफ जस्टिस की नई नियुक्ति पर जो आशंकाएं तथा आपत्तियां प्रकट की हैं, उनकी पुष्टि हो गई। तीन वरिष्ठ जजों को हटाकर कनिष्ठ जज को मुख्य न्यायाधीश नियुक्त करने से न्यायपालिका की स्वाधीनता और पवित्रता पर जो चोट लगी थी, विधि मंत्री श्री गोखले ने लॉ कमीशन की सिफारिश का मरहम लगाकर उसकी पीड़ा को कम करने की कोशिश की थी, लेकिन उनके मित्र श्री मोहन कुमारमंगलम् ने उस घाव पर नमक छिड़क दिया है। उन्होंने यह स्पष्ट कह दिया है कि सरकार को कमिटिड जजेज चाहिए। श्री मोहन कुमारमंगलम् ने कहा है कि जजों की नियुक्ति में उनकी फिलॉसफी और आउटलुक देखा जाएगा।

** मुख्य न्यायाधीश की नियुक्ति के मामले में ४ मई, १९७३ को वक्तव्य।*

सरकार को ऐसे जज चाहिए जो सुप्रीम कोर्ट में सरकार की मदद कर सकें।

'सरकार की मदद कर सकें' इसका मतलब क्या है? कई मामलों में सरकार पार्टी हुआ करती है। मुझे बतलाया गया है कि ६० प्रतिशत लिटिगेशन ऐसा होता है, जिसमें सरकार पार्टी हुआ करती है। व्यक्ति तथा व्यक्ति के बीच में ही संघर्ष नहीं होता है, व्यक्ति और सरकार के बीच में भी संघर्ष होता है। जब व्यक्तिगत स्वाधीनता पर आंच आती है, जब मूलभूत अधिकारों का अपहरण किया जाता है, जब संविधान में दी गई व्यक्तिगत गरिमा की गारंटी की धज्जियां उड़ाई जाती हैं, तब व्यक्ति को सर्वोच्च न्यायालय के दरवाजे खटखटाने पड़ते हैं। क्या देश में सर्वोच्च न्यायालय में बैठे हुए जो जज आज हैं, वे सरकार की मदद करने के लिए बिठाए गए हैं? जिनकी फिलॉसफी, जिनका आउटलुक सरकार की फिलॉसफी और सरकार के आउटलुक से मेल खाता है, क्या वह संविधान की रक्षा कर सकते हैं? क्या वह व्यक्तिगत स्वाधीनता का संरक्षण कर सकते हैं? या वे मूलभूत अधिकारों को बचा सकते हैं?

श्री मोहन कुमारमंगलम् आज फिलॉसफी की बात करते हैं। क्या श्री मोहन कुमारमंगलम् के आने से पहले इस पार्टी की और इस सरकार की कोई फिलॉसफी नहीं थी? क्या फिलॉसफी मोहन कुमारमंगलम् ने पहली बार दी है? जजों को जिस संविधान का पालन करने की शपथ लेने के लिए कहा जाता है, क्या उस संविधान की कोई फिलॉसफी नहीं है? क्या संविधान के निर्माता सब प्रकार के दर्शन से शून्य थे? क्या संविधान के निर्माता आर्थिक प्रगति नहीं चाहते थे? क्या वे सामाजिक न्याय के सिद्धांत से बंधे हुए नहीं थे?

लेकिन इसके साथ-साथ ही वे न्यायपालिका की स्वतंत्रता से भी बंधे हुए थे। इसलिए संविधान में यह प्रावधान किया गया है कि जजों की नियुक्ति राष्ट्रपति करेंगे। ६५ साल की आयु तक उन्हें हटाया नहीं जा सकेगा। उनका वेतन कंसौलिडेटिड फंड ऑफ इंडिया से लिया जाएगा, संसद उसमें कटौती नहीं कर सकेगी। कोई जज सरकारी आदेश से नहीं हटाया जा सकेगा। संविधान में एक विशेष प्रक्रिया दी हुई है, जिसके अनुसार संसद के दोनों सदनों के सदस्यों को राष्ट्रपति को एक ज्ञापन देना पड़ेगा, जिस पर कार्यवाही करके किसी जज को हटाया जा सकता है। ये सब प्रावधान जो न्यायपालिका की स्वाधीनता की रक्षा के लिए संविधान में शामिल किए गए हैं, क्या किसी दर्शन के दर्पण नहीं हैं? क्या उनके मूल में कोई बुनियादी चिंतन नहीं है? क्या संविधान के निर्माता यह नहीं चाहते थे कि देश में व्यक्तिगत स्वाधीनता और आर्थिक समता का समन्वय किया जाए, देश आर्थिक क्षेत्र में आगे बढ़े, विषमता घटे, शोषण समाप्त हो? लेकिन इसके साथ-साथ व्यक्तिगत स्वाधीनता की भी रक्षा हो और उसकी रक्षा करने का काम प्रमुख रूप से सर्वोच्च न्यायालय को सौंपा गया।

आज तो कहा जाता है कि सर्वोच्च न्यायालय के जज ऐसे होने चाहिए जो सरकार की हां में हां मिलाएं। श्री मोहन कुमारमंगलम् कहते हैं कि ६ वर्षों से कन्फ्रंटेशन हो रहा है। अब वह आशा करते हैं कि कन्फ्रंटेशन नहीं चलेगा। क्या इसका मतलब यह है कि जो नए चीफ जस्टिस बने हैं, उनसे पहले यह चर्चा कर ली गई है कि आपको चीफ जस्टिस इसी शर्त पर बनाया जाएगा। आप अब सरकार के खिलाफ कोई फैसला नहीं देंगे। चीफ जस्टिस इस मामले में क्या करेंगे, क्या श्री मोहन कुमारमंगलम् ऐसी भविष्यवाणी कर सकते हैं? क्या नए चीफ जस्टिस से उन्होंने पहले चर्चा करके कोई आश्वासन ले लिया है? कौन सा जज किस समय कैसा निर्णय देगा, इसके बारे में कोई गारंटी नहीं दी जा सकती।

मैं चीफ जस्टिस के खिलाफ कुछ नहीं कहना चाहता। वह एक सम्मानित जज हैं। लेकिन जिन तीनों को ताक पर रखने के बाद वह चीफ जस्टिस बने हैं, वह भी सम्मानित जज हैं। उन जजों के बारे में बहुत कुछ कहा गया है। मैं सुप्रीम कोर्ट की कार्यवाही देख रहा था। जस्टिस रे का एक निर्णय मेरे सामने आया है।

जस्टिस रे का एक निर्णय

जस्टिस रे कलकत्ता हाई कोर्ट में जज थे। हरिदास मूंदड़ा का मामला उनके सामने गया। मूंदड़ा तीन साल जेल में रहने के बाद छूटे थे। मूंदड़ा हैंगर फोर्ड टर्नर मॉरीशन एंड कंपनी के सब शेयर लेना चाहते थे। उस समय मूंदड़ा के पास केवल ४९ परसेंट शेयर थे। लेकिन हैंगर फोर्ड के साथ उनका समझौता था, जिसके अनुसार वह कीमत देकर बाकी के ५१ प्रतिशत शेयर भी ले सकते थे। मगर टर्नर मॉरीशन कंपनी ने शेयर देने से इन्कार कर दिया। मूंदड़ा कोर्ट में गए। मामला जस्टिस रे ने सुना था। उन्होंने ऐसा फैसला दिया जिसके अनुसार मूंदड़ा को बाकी के ५१ फीसदी शेयर लेने के लिए टर्नर मॉरीसन कंपनी को ८०,६०,००० रुपए देने की जरूरत नहीं थी। बिना कोई रुपया दिए जस्टिस रे ने अपने फैसले से मूंदड़ा को सौ फीसदी शेयर दे दिए, शेयरों का अधिकार दे दिया। यह मामला जस्टिस मसूद के सामने गया। जस्टिस मसूद ने स्टे आर्डर ब्रैकेट कर दिया। यह मामला सुप्रीम कोर्ट में भी आया। सुप्रीम कोर्ट में जिन्होंने अपील सुनी वे थे जस्टिस के.एस. हेगड़े और श्री के.के. मैथ्यू। उन्होंने जो फैसला दिया, उसका एक अंश पढ़कर सुनाना चाहता हूं। यह जस्टिस मसूद के लिए है।

"विद्वान न्यायाधीश ने तब पाया कि मूंदड़ा क्रय-मूल्य के भुगतान और ५१ प्रतिशत शेयरों के हस्तांतरण के लिए इच्छुक नहीं है, क्योंकि १९६१ के डिक्री केस संख्या ६०० में न्यायालय द्वारा याचिकाकर्ता के मतदान करने पर रोक लगा दी गई थी, जब कि मूंदड़ा के निर्देशों के अनुसार उसे 'टर्नर मॉरीसन' में १०० प्रतिशत शेयरों का वास्तविक मालिक बना दिया गया था और टर्नर मॉरिसन के ५१ प्रतिशत शेयरों के लिए बिना कोई राशि भुगतान किए, उसे टर्नर मॉरिसन का नियंत्रण प्राप्त हो गया। यह उसी के हित में था कि याचिकाकर्ता को कुछ भी भुगतान किया जाए।"

यह वह केस है जिसे श्री रे ने सुना था। मैं यह तथ्य आपके सामने रख रहा हूं। मैं जस्टिस रे पर आरोप नहीं लगा रहा हूं। लेकिन क्या इसमें से यह अर्थ नहीं निकाला जा सकता कि जस्टिस रे ने ऐसा फैसला दिया, जिससे मूंदड़ा को लाभ मिला। लेकिन मैं आरोप नहीं लगा रहा हूं। ···(व्यवधान)

क्या इस निर्णय के आधार पर जस्टिस रे का मूल्यांकन किया जाएगा? किसी मामले में सुप्रीम कोर्ट के किसी जज ने सरकार के खिलाफ कोई निर्णय दे दिया तो क्या उसके आधार पर उसको उसकी वरिष्ठता से वंचित कर दिया जाएगा? क्या सरकार ऐसे जज नियुक्त करेगी, जो उसकी हां में हां मिलाएं?

श्री शशि भूषण (दक्षिण दिल्ली) : इसीलिए तो हम आपको अपोजीशन में लाए हैं।

श्री वाजपेयी : हम आपकी कृपा से नहीं आए हैं। हम आपके बावजूद आए हैं।

श्री शशि भूषण : राजमाता की कृपा से आए हैं।

श्री वाजपेयी : अध्यक्ष महोदय, मुझे ताज्जुब है कि प्रधानमंत्री जी ने इस विवाद में भाग लेने की आवश्यकता नहीं समझी।

श्री एस.एम. बनर्जी (कानपुर) : इस देश में भरत को भी राज्य दिया गया था, जब कि राम बड़े थे।

श्री वाजपेयी : ये ऐसे भरत हैं जो खड़ाऊं के बदले स्वयं राज चलाना चाहते हैं।

लेकिन प्रधानमंत्री ने संसद की बजाय कानपुर के फूलबाग में इस मामले का उल्लेख करना उचित समझा है। उन्होंने प्रेजीडेंट रूजवेल्ट का हवाला दिया है। प्रधानमंत्री राष्ट्रपति रूजवेल्ट की पंक्ति में बैठने की महत्वाकांक्षा रखें, यह मैं समझ सकता हूं। लेकिन इसका निर्णय इतिहासकार करेंगे, उनके चाटुकार या उनके गलत सलाहकार नहीं।

प्रेजीडेंट रूजवेल्ट का उदाहरण देना गलत है। प्रेजीडेंट रूजवेल्ट जिस अमरीका के प्रेजीडेंट थे, उस अमरीका में जजों की नियुक्ति की पुष्टि सिनेट के द्वारा की जाती है और कई मामले ऐसे हुए हैं, जब राष्ट्रपति की सिफारिश को अमरीका की सीनेट ने ठुकरा दिया और राष्ट्रपति को दूसरा नाम भेजना पड़ा। भारत में ऐसी कोई पद्धति नहीं है। राष्ट्रपति रूजवेल्ट के मंत्रिमंडल में ऐसे भी कोई सदस्य नहीं थे, जो कभी कम्युनिस्ट रहे हों और आज भी साइंटिफिक सोशलिज्म की बात करते हों। राष्ट्रपति रूजवेल्ट की पार्टी में ऐसे लोग भी नहीं थे जो जजों के क्लास करेक्टर की मीमांसा करते हों। राष्ट्रपति रूजवेल्ट के मंत्रिमंडल में ऐसे वरिष्ठ सदस्य भी नहीं थे, जो जनता में जजों पर लांछन लगाते हों और जब मानहानि का मुकदमा चलने का डर हो तो अपने वक्तव्य का खंडन करके लीपापोती कर लेते हों।

इंग्लैंड की बात भी कही गई है, आस्ट्रेलिया तथा कनाडा का भी हवाला दिया गया है। मैं चर्चिल का एक उद्धरण सदन के सामने रखना चाहता हूं :

"कार्यपालिका से न्यायपालिका की पूर्ण स्वतंत्रता का सिद्धांत हमारे द्वीपीय जीवन में बहुत सी बातों की नींव है। यह शायद हमारे और टोटलिटरियनिज्म के बीच का सबसे बाहरी रूप भी है। न्यायाधीश को केवल व्यक्ति-व्यक्ति के बीच ही न्याय नहीं करना है, लेकिन उसको—और यह उसके सबसे प्रमुख कार्यों में से एक है—नागरिक और राज्य के बीच न्याय करना है।"

अगर व्यक्ति और राज्य का संघर्ष होगा तो कमिटिड जजेज किस तरह का फैसला देंगे?

सवाल केवल जजों के कमिटमेंट का नहीं है

सवाल केवल जजों के कमिटमेंट का नहीं है। यह बात यहीं समाप्त नहीं होती। आज मांग की जा रही है कि जज ऐसे होने चाहिए, जिनकी सोशल फिलॉसफी सरकारी पार्टी की फिलॉसफी हो। कल कहा जाएगा कि चीफ इलेक्शन कमिश्नर ऐसा होना चाहिए, जिसकी सोशल फिलॉसफी सरकारी पार्टी की फिलॉसफी हो।...(व्यवधान) चीफ इलेक्शन कमिश्नर के साथ यूनियन पब्लिक सर्विस कमीशन के चेयरमैन का सवाल आएगा। फिर गोलीकांडों की जांच के लिए जो जज नियुक्त होंगे, उनके बारे में भी यह देखा जाएगा कि उनकी सोशल फिलॉसफी क्या है। तो फिर क्या यह नियम सेनाओं पर भी लागू किया जाएगा? क्या सेनापति उन्हें नियुक्त किया जाएगा...

श्री वसंत साठे (अकोला) : श्री कुमारमंगलम् ने जो कहा है, माननीय सदस्य उसकी बात करते हुए कम से कम उसमें झूठ न डालें। श्री कुमारमंगलम् ने यह कहां कहा है कि हमारी पार्टी की फिलॉसफी हो? माननीय सदस्य वह वाक्य बता दें।

श्री वाजपेयी : श्री मोहन कुमारमंगलम् किसकी फिलॉसफी की बात करते हैं?

श्री पीलू मोदी (गोधरा) : मैं सहमत हूं कि उन्होंने पार्टी के दर्शन के विषय में बात नहीं की।

उन्होंने अपने मालिक के दर्शन के विषय में बात की। उनकी पार्टी ने कभी भी यह दर्शन नहीं अपनाया।

श्री वसंत साठे : उन्होंने उस दर्शन पर बात की जो हमारे संविधान की शोभा बढ़ा रहे हैं।

श्री वाजपेयी : अगर श्री साठे संविधान के दर्शन की बात करते हैं, तो यह संविधान कल नहीं बना है; यह १९५० में बना है। आज तक जजों की जो नियुक्तियां हुईं, वे इसी संविधान के अनुसार हुईं, और इसी संविधान के प्रति निष्ठा रखनेवाले जज बने। उन्होंने जो फैसले किए, वे इसी संविधान की कसौटी पर कसकर किए।

नियुक्ति रात के अंधेरे में क्यों?

सुप्रीम कोर्ट के फैसलों में मतभेद हो सकता है। सुप्रीम कोर्ट अपने फैसलों पर पुनर्विचार भी कर सकता है। क्या यह ताज्जुब की बात नहीं है कि जिस दिन सुप्रीम कोर्ट ने फंडामेंटल राइट्स के संबंध में एक अच्छा फैसला—सरकार की दृष्टि से—दिया, उसी शाम को सुप्रीम कोर्ट के उठने के बाद रेडियो से नए चीफ जस्टिस की नियुक्ति की घोषणा कर दी गई और दूसरे दिन सुप्रीम कोर्ट की बैठक होने से पहले नए चीफ जस्टिस ने शपथ ले ली? रात के अंधेरे में यह काम करने की आवश्यकता क्या थी? यह काम गुप्तता में क्यों किया गया?

कल यह रहस्योद्घाटन किया गया है कि सरकार ने रिटायरिंग चीफ जस्टिस को भी विश्वास में लेने का शिष्टाचार नहीं दिखाया। इसकी आवश्यकता नहीं समझी। मेरे पास एक उद्धरण है डॉ. अंबेडकर का। लेकिन अब डॉ. अंबेडकर का उद्धरण देने की क्या आवश्यकता है? अब तो मोहन कुमारमंगलम् की फिलॉसफी चलेगी। डॉ. अंबेडकर ने कहा था :

"मुझे ऐसा लगता है कि जिन परिस्थितियों में आज हम हैं, यह खतरनाक होगा कि नियुक्तियां बिना किसी आरक्षण या सीमा के, केवल आज की कार्यपालिका के पर कतरने के लिए राष्ट्रपति पर छोड़ दें। उसी प्रकार, मुझे ऐसा लगता है कि प्रत्येक नियुक्ति को विधायिका के विषय में सम्मिलित करना कोई बहुत उपयुक्त प्रावधान नहीं है। यह बहुत बोझिल होने के साथ-साथ, नियुक्तियों की राजनैतिक दबाव एवं राजनैतिक ध्यान से प्रभावित होने की संभावना है। इसलिए अनुच्छेद की रूपरेखा में मध्यम मार्ग लिया गया है। यह राष्ट्रपति को नियुक्तियां करने के मामले में सर्वोच्च एवं एकमात्र अधिकारी नहीं बनाता है। यह विधायिका के प्रभाव को भी प्रमुखता नहीं देता है। अनुच्छेद में प्रावधान है कि इस तरह के मामलों में सलाह देने के लिए बहुत योग्य एवं कल्पनाशील व्यक्तियों से सलाह लेनी चाहिए।"

डॉ. अंबेडकर ने यह नहीं कहा कि केवल मंत्रिमंडल में विचार-विनिमय किया जाएगा। राष्ट्रपति कोई मिट्टी के माधो नहीं हैं। राष्ट्रपति कोई मुहर लगाने की मशीन नहीं हैं। राष्ट्रपति रिटायरिंग चीफ जस्टिस से पूछ सकते थे। वह हाई कोर्ट्स के चीफ जस्टिस्ज से विचार-विनिमय कर सकते थे।...(व्यवधान) लेकिन मुझे पता लगा है कि राष्ट्रपति महोदय पर दबाव डाला गया कि आप तीन जजों को सुपरसीड कर दीजिए और जस्टिस रे को चीफ जस्टिस नियुक्त कर दीजिए। क्या यह संविधान की भावना के अनुकूल है? क्या यह डॉ. अंबेडकर की उद्घोषणा के अनुसार है।

स्पष्ट है कि आज संविधान को ताक पर रखा जा रहा है, न्यायपालिका की जड़ पर कुठाराघात किया जा रहा है। आज सरकार मूलभूत अधिकारों की हत्या करने पर उतारू है। इस देश में आर्थिक विकास तेजी से हो, कोई भी इसके विरोध में नहीं है। लेकिन सरकार आर्थिक

मोर्चे पर अपनी विषमताओं के लिए सुप्रीम कोर्ट को बलि का बकरा बनाना चाहती है। क्या सुप्रीम कोर्ट ने सरकार को ऐसे कदम उठाने से रोका, जिनसे महंगाई कम हो सके? क्या सुप्रीम कोर्ट ने सरकार को राइट टु वर्क को फंडामेंटल राइट्स में शामिल करने से रोका है? गोलकनाथ के केस में मूलभूत अधिकारों को घटाने से रोका गया था, बढ़ाने से नहीं। अगर सरकार चाहती तो काम के अधिकार को मूलभूत अधिकार में शामिल कर सकती थी। हर व्यक्ति को रोजगार की गारंटी दे सकती थी और अगर रोजगार नहीं मिलता तो उस व्यक्ति को जीवन-निर्वाह के लिए कुछ धन देने का प्रबंध कर सकती थी। इसके लिए कोई संविधान में व्यवस्था नहीं की गई। इसमें सर्वोच्च न्यायालय बाधक नहीं बना।

पार्लियामेंट बड़ी या सुप्रीम कोर्ट?

आज फिर सवाल खड़ा किया जा रहा है कि पार्लियामेंट बड़ी है या सुप्रीम कोर्ट बड़ा है? मेरा निवेदन है कि अपने क्षेत्र में पार्लियामेंट बड़ी है और अपने दायरे में सुप्रीम कोर्ट बड़ा है। दोनों से बड़ा भारत का संविधान है और संविधान से बड़ी भारत की जनता है। यदि सरकार समझती है कि वर्तमान संविधान त्वरित आर्थिक सामाजिक परिवर्तन के मार्ग में बाधक है, तो सरकार संविधान बदल सकती है। सरकार अगर चाहे तो संसद से नई संविधान परिषद का निर्माण करने का फैसला करा सकती है। वह नई कांस्टीट्यूएंट असेंबली, एक नए संविधान का भी निर्माण कर सकती है। लेकिन जो कानून बनते हैं, वह कानून उस नए संविधान की कसौटी पर खरे हैं या नहीं, यह मामला फिर सर्वोच्च न्यायालय पर छोड़ना पड़ेगा और सर्वोच्च न्यायालय के निर्णय को ग्रेसफुली स्वीकार करना पड़ेगा। अगर सरकार उससे मतभेद रखती है तो उसको भी बदलने के रास्ते हैं। लेकिन यह रास्ता नहीं है कि सुप्रीम कोर्ट को जी-हुजूरों का जमघट बना दो, हां में हां मिलानेवालों को वहां इकट्ठा कर दो। इसका नतीजा क्या होगा कि जो जज सरकार की हां में हां मिलाएगा, जो जज सरकार के पक्ष में फैसला देगा, वही चीफ जस्टिस बनेगा।

श्री एस. ए. शमीम (श्रीनगर) : जज न हुआ, चमचा हो गया।

श्री वाजपेयी : क्या इससे संविधान की रक्षा होगी? क्या इससे लोकतंत्र सुरक्षित रहेगा?

अध्यक्ष महोदय, मैं मांग करना चाहता हूं कि सरकार चीफ जस्टिस की नियुक्ति के संबंध में वरिष्ठता के नियम को स्वीकार करे। कोई नियम नहीं है, कोई नार्म नहीं है, यह मेरे मित्र जगन्नाथ राव ने भी अपने भाषण में कहा था। क्या सरकार को इस मामले में मनमानी करने दी जाएगी? अगर वरिष्ठता का नियम आपको मान्य नहीं है तो और कोई पद्धति होनी चाहिए, जिसका अवलंबन करके आप जिसके अधिकार की अवहेलना कर रहे हैं, उसमें यह भाव पैदा न होने दें कि आप राजनैतिक कारणों से उसको सुपरसीड कर रहे हैं। और उसको अपमानित करना चाहते हैं। अच्छा तो यह होगा कि वरिष्ठता का नियम लागू किया जाए और अभी तक वह लागू किया गया था। जस्टिस इमाम का मामला अलग था। वह शारीरिक दृष्टि से अस्वस्थ थे, अतः गजेंद्र गडकर बना दिए गए। विधि मंत्री ने कल कहा कि मैं कई उदाहरण देने के लिए तैयार हूं जिसमें सीनियर को सुपरसीड करके जूनियर को जज बनाया गया था। ऐसे मामले हो सकते हैं। लेकिन जब ऐसे मामले हुए तब कमिटड जूडिशियरी के लिए सरकार चर्चा नहीं करती थी। तब सरकार को मार्गदर्शन देनेवाले मोहन कुमारमंगलम् नहीं थे। तब सरकार की नीयत पर शक नहीं था। आज जो बुनियादी झगड़ा है, वह यही झगड़ा है कि हमें सरकार की नीयत पर शक है।

इस देश में कौन सा दर्शन चलेगा? इस देश की एक प्राचीन परंपरा है। यहां पंच को परमेश्वर माना जाता रहा है। व्यक्ति कोई भी हो, किसी भी दल से संबंधित हो, किसी भी वर्ग से आता हो, एक बार, न्यायमूर्ति की कुर्सी पर बैठ गया तो सारे लाभ को, सारे लोभ को, सारे मोह को त्यागकर वह सत्य का निर्णय करेगा, यह इस देश की परंपरा रही है। मैं एक उदाहरण देता हूं।

जगदगुरु आदि शंकराचार्य और मंडन मिश्र में शास्त्रार्थ होने लगा, दो विद्वान आपस में टकराने लगे तो प्रश्न पैदा हुआ कि निर्णय कौन करेगा? कौन न्यायाधीश बनेगा? मंडन मिश्र की पत्नी को न्यायाधीश बनाया गया। शंकराचार्य ने आपत्ति नहीं की। शंकराचार्य ने यह नहीं कहा कि मंडन मिश्र यह तो तुम्हारी पत्नी है, यह तो तुम्हारे पक्ष में फैसला देगी। शंकराचार्य ने यह नहीं कहा कि मंडन मिश्र की पत्नी का क्लास-कैरेक्टर क्या है? शंकराचार्य ने कहा कि एक बार न्यायाधीश के पद पर बैठ गईं, भले ही वह आपकी पत्नी होंगी, मगर यह तथ्यों के आधार पर, सत्यों के आधार पर निर्णय करेंगी। यह इस देश की परंपरा रही है। इस देश में जहांगीर के न्याय की परंपरा है। लेकिन मोहन कुमारमंगलम् उस परंपरा में विश्वास नहीं करते। वह गंगा के तट पर फली और फूली परंपरा में विश्वास नहीं करते। वह वोल्गा में पनपनेवाली परंपरा पर विश्वास करते हैं। वह व्यक्ति को बिना पालिटिक्स के देख ही नहीं सकते। क्या व्यक्ति निष्पक्ष नहीं हो सकता?

श्री एस.एम. बनर्जी : आप शादी कीजिए, आपकी पत्नी को हम बनाएंगे।

श्री वाजपेयी : अध्यक्ष जी, जब मैं इनसे शास्त्रार्थ करने जाऊं तो वह अपनी पत्नी को बना सकते हैं। मुझे आपत्ति नहीं होगी।

मैं अपने भाषण को समाप्ति की ओर ले जाना चाहता हूं। व्यक्ति निस्पृह हो सकता है। व्यक्ति धरती से ऊपर उठकर, सारे स्वार्थों को तिलांजलि देकर फैसला कर सकता है। ऐसी न्यायपालिका हमें चाहिए। ऐसी न्यायपालिका हमें विकसित करनी होगी। व्यक्तिगत स्वाधीनता के साथ आर्थिक क्षमता का समन्वय करना होगा। श्री मोहन कुमारमंगलम् केवल आर्थिक समता चाहते हैं, व्यक्तिगत स्वाधीनता नहीं। हम व्यक्तिगत स्वाधीनता भी चाहते हैं और आर्थिक समता भी चाहते हैं। यह बुनियादी मतभेद है। यह मतभेद तीन जजों का मतभेद नहीं है। यह लोकतंत्र और अधिनायकवाद का मतभेद है। यह ढोंगी और कमिसार का मतभेद है। यह महात्मा और मार्क्स का मतभेद है। यह लोकतंत्र और मोहन कुमारमंगलम् का मतभेद है।

मैं चाहूंगा कि विधि मंत्री स्पष्ट करें और अच्छा होता कि इस सदन में प्रधानमंत्री आतीं और बतातीं कि श्री मोहन कुमारमंगलम् ने जिस दर्शन की व्याख्या की है, क्या वह कांग्रेस पार्टी का दर्शन है? मैं जानना चाहता हूं कि क्या कांग्रेस पार्टी में उसके ऊपर कभी चर्चा हुई है? अगर जज दर्शन के हिसाब से नियुक्त किए जाएंगे तो फिर सोशलिस्ट फोरम का अलग दर्शन है, जो सोशलिस्ट फोरम कब्र में शांति से सो रहा है, और नेहरू फोरम का दर्शन अलग है, जो सिसकियां ले रहा है। मैं जानना चाहता हूं कि जज कौन से दर्शन को प्रतिबिंबित करेंगे? राज्यों में अलग-अलग दलों की सरकारें होंगी। क्या वहां के हाई कोर्ट के चीफ जस्टिस उन दलों के दर्शन का प्रतिनिधित्व करेंगे? जिस फिलॉसफी का इन्होंने प्रतिपादन किया है वह लोकतंत्र विरोधी है, वह दर्शन न्यायपालिका की स्वतंत्रता पर आघात करनेवाला है, वह लोकतंत्र का विनाश करनेवाला है, और इसलिए हमने फैसला किया है कि हम उनके खिलाफ लड़ेंगे, सदन में भी और बाहर भी।

न्यायपालिका की स्वाधीनता

उपाध्यक्ष महोदय, इस वाद-विवाद में भाग लेने की मेरी इच्छा नहीं थी। किंतु जो भाषण हुए हैं, उन्होंने मुझे दो शब्द कहने के लिए उत्तेजित किया है। इससे इन्कार नहीं किया जा सकता कि डॉ. कर्णी सिंह का वर्तमान विधेयक, आज जो कुछ हो रहा है, उसके प्रति आशंका की भावना से प्रेरित है। उन्हें यह डर है कि धीरे-धीरे न्यायपालिका की स्वाधीनता या तो समाप्त कर दी जाएगी या नियंत्रित कर दी जाएगी और यह डर केवल डॉ. कर्णी सिंह को नहीं है, इस सदन के भीतर भी, बाहर भी यह डर व्यापक पैमाने पर छाया हुआ है। इस डर का आधार सत्तारूढ़ दल में चलने वाला यह विवाद है कि ज्यूडिशरी को कमिटेड होना चाहिए। अभी हमारे मित्र ने कमिटेड की जो व्याख्या की है, उससे किसी का विरोध नहीं हो सकता। न्यायपालिका लोकतांत्रिक आदर्शों के लिए प्रतिबद्ध हो, हमारे जज संविधान में निहित सिद्धांतों के लिए प्रतिबद्ध हों, यह नितांत स्वाभाविक है, आवश्यक है। हम सब संविधान की शपथ लेते हैं और संविधान में निहित आदेशों को हमें कार्यान्वित करना है। लेकिन संविधान बना १९५० में। गणतंत्र की घोषणा हुई १९५० में। लेकिन 'कमिटमेंट' की चर्चा १९५० से नहीं चल रही है। 'कमिटमेंट' एक नया शब्द है। और फिर केवल कमिटमेंट तक ही बात नहीं रहती है। कहा जाता है, जजों का क्लास-केरेक्टर क्या है। क्या यह देखा जाएगा कि जज किस कुल में पैदा हुआ है? क्या यह देखा जाएगा कि उसकी कुल-परंपरा क्या है? और अगर वह मध्यमवर्ग का है, तो वह बुर्जुवा जज है। फिर वह मजदूरों के साथ न्याय नहीं कर सकता।

आज न्यायपालिका की निष्पक्षता पर आक्षेप हो रहे हैं। आप लॉ कमीशन की रिपोर्ट पढ़ लीजिए। न्यायाधीशों की नियुक्तियां केवल गुणों के आधार पर नहीं होती हैं, उनके विचारों के आधार पर भी होती हैं, वे किस जाति के हैं, किस मजहब के माननेवाले हैं, इस आधार पर भी होती हैं। मुख्यमंत्री जब इस बारे में सलाह देते हैं, तो उनके सामने कई बातें रहती हैं। मैं नहीं समझता कि मुख्यमंत्री या प्रधानमंत्री को तस्वीर में लाने की आवश्यकता है। यह उनके प्रति किसी अविश्वास की भावना से प्रेरित होकर नहीं कहा जा रहा है। व्यवस्था ऐसी होनी चाहिए कि किसी

** डॉ. कर्णी सिंह के न्यायपालिका की स्वतंत्रता संबंधी संविधान संशोधन विधेयक पर लोकसभा में ४ अगस्त, १९७२ को भाषण।*

प्रकार के दुरुपयोग की संभावना न रहे।

कमिटमेंट की बात करके सत्तारूढ़ दल के कुछ सदस्य केवल इस भय की भावना को बढ़ा रहे हैं कि इस देश में हर एक व्यक्ति को सत्तारूढ़ दल के प्रति प्रतिबद्ध होना पड़ेगा, फिर चाहे वह जज हो या समाचारपत्र हो और चाहे सिविल सर्वेंट हो। आखिर लोकतंत्र में सत्तारूढ़ दल बदलेगा, जनता किसी दूसरे दल को चुनाव में विजयी करके ला सकती है। हां, लोकतांत्रिक आदर्शों में हमारी निष्ठा अटूट और अडिग रहनी चाहिए। उनके प्रति प्रतिबद्धता आवश्यक है और समझ में आनेवाली बात है।

जिस भय की भावना से प्रेरित होकर यह विधेयक आया है, उसका निराकरण करने की आवश्यकता है और मैं आशा करता हूं कि मंत्री महोदय इस बहस का ऐसा उत्तर देंगे कि इस तरह की भय की भावना न रहे। और वह अपने दल के सदस्यों को भी सलाह देंगे कि अब उनका भारी-भरकम बहुमत हो गया है, अब कमिटमेंट की चर्चा करने से फायदा नहीं है, जिसके लिए कमिटमेंट है, वह कुछ करके दिखाएंगे।

अगर सुप्रीम कोर्ट बैंक नेशनलाइजेशन के विषय में सरकार के खिलाफ निर्णय दे देता है तो; वह रिएक्शनरी हो जाता है और वही सुप्रीम कोर्ट अगर राष्ट्रपति गिरि के चुनाव को वैध ठहरा देता है तो वह अच्छा हो जाता है। सुप्रीम कोर्ट वही है, लेकिन अगर वह सरकार का मनचाहा निर्णय दे दे, तो वह अच्छा प्रोग्रेसिव, फॉरवर्ड लुकिंग है, कमिटिड है; और अगर वह सरकार के खिलाफ फैसला दे दे, तो जज बुर्जुवा है, उसका क्लास-केरेक्टर देखना होगा, यह देखना होगा कि उन्होंने किस कुल में जन्म लिया है। क्या यह कसौटी है सुप्रीम कोर्ट के फैसलों को कसने की? क्या यह कसौटी है न्यायपालिका के निर्णयों पर विचार करने की? और इसका परित्याग करना होगा। न्यायपालिका सर्वथा स्वतंत्र और निष्पक्ष रहनी चाहिए, और जब मैं कहता हूं 'रहनी चाहिए', तो केवल रहनी ही नहीं चाहिए, दिखाई भी देनी चाहिए और ऐसी चर्चा नहीं होनी चाहिए, जिससे यह आशंका पैदा हो कि जजों को प्रभावित करने की कोशिश की जाती है।

यह भी बड़ा महत्वपूर्ण प्रश्न है कि अवकाश लेने के बाद जजों को किसी कमीशन में नियुक्त किया जाए या नहीं। यह मैं मानता हूं कि बहुत से रिटायर्ड हो जाते हैं, लेकिन टायर्ड नहीं होते हैं। वह कुछ सेवा करने के लिए बाकी रहते हैं, उन्हें किसी कमीशन में नियुक्त किया जा सकता है। उनकी विद्वता का और उनके गुणों का लाभ उठाया जा सकता है। लेकिन इसमें मनमानी होती है। जो जज सरकार को पसंद है, वह कमीशन पर कमीशन पाता है और जो उतना पसंद नहीं है, वह वानप्रस्थ और संन्यास की ओर प्रयाण करता हुआ दिखाई पड़ता है। इस बात का एक तरीका यह है—हाई कोर्ट और सुप्रीम कोर्ट के रिटायर्ड जजों का एक पैनल बनना चाहिए और उस पैनल के हिसाब से कमीशन में उनकी नियुक्ति होनी चाहिए। उसमें से किसी को छोड़ने की आवश्यकता नहीं है। जिसका नंबर आ जाएगा, वह कमीशन में चला जाएगा। तब उन्हें भरोसा रहेगा कि हम कमीशन में सरकार की कृपा से नहीं लिए जाएंगे, सरकार के पक्ष में निर्णय देंगे, इसलिए हमारी पूछ कमीशन में नहीं होगी। लेकिन अगर आवश्यकता पड़ेगी तो हमारी सेवाएं ली जाएंगी। इसलिए पैनल बनाकर जजों को नियुक्त करना बहुत आवश्यक है; और सरकार इसके लिए तैयार नहीं है तो रिटायर्ड जजों को नियुक्त करना छोड़ दे, उन्हें इतना वेतन दे, इतनी पेंशन दे कि रिटायर होने के बाद उनको किसी नौकरी-चाकरी की आवश्यकता ही न पड़े। तभी वह अपनी स्वतंत्रता और निष्पक्षता की रक्षा कर सकते हैं। धन्यवाद।

मौलिक अधिकार

अधिगृहीत संपत्ति का मुआवजा

अध्यक्ष जी, इस संविधान संशोधन विधेयक के बारे में मेरी प्रतिक्रिया भिन्न होती, यदि इसका उद्देश्य बैंक राष्ट्रीयकरण के मामले में सर्वोच्च न्यायालय द्वारा किए गए निर्णय से उत्पन्न कानूनी कठिनाई को दूर करना मात्र होता। संविधान का अनुच्छेद ३१(१) (२) जो हम १९५५ में पारित कर चुके हैं, उसमें इस बात की हम व्यवस्था कर चुके हैं कि यदि किसी संपत्ति को अनिवार्यतः लिया जाएगा या अधिगृहीत किया जाएगा, तो उसे इस आधार पर चुनौती नहीं दी जा सकेगी कि कानून द्वारा दिया गया मुआवजा या प्रतिकर पर्याप्त नहीं है।

सर्वोच्च न्यायालय ने बैंक राष्ट्रीयकरण के मामले में इस निर्णय से पीछे जाने की कोशिश की। आवश्यकता थी कि इसको ठीक करने के लिए कदम उठाया जाता। हम ऐसी व्यवस्था स्वीकार नहीं कर सकते हैं, जिसमें ऊंची संपत्ति लेने पर सरकार को सौ फीसदी मुआवजा देने के लिए विवश किया जाए। यदि ऐसा होगा तो फिर संपत्ति में भेद करना होगा। एक करोड़ीमल और एक कौड़ीमल को एक तराजू में नहीं तोला जा सकता। लक्ष्मीदास और गरीबदास एक ही लकड़ी से नहीं हांके जा सकते। देश में करोड़ों लोग ऐसे हैं जिनकी संपत्ति एक झोंपड़ी है, जिनकी जायदाद दो बीघा जमीन है, जिनकी लक्ष्मी एक छोटी-सी दुकान तक सीमित है। यदि उनकी संपत्ति सार्वजनिक प्रयोजन के लिए ली जाती है और ऐसी आवश्यकता पड़ सकती है कि ली जाए, तो क्या उन्हें पूर्ण क्षतिपूर्ति नहीं मिलनी चाहिए?

यदि किसी भूतपूर्व सैनिक ने अपने जीवन-भर की गाढ़ी कमाई का पांच हजार रुपया किसी कंपनी में हिस्से के रूप में लगा दिया, वही उसकी सारी संपत्ति है, उसी के भरोसे वह जीवन की अंतिम घड़ियां काट रहा है, तो क्या उस कंपनी का सरकारीकरण होने पर उसे नाममात्र की धनराशि—मुआवजा नहीं, धनराशि देना राज्य के लिए न्यायसंगत होगा? किसी विधवा ने यदि जीवन-भर की धरोहर को बैंक में रखकर आमदनी का कोई साधन कायम कर लिया है और वही उसका एकमात्र अवलंब है, तो उसको लेते समय क्या सरकार उदारता से काम नहीं लेगी? क्या उसे पूरा मुआवजा नहीं दिया जाएगा? मेरी मांग है कि इस विधेयक में यह बात सपष्ट कर दी

** संपत्ति के अधिग्रहण से संबंधित २५ वें संविधान संशोधन विधेयक पर लोकसभा में १ दिसंबर, १९७१ को संशोधन प्रस्ताव।*

जाए कि यदि सरकार सार्वजनिक हित के लिए अधिकतम सीमा से नीचे की संपत्ति लेगी, फिर वह संपत्ति चाहे ग्रामीण क्षेत्र में हो अथवा नगर में, उसका मुआवजा बाजार भाव से दिया जाएगा।

जोत की अधिकतम सीमा-कानून सभी राज्यों में बन गए हैं। वे कार्यान्वित नहीं किए गए, यह अलग बात है। मैं इस बारे में आगे कुछ कहूंगा। यदि उस उच्चतम सीमा से नीचे जमीन ली जाए तो उसका पूरा मुआवजा देना चाहिए। आजकल शहरी संपत्ति की सीमा निर्धारित करने की चर्चा भी बड़े जोरों से चल रही है। राज्य सरकारें एक के बाद एक इस उत्तरदायित्व को केंद्र के मत्थे मढ़ रही हैं। पता नहीं वे जिम्मेदारी से बचने के लिए ऐसा कर रही हैं या वे इससे संबंधित कानून में एकरूपता चाहती हैं। मेरा निवेदन है कि सरकार इस विधेयक में स्पष्ट कर दे कि शहरी संपत्ति की अधिकतम सीमा के नीचे जो संपत्ति ली जाएगी, फिर वह जमीन के रूप में हो या मकान के रूप में, दुकान के रूप में हो या छोटे कारखाने के रूप में, उसका पूरा मूल्य, जिसकी संपत्ति है, उसको दिया जाएगा।

विधिमंत्री मेरे सुझाव को यह कहकर रद्द करने की कोशिश न करें कि अभी शहरी संपत्ति की सीमा निर्धारित नहीं हुई है। वह यह भी कहें कि जब कानून बनेगा तो उसमें यह व्यवस्था कर दी जाएगी। प्रश्न ब्यौरे का नहीं, सिद्धांत का है। सत्तारूढ़ दल शहरी संपत्ति की सीमा निर्धारित करने के कार्यक्रम से वचनबद्ध है। मोटे तौर पर पांच लाख की सीमा बांधने की बात कही गई है। मेरा दल इस सीमा को घटाकर तीन लाख करने के पक्ष में है ... (व्यवधान)

श्री शशि भूषण (दक्षिण दिल्ली) : एक लाख बढ़ा दिया है। गाजियाबाद से दिल्ली लौटने पर एक लाख बढ़ा दिया।

श्री वाजपेयी : यदि आप अखबार ठीक तरह से नहीं पढ़ते तो यह मेरा दोष नहीं है। हमने गाजियाबाद में जो कुछ कहा है, उसका अर्थ यह है कि दो लाख निर्माण की लागत और जमीन का मूल्य अलग, दोनों मिलाकर तीन लाख से अधिक नहीं होते। लेकिन आप अगर हमारा सुझाव मानने के लिए तैयार नहीं हैं तो कम से कम पांच लाख की सीमावाला अपना सुझाव इस विधेयक में अंकित कर दें और कह दें कि पांच लाख या पांच लाख से कम की धनराशि की संपत्ति ली जाएगी तो उसके लिए पूरा मुआवजा दिया जाएगा।

श्री पीलू मोदी : आपने तीन लाख किया तो इन्हें दो लाख तो करना ही पड़ेगा। फिर आपकी बारी आएगी और आप एक लाख कर देना।

श्री वाजपेयी : नतीजा यह होगा कि मोदी साहब के पास कोई संपत्ति नहीं बचेगी।

इस विधेयक का सबसे आपत्तिजनक भाग वह है जिसमें राज्य की नीति के निदेशक तत्वों को लागू करने के नाम पर नागरिकों के सभी मूलभूत अधिकारों को समाप्त करने का प्रावधान किया गया है। यदि केवल बैंक राष्ट्रीयकरण के मामले में सर्वोच्च न्यायालय के निर्णय से उत्पन्न परिस्थिति को ठीक करने का सवाल था तो ३१ (सी) को लाने की आवश्यकता नहीं थी।

संविधान के निर्माताओं का मंतव्य था कि मूलभूत अधिकार निदेशक तत्वों से ऊपर हैं। मूलभूत अधिकारों को न्यायालय का संरक्षण प्राप्त था। उनकी रक्षा के लिए नागरिक राज्य के विरुद्ध अदालत का दरवाजा खटखटा सकते थे। संविधान सभा ने प्रो. के.टी. शाह का एक संशोधन अस्वीकार कर दिया था, जिसमें यह मांग की गई थी कि राज्य के निदेशक तत्व न्यायालय की परिधि में लाए जाएं, उनको कार्यान्वित करने की मांग अदालत में की जा सके। इसे स्वीकार नहीं किया गया। अनुच्छेद ३७ के अनुसार राज्य के निदेशक तत्वों संबंधी उपबंधों को किसी न्यायालय

में बाध्यता न दी जा सकेगी।

मुझे स्मरण है कि जब अनुच्छेद ४८ के अंतर्गत गायों, बछड़ों तथा दुधारू और वाहक ढोरों की नस्ल के परिरक्षण और सुधार के लिए तथा उनके वध का प्रतिबंध करने के लिए—प्रहिबिटिंग दी स्लॉटर ऑफ काउज एंड कॉव्ज एंड अदर मिल्च एंड ड्राट कैटल—कुछ राज्यों ने कानून बनाए, तो उन कानूनों को इस आधार पर रद्द कर दिया गया कि यद्यपि वे निदेशक तत्वों के अनुसार हैं, लेकिन वे कसाइयों के अपना रोजगार करने के अधिकार को छीनते हैं।

श्री फ्रैंक ऐंथनी (मनोनीत-आंग्ल-भारतीय) : हमने कराया था।

श्री वाजपेयी : लेकिन अब कराना मुश्किल है।

मेरे पास सर्वोच्च न्यायालय का वह निर्णय है। श्री फ्रैंक एंथनी दूसरे पक्ष की ओर से ...

श्री के. नारायण राव (बोबिल्ली) : मुझे यकीन नहीं कि श्री वाजपेयी इस मुद्दे पर सही हैं।

श्री पीलू मोदी : यदि आपको यकीन नहीं है तो आप बैठ क्यों नहीं जाते।

मूलभूत अधिकारों पर हमला

श्री वाजपेयी : बीस वर्ष बाद घड़ी की सुई पूरा घूम गई है। नागरिकों के मूलभूत अधिकारों पर निदेशक तत्व हावी हो रहे हैं। मुझे इसमें आपत्ति नहीं है। किंतु मैं यह समझने में असमर्थ हूं कि अनुच्छेद ३९ (बी) और (सी) को कार्यान्वित करने के लिए, जिनका संबंध भौतिक संपत्ति के स्वामित्व का नियंत्रण के बंटन तथा धन और उत्पादन-साधनों के अहितकारी केंद्रीयकरण को रोकने से है, ऐसे मूलभूत अधिकारों पर क्यों हमला किया जा रहा है, जिनका संबंध संपत्ति से नहीं है। वाक्-स्वातंत्र्य तथा अभिव्यक्ति की आजादी, शांतिपूर्वक तथा बिना हथियारों के एकत्र होने के अधिकार, संस्था या संघ बनाने की छूट, भारत में अबाध संचरण और भारत के किसी भाग में निवास करने और बस जाने के मूलभूत अधिकारों पर भी कुठाराघात किया जा रहा है।

कल विधि मंत्री ने विधि आयोग के सुझावों को न मानने के लिए जो तर्क दिए, वे बिल्कुल लचर थे। वे किसी का समाधान नहीं कर सकते। विधि आयोग के प्रमुख श्री गजेंद्र गडकर हैं। कोई उन पर प्रतिक्रियावादी होने का आरोप नहीं लगा सकता। वह भी चाहते हैं कि समाज में आर्थिक और सामाजिक परिवर्तन हों। वह भी चाहते हैं कि परिवर्तन की दिशा तेज की जाए। विधि आयोग में एक ऐसे भी सदस्य हैं—मुझे पता नहीं कि यह कहां तक ठीक है—जो विचारों से कम्युनिस्ट माने जाते हैं।

श्री एस.एम. बनर्जी : अच्छा है।

श्री वाजपेयी : लेकिन फिर भी विधि आयोग ने एक बुद्धिमत्ता का सुझाव दिया है। उसने कहा है कि अगर आप संविधान के दो निदेशक तत्वों—अनुच्छेद ३९ (बी) और (सी)—को लागू करना चाहते हैं, तो उसके लिए अनुच्छेद १९ (१) (एफ) और (जी) का समावेश करना ही काफी है, शेष मूलभूत अधिकारों पर किसी तरह की आंच नहीं आनी चाहिए। इसका क्या उत्तर है? श्री मोहन कुमारमंगलम् कहेंगे कि इंडियन एक्सप्रेस का मामला हुआ था। वह सकाल समाचारपत्र के मामले का उल्लेख करेंगे। बीच में सर्चलाइट के मामले को लाया जाएगा। प्राइसपेज शिड्यूल की बात कही जाएगी, क्या यह संभव नहीं है कि अगर यह मामला फिर से सुप्रीम कोर्ट में जाए, तो सुप्रीम कोर्ट अपनी राय बदल दे? सुप्रीम कोर्ट अपनी राय बदलता रहा है। आज जो देश की हवा है, जो संसद की भावना और परिवर्तन की इच्छा है, उसमें सुप्रीम कोर्ट से आशा की जा सकती

है कि वह ऐसा निर्णय दे, जो प्रेस की स्वाधीनता और छोटे अखबारों के अधिकारों में संतुलन कायम कर सके। लेकिन विधि आयोग कहता है कि अगर इसके बाद भी आपके मार्ग में कोई कठिनाई आती है, तो आप दूसरा संशोधन ला सकते हैं। मैं चाहूंगा कि विधि मंत्री महोदय इस बात को ठीक से ग्रहण करने का प्रयत्न करें।

मैं विधि आयोग की रिपोर्ट में से उद्धृत करना चाहता हूं :

"हमारे विचार से, अनुच्छेद ३१ (सी) की जो मंशा है वह, यदि अनुच्छेद १९(१) का समग्र रूप से उल्लेख करने की जगह, अनुच्छेद १९ (एफ) और (जी) का उल्लेख करने से ज्यादा प्रभावी ढंग से पूरी होगी। अनुच्छेद ३१ (सी) द्वारा विचारित कानून इन्हीं दो धाराओं का विरोध करता है, और, यदि यह व्यवस्था कर दी जाए कि अनुच्छेद ३९ (बी) और (सी) में प्रतिपादित नीतियों का लागू करने के उद्देश्य से पारित कोई भी कानून, अन्य चीजों के साथ, अनुच्छेद १९ (१) (एफ) और (जी) का विरोध नहीं करेगा, इससे इच्छित उद्देश्य पूरा हो जाएगा।"

उसने आगे यह भी कहा :

"भाषण की स्वतंत्रता और विचारों की अभिव्यक्ति की स्वतंत्रता का अर्थ सिर्फ व्यवस्था के दर्शन के अनुरूप भाषण और विचारों की स्वतंत्रता नहीं है, बल्कि ज्यादा विशेष रूप से व्यवस्था के दर्शन के विरोधी भाषण और विचारों की स्वतंत्रता है। इस पर कोई भी लोकतांत्रिक व्यक्ति विवाद नहीं कर सकता।"

सरकार के इरादे बता गया प्रेस बिल

लोकतंत्र में--यदि वह कम्युनिसट देशों-जैसा जनवादी लोकतंत्र नहीं है, तो सरकारें बदल सकती हैं, बहुमत में परिवर्तन हो सकता है। ब्रिटेन में कल जो प्रधानमंत्री थे—हैरल्ड विल्सन, वह आज विरोधी दल के नेता हैं। आज जो विरोधी दल में हैं, कल वे सत्तारूढ़ हो सकते हैं। मैं सिद्धांत की बात कह रहा हूं। मगर ये लोग तो कयामत तक वहां रहना चाहते हैं। इसीलिए तो यह विधेयक लाया जा रहा है।

प्रश्न केवल आर्थिक और सामाजिक परिवर्तन की धारा को गति देने का नहीं है। प्रश्न अधिक गहरा है। आखिर सभी मूलभूत अधिकारों पर हमला करने का कारण क्या है? उसका कौन सा औचित्य है, विधि मंत्री सदन को यह समझा नहीं सके और श्री मोहन कुमारमंगलम् अपने सारे तर्कों के बावजूद यह विश्वास पैदा न कर सके कि सचमुच में सरकार का उद्देश्य केवल उतना अधिकार लेना है, जितना कि आज की परिस्थिति में आवश्यक है।

सरकार का इरादा क्या है, यह प्रस्तावित प्रेस बिल से पता लग गया है। वह सरकार के दिमाग की एक झलक देता है। आज प्रेस उद्योग की जो स्थिति है, उससे कोई संतुष्ट नहीं है। लेकिन कंपनी लॉ एडमिनिस्ट्रेशन के किसी ज्वाइंट सेक्रेटरी को पब्लिक ट्रस्टी के नाम पर सारे अधिकार हस्तांतरित कर देना प्रेस का चोर-दरवाजे से सरकारीकरण करना है। यह भी एक रहस्य की बात है कि उस विधेयक का मसविदा अखबारों में कैसे निकला। पार्लियामेंट में वह विधेयक आया नहीं है। हमें उस विधेयक की कोई जानकारी नहीं है। लेकिन विधेयक अखबारों में छप रहा है और उस पर विवाद हो रहा है। अब कहा जा रहा है कि वह विधेयक नहीं है और खाली वर्किंग पेपर है। किंतु इससे पता लगता है कि जिनके हाथ में शासन की बागडोर है, उनका दिमाग किस दिशा में काम कर रहा है।

लोकतंत्र का आधार है विरोध को न केवल सहन करने का धैर्य, अपितु उसका समादर करने की उदारता। जहां असहिष्णुता है, जहां मतांधता है, जहां विरोध को गद्दारी मानने का भाव है, वहां लोकतंत्र समाप्त होता है।

अध्यक्ष महोदय, विधि मंत्री ने दावा किया है कि इस विधेयक से देश के आर्थिक और सामाजिक ढांचे के पुनर्निमाण का मार्ग खुल जाएगा। एक नए युग का शुभारंभ होगा। क्या यह मार्ग अभी तक बंद था? यह मार्ग किसने बंद किया था, यह संविधान किसकी देन है? स्वाधीनता के पिछले २३-२४ वर्षों में इस संविधान को अमल में लाने की जिम्मेदारी किसके ऊपर थी? यह कहना भी गलत है कि हर मामले में अदालत बाधा बनकर खड़ी रहती है। भूमि-सुधार के मामले में संसद ने संविधान में संशोधन किया और ऐसा संशोधन, जिसके अंतर्गत भूमि-सुधार संबंधी कानूनों को अदालत में चुनौती नहीं दी जा सकती। क्या कोई सत्तारूढ़ दल का सदस्य कह सकता है कि भूमि-सुधार संबंधी कानून ईमानदारी से कार्यान्वित किए गए? क्यों नहीं कार्यान्वित किए गए? भूमिहीनों को बांटने के लिए अतिरिक्त जमीन क्यों नहीं बची? उस जमीन को क्यों नहीं वितरित किया गया? अब कहा जा रहा है कि भूमि की सीमा कम की जाएगी। कम करने के बाद भी मुझे संदेह है कि भूमिहीनों के लिए भूमि बचेगी।

प्रश्न केवल संविधान को बदलने का नहीं है। प्रश्न इंसान को बदलने का भी है। हमें मनुष्य में परिवर्तन लाना होगा। उसे अधिक कर्मशील, कर्तव्यपरायण और सेवाभावी बनाने के लिए हमने क्या किया है? श्री गोखले ने घोषणा की है कि सरकार उद्योग में, व्यापार में अधिकाधिक हस्तक्षेप करेगी। सरकार का अर्थ है नौकरशाही जो निकम्मी है, भ्रष्ट है, हृदयहीन है और जनहित का विचार नहीं करती है, केवल अपना विचार करके चलती है।

सार्वजनिक उद्योगों की हालत

आज सार्वजनिक उद्योगों की स्थिति क्या है? कल हिंदुस्तान स्टील के बारे में जो रिपोर्ट आई है, वह क्या पुकार-पुकारकर कह रही है। अभी किसानों से गेहूं खरीदा गया, उसमें कितना गोलमाल है? लाइसेंस देने में पक्षपात की कोई सीमा नहीं है। समाजहित कहां है? जनहित की किसको चिंता है? सभी कदम इस बात को ध्यान में रखकर उठाए जाते हैं कि इससे सत्तारूढ़ गुट की स्थिति मजबूत होगी या नहीं, इससे चुनाव में चंदा मिलेगा या नहीं?

एक ताजा उदाहरण मेरे ध्यान में लाया गया है।

श्री गुजराल यहां बैठे हैं। नई दिल्ली में दस मंजिला मकान बनाने पर रोक लगी है। सरकारी मंत्रालय में दस दरख्वास्तें पड़ी हैं। इजाजत दी जा सकती है अगर ढाई लाख रुपए दक्षिणा के रूप में दिए जाएं।

कार्य एवं आवास राज्य मंत्री श्री आई.के. गुजराल : मैं यह स्पष्ट वक्तव्य देना चाहता हूं कि कोई भी आवेदन लंबित नहीं है। मैं कहूंगा कि नई दिल्ली के विकास में अनुशासन लाने का विरोध उनकी पार्टी की तरफ से आया है; क्योंकि वे करोड़पतियों से मिले हुए हैं।

श्री वाजपेयी : अध्यक्ष महोदय, नई दिल्ली में जनसंघ का बहुमत नहीं है। नई दिल्ली की म्युनिसिपैलिटी नामजद म्युनिसिपैलिटी है और मैं यह साबित करने के लिए तैयार हूं कि टेन मल्टी स्टोरीज बिल्डिंग की इजाजत लेने के लिए दरख्वास्तें पड़ी हुई हैं···

श्री आई.के. गुजराल : मैं इन्हें चुनौती देता हूं। यदि ये इसे प्रमाणित कर दें तो मैं त्यागपत्र

दे दूंगा, अन्यथा इन्हें त्यागपत्र देना होगा।

श्री वाजपेयी : मैं चुनौती स्वीकार करता हूं।

अध्यक्ष महोदय, मुझे आश्चर्य है कि चुनाव में सरकारी पार्टी को दो-तिहाई बहुमत प्राप्त हुआ है, तेलंगाना प्रजा समिति के सदस्य भी कुछ दल-बदल करके सत्तारूढ़ दल में शमिल कर लिए गए हैं, फिर भी सरकारी पार्टी इस विधेयक के लिए कुछ विरोधी दलों की कृपा पर निर्भर है। उन्होंने धमकी दी तो सरकार का रुख बदल गया। आपने कभी इस सदन में देखा है कि सदन के सामने एक संशोधन विधेयक मौजूद है। उस संशोधन विधेयक में विधि मंत्री ने संशोधनों की सूचना दी है और अब उन संशोधनों को और भी संशोधित किया जा रहा है? क्या विधि मंत्री महोदय ने संशोधनों की सूचना बिना सोच-विचार के दी थी? क्या उनके पीछे सरकार का समर्थन नहीं था?

एक माननीय सदस्य : ओपेन माइंड है हमारा।

श्री वाजपेयी : वैकेंट माइंड है आपका। यह ओपने माइंड का सबूत नहीं है। कल श्री गोखले ने महात्मा गांधी का उल्लेख किया और श्री मोहन कुमारमंगलम् मार्क्स का हवाला देते हैं। मैं पूछता हूं कि क्या महात्मा गांधी और मार्क्स का मार्ग एक ही है? क्या योगी और कमिसार के बीच में कोई विभाजक रेखा नहीं है? क्या भारत व्यक्तिगत स्वाधीनता की बलि चढ़ाकर आर्थिक विषमता को मिटाना चाहता है? क्या राज्य को, एक दैत्य का रूप देने की हमारी मंशा है? क्या व्यक्ति के हाथों धन का और आर्थिक साधनों का केंद्रीकरण रोकने के लिए हम सारा केंद्रीकरण राज्य के हाथों में करना चाहते हैं?

सत्तारूढ़ दल ने एक समाजवादी समाज के ढांचे में अपनी आस्था प्रकट की है। यह समाजवादी ढांचा कौन सा है। दि सोशलिस्ट पैटर्न ऑफ सोसायटी। मैं दूसरी पंचवर्षीय योजना में से उद्धृत कर रहा हूं :

"समाज के समाजवादी ढांचे को अपरिवर्तनीय और कठोर ढांचा माने जाने की संभावना है। इसकी जड़ें किसी सिद्धांत या विचार में नहीं हैं। हर देश को अपनी प्रतिभा और परंपराओं के अनुसार विकास करना है।"

भारत की प्रतिभा क्या है? भारत की परंपरा क्या है? व्यक्तिगत स्वाधीनता और आर्थिक समता में हमको समन्वय करना होगा। व्यक्ति के अधिकार और सार्वजनिक हित में मेल बैठाना होगा। यह विधेयक मेल नहीं बैठाता। यह विधेयक आवश्यकता से अधिक अधिकार लेता है और जो अधिकार लिए जा रहे हैं, उनके दुरुपयोग की पूरी संभावना है। मैं चाहूंगा कि मंत्री महोदय हमारा संशोधन स्वीकार करें। कम संपत्तिवालों को इस विधेयक से अलग करने की घोषणा करें। सारे मूलभूत अधिकारों पर हमला करने की आवश्यकता नहीं है। अनुच्छेद १९ (१) के अंतर्गत (ए) से (ई) तक मूलभूत अधिकार छोड़ देने चाहिए। आवश्यकता पड़ी और जनहित में हुआ तो कुछ आगे विचार किया जा सकता है। विधेयक में उनको लपेटने की कोई आवश्यकता नहीं है। धन्यवाद।

मौलिक अधिकारों में कटौती

अध्यक्ष जी, इस विधेयक के विवाद में प्रधानमंत्री को छोड़कर तीन वकीलों ने भाग लिया। लेकिन वकीलों की यह त्रिमूर्ति इस बात का कोई समाधानकारक उत्तर नहीं दे सकी कि यदि हम नागरिकों के मूलभूत अधिकार समाप्त करना चाहते हैं या कम करना चाहते हैं तो हमें नागरिकों के पास जाने में क्यों आपत्ति होनी चाहिए? कल मैंने एक उदाहरण भी दिया था कि गोआ में महाराष्ट्रवादी गोमंतक पार्टी चुनाव में विजयी हुई। गोआ की जनता ने उसके हाथ में सत्ता रख दी। लेकिन जब गोआ को महाराष्ट्र में मिलाने का सवाल आया और उस समय पर जनता की राय ली गई तो जो निर्णय चुनाव में था, जनता ने उस निर्णय को बदल दिया।...

श्री शिवाजी राव एस. देशमुख (परभणि) : नान-गोवन्ज ने वोट किया था।

श्री वाजपेयी : अध्यक्ष जी, यह कोई तर्क नहीं है, इस समय इन्होंने वोट दिया था, उस समय उन्होंने वोट दिया था। क्या कोई इस संभावना को रद्द कर सकता है कि लोग दो प्रश्नों पर अलग-अलग ढंग से वोट करें? आम चुनाव में जनता एक ढंग से निर्णय कर सकती है, लेकिन जब बुनियादी अधिकारों को कम करने का सवाल आए तो जनता और ढंग से अपनी प्रतिक्रिया प्रकट कर सकती है। इसलिए हमारा निवेदन है कि जिन्हें जनता में विश्वास है और जनता की सर्वप्रभुता की दुहाई देते हैं, जो यह मानते हैं कि संसद सर्वोच्च है, लेकिन जनता उससे भी सर्वोच्च है, उन्हें जनता के पास जाने में किसी तरह का एतराज नहीं होना चाहिए। मुझे दुख है, इस विवाद में यह बात कही गई कि मैं इस विधेयक को पारित होने से रोकने के लिए या जनता का ध्यान हटाने के लिए रेफ्रेंडम की बात कर रहा हूं। आरोप लगाना तर्क करना नहीं है। आरोप का उत्तर आरोप से दिया जा सकता है। मैं भी यह आरोप लगा सकता हूं कि बंगला देश के बारे में अपनी विफलता पर पर्दा डालने के लिए सरकार इस अनावश्यक विधेयक को ले आई। गोलकनाथ का निर्णय सन् १९६७ में हुआ, तीन साल तक आपको आर्थिक और सामाजिक परिवर्तन की प्रक्रिया में तेजी लाने का विचार नहीं आया...(व्यवधान)

वित्त मंत्री श्री यशवंतराव चह्वाण : तैयारी में थे।

** मौलिक अधिकारों पर नियंत्रण संबंधी २४वें संविधान संशोधन विधेयक पर लोकसभा में ४ अगस्त, १९७१ को संशोधन प्रस्ताव।*

श्री वाजपेयी : चुनाव जीते हुए आपको कई महीने हो गये, अगर अभी तक आप चाहते तो सुप्रीम कोर्ट को मामला भेजकर उसकी राय प्राप्त कर सकते थे या लोकसभा के पहले अधिवेशन में विधेयक ला सकते थे। लेकिन मैं आपके इरादों पर अविश्वास प्रकट नहीं करना चाहता और मैं यह भी नहीं चाहता कि मेरे उद्देश्यों में किसी तरह का आक्षेप करें। मूलभूत अधिकारों में कमी का प्रश्न कोई साधारण प्रश्न नहीं है। जनता को अधिकार है कि वह यह कहे कि इस तरह की कोई कमी करने से पहले आप हमारी राय लीजिए।

इस विवाद पर कल श्री सिद्धार्थ शंकर राय ने अपना भीषण भाषण दिया। मुझे खेद है कि उस समय मैं सदन में उपस्थित नहीं था। लेकिन आज मैंने उनके भाषण को पढ़ा है। वह मेरे लिए कहते हैं कि मेरी शादी नहीं हुई है। लेकिन अगर मैं २० साल पहले शादी करता तो कई बीवियां रख सकता था, लेकिन अब एक बीवी से ज्यादा नहीं रख सकता हूं। उसका मतलब यह था कि बीवी रखने का अधिकार बदल रहा है, मेरे लिए बदल रहा है, शायद सिद्धार्थ शंकर राय के लिए भी बदल रहा है, लेकिन मोइनुल हक चौधरी के लिए एक से ज्यादा बीवियां रखने का हक नहीं बदल रहा है।

आप संविधान के निदेशक सिद्धांतों की बात करते हैं। संविधान के निदेशक सिद्धांतों में लिखा है कि देश में कॉमन सिविल कोड होना चाहिए। यह सवाल इस विधेयक के पारित होने के बाद कसौटी पर कसा जानेवाला है···(व्यवधान)

श्री रामसहाय पांडे (राजनंदगांव) : माइनीरिटीज की रक्षा के लिए उनकी व्यवस्थाओं की रक्षा करनी चाहिए।

श्री वाजपेयी : मैं मानता हूं कि अधिकार बदलते हैं और संपत्ति का अधिकार भी समाज-सापेक्ष अधिकार है। संपत्ति का अधिकार एब्सोल्यूट अधिकार भी नहीं है। कभी पत्नी की गणना भी संपत्ति में होती थी, लेकिन आज पत्नी बराबर की हकदार है और हमारे जीवन-दर्शन ने, हमारी संस्कृति ने कभी भी परिवर्तन का निषेध नहीं किया। अलग-अलग स्मृतियां लिखी गई हैं, अलग-अलग अधिकारों की व्याख्या हुई है। जब हमने शाश्वत धर्म की चर्चा की तो हमने युग धर्म पर भी बल दिया और युग धर्म की अपेक्षा है कि संपत्ति का अधिकार सीमित किया जाना चाहिए तो उससे कोई इन्कार नहीं करेगा। लेकिन मैं इसलिए विरोध कर रहा हूं कि आज मैं एक से अधिक बीवी नहीं रख सकता यह विनोद पैदा करने की बात हो सकती है, लेकिन यह श्री सिद्धार्थ राय के पक्ष को बलवान नहीं बनाती है। कठिनाई यह है कि वह सिद्धार्थ हैं और मैं यथार्थ को लेकर चलता हूं। वह अपने अर्थ को सिद्ध करना चाहते हैं और मैं देश के यथार्थ की ओर संकेत करना चाहता हूं। और यथार्थ का तकाजा यह है कि जनता के पास जाकर उसकी राय ली जानी चाहिए।

मैं मानता हूं कि समय बदलता है और समय के बदलने के साथ हमें भी बदलना चाहिए। श्री सिद्धार्थ शंकर राय भी बदलें। मुझे वह दिन भी याद है जब असम ट्रिब्यून के मामले में श्री सिद्धार्थ शंकर राय श्री मोइनुल हक चौधरी के खिलाफ खड़े थे। उस समय उन्होंने जो कहा था मैं उसको दोहराना नहीं चाहता। आज उनकी स्थिति बदल गई है। आज श्री सिद्धार्थ शंकर राय और श्री मोइनुल हक चौधरी एक बैंच पर बैठे हैं। तो परिवर्तन का कोई विरोधी नहीं है, लेकिन देखना यह है कि परिवर्तन जनता के हक में है या नहीं। एक तो प्रेय होता है और एक श्रेय होता है। सस्ती लोकप्रियता प्राप्त करने के लिए भी कुछ किया जा सकता है और तात्कालिक क्षणिक

उन्माद के बीच भी जो स्थायी मूल्य हैं उनकी रक्षा करने का साहस जुटाने का प्रयत्न करना होता है। ऐसा दिखाई देता है कि हम प्रेय की पूजा कर रहे हैं और श्रेय को तिलांजलि देने जा रहे हैं, अन्यथा इस बात में किसी को आपत्ति नहीं होनी चाहिए थी कि अगर मूलभूत अधिकार कम किए जाएं तो आप रेफ्रेंडम मानिए। हमारे विधि मंत्री कहते हैं कि यह व्यावहारिक नहीं है। इतने करोड़ लोग सत्तारूढ़ दल को वोट देते हैं तब वे अच्छे हो जाते हैं, लेकिन जब मेरे रेफ्रेंडम के सुझाव को मानने की बात आती है तो यह संख्यासुर बन जाते हैं।

बहुत से असुर हमारे देश में हैं और एक संख्यासुर भी है। अगर करोड़ों लोग हैं तो उनकी राय ली जा सकती है। अगर प्रधानमंत्री की सुविधा के लिए, अगर सत्तारूढ़ दल की सुविधा के लिए इलेक्शन कमीशन डेढ़ महीने के भीतर मध्यावधि चुनावों को संभव कर सकता है, तो एक ऐसे आधारभूत विषय पर जनता की राय लेने का एक महीने के भीतर प्रबंध क्यों नहीं किया जा सकता है? करना चाहिए। वह जनता को जाग्रत करने का भी एक तरीका होगा, लोगों को राजनीति में खींचने का भी तरीका होगा और उन्हें प्रबुद्ध बनाकर महत्वपूर्ण प्रश्नों पर उनका निर्णय लेने का भी एक तरीका होगा। इसलिए मैं कहना चाहता हूं कि अगर आप रेफ्रेंडम की बात को स्वीकार नहीं कर रहे हैं तो आप जनता के पास जाने से डर रहे हैं, आपके मन में भय है। आपको आशंकाएं हैं। यदि आशंकाएं नहीं हैं तो अभी भी समय है, रेफ्रेंडम के सुझाव को माना जा सकता है और फिर हम इस विधेयक के पूरी तरह से साथ हैं। धन्यवाद।

नई संविधान परिषद् गठित कीजिए

अध्यक्ष महोदय, मैं श्री नाथ पई के विधेयक का विरोध करने के लिए खड़ा हुआ हूं। मेरा विरोध आधारभूत है और इसलिए हमने विधि मंत्री को सूचित कर दिया है कि उनके द्वारा बनाई जानेवाली प्रवर समिति में हमारे दल का कोई सदस्य नहीं रह सकेगा।

सर्वोच्च न्यायालय ने एक ऐतिहासिक निर्णय दिया है। इस ऐतिहासिक निर्णय की महत्ता को हृदयंगम करना और उस पर आचरण करना, यह हमारे गणराज्य को पुष्ट करनेवाला काम होगा। इस विवाद में यह चर्चा की जा रही है कि संसद सर्वोच्च है या नहीं है। मैं समझता हूं यह प्रश्न जिस ढंग से उठाया गया है, वह हमको सही परिणाम पर पहुंचने नहीं देगा। कुछ मामलों में संसद सर्वोच्च है। लेकिन यदि संसद, कार्यपालिका और न्यायपालिका हम तीनों का विचार करें और हमारा संविधान उन तीनों के अधिकारों का विभाजन करता है, उनके पृथक-पृथक कार्यक्षेत्र का निर्धारण करता है तो किसी को यह स्वीकार करने में संकोच नहीं होना चाहिए कि हमारा संविधान सर्वोच्च है और संसद को, न्यायपालिका को, कार्यपालिका को संविधान के अंतर्गत कार्य करना है।

यह ठीक है कि संसद को संविधान को बदलने का अधिकार दिया गया है। लेकिन संविधान के निर्माता संविधान के संशोधन को सरल नहीं बनाना चाहते थे। ऐसी उनकी मंशा होती, या उनका इरादा यह होता तो वे दो-तिहाई बहुमत की शर्तें न लगाते। सामान्य कानून बहुमत से बदला जा सकता है। लेकिन संविधान का कोई भी संशोधन दो-तिहाई बहुमत के बिना नहीं हो सकता। इसमें संविधान निर्माताओं की एक ही मंशा थी कि संविधान में सरलतापूर्वक संशोधन न हो सके। मुझे आश्चर्य हुआ, श्री मुल्ला ने इस दो-तिहाई बहुमत की बात को भी अपने पक्ष में तोड़ने का प्रयत्न किया है। सचमुच में दो-तिहाई बहुमत की बात इस तर्क को मजबूत करती है कि संविधान में संशोधन सरल नहीं होना चाहिए और संविधान का जो मुख्य भाग है, जिसके ऊपर हमारा लोकतंत्रात्मक संविधान खड़ा है, उस आधारभूत अधिकारोंवाले भाग में संशोधन का और विशेषतः उनको कम करने का काम तो और भी कठिन होना चाहिए।

** मौलिक अधिकारों पर श्री नाथ पई द्वारा प्रस्तुत संविधान संशोधन विधेयक पर लोकसभा में ७ जुलाई, १९६७ को असहमति।*

भारत एक गणराज्य है। इसलिए संविधान, जो भारत के नागरिकों ने बनाया है और जिसे भारत के नागरिकों ने स्वयं अपने को समर्पित किया है, यह संविधान हमें आधारभूत अधिकार देता है, आधारभूत स्वतंत्रताएं देता है। ये अधिकार समय के साथ बदल सकते हैं। लेकिन ये अधिकार जिस जनता को दिए गए उस जनता की राय के बिना कम से कम इनको संकुचित करने का काम नहीं होना चाहिए। मुझे आश्चर्य है कि इस मामले में जनता के पास फिर से जाने के लिए सदस्य तैयार क्यों नहीं हैं? और विशेषतः वह सदस्य जो प्रगतिशील होने का दावा करते हैं, उन्हें कोई कठिनाई नहीं होनी चाहिए इस सवाल पर जनता का नया निर्णय लेने में।

गोआ महाराष्ट्र में मिले या गोआ पृथक रहे, इस सवाल पर जनता की राय ली गई। संविधान के अक्षरों में जनता की राय लेने का समावेश नहीं है। लेकिन हमने नई प्रक्रिया का आविष्कार किया और ऐसे सवाल पर ली गई जनता की राय चुनाव में प्रकट होनेवाले अभिमत से भिन्न हो सकती है, यह भी गोआ के मामले ने सिद्ध कर दिया। गोआ में जो आम चुनाव हुए, उसमें अलग ढंग की सरकार बनी। इसलिए मेरा निवेदन है कि नई संविधान सभा को बुलाने का सर्वोच्च न्यायालय का सुझाव बड़ा क्रांतिकारी सुझाव है। यह सुझाव इस संसद को स्वीकार करना चाहिए। एक विशेष मामले पर और विशेषकर उस मामले पर जिसमें हम जनता की स्वाधीनताओं को, अधिकारों को कम करने जा रहे हैं, जनता की नई राय लेने के लिए हमें तैयार होना चाहिए।

श्री शिव नारायण : कौन सी संविधान परिषद संवैधानिक होगी?

श्री वाजपेयी : नई संविधान परिषद् इस संसद की सहमति से बुलाई जाएगी। उसे गणराज्य का राष्ट्रपति आहूत करेगा। वह इस मामले पर नए सिरे से विचार करेगी। बालिग मताधिकार के आधार पर उसका चुनाव होगा। जो इस संसद की सर्वोच्चता की बात करते हैं, क्या मैं उनसे पूछ सकता हूं कि क्या यह संसद अगर चाहे तो बालिग मताधिकार के अधिकार को कम कर सकती है? कम नहीं कर सकती। और जिस दिन यह बालिग मताधिकार को कम करने जाएगी, उस दिन या तो इस प्रश्न का निपटारा सड़कों पर करना होगा या फिर ऐसे किसी भी आधारभूत परिवर्तन के लिए जनता की राय लेना जरूरी होगा।

मुझे खुशी है, सर्वोच्च न्यायालय ने यह निर्णय दिया है, देर से हो, मगर यह निर्णय सही निर्णय है, एक ऐतिहासिक निर्णय है और क्रांतिकारी निर्णय है। बेरूबाड़ी के मामले में हम सर्वोच्च न्यायालय से यह आशा करते थे कि वह निर्णय देगी कि संसद भारत के किसी भूमि के टुकड़े को किसी विदेशी को नहीं दे सकती। क्या चीन के अधिकार में जो जमीन चली गई है उसे यह संसद सर्वोच्चता के नाम पर चीन को प्रदान कर सकती है? ...

आचार्य जी.भ. कृपालानी : कर दिया।

श्री वाजपेयी : मैं आचार्य जी से कहूंगा कि अभी किया नहीं है। लेकिन मैं उसकी चर्चा इस समय करना नहीं चाहता। सर्वोच्च न्यायालय का निर्णय आधारभूत अधिकारों के बारे में बिल्कुल स्पष्ट है और मैं चाहूंगा कि उसका अंतिम निर्णय जनता पर छोड़ दिया जाए।

एक बात मैं और कहूंगा। जो भी नई संविधान परिषद् होगी, वह स्वरूप में अधिक क्रांतिकारी होगी। सचमुच में जो पुरानी संविधान परिषद् थी, वह बालिग मताधिकार के आधार पर चुनी नहीं गई थी। उसके द्वारा जो हमें आधारभूत स्वतंत्रताएं और अधिकार मिले हैं, उन्हें समाप्त करने का काम इस संसद को अपने हाथ में लेना नहीं चाहिए। लेकिन जो लोग संविधान परिषद् को बुलाने का विरोध कर रहे हैं मैं उनसे कहना चाहता हूं, जहां तक संपत्ति के अधिकारों का सवाल है,

उन्हें डरना नहीं चाहिए। नई संविधान परिषद उस मामले में और भी दो कदम आगे बढ़कर जाएगी। अगर सचमुच में देश बदला है, जनता बदली है और समय के साथ व्यवस्था में परिवर्तन होना चाहिए और वह व्यवस्था हमारे अधिकारों में, हमारे संविधान में प्रतिबिंबित होनी चाहिए तो नई संविधान परिषद, जहां तक संपत्ति के रखने का सवाल है, उसके बारे में आगे जाएगी, पीछे नहीं जाएगी। और इसलिए जो संपत्ति के बारे में अधिकारों की दुहाई देकर यह मांग कर रहे हैं कि यह निर्णय संसद को करना चाहिए, संविधान सभा को नहीं, वह या तो देश की मनःस्थिति को नहीं समझते हैं या फिर वह किसी भी बात पर जनता का दरवाजा खटखटाने से घबड़ाते हैं। मैं उनसे सहमत नहीं हूं। हमें सर्वोच्च न्यायालय के निर्णय का समादर करना चाहिए। यह बड़ी गलत परंपरा स्थापित करना होगा कि सर्वोच्च न्यायालय ने निर्णय दे दिया और हम उस निर्णय को बदलने के लिए कार्यवाही शुरू कर दें। हम निर्णय का आदर करें और जो प्रक्रिया सर्वोच्च न्यायालय ने सुझाई है, उसके अनुसार संविधान परिषद् को बुलाने की तैयारी करें, यही मेरा निवेदन है। धन्यवाद।

चुनाव

पंचायती चुनावों में धांधली

अध्यक्ष महोदय, संसद के इस सदन में जब पंचायत संस्थाओं के बारे में विधेयक पेश किया गया था तो बड़ा उल्लास था, सत्ता के विकेंद्रीकरण पर सब लोग खुश थे। पंचायतों को अधिकार दिए जा रहे थे, इसके लिए आनंद था। उस समय यह आशा प्रकट की गई थी कि पंचायतों के चुनाव यदि प्रदेशों में होंगे, प्रदेश सरकारों के अधीन होंगे तो चुनाव निष्पक्ष होंगे, स्वतंत्र होंगे और चुनाव में किसी प्रकार की धांधली नहीं होगी।

अध्यक्ष महोदय, उत्तर प्रदेश से पंचायती संस्थाओं के चुनाव के बारे में जो समाचार आ रहे हैं, उनसे ऐसा लगता है कि सदन ने जो फैसला किया, उस पर न केवल पानी फेरा जा रहा है, बल्कि लोकतंत्र की जड़ पर कुठाराघात किया जा रहा है। क्या आपने कोई चुनाव ऐसा देखा है, जिसमें उम्मीदवार कम हों और मत-पत्र पर उम्मीदवार और चुनाव-चिह्न ज्यादा हों? जब उम्मीदवार नहीं हैं, कोई प्रतियोगिता में उतरा ही नहीं तो उम्मीदवार और चुनाव-चिह्न तमाम कैसे छाप दिए गए? वहां अलग-अलग रंगों के मत-पत्र थे। परिसीमन में धांधलियां की गईं और मतदाता सूचियां भी ठीक प्रकार से नहीं बनाई गईं। अगर कोई चुनाव लड़ना चाहता था और सत्ता पक्ष के विरोध में चुनाव लड़ना चाहता था तो पुलिस का उपयोग करके उसे थाने में बुला लिया गया और उसको नामजदगी का पर्चा भरने से रोका गया। इस तरह की घटनाओं का एक जाल है। आप उसी से अनुमान लगा सकते हैं कि राज्य के एक मंत्री ने अपनी सरकार के खिलाफ चुनाव में होनेवाली धांधलियों के विरुद्ध अनशन किया और केंद्र के मंत्री साहब ने भी अनशन करने का फैसला किया, क्योंकि उनके क्षेत्र में जो धांधली हुई, उसको वह बर्दाश्त नहीं कर सके। उन्हें समझाने में कांग्रेस पार्टी को मुश्किल हुई। प्रधानमंत्री जी ने उन्हें आश्वासन दिया कि अगर धांधली हुई है तो उसको देखा जाएगा और जानकारी इकट्ठी की जाएगी।

अध्यक्ष महोदय, हमारे अधिकांश सदस्य उत्तर प्रदेश से चुनकर आते हैं। मैं स्वयं लखनऊ से निर्वाचित हूं। क्या संसद के सदस्य मूकदर्शक बने रहें? वहां जीते हुए उम्मीदवारों को हारा हुआ घोषित कर दिया गया। चुनाव परिणाम जहां घोषित होने चाहिए, वहां घोषित नहीं होने दिए जा रहे

** उत्तर प्रदेश के पंचायती चुनावों में धांधली पर लोकसभा में २५ अप्रैल, १९९५ को प्रतिपक्ष के नेता के रूप में भाषण।*

हैं। चुनाव परिणाम बदले जा रहे हैं। वहां गोलियां चलीं। अगर लोकतंत्र की जड़ों की रक्षा नहीं की गई तो लोकतंत्र पर से लोगों का विश्वास उठ जाएगा। यह सदन और आप इस मामले में तटस्थ नहीं रह सकते। यह बहुत गंभीर मामला है। हम चाहते हैं कि इस पर विस्तार से चर्चा हो और सदन कोई ऐसा रास्ता निकाले जिससे जो चुनावों में धांधलियां हुई हैं, उनके आधार पर होने वाला चुनाव रद्द किया जा सके। इन धांधलियों की जांच के लिए एक आयोग बनाया जाए। पालियामेंट यह कर सकती है और यह उसके अधिकार में है।

राही जी कहां हैं, हम उनका बयान चाहते हैं। प्रधानमंत्री जी ने उन्हें आश्वासन दिया था और उनकी भूख हड़ताल तुड़वाई थी। उनका सारा वक्तव्य मेरे पास है। राही जी ने जो कुछ लिखा है...(व्यवधान)

अध्यक्ष महोदय : उनका वक्तव्य आप नहीं पढ़ें।

श्री वाजपेयी : यह सार्वजनिक संपत्ति है। राही जी ने स्वयं वक्तव्य दिया, यह आश्चर्य की बात है।

अध्यक्ष महोदय : यू कैन ऑथेंटिकेटिड?

श्री वाजपेयी : अध्यक्ष महोदय, यह पत्र उप गृह मंत्री, भारत, नार्थ ब्लाक, नई दिल्ली से है, इसको ऑथेंटिकेट करने की जरूरत नहीं है।

अध्यक्ष महोदय : उनको करना पड़ेगा।

श्री वाजपेयी : अगर आपको संदेह है तो मैं उनसे करा सकता हूं।

अध्यक्ष महोदय : नियमानुसार आप दूसरे के वक्तव्य नहीं पढ़ सकते।

श्री वाजपेयी : इसलिए मैं पढ़ नहीं रहा हूं। अध्यक्ष महोदय, मैंने इसका हवाला दिया है। लेकिन अध्यक्ष जी, मैं थोड़ा ज्यादा हवाला देना चाहता हूं।

अध्यक्ष महोदय : इनवर्टिड-कोमाज को बाहर निकाल दीजिए।

श्री वाजपेयी : ऐसा नहीं है। पत्र में एक-दो-तीन करके लिखा है। मतदाता सूचियां जो भी बनाई गईं, उनमें कोई गांव सभा ऐसी नहीं है, जिसमें एक बड़ी तादाद मतदाताओं की न छोड़ दी गई हो। जिस प्रभावशाली ने दबाव बना लिया, उसने अपने खिलाफ पक्ष के वोटों को मतदाता-सूची में सम्मिलित नहीं होने दिया और अपने अवैध मतदाता बढ़ा लिए तथा मतदाता-सूची को अंतिम रूप देने की प्रक्रिया दोषपूर्ण और पक्षपातपूर्ण रही। दूसरा—जिस चुनाव अधिकारी सहित विभिन्न स्तर के चुनाव में लगे अधिकारियों / कर्मचारियों ने जिसको चाहा, मतदाता-सूची में सम्मिलित करा लिया और नहीं चाहा तो वह सड़क पर दर्खास्त लिए घूमता ही रहा। इस तरह के अनेक उदाहरण हमारे सामने हैं।

जांच के प्रमाणपत्र देने में पैसा चला है। झूठे प्रमाणपत्र दिए गए हैं। सोसायटीज के अध्यक्ष या उपाध्यक्ष कह करके उनके पर्चे खारिज कर दिए गए, जब कि वे किसी के पदाधिकारी नहीं हैं और चुनाव लड़ने के लिए स्वतंत्र हैं, चुनाव लड़ सकते हैं। चुनाव के लिए पोलिंग स्टेशनों की खरीद-फरोख्त प्रशासनिक अधिकारियों ने प्रत्याशियों को हराने-जिताने के लिए की और ५००० से १०००० हजार रुपए लिए गए, एक गांव सभा को जिताने के लिए एक अधिकारी बूथ को लेकर मारा भी गया।

श्री राजनाथ सोनकर शास्त्री (सेदपुर) : ५००० से २५००० तक।

श्री वाजपेयी : तो राही जी की जानकारी थोड़ी अधूरी है। अध्यक्ष जी, यह पूरे लोकतंत्र का

मखौल है।...(व्यवधान) मैं आपका दिशा-निर्देश चाहता हूं।

अध्यक्ष महोदय : मैं दूंगा, मगर वह आपको, सब लोगों को पसंद आएगा या नहीं, मुझे मालूम नहीं।

श्री वाजपेयी : पसंद तो आएगा, अगर आप...(व्यवधान) मैं इसलिए नहीं कह रहा हूं कि मैं आपसे पूछ रहा हूं, हम क्या करें। देखिए, क्या मैं भी राही जी की तरह से सदन छोड़ दूं, क्या मैं विरोधी नेता के उत्तरदायित्व को त्याग दूं और मैं भी जाकर लखनऊ में भूख हड़ताल करूं। सारे प्रदेश में आग लग जाएगी, मैं नहीं करना चाहता हूं यह। लेकिन गांव-गांव में झगड़े हों, गोलियां चलें, लोग चुनाव लड़ने के अधिकार से वंचित किए जाएं, जबर्दस्ती जीते हुए लोगों को पराजित घोषित कर दिया जाए, तो क्या किया जाए।...(व्यवधान) मेरा निवेदन है कि आप हमारे भुक्तभोगी जो सांसद हैं, उनको भी इस मामले में सुनें।

अध्यक्ष महोदय : यह सब चर्चा हो रही है, इससे और कुछ ज्यादा नहीं कहना है। आपने अपना लक्ष्य केंद्रित कर दिया है, अब बैठ जाएं। ज्यादा डीटेल्स में जाने की जरूरत नहीं है।

श्री वाजपेयी : अध्यक्ष महोदय, हमारा कहना यह है कि उत्तर प्रदेश की सरकार संविधान की धाराओं के अनुसार नहीं चल रही है। उत्तर प्रदेश में संविधान का खुला उल्लंघन हो रहा है। जो सरकार स्वतंत्र तथा निष्पक्ष पंचायत चुनाव नहीं करा सकती है, उसे सत्ता में रहने का कोई अधिकार नहीं है। हम केंद्र से कह सकते हैं कि वह उत्तर प्रदेश में हस्तक्षेप करे और स्थिति को सुधारे। यह मांग करने का हमारा अधिकार है।

अध्यक्ष महोदय : यह आपका अधिकार है, मैं इससे सहमत हूं। मगर बाकी चीजों की बारीकियों में नहीं जाना है।

श्री वाजपेयी : बारीकियां ऐसी जरूरी नहीं हैं, लेकिन हम अपना रोष प्रकट कर रहे हैं।

अध्यक्ष महोदय : आप सही हैं। आप ऐसा कर सकते हैं।

श्री वाजपेयी : जो उत्तर प्रदेश में हुआ है, उसके खिलाफ और केंद्र की उत्तर प्रदेश के बारे में जो नीति है तथा उत्तर प्रदेश की सरकार जिस नीति पर चल रही है, उससे कांग्रेस का सफाया हो जाएगा। हमारा कहना यह है कि उनका सफाया हो या न हो, हम अपना रोष व्यक्त करते हुए सदन से बाहर जा रहे हैं।

(तत्पश्चात श्री अटल बिहारी वाजपेयी तथा कुछ अन्य माननीय सदस्यों ने सदन से बहिर्गमन किया।)

शेषन की नजर न पड़ जाए!

अध्यक्ष महोदय, मैं सन् १९५७ से पार्लियामेंट से संबद्ध रहा हूं। कभी लोकसभा में, कभी राज्यसभा में। अनेक सरकारें हमने देखी हैं, कांग्रेस पार्टी की सरकारें देखी हैं, लेकिन आज जिस फूहड़पन का प्रदर्शन हुआ है, वैसा पहले कभी नहीं हुआ।

अध्यक्ष महोदय, यह विशेष अधिवेशन है, बार-बार हमें याद दिलाया जा रहा है कि यह विशेष अधिवेशन संविधान में संशोधन करने के लिए बुलाया गया है। यहां तक कि हमें अन्य प्रश्नों को उठाने से रोका जाता रहा है। अध्यक्ष महोदय, हम पहले से इस बात पर बल देते रहे हैं कि चुनाव-कानून में संशोधन करने के लिए आम सहमति होनी चाहिए। चुनाव-आयोग कोई एक व्यक्ति नहीं है, यह एक संस्था है, जिस पर कोई निर्णय लेने के लिए मात्र बहुमत पर्याप्त नहीं है। आपको याद होगा कि आपके चैंबर में जो बैठक हुई थी, उसमें मैंने विद्याचरण जी से पूछा था कि क्या आप बहुमत से निर्णय करने जा रहे हैं, तो उनका जवाब था कि हां, हम करेंगे। कल भी बहुमत का सवाल उठा था। आपने गणना नहीं की कि दो-तिहाई बहुमत जुटेगा या नहीं। यदि दो-तिहाई बहुमत जुटाने में आप सफल भी हो जाते, तब भी इस तरह से चुनाव-सुधारों के मामले पर पार्लियामेंट का वह फैसला ठीक नहीं रहता।

कौन सा दल है जो चुनाव-सुधार नहीं चाहता? कौन सा दल है जो चुनाव-सुधारों के मामले पर आपको सहयोग देना नहीं चाहता? हमारी तो शिकायत है कि गोस्वामी कमेटी की रिपोर्ट पिछले चार साल से पड़ी हुई है, धन शक्ति और गुंडा शक्ति बढ़ रही है, पोलिंग बूथों पर हमले हो रहे हैं, अनाप-शनाप धन खर्च किया जा रहा है, इन मामलों पर सरकार कानूनों में संशोधन करे, लेकिन आपने कोई ध्यान नहीं दिया। मुख्य चुनाव आयुक्त के रूप में एक व्यक्ति ऐसा आया, हालांकि उनकी हर बात से हम सहमत नहीं हैं, लेकिन इस बार के उप-चुनावों में मैंने जाकर देखा कि दीवारें इस बार रंगी नहीं गई हैं। पोस्टरों की संख्या घट गई है और बैनर्स भी कम दिखाई देते हैं। मंत्री महोदय प्राइवेट गाड़ी की तलाश में जाते हैं और सरकारी गाड़ी जरा दूर रखते हैं कि कहीं शेषन की नजर न पड़ जाए। एक व्यक्ति ने सारी व्यवस्था को झकझोर दिया है और इसीलिए जनता ने उन्हें व्यापक समर्थन दिया और आप उनके अधिकारों को कम करने के लिए संविधान

** चुनाव संबंधी विधेयक पर लोकसभा में १४ जून, १९९४ को टिप्पणी।*

में संशोधन और विशेष अधिवेशन कर रहे हैं! आपने गणित नहीं लगाया, गणना नहीं की और संख्या पर विचार नहीं किया। आज सबेरे तक हम लोग कहते रहे कि इस तरह के विधेयक नहीं लाए जाने चाहिए।

अध्यक्ष महोदय, आप तो इस बात के साक्षी हैं। आपकी बात भी अगर सरकार ने सुनी होती, चूंकि आप हमेशा इस बात पर बल देते रहे हैं कि ऐसे महत्वपूर्ण प्रश्न पर एक आम राय होनी चाहिए। केवल इसलिए नहीं कि आप बहुमत नहीं जुटा सके। बहुमत नहीं जुटा सके, वह आपकी बड़ी भारी विफलता है। उसके लिए मैं कह सकता हूं कि आपको गिनती भी नहीं आती। अगर आप दो-तिहाई बहुमत जुटाने की स्थिति में आ जाते तब भी उसके बल पर इस तरह के विधेयक पास कराने में या चुनाव की व्यवस्था को पुष्ट करने में सहायक न होते और न इस सदन की गरिमा को बढ़ाने में सहायक होते।

अध्यक्ष महोदय, अब क्या होगा? यह विशेष अधिवेशन बुलाया गया था, जिस काम के लिए, तो उसका काम तमाम हो गया और श्री भारद्वाज के हाथों ही अंतिम क्रिया होनी थी। इसमें भी कुछ विधि का विधान हो सकता है। यह जो विड्राल छपा है, मिस-प्रिंट नहीं था, मैं समझा था कि मुद्राराक्षस है। आपने जान-बूझकर लिखा था कि आप विड्राल की मांग को लेकर आए हैं। यह तो सदन के साथ खिलवाड़ हुआ है। संसद से कई बार सरकार इस तरह के बर्ताव कर चुकी है, जो संसद की गरिमा को बढ़ानेवाला नहीं है। आज तो सारी सीमाएं टूट गईं। आज सरकार ने सारी मर्यादाएं ताक पर रख दीं। इस सदन के साथ धोखाधड़ी हुई है। मालूम होना चाहिए कि कौन इसकी सजा भुगतेगा और कौन दंड लेगा? अगर सरकार यही करना चाहती थी तो इसे भी सम्मान के साथ, ग्रेसफुली करने का आज सवेरे रास्ता निकाला जा सकता था। सरकार यह भी नहीं कर सकी। मंत्री कन्सेंसस की बात कर रहे हैं। लेकिन कन्सेंसस के लिए जो वातावरण बनना चाहिए, उसको बनाने में सहायक नहीं हैं। सदन के सामने एंटी-क्लाईमैक्स की स्थिति पैदा हो गई है। इसकी सजा किसे भुगतनी होगी? अच्छा हो कि सरकार इस्तीफा दे दे।

अध्यक्ष महोदय, हम आपसे मांग कर रहे हैं कि इस विशेष अधिवेशन को आगे चलाने की आवश्यकता नहीं है। आप अधिवेशन को साईनेडाई यानी अनिश्चित काल के लिए समाप्त कर दीजिए। जिस काम के लिए आए थे वह काम अब नहीं होना है, हम और कामों में लगें। संसद का अधिवेशन भविष्य में सोच-समझकर बुलाया जाए। अगर यह सरकार अपने पीछे संख्या-बल खड़ा नहीं कर सकती, तो सरकार को सत्ता में रहने का कोई नैतिक अधिकार नहीं है।

संयुक्त प्रवर समिति को विस्तार दो

उपाध्यक्ष महोदय, मेरा व्यवस्था का प्रश्न है। सदन के सामने दो प्रस्ताव गृह मंत्री ने पेश किए हैं। दोनों एक ही आशय के प्रस्ताव हैं। मैं यह जानना चाहता हूं कि गृह मंत्री ने शुक्रवार को सदन में जो प्रस्ताव पेश किया था, आप उसको लेने जा रहे हैं या आज की कार्यसूची में जो प्रस्ताव प्रकाशित हुआ है, उसको लेने जा रहे हैं? अगर शुक्रवार के प्रस्ताव से उन्होंने पीछा छुड़ा लिया है, तो उसकी स्थिति क्या है? वह हमारी कार्यसूची में है, वह इतिहास का विषय बनेगा। जिस जल्दबाजी में गृह मंत्री ने उस दिन प्रस्ताव पेश किया, गैर-सरकारी कार्रवाई हो रही थी, श्रीमती मालिनी भट्टाचार्य जी पीठासीन थीं, गृह मंत्री जी कहीं से दौड़ते-दौडते आए, भागते-भागते उन्होंने प्रस्ताव पढ़ा और तुरंत चले गए।

उपाध्यक्ष महोदय, आप जरा उस प्रस्ताव की शब्दावली देखिए, क्या गृह मंत्री इस तरह की भूल भी कर सकते हैं? मैं वह प्रस्ताव पढ़ता हूं :

"अध्यक्ष महोदया, मैंने लोकसभा के चालू सत्र के दौरान निम्न प्रस्ताव पेश करने के अपने आशय का नोटिस दिया..."

इसकी शब्दावली भी ठीक नहीं है। चह्वाण साहब को ऐसी क्या जल्दी थी? मुझे लगता है कि स्पीकर साहब ने बाद में उन्हें कहा होगा कि ऐसी क्या जल्दी थी?

उपाध्यक्ष महोदय, स्पीकर साहब ने कहा होगा कि भागते-भागते आए और गोलमाल मचाया और पीछा छुड़ाकर चले गए। लेकिन मैं जानना चाहता हूं कि इस प्रस्ताव का होगा क्या? जो प्रस्ताव शुक्रवार की कार्रवाई में था, क्या वह इसी तरह अधर में लटका रहेगा? क्या गृह मंत्री उसको वापस ले रहे हैं? यदि हां, तो फिर मैं दूसरे प्रस्ताव पर हमला करूंगा।

श्री वाई.बी. चह्वाण : महोदय, मैं स्पष्ट करना चाहता हूं कि उस दिन जिस तरह का प्रस्ताव मैंने प्रस्तुत किया, वह नियमित प्रस्ताव नहीं था। वह केवल प्रस्तुत करने का प्रयास था। मैं नहीं जानता था कि इसे एक निश्चित रूप में होना चाहिए। माननीय नेता प्रतिपक्ष द्वारा उठाए बिंदु को मैं निश्चित रूप से समझ गया हूं। मैं उसे वापस लेता हूं। क्योंकि समस्या क्या है, इस पर मैं

** चुनाव सुधार संबंधी संयुक्त प्रवर समिति के गठन में सदस्यों की कम संख्या और कई दलों की उपेक्षा पर लोकसभा में ३ अगस्त, १९९३ को संशोधन प्रस्ताव।*

नियमित सुझाव नहीं दे रहा हूं।

श्री राम नाईक : क्या इसके बारे में नोटिस दिया है?

श्री एस.बी. चह्वाण : मैंने पहले नोटिस भी दिया है कि उसमें मैंने पहले जो नाम दिया था, उसमें से एक नाम को मैंने चेंज किया है। स्पीकर साहब ने कहा कि इसकी कोई जरूरत नहीं है, आपको जो जानकारी देनी है, पढ़ते समय दे दीजिए।

श्री वाजपेयी : सभापति महोदय, गृह मंत्री ने जो प्रस्ताव पेश किया है, उस पर मुझे आपत्तियां हैं। एक आपत्ति तो समिति के गठन को लेकर है। शायद ही पहले कभी संसद के इतिहास में ऐसा हुआ हो कि संयुक्त प्रवर समिति बने और केवल १५ सदस्यों की बने। इस सदन के १० सदस्य लिए जाएं, और दूसरे सदन के ५। अगर कोई पहले ऐसा उदाहरण हुआ हो तो मैं चाहूंगा कि गृह मंत्री या श्री भारद्वाज ढूंढ़-ढांढ़कर कहीं से निकालें। आखिर समिति को इतना छोटा बनाने की क्या जरूरत है? इसका परिणाम यह हुआ कि समिति में दलों का प्रतिनिधित्व सदन में उनकी संख्या के अनुपात में नहीं हुआ। कौल और शकधर को उद्धृत करने की सचमुच में कोई आवश्यकता नहीं पड़नी चाहिए। लेकिन इस बारे में कौल और शकधर का मत स्पष्ट है। मैं उद्धृत कर रहा हूं :

"चयनित या संयुक्त समिति का गठन सदन (नों) में विभिन्न दलों और समूहों की शक्ति का प्रतिबिंब होना चाहिए। और इस भावना से समिति सदन या सदनों की लघु दुनिया होती है।"

समिति में दलों की स्थिति क्या है, पहले तो मैं यह कहना चाहूंगा कि अनेक दल समिति में शामिल करने से छोड़ दिए गए हैं, मानों उनका अस्तित्व ही नहीं है, मानों इस महत्वपूर्ण विधेयक पर उनकी कोई बात ही नहीं है। क्या यह तरीका ठीक है? आखिर विधेयक महत्वपूर्ण है, दूरगामी है, संविधान में संशोधन करता है, जनप्रतिनिधित्व कानून में भी बदल किया जा रहा है, उसकी धाराओं को पढ़ने से तो ऐसा लगता है कि जैसे हम धीरे-धीरे इमर्जेंसी के काल की ओर जा रहे हैं। किसी भी संगठन को गैर-कानूनी घोषित किया जा सकता है, किसी भी उम्मीदवार का नामजदगी पर्चा, पर्चा भरने के समय रद्द किया जा सकता है। आज सवेरे एक इलेक्शन कमीशन अधिकारी की मनमानी की हम काफी चर्चा कर चुके हैं और अब हजारों इलेक्शन अधिकारियों, रिटर्निंग अधिकारियों को मनमानी की छूट दे रहे हैं, मनमानी का अधिकार दे रहे हैं, क्या ऐसे महत्वपूर्ण विधेयक पर पूरे सदन को चर्चा करने का मौका नहीं मिलना चाहिए? लेकिन गृह मंत्री महोदय कहेंगे कि हमने सदन को मौका दिया था, राय बनी कि सिलेक्ट कमेटी को भेज दो। कैसी सिलेक्ट कमेटी को भेज दो, सिलेक्ट कमेटी के गठन के बारे में किससे चर्चा हुई ? लोकसभा के सदस्यों में से १० सदस्यों की समिति है, उसमें ६ कांग्रेस के मित्र हैं। कांग्रेस के मित्र किस अनुपात में हैं, कितनी संख्या है उनकी? २४० मेंबर कांग्रेस के हैं, उनके ६ सदस्य हैं, भारतीय जनता पार्टी के ११९ मेंबर हैं, हमारा भी एक है और एक भी शायद इसलिए है कि एक से कम तो हो ही नहीं सकता। आपने बड़ी कृपा की है, बड़ा अनुग्रह किया है और छोटे दल जो छोड़ दिए गए हैं...(व्यवधान)

मैं बोल रहा हूं। तेलुगुदेशम् नहीं है, ए.जी.पी. नहीं है, सी.पी.आई. नहीं है, अन्ना डी.एम. के. नहीं है, क्या इन दलों को इसमें अपनी बात कहने का मौका नहीं मिलना चाहिए? अजित सिंह जी का दल अभी अलग हुआ है, उनका प्रतिनिधित्व नहीं है। किस हिसाब से समिति का गठन किया जा रहा है?...(व्यवधान)

सभापति महोदय, समिति का बनाना कर्मकांड नहीं है, यह औपचारिकता नहीं है। अगर आप बहकावे के लिए, झुनझुने के लिए यह संयुक्त समिति बनाना चाहते हैं और उसमें दलों के साथ इस तरह व्यवहार करना चाहते हैं तो पूरी समिति के सवाल पर हमको फिर से विचार करने के लिए मजबूर होना पड़ेगा।

फिर यह कहा जा रहा है कि जल्दी रिपोर्ट दे दो। कितनी जल्दी? गंभीर विचार तो होना चाहिए, चटर्जी बाबू। कैसे होगा?...(व्यवधान)

हम मदद करने के लिए तैयार हैं, मगर इस समय सदन का सत्र चल रहा है और सत्र के दिनों में कितना मुश्किल होता है। जे.पी.सी. की बैठक चल रही है, स्टैंडिंग कमेटियों की अलग बैठक बुलाने का हम लोगों के ऊपर अतिरिक्त दायित्व है। अगर मान लीजिए, समिति तय करती है कि हमें इस बारे में कुछ और लोगों की राय लेनी है, कुछ गवाही लेनी है, मामले को लटकाने के लिए नहीं, बल्कि लोकतंत्र का सवाल निहित है इसलिए, तो समिति के पास तो समय नहीं है। हाथ-पैर बांधकर समिति को हमारे गृह मंत्री डाल देना चाहते हैं। सभापति महोदय, इसलिए मैंने सदन में मांग की है, मैं उन संशोधनों को पेश कर रहा हूं। आप समिति का विस्तार करिए, उसको सदन का प्रतिनिधित्व करनेवाली समिति बनाइए, अन्य दलों के प्रतिनिधि उसमें आने चाहिए। आप कांग्रेस के सदस्य अनुपात में रखें, तो मुझे कोई आपत्ति नहीं है, समिति का कार्यकाल भी बढ़ाने का विचार करिए, सदन को साथ लेने का प्रयत्न करिए। लेकिन अगर आप मनमानी पर तुले हुए हैं तो फिर उसका उत्तर भी हमें अपने ढंग से देना पड़ेगा।

अध्यक्ष महोदय : क्या आप अपने संशोधन पेश कर चुके?

श्री वाजपेयी : जी हां, महोदय मैं संशोधन संख्या एक, दो और चार पेश कर चुका हूं।

अध्यक्ष महोदय : दूसरा प्रस्ताव भी इसी प्रकार का है, अतः दोनों पर एक साथ चर्चा की जा सकती है।

श्री वाजपेयी : सभापति जी, दोनों समितियों के लिए दोनों विधेयकों की एक ही समिति बनाने का गृह मंत्री का भी प्रस्ताव है। इसलिए मैंने एक ही संशोधन किया है। हम संख्या बढ़ाना चाहते हैं।

श्री एस.बी. चह्वाण : मैं मान गया आपकी बात।

श्री वाजपेयी : मेरे साथ शर्त न बांधें, सदन में और भी सदस्य बैठे हैं।

श्री एस.बी. चह्वाण : आपने जो संशोधन दिए हैं, उनको कबूल करता हूं।

चुनाव आयोग की चेतावनी

अध्यक्ष महोदय, गृह मंत्री जी ने कहा कि सदन के सामने कोई वक्तव्य आएगा। वह वक्तव्य सारी तस्वीर सदन के सामने रखे, इस बात की आवश्यकता है। चीफ इलेक्शन कमिश्नर ने अपने आदेश में अनेक मुद्दे खड़े किए हैं। उन्होंने त्रिपुरा का मामला खड़ा किया है। त्रिपुरा में इलेक्शन कमीशन जिस तरह से कार्यवाही चाहता था, उसका आरोप है कि उस तरह से कार्यवाही नहीं हुई। फिर अभी तमिलनाडु में जो उपचुनाव होनेवाले हैं और वहां पैरामिलिट्री फोर्सेज भेजने का सवाल था, उसके बारे में भी केंद्र सरकार इलेक्शन कमीशन की बात को स्वीकार करने के लिए तैयार नहीं है, ऐसा उनका आरोप है।

अध्यक्ष महोदय, सारे दस्तावेज पढ़ने से कभी तो ऐसा लगता है कि चुनाव कमीशन ने अल्टीमेटम दे दिया है, सरकार को अल्टीमेटम दे दिया है। मगर चुनाव कमीशन का कहना यह है कि सरकार ने उसे काम करने से रोक दिया है और अब यह टोटल कन्फ्रंटेशन है। गृह मंत्रालय के पत्र का जो उत्तर दिया गया है, उसका एक अंश मैं उद्धृत करना चाहता हूं। कमीशन ने अपने आदेश में पत्र के कुछ अंशों का हवाला दिया है और बाद में अपनी टिप्पणी कही है। मैं उद्धृत कर रहा हूं :

"गृह मंत्रालय द्वारा उपरोक्त पत्र में, संविधान की धारा ३२४ (६) के अधीन कर्मचारियों को सेवानिवृत्त करने को कहने के लिए, आयोग के प्रभुत्व एवं विशेषाधिकार को दी गई चुनौती अब पूर्ण एवं खुली हुई है। भारत सरकार के रुख के संबंध में इस मामले में मुश्किल से कोई बात उस पत्र में अनकही रह गई है। यह चुनौती भारत में लोकतांत्रिक चुनावों के भविष्य के लिए बहुत ही खतरनाक परिणाम लाएगी और चुनाव आयोग को कार्यकारिणी के अधीन करने का यह खुला प्रयास, यदि बिना चुनौती के अनुमति दे दी गई तो भारतीय लोकतंत्र की असल जड़ों को नष्ट कर देगा। चुनाव आयोग की संवैधानिक स्थिति निरस्त कर दी जाएगी और स्वतंत्र एवं निष्पक्ष चुनाव करवाने के लिए आवश्यक कर्मचारियों की सेवाएं लेने के मूलभूत कार्य करने में इसे अयोग्य बना दिया जाएगा।"

अध्यक्ष महोदय, संविधान चीफ कमिश्नर को, इलेक्शन कमीशन को अधिकार देता है कि

** चुनाव आयोग के प्रतिबंध पर लोकसभा में ३ अगस्त, १९९३ को टिप्पणी।*

वह चुनाव की देखभाल करे, चुनाव का निर्देशन करे और उसमें भाव यह है कि चुनाव होना चाहिए। इलेक्शन कमीशन कह रहा है कि मैं चुनाव नहीं करूंगा और केवल इसी समय चुनाव नहीं करूंगा, भविष्य के लिए भी चेतावनी दे दी है, अल्टीमेटम दे दिया है। उसके लिए कांग्रेस पार्टी को बार-बार कटघरे में खड़ा किया गया है। मैं इलेक्शन कमीशन के आदेश का एक और अंश उद्धृत करना चाहता हूं :

"यह हास्यास्पद है कि तमिलनाडु के उपरोक्त दो चुनाव-क्षेत्रों में केंद्रीय पुलिस बल लगाने के आयोग के आग्रह एवं निर्देश को उन संसद-सदस्यों की मांग पर विचार करने के बाद, जिनमें से अधिकांश सांसद केंद्र में शासन चलानेवाली पार्टी से संबंधित थे, जारी किया गया और हमारी मांगों का समर्थन विधानसभा के नेता द्वारा भी किया गया था, केंद्र में उस विशेष पार्टी की सरकार अब कह रही है कि आयोग को इस तरह का आग्रह करने या निर्देश देने का कोई अधिकार नहीं है।"

पार्लियामेंट को भी लपेटा जा रहा है। संसद-सदस्य भी दोषी बनाए जा रहे हैं। मैं आडवाणी जी की इस मांग का समर्थन करता हूं अध्यक्ष महोदय, और हम आपसे निर्देश चाहते हैं कि इस प्रश्न पर चर्चा का तरीका क्या हो?

अध्यक्ष महोदय : मैं देखूंगा।

श्री वाजपेयी : अध्यक्ष महोदय, हम अटार्नी जनरल को सुनना चाहेंगे और सरकार जो कटघरे में खड़ी है, उसको भी सफाई देने का मौका देना चाहेंगे। यह गतिरोध कैसे हल होगा? इस गतिरोध को हल करने का कोई तरीका निकालना होगा। हम शाम के वक्तव्य का इंतजार करेंगे, लेकिन शाम का वक्तव्य भी अगर लीपापोती करनेवाला हुआ तो हमें सोचना पड़ेगा कि हम क्या करें।

मतदाता प्रतिनिधि को वापस भी बुला सकें

उपाध्यक्ष महोदय, मैं इस विधेयक का समर्थन करने के लिए खड़ा हूं। उपाध्यक्ष महोदय, जब हमारा संविधान बना, तब निर्वाचित प्रतिनिधियों को वापस बुलाने के अधिकार का उसमें समावेश किया जाए यह सुझाव रखा गया था, किंतु उसे स्वीकृत नहीं किया गया, लेकिन तब से बहुत पानी यमुना नदी में पहुंच गया है। उसके बाद हम ३२ बार संविधान में संशोधन कर चुके हैं। हम क्रांतिकारी युग में रहते हैं। लोकसभा को बदलती हुई परिस्थितियों के अनुकूल ढालना होगा, बदलना होगा। क्या लोकतंत्र का अर्थ यह है कि मतदाता को पांच वर्षों में एक बार मत देने का अधिकार हो और पांच वर्ष वह यह न देखे कि उसका चुना हुआ प्रतिनिधि क्या कर रहा है? उपाध्यक्ष महोदय, लोकतंत्र का आधार है एकाउंटेबिलिटी, चुने हुए प्रतिनिधि का जनता के प्रति उत्तरदायित्व। हम कहते हैं कि स्वतंत्रता की रक्षा के लिए सतत जागरण आवश्यक है। तो क्या लोकतंत्र की रक्षा के लिए जनता का पांच साल जागना जरूरी नहीं है। चार साल और ३६४ दिन जनता सोती रहे और मतदान के दिन जाग जाए और अपने मताधिकार का उपयोग करे? लोगों को देखना होगा कि उनके द्वारा चुने प्रतिनिधि ठीक काम करते हैं या नहीं? चुने जाते हैं सेवा के लिए और अगर मेवा बनाते हैं तो क्या किया जाए? वे चुने जाते हैं काम के लिए और काम के बजाय वे दाम इकट्ठा करते हैं, तो क्या जनता मूक दर्शक रहे!

श्री एम. रामगोपाल रेड्डी : वाजपेयी जी, हम काम करते हैं।

श्री वाजपेयी : तो फिर आपको वापस नहीं बुलाया जाएगा, आप निश्‍ंचित रहिए, लेकिन तुलमोहन राम जी भी जनता के प्रतिनिधि चुनकर आ जाएं और खुलकर लाइसेंसों का घोटाला करें और हजारों रुपया खा जाएं, संसद को बदनाम करें, अपने नाम को कलंकित करें, तो जिस क्षेत्र की जनता ने श्री तुलमोहन राम को भेजा है, तो क्या उसे उन्हें वापस बुलाने का अधिकार नहीं होना चाहिए? कांग्रेस पार्टी श्री तुलमोहन राम के खिलाफ कार्यवाही करने को तैयार नहीं है। सदस्यता से उन्हें हटाना तो अलग रहा है, निलंबित करने के लिए भी प्रस्तुत नहीं। तो क्या जनता के हाथ में कोई अधिकार रहेगा या नहीं, या जनता पांच सालों तक चुप बैठी रहे? यह लोकतंत्र

** मतदाताओं को निर्वाचित प्रतिनिधि को वापस बुलाने का अधिकार संबंधी संविधान संशोधन विधेयक का लोकसभा में १५ नवंबर, १९९४ को समर्थन।*

का अर्थ नहीं हो सकता है। लोकतंत्र केवल पांच साल में एक बार वोट देने के अधिकार का नाम नहीं है। निर्वाचित प्रतिनिधि की जनता के प्रति जिम्मेदारी होनी चाहिए, जिम्मेदारी देखी जानी चाहिए।

उपाध्यक्ष महोदय, प्रश्न सिद्धांत का है—जो भी चुनकर भेजता है, क्या उसे वापस बुलाने का अधिकार हो? स्विटजरलैंड छोटा देश है, इसलिए उसकी बात यहां लागू नहीं कर सकते, सोवियत रूस तो बड़ा देश है, इसलिए लागू नहीं कर सकते, वह कम्युनिस्ट देश है, इसलिए लागू नहीं कर सकते। तो आप लोकतंत्र में कोई नई बात क्यों नहीं करके दिखाते। हमारे देश में आज जैसी परिस्थिति है, दुनिया में कहीं नहीं है। राजनीति दूषित हो गई है और लोग सड़कों पर आ रहे हैं। ...(व्यवधान) हम ला रहे हैं। मगर हमारे कुछ लोग क्यों आ रहे हैं? क्योंकि आप बेकार हो गए हैं। जनता अपना असंतोष कैसे प्रकट करे। गुजरात की विधानसभा भंग करनी पड़ी और यह बात अलग है कि श्री चंद्रप्पन की पार्टी ने उस समय उसका समर्थन किया था, लेकिन आज वह बिहार में उसका समर्थन नहीं कर रही है। मैं इस विवाद में नहीं आना चाहता लेकिन अगर वापस बुलाने का अधिकार हो, तो मतदान किया जा सकता है ताकि ऐसे मौके अधिक न आएं। लेकिन राइट टु रिकॉल हो तो यह बात चुने हुए प्रतिनिधि पर अंकुश के रूप में काम करेगी, उसे मजबूर करेगी जनता के प्रति जिम्मेदार रहने के लिए। आज तो वह समझता है कि पांच साल तक हमें कौन हटा सकता है। मैं समझता हूं कि यह एक जीवंत लोकतंत्र का लक्षण नहीं है। रूढ़िवादी लोकतंत्र से हटकर जीवित और जाग्रत लोकतंत्र के अनुरूप यह संशोधन हमें स्वीकार करना चाहिए और जनता को अपने द्वारा चुने गए प्रतिनिधि को वापस बुलाने का अधिकार देना चाहिए, फिर लोगों को सड़कों पर आने से रोका जा सकता है, फिर जनता की राय से लोकतांत्रिक तरीके से विवादग्रस्त प्रश्न हल हो सकते हैं और भ्रष्टाचारी सदस्य को सीधी राह पर रखा जा सकता है। अगर आप यह चाहें तो यह संशोधन कर सकते हैं कि रिकॉल के समय ५० परसेंट वोट होना जरूरी है, मैं यहां तक जाने के लिए तैयार हूं। अभी तो आप ३२ फीसदी पर चुनकर आ जाते हैं, ४४ फीसदी पर चुनकर आ जाते हैं, लेकिन आप रिकॉल को जरा कठिन बना दीजिए कि जब तक ५० फीसदी वोट नहीं मिलेंगे, रिकॉल की बात नहीं मानी जाएगी।

लेकिन यह बात स्वीकार करनी चाहिए कि इससे संसद-सदस्यों आदि में जिम्मेदारी की भावना बढ़ेगी। जनता को भी उन पर नजर रखने की सार्थकता का अनुभव होगा। अभी तो जनता समझती है कि एक बार चुन लिया अब हम उसे हटा नहीं सकते, अब जो चाहे यह करे, और प्रतिनिधि समझता है कि हम सब करने के लिए स्वतंत्र हैं। मुझे पता नहीं कि मंत्री महोदय या महोदया कौन इसका जवाब देनेवाला है लेकिन मैं समझता हूं किसी को भी जल्दबाजी में जवाब नहीं देना चाहिए, उस पर थोड़ा विचार-विनिमय कर लें।

विधि, न्याय और कंपनी कार्य मंत्रालय में राज्य मंत्री डॉ. सरोजनी महिषी : कर रहे हैं।

श्री वाजपेयी : खुला दिमाग है, यह तो मुझे आज ही पता लगा है। सरकार ने इसके बारे में अभी कोई फैसला नहीं किया है। कम्युनिस्ट पार्टी की मांग है, जरा संभलकर इसको ठुकराइएगा, क्योंकि कम्युनिस्ट पार्टी ने बिहार में जो मेमोरेंडम दिया है उसमें यह भी है कि रिकॉल का अधिकार जनता को होना चाहिए। अगर इस मांग को ठुकरा दिया तो वे नाराज हो जाएंगे और आपको मुश्किल हो जाएगी।

आप सिद्धांत-रूप में यह बात मान लें। श्री चंद्रप्पन ने भी कहा है कि उसको किस तरह

से लागू किया जाए इसके लिए पार्लियामेंट कानून बनाएगी और कानून बनाते समय हम ब्यौरों पर विचार कर सकते हैं। चुनाव-कानून में संशोधन जरूरी है। प्रधानमंत्री एक तरफ कहती हैं कि हम चर्चा के लिए तैयार हैं और दूसरी तरफ कहती हैं कि लिस्ट सिस्टम हिंदुस्तान में नहीं चल सकता। जब आपने दिमाग बना लिया ही लिया है तो चर्चा क्या करेंगे। यह भी उन्होंने कहा है कि प्रोपोशेनल रिप्रिजेंटेशन भारत के लिए व्यावहारिक नहीं है। अगर जो कुछ चल रहा है, यही व्यावहारिक है तो इसका अर्थ यह है कि चुनाव-प्रणाली में संशोधन की कोई गुंजाइश नहीं है। इसलिए मेरा निवेदन है कि जल्दबाजी मत करिए, थोड़ा समय ले लीजिए और संविधान में ऐसे संशोधन स्वीकार करिए, जिनसे संविधान एक लचीला दस्तावेज बने, जो वक्त के तकाजों को पूरा कर सकें। धन्यवाद।

राष्ट्रपति से पहले विधायक चुनिए

अध्यक्ष जी, इस संबंध में मैंने भी आपसे कुछ कहने की इजाजत मांगी है। जो मुद्दा उठाया गया है, वह संवैधानिक और कानूनी दृष्टि से बड़ा महत्वपूर्ण है। यह खेद का विषय है कि संसद में आकर कोई अधिकृत वक्तव्य देने के बजाय सरकारी प्रवक्ता समाचारपत्रों में यह कह रहे हैं कि भले ही गुजरात और पांडिचेरी विधानसभाओं के चुनाव न हों, लेकिन राष्ट्रपति का चुनाव अगस्त के महीने में होगा। मेरा निवेदन है कि विधि मंत्री इस संबंध में सदन में आकर वक्तव्य दें।

जैसा कि मेरे मित्र श्री मधु लिमये ने कहा—यह प्रश्न कुछ स्थानों के रिक्त होने का नहीं है। अगर कुछ राज्यों में विधानसभाएं अस्तित्व में नहीं हैं तो फिर राष्ट्रपति को चुनने के लिए जो इलैक्टोरल कालेज बनेगा, वह पूरा नहीं होगा। पूरा न होने से क्या परिणाम हो सकता है, इसका एक उदाहरण आपके सामने रखना चाहता हूं। पिछली बार जब राष्ट्रपति पद का चुनाव हुआ, तो श्री गिरि और श्री संजीव रेड्डी में संघर्ष था। श्री गिरि १४६५० वोटिंग यूनिट्स जीते थे। गुजरात की विधानसभा के जो मेंबर हैं, उनके वोटिंग की कीमत २० हजार वोटिंग यूनिट्स हैं। अब अगर वहां विधानसभा अस्तित्व में नहीं है, उसके सदस्य राष्ट्रपति के चुनाव में भाग नहीं ले सकते। इससे राष्ट्रपति का चुनाव बड़ी मात्रा में प्रभावित हो सकता है जो कि विधानसभा के सदस्यों के साथ भी न्यायसंगत नहीं होगा और समूचे राष्ट्रपति-पद के चुनाव को भी एक दृष्टि से दूषित कर देगा।

मैं नहीं चाहता कि राष्ट्रपति महोदय का कार्यकाल बढ़े, यद्यपि संविधान में उसकी व्यवस्था है और श्री मधु लिमये जी ने उसका उल्लेख भी किया है। लेकिन डीलिमिटेशन कमीशन से कहा जा सकता है कि जल्दी से जल्दी चुनाव-क्षेत्रों का परिसीमन करें और गुजरात तथा पांडिचेरी में चुनाव कराए जाएं। अगस्त में राष्ट्रपति पद का चुनाव होने से पहले इन विधानसभाओं के चुनाव संपन्न कराए जा सकते हैं। इसके अतिरिक्त और कोई दूसरा रास्ता नहीं है। डीलिमिटेशन कमीशन आजकल सारे देश का दौरा कर रहा है। अभी मध्य प्रदेश के बारे में उन्होंने संसद-सदस्यों से चर्चा की है। डीलिमिटेशन कमीशन से कहा जा सकता है कि वह पहला काम गुजरात और पांडिचेरी

---

* *राष्ट्रपति के चुनाव से पूर्व गुजरात, पांडिचेरी के चुनाव संबंधी प्रस्ताव के समर्थन में लोकसभा में २३ अप्रैल, १९७४ को टिप्पणी।*

के परिसीमन को हाथ में ले। अगर तत्काल काम हाथ में लिया जाए तो काम पूरा हो सकता है और चुनाव कराए जा सकते हैं।

लेकिन अगर सरकार ने अपना दिमाग बनाया हुआ है कि हमें विधानसभाओं की चिंता नहीं है, तो यह एक बड़ी खतरनाक परपंरा को कायम करना होगा। यह ठीक है कि गुजरात की विधानसभा में कांग्रेस का बहुमत था, लेकिन देश में ऐसी परिस्थिति भी कभी आ सकती है, जब कि केंद्र में एक पार्टी की सरकार हो और राज्यों की विधानसभाओं में अन्य दलों की सरकारें चल रही हों और चुनाव निकट आ जाएं और केंद्र में बैठी हुई सरकार आर्टिकल ३५६ का उपयोग करके ऐसी विधानसभाओं को भंग कर दे, जिन विधानसभाओं के सदस्यों से उसे आशंका हो कि वे उसके उम्मीदवार को वोट नहीं देंगे। तब तो संघीय पद्धति का हमारा संविधान टुकड़ों में बिखर जाएगा—ऐसी गलत परंपरा नहीं डाली जानी चाहिए।

इसलिए मैं इस प्रस्ताव का समर्थन करता हूं और इस बारे में संदेहों को दूर करने के लिए आर्टिकल १४३ के अंतर्गत सुप्रीम कोर्ट की राय लिए जाने का अनुरोध करता हूं। सुप्रीम कोर्ट को मामला भेजकर उसकी राय प्राप्त की जाए और विधि मंत्री संसद में आकर एक अधिकृत वक्तव्य दें और फिर उस पर आवश्यक हो तो हम चर्चा करें।

आयोग बहुसदस्यीय बनाया जाए

सभापति जी, मुझे मंत्री महोदय का उत्तर सुनकर थोड़ा आश्चर्य हुआ है। संयुक्त प्रवर समिति की जो सिफारिशें उनके लिए सुविधाजनक थीं, उनका हवाला देकर उन्होंने इस प्रस्ताव के कुछ मुद्दों को रद्द कर दिया, लेकिन जो सिफारिशें उन्हें पसंद नहीं हैं, उनको उन्होंने अस्वीकृत कर दिया। संयुक्त प्रवर समिति ने एक सिफारिश की थी कि लिस्ट सिस्टम की संभावना के बारे में विचार करने के लिए विशेषज्ञों की एक समिति बनेगी। वह समिति अभी तक नहीं बनाई गई। उसका निर्माण सरकार को करना है। यहां मंत्री महोदय आकर सूची-पद्धति देश के लिए उपयोगी नहीं है, इस तरह का मत व्यक्त करते हैं। क्या इसका अर्थ यह है कि जिस संयुक्त प्रवर समिति में स्वयं मंत्री महोदय उपस्थित थे और सत्तारूढ़ दल का बहुमत था और जिस समिति ने यह सिफारिश की लिस्ट-सिस्टम के बारे में एक समिति बनाने की, उसके बारे में सरकार ने अपना दिमाग बना लिया और संयुक्त प्रवर समिति की सिफारिशों को रद्दी की टोकरी में फेंक दिया।

दूसरी बात है रेडियो के बारे में—मंत्री महोदय ने कहा कि इस बारे में राजनीतिक दलों से समझौता नहीं हो सका। मैं जानना चाहता हूं कि इस समझौते में कौन बाधक बना? क्या यह सत्य नहीं है कि सत्तारूढ़ दल ने इलेक्शन कमिश्नर द्वारा प्रस्तुत सुझाव को रद्द कर दिया, वीटो का उपयोग किया? कांग्रेस पार्टी ने कहा कि हम ऐसे किसी भी फार्मूले से सहमत नहीं हैं, जिसमें अन्य दलों को हमारे बराबर रेडियो पर टाइम दिया जाए। चुनाव-कमीशन का यह काम था कि राजनीतिक दलों को इस बारे में विचार-विनिमय के लिए बुलाता, मगर चुनाव-कमीशन ने कोई पहल नहीं की। चुनाव के पहले राजनीतिक दलों से सलाह नहीं ली। सत्तारूढ़ दल रेडियो का उपयोग अपने लिए करता रहा।

तीसरी बात—वांचू कमेटी की सिफारिश को यह कहकर रद्द कर दिया गया कि पैसा बहुत खर्च होगा।

योजना मंत्री श्री डी.पी. धर : आप तो अपना रेडियो चलानेवाले थे, उसका क्या हुआ?

श्री वाजपेयी : उसकी तैयारी जारी है। अगर आप रेडियो पर सबको बराबर समय नहीं देंगे तो हमारा अपना रेडियो मैदान में आएगा।

चुनाव संबंधी सुधारों के प्रस्ताव पर लोकसभा में १५ मार्च, १९७४ को चर्चा का जवाब।

श्री एस.एम. बनर्जी : लेकिन आजकल तो लोग भाषण से ऊब गए हैं। जहां भाषण शुरू होता है, रेडियो बंद कर देते हैं।

श्री वाजपेयी : हम लता मंगेशकर का गाना भी सुनाएंगे।

सभापति महोदय : लास्ट टाइम तो इन्होंने ऐसा कहा था कि हम वी.बी.सी. शुरू कर रहे हैं—वाजपेयी ब्राडकास्टिंग कारपोरेशन।

श्री वाजपेयी : मैंने नहीं कहा, आपने कहा था।

सभापति जी, राजनीतिक दलों को सरकारी कोष से धन देने का सुझाव जो वांचू कमेटी ने दिया है, क्या केवल इसलिए रद्द कर दिया जाएगा कि अधिक धन देना पड़ेगा? क्या लोकतंत्र एक सस्ती प्रक्रिया है? क्या लोकतंत्र को शुद्ध और स्वस्थ रखने के लिए हम कुछ धन खर्च करने में आनाकानी करेंगे? अगर मंत्री महोदय के आंकड़े भी मान लिए जाएं, मैंने जो आंकड़े दिए थे, वे उन उम्मीदवारों के बारे में थे जो अपनी जमानतें बचाने में समर्थ होंगे, लेकिन अगर उन्हीं के आंकड़े मान लें तो ८ करोड़ लोकसभा के लिए और १० करोड़ विधानसभा के लिए खर्च होंगे। यह कोई बड़ी धनराशि नहीं है। अभी भी हम चुनाव में २२ करोड़ से अधिक रुपया खर्च कर रहे हैं, लोकसभा और विधानसभा के चुनाव को मिलाकर। अगर पूंजीपतियों के चंगुल से राजनीति को बचाना है और चुनाव शुद्ध करने हैं तो १८ करोड़ रुपए का खर्चा कोई बड़ा खर्चा नहीं है। देश को यह खर्च करने के लिए तैयार रहना चाहिए। इसके अलावा अगर कोई और आपत्ति हो सकती है तो मैं समझ सकता हूं। लेकिन चुनाव को ठीक रखने के लिए १८ करोड़ का खर्चा अधिक खर्चा नहीं है। लेकिन मंत्री महोदय ने इस बात को भी स्वीकार नहीं किया।

आयोग बहुसदस्यीय क्यों न हो?

मुझे यह सुनकर ताज्जुब हुआ कि चुनाव आयोग को बहुसदस्यीय बनाने के सुझाव से मंत्री महोदय सहमत नहीं हैं। वह यह जानते हैं कि चुनाव-कमीशन की जिम्मेदारियां बढ़ी हैं, उसे क्वासी-जुडिशियल फंक्शंस भी अदा करने पड़ते हैं। लेकिन सदस्य एक है, मैंने उसकी नियुक्ति के बारे में एक बुनियादी प्रश्न खड़ा किया था कि आखिर नियुक्ति का तरीका ऐसा क्यों नहीं होना चाहिए जिसमें किसी आपत्ति की गुंजाइश न रहे। ऐसा हो सकता है। आखिर हमने लोकायुक्त और लोकपाल के विधेयक में इस बात की व्यवस्था की है कि सुप्रीम कोर्ट के चीफ जस्टिस की सलाह से राष्ट्रपति महोदय नियुक्ति करेंगे और नियुक्ति के पहले विरोधी दल के नेता की भी राय ली जाएगी। क्या चीफ इलेक्शन कमिश्नर की नियुक्ति के बारे में हम यह तरीका नहीं अपना सकते? हम सुप्रीम कोर्ट के किसी रिटायर्ड जज को चीफ इलेक्शन कमिश्नर बनाने का फैसला कर सकते हैं, और यह भी फैसला कर सकते हैं कि रिटायरमेंट के बाद उसको कहीं और नौकरी पर नहीं लिया जाएगा।

मैंने उदाहरण दिया था कि पहले जो चीफ इलेक्शन-कमिश्नर थे, वह लॉ-सेक्रेटरी थे, फिर इलेक्शन-कमीशन के मेंबर बन गए। मैं किसी व्यक्ति पर आक्षेप नहीं कर रहा हूं। मेरा नियुक्ति करने की प्रक्रिया से मतभेद है। अगर बहुसदस्यीय कमीशन होगा तो अपने दायित्व का ठीक तरह से पालन कर सकता है, उसके निर्णय अधिक न्यायपूर्ण हो सकते हैं और अपने बारे में भी वह जनता में अधिक विश्वास संपादन कर सकता है।

मुझे खेद है कि जिस भावना से यह प्रस्ताव रखा गया था, उस भावना से हमारे कांग्रेसी सदस्यों

ने इस पर चर्चा नहीं की। मैं उन्हें याद दिलाना चाहता हूं कि यह प्रस्ताव उत्तर प्रदेश और उड़ीसा के चुनाव के पहले रखा गया था। हमारा संबंध पद्धति बदलने से है, कोई भी दल उससे लाभान्वित हो सकता है। वर्तमान पद्धति किसी भी दल के लिए अनुकूल साबित हो सकती है। लेकिन जब पद्धति का प्रश्न आता है तो आप उदाहरण रखिए, आप आदर्श रखिए—यह बातें कम से कम वरिष्ठ सदस्यों के मुंह में शोभा नहीं देतीं। मेरी पार्टी दूध की धुली है यह मैं दावा नहीं करता, लेकिन आज की प्रक्रिया ऐसी है कि जिसमें हर पार्टी को ऐसे कर्म करने पड़ते हैं जो आपत्तिजनक हैं, जो लोकतंत्र की गंगा को दूषित करते हैं। उसमें मैं आदर्श रखूं, आप आदर्श रखें, यह प्रश्न नहीं है। प्रश्न है प्रणाली का—अगर प्रणाली बदल दी जाएगी तो सभी राजनीतिक दलों के लिए उसमें से अच्छे ढंग से आचरण करने के रास्ते खुलेंगे।

अभी मैं सुन रहा था कि एक माननीय सदस्य यहां बैठे हुए हैं, बुजुर्ग हैं, वह पंजाब से चुनकर आए हैं, वह निराधार और शरारतपूर्ण आरोप भारतीय जनसंघ पर लगा रहे थे—भारतीय जनसंघ ने उत्तर प्रदेश में मुस्लिम लीग को पैसा दिया। मैंने प्रधानमंत्री जी को चुनौती दी थी कि आप अपना आरोप साबित कीजिए, अगर आप साबित कर दें तो मैं लोकसभा से इस्तीफा देने को तैयार हूं। क्या आप यह आरोप साबित कर सकते हैं? मैं चाहता हूं कि एक कमेटी बनाई जाए हाउस की, जो इस आरोप की जांच करे। चुनाव में बाहर बातें करना मैं समझ सकता हूं, मगर चुनाव समाप्त हो गए, चुनाव के परिणाम आ गए, आप विजय के मद में मत डूबिए, सदन में खड़े होकर इस तरह के आरोप लगाना अनैतिकता है और अगर आपमें शक्ति है, आपके पास प्रमाण है तो आप साबित करिए। जिन्होंने केरल में मुस्लिम लीग के साथ मिलकर सरकार बनाई, वह हम पर आरोप लगाते हैं—मुस्लिम लीग के साथ गठबंधन करने का। किसी के साथ सरकार बनाने में कोई हर्ज नहीं है, मगर यह आरोप के रूप में कहा जाता है और वे आरोप लगाते हैं जो यह पाप कर चुके हैं। वह इसलिए नहीं कि आरोप सही हैं, बल्कि अपने पाप को धोने के लिए, उस पर पर्दा डालने के लिए दूसरों पर आरोप लगाते हैं।

बिजली आई, विजय गई…

मैंने अपने भाषण में इस प्रस्ताव को दलगत राजनीति का रंग देने का कोई प्रयत्न नहीं किया। चुनाव में अनियमितताएं होती हैं, वे किसी भी दल के मार्ग में बाधक बन सकती हैं। हम चाहते हैं कि अनियमितताएं न हों, चुनाव का प्रबंध ऐसा होना चाहिए कि किसी को अंगुली उठाने का अवसर नहीं मिलना चाहिए। मैं जानता हूं सहारनपुर चुनाव क्षेत्र में गिनती हो रही है, तो यह बात सच है कि मुस्लिम लीग का उम्मीदवार ४०० वोटों से आगे था, बिजली चली गई और जब बाद में बिजली आई…

श्री डी.पी. धर : तो बिजली गिरी होगी।

श्री वाजपेयी : यह बिजली गिरी मुस्लिम लीग पर। आप बिजली ले भी जाते हैं और गिरा भी देते हैं। परिणाम यह हुआ कि मुस्लिम लीग का उम्मीदवार हारा हुआ घोषित कर दिया गया।

अभी हमारे उड़ीसा के मेंबर बतला रहे थे—वहां मुख्यमंत्री के क्षेत्र में क्या हुआ, वहां भी बिजली गिरी। यह बिजली विरोधी दलों पर ही गिरती है—यह रहस्य समझ में नहीं आता है।

सभापति महोदय : बिजली पहचानती होगी।

श्री वाजपेयी : अगर इस तरह की शिकायतें आती हैं तो उन्हें यह कहकर रद्द नहीं किया

जा सकता कि चुनाव में हार गए, इसलिए शिकायत कर रहे हैं। सबसे पहले मुस्लिम लीग के नेता ने सदन में कहा, जब इस माननीय सदन के दो माननीय सदस्य इस तरह की बातें कहते हैं तो मैं उसको अनुसुना नहीं कर सकता, मुझे उसका नोटिस लेना पड़ता है और मैं चाहूंगा कि सत्तारूढ़ दल के सदस्य उसका नोटिस लें। अगर इस तरह की अनियमितताएं होती हैं तो उनकी जांच होनी चाहिए। लोकतंत्र को हमें ज़ीवित रखना है, उसको सबल बनाना है, तेजस्वी बनाना है, लेकिन लोकतंत्र तब तक नहीं चलेगा जब तक चुनाव सर्वथा स्वतंत्र और निष्पक्ष नहीं होंगे। मैं चाहता हूं कि मेरे प्रस्ताव को विधि मंत्री स्वीकार कर लें, यदि नहीं करते हैं, तो मैं सदन से कहूंगा कि मेरे प्रस्ताव को स्वीकार करे। धन्यवाद।

लिस्ट सिस्टम अपनाया जाए

उपाध्यक्ष महोदय, स्वतंत्र और निष्पक्ष चुनाव लोकतंत्र के आधार हैं किंतु यह खेद का विषय है कि भारत में चुनाव अधिकाधिक भ्रष्ट होते जा रहे हैं। प्रथम, भारत में चुनावों पर पूंजी का प्रभाव बढ़ रहा है। दूसरे, चुनावों में शासन तंत्र का खुला दुरुपयोग होने लगा है। कानून के अंतर्गत उम्मीदवारों के चुनाव-व्यय पर रोक लगाई गई है, एक सीमा निर्धारित की गई है—यह सीमा लोकसभा के लिए ३५ हजार रुपए तथा विधानसभा के लिए, कुछ अंतर के साथ, १२ हजार रुपए है। किंतु सभी जानते हैं कि इस सीमा का पालन उल्लंघन में ही अधिक होता है। चुनावों में राजनीतिक दल जितना धन व्यय करना चाहें, कर सकते हैं। मेरी पार्टी को छोड़कर शायद ही कोई राजनीतिक दल ऐसा हो जो जनता के पास जाकर थोड़ा-बहुत धन इकट्ठा करने का प्रयास करता है। किंतु केवल उनके बलबूते चुनाव नहीं लड़ा जा सकता है। सभी दलों के अधिकांश उम्मीदवारों को चुनाव के लिए धन-कुबेरों के दरवाजे खटखटाने पड़ते हैं। कंपनियां कानून से राजनीतिक दलों को चंदा नहीं दे सकतीं, लेकिन राजनीतिक दल धन एकत्र करते हैं। स्पष्ट है यह धन नंबर २ का होता है। इस धन का कोई हिसाब नहीं होता है।

डॉ. सेठी की गणना के अनुसार राष्ट्रपति, लोकसभा, विधानसभाओं आदि के चुनावों पर भारत में लगभग १०० करोड़ रुपया खर्च होता है। उनका कथन है कि अमरीका में होनेवाले चुनाव-व्यय की तुलना में यह खर्च ज्यादा है। आप यह स्वीकार करेंगे कि जो तत्व १०० करोड़ रुपया काला धन चुनाव लड़ने के लिए राजनीतिक दलों को देते हैं, वे उसके बदले में स्वयं कितना काला धन बनाते होंगे, इसकी सहज ही कल्पना की जा सकती है।

शासन तंत्र के दुरुपयोग की घटनाएं न केवल बढ़ती जा रही हैं, उसके स्वरूप में भी परिवर्तन हो रहा है। पिछले चुनावों के पश्चात कई ऐसी चुनाव-याचिकाएं आईं जिनमें ट्रिब्यूनल को, हाई कोर्ट को यह निर्णय देना पड़ा कि रिटर्निंग ऑफिसर उम्मीदवारों को अनुगृहीत करने के लिए मतपत्रों में हेराफेरी करते हैं, गलत तौर पर नामजदगी पर्चे रद्द कर देते हैं। श्री एस.पी. सेनवर्मा ने, जब वे मुख्य चुनाव आयुक्त थे, ऊटी में यह बात कही थी कि अगर रिटर्निंग ऑफिसर निष्पक्षता से अपना कर्तव्य पालन नहीं करेंगे तो चुनावों को स्वतंत्र नहीं रखा जा सकता है। लेकिन

** संयुक्त प्रवर समिति की सिफारिशों के परिप्रेक्ष्य में १ मार्च, १९७४ को चुनाव सुधारों संबंधी प्रस्ताव।*

आश्चर्य की बात यह है कि कानून में सरकारी कर्मचारियों के विरुद्ध केवल व्यक्तिशः रूप से कार्यवाही हो सकती है। अगर कोई उम्मीदवार किसी सरकारी कर्मचारी के प्रभाव का या उसके अधिकार का उपयोग अपने पक्ष में करे तो उसका चुनाव अवैध हो सकता है। संभवतः वह कर्मचारी भी दंड का अधिकारी बन सकता है, लेकिन जहां संगठित रूप से सत्तारूढ़ दल मतदाताओं को अपनी ओर आकृष्ट करने के लिए या उन्हें भ्रष्ट करने के लिए शासन तंत्र का दुरुपयोग करता है, उसके विरुद्ध कानून में कोई प्रावधान नहीं है। इस दृष्टि से कानून बहुत ही सीमित है। मैं एक अंश उद्धृत करना चाहता हूं :

"आगे प्रावधान है कि उच्च न्यायालय के न्यायाधीश की अध्यक्षता में उच्च न्यायालय के अवकाश प्राप्त न्यायाधीश के एक पैनल को संतुष्ट होना पड़ेगा कि किसी विशेष व्यक्ति या संस्थान या किसी तरह के संगठन के विषय में किया गया कोई कार्य भारत की संप्रभुता, अखंडता और सुरक्षा के हित में है।"

शासन तंत्र का दुरुपयोग

लेकिन जहां सरकार का सारा ढांचा सत्तारूढ़ दल की सहायता के लिए सक्रिय हो जाता है, वहां चुनाव बराबरी की लड़ाई नहीं रहती। विपक्षी दलों को एक ऐसी लड़ाई लड़ने के लिए विवश किया जाता है जिसमें वे गहरे प्रतिकूल वातावरण में संघर्ष करते हैं। इस सदन में कई बार चर्चा हो चुकी है कि चुनाव में मंत्रियों को वायु सेना के विमानों, हेलीकॉप्टरों व अन्य वाहनों का उपयोग करने का अधिकार नहीं होना चाहिए। जो संयुक्त प्रवर समिति बनी थी, चुनाव-कानून में संशोधन करने के लिए, उसने भी इस प्रश्न पर विचार किया लेकिन बहुमत की रिपोर्ट यह है कि सरकारी साधनों का दुरुपयोग राजनीतिक दलों में मतैक्य से रोका जाना चाहिए, परंपरा विकसित की जानी चाहिए जिससे इस तरह के साधनों का दुरुपयोग न हो। सत्तारूढ़ दल कानून के द्वारा इस भ्रष्ट आचरण को रोकने के लिए तैयार नहीं है।

चुनाव के दिनों में प्रधानमंत्री दौरा करें, इसमें किसी को आपत्ति नहीं हो सकती है। लेकिन प्रधानमंत्री अपना दौरा प्रधानमंत्री के नाते नहीं करती हैं, पार्टी की नेत्री के नाते दौरा करती हैं। फिर कोई कारण नहीं है कि उन्हें वायुसेना के विमान उपलब्ध किए जाएं, चार-चार हेलीकॉप्टर की कतार उनके साथ उड़े, पी.डब्ल्यू.डी. मंचों की व्यवस्था करे और बैठने की व्यवस्था पुलिस के जिम्मे हो। अन्य दलों को यह सुविधाएं उपलब्ध नहीं होतीं, इससे अन्य दल बड़े घाटे में रहते हैं। इतना ही नहीं, मुख्यमंत्री भी हेलीकॉप्टर में उड़ने लगे हैं, अन्य मंत्री भी हवा में उड़ते नजर आते हैं। कानपुर से उन्नाव जिसकी दूरी १३ मील है, उसके लिए उत्तर प्रदेश के मुख्यमंत्री हेलीकॉप्टर का प्रयोग करते थे। वहां पर उनको सुनने के लिए अधिक भीड़ भले ही न आए, हेलीकॉप्टर देखने के लिए जनता जरूर जमा हो जाती है। मेरा निवेदन है कि इस तरह के साधनों का दुरुपयोग जनता में एक आक्रोश की भावना पैदा कर रहा है, प्रतिपक्ष में असहायता का भाव जगा रहा है। उसके मन में यह रोष उत्पन्न कर रहा है कि चुनाव की लड़ाई बराबर की लड़ाई नहीं है और जो दल एक बार सत्तारूढ़ हो गया वह सत्ता हाथ में बनाए रखने के लिए सब कुछ करेगा। जहां तक परंपरा को विकसित करने का सवाल है, सरकार ने ऐसी परंपरा का विकास करने के लिए क्या किया है? क्या राजनीतिक दलों के प्रतिनिधियों की बैठक बुलाई गई? क्या कोई सर्वसम्मत हल निकालने का प्रयत्न हुआ? शासन तंत्र का दुरुपयोग सारे चुनाव को विकृत

कर रहा है।

जहां तक चुनाव पर पूंजी के बढ़ते हुए प्रभाव का प्रश्न है, कोई दो राय नहीं हो सकती हैं कि वह नहीं होना चाहिए। वांचू कमेटी ने भी इस सवाल की चर्चा की थी और वह जिस परिणाम पर पहुंची, उसको मैं उद्धृत करना चाहता हूं :

"हमारी राय है कि अपने देश में भी सरकार राजनैतिक पार्टियों को धन दे। हम संस्तुति करते हैं कि राष्ट्रीय राजनैतिक दलों को सहायता-अनुदान सरकार द्वारा दिया जाना चाहिए। ऐसी पार्टियों की पहचान एवं उनको सहायता-अनुदान देने के लिए एक स्तर तय किया जाना चाहिए। इस उद्देश्य के लिए राजनैतिक पार्टी की पहचान के अनुसार, इसे समिति पंजीकरण अधिनियम १८६० के अधीन पंजीकृत करवाया जाना चाहिए और एक निश्चित समय में इसके वार्षिक खाते अंकेक्षण के बाद प्रकाशित होने चाहिए। राजनैतिक पार्टियों को धन देने संबंधी प्रश्न पर सरकार के निर्णय की बिना अपेक्षा के, हम संस्तुति करते हैं कि पार्टियों को अपने खाते वार्षिक अंकेक्षण के बाद प्रकाशित करने की आवश्यकता है।"

चुनाव पर पूंजी का प्रभाव

संयुक्त प्रवर समिति ने इस सुझाव पर विचार किया था कि चुनाव का अधिकाधिक खर्चा सरकार को वहन करना चाहिए और यह सिफारिश की थी उसने कि इसके लिए एक विशेषज्ञ समिति गठित की जाए। वह समिति क्यों गठित नहीं की गई? क्या संयुक्त प्रवर समिति की महत्वपूर्ण सिफारिशें सरकार की अलमारियों की शोभा बढ़ाने के लिए होती हैं? क्यों सरकार उनको गंभीरतापूर्वक नहीं लेती है? समय आ गया है कि हम तय करें कि चुनाव का खर्चा कौन वहन करेगा। क्या उम्मीदवार करेगा या राजनीतिक दल करेगा या सरकार करेगी? इंग्लैंड के वे दिन राजनीतिशास्त्र के विद्यार्थियों को याद होंगे, जब पोलिंग बूथ बनाने के लिए और बैलट बॉक्स के लिए उम्मीदवार को अपनी जेब से पैसा देना पड़ता था। लेकिन वे दिन बीत गए। अब तो समस्त लोकतंत्रवादी देशों में यह प्रवृत्ति बलवती हो रही है कि चुनाव का खर्चा सरकार को वहन करना चाहिए। मैं और दलों की स्थिति नहीं जानता। हमारे लिए तो कोई ईमानदार आदमी, गरीब आदमी चुनाव में लड़ाना बड़ा मुश्किल है। वह जीतेगा या नहीं, यह तो बाद की बात है। इससे पहले हमको उससे पूछना पड़ता है कि वह कितना खर्चा कर सकता है।…(व्यवधान) पार्टियों की चर्चा मैं पहले कर चुका हूं। अगर यह बोझा पार्टियों पर डाला जाएगा तो पार्टियां पूंजीपतियों के दरवाजे खटखटाएंगीं, राजनीति लक्ष्मी की चेरी हो जाएगी, राजनीति धनकुबेरों की दासी बन जाएगी। फिर राजनीति जन-कल्याण का साधन नहीं रह सकती है। फिर आप समाजवाद की चर्चा मत करिए।

कल प्रधानमंत्री ने राज्यसभा में इस संबंध में विचार व्यक्त किए थे। उन्होंने कहा था कि अगर सरकार खर्चा करे तो वह बहुत हो जाएगा। हमारा देश बड़ा है। हमारा देश बड़ा है तो यह आनंद की बात है। हम सबसे बड़े लोकतंत्र हैं तो यह अभिमान की बात है। फिर थोड़ा सा खर्चा अधिक हो जाएगा, क्या इस कारण हम लोकतंत्र की जड़ों पर कुठाराघात होने देंगे?

हम लोगों ने हिसाब लगाया है। अगर लोकसभा के लिए जो ३५००० की व्यय-सीमा रखी गई है और विधानसभा के लिए १२००० की, तो उसके हिसाब से चौथे चुनाव में जो उम्मीदवार अपनी जमानतें बचाने में सफल हुए थे, अगर उन्हें खर्चा दिया जाता तो लोकसभा के लिए पांच करोड़ और विधानसभाओं के लिए दस करोड़ के करीब सरकार का खर्चा होता। लोकसभा की

५१५ सीटें हैं। चौथे चुनाव में २३६४ उम्मीदवार खड़े हुए। उनमें से १२०४ की जमानतें जब्त हो गईं। ११६० उम्मीदवार बचे। ३५००० के हिसाब में अगर आप लगा लें तो कोई बड़ी रकम नहीं बनती। विधानसभाओं में ३४५३ सीटें हैं। उनके लिए १५४७२ उम्मीदवार खड़े हुए। लेकिन केवल ८००० उम्मीदवार जमानतें बचा पाए। उनको अगर हम कानून के द्वारा निर्धारित व्यय दें तो किसी भी स्थिति में दस करोड़ से अधिक खर्चा नहीं होता।

अभी भी हम चुनाव पर जो खर्चा कर रहे हैं, वह २२ करोड़ के करीब आता है। इलेक्ट्रोल रोल तैयार करने में ३.४५ करोड़, पार्लियामेंटरी इलेक्शन पर ७.४१ करोड़, असेंबली इलेक्शन पर १० करोड़ खर्च होता है। ये इलेक्शन-कमीशन के आंकड़े हैं। और मैं समझता हूं कि लोकतंत्र के लिए पंद्रह करोड़ और खर्च करना यह कोई महंगी चीज नहीं है। वस्तुतः लोकतंत्र एक खर्चीली प्रक्रिया है। जहां दल नहीं हैं, जहां एक व्यक्ति शासन करता है, वहां चुनाव के खर्च का सवाल ही नहीं है, जहां एक ही दल लड़ता है वहां भी खर्चा कम होता है। लेकिन हमने समझ-बूझकर संसदीय लोकतंत्र को अपनाया है। हम मतदाताओं को निश्चित अवधि के बाद अपनी राय के द्वारा प्रतिनिधियों को चुनने का अधिकार देते हैं। लेकिन यह अधिकार पूंजी के द्वारा दूषित नहीं होना चाहिए, चुनाव की प्रक्रिया धन के द्वारा विकृत नहीं की जानी चाहिए।

कई पश्चिमी देशों और पश्चिमी जर्मनी की बात वांचू कमेटी ने अपनी रिपोर्ट में उद्धृत की है। मैं उसी को उद्धृत करना चाहता हूं :

"इस संबंध में उस विधि का संदर्भ उपयुक्त रहेगा जिस ढंग से पश्चिमी जर्मनी और जापान जैसे देशों में इस समस्या से निपटा जाता है। पश्चिमी जर्मनी में, पूर्व चुनाव में प्राप्त हुए मतों के आधार पर राजनैतिक दलों को सरकार धन देती है। जापान में, सरकार चुनाव-क्षेत्र के आकार के आधार पर, राष्ट्रीय दलों को चुनाव-खर्च देती है तथा अनुसंधान एवं पार्टी के प्रचार के लिए भी वित्तीय सहायता देती है।"

अन्य देश अगर इस पद्धति का अवलंबन कर सकते हैं तो कोई कारण नहीं है कि हमारे देश में यह प्रक्रिया न अपनाई जाए।

वर्तमान वोट-प्रक्रिया की खोट

चुनाव-कानून में एक और बुनियादी संशोधन करने की आवश्यकता है। संयुक्त प्रवर समिति ने इस पर भी विचार किया था। आजकल हमारे देश में जो पद्धति विद्यमान है, मैजोरिटी सिस्टम है, फर्स्ट पास्ट दी पोस्ट सिस्टम। जो भी घोड़ा सबसे पहले पहुंच जाता है वह विजय का पुरस्कार ले जाता है। उससे सूत-भर भी पीछे रहनेवाला घोड़ा किसी गिनती में नहीं होता। यह एंग्लो, अमरीकन पद्धति है। दुनिया के अनेक देशों ने इस पद्धति को ठुकरा दिया है, क्योंकि यह पद्धति बड़ी विचित्र है। कभी-कभी ऐसा होता है कि जिसे तीस-चालीस प्रतिशत मत मिलते हैं, वह चुनकर चला आता है। पिछले चुनाव में एक घटना ऐसी भी हो चुकी है कि एक क्षेत्र में ऐसा उम्मीदवार चुनाव जीत गया जिसका डिपाजिट भी जब्त हो गया, लेकिन वह विजयी हो गया, क्योंकि और उम्मीदवारों के वोट उससे कम थे। ऐसा उम्मीदवार किसी चुनाव-क्षेत्र में बहुमत का प्रतिनिधि होने का दावा कैसे कर सकता है? इस पद्धति में एक जुआ है। थोड़ा सा मतदाताओं के मन में परिवर्तन होने से चुनाव परिणाम अत्यंत विकृत हो जाते हैं। मैं उदाहरण देना चाहता हूं।

१९५२ में सत्तारूढ़ दल को लोकसभा के चुनावों में ४४.९९% वोट, १९५७ में ४७.७८%, १९६२

में ४४.७३%, १९६७ में ४०.८२% और १९७१ में ४४% वोट मिले, लेकिन उसको सीटें ७०% ज्यादा मिलीं।

प्रश्न केवल कांग्रेस पार्टी का नहीं है। हमारे कांग्रेसी मित्र यह न समझें कि यह पद्धति हरदम उनके ही पक्ष में चलेगी। यह उनके खिलाफ भी जा सकती है। मैं उसका भी उदाहरण दे सकता हूं। १९६२ में तमिलनाडु में कांग्रेस को ४५.२६% वोट मिले। उसके बदले में उसे ४१ में से ३० सीटें मिलीं। १९६७ में उसको मिलनेवाले वोटों में ४% की कमी हुई, लेकिन उसको सीटें ३० की जगह कुल ३ मिलीं। केवल ४% वोट कम होने से सीटों में इतना अंतर हो गया।

दिल्ली का दूसरा उदाहरण है, जो सत्तारूढ़ दल को भी प्रभावित करता है। दिल्ली में १९६२ में सत्तारूढ़ दल को ५०% वोट मिले, और वह सभी सीटें ले गया। १९६७ में उसके वोट थोड़े से कम हुए—उसको ३८% वोट मिले, लेकिन उसको केवल एक सीट मिली, जबकि हमको छह सीटें मिलीं।

पश्चिम बंगाल में कांग्रेस को ४१.१% वोट मिले और युनाइटिड फ्रंट को ४१.३६%, लेकिन वोट लगभग बराबर होते हुए भी कांग्रेस को सीटें कम मिलीं। १९६९ में कांग्रेस के वोट थोड़े बढ़े—४१.३१% हो गए, और युनाइटिड फ्रंट के वोट भी बढ़कर ४१.९८% हो गए, किंतु कांग्रेस की सीटें घटकर १२७ से ५५ रह गईं।

अभी मैं ब्रिटेन के चुनावों के परिणामों का विश्लेषण कर रहा था तो मुझे एक जगह ऐसा दिखाई दिया कि कंजरवेटिव पार्टी केवल ४% वोटों पर हाउस ऑफ कामंस का बहुमत खो बैठी, और उसकी स्थिति बहुत खराब हो गई। क्या यह चुनाव-पद्धति सही है? क्या यह जन-भावनाओं का उचित प्रतिनिधित्व करती है? क्या इसे परिवर्तित नहीं किया जाना चाहिए? संयुक्त प्रवर समिति का सुझाव है कि इस मैजारिटी सिस्टम की जगह हमें लिस्ट सिस्टम अपनाना चाहिए। संयुक्त प्रवर समिति का सुझाव है कि उस पर विचार करना चाहिए।

श्री सतीश चंद्र (बरेली) : यह हमारा रिकमंडेशन नहीं है।

श्री वाजपेयी : मैं जानता हूं कि आपने उसका विरोध किया और फिर यह तय हुआ कि विशेषज्ञ उस पर विचार करेंगे। संयुक्त प्रवर समिति ने सिफारिश की है कि इस मामले पर विशेषज्ञों को विचार करना चाहिए। वे विशेषज्ञ कौन तय करेगा?

विधि, न्याय और कंपनी कार्य राज्य मंत्री श्री नीतिराज सिंह चौधरी : आप।

श्री वाजपेयी : हम तय करेंगे? तो फिर चौधरी साहब इधर आ जाएं और हम उधर चले जाते हैं।

लिस्ट सिस्टम के लाभ

केवल मतों और सीटों का ही प्रश्न नहीं है। लिस्ट सिस्टम में बहुत सी बुराइयों का निराकरण हो सकता है। उसको अपनाने से मतदाताओं में दल के प्रति निष्ठा बढ़ेगी, व्यक्ति के प्रति नहीं। बिरादरीवाद खत्म होगा। मतदाता अधिक जागरूक बनेंगे। संसदीय लोकतंत्र में दलों के ढांचे को मजबूत करना जरूरी है, और यह दलों के ढांचे को मजबूत करने की एक प्रक्रिया हो सकती है। इसमें कुछ कठिनाइयां भी हैं। कोई भी पद्धति सर्वथा निर्दोष नहीं हो सकती। लेकिन आज हम जिस पद्धति के अंतर्गत चुनाव कर रहे हैं, वह सर्वथा दोषपूर्ण है। वह एक बिखराव पैदा कर रही है। उम्मीदवारों की फौज की फौज खड़ी हो जाती है। चुनाव में मुद्दे स्पष्ट होकर सामने नहीं आते हैं

और सबसे बुरी बात यह हो रही है कि देश में राजनैतिक दलों, जो संसदीय लोकतंत्र की सफलता के लिए आवश्यक हैं, का विकास जिस ढंग से होना चाहिए, वह नहीं हो रहा है।

हमारे संविधान ने स्वतंत्र और निष्पक्ष चुनाव की जिम्मेदारी इलेक्शन-कमीशन पर डाली है। संविधान के अंतर्गत इलेक्शन-कमीशन कई सदस्यों का हो सकता है। लेकिन अभी तक यह एक सदस्यीय इलेक्शन-कमीशन है। इलेक्शन-कमीशन का काम बढ़ रहा है। मतदाताओं की संख्या में वृद्धि हो रही है। लोकसभा और विधानसभाओं के चुनाव अलग होने लगे हैं। कमीशन को क्वासी जुडिशियल फंक्शन—अर्द्ध-न्यायिक कार्य, भी करने पड़ते हैं—उसे राष्ट्रपति को डिस-क्वालिफिकेशन, अनर्हता, के बारे में सलाह देनी पड़ती है। इसलिए यह आवश्यक है कि कमीशन एक सदस्यीय न होकर बहु-सदस्यीय हो, जिससे केवल एक व्यक्ति पर सारे निर्णय लेने की जिम्मेदारी न आए, निर्णय मनमाने न हों, बल्कि वे ऐसे हों, जो जनता का अधिकाधिक आदर और समर्थन प्राप्त कर सकें।

चीफ इलेक्शन कमिश्नर जिस तरह से नियुक्त किए जाते हैं, उस पद्धति में भी परिवर्तन होना चाहिए। संविधान के अनुसार चीफ इलेक्शन कमिश्नर को राष्ट्रपति नियुक्त करते हैं। राष्ट्रपति सरकार की सलाह से काम करते हैं और सरकार एक दल की सरकार है। वह नियुक्ति में दलीय दृष्टिकोण से सर्वथा अछूती नहीं रह सकती।

एक बड़ी विचित्र स्थिति है कि जो सरकार में लॉ सेक्रेटरी होते हैं, वह चीफ इलेक्शन कमिश्नर बन जाते हैं। चीफ इलेक्शन कमिश्नर बनने के बाद वह लॉ कमीशन के मेंबर बन जाते हैं। जो कैबिनेट सेक्रेटरी थे, वह अब चीफ इलेक्शन कमिश्नर हो गए हैं। मैं किसी व्यक्ति पर उंगली नहीं उठा रहा हूं। इस प्रक्रिया से मेरा मतभेद है।

हमने लोकायुक्त और लोकपाल के संबंध में जो विधेयक तैयार किया है, जिसे अभी संसद की स्वीकृति मिलना बाकी है, उसमें हमने यह निर्णय लिया है कि लोकायुक्त और लोकपाल ऐसा व्यक्ति होगा, जिसकी नियुक्ति राष्ट्रपति करेंगे, मगर सुप्रीम कोर्ट के चीफ जस्टिस की सलाह से, और संसद में अगर कोई मान्यताप्राप्त प्रतिपक्ष है, तो उसके दल के नेता की सलाह से, या विरोधी दल मिलकर जिस व्यक्ति को तय करेंगे, उसकी सलाह से लोकायुक्त और लोकपाल नियुक्त किए जाएंगे। क्या चीफ इलेक्शन कमिश्नर के बारे में यह तरीका नहीं अपनाया जा सकता? वह सरकार की कृपा पर क्यों निर्भर रहें? इस संबंध में भी संशोधन की जरूरत है।

रेडियो, टी.वी. का दुरुपयोग

संयुक्त प्रवर समिति ने यह भी सिफारिश की थी कि रेडियो पर सभी दलों को चुनाव के समय अपनी बात कहने का अवसर मिलना चाहिए। इस संबंध में भी न तो इलेक्शन-कमीशन ने कोई पहल की है, और न सरकार ने कोई कदम उठाया है।

ज्वाइंट सिलेक्ट कमेटी की रिपोर्ट है कि सब दलों को समान समय मिलना चाहिए। इस आधार पर इलेक्शन-कमीशन एक फार्मूला बना सकता है और सरकार को उसे मानने के लिए मजबूर कर सकता है। लेकिन इलेक्शन कमिश्नर ने सारा अधिकार, वीटो का अधिकार सत्तारूढ़ दल को दे दिया। सत्तारूढ़ दल समय बांटने के प्रश्न पर सहमत न हो तो किसी भी दल को रेडियो पर चुनाव के समय आने का मौका नहीं दिया जाएगा। मैं सत्तारूढ़ दल की मनःस्थिति समझ सकता हूं। उनके लिए तो रेडियो २४ घंटे खुला हुआ है। प्रधानमंत्री चुनाव की सभा में भाषण करती हैं

और प्रतिदिन सवेरे से लेकर आधी रात तक वह भाषण रेडियो पर दोहराया जाता है। क्या चुनाव में और नेता भाषण नहीं करते?

एक माननीय सदस्य : आपका भी दिया जाता है।

श्री वाजपेयी : गलत बात है। एक भी भाषण नहीं दिया गया है चुनाव के दौरान। मोरारजी भाई दौरा करते थे। सार्वजनिक जीवन में उनका एक स्थान है, उनसे किसी को मतभेद हो सकता है। चौधरी चरण सिंह पुराने मुख्यमंत्री रहे हैं। लेकिन केवल प्रधानमंत्री का भाषण आएगा, यह रेडियो का दुरुपयोग नहीं है? टेलीविजन का भी कांग्रेस पार्टी ने अभी उत्तर प्रदेश के चुनाव में लाभ उठाने का प्रयत्न किया। यह टेलीविजन और रेडियो कोई कांग्रेस पार्टी की संपत्ति नहीं हैं। ये भारतीय जनता की गाढ़ी कमाई से चलनेवाले प्रचार के साधन हैं। अगर सभी दलों को समान सुविधाएं नहीं मिल सकतीं तो यह स्वतंत्र और निष्पक्ष चुनाव की बात करना बंद कर दें।

मैं समझता हूं कि उत्तर प्रदेश का चुनाव बीत गया। मैं यह प्रस्ताव पहले ही लाया था, मगर श्री रघुरमैया जी की कृपा के कारण यह उस समय नहीं आ सका। लेकिन मुझे कोई दुख नहीं है। आज हम शांत चित्त से लोकतांत्रिक मूल्यों को ध्यान में रखकर इस प्रस्ताव पर विचार करें। ऐसे कदम उठाने जरूरी हैं कि चुनाव निष्पक्ष हों, चुनाव स्वतंत्र हों। किसी भी दल को केवल इसलिए कि वह सत्ता में है, कोई अनुचित लाभ उठाने का अवसर नहीं मिलना चाहिए। इसी भावना से मैंने यह प्रस्ताव सदन के विचार के लिए पेश किया है। मैं आशा करता हूं कि जिस भावना से यह प्रस्ताव पेश किया गया है, उसी भावना से इस पर विचार किया जाएगा। कुछ और मुद्दे होंगे तो मैं बाद में उनकी चर्चा करूंगा।

समाज और धर्म

मथुरा में केंद्र ने उपद्रव की साजिश की

अध्यक्ष महोदय, मैं आपका आभारी हूं कि आपने मुझे एक महत्वपूर्ण मामला उठाने का अवसर दिया है। केंद्र-राज्य संबंध हमारी लोकतांत्रिक व्यवस्था का बड़ा महत्वपूर्ण पहलू है। संविधान में अधिकारों का, सत्ताओं का बंटवारा है। कानून और व्यवस्था राज्य सरकार के क्षेत्र में आती है, लेकिन उत्तर प्रदेश की मुख्यमंत्री ने यह गंभीर आरोप लगाया है कि केंद्र सरकार मथुरा में श्रीकृष्ण जन्माष्टमी के अवसर पर एक यज्ञ को लेकर जो विवाद उठ खड़ा हुआ था और जिसे प्रदेश सरकार शांति से, सद्भावना से हल करने का प्रयास कर रही थी और अंत में उस कार्य में भी सफल हुई, उसका लाभ उठाकर केंद्र ने उत्तर प्रदेश में हस्तक्षेप करने का एक षडयंत्र रचा।

केंद्रीय गृह राज्य मंत्री इस समय सदन में उपस्थित नहीं हैं, मुख्यमंत्री महोदया ने उनका नाम लेकर यह आरोप लगाया है कि वे ११ अगस्त को मथुरा में गए और उन्होंने उत्तेजनात्मक वक्तव्य दिए। इतना ही नहीं, उन्होंने उत्तर प्रदेश के अफसरों पर इस बात के लिए दबाव डाला कि वे उत्तर प्रदेश सरकार से कहें कि वह मथुरा का प्रशासन केंद्र को दे दे, अनुच्छेद ३५३ के अंतर्गत, जिससे केंद्र प्रदेश में हस्तक्षेप कर सके। संविधान के अनुच्छेद के अनुसार अगर राज्य सरकार तैयार हो, तो केंद्र हस्तक्षेप कर सकता है, लेकिन राज्य सरकार पर दबाव डालना और इसके लिए अफसरों से बात करना कहां तक उचित है? लेकिन केंद्र अधिकार मांग रहा था हस्तक्षेप का। इसके साथ ही केंद्र ने यह सुझाव भी रखा कि सी.आर.पी.सी. की धारा ३० के अंतर्गत सी.आर.पी.एफ. कमांडेंट्स को यह अधिकार होना चाहिए कि वे मजिस्ट्रेट के नाते काम कर सकें, संक्षेप में उन्हें मजिस्ट्रेट के अधिकार दे दिए जाने चाहिए। यह राज्य के भीतर एक राज्य स्थापित करने की साजिश थी और इसमें गृह राज्यमंत्री ने खुलकर काम किया।

अध्यक्ष महोदय, मेरे पास उत्तर प्रदेश की मुख्यमंत्री महोदया का वक्तव्य है, उसमें एक और भी गंभीर आरोप है और मैं उस वक्तव्य के एक हिस्से को पढ़कर सुनाना चाहता हूं : "केंद्रीय सरकार की ओर से वहां केंद्रीय रिजर्व सुरक्षा बल उपलब्ध कराया गया। अब इस बल में भी कुछ लोग ऐसे भेजे गए, जो जान-बूझकर राज्य सरकार को नुकसान पहुंचाने की नीयत से कोई ऐसी

** मथुरा में उपद्रव कराने की साजिश के संबंध में लोकसभा में २२ अगस्त, १९९५ को ध्यानाकर्षण प्रस्ताव।*

हरकत करेंगे, जिससे वहां की स्थिति बिगड़े।" मैं उद्धृत कर रहा हूं, अगर सदस्य मांग करेंगे तो मैं टेबल पर रखने के लिए तैयार हूं।...(व्यवधान)

श्री चंद्रशेखर (बलिया) : अध्यक्ष महोदय, मुख्यमंत्री महोदया ने यह कहा कि केंद्रीय सुरक्षा बल भेजा जाए और उसके बाद वक्तव्य दिया, उसमें सिपाही ऐसे थे या कुछ अधिकारी ऐसे थे जो गड़बड़ पैदा करना चाहते थे, तो क्या इस सदन में उस पर बहस की जाएगी?...(व्यवधान)

श्री गुमानमल लोढ़ा (पाली) : जान-बूझकर भेजे गए।...(व्यवधान)

श्री चंद्रशेखर : महोदय, मैं पूछना चाहता हूं...(व्यवधान)

श्री वाजपेयी : कोई सुरक्षा बल भेजने की मांग करे...(व्यवधान)

श्री चंद्रशेखर : गुरु जी, मैं आपसे ज्ञान चाहता हूं। अगर कोई राज्य सरकार सुरक्षा बल मांगे और केंद्रीय सरकार सुरक्षा बल भेजे, तो क्या एक-एक आदमी की स्क्रूटनी होगी कि कौन क्या काम करनेवाला है या नहीं। अगर मुख्यमंत्री ऐसा वक्तव्य देता है, तो वक्तव्य देने के पहले उसके पास क्या आधार है? हमारे यहां एक परंपरा बनती जा रही है, मैं उस मुख्यमंत्री को नहीं कहता, केंद्रीय सरकार के लोगों ने ही यह काम किया है और मैंने इस सदन में यह बात उठाई है, जब भी सुरक्षा बल के लोग अपना कर्तव्य निर्वाह करते हैं, तो हम लोग राजनीतिक कारणों से अपनी चमड़ी बचाने के लिए उनके ऊपर दोषारोपण करते हैं। यह प्रवृत्ति, अध्यक्ष महोदय, चलती रही, तो मैं नहीं समझता कि इस देश में शांति और व्यवस्था कैसे रह सकेगी।...(व्यवधान)

श्री वाजपेयी : अध्यक्ष महोदय, केंद्रीय सुरक्षा बल पर आरोप नहीं किए जा रहे हैं, गृह मंत्रालय पर आरोप लगाए जा रहे हैं, केंद्रीय सरकार पर आरोप किए जा रहे हैं। कोई भी प्रदेश केंद्र सरकार से सुरक्षा बलों की मांग करेगा, सहायता लेगा, तो सुरक्षा बल को भेजने के साथ इस तरह की हरकतें होंगी? यह शिष्य कैसा है जो गुरु को बोलने नहीं देता।

श्री चंद्रशेखर : महोदय, हमारे यहां पुरानी परंपरा है कि जब गुरु पथभ्रष्ट हो तो शिष्य का कर्तव्य है...

श्री वाजपेयी : अगर गुरु के पथभ्रष्ट होने की आशंका थी तो फिर ऐसा गुरु क्यों बनाया गया?...(व्यवधान) महोदय, आरोप गंभीर हैं, इन आरोपों को इस तरह से टाला नहीं जाना चाहिए। यह आरोप विधानसभा में लगाए गए हैं, मैं चाहता हूं कि केंद्र सरकार इनका खंडन करे। यह आरोप गंभीर हैं, मुख्यमंत्री द्वारा लगाए गए हैं और एक प्रदेश की मुख्यमंत्री ने विधानसभा में लगाए हैं। इन आरोपों का उत्तर चाहिए।...(व्यवधान)

श्री अर्जुन सिंह (सतना) : महोदय, आदरणीय वाजपेयी जी यह भी हम सबको बता दें कि इस वक्तव्य को यहां आने में ११ दिन कैसे लग गए?...(व्यवधान) यह घटना ११ अगस्त की बताई गई है।...(व्यवधान)

श्री राजवीर सिंह (आंवला) : यहां आप कम आते हैं, इसलिए आपको पता नहीं है।...(व्यवधान)

श्री भुवनचंद्र खंडूरी (गढ़वाल) : आप मध्य प्रदेश में ज्यादा घूम रहे हैं।

श्री वाजपेयी : महोदय, उत्तर प्रदेश की विधानसभा में कल बयान दिया गया।

श्री अर्जुन सिंह : हां, मैं वही तो पूछ रहा हूं।...(व्यवधान)

श्री राजवीर सिंह : कल छुट्टी के बाद विधानसभा का पहला दिन था।...(व्यवधान)

श्री अर्जुन सिंह : क्या विधानसभा के बाहर वक्तव्य नहीं होता?...(व्यवधान)

श्री वाजपेयी : महोदय, अर्जुन सिंह जी की कांग्रेस के मेंबर विधानसभा में बैठे हुए हैं, वह यह सवाल पूछ सकते हैं कि पहले वक्तव्य क्यों नहीं दिया। मेरा संबंध केंद्र सरकार से है। अगर केंद्र सरकार का रवैया आपत्तिजनक है, अगर केंद्र सरकार वहां गड़बड़ी कराकर राष्ट्रपति राज लागू करना चाहती थी तो यहां मामला उठेगा। यह आरोप एक मुख्यमंत्री का आरोप है, और ऐसे मुख्यमंत्री का आरोप है जिसे कांग्रेस पार्टी का भी प्रारंभ में समर्थन मिला था...(व्यवधान)

एक माननीय सदस्य : अब भी है।

श्री वाजपेयी : यह आरोप गंभीर है और इस आरोप का स्पष्टीकरण आना चाहिए। मैं तो चाहता था कि गृह राज्यमंत्री जी इस अवसर पर उपस्थित होते। लेकिन मुझे वक्तव्य की प्रति आज सवेरे मिली है, इसलिए मैं आज उठा रहा हूं, मेरे ऊपर विलंब से उठाने का कोई आरोप नहीं लगना चाहिए। लेकिन एक बार जब कोई मुख्यमंत्री आरोप लगाता है कि केंद्र ने साजिश की थी और वह भी मथुरा में जन्माष्टमी के अवसर पर की थी जिससे केंद्र को हस्तक्षेप करने का मौका मिल जाए, तो यह गंभीर आरोप है और केंद्र सरकार कटघरे में खड़ी है।...(व्यवधान)

अध्यक्ष महोदय, मेरा इरादा कोई विवाद खड़ा करने का नहीं था। केंद्र सरकार का जो रवैया रहा है और जिस पर मुख्यमंत्री ने बात की है, उस रवैए पर चर्चा होनी चाहिए। अगर मथुरा में अयोध्या की पुनरावृत्ति नहीं हुई तो वह केंद्र सरकार के कारण नहीं, उत्तर प्रदेश सरकार ने उस पुनरावृत्ति को रोका, समझौता करवाया। केंद्र तो मथुरा में अयोध्या की पुनरावृत्ति करना चाहता था। ...(व्यवधान) अध्यक्ष महोदय, वह पुनरावृत्ति रोक ली गई, मगर केंद्र पर आरोप है कि उसने मथुरा में अयोध्या की पुनरावृत्ति करने की साजिश की और उत्तर प्रदेश के मुख्यमंत्री ने अपने बयान में प्रमाण दिए हैं। इसका जवाब केंद्र सरकार दे।

कृषि मंत्री श्री बलराम जाखड़ : अध्यक्ष महोदय, अटल जी ने जो कुछ कहा, वह उन्होंने अपने हिसाब से कहा होगा, लेकिन कुछ तो नियम होते हैं, कुछ तो आदमी को सोचकर करना पड़ता है। पहले एक बार सब देख चुके हैं, उस समय भी सेंट्रल फोर्सेज भेजी गई थीं, उस वक्त वहां की सरकार ने उन फोर्सेज का इस्तेमाल नहीं किया, हालांकि उनको कहा गया था कि सब आपके अधिकार में है, आप करिए। तो उस घटना को देखते हुए क्या अब बंदोबस्त नहीं किया जाना चाहिए था? यह सारा किया, इसलिए इस तरीके की बात करते हैं। एक दफा हो चुका है, एक दफा आप पर ऐतबार किया था, इसलिए ऐसी बात हम करते हैं।...(व्यवधान) देखिए, खंडूरी साहब, मैंने अटल जी की बात शांति से सुनी है, इसलिए अब मेरी बात भी सुनिए। मैं सिर्फ इतना कहना चाहता हूं कि दूध का जला हुआ छाछ को भी फूंक-फूंककर पीता है। एक दफा आप करवा चुके हैं, अब दूसरी दफा करवाना चाहते थे, अब करने नहीं देंगे, यह बड़ी सिंपल बात है।...(व्यवधान)

अध्यक्ष महोदय : आप पहले बैठ जाएं...(व्यवधान) लोढ़ा जी, आप बैठ जाएं। वाजपेयी जी ने बड़े अच्छे ढंग से इस मैटर को रखने की कोशिश की है।

हरिजन लिखना अपराध है!

अध्यक्ष महोदय, मैं एक महत्वपूर्ण मामले की ओर आपका ध्यान दिलाना चाहता हूं। क्या इस देश में 'हरिजन' शब्द का प्रयोग एक अपराध माना जाएगा? परिगणित जाति के हमारे बंधु यह शिकायत करें कि वे 'हरिजन' के नाम से न जाने जाएं तो बात समझ में आती है, क्योंकि संविधान में 'हरिजन' शब्द का उल्लेख नहीं है, शेड्यूल्ड कॉस्ट और शेड्यूल्ड ट्राइब का उल्लेख है। लेकिन इस समय 'हरिजन' शब्द को लेकर जो विवाद खड़ा हुआ है, वह बहुत ही दुर्भाग्यपूर्ण है।

गांधी जी ने 'हरिजन' शब्द प्रचलित किया, लेकिन उससे पहले हिंदी के महाकवि भारतेंदु हरिश्चंद्र ने मुसलमानों के लिए कहा था—"उन मुसलमान हरिजनन पर कोटिन हिंदू वारिए"। जो मुसलमान हरि के भक्त हैं, उन पर करोड़ों हिंदुओं को न्योछावर किया जा सकता है।

गांधी जी ने इस शब्द का प्रयोग करते हुए एक पत्रिका निकाली। कुछ राज्य सरकारों ने, जिनमें हमारी सरकार भी शामिल थी, कहा था कि 'हरिजन' शब्द गिरावट को दिखाता है और समाज में समता के भाव को चोट पहुंचाता है। इस दृष्टि से सरकारी कामकाज में इसका प्रयोग नहीं होता। लेकिन अगर व्यवहार में कोई प्रयोग कर दे, अपने नाम के आगे 'हरिजन' शब्द लगा दे तो क्या उसे दंडित किया जाएगा? क्या उसे सजा दी जाएगी? क्या यह हमारी राष्ट्रीय परंपरा के अनुकूल होगा?

अध्यक्ष महोदय, मैं किसी विशेष व्यक्ति या विशेष राज्य को ध्यान में रखकर यह सवाल नहीं उठा रहा हूं, लेकिन मैं चाहता हूं कि इस सवाल पर चर्चा होनी चाहिए और इसलिए मैंने यह उठाने की धृष्टता की है।

मैं नहीं जानता कि इसकी क्या प्रतिक्रिया होगी, लेकिन मैं चाहता हूं कि सदन कभी समय निकालकर, इसके बारे में चर्चा करे।

** हरिजन शब्द पर मचे विवाद पर लोकसभा में २८ अप्रैल, १९९४ को टिप्पणी।*

ताकि भाजपा चुनाव न लड़ सके!

अध्यक्ष महोदय, मुझे व्यवस्था का प्रश्न उठाना है। मैं लगभग पैंतीस साल से संसद का सदस्य हूं और मैंने यह प्रक्रिया देखी है कि विधेयक आते हैं और विधेयक सिलेक्ट कमेटी को भेजे जाते हैं। सिलेक्ट कमेटी इस संबंध में बनी थी, सरकार के आग्रह पर नहीं, हमारे जोर देने पर। उसके सदस्यों को लेकर भी मतभेद पैदा हुआ था, क्योंकि सरकार इस बात पर जोर दे रही थी कि बिल हमें तत्काल पास करना है और इसीलिए सिलेक्ट कमेटी का समय भी कम रखा गया। मैं उद्धृत नहीं करना चाहता हूं कि सिलेक्ट कमेटी के जो मेंबर्स थे, श्री जार्ज फर्नांडीज यहां बैठे हैं, हमारे तेलुगुदेशम् के श्री पद्मनाभम् हैं, जिन्होंने अपने नोट में लिखा है कि सिलेक्ट कमेटी को विचार के लिए समय नहीं दिया गया, जल्दबाजी में काम किया गया और आज हम अचानक गृह मंत्री के मुंह से सुन रहे हैं कि चर्चा डेफर कर दी जाए।

अध्यक्ष महोदय, मैं नहीं समझता कि नियम कोई डेफरमेंट की व्यवस्था करते हैं। गृह मंत्री सदन के सामने कोई प्रस्ताव नहीं लाए, उसे पब्लिक सर्कुलेशन के लिए, लोकमत जानने के लिए प्रचारित किया जाए, यह प्रस्ताव सदन के सामने नहीं है। सदन के सामने है क्या? गृह मंत्री का एक अनुरोध है कि इस विधेयक को क्योंकि हम पास नहीं करा सकते···, पास नहीं करा सकते तो आप लाए क्यों? आपने इस विधेयक पर विचार के लिए पूरा समय क्यों नहीं दिया? लेकिन मैं इसके विस्तार में नहीं जा रहा। मेरिट पर मैं अलग भाषण करूंगा और आडवाणी जी उस पर बोलना चाहेंगे। मैंने तो प्वाइंट ऑफ आर्डर रेज किया है कि यह डेफरमेंट क्या है? किस नियम के अंतर्गत है।

अध्यक्ष महोदय, हम डेफर करने के खिलाफ नहीं हैं, लेकिन वह प्रक्रिया के अंतर्गत होना चाहिए। नियमों के अधीन होना चाहिए। सरकार अपनी बनाई हुई मुसीबत में फंस गई है। जिनसे शायद उम्मीद थी कि वे सरकार को संकट में से निकाल लेंगे, उन्होंने सरकार की मदद नहीं की। अब हमारे खिलाफ गुस्सा निकालने से कोई फायदा नहीं है।

अध्यक्ष महोदय, चह्वाण साहब ने भी ६ दिसंबर का नाम ले लिया। अगर आप जरा पुराने

---

* *राजनीति से धर्म को अलग करने संबंधी विधेयक को टाले जाने के गृह मंत्री के वक्तव्य पर लोकसभा में २४ अगस्त, १९९३ को भाषण।*

बयान देखें, ६ दिसंबर से पहले तिरुपति में कांग्रेस के अधिवेशन में प्रधानमंत्री श्री नरसिंह राव ने घोषणा की थी कि वह इस तरह का कानून बनाएंगे। ६ दिसंबर की घटना बाद में हुई है। भारतीय जनता पार्टी का रजिस्ट्रेशन वापस ले लिया जाए, इसकी कोशिश सत्ता पक्ष में एक मूर्धन्य नेता ने की थी।

अध्यक्ष महोदय, अगर भारतीय जनता पार्टी की लोकप्रियता बढ़ रही है, अधिक से अधिक लोग हमारे साथ आ रहे हैं तो सत्ता पक्ष को, मित्र पक्षों को विचार करना चाहिए कि इस बढ़ती हुई लोकप्रियता का कारण क्या है? ये दोनों विधेयक आए हैं जो हमारी आलोचना करते हैं। जो हमारे विरोधी हैं, उनमें से अनेक बुद्धिजीवियों ने, समाचारपत्रों ने इन विधेयकों की आलोचना की है, क्योंकि ये दोनों विधेयक अलोकतांत्रिक हैं, असंवैधानिक हैं और ये देश के बुनियादी ढांचे पर आघात करनेवाले हैं। चुनाव में मजहब का दुरुपयोग न हो, रिलीजन का, मैं रिलीजन शब्द कह रहा हूं, और हमने सुझाव दिया है, संशोधन दिया है, मगर लोगों की समझ में नहीं आता कि जब आप रिलीजन की बात करते हैं तो उससे कठिनाइयां पैदा होती हैं। इस सवाल पर कोई मतभेद नहीं है कि सांप्रदायिक भावनाएं नहीं उभाड़ी जानी चाहिए, मगर धर्म की बात मत करें। धर्म व्यापक है, धर्म जोड़ता है, धर्म सहज स्वभाव है, धर्म कर्तव्य है—धर्मचक्र प्रवर्तनाय!...(व्यवधान)

डॉ. कार्तिकेश्वर पात्र (बालासौर) : कौन मानता है।

श्री वाजपेयी : अध्यक्ष महोदय, मेरा धर्म है कि वक्ता के नाते ठीक बात करूं और इनका धर्म है कि श्रोता के नाते मुझे चुपचाप सुनें। अपने धर्म का पालन करें।

अध्यक्ष महोदय, देश में अनेक कानून हैं और हम भी इस बात पर बल देते रहे हैं कि इस देश में बहुत से कानून हैं जो इसका प्रबंध करते हैं कि किसी तरह की भावनाएं न भड़काई जाएं। लेकिन कानून में केवल धर्म की, रिलीजन की बात कही गई है।...(व्यवधान)

हां, यह बहस हो रही है, शुक्ला जी। यह नहीं हो सकता कि बहस नहीं होगी। यह नहीं हो सकता कि आप हमारे खिलाफ विष-वमन कर दें और हमें उसका उत्तर देने का मौका भी नहीं मिले।

अध्यक्ष महोदय : मैं आपको अनुमति दे रहा हूं।

श्री वाजपेयी : नहीं, अध्यक्ष महोदय, ६ दिसंबर की बात कैसे आई? ये हमें उपदेश दे रहे हैं, जिन्होंने देश के बंटवारे का मजहबी आधार पर समर्थन किया, जो देश के बंटवारे के लिए जिम्मेदार हैं, जो पड़ोस में थियोक्रेटिक स्टेट खड़ी करने के लिए जिम्मेदार हैं, जो मुस्लिम लीग के साथ गलबहियां डाले खड़े हुए हैं, जो मिजोरम में ईसाई सरकार बनाने के नाम पर वोट मांगते हैं। वे हमको कटघरे में खड़ा कर रहे हैं? हम इसका जवाब देने के लिए तैयार हैं। अध्यक्ष महोदय, माफ करिए, मैं उत्तेजना में आ गया लेकिन भड़कानेवाली बातें हो रही हैं।

अध्यक्ष महोदय, आपको याद होगा कि मैंने सदन में एक प्रस्ताव रखा था कि इस विधेयक को प्रवर समिति को भेज दिया जाए और गृह मंत्री जी ने शर्त लगाई थी कि यह विधेयक जल्दी आना चाहिए। हम चाहते थे कि चुनाव-आयुक्त को सिलेक्ट कमेटी में बुलाया जाए, उसको स्वीकार नहीं किया गया। दो पुराने चुनाव-आयुक्तों ने विधेयक की आलोचना की और लोगों को समय नहीं दिया गया...(व्यवधान)

अध्यक्ष महोदय : रेगुलर डिबेट बाद में करेंगे।

श्री वाजपेयी : अध्यक्ष महोदय, लेकिन जो बातें कही गई हैं, उनका उत्तर तो मुझे दे देने

दीजिए।...(व्यवधान)

अध्यक्ष महोदय : मैं आपको एलाउ कर रहा हूं। शरद जी, आप बोलेंगे तो लंबा हो जाएगा।

श्री शरद यादव : अध्यक्ष जी, मैं आपकी व्यवस्था को मानते हुए, जैसा आपने कहा कि वह एक बात भी नियम और मर्यादा के भीतर कहेंगे। कुछ लोगों ने यह बात कही है।

श्री वाजपेयी : कुछ लोगों ने कही है, क्या मतलब है?

श्री शरद यादव : ये जिस विस्तार से कह रहे हैं, उस विस्तार के बाद जवाब देने की जरूरत पड़ेगी। यानी आज ही बहस शुरू हो जाए, यह नहीं हो सकता है।

अध्यक्ष महोदय : आप बैठ जाइए। आप लीडर बन गए हैं तो भी मेरी बात को सुनना पड़ता है। देखिए, मुझे जरूरत महसूस हुई तो मैं समय दूंगा। लेकिन मुझे जरूरत महसूस होनी चाहिए।

श्री वाजपेयी : अध्यक्ष महोदय, हम तो पहले ही मांग करते रहे हैं कि इस विधेयक पर विचार करने के लिए और समय चाहिए। अलग-अलग दृष्टिकोणों को संसद के सामने आना चाहिए, संसदीय समिति के सामने आना चाहिए, लेकिन तब जल्दबाजी की गई और अब चर्चा को टाला जा रहा है।

अध्यक्ष महोदय : हम इसे देखेंगे।

श्री वाजपेयी : मेरे समाजवादी मित्र नाराज न हों, डॉ. लोहिया धर्म और राजनीति के समन्वय की बात करते थे। उन्होंने कहा था कि अल्पकालिक धर्म राजनीति है और दीर्घकालिक राजनीति धर्म है। मैं उद्धृत नहीं कर रहा हूं। मैं गांधी जी को उद्धृत नहीं कर रहा हूं, मैं लोहिया जी की बात नहीं कर रहा हूं।

अध्यक्ष महोदय : हम इस पर विस्तारपूर्वक चर्चा करेंगे, वाजपेयी जी।

श्री वाजपेयी : अध्यक्ष महोदय, आज इस सदन में जो बातें कही गई हैं...

अध्यक्ष महोदय : यह बहुत लंबा हो जाएगा।

श्री वाजपेयी : मैं लंबा नहीं करना चाहता। मैं तो आपसे कहना चाहता हूं, मैंने प्रारंभ में आपसे ही कहा था। मैं इधर-उधर की बात नहीं करना चाहता था। लेकिन हमारे जो मित्र सरकार का इस मामले में आज समर्थन करने में विफल रहे हैं, उन्हें अपनी सफाई देनी थी। वह अपनी सफाई देते, मगर हमें लपेटने की क्या जरूरत थी? मगर अब साफ है कि हम एक निशाना हैं और इसीलिए रिलीजन की बात हो रही है, कॉस्ट की नहीं। इसके लिए कानून बना हुआ है, मगर कानून के अनुसार चुनाव जीतने के बाद ही आपका चुनाव रद्द हो सकता है। मगर ये हमें चुनाव लड़ने नहीं देना चाहते और संसद में आम बहुमत से कानून बनाकर हमें बैन कर देना चाहते हैं। हम इस लड़ाई के लिए तैयार हैं, चलिए जनता के बीच में। लेकिन अध्यक्ष महोदय, हमारी रैली हुई और टी.वी. ने उसको ब्लैक आउट कर दिया।...(व्यवधान) आप स्पष्ट करिए।

अध्यक्ष महोदय : मैं सब कुछ करूंगा।

श्री वाजपेयी : डेफरमेंट किस नियम के अंतर्गत आता है, यह डेफरमेंट कब तक होगा?

अध्यक्ष महोदय : वह कब तक होगा, मैं नहीं कह सकता हूं।

श्री वाजपेयी : आप गृह मंत्री से कह सकते हैं कि वह पब्लिक सर्कुलेशन के लिए इस बिल को भेजने का एक औपचारिक प्रस्ताव ला सकते हैं। उस पर सदन विचार करे।

सहमत की प्रदर्शनी से असहमति बढ़ी

अध्यक्ष महोदय, मैं नहीं जानता कि श्री अर्जुन सिंह जी किस घेरेबंदी की बात कह रहे हैं? वहां थोड़े दिन पहले सोमयज्ञ हुआ था, वह किनकी प्रेरणा से हुआ था, किनके द्वारा आयोजित था, मैं इस विवाद में नहीं जाना चाहता, लेकिन जो सोमयज्ञ कराना चाहते थे, वे अयोध्या में गए। उन्होंने सोमयज्ञ किया। उसमें कोई भाग लेने नहीं आया, वह कहानी अलग है। मैं उसको सुनाना नहीं चाहता। किस घेरेबंदी की बात कर रहे हैं? मुद्दा एक स्पष्ट उठाया गया है और श्री अर्जुन सिंह जी ने थोड़ा सा कहा कि मैं इससे सहमत नहीं हूं। मैं उनसे पूछना चाहता हूं कि अयोध्या में जो आज विवाद का केंद्र बना हुआ है···

श्री अर्जुन सिंह : किसकी वजह से?

श्री वाजपेयी : आपकी वजह से। इसे आपने विवाद का केंद्र बनाया है···

श्री अर्जुन सिंह : आप सारे हिंदुस्तान को एक रणक्षेत्र में परिवर्तित करना चाहते हैं और आप चाहते हैं कि इस घेरेबंदी के अंदर हम बैठ जाएं, कभी नहीं होगा। आपकी इस उत्तेजना से डरने वाले नहीं हैं।···(व्यवधान)

श्री लालकृष्ण आडवाणी : इनकी लड़ाई अटल जी से नहीं, श्री नरसिंह राव जी से है।

श्री वाजपेयी : अध्यक्ष महोदय, मैंने कहा कि अयोध्या विवाद का केंद्र बना हुआ है, और अब ये कह रहे हैं कि किसकी वजह से? मगर ये मान रहे हैं कि विवाद का केंद्र है और वहां एक सवाल के साथ लोगों की भावनाएं जुड़ी हुई हैं। वहां प्रदर्शनी होती, मुझे कोई आपत्ति नहीं है। मुझे 'सहमत' के कार्यक्रम पर भी कोई आपत्ति नहीं है, मैं यह स्पष्ट कर देना चाहता हूं। यह बात अलग है कि जो कलाकार 'सहमत' के लिए अयोध्या में कार्यक्रम करने की स्वतंत्रता चाहते थे, उन्होंने सोनल मानसिंह को विजन-२००० में वाशिंगटन जाने से रोका। उनकी छीछालेदर की। कलाकार की स्वतंत्रता केवल एक ढंग से विचार करनेवाले कलाकारों की नहीं हो सकती।

आप वहां कार्यक्रम करें, कोई आपत्ति की बात नहीं है। वहां तो पहले जिलाधिकारियों ने रोका। प्रदेश के प्रशासन ने सलाह दी कि वहां पर इस तरह का कार्यक्रम नहीं होना चाहिए। लेकिन श्री अर्जुन सिंह जी ने अपना दबाव डाला, और वहां पर कार्यक्रम कराने के लिए लोगों को ले

** अयोध्या में सहमत के कार्यक्रम के संबंध में लोकसभा में १६ अगस्त, १९९३ को वाद-विवाद।*

गए, स्वयं गए। मुझे कोई आपत्ति नहीं है। श्री अर्जुन सिंह जी जा सकते हैं और मैं भी जा सकता हूं।

अध्यक्ष महोदय, लेकिन प्रश्न है एग्जीबीशन का। वहां एग्जीबीशन लगाई गई और वह अब यह कह रहे हैं कि उसमें लगे पोस्टर से मैं सहमत नहीं हूं। मगर एग्जीबीशन में ऐसा पोस्टर था, जिसमें सीता राम की बहन दिखाई गई थी।...(व्यवधान)

श्री निर्मल चटर्जी : वह जातक से है।

श्री वाजपेयी : मुझे मालूम है। ये सारे जातक अयोध्या में दिखाने की क्या आवश्यकता थी? इसका क्या औचित्य था? इतिहास का विषय तो यह है कि वहां बना हुआ राम मंदिर तोड़ा गया। अगर ऐसी एग्जीबीशन दिखाएंगे कि जिसमें राम का मंदिर तोड़ा जा रहा है तो इसका परिणाम क्या होगा? आज एक ढांचा जिस तरह से तोड़ा गया, उसका भी आप प्रदर्शन नहीं कर रहे हैं, क्योंकि आप जानते हैं कि इस तरह से भावनाएं भड़क सकती हैं। जिन्होंने प्रदर्शनी लगाई उन्हें देखना चाहिए था, सावधानी बरतनी चाहिए थी और श्री अर्जुन सिंह जी को खड़े होकर कहना चाहिए था कि एग्जीबीशन में जो पोस्टर्स लगाए गए थे, वे गलत थे, वे नहीं लगाए जाने चाहिए थे। अगर वे वैसा नहीं कहते तो अपने कर्तव्य का पालन नहीं करते। अयोध्या में उस घेराबंदी को तोड़ने के लिए २५ लाख रुपए दे दिए, जो घेराबंदी थी ही नहीं। उसे तोड़ने का सवाल कहां पैदा होता है? आपने वहां जाकर जो चिंगारी सुलगा दी है, वह दुष्परिणाम लाएगी, मैं यह कहना चाहता हूं।

श्री अर्जुन सिंह : अध्यक्ष महोदय, मैं वाजपेयी जी का सम्मान करता हूं और मैंने स्पष्ट कहा है कि उस प्रदर्शनी के इस अंग से मैं पूरी तरह सहमत नहीं हूं।

अयोध्या में तनाव के प्रयास

अध्यक्ष महोदय, इस चर्चा में तीन मुद्दे उठाए गए हैं, तीनों अयोध्या से संबंधित हैं। एक है फैजाबाद में बम-विस्फोटों से मस्जिद की क्षति का मामला, हम लोग उत्तर प्रदेश के संपर्क में हैं।

अध्यक्ष महोदय, सारा सदन इस राय का है कि कोई पूजा-स्थल कहीं बम-विस्फोट का शिकार न हो और विशेषकर रमजान के महीने में अगर कोई मस्जिद बम का निशाना बनाई जाती है, तो यह गंभीर बात है और बड़ी चिंता की बात है।

अध्यक्ष महोदय, फैजाबाद ऐसा नगर है, जहां कार-सेवा के दिनों में भी एक भी मस्जिद को किसी प्रकार की क्षति नहीं हुई थी, यह एक रिकार्ड की बात है।

श्री रामविलास पासवान (रोसेड़ा) : उस समय सरकार अलर्ट थी।

श्री वाजपेयी : उस समय किसी मस्जिद को कोई क्षति न होना बहुत उल्लेखनीय घटना है।…(व्यवधान)

अब आप लोग फैजाबाद से अयोध्या आ गए, जब मैं अयोध्या जाऊंगा तब आप फैजाबाद आ जाएंगे।

अध्यक्ष महोदय, मेरी जानकारी के अनुसार, और जैसा माननीय सदस्यों ने कहा है कि वह कसाईबाड़ा मुहल्ला है, जहां मुख्य सड़क के किनारे एक मस्जिद है। आज सुबह नमाज के १० मिनट पहले ४.४५ पर वहां एक बम-विस्फोट हुआ। उस बम-विस्फोट से मस्जिद के पिछवाड़े की दीवार में एक मीटर चौड़ा छेद हो गया तथा पास के तीन मकानों को आंशिक रूप से क्षति पहुंची। पास ही एक झोंपड़ी में दो लोग सो रहे थे, उनमें से एक को ईंट गिरने से मामूली चोट आई है। मस्जिद को फिर से बनाने का काम आरंभ कर दिया गया है, मस्जिद फिर से बनाई जा रही है। सदन को यह जानकर प्रसन्नता होगी कि वहां पर कड़ी सुरक्षा-व्यवस्था कर दी गई है और स्थिति नियंत्रण में है।

अध्यक्ष महोदय, मैं इस बात से सहमत हूं कि अयोध्या में तनाव पैदा करने की कोशिश हो रही है।

** फैजाबाद में रमजान के दिनों मस्जिद में हुए बम-विस्फोट पर लोकसभा में ३१ मार्च, १९९२ को चर्चा।*

हमारे मुख्यमंत्री ने प्रतिनिधि मंडल को आने का निमंत्रण दिया है। हम उसमें शामिल हों या न हों, इसकी आपको क्या चिंता है। आप जाइए अयोध्या, आपका स्वागत है। वहां लाल गलीचा बिछाया जाएगा। आप चाहें तो दर्शन भी कर सकते हैं, न करें तो बिना दर्शन के वापस लौट आइए। प्रतिनिधि मंडल के सवाल पर हमारी अलग राय है, लेकिन प्रतिनिधि मंडल जाए। मैं अभी लखनऊ गया था। मुख्यमंत्री से हम लोगों ने बात की, गृह मंत्रालय से भी संपर्क किया गया। मुख्यमंत्री का कहना यह था कि रमजान का महीना समाप्त हो जाए, ५ तारीख को ईद शांतिपूर्ण और सद्भावना के वातावरण में मना ली जाए और उसके बाद अगर प्रतिनिधि मंडल आए तो ज्यादा अच्छा है। अब देखिए किस तरह से वहां तनाव पैदा करने की कोशिश हो रही है। मेरे आदरणीय मित्र जो मुझे गुरुदेव कहते हैं, मैं उनसे कई बार कह चुका हूं कि गुरु तो गुड़ रह गए हैं और चेला शक्कर हो गए। उन्होंने श्री मुलायम सिंह और उनके साथ गए लोगों का मामला उठाया है।

श्री चंद्रशेखर (बलिया) : नहीं उठाना चाहिए था?

श्री वाजपेयी : उठाना चाहिए था, मगर उन्हें वहां जाना नहीं चाहिए था।

श्री चंद्रशेखर : और गए तो पिटवाना चाहिए था?

श्री वाजपेयी : नहीं, यह गलत है, चंद्रशेखर जी, उसका विवरण मेरे पास है। वे फैजाबाद जा रहे थे, कचहरी पर प्रदर्शन करने के बाद अयोध्या जानेवाले थे। मुलायम सिंह जी उत्तर प्रदेश के मुख्यमंत्री रहे हैं। उनके जमाने में अयोध्या का क्या रूप हो गया था, इसको मुझे दोहराने की आवश्यकता नहीं है। उनकी उपस्थिति अयोध्या में लोगों को उत्तेजित कर सकती थी, इसलिए उन्हें रास्ते में कहा गया कि आप अपनी बात यहीं से कह दें। जैसा मैंने प्रारंभ में कहा था, आप वहां जाने की तकलीफ न उठाएं। उनको रोका गया, उसमें कुछ हाथापाई भी हुई, उसका भी विवरण मेरे पास है। कितने पुलिसवालों को चोट आई, अगर मैं यह बताऊंगा तो आप कहेंगे कि यह तो उत्तर प्रदेश सरकार का कथन है। आखिर जब आपके पास मुलायम सिंह का कथन है, तो हमारे पास कल्याण सिंह का कथन है।

श्री चंद्रशेखर : अध्यक्ष महोदय, कथन रहे, लेकिन कथन रखकर कुछ सही साबित करना चाहते हैं, सरकार के दुर्व्यवहार को सही साबित करना चाहते हैं तो आपका स्वागत है।

श्री सोमनाथ चटर्जी (बोलपुर) : महोदय, मैं जानना चाहूंगा कि इस पर कांग्रेस पार्टी या ट्रेजरी बैंच के ही सदस्य बोलें न कि कांग्रेस सदस्य इस पर बोलें।

अध्यक्ष महोदय : हमें उनके प्रति आभारी होना चाहिए। वे आपकी किस तरह से सहायता कर रहे हैं।...(व्यवधान)

जो सदस्य यहां बोलना चाहते थे, मैं उनको आज्ञा नहीं देता। हमको उनके प्रति अहसानमंद नहीं होना चाहिए।

श्री वाजपेयी : अध्यक्ष महोदय, मैं श्री मुलायम सिंह का नाम नहीं लेता, क्योंकि वे सदन में मौजूद नहीं हैं।

अध्यक्ष महोदय : आपने तो कुछ भी नहीं कहा उनके बारे में। दूसरे लोगों ने कहा है।

श्री वाजपेयी : लेकिन जो लोग अयोध्या जा रहे थे, उनका वे नेतृत्व कर रहे थे। मैं उनके नाम का भी उल्लेख न करूं तो यह उनके साथ न्याय नहीं होगा, इसलिए मैंने कहा, पृष्ठभूमि है। मुझे विश्वास है अगर वह चंद्रशेखर जी से पूछते कि क्या इस समय अयोध्या जाना चाहिए, तो

मुझे भरोसा है कि चंद्रशेखर जी सलाह देते कि इस समय अयोध्या न जाएं, क्योंकि तुम्हारे जाने का लाभ उठाकर भारतीय जनता पार्टी वाले कुछ गड़बड़ काम करेंगे, और दोष तुम्हारे ऊपर आएगा।

अध्यक्ष महोदय : यह विट का मामला है।

श्री वाजपेयी : अध्यक्ष महोदय, अगर पुलिस ने वहां ज्यादती की है तो हमें खेद है। कुछ सांसदों को अगर चोट लगी है तो यह दुख की बात है। हम उत्तर प्रदेश सरकार से कहेंगे कि इस संबंध में वह जांच करे। जरूरत से ज्यादा बल प्रयोग हुआ है तो उसे रोका जाना चाहिए था।

अध्यक्ष महोदय, अयोध्या जाने पर किसी को रोक नहीं है। अयोध्या जाने से कोई रोकना नहीं चाहता है। लेकिन आप अगर भीड़ लेकर जाएंगे तो कानून और व्यवस्था की स्थिति संभालने की जिम्मेदारी प्रदेश सरकार की है। अगर प्रदेश सरकार अपने कर्तव्य का पालन नहीं करेगी तो फिर उसे कटघरे में खड़ा करने की कोशिश की जाएगी। आखिर मस्जिद टूटी है फैजाबाद में, सड़क के किनारे बनी हुई मस्जिद है, रमजान का महीना है, काफी चहल-पहल रात में रहती है। इस समय मस्जिद का तोड़ना सममुच में ऐसा विषय है जिस पर गहराई से विचार करने की जरूरत है। लेकिन, इस पर भी सरकार को कटघरे में खड़ा करने की कोशिश हो रही है।...(व्यवधान) इन्होंने अब टोकना शुरू कर दिया है।

श्री इंद्रजीत गुप्त : आप लोग नहीं चाहते कि डेलीगेशन वहां जाए।

श्री वाजपेयी : सरकार चाहती है कि डेलीगेशन वहां जाए।

श्री इंद्रजीत गुप्त : आपने उस दिन विरोध किया था।

श्री वाजपेयी : चंद्रशेखर जी ने एक महत्वपूर्ण सवाल उठाया है। केंद्र सरकार अयोध्या के प्रसंग को बातचीत से हल करने के लिए क्या कर रही है। उसने अभी तक क्या किया हैं। चंद्रशेखर जी जब प्रधानमंत्री थे, उन्होंने अयोध्या विवाद के दोनों पक्षों को एक साथ लेकर बातचीत करने का एक रास्ता निकाला था। उस दिन मैंने इस बात का उल्लेख किया था, मगर उस दिन शायद इसकी गंभीरता को नहीं समझा गया। जब दोनों पक्ष मिले और दस्तावेजों का आदान-प्रदान हुआ तो ऐसा लगा कि मतभेद घट रहा है, और कुछ दूरी कम हो रही है। अगर उस प्रक्रिया को आगे बढ़ाया जाता तो मैं समझता हूं कि बातचीत के द्वारा हल करने का कोई नतीजा निकल सकता था। मगर केंद्र सरकार ने उसके लिए कुछ नहीं किया, केवल कानून बनाकर, जिसमें अयोध्या को छोड़ दिया गया। अयोध्या के विवाद को हल करने के लिए कोई भूमिका नहीं निभाई है। राष्ट्रपति के अभिभाषण में कहा गया कि कड़ी नजर रखी जा रही है। क्या केवल नजर रखना काफी है? हिंदी में कहा गया 'कड़ी नजर' और अंग्रेजी में कहा गया कि 'क्लोज वॉच', दोनों का अंतर मेरी समझ में नहीं आया। लेकिन केंद्र की नजरें नजरें रहेंगी या नजरे-इनायत भी होगी। केंद्र की भूमिका क्या है? आज गृह मंत्री से पूछा जाता है तो गृह मंत्री के पास कोई जानकारी नहीं है। जो जानकारी है, वह ठीक से नहीं रख सकते। पता नहीं, इस सरकार को क्या हो गया है।...(व्यवधान)

विदेश मंत्री ने इस्तीफा दे दिया। गृह मंत्री के बारे में कार्टून बन रहा है कि वे जरा गृह मंत्रालय संभालें। प्रतिनिधि मंडल जाए, हमें कोई आपत्ति नहीं है। हमें कठिनाइयां हैं उसमें शामिल होने में। हम गलत परंपरा नहीं डालना चाहते। गलत परंपराएं कैसी पड़ रही हैं। आज, हमारे बिहार के मित्रों ने कहा कि साही की हत्या हो गई है, एक पार्लियामेंटरी डेलीगेशन भेजिए।...(व्यवधान)

श्री रामविलास पासवान : दोनों तरफ से यह कहा गया।

श्री वाजपेयी : आपने ठीक किया। अगर पार्लियामेंटरी डेलीगेशन भेजने की परिपाटी शुरू हो जाएगी तो यही होगा। अगर कोई नहीं मानेगा डेलीगेशन तो कहा जाएगा कि तुम छिपाना चाहते हो, परदा डालना चाहते हो, चलो डेलीगेशन भेज दो। आप, अयोध्या रवाना हो जाइए और हम पटना रवाना हो जाते हैं। मगर, दोनों मिलेंगे कहां, यह तय कर लीजिए। अध्यक्ष महोदय, मिलने की जगह यह सदन है।

अध्यक्ष महोदय : शायद एक ट्रेन से जा सकते हैं।

श्री वाजपेयी : मिलने की जगह यह सदन है। मुझे दुख है कि मैं जरा लीक से हटकर बोल रहा हूं। क्या इस सदन में शांति के साथ मामला उठाकर अपनी बात बलपूर्वक नहीं कही जा सकती।...(व्यवधान)

हम न उनको समझा पा रहे हैं और न आपको समझा पा रहे हैं।

अध्यक्ष महोदय, मेरे जैसे सदस्य के लिए मुश्किल है। यहां बैठना भी कभी-कभी असंभव हो जाता है। जब कोई बाहरवाला व्यक्ति हमारे आचरण पर टिप्पणी करता है, तो हम विशेषाधिकार का मामला उठाते हैं कि सदन से बाहरवाला हमारे बारे में कुछ नहीं कह सकता। वह हमें जैसा देख रहे हैं, तो हमें क्या नहीं कह सकते। इस सदन की कोई प्रक्रिया होनी चाहिए। मुझे सरकार से भी शिकायत है। आज जब सदन की कार्यवाही शुरू हुई और विदेश मंत्री ने इस्तीफा दे दिया था तो प्रश्न उठाने से पहले ही सरकार को ऐलान कर देना चाहिए था कि विदेश मंत्री ने इस्तीफा दे दिया। कोई हंगामा नहीं होता, किसी प्रकार की समस्या नहीं होती। विदेश मंत्री किस तरह से आचरण करते हैं, वह दुनिया ने देख लिया और संसदीय कार्य मंत्री किस तरह से आचरण करते हैं, यह हमने देख लिया। गृह मंत्री कठघरे में खड़े हैं। सरकार की हालत अच्छी नहीं है, जरा संभालिए। धन्यवाद।

सांसदों की अयोध्या यात्रा : गलत शुरुआत

अध्यक्ष जी, मुझे खेद है कि जब अयोध्या का मामला यहां उठा तो मैं नहीं था। लेकिन समाचार पत्रों से मैंने देखा कि अयोध्या पर सदन में लंकाकांड होते-होते बच गया। अभी श्री इंद्रजीत गुप्त जी ने एक बात कही है और शायद गृह मंत्री ने उसका ऐलान किया था कि एक प्रतिनिधि मंडल जाना चाहिए। नेशनल इंटीग्रेशन काउंसिल की स्टैंडिंग कमेटी का मैं भी एक मेंबर हूं और काउंसिल की बैठक में उस समय तय हुआ था कि अगर कोई प्रतिनिधि मंडल जाना चाहता है तो वहां जाए। लेकिन आज की परिस्थिति में इतने सारे विवाद और वितंडावाद के पश्चात, अगर केवल तथ्यों की जानकारी के लिए एक संसदीय प्रतिनिधि मंडल जा रहा है तो एक अनहोनी बात होगी, एक नई बात होगी।

अध्यक्ष महोदय, गृह मंत्री जानकारी प्राप्त कर सकते हैं। राष्ट्रपति के अभिभाषण में, अगर आपको याद होगा, अयोध्या के बारे में उल्लेख था कि केंद्र सरकार कड़ी नजर रख रही है और कड़ी नजर रखने के बाद भी जब वहां घटनाएं घटने लगीं तो गृह मंत्रालय ने जानकारी नहीं रखी। गृह मंत्रालय जानकारी प्राप्त कर सकता है। उत्तर प्रदेश सरकार से जानकारी मिल रही है, लेकिन उस जानकारी को दबाया जा रहा है। उसे सदन में सही वक्त पर और सही रूप में नहीं बताया गया, यह हमारा आरोप है।

श्री सैफुद्दीन चौधरी : अब आप अपनी बात से हट क्यों रहे हैं?

श्री वाजपेयी : अगर तथ्यों को जानने का सवाल है तो जो सदस्य जाना चाहते हैं, वे अयोध्या जा सकते हैं⋯(व्यवधान)

श्री इंद्रजीत गुप्त : मुख्यमंत्री को कोई ऑब्जेकशन नहीं है।

श्री वाजपेयी : मुख्यमंत्री को ऑब्जेक्शन नहीं है, मुझे है। एक परंपरा डालने का सवाल है। यह केवल अयोध्या का मामला नहीं है, क्या हर जगह प्रतिनिधि मंडल जाएगा जहां विवाद खड़ा होता है⋯

अध्यक्ष महोदय : आप उस दिन नहीं थे⋯(व्यवधान)

---

* *राष्ट्रीय एकता परिषद के प्रतिनिधिमंडल को अयोध्या भेजे जाने के निर्णय पर लोकसभा में २७ मार्च, १९९२ को वाद-विवाद।*

श्री वाजपेयी : यह मेरा दुर्भाग्य है कि मैं उस दिन नहीं था।

अध्यक्ष महोदय : मैं आपको बता दूं कुछ लोगों ने मांग की, उन्होंने कहा कि संसद-सदस्यों के जाने का सवाल नहीं है, एन.आई.सी. के सदस्य जाएंगे, उनके साथ जाना चाहें तो जा सकते हैं।

श्री वाजपेयी : एन.आई.सी. के लोगों का जाने का फैसला जिस समय हुआ था···(व्यवधान)

श्री नितीश कुमार (बाढ़) : उस दिन आडवाणी जी ने अपोज नहीं किया···(व्यवधान)

श्री वाजपेयी : क्या इसका मतलब है कि मैं अपोज नहीं कर सकता?

श्री मृत्युंजय नायक (फुलबनी) : महोदय, मुझे वाजपेयी जी से एक स्पष्टीकरण की जरूरत हैं।

श्री वाजपेयी : मैं हार नहीं मान रहा। मुझे जो कहना है, मुझे उसे पूरा कहने दें।

अध्यक्ष महोदय : आप बैठ जाएं।

श्री वाजपेयी : अध्यक्ष महोदय, मुख्यमंत्री ने इस तरह की यात्रा के लिए अपनी स्वीकृति दी है, स्वागत किया है। यह इस बात का प्रमाण है कि अयोध्या में कोई चीज, कोई बात छिपानेवाली नहीं है···(व्यवधान)

श्री इंद्रजीत गुप्त : मत छुपाइए। आपके वक्तव्य से यह इंप्रेशन आता है कि कुछ न कुछ छिपाना चाहते हैं।

श्री वाजपेयी : जिस तरह से टोका-टाकी हो रही है, अगर इसी मनोवृत्ति से सदस्य जाना चाहते हैं तो मुझे अयोध्या जाने पर जरूर आपत्ति होगी। आप अगर अपना मन बनाकर जाना चाहते हैं, पहले से तय करके जाना चाहते हैं कि केंद्र को उत्तर प्रदेश में हस्तक्षेप करना है और वहां जाकर स्थिति को बिगाड़ना चाहते हैं तो जाने का समर्थन नहीं हो सकता। इस सदन में किस तरह की बातें हो रही हैं। क्या मुझे सदन में यह कहने का अधिकार नहीं हैं···(व्यवधान)

श्री मुकुल बालकृष्ण वासनिक (बुलढाणा) : अयोध्या में स्थिति इतनी बिगड़ गई है कि अगर कोई सांसद जाना चाहे तो नहीं जा सकता है।

श्री वाजपेयी : अध्यक्ष जी, अभी श्री कामरेड इंद्रजीत गुप्त ने कहा कि वह तथ्यों का पता लगाना चाहते हैं। मेरा उनका पुराना संबंध है। अगर कोई समिति तथ्यों का पता लगाने के लिए जाना चाहती है··तो उसको खुले दिमाग से जाना चाहिए। सदन में जो चर्चा हुई है, आज मुझे जिस तरह से टोका-टाकी की जा रही है, वह खुले दिमाग का परिचायक नहीं है··(व्यवधान)

अध्यक्ष महोदय, गृह मंत्री सदन में धमकी दे चुके हैं। ३५६ का उल्लेख कर चुके हैं। यह भी कह चुके हैं कि अगर जरूरत पड़ी तो विवादग्रस्त क्षेत्र को केंद्र सरकार ले लेगी। यह किस कानून के अंतर्गत होगा? अगर केंद्रीय सरकार की यही मानसिकता है तो वहां जाकर क्या होगा? क्या वहां ३५६ के लिए अपना केस मजबूत करने की दृष्टि से···

श्री इंद्रजीत गुप्त : आप क्यों ऐसा बोल रहे हैं? आपको टोका-टाकी के लिए नहीं हो रहा है, वे तो मुख्यमंत्री की बात का विरोध कर रहे हैं।

श्री वाजपेयी : विरोध कर रहे हैं? हमारे मुख्यमंत्री तो पारदर्शी प्रामाणिकता से काम कर रहे हैं। वे कह रहे हैं कि आप आइए। मगर मुझे चिंता है, और लोग चिंतित हैं। इस पर आपको विचार करना पड़ेगा।

अध्यक्ष महोदय : मैं कमेटी का गठन नहीं कर रहा हूं। यहां पर बात ऐसे निकली कि यहां

सदन के मैंबर वहां जाना चाहते हैं, क्योंकि एन.आई.सी. में तय हुआ था। वे जा रहे हैं। अगर कोई जाना चाहता है तो वह जा सकता है। ऐसा ही उन्होंने कहा था, इससे ज्यादा नहीं। उन्होंने मुझे कमेटी का गठन करने को नहीं कहा।

श्री वाजपेयी : अध्यक्ष जी, मैं आपसे एक सवाल पूछना चाहता हूं। अगर ऐसी परिस्थिति किसी और प्रदेश में हुई तो क्या अयोध्या की बात को एक परंपरा के रूप में, एक कन्वेंशन के रूप में लिया जाएगा? बिहार में बड़े पैमाने पर हत्याकांड हुए हैं···(व्यवधान)

अध्यक्ष महोदय, क्या इसे प्रिसीडेंट बनाया जाएगा? हम साफ बातें करेंगे। आज अयोध्या का मामला है। अयोध्या उत्तर प्रदेश में है, उत्तर प्रदेश में भाजपा की सरकार है। अयोध्या में मंदिर के पुनर्निर्माण को लेकर विवाद है। उस विवाद को सांप्रदायिक रूप देने की कोशिश भी की गई है। यह सारी पृष्ठभूमि है, जबकि एन.आई.सी. ने फैसला किया, तो श्री इंद्रजीत वहां मौजूद थे। वह एक अलग पृष्ठभूमि में फैसला था।

श्री इंद्रजीत गुप्त : क्या पृष्ठभूमि थी?

श्री वाजपेयी : पृष्ठभूमि यह थी कि आप अयोध्या आइए, सद्भाव से आइए, अयोध्या की यात्रा करिए, भगवान राम के दर्शन करिए। उत्तर प्रदेश की सरकार आपके लिए पूरा प्रबंध करेगी। आप वहां जाकर देखिए कि वहां तनाव है या नहीं।

श्री शरद यादव : अध्यक्ष जी, वहां राम का दर्शन करिए और यहां रावण और सीता का दर्शन करिए।

श्री वाजपेयी : मैं चाहता हूं कि गुलाम नबी आजाद साहब वहां जाएं। गृह मंत्री अयोध्या जाएं। गृह मंत्री पंजाब जाएं, काश्मीर जाएं, यह मांग होती है।

मैं भारत के गृह मंत्री से चाहूंगा कि आप पहले अयोध्या जाएं···(व्यवधान) मैं आपको एक प्रक्रिया बता रहा हूं। गृह मंत्री जी जाएं और तथ्यों का पता लगाकर सदन के सामने, उन तथ्यों को सही-सही रखें, धमकियों के साथ नहीं। ये धमकियां बर्दाश्त नहीं होंगी। यदि अपने दिमाग में आप धमकियां लेकर जाना चाहते हैं, जिसका मुझे शक है, क्योंकि आपने तो दिमाग बना लिया है, तो जाने से लाभ नहीं होगा। पहले कहा जाता था कि हम मस्जिद को तोड़ना चाहते हैं, अब कहा जा रहा है कि हम मंदिरों को तोड़ना चाहते हैं।

अध्यक्ष महोदय, हम न तो मस्जिद तोड़ना चाहते हैं और न हम मंदिर तोड़ना चाहते हैं। जो कुछ अयोध्या में हो रहा है, कानून के अनुसार हो रहा है। हाई कोर्ट ने उसमें कोई अड़चन पैदा नहीं की है।

अब अगर आप वहां जाकर अड़चन पैदा करना चाहते हैं, अध्यक्ष महोदय, इन्हें याद होगा, आखिर कुछ लोग, कुछ पार्लियामेंट के मैंबर दूसरे सदन के, अयोध्या में गए थे। अब मैं उनका नाम नहीं लेता···(व्यवधान) नहीं कलमाड़ी जी, अयोध्या गए थे तो वहां उपद्रव हुए थे, क्योंकि उन्होंने वहां भड़कानेवाले भाषण दिए थे। अब भड़कानेवाले भाषण यहां भी दिए गए हैं, वहां जाकर, कौन कैसे भाषण देगा, मैं नहीं जानता। लेकिन मेरा निवेदन है कि हम तथ्यों का पता लगाने के लिए जा रहे हैं या स्थिति को बिगाड़ने के लिए जा रहे हैं। इस समय कोई समिति वहां जाए, राजनीति से प्रेरित कोई समिति जाए, राजनेता समिति बनाकर जाएं, मैं उसके हक में नहीं हूं। उसका लाभ नहीं होगा। मैं स्वयं स्टैंडिंग कमेटी का एक सदस्य हूं और कम से कम स्टैंडिंग कमेटी का सदस्य होने के नाते, इस समय मैं वहां जाना नहीं चाहूंगा, अगर जाऊंगा भी तो अलग जाऊंगा।

आप मेरे साथ चलिए। लेकिन एक बात याद रखिए कि अगर अयोध्या के बारे में आप कोई समिति भेजने का फैसला करते हैं तो वह एक परंपरा बनेगी। और प्रदेशों में भी आप समिति भेजें, फिर हम इस बात पर बल देंगे।...(व्यवधान) नहीं, मैं पश्चिम बंगाल को क्या धमकी दे सकता हूं।

श्री सैफुद्दीन चौधरी : पश्चिम बंगाल में अयोध्या जैसी स्थिति नहीं है। अगर किसी भी प्रांत में अयोध्या जैसी स्थिति होगी तो पार्लियामेंट की जिम्मेदारी होनी चाहिए कि वहां डेलीगेशन भेजा जाए।

श्री वाजपेयी : अध्यक्ष जी, अयोध्या में क्या स्थिति है?

श्री मुकुल बालकृष्ण वासनिक : अयोध्या में जिस तरह की डेवलपमेंट्स हो रही है, उसे देखते हुए पार्लियामेंट की कमेटी वहां जानी चाहिए।

श्री वाजपेयी : यहां गृह मंत्री जी ने बयान दिया है। उन्होंने कहा है कि अयोध्या में कोई तनाव नहीं है। क्या गृह मंत्री जी ने ऐसा कहा है कि अयोध्या में इस समय सांप्रदायिक दुर्भावना फैली हुई है? आज अयोध्या में जो स्थिति है, वह एक ऐतिहासिक स्थिति है। सदन में जो पार्टियां मौजूद हैं, उन्होंने अयोध्या के मामले को वार्ता द्वारा शांति से हल कराने में कोई योगदान नहीं दिया है।

श्री ई. अहमद (मंजेरी) : आप उत्तर प्रदेश के मुख्यमंत्री को इमारतें गिराने का काम आगे न करने की सलाह क्यों नहीं देते?

श्री वाजपेयी : इस सदन में एक कानून पास किया गया है। उस कानून में हमने यह व्यवस्था की है कि सभी धर्म-स्थलों की रक्षा की जाएगी, लेकिन उसमें अयोध्या को छोड़ दिया गया है।

श्री भोगेंद्र झा (मधुबनी) : अयोध्या में बाबरी मस्जिद और राम-जन्मभूमि को ही छोड़ा गया है।

श्री एरा. अंबरासु (मद्रास) : पिछले एक सप्ताह से एक ही विषय पर बहस हो रही है। हजारों आदमी खाने के बिना भूखे हैं।

श्री वाजपेयी : अध्यक्ष जी, जो कानून बना है, उसे केंद्र सरकार यहां लाई थी और अन्य दलों को उससे सहमति थी। उस कानून के अंतर्गत अयोध्या को एक विशेष श्रेणी का पूजा-स्थल माना गया है। अब उस कानून के पास करने के बाद, इस सदन ने, केंद्र ने अयोध्या के मामले को हल करने के लिए क्या किया। जब चंद्रशेखर प्रधानमंत्री थे...(व्यवधान)

श्री सैयद शहाबुद्दीन (किशनगंज) : यह तथ्यों की पूरी गलतबयानी है।

श्री वाजपेयी : अध्यक्ष जी, चंद्रशेखर जी प्रधानमंत्री थे, तो उन्होंने बाबरी मस्जिद एक्शन कमेटी और राम-जन्मभूमि समिति के बीच में बैठकें कराई थीं, दस्तावेजों का आदान-प्रदान हुआ था, बातचीत एक सिरे चढ़ी थी।

श्री नितीश कुमार : अध्यक्ष महोदय, वहां संसदीय समिति जाए या न जाए, इस पर बोलना है या वाजपेयी जी यहां पूरे विस्तार से पूरी घटना के ऊपर बोल रहे हैं?

श्री वाजपेयी : मैं अपनी पूरी बात कहूंगा। अध्यक्ष महोदय, यदि मुझे टोका-टाकी न की जाए, तो मैं जल्दी खत्म कर दूंगा।

अध्यक्ष महोदय : आप बैठ जाइए। वाजपेयी जी ने कहा है कि यदि टोका-टाकी नहीं करेंगे, तो ये अपनी बात जल्दी समाप्त कर देंगे। इसलिए कृपया बैठ जाएं।

श्री शरद यादव : अध्यक्ष महोदय, अटल जी बोल रहे हैं, इसमें हमारा कोई विरोध नहीं है,

लेकिन वे जो बातें कह रहे हैं, उत्तर देने का हमको भी समय दिया जाए।

श्री वाजपेयी : नई सरकार ने, श्री नरसिंह राव सरकार ने उस प्रक्रिया को आगे बढ़ाने की बजाय, जहां दस्तावेजों का आदान-प्रदान हुआ था, बात को वहां से आगे बढ़ाने की बजाय, कानून पास कर लिया और शांत होकर बैठ गई। अब पूछा जा रहा है कि अयोध्या में क्या हो रहा है। कुछ नहीं हो रहा है, सिर्फ मैदान साफ किया जा रहा है। बड़ी संख्या में वहां यात्री आते हैं। रामनवमी पर आनेवाले हैं। लाखों यात्री आते हैं।

अब अगर पर्यटन के विकास के लिए, यात्रियों की सुविधा के लिए, उत्तर प्रदेश की सरकार कोई कदम उठा रही है और हाई कोर्ट ने उस पर आपत्ति नहीं की है, जो कोर्ट का फैसला मानने की दुहाई देते हैं, उन्हें याद रखना चाहिए कि अयोध्या में जो कुछ भी हो रहा है, उस पर कोई आपत्ति हाई कोर्ट ने नहीं की है।

अध्यक्ष महोदय, मैं एक प्रक्रिया का सुझाव दे रहा हूं, मेरा निवेदन यह है कि गृह मंत्री महोदय अयोध्या जाएं, तथ्यों की जानकारी प्राप्त करें और फिर वापस आकर सदन को विश्वास में लें, और उसके बाद समिति अथवा कोई प्रतिनिधि मंडल भेजने का निर्णय होना चाहिए। धन्यवाद।

एकता यात्रा

अध्यक्ष महोदय, भारतीय जनता पार्टी के राष्ट्रीय अध्यक्ष डॉ. मुरली मनोहर जोशी की एकता यात्रा को लेकर जो बावेला खड़ा किया जा रहा है, क्षमा कीजिए, हमारी समझ में नहीं आ रहा है। अच्छा होता अगर सम्माननीय मित्र यहां बयान देने से पहले तथ्यों के बारे में जानकारी एकत्र कर लेते। कोई हथियार, कोई बख्तरबंद जत्थे तैयार नहीं किए जा रहे हैं, न किए जा सकते हैं और न किए जाने चाहिए। सुनी-सुनाई बात पर भरोसा करना, उसको सदन में दोहराना, आरोप के रूप में उसे प्रस्तुत करना और उस पर बात करने के लिए सरकार को निमंत्रण देना, अगर एकता यात्रा की चर्चा करनी है तो हम उसके लिए तैयार हैं, लेकिन एक यात्रा से सभी दलों में इतनी खलबली मच गई है···(व्यवधान)

श्री विलास मुत्तेमवार (चित्तूर) : आवश्यकता क्या है यात्रा की?

श्री वाजपेयी : अपने-अपने कार्यक्रम सभी दल अपनाते हैं, अगर राष्ट्रीय एकता और अखंडता के मसले को लेकर भारतीय जनता पार्टी कोई कार्यक्रम कर रही है तो इसमें इतना उत्तेजित होने की क्या आवश्यकता है।

श्री विलास मुत्तेमवार : यह विभाजन-यात्रा है।

श्री वाजपेयी : काश्मीर से लेकर कन्याकुमारी तक सारा देश एक है, यह कहना गलत है? क्या वंदेमातरम् को दोहराना गलत है? क्या इस संकल्प को दोहराना गलत है कि हम किसी भी कीमत पर अब भारत का विभाजन नहीं होने देंगे? हमारी यात्रा किसी वर्ग के खिलाफ नहीं है। किसी क्षेत्र में तनाव पैदा हो, इसका मुझे कोई कारण नहीं दिखाई देता।

अयोध्या का उल्लेख किया जाता है, मगर सम्माननीय मित्रों को यह समझना चाहिए कि यह यात्रा एकता के लिए हो रही है, किसी विवाद···(व्यवधान)···आडवाणी जी की यात्रा के दौरान भी कोई दंगा नहीं हुआ था।

लेकिन जोशी जी की यात्रा गुणात्मक रूप से अलग है, क्योंकि अयोध्या का मसला विवाद का मसला है और दुर्भाग्यपूर्ण स्थिति यह है कि उस विवाद ने देश को धर्म या मजहब के आधार पर बांटा है। लेकिन काश्मीर के बारे में ऐसा नहीं कहा जा सकता। देश की एकता और अखंडता

** भारतीय जनता पार्टी द्वारा आयोजित एकता यात्रा पर लोकसभा में ११ दिसंबर, १९९१ को वाद-विवाद।*

का मामला यह कोई संप्रदाय का मामला नहीं है। यह कहना कि काश्मीर भारत का अभिन्न अंग है, क्या यह आपत्ति की बात है? अध्यक्ष महोदय, इनको किसने रोका है यात्रा करने से, ये भी सद्भावना यात्राएं करते थे। आप करें तो सद्भावना और हम करें तो दुर्भावना। यह नहीं हो सकता।

कल की बैठक में मैं जाना चाहता था। आडवाणी जी को मदुरै जाना था इसलिए उनको जल्दी थी। मैं पूरे समय भाग लेता, लेकिन मुझे निमंत्रण नहीं मिला···(व्यवधान) बाद में पता लगा कि निमंत्रण प्रधानमंत्री जी के यहां से चला था, मगर मेरे पास तक नहीं पहुंचा।

निमंत्रण मुझे भेजा जाना चाहिए था। मैं बैठक में जाता, पार्टी का दृष्टिकोण रखता, लेकिन ऐन वक्त, आखिरी दिन बैठक बुलाकर किसी पार्टी से यह आशा करना कि वह पूर्व निर्धारित कार्यक्रम रद्द कर देगी···(व्यवधान)

श्री के.पी. उन्नीकृष्णन : डॉ. जोशी ने प्रधानमंत्री को छह तारीख को लिखा···

श्री वाजपेयी : डॉ. जोशी ने प्रधानमंत्री को निमंत्रण दिया है कि आप गणतंत्र दिवस पर दिल्ली में भाग लेने के बाद श्रीनगर आइए, वहां राष्ट्रीय झंडा फहराइए, इसमें और दलों के सदस्य भी चलें। २६ जनवरी को चलिए, इसमें आपत्ति की क्या बात है? प्रधानमंत्री ने भाजपा को अलग-थलग करने के लिए···(व्यवधान) अब अगर पार्टियों का विचार है कि वे सारी पार्टियां एक तरफ, और भाजपा एक तरफ तो हमें कोई आपत्ति नहीं है, लेकिन हम देश की एकता और अखंडता के सवाल का यह मामला नहीं बनाना चाहते हैं। आप हमारे नारे देखिए···(व्यवधान)

श्री श्रीकांत जैना (कटक) : क्या आप इस पर पूरी तौर पर भाषण देने जा रहे हैं?

श्री वाजपेयी : नारे ऐसे लगाए गए हैं जो तोड़नेवाले नहीं हैं, जोड़नेवाले हैं। मुझे कोई आपत्ति नहीं है।···(व्यवधान)

अध्यक्ष महोदय : आप बैठ जाएं। मैं जो कह रहा हूं, वह तो सुन लीजिए। लोकनाथ जी, आप उठकर क्यों खड़े हो गए हैं। श्री वाजपेयी जी कह रहे हैं, लेकिन दूसरे माननीय सदस्य बोल रहे हैं। मैं आप सबको चांस दूंगा लेकिन एक पार्टी के बाद दूसरी को दूंगा, मगर आप उठकर मत बोलिए। आप में से जो कोई बोलना चाहे, वह मुझे बता दीजिए।

श्री वाजपेयी : अध्यक्ष महोदय, अगर आप मुझे मौका देना चाहते हैं तो मेरा निवेदन यह है कि आप माननीय सदस्यों को मौका पहले दें, क्योंकि हमें निशाना बनाया जाएगा, तो मैं बाद में बोलना चाहूंगा।

अध्यक्ष महोदय, सारी चर्चा हमको निशाना बनाकर होगी और वह सब गलतफहमी के कारण होगी और उसका राजनैतिक लाभ उठाने के लिए होगी। या तो मुझे बोलने दें या मेरे किसी सहयोगी को बाद में बोलने दें···(व्यवधान)

अध्यक्ष महोदय : मैं आपको जरूरत होगी तो चांस दूंगा।

श्री वाजपेयी : अध्यक्ष महोदय, मेरा सुझाव है कि इस पर आप बाकायादा चर्चा कराएं···(व्यवधान)

अध्यक्ष महोदय : विस्तृत चर्चा भी होगी तो वही होगा, जो अब हो रहा है।

नौजवानों का आत्मदाह : दोष किसका ?

महोदया, हम संसद के विशेष अधिवेशन के लिए इकट्ठे हुए हैं। यह अधिवेशन पंजाब के संबंध में संविधान का संशोधन करनेवाले विधेयक को पारित करने के लिए बुलाया गया है। स्पष्ट है कि पंजाब में चुनाव कराने की स्थिति नहीं है। यह भी स्पष्ट है पंजाब की स्थिति गंभीर है। मुझे खुशी है कि कांग्रेस पार्टी ने इस सवाल पर संविधान संशोधन विधेयक का समर्थन करने का फैसला किया है। यह एक सही कदम है। अच्छा होता कि वह इस संबंध में अनिश्चितता न बनाए रखते, लेकिन देर से आए, सही आए। सुबह का भूला शाम को घर आ जाए तो वह भूला हुआ नहीं कहलाता।

लेकिन चर्चा हो रही है एक अन्य विषय पर। सिर्फ इसलिए नहीं कि पंजाब का विधेयक पहले लोकसभा में पास होगा, उसके बाद यहां आएगा तो इस बीच में हम क्या काम करें, चलो, मंडल कमीशन पर ही चर्चा कर लें। सचमुच में यह जो चर्चा हो रही है, वह एक बड़ी गंभीर परिस्थिति में हो रही है। परिस्थिति विस्फोटक है, परिस्थिति नाजुक है, अगर मैं कहूं तो अतिशयोक्ति न होगी कि स्वतंत्र भारत के सामने ऐसी परिस्थिति पहले कभी उत्पन्न नहीं हुई थी। हमारे नौजवान, कमसिन लड़के और लड़कियां आत्मदाह कर रहे हैं, जान पर खेल रहे हैं। आत्मदाह उत्तर के लिए नया है, भले ही दक्षिण के लिए पहचाना हो, परिचित हो। कोई जरूर बात ऐसी है जो इनके अंतरतम को छू रही है। हमें इसका पता लगाने का प्रयत्न करना चाहिए।

जम्मू से लेकर पूरे उत्तर के प्रदेशों में अधिक और कुछ में ज्यादा—शहरों में, कस्बों में आत्मदाह करनेवालों की श्रृंखला तैयार हो गई है। हम सब जानते हैं कि छात्रों के आंदोलन का कोई एक नेतृत्व नहीं है, कोई संगठन नहीं है। कहीं कोई पढ़ा-लिखाकर छात्रों को आत्मदाह करने के लिए भेज रहा हो अभी तक मुझे इसके प्रमाण नहीं मिले हैं, लेकिन लड़के अपनी जान पर खेल रहे हैं। जो लड़का आठवीं में पढ़ रहा है, जिसे नौकरी करनी पड़ेगी या नहीं करनी पड़ेगी, यह अभी तक तय नहीं है, कोई अपना धंधा कर सकता है, जिसके लिए सेंट्रल सर्विसेज में जाना एक सपना है, वह क्यों आत्मदाह कर रहा है, इसका गहराई से अध्ययन करने की जरूरत है।

** विद्यार्थियों के आत्मदाह पर चिंता और आरक्षण के प्रश्न पर राज्यसभा में १ अक्तूबर, १९९० को वाद-विवाद।*

आत्मदाह से कोई मर जाता है तो समाज में एक ऐसी स्थिति होती है, जिसमें मानसिक संतुलन कायम नहीं रह सकता। इस स्थिति का हम सामना करें।

समाज में पिछड़े हुए वर्ग हैं, शिक्षा की दृष्टि से पिछड़े हैं, सामाजिक दृष्टि से पिछड़े हैं। हमारा समाज बड़ा विषम समाज है, इसमें समानता नहीं है। विषमता को यहां श्रेणीबद्ध कर दिया गया है। शिक्षा में समानता न होने के कारण यह विषमता बढ़ रही है। यह अलग पहलू है जिस पर यहां पर विस्तार से चर्चा करने का समय नहीं है। इस समाज में, जिसमें अवसर समान नहीं हैं, जिसमें जन्म के कारण, जाति के कारण विषमता रूढ़ हो गई है, इसमें शिक्षित समाज नहीं है···(व्यवधान)

जो पिछड़े हुए हैं और सैकड़ों सालों से पिछड़े हुए हैं, उनके लिए कुछ विशेष अवसरों का प्रबंध होना होगा, विशेष सुविधाएं देनी पड़ेंगी।

आज से नहीं पहले से, जब से हम राजनीति कर रहे हैं, इसमें हमारा दृष्टिकोण साफ है। अभी मालवीय जी हमारे घोषणापत्र का उल्लेख कर रहे थे। अपने घोषणापत्र में हमने जो लिखा है, वह विचार-विनिमय के बाद लिखा है। यहां पर सोलंकी जी बैठे हुए हैं, उन्हें गुजरात में एक बड़े आंदोलन का सामना करना पड़ा था। यह आंदोलन ऐसा है जो देश को बांटता है, जातियों को बांटता है, पार्टियों को बांटता है। क्या जनता दल इससे अछूता है? मामला बहुत नाजुक है।

पिछड़ों को अवसर देने होंगे

होना यह चाहिए था कि सामाजिक न्याय के सवाल पर भी देश में एक सर्वानुमति बनाई जाती, एक आम सहमति बनाई जाती। वह बन सकती थी। लेकिन उसके लिए सत्ता पक्ष को अपने में सहमति बनाने की जरूरत थी। मेरे मन में बार-बार सवाल उठता है कि भई, मसला आपका था, घोषणापत्र में हमारे में भी लिखा हुआ है। अभी मालवीय जी १९७७ की याद दिला रहे थे। मैं पिछली बातों में नहीं जाना चाहता हूं। काका कालेलकर जी की अध्यक्षता में एक कमीशन बना था। उसकी सिफारिशें भी आ गई थीं। काका कालेलकर भी सारे देश का भ्रमण करने के बाद इस नतीजे पर पहुंचे कि यह तो हम एक मदारी का पिटारा खोल रहे हैं। १९७७ में जनता पार्टी ने, जिसमें हम भी शामिल थे, मंत्री थे, उसने दूसरा कमीशन बनाने का फैसला किया। क्यों? संविधान-निर्माताओं ने तो साफ कह दिया था कि सुविधाएं मिलनी चाहिए। किंतु सन् १९७७ में जनता पार्टी ने फैसला किया कि इस पर और विचार होना चाहिए। आम राय बननी चाहिए। इसलिए कमीशन बनाया गया। यह ठीक है कि इतने सालों से यह मामला पड़ा हुआ था। बीच-बीच में इस पर चर्चा होती रही। सदन में आमतौर पर यह बात कही गई कि इस कमीशन की सिफारिशों को लागू किया जाना चाहिए। मगर मैं पूछता हूं कि ७ अगस्त क्यों? क्या कोई मुहूर्त निकला था? क्या इसकी कोई पृष्ठभूमि है? इसका उत्तर चाहिए, क्योंकि लोग कह रहे हैं कि यह राजनैतिक कारणों से किया गया है। जनता दल में आपस में कलह चल रही थी, इसलिए किया गया। यह गलत हो सकता है, मगर यह सवाल तो रह ही जाता है कि आखिर ७ तारीख क्यों?

लोकतंत्र में काम सही होना चाहिए, इतना ही काफी नहीं है। लोकतंत्र में काम सही तरीके से भी किया जाना चाहिए, इसका बहुत महत्व है। यह साध्य और साधन का सवाल है। यह ठीक है, प्रधानमंत्री ने कम से कम मेरे दल को सूचना दी। हमें सूचित किया···(व्यवधान)

श्री जाधव : भूमिका···(व्यवधान)

श्री वाजपेयी : जाधव साहब, तुम्हीं गप्प बसां (जाधव साहब, आप चुपचाप बैठे रहिए।) मैं क्या कर रहा हूं? क्या भाड़ झोंक रहा हूं? महोदया, इन्होंने 'भूमिका' कहा, इसलिए मुझे ऐसा शब्द ढूंढ़ना था, इसलिए मैंने 'भाड़' कहा। 'भाड़' कोई अच्छा संसदीय शब्द नहीं है। महाराष्ट्रवालों को इसमें आपत्ति हो रही है, इसलिए मैं इसको आगे नहीं झोंकूंगा।

मैं कह रहा था कि हमें सूचना दी गई। जब यह कहा जाता है कि आपके घोषणापत्र में था, इसलिए ज्यादा बताने की जरूरत नहीं थी, तब मैं यह मानने के लिए तैयार हूं। लेकिन विचार-विनिमय हो जाता, मंथन हो जाता तो ज्यादा अच्छा होता। कम से कम जहां तक मेरी पार्टी का सवाल है, हम जरूर साथ देते। हमने शुरू से ही यह बात कही है। मैं अपने घोषणापत्र को पढ़ना चाहता हूं। आप मुझे समय दें। मेरे ऊपर दोनों तरफ से हमला हो रहा है।

उपसभापति : आप बीच में बैठते ही क्यों हैं?

श्री जयपाल रेड्डी : वे दोनों तरफ से दबना पसंद करते हैं।

श्री वाजपेयी : मध्य मार्ग पर चलनेवालों को दोनों तरफ से धक्के खाने पड़ते हैं।

श्री शंकर दयाल सिंह : मैडम, मैं उनकी जगह होता तो कहता कि चूंकि आप सामने बैठी हैं...(व्यवधान)

उपसभापति : आप भी आ जाइए उनके स्थान पर।

श्री वाजपेयी : महोदया, शंकर दयाल सिंह जी यह कह सकते हैं, वे विवाहित हैं। मैं कुंवारा हूं, मैं ऐसा नहीं कहना चाहता।

उपसभापति : अटल जी, मैं भी नहीं कह सकती, क्योंकि मैं भी विवाहित हूं।

श्री वाजपेयी : महोदया, यह हमारा चुनाव घोषणापत्र है। यह बात हमने जब गुजरात में, बिहार में, उत्तर प्रदेश में आंदोलन हुआ था, तब हमने यह बात कही थी और तब अपनी एक नीति निर्धारित की गई थी। उसको हमने अपने चुनाव-घोषणापत्र में दोहराया था। मैं उसको पूरा उद्धृत करना चाहता हूं :

"भारतीय जनता पार्टी की राय में आरक्षण के प्रश्न पर सभी प्रकार के पक्षपात से मुक्त होकर खुले दिमाग से विचार करना होगा। इसके लिए भारतीय जनता पार्टी की निम्नलिखित सिफारिशें हैं :

(१) अनुसूचित जातियों और अनुसूचित जनजातियों के लिए आरक्षण पहले की तरह जारी रहना चाहिए।

(२) मोटे रूप से मंडल आयोग की रिपोर्ट के आधार पर, अब पिछड़े वर्गों के लिए भी आरक्षण होना चाहिए। इन वर्गों में भी गरीबों को प्राथमिकता दी जानी चाहिए।

(३) क्योंकि गरीबी पिछड़ेपन का एक महत्वपूर्ण कारण है, अतः अन्य जातियों के लोगों के लिए भी, उनकी आर्थिक दशा के आधार पर, आरक्षण की व्यवस्था की जानी चाहिए।"

महोदया, आर्थिक दृष्टि से जो गरीब हैं, दलित हैं, आर्थिक दृष्टि से, वे किसी भी वर्ग के हों, किसी भी वर्ण के हों, किसी भी धर्म के हों, इस बात को मैं यहां कहना चाहता हूं कि अगर उन्हें आर्थिक आधार पर आरक्षण दिया जाएगा तो हमारा विरोध नहीं होगा, लेकिन अगर धर्म के आधार पर दिया जाएगा तो नया बखेड़ा खड़ा होगा। लेकिन मैं इसको भी यहां नहीं लाना चाहता।

यह हमारा घोषणापत्र है। इसके आधार पर हमने चुनाव लड़ा, इससे हम बंधे हुए हैं। अब सरकारी पार्टी कह सकती है कि वह अपने घोषणापत्र से बंधे हुए हैं। लेकिन हम समर्थक दल

के हैं, और अगर दोनों घोषणापत्र टकरा रहे हैं, उनमें थोड़ा सा अंतर है तो क्या मिलकर, बैठकर, सलाह-मशविरे से एक चीज तय नहीं होनी चाहिए। मगर मैं मानता हूं कि सरकार जल्दी में है और उसने ऐलान कर दिया। ऐलान करते हुए भी अगर आप प्रमोद महाजन का उस दिन का क्लेरीफिकेशन, जो उन्होंने स्पष्टीकरण मांगा था, उसे देखेंगे तो उस दिन हमने दोनों बातें कही थीं कि आर्थिक आधार होना चाहिए, पिछड़े वर्ग के लिए। क्षमा करें, कांग्रेस से हमारी नीति में अंतर है। कांग्रेस अब रास्ते पर आ गई है।...(व्यवधान) ना ना, अगर ना है तो भी बहुत अच्छा और अगर वापस जा रहे हैं तो और भी अच्छा है। हम सबका मत है कि पिछड़े वर्गों को सुविधाएं मिलें, मगर पिछड़े वर्गों में जो सबसे ज्यादा गरीब हैं, उनको प्राथमिकता मिले। मेरे पास कर्पूरी ठाकुर का फार्मूला है। कर्पूरी ठाकुर तो पिछड़े वर्गों के नेता रहे हैं। मगर वे उन पिछड़े वर्गों में भी पिछड़े थे। उनकी पीड़ा अलग थी, उनका दर्द अलग था। इसलिए उन्होंने एक नया रास्ता निकाला था।

यह ठीक है कि यह आंदोलन के बाद निकला था और उसके बाद भी पूरी शांति नहीं हुई। लेकिन वह एक प्रयास था। यहां तो प्रयास भी नहीं किया गया। एक रिपोर्ट के अनुसार कर्पूरी ठाकुर ने बिहार में अन्य पिछड़े वर्गों में भी सबसे पिछड़े वर्गों को प्राथमिकता दी थी। किस तरह से रिजर्वेशन होगा—पिछड़े वर्ग ८, सबसे पिछड़े वर्ग १२, अनुसूचित जाति १४, अनुसूचित जनजाति १०, महिलाएं ३, आर्थिक रूप से पिछड़े ३, हमारे मार्क्सवादी मित्र ने इसका उल्लेख किया है। इस फार्मूले के आधार पर आगे बढ़ा जा सकता था, विचार-विनिमय हो सकता था और लोगों को जोड़ा जा सकता था, भूमिका तैयार की जा सकती थी। लेकिन कदम जल्दी में उठाया गया और निर्णय पूरी तरह से लोगों के सामने नहीं आया।

आरक्षण की सीमाएं देर से स्पष्ट कीं

जब आंदोलन ने थोड़ा जोर पकड़ा, हमारे जनता दल के मित्र इस बात को स्वीकार करेंगे कि जगह-जगह मैंने लोगों से अपीलें कीं कि अब जो स्पष्टीकरण दे दिए गए हैं, उसके बाद आंदोलन का कोई औचित्य नहीं है। स्पष्टीकरण क्या थे—यह टेक्नीकल इंस्टीट्यूशंस में लागू नहीं होगा, यह शिक्षा में लागू नहीं होगा, यह प्रोमोशन में लागू नहीं होगा, यह डिफेंस सर्विसेज पर लागू नहीं होगा और यह मामला राज्यों के ऊपर छोड़ दिया गया है, वह तय करेंगे कि क्या करना है।

मैं समझता था कि यह स्पष्टीकरण काफी है। इससे नौजवानों को संतोष हो जाएगा। यह मेरी शिकायत जरूर है कि अगर पहले ही दिन यह पैकेज आता और जैसे प्रधानमंत्री ने बाद में कहा कि पांच से लेकर दस परसेंट तक हम, जो इकोनामिकली डिस्प्रेड हैं, उनके लिए रिजर्वेशन का विचार करेंगे, अगर उसी दिन यह ऐलान कर दिया जाता, नहीं किया गया, नतीजा यह हुआ कि पूरी तस्वीर नहीं आई।

जब स्पष्टीकरण पूछे गए, प्रमोद महाजन का स्पष्टीकरण था वह, तो उसके बारे में एक बात कह दी गई। वह बात भी बाद में छोड़ दी गई। उस बात को ऐसा रूप दे दिया गया कि गरीबी की रेखा से नीचे जो लोग हैं, उन सबको संसद में भेज दिया जाय, उन सबको विधानमंडलों में भेज दिया जाए।

यह सवाल अलग है। यह नौकरियों का सवाल है। यह सवाल सीधा नौजवानों से जुड़ा हुआ है, और स्थिति इसलिए भी बिगड़ी कि रोजगार के अवसर संकुचित हो रहे हैं, संकीर्ण हो गए हैं। केंद्रीय सेवाओं में तो भर्ती पिछली सरकार के जमाने में ही बंद कर दी गई थी।

नौकरियां हैं कहां जिसके लिए लड़ाई हो रही है? नौकरियां हैं कहां जो आप देने जा रहे हैं? कहा जा रहा है कि ३० लाख नए जॉब तैयार किए जाएंगे। बहुत अच्छी बात है, लेकिन अगर यह इकट्ठा चला जाता, पैकेज चला जाता और मंडल कमीशन की सिफारिशों को अमल में लाने का सरकार का संकल्प और काम के अधिकार को मूलभूत अधिकारों में शामिल करने का चुनाव का वादा जोड़ दिया जाता, तो इतना झंझट नहीं होता। मैं मानता हूं कि यह भी चुनाव का वादा है। चुनाव में बहुत से वादे किए गए हैं, मगर चुनाव के सब वायदे पूरे पांच साल में पूरा करने के लिए होते हैं। यह तो नहीं होता कि सारे वादे तत्काल पूरे कर दिए जाएं। अगर उससे कोई कठिनाई पैदा हो, तो क्या उस पर समय लगाकर गहराई से विचार करने की जरूरत नहीं होती? यह नहीं किया गया। इसके कारण कठिनाइयां बढ़ीं।

महोदया, मालवीय जी ने १९७७ का हवाला दिया है। मैं उसका उल्लेख कर चुका हूं। उन्होंने भारतीय जनता पार्टी से यह भी कहा है कि आप डबल स्टैंडर्ड क्यों अपना रहे हैं, कोर्ट की बात कर रहे हैं आप, मगर राम-जन्मभूमि मंदिर के मामले में नहीं कर रहे हैं? इसमें क्यों कोर्ट की बात कह रहे हैं?

हम स्थिति को और अधिक विस्फोटक होने से बचाने के लिए यह कह रहे हैं। नौजवान कोर्ट की तरफ आशा भरी निगाहों से देख रहे हैं। अगर कोर्ट स्टे दे देगा, अब यह ठीक है कि कोर्ट का फैसला कोर्ट ने करना है, मगर राम-जन्मभूमि का मामला यहां घसीटकर मत लाइए। अगर मैं आपसे पूछूं कि ठीक है हमारे तो डबल स्टैंडर्ड हैं, मगर क्या आपके भी डबल स्टैंडर्ड हैं?

एक माननीय सदस्य : दोनों के डबल स्टैंडर्ड हैं।

श्री वाजपेयी : जबकि सच्चाई यह है कि इनका कोई स्टैंडर्ड ही नहीं है।...(व्यवधान) मित्रो, अगर टोका-टाकी की जाएगी...(व्यवधान) अच्छा, चलिए छोड़िए। मैं इस मामले में कह रहा हूं, जनरल नहीं...

श्री सुरेंद्रजीत सिंह अहलुवालिया : डबल रोटी के...

श्री वाजपेयी : अब अहलुवालिया जी के स्टैंडर्ड को कौन पा सका है। वह तो असाधारण है, असामान्य स्टैंडर्ड है। मैं तो उसको छू भी नहीं सकता।

महोदया, अब आप कह सकते हैं कि यह सुप्रीम कोर्ट के हाथ में है, मगर मैं जानना चाहता हूं कि अटार्नी-जनरल वहां क्या कहने जा रहे हैं?

श्री जयपाल रेड्डी : स्थगनादेश का हम विरोध करने जा रहे हैं।

श्री सुरेंद्रजीत सिंह अहलुवालिया : क्या वे कानून मंत्री हैं?

श्रीमती मार्गरेट अल्वा : आप सदन से बाहर आधिकारिक प्रवक्ता हैं, सदन के अंदर नहीं।

श्री वाजपेयी : ठीक है, अब सरकार ने अपनी स्थिति स्पष्ट कर दी है तो औरों को भी निर्णय करने में आसानी होगी। इसका एक पहलू और है। अब यह कहा जा रहा है, आमतौर पर कहा जाता है कि भाई, कुछ कम्युनिकेशन गैप हो गया है। सबसे पूरी तरह विचार-विनियम नहीं हुआ, कुछ कम्युनिकेशन गैप था। नौजवान हमारी बात समझे नहीं, कुछ कम्युनिकेशन गैप था। अभी भी नहीं समझ रहे हैं। कुछ कम्युनिकेशन गैप की बात इसलिए तो नहीं कही जा रही है कि आप अपना उद्देश्य भी प्रकट नहीं करना चाहते और इसको अमल में लाने में जो चतुराई दिखाई जानी चाहिए, जो कुशलता दिखाई जानी चाहिए थी, जो आप नहीं दिखा सके, उस पर भी आप पर्दा

डालना चाहते हैं कि हम क्या करें, कम्युनिकेशन गैप हो गया।

महोदया, भारत में कम्युनिकेशन गैप कोई नया नहीं है। यह रामायण काल से ही रहा है। राजा दशरथ कैकेयी को बता नहीं सके कि राम को राजा बनाना मेरा फैसला है, मैंने निर्णय किया है, तुम्हें स्वीकार करना चाहिए। एक कम्युनिकेशन गैप हो गया। मंथरा ने उलट-भर दिया। रामायण हो गई। राम को बनवास जाना पड़ा। महाभारत में भी कम्युनिकेशन गैप हुआ था। कुंती ने कर्ण को तो कह दिया कि तुम पांडव हो, मगर पांडवों को नहीं कहा कि कर्ण तुम्हारा भाई है···

श्री दीपेन घोष : वाजपेयी जी, वह जान-बूझकर पैदा किया गया कम्युनिकेशन गैप था। यदि ऐसा कम्युनिकेशन गैप नहीं होता, तो महाभारत नहीं होता।

श्री वाजपेयी : इसलिए ही···(व्यवधान) आपने मेरा काम आसान कर दिया है। यह जो कम्युनिकेशन गैप कहा जा रहा है, यह सचमुच में आकस्मिक है, संयोगवश है या फिर जान-बूझकर है। मैं···(व्यवधान) एक गैप हो गया है।

इतिहास ऐसे नहीं बदलते

मैं नहीं जानता कि स्थिति क्या है? महोदया, हम लोग दुखी हैं और अगर पिछड़े वर्ग के नौजवान सोचें जो आज शांत हैं कि उन्हें न्याय देने का इतना विरोध हो रहा है, तो ऐसा सोचने का उन्हें अधिकार है। हां, मंत्रिमंडल के सदस्यों को थोड़ी अधिक जिम्मेदारी दिखानी चाहिए। जो सत्ता में हैं, उनका दायित्व ज्यादा है। उन्हें जहर भी पीना पड़ेगा। उनकी वाणी में संयम चाहिए, उनके आचरण में उत्तेजना नहीं चाहिए। देश का भाग्य आपके हाथों में है और यह जलता हुआ देश, ये आत्महत्या करते हुए नौजवान, यह कोई इतिहास बदलने की घटना नहीं है। हमारे मित्र पासवान समझ लें कि इतिहास इस तरह से नहीं बदलते, कम से कम इस देश में इतिहास बदलने के लिए एक परंपरा कायम हुई, महात्मा गांधी के नेतृत्व में। हम इतिहास बदलेंगे, मगर हिंसा नहीं होनी चाहिए। मगर शायद जनता दल ने फैसला किया है कि वह महात्मा गांधी के रास्ते पर नहीं चलेगा, केवल डॉ. अंबेडकर के रास्ते पर चलेगा।

मैं डॉ. अंबेडकर का आदर करता हूं···(व्यवधान) मैं, हां, अंबेडकर का आदर करता हूं, मगर इस देश की परंपरा में महात्मा गांधी भी हैं और डॉ. अंबेडकर भी हैं। लेकिन प्रधानमंत्री ने जब सत्ता संभाली और देश के नाम संबोधन दिया, उसमें महात्मा गांधी का नाम नहीं था।···(व्यवधान) मैं किसी को छोटा दिखाने के लिए नहीं कह रहा हूं, माफ करिए। समाज को बदलने की महात्मा गांधी की एक कला थी, वह विज्ञान था। वह समाज को बदलते जाते थे, प्रभावित लोगों को भी बदलते जाते थे और उन्होंने बदल दिया। प्रश्न यह है कि क्या सामाजिक न्याय और सामाजिक एकता परस्पर विरोधी हैं? क्या दोनों में तालमेल नहीं बैठाया जा सकता? क्या सामाजिक न्याय लाने के लिए सामाजिक समरसता समाप्त करना जरूरी है? जरूरी नहीं होना चाहिए। अभी एक दिन प्रधानमंत्री ने कहा कि मेरे सामने सवाल यह है कि मैंने जो फैसला किया है, मैं उस पर डटा रहूं या कुर्सी पर डटा रहूं, तो मैं कुर्सी छोड़ने को तैयार हूं। ठीक है, मगर प्रश्न को इस तरह से नहीं देखना चाहिए। हम नहीं चाहते कि प्रधानमंत्री कुर्सी छोड़ें। हम यह भी नहीं चाहते कि सामाजिक न्यान न हो, मगर हम ऐसी नीतिमत्ता की आशा करते हैं कि सामाजिक न्याय भी हो और समाज की समरसता भी न टूटे, कोई नौजवान उतावला होकर, किसी भावना के वशीभूत होकर आत्महत्या की नौबत तक न आ जाए। मगर यह काम कठिन है, यह कठिन काम करके

दिखाना होगा। लेकिन यह कठिन काम नहीं हो रहा है। सरल रास्ते निकाले जा रहे हैं। इसलिए देश इस मुसीबत में फंस गया है। इस मुसीबत से निकालने के लिए सभी को इकट्ठा बैठना चाहिए, बात करनी चाहिए।

मुझे क्षमा करें, सर्वदलीय बैठक हुई थी। सर्वदलीय बैठक में दो सवालों पर सभी की आम राय थी। पिछड़े वर्गों के लिए रिजर्वेशन होना चाहिए और छात्रों से बात करनी चाहिए। तत्काल छात्रों से बात करने की प्रक्रिया शुरू नहीं हुई। उसमें देर हुई। तब आत्मदाह नहीं था। छात्र बात करने के लिए तैयार थे। उस समय बात नहीं हुई। उसका एक कारण यह भी हो सकता है कि ऐसा लगा था कि जो उफान आया था, वह शायद शांत हो गया। हमें भी उम्मीद नहीं थी कि स्थिति ऐसी खतरनाक हो जाएगी। लेकिन अगर उस समय चर्चा शुरू हो जाती तो बात नहीं बिगड़ती। ठीक है, आप चर्चा करेंगे तो खुले दिमाग से करेंगे, लेकिन यह जो परस्पर विरोधी बयान आए हैं, इससे भी कठिनाई पैदा हुई है। मैं जानता हूं कि सत्ता पक्ष की भी मुश्किलें हैं, लेकिन आप कहें कि हम बातचीत के लिए तैयार हैं और यह भी कहें कि हमने जो फैसला कर लिया है, वह कायम रहेगा, तो बात काहे की है? यह भी हम नहीं कह सकते कि हमने जो फैसला किया है, वह रद्द है, आओ बात करो। वह कहेंगे कि हम अपने घर जा रहे हैं, आपने बहुत अच्छा किया।

छात्रों को सही राह दिखाई जा सकती है

यह मुश्किल है। अब इसमें कोई आसान रास्ता नहीं है। मगर हमारा प्रयत्न है कि छात्रों को सही रास्ते पर लाया जा सकता है, लाना चाहिए। इसमें अगर सुप्रीम कोर्ट स्टे दे देती तो सरलता होती, आसानी होती, एक वातावरण बनता, कोई रास्ता निकलता। आपने पिछड़े वर्ग को जो आरक्षण दिया है, वह भी कायम रहता और अन्य लोगों के मन में जो आशंकाएं पैदा हो गई हैं, उनका भी निराकरण किया जा सकता था। मगर नीतिमत्ता नहीं दिखाई जा रही है। मुझे इसका अफसोस है। हम समर्थक दल हैं। हमारे हाथ में सत्ता नहीं है। हम सलाह दे सकते हैं। मगर अगर हर सलाह को दलगत दृष्टि से देखा जाएगा, यह सोचा जाएगा कि भारतीय जनता पार्टीवाले फंस गए हैं, इनके हाथों से हिमाचल गया। दिल्ली में खुराना जी के कपड़े फाड़ दिए। आंदोलन हर जगह हो रहा है, इनका अपर-कॉस्ट का भी वोट गया, बैकवर्ड तो इनके साथ थे ही नहीं। अगर यह सोचने का तरीका है तो यह तरीका सार्थक तरीका नहीं है। यह संरचनात्मक तरीका नहीं। मैं आरोप नहीं लगा रहा हूं। कहीं-कहीं वह भावना है कि ठीक है, भाजपावालों को मुसीबत हो रही है, होने दो। अगर सहयोगियों के साथ, समर्थकों के साथ व्यवहार करने की आपकी यह कसौटी है, यह मानदंड है तो फिर सहयोगियों को भी विचार करना पड़ेगा। आपके लिए भी कठिनाइयां पैदा होंगी।

मैं इस सवाल को चुनाव की दृष्टि से नहीं देखता। मैं अपने सत्ता दल के मित्रों से भी कहना चाहता हूं कि किसके कितने वोट हैं, हम ऐसा करेंगे तो पूरा का पूरा वोट बैंक हमें मिल जाएगा और अगले चुनाव में हमारा घोड़ा सीधा लालकिले पर पहुंच जाएगा, इस तरह से मत सोचिए। जो कुछ दांव पर लगा है, वह बहुत बड़ी चीज है। वह केवल सत्ता नहीं है, वह केवल शासन नहीं है। आज नौजवान पूछ सकते हैं, पूछते हैं, और मेरे पास जवाब नहीं है। यह मैं आपसे ईमानदारी से कहना चाहता हूं। पंजाब जल रहा है, काश्मीर पर शत्रु के दांत लगे हुए हैं, असम में स्थिति बिगड रही है, मंहगाई से लोग दुखी हैं। हो सकता है कि नौजवानों के मन में कहीं न कहीं इस

समय जो सारी समस्याओं का घटाटोप इकट्ठा हो गया है, उसका कोई इकट्ठा असर काम कर रहा हो। लोग हम से भी पूछते हैं, साहब पंजाब जल रहा है, देश में आग लगी है और रथयात्रा में लगे हो? यह पूछते हैं हमसे, हमने उनको अपने ढंग से संतोषजनक जवाब दिया है। मगर इस बीच में जिनके हाथ में सत्ता है वह एक नया बखेड़ा खड़ा कर दें, यह ठीक नहीं है। हम जानते हैं, यह इरादा नहीं था, मगर मदारी की पिटारी खुल गई, तरह-तरह के जीव-जंतु और प्राणी बाहर आ रहे हैं। इनको पिटारी में भेजिए, ऐसा कोई रास्ता निकालिए। इसमें हम मदद देने के लिए तैयार हैं। इसलिए कोई चुनौती-भरी भाषा में न बोलें। इसका लाभ नहीं होगा, क्योंकि यह सवाल जुड़ा है समाज की सुस्थिरता के साथ। यह ठीक है कि समाज विषम है। इस समाज में शोषण है। मगर शोषण इस तरह से दूर कीजिए कि समाज की एकता भी बनी रहे और स्थायी दरार पैदा न हो।

मैं विरोधी पक्ष से भी कहना चाहता हूं। पंजाब के बारे में आपका जो दृष्टिकोण है, वह रचनात्मक है, मैं उसकी सराहना करूंगा। आप तय कर देते कि हम साथ नहीं देंगे, चुनाव हो जाते। इस समय पंजाब में चुनाव होते तो अच्छा नहीं होता। मंडल के सवाल पर, मैं जानता हूं आपके पक्ष में भी एक राय नहीं है। तात्कालिक राजनीतिक लाभ उठाने का प्रयत्न मत कीजिए। हम घाटे में हैं, राजनीतिक घाटा सहकर भी हम अपने स्टैंड पर कायम हैं, क्योंकि सामाजिक न्याय में भी हमारी निष्ठा है और समाज को एक रखने के बारे में भी हमारे मन में कभी कोई संदेह पैदा नहीं हुआ और न कभी होगा। समाज में समता भी आनी चाहिए और समरसता भी रहनी चाहिए। दोनों कठिन कामों को जो संभव करके दिखा सकता है, वह काल के माथे पर, काल के कपाल पर इस समय सफलता के अक्षर अंकित कर सकता है। सत्ता का खेल तो चलता ही रहेगा, मगर यह हमें कहां ले जाएगा, मैं नहीं जानता। धन्यवाद।

करनैलगंज में दंगे

महोदया, मैं सोच रहा हूं कि अभी बोलूं कि बाद में बोलूं।

उपसभापति : आप जब चाहें, तब बोलिए। आप मांगिए तो, मैं आपको इजाजत दे रही हूं। आप अभी बोलना चाहें, तो अभी बोलिए।

श्री वाजपेयी : महोदया, आपने ठीक कहा कि चर्चा हुई थी सांप्रदायिक दंगे की, और उसमें करनैलगंज में जो कुछ हुआ है, उसकी ओर सदन का ध्यान दिलाया गया।

वहां व्यापक पैमाने पर दंगा हुआ है, बहुत बड़ी तादाद में लोग मारे गए हैं। उत्तर प्रदेश की सरकार ने अदालती जांच का ऐलान किया है, लेकिन साथ में मुख्यमंत्री महोदय कौन दोषी है, कौन गुनहगार है, यह भी बताने जा रहे हैं।

अदालती जांच होनी चाहिए, सारे तथ्य सामने आने चाहिए। जो भी देश में इस समय सांप्रदायिक दंगे भड़काता है, वह देश का अहित करता है। वह विदेशी शक्तियों के हाथ में खेलता है, लेकिन मेरा निवेदन है कि अगर हमें छोड़कर सारा सदन कोई प्रस्ताव पास करना चाहता है···

उपसभापति : अभी तो कोई प्रस्ताव···(व्यवधान)···देखिए अटल जी, आप भी नियमों को जानते हैं।···

श्री मोहम्मद अफजल उर्फ मीम अफजल : महोदया, हमें मौका···(व्यवधान) हमारी तो जबान बंद है।···

उपसभापति : आप अपनी जगह पर जाइए और बीच में इंटरप्ट मत कीजिए।

अटल जी, आपको मालूम है कि हाउस में कोई भी प्रस्ताव या कोई मोशन आता है, तो उसका एक तरीका है। एक मेंबर इमोशन में, आप यहां पर थे नहीं, जो गोंडा के हमारे माननीय सदस्य हैं, वह वहां आकर के बेंच में बैठ गए। वह एकदम दुखी थे, रो रहे थे। इसलिए उनको बाहर भेजा गया और सदस्य इस बात पर संसद में चर्चा कर रहे हैं कि कैसे देश के अंदर शांति की भावना आए, यह सवाल था। सी.पी.आई. के जो मेंबर हैं···(व्यवधान)···उन्होंने, चतुरानन जी ने एक प्रस्ताव रखा···(व्यवधान) अभी उसमें क्या टेक्नीकल है वह देखेंगे, आप अपनी बात कहिए। प्रस्ताव डिसकस नहीं हो रहा है, यह तो जो रामनरेश जी ने कम्युनल दंगे की बात कही

** करनैलगंज में सांप्रदायिक दंगों और तनाव पर राज्यसभा में ५ अक्तूबर, १९९० को वाद-विवाद।*

है अभी, तो वही डिसकस हो रहा है।

श्री वाजपेयी : महोदया, गृहमंत्री महोदय से कहा जा सकता है कि वह उत्तर प्रदेश सरकार से करनैलगंज और अन्य स्थानों पर हुए सांप्रदायिक उपद्रवों के बारे में सारे तथ्य मांगें और इस सदन के सामने सदन की बैठक स्थगित होने से पहले रखें। जो कुछ हो रहा है, यह बहुत ही चिंता का विषय है। मेरा गोंडा से संबंध रहा है। बलरामपुर से लोकसभा का प्रतिनिधि निर्वाचित होकर आता था, और वहां से जो खबरें आ रही हैं वे बड़ी भयावह खबरें हैं। उत्तर प्रदेश सरकार ने कुछ अफसरों के खिलाफ कार्यवाही की है, लेकिन क्या वह पर्याप्त है? जब तक तथ्य सामने नहीं आ जाते तब तक मेरा निवेदन यह है कि गृह मंत्री महोदय से कहा जाए कि वह तथ्य सामने लाएं, तो इस सदन को अपनी बात कहने का मौका मिलना चाहिए। अगर इसके साथ देश में और जो परिस्थिति है, उस पर चर्चा करनी है तो मेरा निवेदन है कि हम किसी भी चर्चा के लिए तैयार हैं, लेकिन अगर हमें भी कटघरे में खड़ा करने का प्रयत्न किया जाएगा तो हम फिर दूसरे को बिना कटघरे में घसीटे छोड़ेंगे नहीं।

श्री पी. शिवशंकर : मैडम, अटल जी यह कह दें कि यह सच नहीं है कि उनके सदर ने प्रेस नोट इश्यू नहीं किया है, वह गलत है। इतना वह कह दें तो वह हमारे लिए काफी है। अगर···

श्री वाजपेयी : यह मुद्दा मुझसे छूट गया। श्री आडवाणी जी रामाराव जी से मिले थे। हम सहयोगी हैं, पुराने मित्र हैं और आडवाणी जी रामाराव जी की सलाह लेने गए होंगे, अपने विचार उन्हें बताने गए होंगे। बातचीत में यह निकला होगा कि हम मस्जिद को तोड़ना नहीं चाहते। बिना मस्जिद को तोड़े हुए, सम्मानजनक तरीके से उसे और स्थान पर बनाया जा सकता है, रखा जा सकता है और उसका पुनर्निर्माण किया जा सकता है···

श्री सुरेश कलमाड़ी : बिना तोड़े हुए, क्या जादू है?

उपसभापति : कृपया अपनी सीट पर बैठिए।···(व्यवधान)···वह बोल रहे हैं। जब वह बोल रहे हैं तो मैं कैसे आपको बोलने की आज्ञा दे सकती हूं।···

डॉ. अबरार अहमद खान : मैं आपकी गलतफहमी दूर करना चाहता हूं।

उपसभपति : आप बैठिए।···(व्यवधान) अभी आप बैठिए, मैं एलाउ करती हूं, उनका पूरा तो होने दो।

श्री वाजपेयी : अगर इस चर्चा के सिलसिले में यह सुझाव आया हो कि···(व्यवधान) आंध्र में भी कई प्रोजेक्ट बने जिनमें पुराने मंदिरों के डूबने की आशंका थी, उन मंदिरों को सम्मान के साथ उठाकर दूसरी जगह रख दिया गया है। आंध्र में ऐसे उदाहरण हैं, चर्चा में यह बात आई होगी। यह चर्चा में आ सकती है। कोई भी यह सुझाव दे सकता है और यह अयोध्या को हल करने का एक तरीका है। लेकिन जब रामाराव जी कह रहे हैं कि मैंने ऐसे नहीं कहा, तो यह मामला खत्म हो जाना चाहिए। धन्यवाद।

हरिजनों को नचानेवाले कौन थे?

महोदया, इस तरह के मामले देश के किसी भी भाग में हों तो वह दुर्भाग्य की बात है, और इस प्रकार के मामले अगर राजनैतिक रंग देकर सदन में पेश किए जाएंगे तो मामलों की गंभीरता कम होगी। शिवपुरी के गांव में जो कुछ हुआ, उसकी रिपोर्ट मेरे पास भी है। राज्य सरकार के गृह मंत्री स्वयं उस गांव में गए हैं, उन्होंने जांच की है...(व्यवधान)

उपसभापति : आप बोलिए।

श्री वाजपेयी : अगर एक महिला टोके तो मैं कैसे बोलूं?

उपसभापति : अटल जी, अगर एक महिला टोक रही है तो दूसरी महिला बोलने के लिए कह रही है।

श्री वाजपेयी : आप महिला नहीं हैं, आप तो चेयर हैं।

महोदया, मेरी जानकारी यह है कि जिन्होंने हरिजनों को नाचने के लिए मजबूर किया है, ज्यादती की है, वे कांग्रेस से संबंधित हैं...

श्री कपिल वर्मा (उत्तर प्रदेश) : वहां पर कहा गया कि अब बी.जे.पी. की सरकार आ गई है, अब ऐसा ही होगा...

श्री वाजपेयी : इसलिए शुरू में मैंने कहा कि अगर बी.जे.पी. का नाम नहीं लिया जाता...(व्यवधान) आपने नहीं लिया, आप तो समझदार हैं। मगर थोड़ी सी समझदारी आप उधर भी पहुंचा दीजिए। मैं इस मांग से सहमत हूं कि हरिजनों पर कहीं पर देश में ज्यादती हो तो कोई भी शासन हो, यह सदन उससे चिंतित है। गृह मंत्री से कहा जाना चाहिए कि इस बारे में जानकारी इकट्ठी कर सदन के सामने रखें। दलों का नाम लेना ठीक नहीं है। मैं आपका नाम ले सकता हूं और आप मेरे दल का नाम ले सकते हैं। इससे बात नहीं बनेगी...(व्यवधान) महोदया, कोई तरीका होना चाहिए बोलने का...(व्यवधान)

उपसभापति : वे हाउस के सीनियर मेंबर हैं, उनको बोलने दीजिए, आप जब बोल रही थीं तो आपको बोलने की इजाजत दी गई। अब आप उनको अपना दृष्टिकोण रखने दीजिए, चेयर को

** मध्य प्रदेश के शिवपुरी क्षेत्र में अनुसूचित जाति की महिला की हत्या के संदर्भ में राज्यसभा में २७ मार्च, १९९० को वाद-विवाद।*

फाइनल डिसीजन लेना है। अब आप शांति से बैठिए।

विपक्ष के नेता श्री पी. शिवशंकर : दोनों गैर-शादीशुदा हैं···(व्यवधान)

श्री वाजपेयी : महोदया, इसीलिए शादीवाले हमारी पीड़ा नहीं समझ सकते हैं। मैं इस मांग का समर्थन करता हूं कि इस कांड के बारे में सारे तथ्य गृह मंत्री महोदय एकत्र कर सदन के सामने लाएं और जब सदन में तथ्य आ जाएं तब उन पर चर्चा करें। जरूरत हो तो दोषारोपण करें। अगर प्रारंभ से ही यह कहा जाएगा कि मध्य प्रदेश में सरकार बदल गई है, मध्य प्रदेश में जनता ने सरकार बदली है, आपकी कृपा से नहीं बदली है। यह कह रहे हैं कि नई सरकार आ गई है, इसलिए अब तो हरिजनों के साथ ऐसा ही बर्ताव होगा। इसका क्या मतलब है?

श्री कपिल वर्मा : उन लोगों ने ऐसा कहा है कि कांग्रेस की सरकार बदल गई है। हम नहीं कह रहे हैं···(व्यवधान)

श्री वाजपेयी : यह गलत बात है। मारनेवाले कांग्रेसवाले हैं। आप उनसे पूछिए, मैं आपसे पूछ रहा हूं।

महोदया, मैं फिर कहना चाहता हूं कि अगर इस दृष्टिकोण से हरिजनों और अल्पसंख्यकों पर होनेवाले अत्याचारों को देखा जाएगा तो उनके साथ न्याय करने का रास्ता हम नहीं बनाएंगे। कोई भी दोषी हो···(व्यवधान)···मैं आपको धमकी दे सकता हूं। आप तो सिर से पांव तक धमकी हैं। आप मूर्तिमान धमकी हैं। मैं धमकी नहीं दे रहा हूं, मैं तो कायदे की बात कह रहा हूं कि ऐसे मामलों को राजनैतिक रंग नहीं दिया जाना चाहिए। ऐसे मामलों पर शासन किसी का हो, कड़ाई से काम लेना चाहिए, और सदन के सामने सारे तथ्य होने चाहिए। धन्यवाद।

हिरासत में हरिजनों की मौत

अध्यक्ष महोदय, हरिजनों और वनवासियों पर इस सदन में समय-समय पर चर्चा होती रही है, उनके सवाल हम उठाते रहे हैं। उनका उत्तर भी दिया जाता रहा है। लेकिन आज जैसा उत्तर दिया गया है इस ध्यानाकर्षण प्रस्ताव के जवाब में, वैसा अधूरा, अपर्याप्त और आपत्तिजनक उत्तर पहले कभी नहीं दिया गया था। मैं पुरानी कार्यवाही देख रहा था। ९ दिसंबर, १९८१ को इस संबंध में एक सवाल हुआ था। उस समय के गृह मंत्री महोदय ने जवाब में माना था कि दस राज्यों में हरिजनों और वनवासियों पर ज्यादतियों में वृद्धि हुई है। उन्होंने उन राज्यों के नाम लिए थे और आंकड़े दिए थे। आज दिए गए वक्तव्य के अंत में कहा गया है कि १९८३ में कुल ६७५१ मामलों की सूचना मिली है, किंतु ये आंकड़े सभी राज्यों के संबंध में पूरे नहीं हैं। सब राज्यों के आंकड़े नहीं हैं और जो हैं वे पूरे नहीं हैं। अब बहस क्या होगी? मैं पूछना चाहता हूं कि राज्यवार आंकड़े क्या हैं? मंत्री महोदय ने बोलते-बोलते कह दिया है कि आंकड़ों में कमी हुई। मेरे सामने बिहार के सत्तारूढ़ दल के दो हरिजन विधायकों का बयान है, जिसमें उन्होंने कहा है कि सरकारी रिकार्ड के अनुसार १९८०-८१ में हरिजनों पर १९४८ ज्यादतियों की घटनाएं हुई हैं, १९८१-८२ में २००८ और १९८३ में इन घटनाओं के और बढ़ने की आशंका है। मैं जानना चाहता हूं कि मंत्री महोदय किस आधार पर कहते हैं कि इस प्रकार की घटनाओं में कमी हुई है? उन्होंने एक मामले का उल्लेख किया है। आप जरा हिंदी का बयान देख लें। बयान इस तरह से शुरू होता है : बिहार के कटिहार जिले में कुछ आदिवासियों की कथित हत्या...हत्या भी कथित...

रिपोर्टिड का अनुवाद कथित कर दिया गया है। रिपोर्टिड का मतलब कथित नहीं होता है। अभी मंत्री महोदय ने माना है कि हत्याएं हुई हैं, चार लोग मारे गए हैं और यहां कहा जाता है 'कथित हत्या'...

यह जानकारी भी अभी पूरी नहीं है। अभी तक यह भी स्पष्ट नहीं है कि यह आक्रमण किसने किया? समाचारों के अनुसार जो बंगला देश से आए थे, उनके साथ मिलकर यह हुआ है। मंत्री महोदय इस बात को क्यों छिपाना चाहते हैं?

गाइडलाइन की बात उन्होंने कही है। वही बात उन्होंने दोहरा दी है जो ज्ञानी जी ने १९८०

** बिहार में हरिजनों की हत्या पर ध्यानाकर्षण प्रस्ताव के दौरान लोकसभा में ३ अगस्त, १९८३ को चर्चा।*

में सदन में कही थी। जो ऑन दि वैलफेयर ऑफ शेड्यूल्ड कास्ट एंड शेड्यूल ट्राइब्ज पार्लियामेंट्री कमेटी है, क्या इसकी सिफारिशें इसके बारे में मंत्री महोदय ने देखी हैं?

"समिति सरकार के उत्तर से संतुष्ट नहीं है। राज्य सरकारों को निर्देश जारी करके, केंद्र सरकार धारा ४६ के अंतर्गत संवैधानिक जिम्मेदारियों से अपने आप को मुक्त नहीं कर सकती, जो स्पष्ट करती है कि अनुसूचित जाति एवं अनुसूचित जनजातियों की सामाजिक अन्याय एवं सभी प्रकार के उत्पीड़न से बचाने की जिम्मेदारी केंद्र सरकार की है।"

फिर कमेटी ने कहा है कि इसके बारे में संविधान में संशोधन करने की जरूरत है। मैं जानना चाहता हूं कि मंत्री महोदय की इसके बारे में क्या प्रतिक्रिया है?

बिहार में १ जून को गुआ में आदिवासियों पर ज्यादतियों की एक बड़ी लोमहर्षक घटना हुई है। इस बारे में मैं समाचारपत्र का एक हिस्सा पढ़कर सुनाना चाहता हूं :

"एक जून को दोहपर बाद श्री वर्मा ने पांच गिरफ्तार आरोपियों के साथ गुआ बाजार में प्रवेश किया, जो जीप के रिअर से बंधे हुए थे। उन्हें सिर नीचे लटकाकर खंभों से बांधा गया और पीटा गया। इस पिटाई में बारह लाठियां टूट गईं। अंतिम बार श्री वर्मा कथित रूप से स्वयं थे पीटने वाले।"

डी.एस.पी. के खिलाफ रिपोर्ट है। अपराधियों को पकड़ना मेरी समझ में आ सकता है, मगर जीप के पीछे बांधकर उनको घसीटना समझ में नहीं आ सकता। क्या मंत्री महोदय को इस बात की जानकारी है? क्या केंद्र ने इस बारे में जानकारी मांगी है? कब तक आदिवासियों पर इस तरह के अत्याचार किए जाएंगे?

तमिलनाडु की एक रिपोर्ट मेरे पास है। नार्थ अर्कट और धर्मपुरी में २६ हरिजन अभी तक पुलिस की हिरासत में मरे। हिरासत में उन पर ज्यादतियां की गईं, नाखूनों में सुइयां चुभाई गई हैं, उनके शरीरों को दागा गया है। सिविल लिबर्टीज यूनियन ने उनके बारे में रिपोर्ट तैयार की है, आपको कुछ पता है?

५ जनवरी को आंध्र में एक गांव में ४ हरिजन जिंदा जलाए गए थे। चुनाव के बाद की घटना है। कांग्रेसवालों ने बड़ा राजनीतिक लाभ उसका उठाने की कोशिश की। एक जुडिशियल इन्क्वायरी कायम हुई थी, क्या उसकी रिपोर्ट मिली है?

बेलछी, पिपरा, पारसबीघा, ये बिहार के हैं। उत्तर प्रदेश में देहुली, सादुलपुर और रामपुरा। एक स्थान और है। यहां पर हरिजनों का सामूहिक हत्याकांड हुआ। बाद में वहां क्या हो रहा है, क्या यह सरकार को मालूम है?

मैं पकड़े जानेवालों की बात नहीं कर रहा हूं। मेरे पास रिपोर्ट है कि एक गांव में पुलिस तैनात की गई। वह पुलिस वहां महिलाओं के साथ ज्यादतियां कर रही है। सड़क बनाने, बिजली ले जाने, अस्पताल बनवाने के वायदे वहां पूरे नहीं हुए। उस समय बड़ा शोर था उन गांवों का, मगर बाद में क्या कार्यवाही हुई?

क्या केंद्र के गृह-मंत्रालय में कोई ऐसा सैल है जो इस बात की देखभाल करता है कि जो बातें सार्वजनिक घोषणा के रूप में कही जाती हैं, उन पर कहीं अमल नहीं होता है?

गांवों के बारे में मैंने पूछा था कि डी.एस.पी. ने आदिवासियों को जीप के पीछे बांधकर पिटाई की थी—इस बारे में कोई जानकारी है आपके पास? कोई जानकारी नहीं है।

आरक्षण जारी रहना चाहिए

सभापति महोदय, मुझे आशा है कि आरक्षण-समस्या को उचित परिदृश्य में रखा जाएगा और सदन आरक्षण-काल को और १० वर्ष के लिए बढ़ाने के निर्णय को दोहराएगा, जैसा कि विधानमंडल एवं लोकसभा कुछ माह पहले निर्णय ले चुकी है। इस सदन को उस संकल्प को दोहराने की जरूरत है कि सेवाओं में और शिक्षण-संस्थाओं में आरक्षण की जो नीति अपनाई गई, उस एक राष्ट्रीय नीति से सारा सदन बंधा हुआ है और इस नीति पर दृढ़ता से अमल करने की आवश्यकता है। लेकिन मैं देख रहा हूं कि कोई सर्वसम्मत प्रस्ताव लाने का प्रयत्न नहीं किया जा रहा है।

कुछ माननीय सदस्य : प्रस्ताव आ रहा है।

श्री वाजपेयी : सत्तारूढ़ दल यह मामला विरोधी दलों पर नहीं छोड़ सकता। दो-तिहाई बहुमत आपका है, शासन के सूत्र आपके हाथ में हैं।

एक माननीय सदस्य : यह राजनीति है।

श्री वाजपेयी : अगर आपको राजनीति दिखाई दे रही है तो फिर आप राष्ट्रनीति को कभी नहीं समझ सकते।

सभापति जी, मेरी कठिनाई यह है कि प्रस्ताव आ रहा है और आएगा तो मैं क्या बोलूं...

श्री इंद्रजीत गुप्त (बसीरहाट) : बिना प्रारूप को देखे, उस पर अचानक प्रस्ताव मत उछालो। प्रत्येक प्रस्तावक चाहता है एक सर्वसम्मत प्रस्ताव। लेकिन अचानक प्रस्ताव रखकर मत कहो कि 'इसे पारित करो'।

श्री वाजपेयी : और अगर प्रस्ताव आ रहा है तो फिर भाषण देने की जरूरत नहीं है, प्रस्ताव रख दीजिए।

प्रस्ताव का प्रारूप बनाते समय हमसे सलाह नहीं ली गई है। सभापति जी, वे आश्चर्यचकित करना चाहते हैं।

सभापति जी, आज मैं आरोप-प्रत्यारोपों में फैसला नहीं चाहता। दोषारोपण समस्या का हल नहीं है। बलि के बकरे की तलाश हमें कहीं नहीं ले जाएगी। आप अगर आरोप करें, मैं प्रत्यारोप

** अनुसूचित जातियों को नौकरियों में आरक्षण संबंधी प्रस्ताव पर लोकसभा में १८ मार्च, १९८१ को चर्चा।*

करने के लिए तैयार हूं। मैं यह भी नहीं कहना चाहता कि उस दिन श्री मकवाना ने सदन को गुमराह करने की कोशिश की, मैं नहीं कहना चाहता।

सर्वोदयी नेता ने अहमदाबाद में जो बैठक बुलाई थी, उसकी सूचना हमको नहीं मिली थी। लोकदल को तो निमंत्रण दिया ही नहीं गया था। हमारे एक कार्यकर्ता की मृत्यु हो गई थी, सब लोग उसकी शव-यात्रा में लगे थे। सर्वोदयी नेताओं ने बैठक में ऐलान किया कि भारतीय जनता पार्टीवालों से संपर्क नहीं हो सका है, लोकदलवालों को बुलाया नहीं गया है, फिर भी मकवाना साहब ने सदन में आकर इस तरह का आरोप लगा दिया, यह चीज हमें दुख पहुंचाती है।

एक माननीय सदस्य : आप नहीं कहिए।

श्री वाजपेयी : अब मैं नहीं कहता, जाइए।

गुजरात में पोस्ट ग्रैजुएट मेडिकल कालेज के डॉक्टरों द्वारा आंदोलन जारी रखने का कोई औचित्य नहीं है, कोई कारण नहीं है। यह बात मैंने अहमदाबाद में डॉक्टरों से कही थी। जब हम मुख्यमंत्री से मिले और मुख्यमंत्री ने स्पष्ट कहा कि कैरी फार्वर्ड की प्रथा समाप्त कर दी गई है, इंटर-चेंजेब्लिटी की प्रथा समाप्त कर दी गई है। अगर शिड्यूल्ड कास्ट और शिड्यूल्ड ट्राइब्ज के विद्यार्थियों को स्थान देने से कोई योग्य विद्यार्थी वंचित होता है, तो गुजरात सरकार ने यह भी कहा कि हम उसके लिए अतिरिक्त स्थान बना देंगे।

इनसे कुछ व्यावहारिक कठिनाइयां हो सकती हैं आगे जाकर, मगर हमने डॉक्टरों से कहा कि इन व्यावहारिक कठिनाइयों के बारे में सरकार से बैठकर बात करें।

श्री ए.के. राय (धनबाद) : क्या आप राज्य सरकार के कदमों का समर्थन करते हैं?

श्री वाजपेयी : हां, मैं उनका समर्थन करता हूं।

श्री ए.के. राय : हम इसका समर्थन नहीं करते। यह समर्पण के अलावा और कुछ नहीं।

सभापति महोदय : आप बोलिए।

श्री वाजपेयी : मैं तो बोलूंगा ही।

सरकार ने जब यह बातें स्वीकार कर लीं तो फिर आंदोलन को जारी रखने का कोई औचित्य नहीं था। मगर मुझे ऐसा लगता है कि आंदोलन मेडिकल कालेज के विद्यार्थियों के हाथ से निकल गया है।

मुझे स्कूल के विद्यार्थी मिले कि इस संबंध में भारतीय जनता पार्टी की नीति ठीक नहीं है। मैंने कहा कि आपसे रिजर्वेशन का क्या मतलब? तो कुछ विद्यार्थियों ने कहा कि हमारी परीक्षाएं होनेवाली हैं, हम चाहते हैं कि वे परीक्षाएं टल जाएं। अगर आंदोलन बढ़ेगा तो परीक्षाएं टल जाएंगी, हो सकता है कि बिना परीक्षा के हमको पास कर दिया जाए। यह लड़कपन है, लेकिन बड़ा खतरनाक खेल है।

आरक्षण की नीति जिस तरह से अमल में लाई गई है, उससे गंभीर शिकायतें हैं और इन शिकायतों को देखा जाना चाहिए। उदाहरण के लिए पोस्ट ग्रैजुएट मेडिकल कोर्सेज में भी केवल नौ राज्यों में आरक्षण है, बाकी के राज्यों में नहीं है।

मेरा निवेदन है कि यह मामला गुजरात तक का नहीं है, जैसा अभी एक माननीय सदस्य कह रहे थे और उस दिन भी भाषण में मैंने सुना, जिन्हें आरक्षण का लाभ मिलनेवाला है और अगर वह यह कहें, मैं जानता हूं कि कांग्रेस पार्टी को इसमें मुश्किल है, गुजरात में आरक्षण किया था जनता सरकार ने और वर्तमान सत्तारूढ़ दल में भी ऐसे सदस्य हो सकते हैं जो यह कहें कि

जनता सरकार ने जो दिया था वह इंटर चेंजेब्लिटी प्रथा क्यों खत्म कर दी, कैरी फार्वर्ड क्यों समाप्त कर दिया? जगह खाली रखिए जब शिड्यूल्ड कास्ट और शिड्यूल्ड ट्राइब्स के लड़के आएंगे, तब जगह भरी जाएगी। यदि ऐसा कहा जाए तो इसमें भी बल है।

जहां राज्यों में यह मांग नहीं है, जहां अभी आरक्षण नहीं है, पोस्ट ग्रैजुएट मेडिकल कोर्सेज में, वहां अगर यह मांग होने लगे कि नौ राज्यों में आरक्षण है, यहां भी करो। उस समय प्रतिक्रिया क्या होगी?

दूसरी ओर जहां नौ राज्यों में आरक्षण है, वहां यदि यह मांग होती है कि अगर गुजरात में इंटरचेंजेब्लिटी खत्म हो सकती है, कैरी फार्वर्ड खत्म हो सकता है, तो और राज्यों में क्यों नहीं खत्म होना चाहिए?

इसलिए खाली गुजरात के मामले को नहीं देखना चाहिए। मैं इस मामले को केवल सीटों का मामला भी मानने के लिए तैयार नहीं हूं। आरक्षण की सारी व्यवस्था इस बात पर टिकी है और टिकी थी—उसका आरंभ इस बात से हुआ कि समाज एक है, सैकड़ों वर्षों से हमारे कुछ वर्ग उपेक्षित रहे हैं, दलित रहे हैं, पीड़ित रहे हैं, अब उनके साथ हमें न्याय करना है और इसमें अगर थोड़ा सा अन्याय उनके साथ हो जाए, जो सैकड़ों सालों से आगे रहे हैं, तो कोई आपत्ति नहीं होनी चाहिए। समाज की एकता को कायम रखने के लिए यह कीमत देनी पड़ेगी।

मगर मैंने गुजरात में देखा है कि जो डॉक्टर अच्छे लोग हैं, जो नौजवान आंदोलन कर रहे हैं, मैं उनकी निंदा नहीं करना चाहता हूं, वे अच्छे लोग हैं, लेकिन हम उनको यह समझाने में असमर्थ रहे हैं कि अगर २२ रजिस्ट्रार होते हैं और उनमें से एक शिड्यूल कास्ट का रजिस्ट्रार हो जाए तो उस पर आपत्ति क्यों होनी चाहिए। हम उनको नहीं समझा सके हैं। केंद्रीय सचिवालय में काम करनेवाले अपरकास्ट के कर्मचारियों को समझाना मुश्किल हो रहा है।

वर्तमान संकट की व्याख्या

इस सवाल ने सब दलों को बांट दिया है। कांच के घर में रहनेवाले दूसरों पर पत्थर फेंकने की गलती न करें। इस सवाल ने सभी दलों को बांट दिया है, ट्रेड यूनियंस को बांट दिया है। यह हमारे समाज की एकता की जड़ पर कुठाराघात कर रहा है और राष्ट्र की एकात्मता खतरे में है।

लोग वर्तमान संकट की सभ्यता के संकट के रूप में व्याख्या कर रहे हैं। वे ऐसा क्यों करते हैं? क्या यह संकट आर्थिक या राजनैतिक है?

एक माननीय सदस्य : क्राइसिस ऑफ सिविलाइजेशन।

श्री वाजपेयी : सिविलजाइजेशनल क्राइसिस और क्राइसिस ऑफ सिविलाइजेशन एक ही बात है।

प्रो. मधु दंडवते (राजापुर) : ट्रांसलेशन तो एक ही है।

श्री वाजपेयी : बड़ी कठिनाई के दिनों में भी विदेशी आक्रमण के जमाने में, पराधीनता के काल में, भेदभाव होते हुए, समाज कुरीतियों से ग्रस्त था। इसके बावजूद एक विश्वास, एक भाईचारा, कहीं न कहीं ममता, कहीं न कहीं आत्मीयता हम बनाए रखने में सफल हुए थे। वह ममता खत्म हो रही है, विश्वास टुकड़े-टुकड़े हो रहा है। यह कुछ सीटों का मामला नहीं है, कुछ नौकरियों का सवाल नहीं है। अगर विश्वास मिट गया, तो फिर कोई व्यवस्था, कोई कानून, कोई नियम उस स्नेह को पैदा नहीं कर सकता है, जिसके बल पर समाज आगे चलता है, कदम मिलाकर आगे बढ़ता है।

इसलिए आवश्यकता इस बात की है कि हम इस संकल्प को दोहराएं कि जो रिवर्जेशन है वह जारी रहेगा। मगर नई पीढ़ी को विश्वास में लेने की जरूरत है, उसे समझाने की जरूरत है, उसके सामने आंकड़े रखने की जरूरत है। जो प्रॉब्लम का डाइमेंशन है, वह पोस्ट ग्रैजुएट में तो है ही नहीं। वहां के मेडीकल कालेज के विद्यार्थी कहने लगे कि साहब, जो योग्य नहीं है वह कैसे पढ़ा सकता है। हमने पूछा कि अगर १४ टीचर्स हैं, और उनमें एक शिड्यूल कास्ट का आ गया तो क्या स्टैंडर्ड गिर जाएगा? यह नहीं हो सकता है।

एक माननीय सदस्य : डोनेशन देकर कालेजों में प्रवेश पा रहे हैं।

श्री वाजपेयी : डोनेशन से आ रहे हैं। अहमदाबाद में म्युनिसिपल कार्पोरेशन का जो कालेज है, उसमें ट्रस्टियों के उम्मीदवार आ रहे हैं, वे पैसे से आते हैं, योग्यता से नहीं। उनके बारे में हमारे मन में थोड़ी सी भी आपत्ति नहीं होती है। मगर यह अनुभूति कि ये हमारे भाई हैं, ये हमारे रक्त के रक्त, हमारे मांस के मांस हैं, हम अपने साथ थोड़ा अन्याय करेंगे लेकिन शिकायत नहीं होने देंगे, यह अनुभूति मर रही है।

प्रधानमंत्री का वक्तव्य

यह राजनीति का खेल नहीं है। मैं चाहता हूं कि प्रधानमंत्री सदन में होतीं। वह बड़े नपे-तुले वक्तव्य दे रही हैं, बड़े संतुलित वक्तव्य दे रही हैं। मगर जब लोगों की भावनाएं उभरती हैं तो वे जिस तरह से मतलब निकाल लेते हैं, मैं इसका एक उदाहरण देना चाहता हूं :

डॉ. मरगेश वैष्णव, प्रदर्शनकारी चिकित्सकों की कार्यसमिति के अध्यक्ष ने श्रीमती इंदिरा गांधी के वक्तव्य का दिल्ली में स्वागत किया है कि आरक्षण के कारण प्रतिभावान छात्रों को कष्ट नहीं होना चाहिए। डॉ. वैष्णव ने कहा, 'आरक्षण के मुद्दे पर साहसिक कदम लेने के लिए हम उनको बधाई देना चाहेंगे।'

यह विरोधकर्ताओं के नेता हैं। उन्हें प्रधानमंत्री का वक्तव्य अपने रुख का समर्थन करता हुआ दिखा। अनुसूचित जाति व जनजातियों ने भी इसे समर्थक पाया।

श्री जगजीवन राम (सासाराम) : नहीं, हम इसे समर्थक की तरह नहीं देखते। यह बहुत खतरनाक वक्तव्य है।

श्री वाजपेयी : मैंने यह समस्या रखी है जो चालाक बनने से नहीं सुलझेगी। यह किसी पर आरोप लगाने से नहीं सुलझेगी। यदि हम अपने को सारा श्रेय देने जा रहे हैं...

एक माननीय सदस्य : तो हम लेने के लिए तैयार हैं।

श्री वाजपेयी : नहीं, हम इस पर ध्यान नहीं देते और न ही इससे प्रभावित होते हैं। यदि हम संतुष्ट होंगे, हम इसे जोर से स्पष्ट कहेंगे। हम राजनीति में मतों के लिए नहीं आए हैं, हम सत्ता के लिए सिद्धांतों से समझौता नहीं करते। लेकिन हम कहते हैं कि पिछड़ों के साथ न्याय किया जाए। लेकिन नई पीढ़ी को कैसे समझाएं? बीच में संवादहीनता है और सरकार इसे पाटने में असफल रही है।

आप आंकड़े उठाकर देखें, मेरे पास रिजर्व बैंक के आंकड़े हैं, कोई समझता ही नहीं है कि समस्या है क्या? आप रिजर्व बैंक के आंकड़े देखिए, सेंट्रल बैंक ऑफ इंडिया, पंजाब नेशनल बैंक, स्टेट बैंक इनमें १५% होना चाहिए और कहीं १% से भी ज्यादा नहीं है। किसको हम दोष दें? और आप जानते हैं, बैंकों में क्या हो रहा है? बैंको का मैनेजमेंट कहता है कि ट्रेड यूनियन के

साथ हमारा एग्रीमेंट है और ट्रेड यूनियन सब आर.एस.एस. नहीं चलाता, बी.जे.पी. नहीं चलाता। हमारे और मित्र भी ट्रेड यूनियन चलाते हैं। इस सवाल पर वह कहते हैं कि मैनेजमेंट का और ट्रेड यूनियन का समझौता हो गया है, रिजर्वेशन लागू होता है या नहीं होता है, इस चक्कर में मत पड़िए। यह चीज ट्रेड यूनियन को भी बांटती है।

देश दलों में, दल जातियों में बंटे

मेडिकल कालेज में आप देखें कितने लोग हैं। मगर एक बात नौजवानों की समझ में यह नहीं आती कि सैकड़ों साल से अन्याय हुआ है। वह कहते हैं कि ठीक है, सैकड़ों साल से अन्याय हुआ है तो हमने तो नहीं किया, हम क्यों भुगतें? उनके हृदय में वह संवेदना नहीं है, वह दर्द नहीं है और ३३ साल में अगर हमने कोई बात खोई है तो यह दर्द खोया है, यह संवेदना खोई है, यह भाईचारा खोया है। सारे प्रश्नों के दुर्भाग्य से सारे मामले का राजनीतिकरण हो गया है। देश दलों में बंट गया है और दल जातियों में बंट रहे हैं। देश ही नहीं बंटा है, दल ही नहीं बंटे हैं, दिल भी बंट गए हैं।

इस सदन में बड़ी-बड़ी बातें कहने से नहीं होगा। बाहर की लड़ाई कौन लड़ेगा? एक दल नहीं लड़ सकता। मैं मानता हूं। अभी यह शिक्षा-संस्थाओं तक मामला है। अब गुजरात के कर्मचारी मांग कर रहे हैं। उनसे पूछो कि क्या रिक्रूटमेंट में शिकायत है? कहते हैं कि रिक्रूटमेंट में तो चल सकता है, मगर प्रमोशन हमारी समझ में नहीं आता। जो हमारा जूनियर है, वह सीनियर हो जाता है। मैं भी उनको संतुष्ट नहीं कर सकता। रिक्रूटमेंट में रिजर्वेशन समझ में आ सकता है, प्रमोशन में भी सुप्रीम कोर्ट ने फैसला दे दिया कि प्रमोशन में ठीक है और हम उस पर अमल कर रहे हैं। लेकिन जो दफ्तर में बैठा हुआ है, वह कहता है कि यह बात ठीक नहीं है। आप उन्हें सुविधाएं देकर सबके बराबर ले आइए मगर एक बार बराबर ले आइए तो छोड़ दीजिए। जो आगे जाता है, वह आगे जाएगा। वह मुझे रोस्टर दिखाते हैं कि पांच साल बाद डिप्टी सेक्रेटरी कौन होगा? मैं तो कह सकता हूं कि कोई भी डिप्टी सेक्रेटरी हो, उसकी चिंता नहीं है, हो जाने दो, अपना ही भाई है। मगर यह आर्थिक प्रश्न है, रोटी का सवाल है। व्यक्ति ऐसा अर्थमय हो गया है कि राष्ट्रीयता, समाज की एकता, बंधुता, भाईचारा, स्नेह, ममत्व, ये मूल्य आज किसी को अपील नहीं करते हैं। यहां हम विफल हुए हैं।

अभी सर्वोदय नेताओं की बात हो रही थी। ऐसा नहीं है कि सर्वोदय नेताओं ने निंदा नहीं की है। मगर सर्वोदय नेताओं की भी सीमा है। राजनीति सब पर छा गई है। राजनैतिक नेताओं की बात हर मामले में चलती है। सर्वोदयवालों को हमने पूछा कब है? अब गुजरात में संकट पैदा हो गया तो हमें सर्वोदयवालों की याद आ गई। मगर जब राजनीति को नैतिकता पर चलाने का सवाल आता है तो सर्वोदयवालों की बात कोई नहीं सुनता। तब सत्ता का लज्जाजनक खेल चलता है। आज एक-एक संस्था टूट रही है, एक-एक मान्यता मिट रही है, एक-एक परंपरा पैरों तले रौंदी जा रही है। जो सत्ता में हैं, वह सत्ता में रहना चाहते हैं और जो विरोधी दल में हैं, वे ऐसे मौके का फायदा उठाकर थोड़ा सा लाभ उठाना चाहते हैं। मगर हमारे कांग्रेसी मित्र इसकी शिकायत न करें।

उत्तर प्रदेश में लोकदल की सरकार थी। नारायणपुर में गड़बड़ हो गई, हरिजनों पर अत्याचार हुआ था, महिलाएं उसमें फंसी हुई थीं। प्रधानमंत्री श्रीमती इंदिरा गांधी नारायणपुर गईं। वह महिलाओं

से मिलकर बाहर निकल रही थीं तो एक पत्रकार ने पूछा कि क्या यह कहा जा सकता है कि यह लोकदल की सरकार है और आप यहां उनकी गलती का फायदा उठाने के लिए आई हैं? तो प्रधानमंत्री का उत्तर था कि अगर विरोधी गलती करें तो हम फायदा क्यों न उठाएं। यह उनका जवाब था।

आज हमारे कार्यकर्ता वह जवाब हमको दिखाते हैं, कहते हैं : राजनीति आपकी समझ में नहीं आएगी। राजनीति इंदिरा जी करना जानती हैं। बिहार में पिछड़े वर्गों के लिए जनता शासन के दौरान रिजर्वेशन लागू किया गया तो कांग्रेस पार्टी ने खुलेआम उसका समर्थन नहीं किया। वे चुप रहे। अभी भी जो वक्तव्य दिया जा रहा है वह बड़ी चतुराई से दिया जा रहा है—इधर भी थोड़ा सा और उधर भी थोड़ा सा। अरे, इससे नहीं चलेगा, यह मैं कह रहा हूं। यह देश चतुराई से नहीं चलेगा, यह देश चलेगा तो चरित्र से चलेगा, यह देश मूल्यों से चलेगा। आपको भयभीत होने की कोई जरूरत नहीं है। आप बहुमत में हैं, सत्ता आपके पास है। लेकिन साहसपूर्वक आपको फैसला करना पड़ेगा। और उसके लिए सभी को साथ लेने की तैयारी चाहिए। आरक्षण की नीति जिस ढंग से अमल में लाई जा रही है, उससे कुछ समस्याएं पैदा होंगी और उन समस्याओं का मैंने उल्लेख किया है।

उस दिन हमारे कम्युनिस्ट पार्टी के सदस्य भोगेंद्र झा ने इस सदन में एक बिल पेश किया था, नॉन ऑफिशियल, वे तो बी.जे.पी. के नहीं हैं, आर.एस.एस. का होने का सवाल ही नहीं है। उसमें उन्होंने कहा था : एजूकेशनल और सोशली बैकवर्ड के साथ इकॉनामिकली बैकवर्ड का भी थोड़ा सा खयाल करो। क्या गरीबी केवल जाति पर है? क्या गरीबी, गरीबी नहीं है? भले ही आप उसके लिए कोई रिजर्वेशन मत करिए, मगर कंशेसंस तो दीजिए। जो आर्थिक दृष्टि से गरीब हैं, भीख मांगते हैं, उनका विचार हम नहीं कर रहे हैं।

फिर क्या रिजर्वेशन प्रमोशन में भी चलना चाहिए? इस पर भी विचार किया जाना चाहिए। यह तो कोई नहीं कह सकता कि ३३ साल तक जो आरक्षण चला है, उसका किसी को फायदा नहीं मिला है। लेकिन यह भी देखने की जरूरत है, फायदा जिन्हें मिलना चाहिए था, उन्हें मिला है या नहीं मिला है? कहीं ऐसी बात तो नहीं है कि कुछ लोग ही फायदा उठा रहे हों और बाकी वंचित हों।

सारे पहलू ऐसे हैं, जिन पर इकट्ठे होकर, चर्चा करके कोई राजनीतिक मतैक्य कायम किया जाना चाहिए। किंतु इसका ताल्लुक है प्रधानमंत्री जी से, और प्रधानमंत्री जी सदन में उपस्थित नहीं हैं, इसलिए इस चर्चा का कोई अर्थ नहीं है।

हरिजन अब चुप नहीं रहेंगे!

सभापति महोदय, हम एक बड़े महत्वपूर्ण राष्ट्रीय प्रश्न पर चर्चा कर रहे हैं। इस बात से इन्कार नहीं किया जा सकता है कि पिछले कुछ वर्षों में हरिजन बंधुओं पर होनेवाले अत्याचारों में वृद्धि हुई है। गृह मंत्रालय द्वारा जो आंकड़े एकत्रित किए गए हैं, उनसे इस तथ्य की पुष्टि होती है कि जीवित जलाने, हरिजन बंधुओं के घरों में आग लगाने, उनकी जमीन पर जबर्दस्ती कब्जा करने और अन्य प्रकार से उन्हें उत्पीड़ित और प्रताड़ित करने की घटनाओं में काफी बढ़ोतरी हुई है। इन आंकड़ों के अनुसार सारे देश में १९६९ में ऐसी घटनाएं ४४१, १९७० में ४८३ और १९७१ में ६२३ हुईं। जनवरी, १९७१ से लेकर अक्तूबर, १९७२ तक के जो आंकड़े हैं, उनसे पता चलता है कि जिन कांडों में केवल व्यक्तिगत हिंसा की गई है, उनकी संख्या १५६७ है। कुल घटनाएं ६१९५ हुईं, जिनमें से ३५२४ घटनाएं ऐसी हैं, जिनका आधार हरिजन और सवर्ण का संघर्ष है। ये आंकड़े बड़ी दुखदायी कहानी कहते हैं।

यह किसी पार्टी का प्रश्न नहीं है। यह सरकार और प्रतिपक्ष की भी लड़ाई नहीं है। इसीलिए प्रारंभ में मैंने कहा कि यह एक राष्ट्रीय प्रश्न है। इस प्रश्न के विभिन्न पहलुओं में हमको जाना होगा और उन पहलुओं में जाकर इस प्रश्न का योग्य रीति से समाधान करने का प्रयत्न करना होगा।

इस प्रश्न का जो सामाजिक पहलू है, वह सर्वविदित है। शताब्दियों से इस देश में ऐसी व्यवस्था चल रही है, जिसमें जन्म के आधार पर मनुष्य को मनुष्य से छोटा समझा जाता है, अस्पृश्य समझा जाता है। यह वर्ण-व्यवस्था का पाप है।

एक माननीय सदस्य : यह व्यवस्था ब्राह्मणों की बनाई हुई है।

श्री वाजपेयी : वह किसकी बनाई हुई है, इसका प्रश्न नहीं है। जिसने भी बनाई हो, वह गलत है। लेकिन अब भी वह चल रही है, यह देश के लिए कलंक की बात है। ग्रामीण क्षेत्रों में अभी तक भेदभाव की दीवारें टूटी नहीं हैं। संविधान में अस्पृश्यता एक दंडनीय अपराध घोषित कर दिया गया, अस्पृश्यता-विरोधी कानून को दृढ़ बनाने की कोशिश की जा रही है, लेकिन इसके बावजूद मनुष्य मनुष्य के बीच में भेदभाव का व्यवहार चल रहा है। इस समस्या को हल करने के लिए

** हरिजनों पर बढ़ते अत्याचारों पर लोकसभा में २३ अगस्त, १९७३ को चिंता।*

हमें एक राष्ट्रीय अभियान चलाने की आवश्यकता है।

आजादी की लड़ाई के दिनों में गैर-सरकारी प्रयत्न चलते थे। आर्यसमाज ने अस्पृश्यता के निर्मूलन के लिए महत्वपूर्ण काम किया। महात्मा गांधी के नेतृत्व में रचनात्मक कार्यक्रम के द्वारा इस दीवार को, इस खाई को पाटने की कोशिश की गई। लेकिन एक बार सत्ता हाथ में आ गई, तो गैर-सरकारी प्रयत्न बंद हो गए। समाज की आत्मा को झकझोरकर जगाने और सवर्णों को इस बात का प्रायश्चित करने की प्रेरणा देने के लिए अब गैर-सरकारी आधार पर कोई प्रयत्न नहीं हो रहा है। यह प्रयत्न करना आवश्यक है, और मैं गृह मंत्री महोदय से कहना चाहूंगा कि वह राष्ट्रीय एकात्मकता परिषद का पुनर्जीवन कर रहे हैं और कल उसकी प्रारंभिक बैठक होने जा रही है, हम उसमें निर्णय कर सकते हैं कि हम सभी वर्गों और सभी दलों के सहयोग से देश में एक राष्ट्रीय अभियान शुरू करेंगे, जो अस्पृश्यता के सामाजिक पहलू, भेदभाव के सामाजिक पहलू को समाप्त करने में प्रभावी ढंग से कारगर सिद्ध हो।

लेकिन प्रश्न केवल सामाजिक नहीं है, प्रश्न का स्वरूप आर्थिक भी है। यह ठीक है कि धन कमाने के बाद भी, जन्म में जो छोटा समझा जाता है, वह समाज में सम्मान का स्थान प्राप्त नहीं कर सकता। लेकिन सामाजिक दृष्टि से अगर कोई अभिशप्त है और वे बेजमीन हैं—देश में बेजमीन मजदूर अधिकतर हमारे हरिजन बंधुओं में से आते हैं, अगर उनके पास आजीविका के साधन नहीं हैं, अगर विज्ञान और टेक्नालाजी की प्रगति के कारण उनके उद्योग, जो हाथ की कला पर चलते थे, पिछड़ रहे हैं, समाप्त हो रहे हैं और वे प्रतियोगिता में टिक नहीं सकते हैं, तो एक आर्थिक संकट भी उनके सामने खड़ा हो जाता है। केवल नौकरियों में उन्हें समान प्रतिनिधित्व देकर—जो अभी हम नहीं दे सके हैं—यह संकट टाला नहीं जा सकता। यह देखना चाहिए कि जिन उद्योगों में वे लगे हैं, उन उद्योगों को किस तरह से सुरक्षित किया जाए और उन उद्योगों को आधुनिक परिस्थिति के अनुसार परिवर्तन करके किस प्रकार बाजार की प्रतियोगिता में टिकाया जाए। मैं समझता हूं कि आर्थिक पहलू पर भी ध्यान देना आवश्यक है।

संरक्षण के पीछे सिद्धांत यह है कि केवल समान अवसर काफी नहीं हैं। जो पिछड़े हैं, उन्हें विशेष सुविधाएं देकर समकक्ष लाना होगा। तभी वे दौड़ में टिक सकते हैं, अन्यथा जो दलित और पीड़ित हैं, उनके लिए अवसर का कोई मतलब नहीं है। अगर सब दौड़नेवालों को एक लाइन पर खड़ा नहीं किया जा सकता है तो फिर वह दौड़ नियमों के अनुसार नहीं होगी। इसीलिए संरक्षण का प्रतिपादन किया गया है। लेकिन संरक्षण से तत्काल प्रगति होनी चाहिए। यह भाव नहीं पैदा होना चाहिए कि हमें हमेशा के लिए बैसाखी लेकर चलना है।

अब इस स्वरूप का एक राजनैतिक पहलू प्रकट हो रहा है। यह पहलू बहुत गंभीर है। अब संघर्ष केवल ब्राह्मण और हरिजन का नहीं है। यह संघर्ष है, लेकिन इसके साथ-साथ यह संघर्ष अब और भी रूप ले रहा है कि अलग-अलग प्रदेशों में, अलग-अलग क्षेत्रों में जिस वर्ग के हाथ में, जिस गुट के हाथ में, जिस जाति के हिस्से के हाथ में सत्ता है, वह अत्याचार करने के लिए आगे बढ़ रहा है, क्योंकि वह शताब्दियों से आई हुई सत्ता को छोड़ना नहीं चाहता और दूसरी ओर हरिजन भाई जाग्रत होकर अब अपने अधिकारों को पहचानने लगे हैं और सत्ता में हिस्सा बंटाने लगे हैं। मैं उदाहरण देना चाहता हूं। हरियाणा में संघर्ष अब ब्राह्मणों और हरिजनों में नहीं है, हरियाणा में संघर्ष अब जाटों में और हरिजनों में है। हमारे जाट भाई नाराज न हों। मैं नाराजगी के भाव से नहीं कह रहा हूं। मैं महाराष्ट्र का उदाहरण देना चाहता हूं। महाराष्ट्र में संघर्ष ब्राह्मणों

और हरिजनों में नहीं है। जो मराठा हैं, जो क्षत्रिय हैं, जो संख्या में अधिक हैं, जो गांवों में प्रभावशाली हैं, जिनका शासन पर प्रभुत्व है···(व्यवधान)

अब हरिजन बंधु पंचायत के चुनावों में लड़ना चाहते हैं, वह प्रधान बनना चाहते हैं। वह शासन में हिस्सा बढ़ाना चाहते हैं, यह उनकी इच्छा स्वाभाविक है, आवश्यक है। उन्हें उसमें हिस्सा मिलना चाहिए। लेकिन अभी तक जिनका एकाधिकार था, न केवल सामाजिक स्तर पर बल्कि राजनैतिक स्तर पर भी, वे हिस्सा बंटाने के लिए भी तैयार नहीं हैं, चाहे फिर वह महाराष्ट्र में वावडा हो जहां बहिष्कार किया गया था या फिर उत्तर प्रदेश में बांदा हो। इस स्वरूप का राजनैतिक पहलू प्रबल हो रहा है और इस राजनैतिक पहलू पर ध्यान देना पड़ेगा। केवल सवर्ण और हरिजन का भेद खड़ा करके इस समस्या को हल नहीं किया जा सकता। जिस-जिस भी क्षेत्र में जिस-जिस प्रमुख गुट के हाथ में सत्ता है, उसे इस बात के लिए तैयार करना पड़ेगा कि वह दूसरों को सत्ता में भागीदार बनाए, नहीं तो लोकतंत्र का कोई अर्थ नहीं होगा।

अत्याचार की घटनाएं बढ़ीं

इसका एक चौथा पहलू भी है प्रशासनिक। अत्याचार की घटनाएं बढ़ रही हैं। मैंने निवेदन किया जहां यह जागृति का प्रतीक है, वहां यह बदलते हुए समाज के परिवर्तन का भी प्रमाण है। इन घटनाओं से जहां मन में चिंता पैदा होती है वहां एक आशा भी जगती है कि अब हरिजन बंधु चुपचाप सहन करने के लिए तैयार नहीं हैं। अब वह आवाज खोलेंगे, बोलेंगे, अपने अधिकारों के लिए लड़ेंगे। शायद जीवित जलना पड़ेगा, लेकिन जीवित जलकर भी वह एक ऐसा आलोक पैदा करेंगे कि उन्हें जलानेवाले उस आलोक में अपना मुंह देखें और लज्जा से अपना सिर झुका लें। यह एक अच्छा चिह्न है; लेकिन इस कसौटी पर जो हमारा प्रशासनिक तंत्र है, वह विफल हुआ है। यह ठीक है, गृह मंत्री ने सूचनाएं भेजी हैं, प्रधानमंत्री ने मुख्यमंत्रियों का सम्मेलन किया है, स्थानीय अधिकारियों को जिम्मेदार ठहराने की कोशिश हुई है। लेकिन घटनाएं होती हैं, उनकी तत्काल रिपोर्ट नहीं होती और श्री नवल किशोर जी ने ठीक कहा है कि जो घटनाएं प्रकाश में आती हैं, उनसे अधिक घटनाएं तो प्रकाश में ही नहीं आतीं, क्योंकि रिपोर्ट नहीं की जाती। रिपोर्ट करनेवाले को डराया-धमकाया जाता है। रिपोर्ट की जाती है तो फिर समझौते के नाम पर मामला हल कर लिया जाता है। दोषी बच जाते हैं, जिन्हें दंड मिलना चाहिए वे साफ छूट जाते हैं। पुलिस अपने कर्तव्य का पालन नहीं करती। अधिकारियों में भी यह जागृति नहीं है। आखिर कहीं न कहीं वे जिस वर्ग से आते हैं, आचरण में उसकी झलक मिल जाती है। इसीलिए बल दिया जा रहा है कि सेवाओं में अच्छी संख्या में लोगों को लिया जाए। उन्हें ऐसे महत्वपूर्ण पदों पर रखा जाए, जहां वे पक्षपात न करें, लेकिन जहां अन्याय के विरुद्ध उनके मन में चिढ़ पैदा हो। आज ऐसी चिढ़ हम प्रशासन में पैदा नहीं कर सके और इसके लिए प्रयत्न करना होगा। तत्काल रिपोर्ट घटनाओं की होनी चाहिए।

अब आप बिहार का मामला देखें। जब असेंबली में सवाल उठाया गया तब बिहार की सरकार जागी। वावड़ा का जो कांड हुआ, उसमें तो जिनके हाथ में सत्ता थी वह शामिल थे। इसीलिए हरिजन बंधुओं का, जिन्होंने बौद्ध मत स्वीकार कर लिया है, सामाजिक बहिष्कार कर दिया गया। वे पानी नहीं पी सकते, खेत में काम नहीं कर सकते, गांव के बाहर पड़े हैं। संगठित रूप से यह अत्याचार वे लोग कर रहे हैं, लेकिन शासन का तंत्र नहीं हिला, क्योंकि शासन का तंत्र

उनसे प्रभावित था जो सीधे वावडा कांड में लिप्त थे।

इसलिए एक तो राजनैतिक स्तर पर फैसला करना पड़ेगा और दूसरे प्रशासन के तंत्र को बहुत मजबूत बनाना होगा। उसमें चुस्ती लानी होगी। कड़ी से कड़ी कार्यवाही करनी होगी और जो अधिकारी अपने कर्तव्य का पालन नहीं करते, जो देर करते हैं, जिनके आचरण में यह दिखाई देता है कि उन्होंने जान-बूझकर इस संबंध में असावधानी की है, लापरवाही की है, उनको कड़ा दंड देना पड़ेगा। सबको यह पता लग जाना चाहिए कि केंद्र में बैठी हुई सरकार या प्रदेशों में जिनके हाथ में शासन की बागडोर है, वे इस मामले में किसी तरह की ढिलाई बर्दाश्त नहीं करेंगे। प्रशासन को चुस्त बनाकर भी हम यह काम कर सकते हैं।

कमीशन बेअसर

एक बात कहकर मैं समाप्त करूंगा। संविधान के अंतर्गत हमने कमिश्नर फॉर शेड्यूल्ड कास्ट एंड शेड्यूल्ड ट्राइब्स बनाया है। उनकी रिपोर्ट आती है। रिपोर्ट देर से आती है, आती है तो उस पर बहस का मौका नहीं मिलता। मौका मिलता है तो उसमें से जो हम निकालना चाहते हैं, वह नहीं निकलता। अब हमारे कमिश्नर साहब की कठिनाई यह है कि सारे देश में उनका जो एक प्रशासन का ढांचा फैला हुआ था, वह खत्म कर दिया गया। अब उन्हें सूचना कहां से मिले? कोई कांड होने के बाद वह उसकी जानकारी कैसे प्राप्त करें? पहले रीजंस में अलग-अलग उनके कार्यालय थे। वह जा सकते थे, देख सकते थे, सूचना मंगा सकते थे और तत्काल रिपोर्ट ला सकते थे। मैं चाहूंगा कि गृह मंत्रालय इस संबंध में विचार करे। उनके पद को मजबूत करने की आवश्यकता है। उन्हें ऐसा तंत्र देने की आवश्यकता है जिससे कि अगर कहीं राज्य सरकार की ढिलाई हो, अगर स्थानीय अधिकारी अपने कर्तव्य में चूक जाएं तो शेड्यूल्ड कास्ट और शेड्यूल्ड ट्राइब्स का कमिश्नर नई दिल्ली से ऐसे सूत्र का संचालन करें कि तथ्य सब सामने आ जाएं और सदन उन पर विचार कर सके। इस दृष्टि से भी हमें काम करना है।

मैं जो कुछ कह रहा हूं, उसको उपसंहार की ओर ले जाना चाहता हूं। मैंने प्रारंभ में निवेदन किया, यह एक राष्ट्रीय प्रश्न है। जितना समय, जितनी शक्ति, जितने साधन हमने राष्ट्रीय एकात्मता के लिए खर्च किए और राष्ट्रीय एकात्मता को हमने केवल हिंदू-मुस्लिम तक सीमित कर दिया, हरिजन बंधुओं की, वनवासी बंधुओं की हमने उपेक्षा कर दी, यह हमने अच्छा नहीं किया। आज इस संबंध में विलंब के लिए अवसर नहीं है। कभी-कभी मुझको लगता है कि देश से अमीर और गरीब के भेद को मिटाना सरल होगा, मगर उच्च वर्ण और हरिजन के भेद को मिटाना कठिन है, और देश हिलेगा नहीं जब तक जातिगत संबंधों में परिवर्तन नहीं होगा। ये संबंध मूलगामी रूप से बदलने चाहिए। इस विषय को राष्ट्रीय विषय के रूप में लेना चाहिए। वोटों की राजनीति चलेगी, पार्टियों के संघर्ष निरंतर होते रहेंगे। एक-दूसरे पर आक्षेप भी लोकतंत्र में माने जा सकते हैं। मगर कुछ प्रश्न ऐसे हैं जिन पर सारा राष्ट्र एकाग्र होकर और एकचित्त होकर प्रयास नहीं करेगा तो नए भारत का, ऐसे भारत का सपना, जिसमें जन्म के आधार पर, जाति के आधार पर, वंश के आधार पर भेदभाव नहीं हो, ऐसा भारत बनाने का सपना हमारा कभी पूरा नहीं होगा। और यह कसौटी है। यह प्रश्न इस बात की कसौटी है कि हम जो कुछ कहते हैं, उसे करके दिखाते हैं या नहीं। मैं समझता हूं कि इस विवाद से एक ऐसा संकल्प प्रकट होगा जो संकल्प इस दिशा में हमें आगे बढ़ने के लिए प्रेरित करेगा।

सचिवालय में हरिजनों की सुराही

उपाध्यक्ष महोदय, यह बिल इस बात का सबूत है कि पिछले २२ सालों में छुआछूत को समाप्त करने के हमारे प्रयत्न विफल हुए हैं और आज आवश्यकता इस बात की पड़ गई है कि इस बारे में जो कानून है, उसे हम और कड़ा बनाएं। १९५० में जब हमारा संविधान बना था तो उसके अनुच्छेद १७ में हमने घोषणा की थी। इसके बारे में और उसको मैं उद्धृत करना चाहता हूं :

"अस्पृश्यता का अंत किया जाता है और उसका किसी भी रूप में आचरण निषिद्ध किया जाता है। अस्पृश्यता से उपजी किसी नियोग्यता को लागू करना अपराध होगा जो विधि के अनुसार दंडनीय होगा।"

संविधान के निर्माताओं ने छुआछूत को समाप्त घोषित कर दिया, लेकिन घोषणा मात्र से छुआछूत समाप्त नहीं हुई। उसकी समाप्ति के लिए कानून भी बनाया गया, लेकिन आज वह कानून भी अपर्याप्त दिखाई देता है। मंत्री महोदय से मैं जानना चाहता हूं कि अभी तक जो कानून था, उसके अंतर्गत सारे देश में पिछले वर्षों में कितने लोगों के खिलाफ छुआछूत का आचरण करने के अपराध को लेकर मुकदमे चले, कितने लोग ऐसे हैं जिनको उन मुकदमों में सजा हुई? क्या यह सच नहीं है कि इस तरह के मुकदमों को अदालतों में साबित करना बहुत मुश्किल होता है? अस्पृश्यता एक दंडनीय अपराध है। पुलिस को किसी शिकायत की प्रतीक्षा करने की आवश्यकता नहीं है। पुलिस स्वयं हस्तक्षेप कर सकती है। लेकिन जिस पुलिस को हस्तक्षेप करना है, उस पुलिस में भी छुआछूत पर विश्वास करनेवाले लोग रहते हैं, जिन अदालतों में ये मुकदमे जाते हैं, वहां भी न्याय करनेवाले ऐसे व्यक्ति मौजूद हैं जिनके संस्कारों में अस्पृश्यता घुली हुई है। यही कारण है कि कानून इस बुराई का निर्मूलन नहीं कर सका। आप कानून के अंतर्गत सजा को कड़ा करें, इससे किसी का विरोध नहीं हो सकता। मैं नहीं समझता हूं कि इलायपेरुमल कमेटी ने जो सिफारिश की थी, उसमें किसी तरह की रद्दोबदल की आवश्यकता थी। अगर कड़ाई कर रहे हैं तो उसको और भी कड़ा करें। लेकिन केवल कानून बनाकर अगर हम यह समझें कि हमने अस्पृश्यता समाप्त कर दी तो यह हमारी गलती होगी। अस्पृश्यता एक पाप है। सैकड़ों साल से इस पाप का हम प्रायश्चित कर रहे हैं। लेकिन अभी तक यह पाप समाप्त नहीं हुआ है।

** अस्पृश्यता कानून में संशोधन संबंधी विधेयक पर लोकसभा में २३ मई, १९७२ को भाषण।*

मैं उनसे सहमत नहीं हूं जो यह कहते हैं कि अस्पृश्यता वर्ण-व्यवस्था है। वैदिक काल में जन्म के आधार पर वर्ण-व्यवस्था नहीं थी। एक बाप के अनेक बेटे अलग-अलग वर्ण के होते थे लेकिन एक ही घर में रहते थे, एक साथ भोजन करते थे, उनमें विवाह आदि हुआ करते थे। लेकिन आगे जाकर इसमें बुराई आ गई। और उस बुराई का निर्मूलन आवश्यक है। आज जन्म के आधार पर या किसी और भी आधार पर वर्ण-व्यवस्था की आवश्यकता नहीं है। अब सब एक वर्ण के हैं। इस वास्ते कानून बनाने के साथ-साथ एक सामाजिक क्रांति की आवश्यकता है। जिस क्रांति का प्रवाह १९४७ तक बहता रहा, उसका स्वाधीनता के बाद प्रवाह थम गया। स्वामी दयानंद सरस्वती ने, महात्मा गांधी ने, डॉ. बाबा साहब अंबेडकर ने एक जागरण पैदा किया। लोगों को झकझोरा, उनकी अंतःचेतना में एक बगावत की चिंगारी भरी कि वर्तमान व्यवस्था को बदलना चाहिए, कोई छोटा-बड़ा नहीं माना जाना चाहिए। लेकिन एक बार आजादी आ गई तो हमने सोचा कि कानून बनाकर सब काम हो जाएगा और सामाजिक जागरण की दिशा में आगे बढ़ने की हमारी गति थम गई।

मेरा निवेदन है कि सदन यह कानून पास करे, लेकिन अस्पृश्यता के उन्मूलन के लिए सामाजिक स्तर पर एक राष्ट्रव्यापी अभियान चलाया जाना चाहिए। आप जानते हैं आज भी विद्यालयों में हरिजन बंधुओं को टाट-पट्टी पर नहीं बैठने दिया जाता है, वे गांवों में चप्पल पहन कर नहीं चल सकते, शादी-ब्याह में घोड़े पर नहीं बैठ सकते, उनकी महिलाएं अलंकार धारण नहीं कर सकतीं, यहां तक कि केंद्रीय सचिवालय में भी हरिजन कर्मचारियों के लिए अलग सुराही रखी गई है और अभी तक उस व्यवस्था को समाप्त करने का कोई प्रयत्न नहीं किया गया है। प्रतिदिन खबरें आती हैं कि हरिजन महिलाओं को नंगा करके बाजार में उनका जुलूस निकाला जाता है। पूना के पास हरिजन बंधुओं का बहिष्कार किया जाता है। शेड्यूल्ड कास्ट्स कमिश्नर की रिपोर्ट इस तरह के उदाहरणों से भरी हुई है। इन सब घटनाओं को समाज के मानस को झकझोरना चाहिए और कानून के साथ-साथ गैर-राजनैतिक स्तर पर एक राष्ट्रव्यापी अभियान शुरू करने की आवश्यकता है।

मैं एक सुझाव देकर समाप्त करता हूं। जो नेशनल इंटीग्रेशन कौंसिल बनी हुई है, वह अभी तक केवल सांप्रदायिकता के सवाल में उलझी हुई है। वह उसका निपटारा करे, लेकिन मेरा निवेदन है कि नेशनल इंटीग्रेशन कौंसिल की एक विशेष बैठक परिगणित जातियों और जनजातियों के सवालों पर विचार करने के लिए होनी चाहिए और सभी दलों के सहयोग से देश-भर में एक अभियान शुरू किया जाना चाहिए। हम यह लक्ष्य निर्धारित करें कि पांच साल के बाद एक ऐसा भारत बने, जिसमें छुआछूत के लिए कोई स्थान न हो। इस विषय में एक सीमा-रेखा तय करना आवश्यक है। हम परिस्थिति भी बदलें और मनःस्थिति भी बदलें। हम केवल कानून से यह काम नहीं कर सकते। इसके साथ सामाजिक जागरण आवश्यक है। मगर मंत्री महोदय अपने भाषण में सामाजिक जागरण की आवश्यकता का उल्लेख तक नहीं करते। इस सदन में सदस्यों की उपस्थिति भी इस बात का प्रमाण नहीं है कि यह मामला बहुत गंभीर है। यह विषय ऐसा है कि प्रधानमंत्री को सदन में मौजूद रहना चाहिए था और यह आश्वासन देना चाहिए था कि...

उपाध्यक्ष महोदय : वह अभी एक भाषण देनेवाले हैं।

श्री वाजपेयी : विधेयक को विचार के लिए प्रस्तुत करते समय माननीय मंत्री जी भाषण देंगे। वह बहुत सी बातें कह सकते हैं। मैं उनके भाषण की प्रतीक्षा करूंगा। धन्यवाद।

पिछड़ापन आरक्षण से नहीं जाएगा

संविधान में संशोधन का यह विधेयक हमारे सामने है। इसके द्वारा परिगणित जनजातियों को संसद और विधानमंडलों में जो संरक्षण दिए गए हैं, उनकी अवधि १० साल के लिए बढ़ाई जा रही है। वस्तुतः यह विधेयक इस बात की स्वीकारोक्ति है कि गत २० वर्षों में हम अपने परिगणित बंधुओं को शेष समाज के साथ एकाकार नहीं कर सके हैं। जब संविधान बना और संरक्षण की व्यवस्था की गई तो यह आशा व्यक्त की गई थी कि आगामी १० वर्षों में परिगणित जातियों और परिगणित जनजातियों को समाज के साथ एकात्म किया जा सकेगा, वे अपने पैरों पर खड़े हो सकेंगे और उन्हें किसी संरक्षण की आवश्यकता नहीं होगी। लेकिन यह आशा पूरी नहीं हुई और हमने १९५९ में संरक्षण की व्यवस्था को १० वर्ष के लिए आगे बढ़ाया। अब इसे और १० वर्ष के लिए बढ़ाया जा रहा है।

आज जो स्थिति है—और हमें यथार्थ का सामना करना पड़ेगा, वास्तविकता की ओर से आंखें मूंदकर हम नहीं चल सकते—उसमें हमारे परिगणित बंधुओं के लिए संरक्षण की आवश्यकता है। लेकिन केवल संसद या विधानमंडलों में प्रतिनिधित्व देने के पश्चात भी सामाजिक, आर्थिक और शिक्षा संबंधी क्षेत्रों में हम इन पीड़ित बंधुओं का पिछड़ापन दूर नहीं कर सके। इसके लिए यह आवश्यक है कि जहां हम संरक्षण देने के विधेयक पास करें, वहीं सामाजिक क्षेत्र में उन्हें विशेष सुविधाएं देकर शेष समाज के समकक्ष लाने के लिए और शिक्षा के क्षेत्र में हमने उन्हें जो सुविधाएं दी हैं, उनका पूरा लाभ उठाने के लिए उन्हें तैयार किया जा सके, इसके लिए भी प्रयास किए जाने चाहिए।

यह कहना तो ठीक नहीं होगा कि अस्पृश्यता बढ़ गई है। हमें परिस्थिति को बढ़ा-चढ़ाकर पेश नहीं करना चाहिए। हां, मैं उसे कम करके देखने के भी खिलाफ हूं। शिक्षा फैली है, औद्योगीकरण का विस्तार हुआ है, बड़ी संख्या में लोग गांवों से शहरों में आए हैं और उसके परिणामस्वरूप छुआछूत के बंधन कुछ ढीले हुए हैं। लेकिन सबसे दुख की बात यह है कि स्वाधीनता के पूर्व देश में समाज-सुधार का जो एक आंदोलन चलता था, जन-जागरण का जो एक

** अनुसूचितों को आरक्षण देने संबंधी संविधान संशोधन विधेयक (२३वां) की प्रस्तुति के अवसर पर लोकसभा में ९ दिसंबर, १९६९ को भाषण।*

प्रयत्न होता था, गांधी जी के रचनात्मक कार्यक्रमों में हरिजन-उद्धार का जो एक समावेश था, एक बार सत्ता हाथ में आ गई, स्वराज्य प्राप्त हो गया तो सामाजिक पुनर्गठन का कार्य उपेक्षित हो गया और जब हरिजन बंधुओं पर अत्याचार की चर्चा होती है, तो सभी इस बात को स्वीकार करते हैं कि सामजिक क्षेत्र में छुआछूत, ऊंच-नीच के भेद को समाप्त करने के लिए एक अखिल भारतीय अभियान की आवश्यकता है। पिछले सत्र में गृह मंत्री महोदय ने आश्वासन भी दिया था कि सभी दलों के सहयोग से वह इस तरह के आंदोलन का सूत्रपात करेंगे। लेकिन उस दिशा में कोई काम नहीं किया गया। वह करना आवश्यक है।

मैं अपने दल की स्थिति को स्पष्ट करना चाहता हूं। हम छुआछूत में विश्वास नहीं करते। वर्ण-व्यवस्था का कभी उपयोग रहा होगा तो रहा होगा, आज की स्थिति में वर्ण-व्यवस्था का कोई औचित्य नहीं है। ऐसी व्यवस्था जो मानव और मानव के बीच में भेद की दीवार खड़ी करती है, एक व्यक्ति को जन्म से ऊंच बनाती है, और दूसरे व्यक्ति को जन्म के कारण हीन बनाती है, ऐसी व्यवस्था अमानवीय है, अहिंदू है और ईश्वर के विधान के विरुद्ध है। हम उसे स्वीकार करने के लिए तैयार नहीं हैं। लेकिन इतना कहने से काम नहीं चलता। आर्थिक क्षेत्र में परिगणित बंधुओं को सुविधा देने की आवश्यकता है। नौकरियों में हमने एक अनुपात तय किया है, लेकिन उस अनुपात से हमारे परिगणित बंधुओं को और दूसरे लोगों को नौकरियां नहीं मिलतीं। इसमें एक संशोधन होना चाहिए, कि अगर अधिकारी अनुपात के भीतर नौकरियां नहीं दे सकते तो वह अपनी फाइल में कारण लिखें कि वह क्यों नहीं दे सकते। अभी इस तरह कारण बताना आवश्यक नहीं है। हमने नौकरियां सुरिक्षित कर दी हैं, मगर नौकरयां मिलती नहीं हैं, उनमें से अभी तक हम छुआछूत और ऊंच-नीच की भावना को दूर नहीं कर सके। इस सिलसिले में शिक्षा के क्षेत्र में हमने जो सुविधाएं दी हैं, अभी उन्हें पूरी तरह से अमल में नहीं लाया जा सका।

लेकिन इस विधेयक में जो एक बात है, मैं उसका विरोध करना चाहता हूं और वह बात हमारे ऐंग्लो इंडियन भाइयों के संबंध में है। अच्छा होता श्री फ्रैंक एंथनी महोदय यहां होते...(व्यवधान)...वह आ गए हैं। यह बड़ा महत्वपूर्ण मुद्दा है। मैं श्री फ्रैंक एंथनी की पुस्तक से पढ़ रहा हूं, 'ब्रिटेंस ब्रिट्रेयल इन इंडिया'...(व्यवधान)...मुझे दुख है कि श्री गोविंद मेनन महोदय ने जो प्रस्तावित भाषण दिया उसमें उन्होंने कहा कि जो माइनारिटीज के संबंध में सब-कमेटी थी, उसने सिफारिश की कि ऐंग्लो-ईडियंस का भी नामिनेशन होना चाहिए। मगर वह यह बताना भूल गए कि यह बात कमेटी ने तब मानी जब सरदार पटेल ने हस्तक्षेप किया। सब-कमेटी प्रारंभ में किसी तरह के नामिनेशन का अधिकार देने के खिलाफ थी। मैं एक अंश श्री फ्रैंक एंथनी की किताब से पढ़कर सुनाना चाहता हूं। मैं उद्धृत कर रहा हूं :

"अल्पसंख्यक सब-कमेटी ने सबसे पहले एंग्लो-ईडियन केस से शुरुआत की। इसके फौरन बाद ही सिधवा ने मेरा विरोध किया। वह दो पारसी प्रतिनिधियों में से एक थे। उनका कहना था कि राष्ट्रीय पारसी होने के नाते वे किसी भी एंग्लो-इंडियन प्रतिनिधित्व का विरोध करेंगे। चाहे वह कुछ भी क्यों न हो, वह इस पर दृढ़ थे। उन्होंने फिर कहा कि यदि एंग्लो-इंडियनों को कोई प्रतिनिधित्व दिया गया तो इसका कोई बड़ा भारी महत्व न होकर, पारसियों को इस बात के लिए बढ़ावा मिलेगा कि वे भी उसी तरह अपने प्रतिनिधित्व की मांग करें। लड़ाई लंबी, घिनौनी और ठीक नहीं थी। किसी दूसरे अल्पसंख्यक मसले ने इतना वक्त नहीं लिया। संप्रदाय के सभी वर्गों का प्रतिनिधित्व को लेकर विरोध किया गया, क्योंकि माना यह जा रहा था कि इससे सैद्धांतिक

और तार्किक दृष्टि से न्याय नहीं हो सकेगा।"

श्री फ्रैंक एंथनी ने यह भी स्वीकार किया है कि जो इंडियन क्रिश्चियंस के प्रतिनिधि डॉ. मुखर्जी थे, वह इसके एक सबसे बड़े विरोधी थे। प्रश्न यह है कि लोकसभा में नामजदगी क्यों होनी चाहिए? मैं नामजदगी राज्यसभा में समझ सकता हूं अगर एंग्लो-इंडियंस के प्रतिनिधि लोकसभा में नहीं जाते चुनकर। मगर वह आएंगे, पीलू मोदी यहां बैठे हुए हैं, श्री मसानी बैठे हुए हैं। उनकी संख्या कम है, लेकिन उन्होंने यहां के राजनैतिक दलों के साथ अपने को जोड़ा है। वह जनता के साथ घुले-मिले हैं और जनता के प्रतिनिधि बनकर आए हैं। कोई कारण नहीं है कि हम लोकसभा में नामजदगी का सिद्धांत मानें।

दूसरी बात मैं कहना चाहता हूं कि जब १० साल के लिए नामजदगी का अधिकार दिया गया तो श्री फ्रैंक एंथनी ने भी कहा था, मैं उनको फिर उद्धृत करना चाहता हूं···(व्यवधान)···आप मुझे समय दें, आप पहले दिन इतनी बेरहमी न करें···(व्यवधान)···

उपाध्यक्ष महोदय : आपका समय खत्म हुआ। अब कृपया निष्कर्ष निकालें।

श्री वाजपेयी : उपाध्यक्ष महोदय, बड़ी मुश्किल बात है। यह बड़ा महत्वपूर्ण विधेयक है। सदन इस पर चाहे तो और समय ले सकता है। लेकिन अगर आप बोलने नहीं देंगे, एक मुद्दा भी नहीं स्पष्ट करने देंगे तो विवाद की आवश्यकता ही क्या है, ऐसे ही वोटिंग किया जा सकता है।

उपाध्यक्ष महोदय : सदन की व्यवस्था सदन द्वारा निर्धारित की गई है न कि मेरे द्वारा। ये अध्यक्ष और पूरे सदन द्वारा निर्धारित की गई है।

श्री वाजपेयी : मैं श्री फ्रैंक एंथनी को उद्धृत कर रहा था। उन्होंने स्वयं इस बात को स्वीकार किया था कि कोई माइनारिटी हरदम के लिए कम्युनल लेबल के अंतर्गत काम नहीं कर सकती। मैं उन्हीं के शब्दों को रखना चाहता हूं :

"सभी जगह अल्पसंख्यक समय की ओर देखेंगे। जल्द ही या कुछ देरी से, ये लोग किसी सांप्रदायिक लेबल की बजाय भारतीय समाज के एक हिस्से के तौर पर मान्यता हासिल करेंगे।"

और सरदार पटेल ने भी कहा था कि हम १० साल के लिए दे रहे हैं, यह एक नोटिस है। क्योंकि अंग्रेजी राज्य में एंग्लो-इंडियंस को काफी सुविधाएं प्राप्त थीं, उनको परिगणित जातियों की श्रेणी में नहीं रखा जा सकता। उन्हें सुविधाएं प्राप्त नहीं थीं, इसलिए संरक्षण दिया गया। एंग्लो-इंडियंन को अधिक सुविधाएं प्राप्त नहीं, इसलिए संरक्षण दिया गया। लेकिन अब इस नामिनेशन को जारी रखने का कोई औचित्य नहीं है, और मैं चाहता हूं कि श्री फ्रैंक एंथनी खुद कहें कि हमें नामिनेशन नहीं चाहिए। हम जनता से चुनकर आने के लिए तैयार हैं। धन्यवाद।

गौ-रक्षकों की लाशें कहां गईं?

महोदया, ७ नवंबर की घटनाओं के बारे में श्री जयसुखलाल हाथी ने १० नवंबर को जो वक्तव्य दिया था और जिस वक्तव्य पर हम आज विचार कर रहे हैं, उसमें यह कहा गया था कि पुलिस की गोली से ८ आदमी मारे गए और ४१ घायल हो गए। उन्होंने मरनेवालों में से ५ के नाम सदन में बताए थे। श्री रामरखा, स्वामी अजुध्यानंद, श्री एस.के. जैन, श्री जगन्नाथ और कांस्टेबल श्री जयप्रकाश। मैं यह जानना चाहूंगा कि उन्होंने मरनेवालों में जोधपुर के श्री झूमरमल आसोपा का नाम क्यों नहीं बताया? उन्होंने कहा, तीन व्यक्ति पहचाने नहीं जा सके। क्या मंत्री महोदय को मालूम है कि श्री झूमरमल आसोपा के पुत्र साढ़े दस बजे रात विलिंगडन अस्पताल में गए, उन्होंने वहां अपने पिता की लाश देखी, उस लाश के साथ वहां सोलह लाशें और भी थीं। एक लाश में से, श्री झूमरमल की लाश में से, उनका आइडेंटिटी कार्ड निकला। वे रेलवे के रिटायर्ड ऑफिसर थे, उस आइडेंटिटी कार्ड में उनका नाम और जोधपुर लिखा हुआ था। वह आइडेंटिटी कार्ड, उनका चश्मा, उनका मनीबैग डॉक्टर के पास ले जाए गए। उनके बेटे ने जाकर कहा कि हमने पिता की लाश पहचान ली है, वह लाश हमें वापस कर दी जाए। डॉक्टर ने कहा, कल सवेरे आना, लाश मिल जाएगी। जब वे सवेरे गए तो उनसे कहा गया कि यहां कोई लाश नहीं है। उन्होंने श्रीमती इंदिरा गांधी को एक पत्र लिखा है और मेरे पास विलिंगडन अस्पताल के डॉक्टर की लिखी हुई चिट की फोटोस्टेट कापी मौजूद है। जब दूसरे दिन सवेरे वह डॉक्टर के पास गए और बताया कि आपने कहा कि सवेरे आना लाश लेने के लिए, तो डॉक्टर ने उन्हें 'सिस्टर' के पास भेजा। डॉक्टर ने लिखा है सिस्टर को—सिस्टर, कृपया इस सज्जन को यह बताएं कि श्री झूमरमल की लाश को कौन ले गया है। वह विलिंगडन अस्पताल के डॉक्टर का लिखा हुआ है। विलिंगडन अस्पताल के रजिस्टर में मरनेवालों के १७ नाम हैं, जिनकी लाशें विलिंगडन अस्पताल में थीं। वे १७ लोग थे जिनमें एक श्री झूमरमल आसोपा भी थे। वे १७ लाशें कहां गईं? श्री झूमरमल आसोपा की लाश कहां गई। उस लाश को घरवालों को क्यों नहीं दिया गया? अगर मरनेवाले ८ थे तो ये विलिंगडन अस्पताल में १७ लाशें कहां से आईं? इसका जवाब कौन देगा?

* गौ-रक्षा आंदोलन के जुलूस द्वारा संसद के पास प्रदर्शन के दौरान पुलिस और अव्यवस्था के चलते हुई मौतों पर राज्यसभा में १६ नवंबर, १९६६ को वक्तव्य और प्रस्ताव।

क्या लोकतंत्र में, क्या स्वराज्य में मरनेवालों की लाशों तक का पता नहीं दिया जाएगा? क्या रात के अंधेरे में और बिजली के मरघटखाने में लाशों को जला दिया जाएगा? मैं गृह मंत्री श्री चह्वाण से कहना चाहता हूं कि यह लाशों का मामला बहुत गंभीर मामला है। इसको आप ७ तारीख के प्रदर्शन से जोड़कर मत देखिए। अगर ७ तारीख के प्रदर्शन के लिए हम जिम्मेदार हैं, अगर हमसे कोई गलती हुई है, तो हम अपने पाप का प्रायश्चित्त करने के लिए तैयार हैं। मगर जो मर गया, वह किसी का बाप था, जो मर गया वह किसी का पति था, किसी का पिता था या किसी का पुत्र था। उसकी लाश को आपने उसके घरवालों को नहीं दिया! इतना ही नहीं, आपने इस सदन को अंधेरे में रखा और देश को अंधेरे में रखा। मैं उस आदमी को पेश करने के लिए तैयार हूं और मैं गृह मंत्री जी से कहूंगा कि विलिंगडन अस्पताल के रजिस्टर पर कब्जा करिए। उसमें मरनेवालों के १७ नाम लिखे हैं। फिर हाथी जी ने कैसे कहा कि ८ लोग मरे? फिर हाथी जी ने क्यों कहा कि श्री झूमरमल आसोपा नहीं मरे? इस तरह की जानकारी उन्हें किसने दी?

महोदया, यह कहा जाता है कि उस दिन का प्रदर्शन भारतीय जनसंघ ने, राष्ट्रीय स्वयंसेवक संघ ने आयोजित किया था। राजधानी में हम इससे पहले भी प्रदर्शन कर चुके हैं और उन प्रदर्शनों में कोई घटना नहीं घटी। यदि यह प्रदर्शन हम करते तो ७ नवंबर की दुर्भाग्यपूर्ण घटना न होने पाती। दुख यह है कि प्रदर्शन हमारा नहीं था, मगर हम लोगों को बदनाम करने की कोशिश की जा रही है। महोदया, प्रदर्शन का आयोजन सर्वदलीय गो-रक्षा महाअभिमान समिति ने किया था।

श्री महावीर प्रसाद भार्गव (उत्तर प्रदेश) : उसमें आपके लोग थे।

गौ-रक्षकों में मुसलमान भी

श्री वाजपेयी : भारतीय जनसंघ उस समिति में शामिल नहीं है और कोई भी राजनीतिक दल शामिल नहीं है। हां, मेरे लोग शामिल थे और मेरे लोगों को पूरी छूट है उसमें शामिल होने की, मगर यह कहना गलत है कि प्रदर्शन हमने आयोजित किया। क्या आप जानते हैं कि गौ-रक्षा महाअभियान समिति के अध्यक्ष श्री प्रभुदत्त ब्रह्मचारी जी हैं? क्या आप जानते हैं कि नामधारी सिखों के सद्गुरु उसके उपाध्यक्ष हैं और श्री हनुमान प्रसाद पोद्दार उसके कोषाध्यक्ष हैं? उसमें जैन समाज, आर्यसमाज शामिल है, सनातन धर्म शामिल है, सिख संप्रदाय शामिल है और जुलूस में मुसलमानों का भी एक जत्था आया था, जिसके नेता मास्टर नूरुद्दीन थे और जिन्हें पुलिस ने हवालात में बंद कर दिया है।

महोदया, प्रश्न यह है कि क्या दिल्ली की पुलिस ने आवश्यक एहतियाती कार्यवाही की? जो प्रदर्शन के संगठनकर्त्ता थे, उन्होंने आश्वासन दिया था कि प्रदर्शन में किसी प्रकार की गड़बड़ नहीं होगी और वे आश्वासन को अमल में लाना चाहते थे। लेकिन पुलिस की जिम्मेदारी थी कि दिल्ली के गुंडों को पकड़ती। जब हमारा, जनसंघ का कच्छ के अवसर पर प्रदर्शन हुआ था, तो ४००-५०० के करीब गुंडे गिरफ्तार किए गए थे। गृह मंत्री महोदय पता लगाएं कि इस बार कितने गुंडे गिरफ्तार किए गए? इस बात का भी पता लगाएं कि संसद भवन के सामने पहुंचने से पहले, जो बाईं तरफ संसद भवन की बैरकें बनी हुई हैं, उन बैरकों पर पुलिस ने लोगों को इकट्ठा क्यों होने दिया? वे लोग प्रदर्शन से संबंधित नहीं थे, वे लोग प्रदर्शन के अंग नहीं थे और वे लोग प्रदर्शन से पहले ही आकर बैरकों के ऊपर अड्डा जमाकर बैठ गए थे। हम पता लगाने की कोशिश कर रहे हैं कि वे कौन थे। उनके पास एक लाउडस्पीकर भी था। जो प्रदर्शन की इजाजत दी गई है

मंत्री, सर्वदलीय गो-रक्षा महाअभियान समिति को, उसमें लिखा गया है कि प्रोसेशन के साथ कोई लाउडस्पीकर नहीं होगा, मगर दिल्ली की पुलिस देख रही थी कि बैरकों पर जो लोग खड़े थे, उनके पास लाउडस्पीकर था। मंच से नारे लगाए जा रहे थे—"गो-हत्या बंद करो; हम शांति से अपनी मांग मनवाने के लिए आए हैं," मगर बैरकों के ऊपर खड़े लोग दूसरे नारे लगा रहे थे। जैन मुनि सुशील कुमार जी ने हाथ जोड़कर उनसे प्रार्थना की कि आप यह नारा न लगाइए, यह नारा अधिकृत नारा नहीं है और जो नारे हमने तय किए हैं, वही नारे लगेंगे। मगर उन लोगों ने यह बात नहीं मानी और पत्थर फेंकनेवालों में सबसे आगे वही लोग थे। उन लोगों को कैसे इकट्ठा होने दिया गया और वे लोग कौन थे? मैं यह भी जानना चाहता हूं कि श्री कामराज पर आक्रमण करनेवाले कौन थे? यह जांच का विषय है। आप अनाप-शनाप आरोप मत लगाइए। कामराज महोदय के घर में आक्रमण पहले हुआ और पुलिस की गोली चलने से प्रदर्शनकारी तितर-बितर हुए थे तो फिर उन्होंने बाद में जाकर आग लगाई होती, पहले नहीं।

श्री शीलभद्र याजी : पहले लगाई।

श्री वाजपेयी : गलत बात है। दिल्ली एडमिनिस्ट्रेशन के लेफ्टिनेंट गवर्नर जनरल ने टाइम टेबल दिया है। आप आंखें बंद करके मत चलिए, मैं आपका साथ देने के लिए तैयार हूं।

मैं जनसंघ से संबंध तोड़ लूंगा

महोदया, अगर यह साबित हो जाए कि जनसंघ के लोगों ने हिंसा की, जनसंघ के लोगों ने गाड़ियां जलाईं, तो मैं कोई भी सजा भुगतने के लिए तैयार हूं। मैं जनसंघ से संबंध तोड़ लूंगा। मैं राजनीति से संन्यास ले लूंगा। मैं ऐसी पार्टी में नहीं रह सकता हूं जो हिंसा करती है। मगर आप हमें सफाई का मौका नहीं देंगे, तो यह हमारे साथ अन्याय होगा और हम अन्याय को बर्दाश्त नहीं करेंगे।...(व्यवधान) आप सुनिए, जरा मुझे मौका दीजिए। अगर प्रदर्शनकारी कामराज महोदय के घर जाते, तो कामराज महोदय के बंगले के पहले श्री अशोक मेहता का बंगला था, श्री टी.एन. सिंह का बंगला था। क्या प्रदर्शनकारी केवल कामराज महोदय से ही नाराज थे, अशोक मेहता से नहीं थे, टी.एन. सिंह से नहीं थे?

दीवान चमनलाल : अशोक मेहता प्रेजीडेंट नहीं हैं।

श्री वाजपेयी : महोदया, मैं चाहता हूं कि सिक्योरिटी फोर्स से पता लगा लिया जाए कि वे कौन लोग थे? क्या प्रदर्शनकारी थे या कोई और लोग थे? हम इस बारे में पता लगाने की कोशिश कर रहे हैं और आप मदद करेंगे तो पता लगेगा। अगर उसमें हमारे लोग शामिल होंगे तो हम उनको सजा देंगे। मगर आप हमें कन्विंस कराइए कि हमारे लोग थे।

महोदया, मैं एक बात और कहना चाहता हूं, यह मैंने उस दिन भी कहा था कि उस दिन प्रदर्शनकारियों के सामने मुझे बोलने नहीं दिया गया था। मंच पर एक साधु ने मेरे हाथ से माइक छीन लिया था। वह साधु कौन था? वह साधु पहले मंच के नीचे बैठा था और वह साधु जैन मुनि के भाषण में गड़बड़ कर रहा था। बाद में उस साधु को पकड़कर प्रदर्शनकारियों ने पुलिस के हवाले कर दिया था। मगर बाद में वह साधु फिर मंच पर आ गया और उसने मेरी खोपड़ी पर एक हाथ मारा और लाउडस्पीकर छीन लिया। मैं यह पूछना चाहता हूं कि वह साधु पुलिस की गिरफ्त से कैसे छूट आया? वह साधु अब कहां है? मैं उस साधु को जेल में ढूंढ़कर आया हूं क्योंकि मैं उसकी शक्ल को पहचानता हूं जिसने मेरे हाथ से लाउडस्पीकर छीना था। वह साधु

आज पुलिस की हिरासत में नहीं है, जेल में नहीं है, क्या वह पुलिस का आदमी था, क्या वह दिल्ली एडमिनिस्ट्रेशन का आदमी था अथवा क्या वह उनका आदमी था जो नंदा जी को बदनाम करना चाहते थे?

यह मामना इतना सरल नहीं है, जितना दिखलाई देता है। उस साधु को पेश किया जाना चाहिए।

साधु पकड़े क्यों नहीं गए?

महोदया, २०-२५ साधु, जिनमें नागा भी थे, संसद भवन के दरवाजे पर जाकर इकट्ठा हो गए। उधर हम भीड़ को शांत करने का प्रयत्न कर रहे थे। अगर पुलिस उन २०-२५ साधुओं को पकड़ लेती तो उस तरह की गड़बड़ नहीं होती। मगर उन साधुओं को पकड़ा नहीं गया, क्यों नहीं पकड़ा गया? मंच पर टीयर गैस का गोला क्यों फेंका गया, जबकि मंच पर से शांति बनाये रखने की कोशिश हो रही थी? स्वामी रामेश्वरानंद जी के भाषण के बाद श्री सेठ गोविंद दास बोले, प्रकाशवीर शास्त्री जी बोले, मगर जब मैं बोलने को खड़ा हुआ तो मुझे उस साधु ने पकड़ लिया। वह साधु अगर नहीं होता और २०-२५ साधुओं को संसद भवन के दरवाजे पर इकट्ठा न होने दिया जाता, तो यह घटना नहीं होती। मगर पुलिस ने मंच पर टीयर गैस शैल छोड़ दिया, पुलिस ने तार काट दिये। क्या पुलिस ने भीड़ को गैर-कानूनी घोषित किया था? क्या अश्रुगैस चलाने से पहले, लाठी चलाने से पहले, पुलिस ने भीड़ को मौका दिया था कि वह तितंर-बितर हो जाए? क्या गोली चलाने से पहले चेतावनी दी गई थी? इस देश में कोई कानून है या नहीं, इस देश में कानून का सम्मान है या नहीं? भीड़ को चेतावनी नहीं दी गई और लोगों को तितर-बितर होने का मौका नहीं दिया गया और मंच पर टीयर गैस चला दिया गया, जिससे भीड़ में यह आशंका पैदा हो गई कि मंच पर बैठे हुए नेताओं को मारने की साजिश की जा रही है। प्रदर्शन में लाखों लोग थे। वे एक भावना को हृदय में लेकर आए थे। वे संसद के दरवाजे को खटखटाने आए थे। वे लोकतंत्रीय तरीके से अपनी मांग को मनवाने आए थे। उनकी मांग से किसी को मतभेद हो सकता है। कोई कह सकता है कि कानून से गौ-हत्या बंद करना ठीक नहीं है। मगर जो सरकार कानून से शराबबंदी करती है, उसके मुंह से यह बात शोभा नहीं देती है। लेकिन जो लोग आए, उनकी भावना का आदर करने के बजाय जब मंच से टीयर गैस का धुंआ निकला तो लोग समझे कि गड़बड़ हो गई है, मंच पर आग लग गई है और उनके नेता खतरे में पड़ गए हैं।

दूसरी बात यह हुई कि जब लाउडस्पीकर के तार काट दिए गए, मंच पर से नेता हट गए तो भीड़ तो नियंत्रण में कौन रखता? भीड़ को नेतृत्वविहीन किसने बनाया? कुछ तत्त्व ऐसे थे जिन्होंने परिस्थिति का फायदा उठाया, जिन्होंने आग लगाई, मोटरें तोड़ीं। महोदया, आप विश्वास करेंगी कि जो कारें जलाई गई हैं उनमें जनसंघ के कार्यकर्ताओं की तीन कारें जली हैं, जो स्कूटर जलाए गए हैं उनमें हमारे कार्यकर्ताओं के स्कूटर जले हैं। क्या हमने अपनी कारें जलाईं? क्या हमने अपने ही स्कूटरों को आग लगा दी? इन कांडों में हम विश्वास नहीं करते। यह काम करने का हमारा तरीका नहीं है। इसलिए मैं कहना चाहता हूं कि सारे मामले की अदालती जांच होनी चाहिए। दूध का दूध और पानी का पानी होना चाहिए। सांच को आंच क्या है? अगर सारी गड़बड़ के लिए हम जिम्मेदार हैं, तब तो आपको जांच का स्वागत करना चाहिए। आपको चुनाव के समय हम पर दमन का दुधारा चलाने का मौका मिलेगा।

महोदया, आप विश्वास करेंगी कि जनसंघ के ऐसे कार्यकर्त्ता और नेता जेलों में बंद कर दिए गए हैं जो उस दिन दिल्ली में नहीं थे। प्रोफेसर बलराज मधोक जो हमारी ऑल इंडिया पार्टी के प्रेसीडेंट हैं, वह ७ नवंबर को सवेरे बंबई में थे और हवाई जहाज से दिल्ली आए। वह जुलूस में शमिल नहीं थे। वह मंच के ऊपर मौजूद नहीं थे। गोली चल गई, उसके बाद वह पार्लियामेंट भवन में पहुंचे। वह जेल में बंद हैं। कल रात मेट्रोपालिटन कौंसिल में हमारी पार्टी के लीडर, मि. आडवाणी को गिरफ्तार कर लिया गया। अगर वह ७ नवम्बर की घटना में शमिल होते तो पहले ही पकड़े जाते। अगर वह १३ नवंबर के हमारे प्रोटेस्ट के कारण पकड़े गए हैं, तब भी दो दिन रुकने की जरूरत नहीं थी। कल रात में उनको पकड़ ले गए। हमारा आफिस सेक्रेटरी, जो टाइपिस्ट था, जिसका पार्टी से कोई संबंध नहीं था और जो नौकर था, उसको भी पकड़ ले गए। अंधाधुंध गिरफ्तारियां की गई हैं।

श्री ब्रजकिशोर प्रसाद सिंह (बिहार) : विद्यार्थी।

श्री निरंजन वर्मा (मध्य प्रदेश) : आपने देखा भी नहीं है।

श्री वाजपेयी : हम भड़का रहे हैं विद्यार्थियों को? यह इंटेलिजेंस है जिसका कांग्रेस के सदस्य नमूना पेश कर रहे हैं। अगर इस इंटेलिजेंस के भरोसे शासन चलेगा तो यह शासन...

श्री अर्जुन अरोड़ा (उत्तर प्रदेश) : यह इंटेलिजेंस है कांग्रेस के एक सदस्य की।

श्री वाजपेयी : कांग्रेस के सदस्यों की इंटेलिजेंस का यह हाल है तो छोटे-छोटे कर्मचारियों का क्या हाल होगा?

गिरफ्तारियां बंद करो

महोदया, यह अंधाधुंध गिरफ्तारियां बंद होनी चाहिए। अब दिल्ली में शांति भंग होने की कोई आशंका नहीं है। कम से कम हमारी ओर से शांति भंग होगी, यह सवाल पैदा नहीं होता। फिर ये लोग क्यों पकड़े जा रहे हैं? फिर जनसंघ के विरुद्ध एक तूफान क्यों खड़ा किया जा रहा है? क्या इसलिए कि जनसंघ की बढ़ती हुई लोकप्रियता से कांग्रेस के नेता परेशान हैं? अगर नवंबर की दुर्भाग्यपूर्ण घटनाओं का लाभ उठाकर राजनैतिक प्रतिशोध लेने की कोशिश की गई तो यह कांग्रेस सरकार और इसके मंत्री खाद्य संकट पर विरोधी दलों से सहयोग लेने का मुंह नहीं रख सकते। अगर ७ नवंबर की घटनाओं का आप लाभ उठाएंगे तो फिर खाद्य संकट का हम भी लाभ उठाएंगे, और फिर यह देश कहां जाएगा।

महोदया, मैं नए गृह मंत्री महोदय से कहना चाहता हूं कि बड़े संकटकाल में उन्होंने गृह मंत्रालय का भार संभाला है। इस संकट काल का लाभ देश की बिखरी हुई शक्ति को इकट्ठा करने में भी हो सकता है। जो बाहरी-भीतरी संकट हैं, उन पर विजय प्राप्त करने के लिए हो सकता है और इस संकट का लाभ उठाकर के विरोधी दलों को दबाया भी जा सकता है, कुचला भी जा सकता है।

आपको ताज्जुब होगा, एक दैनिक पत्र 'पैट्रिएट' निकलता है, उसने मेरे मुंह में यह भाषण रख दिया कि मैंने मंच पर कहा कि खून का बदला खून से लो। मैं वहां बोल तक नहीं सका। मैंने सिर्फ इतना कहा था "बहनो और भाइयो, आप इतनी बड़ी संख्या में आए हैं, मैं आपका अभिनंदन करता हूं।" क्या मैं ऐसी बात कह सकता हूं कि खून का बदला खून से लो। यह 'पैट्रिएट' पेपर जो एक प्रोग्रेसिव पेपर बनता है, उसने यह लिखा है। एक 'लिंक' वीकली निकलता

है। उसने लिखा है कि मि. गोलवलकर मंच पर मौजूद थे। मि. गोलवलकर यवतमाल में थे। उनका उस दिन का भाषण छपा हुआ है। मगर 'लिंक' को वे मंच पर दिखाई दे रहे थे। बहुत सी बातें बहुत से लोगों को दिखाई दे रही हैं। मगर इस तरह से देश में शासन नहीं चलाया जा सकता। इस तरह से लोकतंत्र की रक्षा भी नहीं की जा सकती।

जो कुछ ७ नवंबर को हुआ उसे टाला जा सकता था। जो कुछ हुआ वह दुर्भाग्यपूर्ण था। हिंसा की निंदा की जानी चाहिए। हिंसा का बहिष्कार करना चाहिए। एक दिन पहले मैं नागपुर में था और मैंने एक जनसभा में बोलते हुए कहा था कि अगर हम हिंसा का बहिष्कार नहीं करेंगे, अगर हम सार्वजनिक जीवन में हिंसा का परित्याग नहीं करेंगे तो हमारी आजादी खतरे में पड़ जाएगी और यह लोकतंत्र भीड़तंत्र में बदल जाएगा। क्या मैं और मेरी पार्टी हिंसा को भड़काने में प्रयत्नशील हो सकते हैं? मगर एक बात मैं कहना चाहूंगा। अगर ७ नवम्बर की घटनाओं का राजनैतिक फायदा उठाने की कोशिश की गई तो एक राजनैतिक दल के नाते शांतिपूर्ण तरीकों से हम उसका प्रतिरोध करेंगे। हमें जेलों में बंद करके जनसंघ की लोकप्रियता को खत्म नहीं किया जा सकता। दमन का दुधारा चलाकर के लोगों की भावनाएं नहीं दबाई जा सकतीं।

महोदया, मैं फिर मांग करता हूं कि ७ नवंबर की घटनाओं की पूरी जांच की जाए, अदालती जांच की जाए, सुप्रीम कोर्ट या हाई कोर्ट का कोई जज तय किया जाए। तब सब तथ्य सामने आएंगे। हम कठघरे में खड़े होने के लिए तैयार हैं। मगर बिना हमको अपनी सफाई का मौका दिए फांसी पर चढ़ाने की कोशिश मत करिए, क्योंकि हम मरते-मरते भी लड़ेंगे और लड़ते-लड़ते भी मरने के लिए तैयार रहेंगे। धन्यवाद।

पूजास्थलों का दुरुपयोग

सभापति जी, मैं इस प्रस्ताव का समर्थन करने के लिए खड़ा हुआ हूं, यद्यपि मैं चाहता हूं कि प्रस्ताव के अंतर्गत प्लेसिज ऑफ पिलग्रिमेज को—तीर्थ के जो स्थान हैं, उनको—लाने के संबंध में प्रस्तावक महोदय को फिर से विचार करना चाहिए। जहां तक पूजा के स्थानों का राजनैतिक प्रचार के लिए दुरुपयोग रोकने का प्रश्न है, इस संबंध में दो मत नहीं हो सकते हैं, और अगर हम भारतीय गणराज्य के असांप्रदायिक स्वरूप को सुरक्षित रखना चाहते हैं तो इस संबंध में हमें अंतिम निर्णन लेने की स्थिति आ गई है। जिन परिस्थितियों में देश का विभाजन हुआ, विभाजन के जिन दुष्परिणामों को हम अभी तक भूल नहीं सके हैं, उनको ध्यान में रखकर हमें ऐसी घटनाओं की पुनरावृत्ति को रोकना है, जो राष्ट्रीय एकता को दुर्बल करती हैं, भारतीय गणराज्य के असांप्रदायिक स्वरूप पर कुठाराघात करती हैं और देश में फिर से सांप्रदायिकता के उन्माद का जागरण करती हैं।

हमने एक असांप्रदायिक राज्य का निर्माण किया है। इसका स्वाभाविक पर्याय यह है कि राजनीति और संप्रदाय को अलग-अगल रखा जाना चाहिए। जो राजनीति को संप्रदाय के साथ जोड़ते हैं या संप्रदाय को राजनीति के साथ संबद्ध करते हैं, वे अंतःकरण से असांप्रदायिकता के सिद्धांत में विश्वास नहीं करते, फिर चाहे वे सांप्रदायिकता के विरुद्ध कितने भी भाषण दें, अधिवेशन में बैठकर लंबे-लंबे प्रस्ताव पास करें। आज राजनीति और संप्रदाय को मिलाने के फिर से प्रयत्न हो रहे हैं। अगर इनको रोका नहीं जा सका, तो देश में सांप्रदायिकता फिर से सिर उठाएगी और हमारी स्वतंत्रता और राष्ट्रीय एकता के लिए एक भयंकर संकट खड़ा हो जाएगा।

हमने लोकतंत्रात्मक मार्ग का अवलंबन किया है। किसी भी संप्रदाय को स्वतंत्रता है कि वह राजनैतिक दल का निर्माण करे, खुले मैदान में आकर चुनाव लड़े, अपनी आर्थिक और सांस्कृतिक समस्याओं पर विचार करे। उसके लिए मंदिर में, मस्जिद में, गुरुद्वारे या गिरिजाघर में जाकर आंदोलन चलाने की क्या आवश्यकता है? मुझे ताज्जुब हुआ कि श्री सरहदी साहब ने जहांगीर के काल का उदाहरण दिया। समय बीत गया है। यह केवल सिख बंधुओं के लिए ही सही नहीं

** धर्मस्थलों का राजनीतिक प्रचार के लिए इस्तेमाल रोकने के संबंध में लोकसभा में १७ फरवरी, १९६१ को प्रस्ताव।*

है। अतीत काल में भी जो भी स्वतंत्रता के लिए संघर्ष हुए, वह सब धर्म के साथ जुड़े हुए थे, लेकिन आज पूजा की पद्धति को और राजनीति को जोड़ने का कोई औचित्य नहीं है। हां, गुरुद्वारे में बैठकर, मंदिर में बैठकर अगर पूजा करने में कोई कठिनाई उत्पन्न होती है, राज्य की ओर से कोई भेदभाव की नीति बरती जाती है, शुद्ध धार्मिक मामलों में, तो उसका विचार हो सकता है। लेकिन मस्जिदों में चुनावों के संबंध में फतवे दिए जाएं, गुरुद्वारों से एक पृथक राज्य के निर्माण का राजनीतिक और सांप्रदायिक आंदोलन चलाया जाए, गिरजाघरों को भारत की एकता को खंडित करने का केंद्र बनाया जाए और फिर उसकी प्रतिक्रिया के फलस्वरूप लोग मंदिरों में भी राजनीतिक गतिविधियों को ले जाने का प्रयत्न करें, इसका समर्थन नहीं किया जा सकता। तेरह वर्ष हुए देश का विभाजन हुए...

श्री नवल प्रभाकर (बाह्य दिल्ली, रक्षित-अनुसूचित जातियां) : आर.एस.एस. की मीटिंगें मंदिरों में ही होती हैं।

श्री वाजपेयी : आर.एस.एस. कोई राजनैतिक दल नहीं है और मेरा निवेदन है कि अगर होती हैं, तो वह भी गलत है और वह चीज भी बंद होनी चाहिए और जब मैं इस प्रस्ताव का समर्थन करता हूं तो आर.एस.एस. भी बचनेवाला नहीं है। मगर कांग्रेस के माननीय सदस्यों में यह नैतिक साहस होना चाहिए कि इस प्रस्ताव का वे समर्थन करें, मगर यह वे नहीं कर सकते हैं। वे सांप्रदायिकता के विरुद्ध भाषण दे सकते हैं, मगर चुनाव लड़ने के लिए सांप्रदायिक तत्वों से समझौता करते हैं। वे राष्ट्रीयता की बात करते हैं। मगर दल के स्वार्थों को बलि पर नहीं चढ़ा सकते। यही कारण है कि तेरह वर्ष बाद भी सांप्रदायिकता फिर से पनप रही है। और यह तब तक नहीं मिटेगी जब तक कि हम इस सांप्रदायिकता के संबंध में कभी न समझौता करनेवाला दृष्टिकोण नहीं अपनाएंगे। कोई भी दल हो, पूजा का कोई भी स्थान हो, उसको अपनी राजनीतिक गतिविधियां वहां चलाने की छूट नहीं होनी चाहिए। अभी कहा गया है कि राजनीतिक गतिविधियों की परिभाषा क्या हो, किसे कहा जाए कि यह राजनीतिक गतिविधि है और किसे कहा जाए कि यह नहीं है। मेरा निवेदन है कि केंद्रीय सरकार ने अपने कर्मचारियों के लिए नियम बना रखे हैं कि वे राजनीति में भाग नहीं ले सकते हैं। यह परिभाषा की कठिनाई उनके सामने तो नहीं आती है। सरकार का कोई कर्मचारी अगर राजनीतिक गतिविधि में भाग लेता है तो उसे दंड भोगना पड़ता है। और अगर कोई परिभाषा की कठिनाई है भी तो उस पर बैठकर विचार किया जा सकता है। उसके संबंध में लोगों की राय ली जा सकती है और एक ऐसी सर्वसम्मत परिभाषा बनाई जा सकती है जिसके अतंर्गत सत्ता प्राप्ति को, या राजनीतिक चुनाव लड़ने को इसमें शामिल करते हुए बाकी के सांस्कृतिक और धार्मिक अधिकारों पर किसी प्रकार का प्रतिबंध न लगे।

पूजा के स्थान राजनीति के अड्डे न बन जाएं

इसके लिए आवश्यक है कि इस प्रस्ताव की मूल भावना से सब सहमत हों। राजनीतिक गतिविधियों की परिभाषा नहीं हो सकती इसलिए धर्मिक स्थानों में राजनीति चलती रहे, इस चीज को स्वीकार करने के लिए मैं तैयार नहीं हूं। सिद्धांत के रूप में मैं चाहता हूं कि हम स्वीकार कर लें कि समय आ गया है कि पूजा के स्थान राजनीति के अड्डे न बनाए जाएं; और फिर इसके लिए कैसा कानून बनाया जाए, उसकी परिभाषा क्या हो, उसकी परिधि क्या हो, ये विचार के विषय हो सकते हैं, इस पर मिल-बैठकर हम गंभीरता से सोच सकते हैं। मेरा निवेदन है कि राष्ट्रीय

एकता को जो संकट है, कोई भी राष्ट्रवादी उसकी ओर से आंखें नहीं मूंद सकता है और यह संकट भिन्न-भिन्न रूपों में खड़ा है। मेरा निवेदन है कि हम किसी भी संप्रदाय की सांप्रदायिकता को बर्दाश्त न करें, चाहे यह कम संख्यावालों की हो या चाहे अधिक संख्यावालों की। जो नियम बनते हैं वे सबके लिए एक-से होते हैं। मगर देखा गया है कि पंजाब में गुरुद्वारों में पुलिस नहीं जा सकती है। मगर चंडीगढ़ में आर्यसमाज मंदिर में पुलिस प्रवेश कर सकती है। अगर नियम बने हुए हैं, तो सभी के लिए एक-से होने चाहिए। अभी जालंधर में आर्यसमाज मंदिर में प्रवेश पर रोक लगा दी गई थी, जबकि महीनों तक गुरुद्वारों का उपयोग क्या एक सांप्रदायिक आंदोलन को चलाने के लिए नहीं होता रहा है?

वह रोक उठा ली गई है, इसका मैं स्वागत करता हूं। मैं इस बात का समर्थन नहीं करता कि आर्यसमाज के मंदिरों में राजनीतिक गतिविधियां चलें। मैं कहता हूं कि किसी को भी इस तरह की कार्यवाही करने का अधिकार नहीं होना चाहिए, फिर चाहे वे गुरुद्वारे हों, चाहे आर्यसमाज मंदिर हों या दूसरे धर्मस्थान हों। इस संबंध में हमें कट्टरता तथा कठोरता की नीति अपनाने की आवश्यकता है। अगर आपने इस नीति को नहीं अपनाया तो असांप्रदायिक राज्य स्थापित कने का हमारा स्वप्न कभी भी सत्य नहीं हो सकेगा।

देश के विभाजन से भी हम अगर शिक्षा नहीं लेंगे, राजनीति को मजहब से अलग नहीं रखेंगे, इस संबंध में जनमत की भावना का कानून के रूप में प्रयोग नहीं करेंगे तो केवल यह कहकर कि जनमत जाग्रत किया जाए, कोई अधिक परिणाम नहीं निकल सकता है। मैं पूछना चाहता हूं कि हिंदू कोड बिल के बारे में जनमत कितना जाग्रत किया गया था? हिंदू कोड बिल तो बन गया, मगर सिविल कोड बिल अभी तक नहीं बना है। गुरुद्वारों में पुलिस प्रवेश नहीं कर सकती है, आर्य समाज मंदिरों में कर सकती है। मस्जिदों में चुनाव जीतने के लिएं फतवे दिए जा सकते हैं, विदेशी मिशनरी गिरजाघरों में बैठकर राष्ट्रीय एकता का विच्छेदन करने के लिए षडयंत्र कर सकते हैं, और इन सब चीजों को आज बर्दाश्त किया जाता है। अगर इन संकटों को हम आज भी नहीं समझेंगे तो हमारी स्वतंत्रता और हमारी राष्ट्रीयता की रक्षा नहीं हो सकेगी।

मैं कहना चाहता हूं कि यह प्रस्ताव नहीं है, यह शासन को कसौटी पर कसा जा रहा है और एक-एक कांग्रेसी की राष्ट्रीयता को मानो आज चुनौती दी जा रही है। अगर वे चाहते हैं कि राजनीति का सांप्रदायिकता में प्रवेश नहीं होना चाहिए तो इस प्रस्ताव का उनको समर्थन करना चाहिए, वरना कहा जाएगा कि वे राष्ट्रीय एकता की बातें तो कर सकते हैं, मगर उसके निर्माण के लिए कदम नहीं उठा सकते। धन्यवाद।

दहेज जागृति से जाएगा

सभापति जी, जिस भावना से अनुप्राणित होकर यह विधेयक लोकसभा के समक्ष उपस्थित किया गया है, मैं उसका स्वागत करता हूं। कोई भी विवेकशील व्यक्ति दहेज-प्रथा का समर्थन नहीं कर सकता। दहेज-प्रथा हमारे लिए एक अभिशाप बन गई है। भारतीय समाज में नारी की कितनी दीन दशा है, इसका यह सूचक है। पुरुष कितनी स्वार्थ-बुद्धि से प्रेरित होकर काम करता है, इसका यह द्योतक है। वह हमारे सामाजिक पिछड़ेपन का परिचायक है और सब इस बात से सहमत होंगे कि वर-वधू के क्रय-विक्रय की जो यह प्रथा है, उसका मूलोच्छेदन होना चाहिए।

किंतु प्रश्न यह है कि इस दूषित प्रथा का, कालक्रम से हमारी संस्कृति में जो यह विकृति उत्पन्न हो गई है, उसके निराकरण का सही रास्ता क्या है? विधि मंत्री ने अपने भाषण में इस बात को स्वीकार किया है कि सामाजिक बुराइयां केवल कानून से दूर नहीं हो सकतीं, और सामाजिक बुराइयों को दूर करने के लिए अभी तक जो कानून बने हैं, यदि हम उनके अनुभव के प्रकाश में देखें तो इस निष्कर्ष पर पहुंचेंगे कि यदि जनता जाग्रत नहीं है, जनमत के जागरण का प्रकटीकरण नहीं हुआ और सामाजिक चेतना उत्पन्न नहीं की गई तो सामजिक सुधार के लिए बनाए गए कानून अलमारियों की शोभा बढ़ाते हैं, समाज के ढांचे में जिस मूल परिवर्तन को करने के लिए हम प्रयत्नशील हैं, उसके उद्देश्य की पूर्ति नहीं कर पाते।

इस संबंध में विधि मंत्री ने बाल विवाह अधिनियम का उल्लेख किया है। मेरा निवेदन है कि एक बार बाल विवाह के अपराधी को पकड़ा जा सकता है विवाह करते हुए, लेकिन दहेज को लेते-देते समय पकड़ना, जब तक देने या लेनेवालों में से कोई शिकायत न करे, कैसे व्यावहारिक होगा, यह मैं जानना चाहता हूं। और अगर वह खुद देना या लेना चाहता है तो शिकायत नहीं करेगा। यदि कोई तीसरा व्यक्ति शिकायत करेगा तो उसके लिए गवाह जुटाना एक बड़ी समस्या हो जाएगी। तो इस बात को मानना पड़ेगा कि इस कानून का पालन कराने में व्यावहारिक कठिनाइयां खड़ी होंगी, उनका निराकरण कैसे किया जाए?

श्री त्यागी (देहरादून) : लडके कालाबाजारी में जाएंगे।

श्री वाजपयी : एक दूसरी आपत्ति भी है। मैं जानता हूं कि ब्राह्मणों का एक ऐसा वर्ग है जिसमें

** दहेज निषेध विधेयक पर लोकसभा में ५ अगस्त, १९५९ को संशोधन प्रस्ताव।*

लड़कियां कम हैं, लड़के अधिक हैं, वहां विवाह करने के लिए लड़कीवाले को दहेज नहीं देना पड़ता, जो लड़का है या लड़के का पिता है वह उसका विवाह हो जाए या उसके लड़के का विवाह हो जाए, इसलिए उल्टा लड़कीवाले को कुछ दक्षिणा देता है।

श्रीमती रेणु चक्रवर्ती (बसीरहाट) : यह बिल तो उसे भी कवर करेगा।

श्री वाजपेयी : मेरी आपत्ति यह है कि यह बिल इस पर लागू होगा, लेकिन परिणाम यह होगा कि बहुत से लड़के बिना ब्याहे रह जाएंगे।

श्रीमती सहोदरा बाई राय (सागर, रक्षित-अनुसूचित जातियां) : जिनके अंदर कलंक है वे ही ऐसा लेन-देन करते हैं। दूसरे नहीं करते।

श्री वाजपेयी : अगर हम समझें कि यह कानून सर्वव्यापक होगा तो फिर इस कानून की धाराओं के अंतर्गत केवल विवाह के समय आदान-प्रदान भले ही रुक जाए, मगर चोर-दरवाजे से भेंट देने की प्रथा चालू होगी। अगर आप मुंह से न कहें तो फिर जब शादी की जाएगी तो यह देखा जाएगा कि लड़कीवाले की हैसियत क्या है, और दहेज न मांगा जाए स्पष्ट रूप में...

श्री त्यागी : सोचा जाएगा कि बाप कितनी देर में मरेगा।

श्री वाजपेयी : कई बातें देखी जाएंगी और प्रयत्न किया जाएगा कि इस विधेयक की धाराएं कानून का रूप लेकर भी निष्प्रभावी हो जाएं, और धन और संपत्ति का आदान-प्रदान चलता रहे। किंतु मेरे कहने का अर्थ यह न लगाया जाए कि मैं दहेज-प्रथा का समर्थक हूं। मैंने आपसे पहले निवेदन किया था कि इस प्रथा का निर्मूलन होना चाहिए, किंतु इसके लिए पहले कानून का निर्माण नहीं, सामाजिक चेतना की, जागृति की आवश्यकता है। मेरा यह आरोप है कि जो भी दहेज-प्रथा की निंदा करते हैं, वे अपने सामाजिक जीवन में, पारिवारिक जीवन में परिवर्तन का, बदलने का जब समय आता है, उस समय इस संबंध में मौन रहते हैं। उनकी सारी गतिविधियां राजनीति तक केंद्रित रहती हैं, सत्ता की प्राप्ति के लिए प्रयत्नशील, और जिन्हें सत्ता मिल गई है वे उसे बनाए रखने के लिए उत्सुक। लेकिन जब कभी लोकसभा में सामाजिक सुधारों का प्रश्न खड़ा होता है, हम सामाजिक सुधारों के प्रहरी, जागरूक समर्थक के रूप में खड़े हो जाते हैं। मेरा निवेदन है कि सामाजिक सुधार के लिए देश में जैसा वातावरण उत्पन्न करना चाहिए, और उसका दायित्व आज सभी राजनीतिक दलों पर, जनता के प्रतिनिधियों पर है, और सरकार पर भी है, उस दायित्व का अभी तक पालन नहीं किया गया।

दहेज के खिलाफ आंदोलन

हमारा सूचना मंत्रालय दहेज-प्रथा के विरुद्ध एक फिल्म तैयार कर सकता था, जो और गैर-सरकारी संगठन हैं, सरकार से सहायता पाते हैं, भारत सेवक समाज है, युवक समाज है या विद्यार्थियों की अनेक संस्थाएं हैं, उनको भी इकट्ठा करके इस बात के लिए प्रेरित किया जा सकता है कि वे दहेज-प्रथा के विरुद्ध एक आंदोलन आरंभ करें। लेकिन यह काम हमने नहीं किया और हम कानून ले आए। मेरा निवेदन है कि यह घोड़े के आगे गाड़ी जोतने के समान है। कानून बनाने से एक और भावना उत्पन्न होती है। हम समझते हैं कि हमारा कर्तव्य पूरा हो गया, उसकी इतिश्री हो गई, अब हमें इस मामले में कुछ नहीं करना है।

छुआछूत के भेद को मिटाने के लिए जो कानून बने हैं, उनके संबंध में देखता हूं कि कानून बन जाने से पहले इस संबंध में समाज में जागृति पैदा करने का प्रयत्न होता था, वह अब नहीं

होता और सामाजिक कार्यकर्ता समझते हैं कि अब तो कानून बन गया और वह कागनेजेबुल ऑफेंस है, पुलिस करेगी, हमें क्या पड़ी है। अगर बिना सामाजिक चेतना के, सामाजिक सुधार के कानून बनते हैं तो वे सामाजिक सुधार करने के प्रयत्नों में शिथिलता लाते हैं।

जो समाज सुधार की संस्थाएं हैं, वे इस संबंध में समझती हैं कि हमारा काम पूरा हो गया, कानून बन गया, अब हम क्या कर सकते हैं। मैं समझता हूं कि यह स्थिति कोई हमारे देश के लिए अच्छी नहीं है। यदि कानून बन भी गया तो उसके पालन के लिए जब तक समाज और हर एक व्यक्ति जागरूक नहीं होगा तब तक उसका पालन संभव नहीं। मैं तो चाहता था कि विधि मंत्री इस बात पर प्रकाश डालते कि जिन दो प्रांतों में दहेज-प्रथा के विरुद्ध कानून बने थे, वहां उनका पालन किस तरह से हुआ, उनका अनुभव कैसा है।

बिहार में और आंध्र में कानून बने थे, अब इस विधेयक के कानून बन जाने के बाद वे कानून निरस्त कर दिए जाएंगे। मैं जानना चाहता हूं कि इन दो प्रांतों का अनुभव क्या है, क्या सचमुच कानून से दहेज-प्रथा में रुकावट आई है? अगर कानून बना रहा और सुधारों की बात चलती रही और दहेज-प्रथा भी चलती रही तो मैं समझता हूं कि यह कोई स्वस्थ परंपरा नहीं है। समाज सुधार की कसौटी कानूनों की बढ़ती हुई संख्या नहीं हो सकती कि हम कानून बनाकर समझें कि हमारा समाज प्रगति कर रहा है। इसके लिए सरकार को और सरकार की प्रेरणा से गैर-सरकारी संस्थाओं को प्रयत्नशील होना चाहिए।

दहेज विधेयक जनता तक ले जाएं

इस दृष्टि से मेरा निवेदन यह है कि इस विधेयक को जनमत के जागरण के लिए प्रचारित किया जाए। इस विधेयक को हम जनता तक ले जाएं, इसलिए नहीं कि हम यह पता लगाना चाहते हैं कि जनता इसके पक्ष में है या नहीं, अपितु इसलिए कि एक बार यह विधेयक कानून बन जाए तो जनता इसके पालन में सहयोग दे। अगर हमने यह स्वीकार किया है कि यह कानून तब तक प्रभावी नहीं होगा, जब तक कि लोग स्वयं आकर इस कानून के परिपालन के लिए प्रयत्नशील नहीं होंगे। मैं जानना चाहता हूं कि सामाजिक जागृति और चेतना को उत्पन्न करने के लिए हम या सरकार कौन से कदम उठा रहे हैं?

श्री च.पा. भट्टाचार्य : चेतना उत्पन्न हो गई।

श्री वाजपेयी : अभी एक महिला सदस्या ने कहा कि २,००० रु. की रकम जो रखी गई है वह बहुत अधिक है। यह कम कर देना चाहिए। मगर मैं समझता हूं कि दो हजार की रकम अगर किसी के लिए अधिक है तो किसी के लिए कम भी हो सकती है। मुझे आपत्ति इस बात पर नहीं है कि कन्या को क्या दिया जाता है। अगर पिता और माता कन्यादान के रूप में अपनी कन्या के भविष्य के सुख के लिए कुछ देना चाहते हैं तो एक बार समझ में आ सकता है, लेकिन आजकल के विवाह के साथ ऊपर से जो खर्चे होते हैं, अगर उनकी कटौती के लिए कोई प्रयत्न नहीं होता तो मैं समझता हूं कि वह दूसरे रूप में दहेज की प्रथा चालू हो जाएगी। बारात में कितने व्यक्ति आएं? अगर आप दो हजार रुपए से अधिक न लेने पर तो रोक लगा दें, मगर इस बात की छूट हो कि बारात में ५०० से अधिक व्यक्ति आ जाए और उनके रेल आदि का खर्चा दिया जाए, उन्हें १०-१० रुपए दक्षिणा के दिए जाएं और चलते हुए साथ में एक दुशाला भी दिया जाए तो मैं समझता हूं कि लड़कीवाले का कचूमर ही निकल जाएगा और आपका कानून दखल नहीं

दे सकेगा।

इसलिए यह बात इतनी सरल नहीं है जितना कि इसको बनाकर रखा जा रहा है। आखिर यह समाज के सुधार का प्रश्न है। समाज के ढांचे में जटिलताएं हैं और उन जटिलताओं का, जहां तक मैं समझता हूं कानून सामना नहीं करता, उनको मीट नहीं करता। यह तो ऊपर की लीपापोती करना है। शायद सरकार यह कानून बनाकर साधुवाद ग्रहण करना चाहती है कि समाज के सुधार के लिए आगे कदम बढ़ा रहे हैं और हमने दहेज-प्रथा का कानून पास कर दिया। मेरा निवेदन है कि ऐसा करना इस गंभीर समस्या को दृष्टि से ओझल करना है। इसकी गंभीरता को पूरी तरह आंका नहीं गया। अगर हम इस कानून में केवल शादी के अवसर पर दिए और लिए जानेवाले दहेज पर रोक लगाते हैं और शादी के बाद आदान-प्रदान चलता है तो मैं नहीं समझता कि इस कानून का कोई बहुत बड़ा उपयोग हो सकता है।

यह कलंक मिटेगा कैसे?

अभी कहा गया कि पुलिस इसमें दखल दे। इसे कागनेजेबुल ऑफेंस कर दिया जाए। बात सुनने में अच्छी मालूम होती है। मगर मैं इस संबंध में सरकार की कठिनाइयों को अच्छी तरह समझता हूं। सरकार अगर दखल दे और उसे कोई गवाह नहीं मिले और मुकदमा खारिज हो जाए तब क्या बनेगा? इसलिए मैं जानना चाहता हूं कि इन दो राज्यों के अनुभव इस संबंध में क्या हैं? लेकिन हमारे विधि मंत्री ने एक भावुकताप्रधान भाषण दिया है। उनकी भावनाओं से हम सहमत हैं कि यह दहेज की कुप्रथा हमारे राष्ट्र के माथे पर एक कलंक है, मगर सवाल तो यह पैदा होता है कि यह कलंक मिटेगा कैसे? इस विधेयक की धाराएं इस कलंक का पूरी तरह से निर्मूलन नहीं कर सकती हैं।

एक माननीय सदस्य : थोड़ा कर सकती हैं।

श्री वाजपेयी : थोड़ा कर सकती हैं, इससे मैं सहमत हूं, मगर मेरा निवेदन है कि अगर आप थोड़े का कानून बना देंगे तो अधिक करने में शिथिलता आएगी और हम समझेंगे कि अब हमें कुछ करने को बाकी नहीं है। इसलिए मेरा निवेदन है कि इस विधेयक को जनमत जानने के लिए प्रचारित किया जाए। इस बीच में सरकार और गैर-सरकारी संस्थाएं और इस सदन में विधेयक का समर्थन करनेवाले जो राजनैतिक दल बैठे हैं, उनके सदस्य जनता में जाकर इस विधेयक की विभिन्न धाराओं को समझाएं। विशेषकर संसद के सदस्यगण अपने-अपने निर्वाचन-क्षेत्रों में जाकर इस विधेयक की धाराओं को जनता को समझाएं और लोगों से अपील करें कि न तो तुम दहेज लो और न दहेज दो।

मगर मुझे डर है कि जो यहां समर्थन करते हैं, वे अपने निर्वाचन-क्षेत्र में इसके बारे में कुछ नहीं कहेंगे और इतना ही नहीं, बल्कि अगर अपने पुत्र के विवाह का समय आए तो कह देंगे कि मैं तो दहेज नहीं लेता, मगर क्या करूं लड़के का मामा नहीं मानता या लड़के का नाना नहीं मानता, मैं क्या कर सकता हूं। तो इस तरह बीच में मामा, नाना आ जाएंगे और दहेज ले लिया जाएगा।

अगर हम कानून की हंसी नहीं बनाना चाहते तो गंभीरता के साथ हमें इस प्रश्न को उठाना चाहिए। सरकार से भी मैं निवेदन करूंगा कि यह कोई मतभेद की बात नहीं है। सारा देश इस संबंध में एकमत है और धर्म का आश्रय लेकर, परंपरा का आश्रय लेकर देश में कोई भी दहेज-

प्रथा का समर्थन नहीं कर सकता। मेरी कम्युनिस्ट बहन ने जो कहा, वह शायद इसलिए कहा कि उन्हें हमारे धर्म और परंपरा का ज्ञान नहीं है। दहेज-प्रथा का समर्थन कोई नहीं करता और जो भी दहेज देता है, वह विवश होकर देता है। जब घर में जवान लड़की बैठी हो तो उसके बाप के दिल पर पत्थर रखा होता है और जब उसको बिना दहेज दिए कोई लड़का अपनी लड़की के लिए नहीं मिलता है तो झख मारकर उसे दहेज देना पड़ता है, क्योंकि जैसे भी हो, उसको तो अपनी लड़की के हाथ पीले करने होते हैं। खुशी से कोई भी दहेज देना नहीं चाहता। आज की इस परिस्थिति को हम इस तरह का एक कानून पास करके बदल नहीं सकते। समाज में एक क्रांति की भावना उत्पन्न करने की आवश्यकता है। मेरा निवेदन है कि कानून आना चाहिए, मगर सामाजिक चेतना और जागृति के बाद आना चाहिए, उसके पहले नहीं। पहले हम समाज को जाग्रत करें और फिर हम कानून से उस पर मुहर लगाएं।

मेरा निवेदन है कि सदन मेरे इस संशोधन पर गंभीरता से विचार करे और इसको जनमत जानने के हेतु प्रसारित किया जाए, और जनता को एक बार जाग्रत कर लें तो अगले अधिवेशन में हम इस पर कानून की मुहर लगा सकते हैं। इस बीच में हम जनता को शिक्षित करने का काम करें। धन्यवाद।

बाल दीक्षा समाज रोकेगा

उपाध्यक्ष महोदय, मेरा निवेदन है कि यह विधेयक संविधान की २५वीं और २८वीं धारा के प्रतिकूल है। २५वीं धारा के अनुसार सब व्यक्तियों को अंतःकरण की स्वतंत्रता का तथा धर्म के अबाध रूप से मानने, आचरण करने और प्रचार करने का समान अधिकार होगा। इस विधेयक के द्वारा बालक-बालिकाओं को संन्यास आश्रम में दीक्षित करने से रोकने का विधान प्रस्तुत किया गया है।

अभी प्रस्तावक महोदय ने स्वीकार किया कि जैन और बौद्ध मतों में यह पद्धति चल रही है। मेरा निवेदन है कि बालक-बालिकाओं को संन्यास की दीक्षा देने की पद्धति जैन और बौद्ध धर्मों का अभिन्न अंग बन गई है। यह अच्छा हो या बुरा, वह रहनी चाहिए या नहीं रहनी चाहिए, यह प्रश्न अलग है और इस संबंध में मतभिन्नता हो सकती है। लेकिन मेरा निवेदन यह है कि बौद्ध और जैन मत जो हिंदू धर्म के विशाल परिवार के अंग हैं, उनके अंतर्गत शताब्दियों से बालक-बालिकाओं को संन्यास की दीक्षा देने की पद्धति है और यह शासन जो असांप्रदायिक होने का दावा करता है, और यह सदन जो संविधान द्वारा स्वीकृत मूलभूत अधिकारों के अनुबंधों से बंधा हुआ है, ऐसा कोई कानून नहीं बना सकता जिनसे बौद्ध और जैन मतों की इन अभिन्न पद्धतियों पर कोई कुठाराघात होता है।

उपाध्यक्ष महोदय, इस विधेयक का क्षेत्र बड़ा व्यापक है। अभी प्रस्तावक महोदय ने संन्यास दीक्षा की व्याख्या करते हुए, जो कि विधेयक में दी गई है, यह बताया कि कोई भी संन्यासी यति, मुनि, सूरी, योगी, बैरागी, महंत, चेला और ब्रह्मचारी सब इसके अंतर्गत आते हैं—ब्रह्मचारी को भी इस विधेयक के अंतर्गत लाया गया है। मेरा निवेदन है, जैसा कि प्रस्तावक महोदय ने स्वीकार किया, कि ब्रह्मचर्य हमारी आश्रम-व्यवस्था का पहला आश्रम है। और स्पष्ट है कि अगर किसी को ब्रह्मचारी बनाया जाएगा तो वह अविवाहित अवस्था में बनाया जाएगा। ब्रह्मचारी बालक ही हो सकता है, बूढ़ा नहीं हो सकता। ब्रह्मचारी अविवाहित हो सकता है, विवाहित अथवा विधुर नहीं हो सकता। अब यदि १८ वर्ष से पूर्व के बालक को ब्रह्मचर्य का व्रत लेने से रोका जाएगा तो हिंदू धर्म के अंतर्गत जो आश्रम-व्यवस्था की विधि रखी गई है, यह उसके प्रतिकूल होगा। कोई

** बाल दीक्षा पर रोक संबंधी विधेयक पर लोकसभा में ३ अप्रैल, १९५९ को असहमति।*

भी व्यक्ति यदि १८ वर्ष की अवस्था से पूर्व ब्रह्मचर्य व्रत लेना चाहेगा, अपनी शारीरिक वृत्तियों को केंद्रित करेगा, और प्राचीन काल के अनुसार घर-बार छोड़कर शिक्षा के अध्ययन में लगेगा, तो इस विधेयक के अंतर्गत वह एक अपराध होगा। मेरा निवेदन है कि इस तरह की व्यवस्था करना इस सदन के अधिकार में नहीं है।

दूसरी बात यह है कि हिंदू धर्म कर्म में विश्वास करता है, कर्म के फल में विश्वास करता है, पुनर्जन्म में विश्वास करता है। पूर्वजन्म के पुण्यों के कारण बाल्यावस्था में किसी की वृत्ति भौतिकता की ओर से मुड़कर आध्यात्मिकता की ओर झुक जाए, यह कम से कम हमारे देश में स्वाभाविक बात रही है। जैसे कई संन्यासियों ने घर का त्याग कर दिया और आध्यात्मिक बंधन में अपने को लीन कर दिया। उनको यह अधिकार है, यह स्वतंत्रता है कि वे बाल्यावस्था से ही संसार के मोह से नाता तोड़कर ईश्वर से नाता जोड़ें। यह विधेयक इस प्रकार की जन्मजात आध्यात्मिकता की ओर झुके हुए व्यक्तियों के व्यक्ति-स्वातंत्र्य पर कुठाराघात करता है, जिसका सदन को अधिकार नहीं है।

एक और बात तथा अंतिम बात। प्रश्न यह है कि जो नाबालिग है, क्या उनके संबंध में कोई निर्णय न करें? मेरा निवेदन है कि संविधान के निर्माताओं ने इस बात का भी पूरा विचार किया था। संविधान की २८वीं धारा के अनुसार यह व्यवस्था की गई है कि अगर कोई विद्यार्थी ऐसे विद्यालय में पढ़ता हो जो कि सरकार के धन से चलता हो और उस विद्यालय में धार्मिक शिक्षा की व्यवस्था की जाए तो वह नाबालिग लड़का उस धार्मिक शिक्षा में उपस्थित हो या न उपस्थित हो, भाग ले या नहीं, इसका निर्णय कौन करे। हमारे संविधान के निर्माताओं ने इसका निर्णय उस नाबालिग विद्यार्थी के अभिभावकों पर, गार्जियंस पर छोड़ा है। मैं इसके बारे में उस धारा को पढ़कर सुनाना चाहता हूं : आर्टिकल २८ (३) :

"राज्य से अभिज्ञात अथवा राज्य निधि से सहायता पानेवाली, शिक्षा संस्था में उपस्थित होने वाले किसी व्यक्ति को ऐसी संस्था में दी जानेवाली धार्मिक शिक्षा में भाग लेने के लिए अथ्वा ऐसी संस्था में या उसके संलग्न स्थान में की जानेवाली धार्मिक उपासना में उपस्थित होने के लिए बाध्य न किया जाएगा, जब तक कि उस व्यक्ति ने जो यदि आवश्यक हो तो उसके संरक्षक ने, इसके लिए अपनी सम्मति न दे दी हो।"

इस धारा में जो भावना निहित है, उसकी ओर मैं आपका ध्यान आकर्षित करना चाहता हूं कि कोई नाबालिग लड़का धार्मिक शिक्षा में उपस्थित हो या न हो, अगर इसका अंतिम निर्णय अभिभावकों पर छोड़ा गया है तो यह विधेयक इस संविधान की धारा में अंतर्निहित भावना के प्रतिकूल जाता है। यह विधेयक व्यक्ति की स्वतंत्रता के ऊपर कुठाराघात है और नाबालिग के संबंध में उनके अभिभावकों द्वारा निर्णय करने की जो धारा संविधान में निहित है, उसके विपरीत है।

उपाध्यक्ष महोदय, मेरा निवेदन है कि आप इन बातों के संबंध में स्वयं निर्णय दें।

मेरा निवेदन है कि यदि इस विधेयक की अवैधानिकता के पहलू को छोड़ भी दिया जाए और व्यावहारिक दृष्टि से ही विचार किया जाए तो पहली बात जो हमारे ध्यान में आती है, वह यह है कि क्या कानूनों से सामाजिक सुधार करने की पद्धति ठीक है, क्या वह व्यावहारिक है, क्या वह वांछनीय है? और क्या उसका जो परिणाम हम चाहते हैं, वह निकलता है? जब तक जनमत जाग्रत नहीं किया जाता, और इस विधेयक का जिन लोगों पर प्रभाव पड़नेवाला है उनको

इस बात के लिए प्रेरित नहीं किया जाता कि वह बालकों को संन्यास आश्रम में दीक्षित होने की अवांछनीयता से परिचित हों, तब तक मेरा निवेदन है कि केवल कानून बनाने से, यदि इस पद्धति को बुराई समझा जाता है, उसका निराकरण नहीं हो सकता। आप कानून बना सकते हैं किंतु उसका परिपालन नहीं कर सकते। दंड की व्यवस्था कर सकते हैं; मगर समाज के सुधार की प्रवृति समाज के अंतःकरण में से प्रकट होनी चाहिए। उसको इस बात के लिए धीरे-धीरे प्रचार के द्वारा तैयार किया जाना चाहिए कि वह उस पद्धति का परित्याग कर दे। मुझे दुख है कि इस विधेयक को लाने से पहले जनमत को जाग्रत करने की कोई व्यवस्था नहीं की गई। पहली बार इस सदन में इस चीज को उठाया जा रहा है कि बालक और बालिकाओं के संन्यास कर्म में दीक्षित किए जाने को एक अपराध बताया जाए और उसके लिए दंड की व्यवस्था की गई है। इतना ही नहीं, बल्कि इस विधेयक के कानून बनने से पहले जो बालक और बालिकाएं संन्यास धर्म में दीक्षित हो चुकी हैं, उनको भी इसकी पकड़ में लाया जा रहा है। उनको भी कठघरे में खड़ा किया जाएगा और उनको भी दंड का भागी बनाया जाएगा। मैं समझता हूं कि अगर वस्तुतः यह विधेयक समाज-सुधार की भावना से प्रेरित होकर रखा गया है तो इसमें इस प्रकार की कोई व्यवस्था नहीं की जानी चाहिए कि जो पहले संन्यासी बन गए हैं, उनको भी दंडित किया जाएगा।

उपाध्यक्ष महोदय, सामाजिक संस्थाएं जिनका कि धर्म के साथ शताब्दियों से संबंध जुड़ा हुआ है, उनमें हस्तक्षेप करते समय, उन पर आघात करते समय हमें बहुत सावधानी से काम लेना चाहिए। भारत एक धर्मप्रधान देश है। काल के परिवर्तन के कारण उस धर्म में और उन परंपराओं में थोड़ी सी विकृतियां आ गई हैं। मैं उन विकृतियों को बनाए रखने का हामी नहीं। आधुनिक युग की मांग के अनुकूल हमें अपनी धार्मिक पद्धतियों में संशोधन करना चाहिए और परिवर्तन करना चाहिए, लेकिन उस परिवर्तन का श्रीगणेश संसद से नहीं होना चाहिए, कानून, पुलिस, न्यायालय और दंड से नहीं होना चाहिए। धर्म का जो परिवर्तन कर सकती हैं वे धार्मिक संस्थाएं, वे ऋषि और मुनि जो कि वस्तुतः प्रभाव डाल सकते हैं, जो जनमत को बदल सकते हैं, उन्हें हम प्रेरित करें, उन्हें इस बात के लिए तैयार करें और धीरे-धीरे इस चीज को करें।

जैसा कि प्रस्तावक महोदय ने कहा है, ऐसी कोई बात नहीं है कि किसी को जबर्दस्ती बनाया जाता है। उन्होंने कहा कि कोई एक ब्रह्मचारी था और बाद में पता लगा कि उसके तो चार लड़के थे। तो मैं पूछ सकता हूं कि उनका यह विधेयक इसको कैसे रोक सकता है? आज सफेद कपड़े पहनकर काले काम करनेवाले बहुत लोग घूमते हैं, लेकिन कोई कानून इसको रोक नहीं सकता। अब अगर हम इसको रोकना चाहते हैं तो उसका तरीका कानून का हथियार नहीं, बल्कि उसका तरीका समाज की धारणा में परिवर्तन है। जनमानस को बदलने का है, और जनमानस को बदलने का कार्य यहां से शुरू नहीं होना चाहिए। वस्तुतः जनमत बाहर बदला जाए और उसकी परिणति यहां पर होनी चाहिए। सुधार संसद से ही शुरू न हो, कानून से शुरू न हो बल्कि सुधार बाहर से शुरू हो और सुधार के लिए जब जमीन तैयार हो जाए तब संसद कानून के रूप में उस पर अपनी मुहर लगा दे। कानून से पहले जनमत का जागरण करना आना चाहिए। लेकिन यह विधेयक घोड़े के आगे गाड़ी जोतना चाहता है। यह समाज की मान्यताओं के विरुद्ध जाता है। यह अव्यावहारिक है, अवांछनीय है और अवैधानिक है, और मैं प्रस्तावक महोदय से निवेदन करूंगा कि वे इसको वापस ले लें।

शिक्षा, भाषा-नीति, स्वास्थ्य, चिकित्सा

शिक्षा

भाषा-नीति

स्वास्थ्य

चिकित्सा

नई शिक्षा नीति है कहां?

उपाध्यक्ष महोदय, संसद के सत्र का आज अंतिम दिन है। क्या शिक्षा जैसे महत्वपूर्ण विषय पर चर्चा के लिए इससे पहले समय नहीं निकाला जा सकता था? उंगलियों पर गिने जानेवाले सदस्यों की उपस्थिति में हम सरकार द्वारा प्रस्तुत एक नए दस्तावेज पर विचार कर रहे हैं। पहला दस्तावेज था शिक्षा की चुनौती। उस दस्तावेज को पेश करने के साथ शिक्षा मंत्रालय स्वयं तिरोहित हो गया। अब शिक्षा मंत्रालय की जगह उदय हुआ है मानव संसाधन विकास मंत्रालय। उसके अंतर्गत है यह प्रोगाम ऑफ एक्शन, २०४ पृष्ठों का दस्तावेज। मगर मैंने प्रयत्न किया है इसमें ढूंढ़ने का कि कृति कार्यक्रम कहां है? पहले चुनौती के दस्तावेज में शिक्षा नीति के दोषों को गिनाया गया था, दोषों से कोई अपरिचित नहीं था, डॉ. राधाकृष्णन की अध्यक्षता में कमीशन बना, डॉ. कोठारी की अध्यक्षता में दूसरा कमीशन बना, वर्तमान शिक्षा पद्धति की विकृतियों से, उसके दोषों से, कमियों से सारा देश परिचित है, मगर नई शिक्षा नीति कहां है? क्या हर जिले में एक विद्यालय खोलना, यही नीति का निचोड़ है? मैं उसकी चर्चा बाद में करूंगा।

जब प्रधानमंत्री ने ५ जनवरी को अपने पहले प्रसारण में नई शिक्षा नीति की बात की तो देश में एक आशा की लहर जगी थी, फिर उन्होंने १५ अगस्त को लालकिले पर उसी आश्वासन को दोहराया। लेकिन शिक्षा पद्धति में नवीनीकरण का कोई प्रयास नहीं हुआ है। ऐसा लगता है कि हमारी सरकार इस नतीजे पर पहुंच गई है कि शिक्षा पद्धति में कोई बुनियादी परिवर्तन की आवश्यकता नहीं है। अगर यह परिणाम है, अगर यह निचोड़ है तो फिर शिक्षा पद्धति में परिवर्तन करके देश के मानस को बदलने का लक्ष्य पूरा नहीं होगा। लेकिन यह व्यापक विषय है, इस समय मैं उसमें जाना नहीं चाहता।

लेकिन उपसभाध्यक्ष महोदय, प्रोग्राम ऑफ एक्शन का एक अंश पढ़कर सुनाना चाहता हूं :

"इस 'कार्य योजना' का उद्देश्य नीति के निर्देशों को लागू करने में किस प्रकृति के कार्यों की जरूरत होगी, के संकेतक उपलब्ध कराना है। यह विस्तृत रणनीति रेखांकित करता है जिसके अंतर्गत बाद में पूरी योजना बनाई जाएगी। यह प्रारंभिक कार्यों में भी मदद करेगा जिनकी ऐसी योजनाओं के पूर्ण कार्यक्रमों और उन्हें कार्यकारी रूप देने से पहले जरूरत पड़ेगी।"

** शिक्षा पर राष्ट्रीय नीति कार्यक्रम प्रस्ताव पर राज्यसभा में २२ अगस्त, १९८६ को वाद-विवाद।*

दो साल से चर्चा हो रही है। नाम दिया है—प्रोग्राम ऑफ एक्शन। प्रोग्राम है क्या? क्या एक अनंत चर्चा चलेगी, अंतहीन चर्चा और उस अंतहीन चर्चा के बाद भी जो बुनियादी प्रश्न हैं, अनुत्तरित रह जाएंगे।

समान शिक्षा होगी या नहीं?

उपसभाध्यक्ष महोदय, एक बुनियादी प्रश्न यह है कि क्या इस देश के हर नागरिक के लिए एक समान शिक्षा होगी या नहीं होगी? क्या शिक्षा के क्षेत्र में जो विषमता आज चल रही है, वह चलेगी? जिसे पब्लिक स्कूल कहा जाता है, वह प्राइवेट स्कूल है। क्या इस देश के नागरिक का, गरीब नागरिक का बेटा दिल्ली म्युनिसिपल कारपोरेशन के टेंट के स्कूल में पढ़ता रहेगा और धनी का बेटा, बड़े आदमी का बेटा प्राइवेट, पब्लिक स्कूल के नाम से चलनेवाले प्राइवेट स्कूलों में जाकर शिक्षा प्राप्त करता रहेगा? क्या शिक्षा समान नहीं होनी चाहिए? जो छोटे विद्यालय हैं, जो गरीबों के बच्चों को पढ़ानेवाले विद्यालय हैं, इनका स्तर कैसे उठेगा? कौन उनकी तरफ ध्यान देगा?

हम शिक्षा मंत्री से आशा करते थे कि वे शिक्षा में समानता लाने की दिशा में कदम उठाएंगे।

उपसभाध्यक्ष महोदय, वर्ण-व्यवस्था खत्म होनी चाहिए। मगर हमारे शिक्षा मंत्री ने एक नया वर्ण कायम कर दिया, पंचम वर्ण, नवोदय विद्यालय। अब एक और श्रेणी बन गई। कौन उसमें जाएंगे? कितने लोग जाएंगे? क्या नवोदय विद्यालय कलह का एक नया कारण नहीं बनेगा? बाकी के विद्यालयों का क्या होगा? उनमें उदय नहीं होगा? अस्त होगा? वह नए नहीं होंगे। पुराने होंगे।

५०० करोड़ रुपया नवोदय विद्यालयों पर खर्च किया जानेवाला है। मुझे खुशी है कि मानव संसाधन विकास मंत्री जी ने आश्वासन दिया है कि अब शिक्षा के लिए पैसे की कमी नहीं होगी। मैं नहीं जानता कि यह आश्वासन कैसे पूरा होगा। मगर इस आश्वासन के साथ मैं उनको बांधना चाहता हूं। मुझे यह चिंता है कि जब-कभी हम उनसे जवाब-तलब करें कि आपने पूरा पैसा देने का वायदा किया था और वह उसका उत्तर देने की स्थिति में आएं, इसके पहले ही कहीं उनके जिम्मे कोई नया मंत्रालय न सौंप दिया जाए और इस मंत्रालय से उनकी छुट्टी न कर दी जाए। कौन कहां, कितने दिन तक अपने पद पर रहेगा यह कहना आज मुश्किल है। पंत जी यहां शिक्षा मंत्री थे। उन्होंने मुझे एक पत्र लिखा और जिस दिन उनका पत्र मुझे मिला, मुझे पता लगा कि पंत जी का अब शिक्षा विभाग से, इस मंत्रालय से कोई संबंध नहीं रहा। अब वह खदाने खोदेंगे।

ऑपरेशन ब्लैक बोर्ड

लेकिन अगर शिक्षा के लिए धन की व्यवस्था हो सकती है तो यह बड़ी अच्छी बात है। इस मामले में सारा सदन मानव संसाधन विकास मंत्री जी का साथ देगा और उनका समर्थन करेगा। मगर इसके लिए जरूरी है कि एक समयबद्ध कार्यक्रम बनाया जाए। बड़ी चर्चा हो रही है ऑपरेशन ब्लैक बोर्ड की। ४०% विद्यालय ऐसे हैं कि जिनमें ब्लैक बोर्ड नहीं है। आखिर ये ब्लैक बोर्ड कब तक आएंगे? क्या इसके लिए कोई समयबद्ध कार्यक्रम है? कितना खर्चा होगा? मैं आशा करता था कि मंत्रालय कुछ गणना करके लाएगा।

४१.५% प्राथमिक स्कूलों में ब्लैक बोर्ड नहीं हैं। ७२% विद्यालयों में पुस्तकालय नहीं हैं, ५३% विद्यालयों में खेल के मैदान नहीं हैं। १०% गांव ऐसे हैं जिनमें विद्यालय नहीं हैं। दो-तिहाई आबादी

ऐसी है कि जो निरक्षर है।

निरक्षरता का और निर्धनता का बड़ा गहरा संबंध है। बीस सूत्री कार्यक्रम के द्वारा प्रधानमंत्री निर्धनता पर प्रहार करना चाहते हैं। उसके साथ-साथ निरक्षरता पर प्रहार करने के प्रयत्न को भी जोड़ना पड़ेगा। इस दस्तावेज में चर्चा हो रही है कि जो बच्चे अपने गरीब परिवार का पेट पालने के लिए समय पर विद्यालय नहीं जा सके, काम करने पर मजबूर होते हैं, उनके लिए अलग ढंग से विद्यालय चलाए जाएंगे। अलग प्रकार की कोई व्यवस्था की जाएगी। उसका स्वरूप क्या होगा। उस दायित्व का निर्वाह कौन करेगा। कितने बड़े पैमाने पर उसके लिए धन की आवश्यकता होगी। मैं मानता हूं कि एक साथ सारा काम नहीं हो सकता। उसके लिए समयबद्ध कार्यक्रम बनाना पड़ेगा। मैं आशा करता था कि आज जब सदन में इस विषय पर चर्चा हो रही है, तो इस बारे में सदन को विश्वास में लिया जाएगा।

नवोदय विद्यालयों के बारे में एक बात कहना चाहता हूं कि ७५ परसेंट लड़के उसमें गांवों के होंगे। रूरल एरियाज के होंगे। अगर विद्यालय पिछड़े हुए इलाके में हैं और उस इलाके में एक जिले में कस्बे के नाम पर दो-तीन शहर हैं तब भी क्या यही शर्त लागू की जाएगी? बच्चों को खर्च दिया जाएगा। रहने के लिए उनकी व्यवस्था होगी, शिक्षा का पूरा व्यय-भार उठाया जाएगा। अपने में यह योजना बुरी नहीं है, मगर मुझे डर है कि इससे विषमता को बढ़ावा मिलेगा।

त्रिभाषा फार्मूला

दूसरी बात यह है कि त्रिभाषा फार्मूले को लेकर इसका विरोध किया जा रहा है। यह बात मेरी समझ में नहीं आती। कुछ लोग नवोदय विद्यालय के पक्ष में इसलिए हैं कि उसमें तीन भाषाओं में तालीम दी जाएगी और कुछ लोग इसके विरोध में हैं। कल्पनाथ जी, आप यहां विराजमान नहीं थे। अभी बड़ा भयंकर भाषण हुआ था। दूसरे सदन में कहा गया कि हिंदी का कोई व्याकरण नहीं है। उदाहरण यह दिया गया कि 'चेयर' और 'टेबल' का लिंग एक है। मैं उस विवाद में पड़ना नहीं चाहता, मगर शिक्षा का माध्यम क्या हो इस सवाल को लेकर भी यह दस्तावेज स्पष्ट नीति का निर्धारण नहीं करता। शिक्षा मातृभाषा में होनी चाहिए, लेकिन जिन प्रदेशों में मातृभाषा अलग है और राजभाषा अलग है, उनमें शिक्षा का माध्यम क्या होना चाहिए? असम में एक कठिनाई पैदा हो रही है। महाराष्ट्र और कर्नाटक के सीमा-विवाद से, उपसभाध्यक्ष महोदय, आप भी जुड़े हुए रहे हैं। यह प्रश्न सामने आया है। शिक्षा का माध्यम मातृभाषा होनी चाहिए। ऊंची से ऊंची शिक्षा मातृभाषा के माध्यम से दी जानी चाहिए। मगर इस बात को अस्वीकार करने से काम नहीं चलेगा कि हिंदी प्रदेश त्रिभाषा फार्मूले को, ईमानदारी से लागू नहीं कर सके। हम दक्षिणवालों से किस मुंह से कहें कि वे हिंदी सीखें, हिंदी बोलें। अगर हिंदी प्रदेशों में लाखों लोग ऐसे तैयार हो जाएं जो धाराप्रवाह तमिल, तेलुगु, मलयालम और कन्नड़ बोल सकें तो हिंदी का विरोध कुछ कम हो जाएगा। लेकिन मेरा निवेदन है कि नवोदय विद्यालयों को लेकर यह भाषा का झगड़ा खड़ा नहीं करना चाहिए। समझा-बुझाकर उन प्रदेशों को अपने साथ लाना जरूरी है। मगर केंद्रीय सरकार को भाषा के बारे में विचार करना पड़ेगा उन प्रदेशों को ध्यान में रखकर, जहां मातृभाषा और राजभाषा अलग-अलग हैं।

तीसरी बात मैं कहना चाहता हूं कि अल्पसंख्यकों को अपने विद्यालय चलाने का संविधान ने अधिकार दिया है, विद्यालयों का प्रबंध करने का अधिकार दिया है, विद्यालयों का कुप्रबंध करने

का अधिकार नहीं दिया है। अल्पसंख्यकों द्वारा जो विद्यालय चलाए जाते हैं, क्या उनके अध्यापकों को यह अधिकार नहीं है कि वह उचित वेतन की मांग करें, क्या उनकी सेवा-शर्तें समान नहीं होनी चाहिए? मगर अध्यापक निकाल दिए जाते हैं, अध्यापकों के साथ अन्याय किया जाता है, कर्मचारियों को छुट्टी दे दी जाती है और वह अदालत का दरवाजा खटखटा नहीं सकते इस आधार पर कि विद्यालय अल्पसंख्यकों द्वारा चलाया जा रहा है। अल्पसंख्यकों को उनके अधिकार मिलें, मगर अधिकारों का इस तरह उपयोग नहीं होना चाहिए कि शिक्षा के क्षेत्र में एक नई विषमता पैदा हो जाए। केंद्रीय सरकार को इस विषय पर गहराई से विचार करना होगा। कैसी हास्यास्पद बात है कि पश्चिम बंगाल में रामकृष्ण मिशन द्वारा संचालित विद्यालयों को अपनी स्वायत्तता बनाए रखने के लिए कोर्ट में जाकर यह कहना पड़ता है कि वह माइनारिटी इंस्टीट्यूशन है! हिंदू इस देश में अल्पसंख्यक हो गए, आर्यसमाज को भी पंजाब में यही करना पड़ा था। यह विभाजक रेखा कहां तक जाएगी? इसमें कुप्रबंध का अधिकार शामिल नहीं होना चाहिए। यदि आवश्यकता पड़े तो सरकार संविधान में संशोधन करे, और मैं समझता हूं कि सदन इसमें आपको समर्थन देगा।

शिक्षक की स्थिति

एक बात मैं और कहना चाहता हूं। एक राष्ट्रीय पाठ्यक्रम की चर्चा हो रही है। शिक्षा समवर्ती विषय है। प्रदेश अपनी शिक्षा नीति बनाएंगे, उसको अमल में भी लाएंगे, मगर कहीं न कहीं पाठ्यक्रम में एकरूपता होनी चाहिए। मगर उस राष्ट्रीय पाठ्यक्रम का रूप क्या है? किस तरह से वह व्यक्तित्व के सर्वांगीण विकास का एक सशक्त माध्यम बनेगा, इस संबंध में भी दस्तावेज कोई ऐसी बात नहीं कहता कि जो भविष्य के लिए हमारा मार्गदर्शन कर सके।

और अंतिम बात, शिक्षा का केंद्र है शिक्षक, शिक्षा की धुरी शिक्षक है।

शिक्षक ऐसा चाहिए जो सिकलीगर होय,
जनम-जनम को मोरचा पल में डारे खोय।

अब तो न वैसे शिक्षक हैं, न वैसे शिष्य हैं। लेकिन शिक्षक की स्थिति में जब तक हम सुधार नहीं करेंगे, जब तक उनको हम समाज में फिर से सम्मान के पद पर प्रतिष्ठित नहीं करेंगे, तब तक देश उन्नति नहीं कर सकता। आज शिक्षक हड़ताल कर रहे हैं। दिल्ली के अध्यापक लड़ रहे हैं। चट्टोपाध्याय कमीशन बना, सिफारिश आई, अमल में नहीं लाई गई। पे-कमीशन ने विचार भी किया, लेकिन दिया कुछ नहीं। अब शिक्षक हड़ताल कर रहे हैं, विद्यार्थी सड़क पर डोल रहे हैं और पार्लियामेंट के मेंबर नई शिक्षा नीति पर चर्चा कर रहे हैं। अभी बिहार के एक संसद-सदस्य ने मुझे चिट दी है जिसमें उन्होंने कहा है कि साल-भर में मुश्किल से ६० दिन पढ़ाई होती है। विद्यालय बंद हैं। शिक्षकों की रुचि नहीं है। शिक्षक अपने आर्थिक प्रश्नों में उलझे हुए हैं। अगर हम शिक्षा के लिए धन निकालें तो शिक्षकों की स्थिति को भी सुधारें। शिक्षक को एक ऊंचे पद पर प्रतिष्ठित करें।

मैं सहमत हूं इस बात से कि राजनीतिक दलों में इस सवाल पर एक आम सहमति होनी चाहिए कि शिक्षा के केंद्रों को राजनीति का अखाड़ा न बनाया जाए। भारतीय जनता पार्टी इस बात के लिए तैयार है। क्या कांग्रेस पार्टी तैयार है?

श्री कल्पनाथ राय : उत्तर प्रदेश है।

श्री वाजपेयी : नहीं है।

श्री कल्पनाथ राय : बिल्कुल तैयार है।

श्री वाजपेयी : अगर तैयार है तो आप इस मामले में पहल करिए। दिल्ली यूनिवर्सिटी की यूनियन का चुनाव होनेवाला है। वह चुनाव आम चुनावों की तरह है⋯(व्यवधान) हमने बाद में शुरू किया है, पहले आपने शुरू किया है। सबसे पहले तो कम्युनिस्ट पार्टी ने शुरू किया था स्टूडेंट फेडरेशन बनाकर।⋯(व्यवधान) मेरी बात सुनिए। जब मैं विद्यार्थी था तो स्टूडेंट फेडरेशन से जुड़ा हुआ था। उसके बाद स्टूडेंट कांग्रेस बनी। फिर हमने विद्यार्थी परिषद बनाई। मगर मैं चाहता हूं कि इस सवाल पर नए सिरे से विचार किया जाए। छात्रों को और अध्यापकों को अगर राजनीति में रुचि है तो वे राजनीति में भाग ले सकते हैं, लेकिन शिक्षा में व्यवधान नहीं होना चाहिए। शिक्षा के केंद्र, सरस्वती के मंदिर दलगत राजनीति के अड्डे नहीं होने चाहिए। इसके लिए राष्ट्रीय सर्वानुमति का विकास करना पड़ेगा। प्रधानमंत्री इसमें पहल करें।

मगर प्रधानमंत्री कई मामलों में पहल नहीं कर पा रहे हैं।

रिजर्वेशन का प्रश्न एक माननीय सदस्य ने उठाया था। चुनाव के समय रिजर्वेशन का सवाल गुजरात में बड़ा उग्र हो गया था। प्रधानमंत्री ने कहा था कि हम सब दलों की राय से इस बात पर आम सहमति बनाएंगे और नीति निर्धारित करेंगे। यह सहमति नहीं बनाई गई। अब आंध्र प्रदेश में रिजर्वेशन को लेकर एक नया बखेड़ा खड़ा हो गया है। कुछ ऐसे राष्ट्रीय मामलों में, जिन पर देश में आम सहमति नहीं होगी, तो यह देश सही फैसला नहीं कर सकता। मैं समझता हूं शिक्षा का मामला भी एक ऐसा ही मामला है। धन्यवाद।

शिक्षा को समवर्ती सूची में लो

उपाध्यक्ष महोदय, इस विधेयक के द्वारा श्री सामंत ने शिक्षा को कांकरेंट लिस्ट में लाने की मांग की है। यह मांग सदन में पहली बार नहीं हुई है, संसद में कई बार इस बात पर बल दिया जा चुका है। अगर हम शिक्षा के संबंध में कोई राष्ट्रनीति निर्धारित करना चाहते हैं और उस नीति को राज्यों में भी प्रभावी रूप से कार्यान्वित कराना चाहते हैं, तो शिक्षा को केवल राज्यों के अधिकार क्षेत्र के अंतर्गत नहीं छोड़ा जा सकता। यह बात राष्ट्रीय एकात्मता परिषद में भी आई थी और परिषद ने भी अनुभव किया था कि इस संबंध में कदम उठाए जाने चाहिए, राज्यों को तैयार किया जाना चाहिए। लेकिन राज्य सरकारें अपने अधिकार छोड़ने के लिए तैयार नहीं हैं। उन्हें शिक्षा की इतनी चिंता नहीं है जितनी कि शिक्षकों की नियुक्ति और उसमें काम में लाया जानेवाला भेदभाव, किसी को पुरस्कृत करना, किसी को अलंकृत करना—और वह नहीं चाहतीं कि इस संबंध में केंद्र को कांकरेंट लिस्ट में भी कोई अधिकार दें, लेकिन मैं समझता हूं कि अब अधिकांश प्रदेशों में, तमिलनाडु को छोड़कर, कांग्रेस सरकारें काम कर रही हैं। जहां कांग्रेस सरकारें नहीं हैं, वहां राष्ट्रपति के माध्यम से केंद्र में बैठी हुई कांग्रेस राज्य कर रही है। यह समय है जब परिवर्तन किया जा सकता है और शिक्षा को कांकरेंट लिस्ट में लाया जा सकता है। मैं जानना चाहता हूं कि क्या सचमुच केंद्रीय सरकार ने इस प्रश्न पर विचार किया है, और अगर किया है तो उसका मत क्या है?

राज्य सरकारें ऐसी पाठ्य पुस्तकें बना रही हैं जिनमें एकरूपता नहीं है। कहीं-कहीं पाठ्य पुस्तकें राष्ट्रीय एकात्मता की भावना के प्रतिकूल हैं, कई पाठ्य पुस्तकों के द्वारा संकीर्णता तथा कट्टरता का प्रचार हो रहा है, लेकिन केंद्रीय सरकार हस्तक्षेप नहीं कर सकती, क्योंकि यह राज्यों का विषय है। मेरा निवेदन है कि संविधान सभा की कार्यवाही मैंने देखी, उसमें भी इस प्रश्न पर चर्चा हुई थी। कई क्षेत्र ऐसे हैं जहां केंद्रीय सरकार को भी बोलने का अधिकार होना चाहिए। फिर कांकरेंट लिस्ट में रखने का मतलब है कि हम राज्य क्षेत्र से इस विषय को निकाल नहीं रहे हैं, लेकिन केंद्र को अधिकार दे रहे हैं कि आवश्यक हो तो विचार-विनिमय के बाद उसके संबंध में

** शिक्षा को समवर्ती सूची में शामिल करने के लिए श्री सामंत के संविधान-संशोधन विधेयक पर लोकसभा में २७ जुलाई, १९७३ को भाषण।*

नीति-निर्धारण कर सके, कानून बना सके।

मैं समझता हूं कि यह विधेयक उपयुक्त है, अच्छा है और आवश्यक है तथा इसको स्वीकार किया जाना चाहिए। लेकिन कोई भी गैर-सरकारी विधेयक या संविधान में संशोधन करनेवाला विधेयक पास नहीं हो सकता, जब तक यह भारी-भरकम बहुमत अपना दिमाग न बनाए और हमें सहयोग देने के संबंध में संकल्प करके न आए। इसलिए मैं जानना चाहता हूं कि सरकार का फैसला क्या है। धन्यवाद।

शिक्षा पद्धति में दोष से असंतोष

महोदय, संसद के सदस्यों ने विद्यार्थियों के असंतोष पर विचार करने का और उन्हें उपदेश देने का कुछ मात्रा में अपना नैतिक अधिकार खो दिया है। जिस तरह से संसद के दोनों सदनों में सदस्य आचरण करते हैं, जिस तरह से अध्यक्ष की अवहेलना की जाती है, जिस तरह से संसद में दृश्य उपस्थित किए जाते हैं, उसके बाद देश के विद्यार्थियों से यह कहना कि वे बड़ों का आदर करें, अपने अध्यापकों की आज्ञा मानें, अनुशासन में रहें, एक मजाक जैसा लगता है। यह सदन, यह संसद, यह शासन, पुरानी पीढ़ी, विद्यार्थियों का ठीक तरह नेतृत्व नहीं कर सके। हमें अपनी विफलता स्वीकार कर लेनी चाहिए और विद्यार्थियों को अगर सुधारना है, सीधी राह पर लाना है तो उसका प्रारंभ अपने से करना चाहिए।

मैं समस्या के व्यापक रूप में नहीं जाता। इससे इन्कार नहीं किया जा सकता कि शिक्षा पद्धति दोषपूर्ण है, स्वाधीनता के बीस वर्षों में हम इसको बदल नहीं सके। यह बड़े दुभाग्य की बात है। न यह जीवन को बनाती है, न यह जीविका का साधन जुटा पाती है। लेकिन विद्यार्थियों के असंतोष का यह कारण नहीं है। यह शिक्षा पद्धति बीस वर्ष से चल रही है, लेकिन जितने उपद्रव इस साल हुए उतने पहले कभी नहीं हुए थे। अध्यापकों का और विद्यार्थियों का अनुपात पहले से बढ़ रहा है, प्रतिवर्ष बढ़ता जा रहा है, लेकिन उसके कारण उपद्रव हुए हैं, यह कहना भी ठीक नहीं होगा। कारण आर्थिक हैं, सामाजिक हैं, राजनीतिक हैं, मगर उन कारणों में मैं नहीं जाना चाहता। समस्या तत्काल पैदा हुई है। इसलिए कि विद्यार्थियों की और पुलिस की मुठभेड़ हुई है। विद्यार्थियों की और पुलिस की मुठभेड़ कैसे रोकी जाए, यह सबसे बड़ी समस्या है। इस वर्ष जो भी आंदोलन हुए, असंतोष की घटनाएं हुईं, वे विद्यार्थियों और पुलिस की भिड़ंतों को लेकर हुई हैं। दिल्ली में कानून के विद्यार्थियों ने आंदोलन किया और उनकी शिकायत है कि पुलिस ने उनके साथ ज्यादती की। उसकी एक प्रतिक्रिया चल पड़ी। और भी जगह प्रतिक्रिया के रूप में आंदोलन ज्यादा हुए हैं। यदि विद्यार्थियों से पूछा जाए कि तुम्हारी मांगें क्या हैं तो सिवाय इसके कि गोलीकांडों की अदालती जांच होनी चाहिए, जो गिरफ्तार विद्यार्थी हैं उन्हें छोड़ देना चाहिए और उनकी शिकायतों को निपटाने के लिए कोई व्यवस्था करनी चाहिए, इसके सिवा कोई मांगें नहीं हैं।

** छात्रों के असंतोष और अशांति के बारे में राज्यसभा में १ नवंबर, १९६६ को ध्यानाकर्षण प्रस्ताव।*

मैं चाहूंगा कि यह सदन विचार करे और शिक्षा मंत्री महोदय विचार करें कि विद्यार्थियों को और पुलिस को टकराने से कैसे रोका जाए।

कैंपस कहां शुरू, कहां खत्म?

अब एक बात कही जाती है कि कैंपस में पुलिस न जाए, अगर जाए तो जब वाइस चांसलर कहें तभी जाए। मैं यह पूछना चाहता हूं कि उन वाइस चांसलरों के पास अपनी कोई व्यवस्था है इंतजाम बनाए रखने की? हार्वर्ड में यूनिवर्सिटी की पुलिस है, दुनिया के और विश्वविद्यालयों में अपने प्रोक्टर्स, प्रिफेक्ट्स हैं जो प्रोफेसरों में से नहीं बनाए जाते कि किसी प्रोफेसर को पकड़ लिया, उसको यह काम सौंप दिया। ऐसा नहीं होता। इसके लिए अलग आदमी तैनात किए जाते हैं। वे नॉन-एकेडेमिक होते हैं जो डिसिप्लिन को देखते हैं। अवसर पड़ने पर छात्रों को नियंत्रण में रखते हैं। हमारे विश्वविद्यालयों में इस बात का कोई प्रबंध नहीं है। फिर कहते हैं कि पुलिस कैंपस में न जाए। मैं चाहूंगा कि कैंपस की जरा व्याख्या की जाए, कैंपस को डिफाइन किया जाए। दिल्ली यूनिवर्सिटी का कैंपस कहां खत्म होता है, कहां शुरू होता है। दिल्ली में कोई कैंपस नहीं है। कालेज के सामने बस जलाई जाए तो यह कैंपस है, पुलिस नहीं जा सकती। अब अगर बस जलाई जाएगी तो पुलिस को आना होगा, पुलिस को आना चाहिए। मैं इस बात का हामी नहीं हूं कि हम विद्यार्थियों को एक प्रिविलेज्ड क्लास मानें। अगर वे कैंपस के भीतर रहते हैं, अपने प्रोफेसरों के, वाइस चांसलर के अनुशासन में रहते हैं तो पुलिस को सामान्यतः हस्तक्षेप करने की जरूरत नहीं है, लेकिन एक बार वे सीमा से बाहर आ गए, उन्होंने सीमा का उल्लंघन कर दिया, तो जैसे और नागरिक हैं, वैसे विद्यार्थी भी नागरिक हैं।

मुझे छागला साहब से शिकायत है। उन्होंने अपने स्टेटमेंट में एक बात कही है। वैसे उनका स्टेटमेंट बहुत अच्छा है, उन्होंने समस्या के सब पहलुओं को सामने रख दिया है। उस पर अमल नहीं होगा, यह बात अलग है। लेकिन उन्होंने एक वाक्य ऐसा कह दिया कि पुलिस को जब विद्यार्थियों से निबटना हो तो पुलिस यह समझकर निबटे कि वह हमारे बड़े संवेदनशील वर्ग के साथ व्यवहार कर रहे हैं। क्या पुलिस का यह रवैया केवल विद्यार्थियों तक ही सीमित रहना चाहिए और बाकी के वर्ग से निबटे तो पुलिस बदले की भावना से निबटे? मेरा कहना है कि पुलिस का एक ही रवैया होना चाहिए सारे समाज के प्रति, सारे देशवासियों के प्रति और वह रवैया स्वयं संवेदनशील होना चाहिए।

श्री अकबर अली खान : कम उम्र होने की वजह से...

श्री वाजपेयी : यह बात गलत है। हम कम उम्र किसको कहेंगे। मैं भी कम उम्र हूं आपकी तुलना में। ये उम्रवाली बात हम न लाएं। जब तक वे विश्वविद्यालय के अंदर हैं, कालेजों में हैं, विश्वविद्यालय की डिसिप्लिन में बंधे हैं, तब तक वे विद्यार्थी हैं, कम उम्र हैं और उनकी गलतियों को नजरंदाज किया जा सकता है। एक बार वे सड़क पर आ गए, कानून अपने हाथ में लिया तो फिर जो सजा कानून तोड़नेवाले को मिलेगी वह उन्हें मिलनी चाहिए।

मुझे ताज्जुब होता है, उपसभाध्यक्ष महोदय, कि कुछ दिनों से अलग-अलग वाइस चांसलर महोदय वक्तव्य दे रहे हैं पुलिस की निंदा में। हमारे दिल्ली विश्वविद्यालय के वाइस चांसलर महोदय भी बोले थे, जिससे विद्यार्थियों ने यह समझा कि हमारी कुछ बचत की गई है। माधव विश्वविद्यालय के वाइस चांसलर श्री नंददुलारे वाजपेयी ने भी ऐसी बात कही, जिससे विद्यार्थियों में यह भावना

फैली कि वे भी पुलिस की निंदा करने में हमारे साथ हैं। और अब नए वाइस चांसलर हैं श्री आर. के. नेहरू। अगर पुलिस निंदनीय काम करती है तो उसकी निंदा की जानी चाहिए। मगर मैं एक चेतावनी देना चाहता हूं कि इस देश में प्रवृत्ति बढ़ रही है सेना की हर काम के लिए तारीफ करने की, और पुलिस की हर काम के लिए निंदा करने की। यह प्रवृत्ति ठीक नहीं। पुलिस गलतियां करती है, मैं जानता हूं। उस दिन मैंने स्वयं इस सदन में खड़े होकर कहा था कि अगर टियर गैस शैल मंच पर न गिरता तो दिल्ली में जो कुछ हुआ, वह न होता। मैं जानता हूं कि किस तरह से पुलिस ने रोहतक में जनसंघ के एम.एल.ए. को पकड़कर हवालात में पीटा। जनता द्वारा चुना हुआ प्रतिनिधि, और जब मैं सुपरिंटेंडेंट से मिलने गया तो जिस पुलिस के अफसर ने पिटवाया था, उसने यह कहा कि हवालात से भागना चाहते थे, इसलिए मारपीट हुई। महोदय, वह एम.एल.ए. इतने मोटे हैं कि चाहें भी तो भाग नहीं सकते।

श्री चंद्रशेखर (उत्तर प्रदेश) : स्वामी रामेश्वरानंद जी की कांस्टीटुएंसी के एम.एल.ए. तो नहीं हैं?

श्री वाजपेयी : मैं उनकी बात नहीं कह रहा हूं।

श्री चंद्रशेखर : उनकी कांस्टीटुएंसी के तो नहीं हैं।

श्री वाजपेयी : नहीं, वह तो करनाल से चुनकर आए हैं और मैं रोहतक की बात कर रहा हूं। स्वामी जी को तो अब जेल में डाल दिया है, क्यों उनके पीछे पड़े हैं। उपसभाध्यक्ष जी, मैं यह कह रहा हूं...

उपसभाध्यक्ष श्री महावीर प्रसाद भार्गव : समय भी हो रहा है।

श्री वाजपेयी : उपसभाध्यक्ष जी, मुझे टोका-टाकी की जा रही है, इसके लिए मैं जिम्मेदार नहीं हूं।

श्री चंद्रशेखर : उपसभाध्यक्ष जी, बोलने दिया जाए, अच्छा बोल रहे हैं।

श्री वाजपेयी : अभी आता हूं, ठहरिए।

पुलिस बनाम सेना

श्रीमन, यह प्रवृत्ति देश में ठीक नहीं है कि हम हर बात के लिए पुलिस की निंदा करें। पुलिस का जो आचरण निंदनीय है, उसकी निंदा होनी चाहिए। लेकिन हर एक काम के लिए पुलिस की निंदा होना और सेना की हर काम के लिए तारीफ होना, यह बात मेरे गले के नीचे नहीं उतरती है। मैं इसके दुष्परिणाम देख सकता हूं। पुलिस बहुत कठिनाई में अपनी जिम्मेदारी निभाती है। पुलिस की अपनी समस्याएं हैं। पुलिस को भी कभी-कभी पीठ पर थपकी देने की जरूरत है, भले ही आप सोमवार को जो कुछ हुआ, उसके लिए न दें।

श्री सैयद अहमद (मध्य प्रदेश) : उसके लिए भी दें।

श्री वाजपेयी : उस दिन भी मैंने कहा था कि पहले पुलिस ने नरमाई से काम लिया, बाद में पुलिस काबू से बाहर हो गई। महोदय, मैं दिल्ली का सवाल ज्यादा उठाना नहीं चाहता। गोलियां चलती हैं तो गोलियां भीड़ को भगाने के लिए चलाई जाती हैं या मारने के लिए। क्या इस सदन के सदस्य जानते हैं, जितने लोग परसों गोली से मरे हैं उनमें किसी के माथे पर गोली चली है तो किसी की छाती पर गोली चली है। मुझे अभी ऐसे व्यक्ति को देखना बाकी है, जिसके कमर के नीचे गोली चली हो। यह बात अलग है कि जो गोली से मारे गए, उनकी लाशें घरवालों को

वापस नहीं दी गई। मैं इस सवाल को इससे जोड़ना नहीं चाहता, उपसभाध्यक्ष जी, मगर मैं जो कह रहा हूं उसे आप स्वीकार करें कि पुलिस को भी हमें अपनी जिम्मेदारी का पालन करने के लिए ठीक तरह से चलाना होगा।

एक बात और है। छागला महोदय ने ठीक कहा है कि विद्यार्थियों के आंदोलन इस धारणा के कारण हुए हैं कि सरकार को दबाया जा सकता है, झुकाया जा सकता है, आंदोलन से इस सरकार को मनवाया जा सकता है और अगर हिंसात्मक आंदोलन होगा तो यह सरकार जल्दी मान लेगी। आज सारे देश में यह मनोभावना फैली हुई है, केवल छात्रों में नहीं, राजनीतिक दल, समाज के हर एक वर्ग में यह है और इसकी जिम्मेदारी से यह शासन नहीं बच सकता। धमकियां दी जाती हैं जल मरने की और जब धमकियां दी जाती हैं तब सरकार निर्णय बदलती है, सरकार दूसरा निर्णय लेती है। मैं आशा करता हूं कि आंध्र के साथ यह सरकार धमकियों में निर्णय लेना बंद कर देगी।

श्री अकबर अली खान : नहीं-नहीं, धमकियां नहीं। लेकिन इंसाफ करें।

श्री विमल कुमार मन्नालालजी चौरड़िया : धमकियां और किसको कहिएगा।

श्री अकबर अली खान : कंसोर्टियम की एक्सपर्ट राय के बाद यह कहना ठीक नहीं। अन्याय होता है। यह अन्याय न हो।

गौ-हत्या कब बंद होगी?

श्री वाजपेयी : अन्याय हो जाए तो भी हम सही तरीका अपनाएं, अगर आप साधन का विचार नहीं करेंगे तो फिर हर एक चीज में यह होगा। मैं कहता हूं कि आखिर यह गौ-हत्या पर रोक लगाने की मांग स्वाधीनता के बाद से उठ रही है, डेढ़ करोड़ लोगों ने दस्तखत किए, डेढ़ करोड़ लोगों ने दस्तखत करके कहा, संविधान में इसके बारे में डायरेक्टिव प्रिंसिपल हैं, गांधी जी चाहते थे कि गौ-हत्या बंद होनी चाहिए, मगर वह हत्या बंद नहीं हुई, और एक आंदोलन चला तो यहां से चिट्ठियां भेजी जाने लगीं मुख्यमंत्रियों के नाम। तो बाहर की जनता समझती है कि सरकार आंदोलन से झुकती है और बाहर की जनता यह जब भी समझती है कि सरकार आंदोलन से झुकती है, इसलिए यह करना है और यह भी समझती है कि जब चुनाव आता है तो सरकार की सुनने की ताकत बढ़ जाती है और इसलिए चुनाव के समय आंदोलन होते हैं। अगर केंद्रीय सरकार प्रश्नों को लटकाए रखना छोड़ दे, समस्याओं के सांपों को पिटारी में बंद करने की आदत भुला दे और हर एक सर्प का उसी समय मस्तक भंजन करने का निर्णय कर ले, अन्याय न करे, प्रश्नों को लटकाए नहीं, तो देश का वातावरण बदल सकता है। मगर जो सरकार बागी नागाओं को दिल्ली में बुलाकर प्रेम-वार्ता करती है, जो महाराष्ट्र की सीमा निश्चित हो जाने के बाद मैसूर और महाराष्ट्र के सीमा-विवाद के निर्णय के लिए कमीशन नियुक्त करती है, जो चुनावों में वोट लेने के लिए तात्कालिक समझौते कर रही है, उसके बारे में देश में यह धारणा पैदा होना कि यह आंदोलन की भाषा समझती है, कोई आश्चर्य की बात नहीं है। मगर इस वातावरण को बदला जाना चाहिए।

उपसभाध्यक्ष महोदय, देश बड़े संकट की स्थिति में से गुजर रहा है। कोई भी राजनीतिक दल, चाहे वह सत्तारूढ़ दल ही हो, अगर इस परिस्थिति का लाभ उठाना चाहेगा तो वह लाभ नहीं उठा सकेगा, परिणाम इतना ही होगा कि देश के साथ दल भी गड्ढे में चले जाएंगे। देश में, हवा में,

बगावत की बू आ रही है। इस समय राजनीतिक दलों को मिलकर बैठना होगा।

मेरे मित्र श्री भूपेश गुप्त कुछ भी कहें और श्री राजनारायण कुछ भी कहें, राजनीतिक दलों को विद्यार्थियों से अपना हाथ अलग रखना चाहिए। वह राजनीति पढ़ें, वह राजनीति पर चर्चा करें, अगर वह २१ साल की उम्र के हो गए हों तो वोट देने भी जाएं, मगर हम अपने विद्यार्थियों को, सरस्वती के मंदिरों को राजनीति का अड्डा नहीं बनाने दे सकते। लेकिन विरोधी दल ही नहीं, सत्तारूढ़ दल भी जिम्मेदार है। किसे दोष दिया जाए।

आज इस हम्माम में हम सब नंगे हो गए हैं और इसीलिए देश के भविष्य के बारे में ज्यादा चिंता पैदा होती है। कहीं न कहीं मर्यादा की रेखा खींचनी पड़ेगी और अगर आज हम यह रेखा नहीं खींचेंगे तो अराजकता हम को खा जाएगी। न लोकतंत्र रहेगा न विरोधी दल रहेंगे और यह सरकार भी खतरे में पड़ जाएगी। अगर विद्यार्थियों का आंदोलन हमारी आंख खोल सके तो हम कहेंगे कि विद्यार्थियों ने गलत कदम उठाते हुए भी एक अच्छा काम किया है कि अपने बड़ों की आंखों में अंजन लगाकर उनकी आंखें खोल दी हैं। धन्यवाद।

अलीगढ़ में धर्मनिरपेक्षता खतरे में

महोदय, क्या मैं एक निवेदन कर सकता हूं? सवाल है कि भारत सरकार ने मुस्लिम यूनिवर्सिटी की जांच के लिए, जिनकी वजह से यूनिवर्सिटी के परिसर और उसके बाहर सांप्रदायिक झगड़े हुए, कमेटी का गठन क्यों नहीं किया? ऐसा क्यों है कि यूनिवर्सिटी अधिकारियों के खिलाफ, जिन्होंने सांप्रदायिक आधार पर किए जा रहे चुनावों को स्थगित नहीं किया, कोई कार्यवाही नहीं की गई? यह समाचारपत्रों में छपा है कि कुलपति ने उपकुलपति को इस्तीफा देने को कहा, पर इस तथ्य के कारण कि उपकुलपति के समर्थक एक गुट ने कुलपति के खिलाफ ही अविश्वास प्रस्ताव का नोटिस दे दिया, अतः पूरे मामले को रफा-दफा कर दिया गया। हम इस बात से पूर्णतः सहमत हैं कि यूनिवर्सिटी एक स्वायत्त संस्था है, लेकिन किसी भी संस्था को सिर्फ इसलिए कि वह स्वायत्त संस्था है और सरकार असहाय है, देश की अखंडता के आधारों और धर्मनिरपेक्षता के सिद्धांतों को खतरे में डालने की इजाजत नहीं दी जा सकती।

डॉ. के.एल. श्रीमाली : यह सही नहीं है कि सरकार असहाय है। सरकार इस मामले में असहाय नहीं है। सरकार इस मामले में अपनी जिम्मेदारी से पूर्णतः अवगत है और वह संस्था को राष्ट्रीय सुरक्षा को खतरे में डालने की इजाजत नहीं देगी¨।

श्री वाजपेयी : राष्ट्रीय अखंडता।

डॉ. के.एल. श्रीमाली :¨या राष्ट्रीय अखंडता, जो भी माननीय सदस्य कहें। मैं सिर्फ इतना कहना चाहूंगा कि हमें एक स्वायत्त संस्था की प्रकृति को समझना चाहिए। यहां एक यूनिवर्सिटी का मामला है, जिसके बारे में उसे जरूरी स्वतंत्रता और स्वायत्तता देने के लिए इस संसद द्वारा एक विधेयक बनाया गया है। क्या माननीय सदस्य सरकार से एक ऐसे साधारण मामले में हस्तक्षेप करने की आशा करते हैं¨

श्री वाजपेयी : यह साधारण मामला नहीं है।

डॉ. के.एल. श्रीमाली : मुझे डर है कि माननीय सदस्य यूनिवर्सिटी के बाहर हुई घटनाओं को यूनिवर्सिटी के अंदर हुई घटनाओं में जोड़ रहे हैं।

प्रधानमंत्री और विदेशमंत्री श्री जवाहरलाल नेहरू : जैसा कि मेरे सहयोगी ने बताया कि

---

* *अलीगढ़ विश्वविद्यालय के संदर्भ में लोकसभा में २० नवंबर, १९६१ को कार्य-स्थगन प्रस्ताव।*

अलीगढ़ यूनिवर्सिटी के सवाल पर यहां बार-बार और पूरी बहस हुई और एक जांच कमेटी का गठन किया गया, जिसमें अन्य सदस्यों के साथ ही संसद-सदस्य भी हैं। इस सदन में माननीय सदस्यों द्वारा यूनिवर्सिटी के खिलाफ लगाए गए विभिन्न आरोपों को कमेटी ने गलत पाया है। इसलिए यह कहते हुए कि ये सब किया जा चुका है, यहां आरोप लगाते जाना आसान है, चाहे वे साबित हों या नहीं। एक ही मामले पर विस्तृत विचार के लिए कमेटी के बाद कमेटी गठित नहीं की जा सकती। यहां जो एक बात कही गई कि कुछ क्यों नहीं किया गया और कुलपति ने चुनाव स्थगित क्यों नहीं किए? मैं समझता हूं कि चुनाव स्थगित न करने में वे पूरी तरह सही थे। यदि मैं वहां होता, तो मैंने भी चुनाव स्थगित नहीं किए होते। मैं इस मामले को नहीं समझ सकता। रात में, २ बजे या आधी रात में—मैं अब समय भूल गया हूं—को चुनाव स्थगित करना। यह सच में बहुत असाधारण मांग है, क्योंकि कुछ घटनाएं हो चुकी थीं।

श्री वाजपेयी : रात में चुनाव स्थगित करने का कोई सवाल नहीं है। चुनाव पंद्रह दिनों तक सांप्रदायिक आधार पर कराए गए थे।

श्री जवाहरलाल नेहरू : यदि माननीय सदस्य मुझे इजाजत दें, अलीगढ़ यूनिवर्सिटी में पूरी घटना दुर्भाग्यपूर्ण, जैसी कि वह थी, एक मामूली-सी घटना थी, हमें यह याद रखना चाहिए। इसके बाद मुख्य घटना अलीगढ़ कस्बे में हुई और अन्य जगहों पर हुई जिसमें दंगा भड़कानेवाले पूरी तरह भिन्न लोग थे, दूसरे लोग थे। इसका बुरा पक्ष यह है। यदि अलीगढ़ चुनावों के बाद कुछ हुआ तो वह गलत था, जिसे रोकने के लिए कुलपति को कदम उठाने चाहिए थे। यह वह मसला था जिसे कोई प्रचार नहीं मिला। यह था जो पहले हुआ। यह था जो बाद में हुआ, जिससे इन छात्रों का कोई संबंध नहीं था, लेकिन मेरठ या अन्य जगहों पर जनता को उकसाने में कुछ अन्य छात्रों का कोई संबंध हो सकता है, जिसे इतना प्रचार मिला।

श्री वाजपेयी : यह सच नहीं है।

श्री जवाहरलाल नेहरू : यह एक मसला है जिसकी जांच की गई। नहीं की गई तो हो सकती है। मेरठ और अलीगढ़ कस्बों में कानून और व्यवस्था की स्थिति की जांच करना केंद्र सरकार के लिए मुश्किल है। जैसा कि मैंने कहा, केंद्र सरकार को अलीगढ़ यूनिवर्सिटी के मामलों की जांच करनी चाहिए। उस बारे में पहले ही एक कमेटी का गठन कर दिया गया है और उसने, मैं समझता हूं अपनी रिपोर्ट प्रस्तुत कर दी है। लेकिन मैं निवेदन करता हूं कि यूनिवर्सिटी में जो सब हुआ, वह नगण्य था और इतना महत्वपूर्ण नहीं था कि सदन उस पर विचार करे।

श्री वाजपेयी : क्यों न करे?

श्री जवाहरलाल नेहरू : मैं समझता हूं कि माननीय सदस्य ने यूनिवर्सिटी के बारे में ऐसे आरोप लगाए हैं जो जांच कमेटी में झूठे दिखाए गए हैं।

श्री वाजपेयी : कमेटी को इस आरोप की जांच करने को नहीं कहा गया था। इसका विचारणीय विषय बिल्कुल दूसरा था।

अध्यक्ष महोदय : आर्डर, आर्डर। वे इससे परिचित हैं।

श्री जवाहरलाल नेहरू : वे कुलपति के खिलाफ आरोप लगा रहे हैं, एक अन्य व्यक्ति के खिलाफ। व्यक्तिगत रूप से मैं समझता हूं कि यह उन व्यक्तियों के लिए बहुत अनुचित है, जो इस सदन में नहीं हैं, इस देश के प्रमुख नागरिक, उनके खिलाफ इस सदन के माननीय सदस्यों द्वारा बिना किसी प्रमाण के इस प्रकार का आरोप लगाया जाए। मैं खुद चिंतित और दुखी हूं कि माननीय

सदस्यों को अपनी स्थिति का फायदा उठाते हुए बाहरी लोगों के खिलाफ आरोप लगाना चाहिए, जो खुद की रक्षा नहीं कर सकते।

श्री बलराज मधोक (नई दिल्ली) : मुख्य सवाल यूनिवर्सिटी के सांप्रदायिक चरित्र के बारे में था। क्या सरकार इस तथ्य से इन्कार करती है?

श्री जवाहरलाल नेहरू : क्या इन्कार करें...

अध्यक्ष महोदय : हम एक को दूसरे से अलग रखें। यह दुर्भाग्यपूर्ण है कि ऐसी घटना हुई। लेकिन उसका क्षेत्र सीमित था। कुछ छात्र छात्रसंघ के चुनावों के लिए उत्सुक थे और एक पक्ष ने दूसरे पक्ष के मुकाबले सफलता प्राप्त की। कुछ छात्रों ने, खबर है कि दूसरे छात्रों को छेड़ा। यहां मामला समाप्त हो जाना चाहिए था, पर कस्बे में और अन्य जगहों पर कुछ और हुआ। उसके बारे में यहां कार्यस्थगन प्रस्ताव में हम चिंतित नहीं हैं, न ही यह सदन जो कुछ हुआ उसके लिए जिम्मेदार है, न ही यह अन्य जो कुछ हुआ है, उसके संदर्भ में कानून एवं व्यवस्था की स्थिति के लिए जिम्मेदार है। छोटा सा सवाल है कि क्या चुनाव को नियंत्रित किया जाना चाहिए था? और छात्र दूसरे कैंप में गए, क्या अधिकारियों को संप्रति इस सदन या सरकार को, रात में कुछ लड़कों को दूसरे कैंप में जाने से रोकने के अपने कर्तव्य में असफल रहने का दोषी माना जाना चाहिए? मैं नहीं समझता कि कुलपति भी जो कुछ हुआ, उसे रोक सकते थे।

श्री ब्रजराज सिंह (फिरोजाबाद) : डॉ. जाकिर हुसैन ने यह किया था।

अध्यक्ष महोदय : मैं इस मामले में नहीं जा रहा हूं। किसी भी प्रकार केंद्रीय शिक्षा मंत्री लड़कों के वहां जाने के लिए जिम्मेदार नहीं हैं।

श्री वाजपेयी : जब शिक्षा मंत्री यूनिवर्सिटी गए तो उन्हें बोलने नहीं दिया गया और उनसे वापस जाने को कहा गया।

अध्यक्ष महोदय : आर्डर, आर्डर। इसके जो भी दुर्भाग्यपूर्ण नतीजे रहे हैं, दूसरे ने उसका फायदा उठाया हो और अलीगढ़ व उत्तर प्रदेश के अन्य शहरों दोनों जगह जो भी चीजें हुई हों, छोटा सा सवाल है कि इस प्रकार की भावनाएं और तकरार हैं। यह अच्छा है कि एक स्वतंत्र कमेटी इस मामले की जांच करे, पर मैं यह निर्णय सरकार पर छोड़ता हूं। जहां तक स्थगन प्रस्ताव का संबंध है, मैं नहीं समझता कि उस पर इस सदन में बहस करने से कोई उपयोगी उद्देश्य पूरा होगा। इसलिए, यह अस्वीकृत है।

श्री ब्रजराज सिंह : क्या मैं एक स्पष्टीकरण चाह सकता हूं?

अध्यक्ष महोदय : नहीं, मुझे दुख है।

अलीगढ़ में कम्युनिस्टों का जमावड़ा

उपाध्यक्ष महोदय, मैंने ३६७ क्रम संख्या के कटौती प्रस्ताव द्वारा इस बात पर खेद प्रकट किया है कि अलीगढ़ विश्वविद्यालय के मामलों की जांच के लिए राष्ट्रपति द्वारा समिति को नियुक्त नहीं किया गया है। आज जब शिक्षा मंत्री जी प्रारंभ में अपना वक्तव्य दे रहे थे तो सदन यह आशा करता था कि उस वक्तव्य के अंत में शायद शासन के इस निर्णय की घोषणा की जाएगी कि अलीगढ़ विश्वविद्यालय के मामलों की जांच के लिए राष्ट्रपति जी ने एक जांच समिति नियुक्त करने का फैसला कर लिया है। लेकिन उनका वक्तव्य अपीलों से समाप्त हुआ, और सरकार क्या करना चाहती है, इसके संबंध में कोई संकेत नहीं दिया गया। मैं समझता हूं कि जब चटर्जी समिति के लिए विश्वविद्यालय के मामलों की जांच करना असंभव हो गया है और उसके सदस्य अपने पद से, समिति की सदस्यता से त्यागपत्र दे चुके हैं, तब केंद्रीय सरकार के सामने इसके सिवा कोई विकल्प नहीं है कि वह विश्वविद्यालय के मामलों की जांच के लिए राष्ट्रपति द्वारा समिति की नियुक्ति की घोषणा करें।

मैं समझता हूं कि जो आरोप इस सदन में लगाए गए हैं, उनसे अधिक गंभीर आरोप अलीगढ़ विश्वविद्यालय के संबंध में लगाए जा सकते हैं। लेकिन मुझे यह देखकर ताज्जुब हुआ कि कम्युनिस्ट पार्टी की एक सदस्या ने इस मामले में सांप्रदायिकता का पुट देने का प्रयत्न किया। यदि सदन का कोई सदस्य अलीगढ़ विश्वविद्यालय की आलोचना करता है तो सांप्रदायिकता से प्रेरित होकर नहीं करता, और मैं अपने मित्र श्री प्रकाशवीर शास्त्री जी को जानता हूं। उन्होंने जिस भावना से अलीगढ़ विश्वविद्यालय के संबंध में कुछ अनियमितताओं की ओर सदन का ध्यान आकृष्ट किया, मैं समझता हूं कि उनकी आलोचना को उसी भावना से ग्रहण किया जाना चाहिए। अलीगढ़ विश्वविद्यालय के नाम के साथ मुस्लिम शब्द जुड़ा हुआ है, इसलिए यदि कोई हिंदू उसकी आलोचना करता है तो वह सांप्रदायिक भावना से ऐसा करता है, ऐसा सोचना, मैं समझता हूं कि इससे बढ़कर सांप्रदायिकता और कोई नहीं हो सकती। उस दिन जब आधे घंटे का विवाद हुआ तो मुझे यह देखकर ताज्जुब हुआ कि जो लोग मंत्रियों की कुर्सियों पर बैठे हैं, वे भी सांप्रदायिकता

** शिक्षा मंत्रालय की अनुदान मांगों के अवसर पर अलीगढ़ विश्वविद्यालय में बढ़ती कम्युनिस्ट गतिविधियों पर लोकसभा में १५ फरवरी, १९६० को वाद-विवाद।*

के प्रवाह में बह गए और उन्होंने वक्ता को बीच में टोका, और ऐसी बातें कहीं जो असांप्रदायिकता का परिचय नहीं देतीं। अगर अलीगढ़ विश्वविद्यालय में कुछ गड़बड़ियां हैं, और शिक्षा मंत्री जी ने स्वीकार किया है कि गड़बड़ियां हैं, पिछले दस साल से गड़बड़ियां हैं, तो यह प्रश्न पूछा जा सकता है कि अभी तक उसकी जांच क्यों नहीं की गई। अगर विश्वविद्यालय के अधिकारी इस जांच में अड़ंगा लगाते हैं तो किसी ऐसी सशक्त समिति की स्थापना की जानी चाहिए थी जो विश्वविद्यालय के अधिकारियों के अड़ंगों के बावजूद पर्दे को चीरकर बातों को बाहर लाती। किसी भी विश्वविद्यालय के नाम के साथ घोटाले, गोलमाल और लोगों के हृदय में संदेह उत्पन्न करनेवाले आचरणों के निर्माण का उल्लेख यूनिवर्सिटी या देश के लिए ठीक नहीं है। इसमें हिंदू और मुसलमान का सवाल पैदा नहीं होता। इस सदन में भी हिंदू विश्वविद्यालय के वाइस चांसलर की आलोचना की गई, तब तो किसी ने नहीं कहा कि यह सांप्रदायिकता के आधार पर की जा रही है! अब अगर अलीगढ़ विश्वविद्यालय के वाइस चांसलर की आलोचना की जाती है तो मैं नहीं समझता कि उसके मूल में कोई सांप्रदायिकता की भावना है। मैं यह जानना चाहूंगा कि क्या यह सच नहीं है कि अलीगढ़ विश्वविद्यालय के वाइस चांसलर एक ऐसे व्यक्ति हैं, जिन्हें मॉरल टर्पिट्यूड के आरोप में पहले नौकरी से निकाला जा चुका है? मैं चाहूंगा कि शिक्षा मंत्री इस आरोप का खंडन करें।

उपाध्यक्ष महोदय : मैं माननीय सदस्य से कहूंगा कि मैंने पहले भी जब मेंबर साहब बोले तो कहा था कि वे एक-एक व्यक्ति को लेकर जिक्र न करें, बल्कि जो वहां का जनरल इंतजाम है, उसके बारे में जनरल तौर पर कहें। लेकिन अगर आप किसी एक खास व्यक्ति की निस्बत आरोप लगाएंगे तो उसके लिए मुश्किल हो जाएगी। और यह यहां हाउस में नहीं होना चाहिए।

श्री वाजपेयी : मैं आपसे सहमत हूं लेकिन इस वाद-विवाद में कुछ ऐसी बातें कही गई हैं...

उपाध्यक्ष महोदय : अगर कोई शिकायत हुई है तो क्या उसकी इन्क्वायरी न की जाए?

श्री वाजपेयी : मैं आपसे सहमत हूं लेकिन मैं यह भी जानना चाहूंगा, किसी व्यक्ति का नाम न लेते हुए कि क्या यह सच नहीं है कि अलीगढ़ मुस्लिम यूनिवर्सिटी के लिए प्रायः ८ लाख रुपए का जो इंजीनियरिंग का सामान विदेशों से मंगाया गया था, वह बंबई में आने के बाद पाकिस्तान को एक्सपोर्ट कर दिया गया, और क्या यह सच नहीं है...

श्री जमाल ख्वाजा : क्या माननीय सदस्य जानते हैं कि जब वह यहां लोकसभा में बोलें तो वह जिम्मेदारी से बोलें।

श्री वाजपेयी : मैं पूरी जिम्मेदारी की भावना से बोल रहा हूं।

श्री जमाल ख्वाजा : वह आरोप लगा रहे हैं कि अलीगढ़ मुस्लिम यूनिवर्सिटी के लिए जो उपकरण खरीदे गए थे, वे पाकिस्तान निर्यात कर दिए गए; और उनका निहितार्थ था कि यह उपकुलपति द्वारा किया गया। क्या वे अपने वक्तव्य का अर्थ समझते हैं?

उपाध्यक्ष महोदय : मुझे आशा है कि माननीय सदस्य ने वक्तव्य की सच्चाई से खुद को संतुष्ट कर लिया है।

श्री वाजपेयी : मेरा निवेदन यह है कि मैंने जो आरोप लगाया है, उसकी गंभीरता को समझ कर लगाया है और अगर राष्ट्रपति महोदय इसके लिए कोई जांच समिति नियुक्त करते हैं, तो मैं इसका प्रमाण देने को तैयार हूं। यह आरोप समाचारपत्रों में भी प्रकाशित हो चुका है, लेकिन उसका खंडन नहीं किया गया।

श्री जमाल ख्वाजा : क्या मैं कह सकता हूं महोदय...

उपाध्यक्ष महोदय : आर्डर, आर्डर! मैं माननीय सदस्य को सिर्फ यही स्पष्ट कर सकता हूं कि जब भी वे कोई आरोप लगाएं, उन्हें उनके बारे में निश्चित होना चाहिए, उन्हें यह निश्चित होना चाहिए कि यह सत्य है और उन्होंने उसकी सत्यता जानने के प्रति खुद को सभी तरीकों से संतुष्ट कर लिया है। माननीय सदस्य से मैं सिर्फ यही कह सकता हूं। मैं उन्हें रोक नहीं सकता।

श्री जमाल ख्वाजा : महोदय, क्या मैं कह सकता हूं कि उन पेपरों ने, जिन्होंने ये खबरें छापी थीं, माफी प्रकाशित की है, उपकुलपति के खिलाफ गैर-जिम्मेदाराना और दुर्भाग्यपूर्ण ढंग से लगाए गए आरोपों के संबंध में बिना शर्त माफी। क्या माननीय सदस्य जानते हैं कि उन पेपरों ने, जिन्होंने खबर प्रकाशित की थी, उन्हीं ने उपकुलपति से बिना शर्त माफी प्रकाशित की है? उपकुलपति उन व्यक्तियों के खिलाफ कानूनी कार्रवाई की सोच रहे थे। लेकिन जब उन्होंने इसके बारे में जाना तो उन्होंने बिना शर्त माफी प्रकाशित की। मुझे माननीय सदस्य पर, जो तथ्यों से अवगत नहीं हैं, वास्तव में दया आती है।

उपाध्यक्ष महोदय : लेकिन क्या माननीय सदस्य मुझे बता सकते हैं कि मैं क्या करूं? मेरी यह समस्या है। यदि बोलने की सबको स्वतंत्रता है, तो जब तक वह इसका दुरुपयोग नहीं करता, मुझे उसे बोलने की इजाजत देनी होगी। मैं क्या करूंगा यदि यह उनका निष्कर्ष है?

श्रीमती रेणु चक्रवर्ती : निष्कर्ष ठीक है। उन्हें तथ्यात्मक रूप से उसे सिद्ध करना चाहिए। कोई तथ्य ही नहीं है।

श्री वाजपेयी : मैं जो कह रहा हूं उसके बारे में तथ्य सामने रखना चाहता हूं। मेरे पास अलीगढ़ विश्वविद्यालय के एम.ए. पोलिटिकल साइंस के एक पेपर की नकल है। मैंने भी पोलिटिकल साइंस में एम.ए. पास किया है। अलीगढ़ विश्वविद्यालय में पोलिटिकल साइंस का जो विषय पढ़ाया जाता है, वह मानो पोलिटिकल साइंस न होकर मार्क्सिज्म का विषय हो। मुझे भी उसका थोड़ा-सा ज्ञान है। अब वहां जो पोलिटिकल साइंस का पेपर दिया गया है, उसमें १३ में से ९ सवाल ऐसे हैं जिनका कि संबंध कम्युनिज्म से है। मेरे पास ९ सवाल हैं, मैं उनमें से कुछ को पढ़कर सुनाना चाहता हूं और वे इस प्रकार हैं :

निम्न में से किन्हीं तीन पर टिप्पणी करें :

"(१) सैकड़ों बगीचों को खिलने दो, सैकड़ों दर्शनों को कहने दें। (माओ)"

अन्य इसी तरह हैं।

"सोलहवीं सदी में स्थापना से लेकर कार्ल मार्क्स के समय तक पूंजीवाद के विकास में योगदान देनेवाले प्रमुख कारणों का संक्षेप में विवेचन करें। कार्ल मार्क्स के विश्लेषणात्मक तर्कों की सावधानीपूर्वक विवेचना कीजिए जिनके आधार पर वे सिद्ध करते हैं कि पूंजीवाद का आधार श्रम का शोषण है।"

"पूंजीवादी निजी संपत्ति की मौत की घंटी बजती है, हड़पनेवालों को हड़पा जाता है।" कार्ल मार्क्स के उन तर्कों की सावधानीपूर्वक विवेचना कीजिए जिनके द्वारा वे सिद्ध करते हैं कि पूंजीवाद का विकास सर्वहारा की क्रांति के माध्यम से अनिवार्य रूप से समाजवाद की ओर ले जाएगा।

"दुनिया के सर्वाधिक औद्योगीकृत देशों में वित्तीय पूंजी के काम और उत्पत्ति के बारे में वी. आई. लेनिन हमें क्या बताते हैं?"

यह सब पूरा पेपर इसी तरह भरा हुआ है।

"राज्य के मार्क्सवादी सिद्धांत, जिसका लेनिन ने अपनी राज्य और क्रांति में विस्तार किया है, की सावधानीपूर्वक विवेचना कीजिए।"

"एक राजनीतिक विचार के रूप में चेयरमैन माओ की उपलब्धियों की सावधानीपूर्वक समीक्षा कीजिए। माओ-त्से-तुंग के विचार से आप क्या समझते हैं?"

"१९४९ में जनतांत्रिक गणतंत्र की स्थापना से चीन में समाजवादी कार्यक्रम के मुख्य स्तरों की विवेचना कीजिए।"

उपाध्यक्ष महोदय : आलोचना के लिए भी अध्ययन किया जा सकता है।

श्री रेणु चक्रवर्ती : वे इसे नहीं जानते।

उपाध्यक्ष महोदय : अब उन्होंने कुछ सवालात दिए हैं और वह जानना चाहते हैं कि स्टूडेंट्स इनके बारे में क्या जानना चाहते हैं?

श्री वाजपेयी : यह पेपर कोई मार्क्स फिलॉसफी का नहीं है, बल्कि यह पोलिटिकल थॉट का सारा पेपर है जिसमें १३ में से ९ सवाल सिर्फ मार्क्सवाद के ऊपर हैं। मैं यह कहना नहीं चाहता, अलीगढ़ मुस्लिम विश्वविद्यालय में ऐसे प्रोफेसर्स हैं जो कम्युनिस्ट पार्टी का काम कर रहे हैं और जब केरल में आंदोलन चल रहा था तो अलीगढ़ मुस्लिम यूनिवर्सिटी के प्रोफेसर्स ने एक स्टेटमेंट निकाला और केरल में चल रहे आंदोलन की उन्होंने निंदा की। मैं नहीं समझता कि अलीगढ़ मुस्लिम यूनिवर्सिटी के प्रोफेसर्स का और केरल में जो आंदोलन उस समय चल रहा था, दोनों का क्या संबंध है? पीपुल्स पब्लिशिंग हाउस की एक शाखा अलीगढ़ मुस्लिम यूनिवर्सिटी में काम कर रही है और प्रोफेसर खुलेआम कम्युनिस्ट पार्टी के कार्ड होल्डर्स हैं। मैं इसलिए यह बात कह रहा हूं कि साम्यवादी और संप्रदायवादियों का गठबंधन है, यह बात निराधार नहीं है।

श्रीमती रेणु चक्रवर्ती : क्या हम यह मानें कि कम्युनिस्ट पार्टी के कार्ड होल्डर यूनिवर्सिटी के सदस्य नहीं हो सकते? मैं खुद कलकत्ता यूनिवर्सिटी में प्रोफेसर थी...

उपाध्यक्ष महोदय : माननीय सदस्य बोलना जारी रख सकते हैं।

श्री वाजपेयी : इसलिए उपाध्यक्ष महोदय, मैं यह कहूंगा कि किसी भी विश्वविद्यालय में उसके नाम के आगे हिंदू जुड़ा हो या मुस्लिम जुड़ा हो—यदि कोई ऐसी गतिविधियां चलती हैं जो आपत्तिजनक हैं, जो उनके स्तर के अनुकूल नहीं हैं, तो मैं समझता हूं कि केंद्रीय सरकार को हस्तक्षेप करना चाहिए। शिक्षा मंत्री जी की तरफ से यह प्रकट नहीं होता कि इस मामले में सरकार क्या करने जा रही है। विश्वविद्यालय द्वारा नियुक्त किसी भी समिति के सामने सब तथ्य नहीं लाने दिए जाएंगे, यह इस बात से स्पष्ट हो गया है कि सदन में जो आधे घंटे की चर्चा हुई, उसके संबंध में विश्वविद्यालय की क्या प्रतिक्रिया हुई। अब यह कहा जाता है कि शिक्षा मंत्री जी उस समिति के सदस्यों को वाइस चांसलर को बताकर रखें। मुझे तो शिक्षा मंत्री जी की स्थिति पर दया आती है कि उनकी प्रामाणिकता पर संदेह किया जाता है। अब तो एक ही रास्ता है कि राष्ट्रपति जी द्वारा एक ऐसी जांच समिति नियुक्त की जाए जो तथ्यों को निकालकर ला सके और अलीगढ़ विश्वविद्यालय की प्रतिष्ठा को जो ठेस पहुंची है, उसको दूर किया जा सके। हम चाहते हैं कि देश में जो भी विश्वविद्यालय हैं, उनका अच्छा नाम हो और वह ठीक तरह से जनता के विश्वास का संपादन करके चल सकें। लेकिन परिस्थिति ऐसी है कि हमारे विश्वविद्यालय अपने ऊंचे आदर्श से गिरते जा रहे हैं। लेकिन अलीगढ़ विश्वविद्यालय की आलोचना केवल इस आधार पर नहीं ठुकराई जा सकती कि उसकी आलोचना करनेवाले सांप्रदायिक हैं। मैं समझता हूं कि जो भी तथ्य

हैं उनकी जांच-पड़ताल होनी चाहिए और सत्य का अन्वेषण किया जाना चाहिए।

हिंदी टाइपराइटर का निर्माण

मैंने एक कटमोशन और दिया है, जिसके द्वारा मैंने शिक्षा मंत्री महोदय का ध्यान हिंदी टाइपराइटर के निर्माण की ओर खींचा है। हम अगर धीरे-धीरे विदेशी भाषा के स्थान पर अपनी भाषा में राज-काज चलाना चाहते हैं तो मैं समझता हूं उसके लिए हिंदी टाइपराइटर की आवश्यकता बहुत बड़ी है। लेकिन यह मामला कई वर्षों तक खटाई में पड़ा रहा, क्योंकि देवनागरी लिपि के सुधार का भार जिनके कंधों पर था, वह पहले तो कुछ निर्णय ही नहीं कर सके, और यदि उन्होंने कुछ निर्णय किया तो उस निर्णय पर वह दृढ़ नहीं रह सके। और इसलिए हिंदी टाइपराइटर का निर्माण रुका रहा। मैं समझता हूं उन्होंने अब फैसला कर लिया है और अब हिंदी टाइपराइटर के निर्माण में देरी नहीं होनी चाहिए। हमारा शिक्षा मंत्रालय यह कहेगा कि टाइपराइटर निर्माण का काम तो इंडस्ट्रीज और कामर्स मिनिस्ट्री करेगी। शासन के भार का जो विभाजन हुआ है, उसकी दृष्टि से यह कहना ठीक हो सकता है। लेकिन तथ्य यह है कि सरकारी कामकाज में हिंदी का उस समय तक प्रचार नहीं होगा, जब तक हिंदी टाइपराइटर नहीं होगा और यह देखना मंत्रालय का काम है कि हम इस दिशा में प्रगति करें।

मैं एक बात और कहना चाहता हूं। हमारे आचार्य कृपलानी जी ने हमारे देश की शिक्षा पद्धति में परिवर्तन करने के संबंध में बड़ी सबल और तर्कपूर्ण बातें कही हैं। इस देश को स्वाधीन हुए १३ वर्ष हो गए, लेकिन जिस शिक्षा पद्धति की हम आलोचना करते थे, अभी तक हम उसमें परिवर्तन नहीं कर सके हैं। और अभी भी हम उसकी आलोचना करते हैं। राष्ट्रपति जी से लेकर हमारे शिक्षा मंत्री जी तक इस शिक्षा पद्धति की खामियां बताते हैं, मगर उसमें परिवर्तन नहीं करते। यह शिक्षा देश के युवकों को सही दिशा में नहीं ले जा रही है। वह उनके चरित्र का पूर्ण विकास नहीं कर रही है। वह देश की मृत्तिका से संभूत संस्कृति से पीछे चली गई है। यह शिक्षा चरित्र का निर्माण नहीं करती, श्रम की प्रतिष्ठा नहीं करती। यह शिक्षा देशभक्त उत्पन्न नहीं करती। मैं समझता हूं कि समय आ गया है जब शिक्षा पद्धति में परिवर्तन किया जाना चाहिए और शिक्षा मंत्री जी इस संबंध में विचार करें। धन्यवाद।

भारतीय भाषाओं की उपेक्षा

अध्यक्ष महोदय, मैं आपकी अनुमति से एक महत्वपूर्ण मामला उठाने के लिए खड़ा हुआ हूं। संसद द्वारा पारित प्रस्तावों की सरकार खुली अवहेलना कर रही है। राष्ट्रपति द्वारा जारी किए गए निर्देशों का भी पालन नहीं हो रहा है। यहां तक कि सदन में १३ दिसंबर, १९९३ को जब संघ लोक सेवा आयोग की परीक्षाओं का माध्यम भारतीय भाषाओं को बनाने का सवाल मेरे मित्र श्री शरद यादव ने उपस्थित किया था तो आपने भी हस्तक्षेप किया था और आपने कहा था कि "दोनों सदन प्रस्ताव पारित कर चुके हैं। इसका अर्थ है कि संपूर्ण संसद ने प्रस्ताव पारित कर दिया है।" और आपने यह मंशा प्रकट की थी कि उसका पालन होना चाहिए।

श्री विद्याचरण शुक्ल उस दिन बोल रहे थे और उन्होंने भी आश्वासन दिया था कि इसका पालन होगा। मैं उनको भी उद्धृत करना चाहता हूं :

"संसद के दोनों सदनों के प्रस्ताव हैं जो सरकार द्वारा स्वीकृत किए जा चुके हैं। इस मामले पर राष्ट्रपति का निर्देश भी है।"

फिर उन्होंने कहा कि हम नेताओं की बैठक बुलाकर इस संबंध में निर्णय करेंगे। वर्षों से यह मामला लटक रहा है। यूनियन पब्लिक सर्विस कमीशन की परीक्षाओं का माध्यम भारतीय भाषाएं क्यों नहीं हों? क्या मेडीसिन, इंजीनियरिंग आदि विषय हम भारतीय भाषाओं के द्वारा नहीं पढ़ा सकते? क्या परीक्षा में इनका सही मूल्यांकन नहीं हो सकता? अगर सरकार को इस मामले में तैयारी की जरूरत थी तो कितना कालखंड चाहिए, कितने वर्ष चाहिए?

अध्यक्ष महोदय, मैं चाहता हूं कि इस मामले को गंभीरता से लिया जाए। इसके साथ अंग्रेजी की अनिवार्यता का प्रश्न भी जुड़ा हुआ है। कोई कह सकता है कि देश में अंग्रेजी की आवश्यकता है, लेकिन आवश्यकता अलग है और अनिवार्यता अलग है। दोनों में अंतर किया जाना चाहिए। आज भारतीय भाषाएं सभी परीक्षाओं का माध्यम नहीं हैं, इससे कितनी ही प्रतिभाओं का कुंठन हो रहा है। कई नौजवान क्योंकि अंग्रेजी नहीं जानते, इसलिए प्रशासन में भागीदारी नहीं कर पा रहे हैं।

हम पिछड़े हुए वर्गों के लिए यह प्रयत्न कर रहे हैं कि उनकी शासन में भागीदारी हो, मगर अंग्रेजी बाधक बन रही है। हम अंग्रेजी के खिलाफ नहीं हैं। जो इस देश में अंग्रेजी पढ़ना चाहते

** संघ लोक सेवा आयोग द्वारा भारतीय भाषाओं की उपेक्षा पर लोकसभा में १२ मई, १९९४ को टिप्पणी।*

हैं, वह पढ़ें। शासन में भी लिंकभाषा के रूप में उसके प्रयोग की अनुमति है, लेकिन उसको अनिवार्य बनाना तो उचित नहीं है। यह संविधान निर्माताओं की मंशा भी नहीं थी।

अध्यक्ष महोदय, मैं चाहता हूं कि आप इस पर हस्तक्षेप करें और सरकार से दो-टूक जवाब लें।

अध्यक्ष महोदय : मैं एक या दो सदस्यों को बोलने की अनुमति दूंगा।...(व्यवधान)

जल संसाधन और संसदीय कार्य मंत्री श्री विद्याचरण शुक्ल : सबसे पहले मैं माननीय नेता प्रतिपक्ष के कथन में सुधार करना चाहूंगा। उन्होंने कहा कि संघ लोक सेवा आयोग में हम भारतीय भाषाओं का परीक्षा के माध्यम के रूप में प्रयोग नहीं कर पा रहे हैं। जो कि ठीक नहीं है। हम सभी भारतीय भाषाओं का परीक्षा के माध्यम के रूप में पहले से ही संघ लोक सेवा आयोग में प्रयोग कर रहे हैं।

श्री वाजपेयी : यह अभी तक इंजीनियरिंग और मेडीसिन में नहीं है। यह समस्या है।

श्री विद्याचरण शुक्ल : कृपया मेरी बात सुनें।

श्री वाजपेयी : महोदय, मैं कभी सदन को गलत सूचना नहीं देता। मैंने ऐसा कभी नहीं किया है।

श्री विद्याचरण शुक्ल : मैं केवल अपनी सूचना दे रहा हूं जो मेरे पास है। यदि मुझे अपनी भूल सुधार करनी पड़े तो मैं कर लूंगा।

अध्यक्ष महोदय : श्री वाजपेयी इंजीनियरिंग और मेडीसिन के विषय में पूछ रहे हैं।

श्री विद्याचरण शुक्ल : मैं इसे स्वयं ठीक कर लूंगा।

श्री लालकृष्ण आडवाणी (गांधीनगर) : अध्यक्ष महोदय, शायद सदन को जानकारी न हो कि यही स्थिति इंग्लैंड में थी जहां पर इंगलिश के माध्यम से इंजीनियरिंग और मेडिसन नहीं पढ़ने देते थे और वहां पर इस प्रकार से अंग्रेजी के लिए आग्रह करनेवाले राजनैतिक भक्त थे, जिन्होंने कहा कि वह स्थिति आई।

श्री वाजपेयी : पिछली बार १३ दिसंबर, १९९३ को जब यह मामला उठा था तो शुक्ल जी ने आश्वासन दिया था कि वे नेताओं की बैठक बुलाकर इस संबंध में कोई निर्णय लेंगे, लेकिन उन्होंने वह बैठक नहीं बुलाई और इसीलिए मामला उलझ रहा है। आज जो विवाद खड़ा हो गया है, वह बड़ा दुर्भाग्यपूर्ण है। अध्यक्ष महोदय, हम नहीं चाहते कि देश में कोई ऐसा काम हो जिससे देश की एकता और अखंडता पर आंच आए, लेकिन प्रश्न को जिस तरह से पेश किया गया है, वह सही नहीं है। अगर आप बैठक बुला लेते और अब तक कोई निर्णय कर लेते तो शायद यह मामला उठाने की आवश्यकता ही नहीं पड़ती।

श्री विद्याचरण शुक्ल : यह मामला संसद के दोनों सदनों से संबंधित है। वास्तव में मुझे स्वयं एक बैठक बुलानी चाहिए। लेकिन यह अच्छा रहेगा कि बिना किसी परेशानी के इस मामले पर चर्चा के लिए कल किसी समय सभी नेताओं की बैठक आप बुलाएं। यह सदा ही ठीक रहता है कि आप-जैसा पक्षपातरहित, सम्माननीय व्यक्ति बैठक बुलाए, जिससे कि हम उचित प्रकार से चर्चा कर सकें।...(व्यवधान)...आपकी बैठकों में कोई व्यक्ति राजनीति नहीं ला सकता। इसलिए मैं आपसे प्रार्थना करना चाहूंगा कि आप दोनों सदनों के नेताओं को आमंत्रित करके एक बैठक बुलाएं। कल हम इस पर चर्चा करें। हमारी इस पर चर्चा की इच्छा है।

हिंदी : संविधान सभा की भावना

अध्यक्ष महोदय, जब मैं श्री फ्रैंक एंथनी का भाषण सुन रहा था तो मुझे १६५० के इंग्लैंड की याद आ रही थी। उस समय इंग्लैंड में दो भाषाएं चलती थीं। एक फ्रेंच भाषा और दूसरी लैटिन भाषा। जितने भी कानून बनते थे, फ्रेंच भाषा में बनते थे और ऊंची शिक्षा की भाषा लैटिन थी। उस समय फ्रेंच और लैटिन को बनाए रखने के लिए, अंग्रेजी को न लाने के लिए वही तर्क दिए जा रहे थे जो आज भारत में अंग्रेजी को बनाए रखने के लिए और भारतीय भाषाओं को न लाने के लिए दिए जा रहे हैं।

अध्यक्ष महोदय, ताज्जुब तो यह है कि अंग्रेजी का विरोध करनेवाले १६५० में इंग्लैंड में जो डॉक्टर, वकील, बुद्धिजीवी और ऐसे लोग जिनका फ्रेंच और लैटिन के साथ एक निहित स्वार्थ जुड़ा हुआ था, उन्होंने अंग्रेजी भाषा को एक बार 'बैरिक लैंगुएज' कहा था। बड़े प्रयत्नों से मैं एक किताब ढूंढ़कर लाया हूं, 'ट्रायंफ्स ऑफ दि इंग्लिश लैंगुएज'। इस किताब के लेखक हैं मि. जोंस। यह किताब हमारे पुस्तकालय में उपलब्ध नहीं है।

एक माननीय सदस्य : कहां से लाए?

श्री वाजपेयी : यह ब्रिटिश हाई कमीशन के पुस्तकालय से प्राप्त की गई है। इसके एक अंश को मैं आपके माध्यम से सदन के सामने रखना चाहता हूं। १६५० में इंग्लैंड की पार्लियामेंट को एक पेटीशन, एक याचिका दी गई। उस पेटीशन में क्या कहा गया, यह मैं पढ़ना चाहता हूं : "इसे नार्मन विजेता के प्रति हमारी गुलामी का बिल्ला मानते हुए, फ्रेंच भाषा में हमारे कानून होना, और यह कि उन कानूनों के अनुसार चलना, जिनको जनता नहीं जान सकती, पाशविक गुलामी से कुछ ही कम है, कि इसलिए इस शासन के कानून और परंपराएं बिना शब्दों को संक्षिप्त किए तत्काल मातृभाषा में लिखे जाने चाहिए।"

इस संबंध में इंग्लैंड की पार्लियामेंट ने जो निर्णय किया, उसको भी इस सदन को ध्यान में रखना चाहिए। यह २२ नवंबर, १६५० का फैसला है।

"संसद ने यह घोषित करना और कानून बनाना उचित समझा है, और इस वर्तमान संसद द्वारा, इसके अधिकार द्वारा यह घोषित हो और कानून बने, कि सभी रिपोर्ट बुक और न्यायाधीशों

** सरकारी भाषा संशोधन विधेयक और प्रस्ताव के अवसर पर लोकसभा में १२ दिसंबर, १९६७ को भाषण।*

के निर्णयों और इंग्लैंड के कानून की पुस्तकों का इंगलिश भाषा में अनुवाद हो : और पहली जनवरी १६५१ से और उसके बाद से न्यायाधीशों के निणयों की सभी 'रिपोर्ट बुक' और कानून की अन्य सभी पुस्तकें जो प्रकाशित होंगी, इंगलिश भाषा में होंगी।"

इंग्लैंड में भी अंग्रेजी को लाने के लिए लड़ाई लड़नी पड़ी थी।

श्री मनोहरन : वह एकात्मवादी राज्य है। हमारा संघी ढांचा है।

श्री वाजपेयी : मैं उस बात की भी चर्चा करूंगा।

इंग्लैंड में भी यह तर्क दिया गया था कि अगर डॉक्टरी की पढ़ाई अंग्रेजी में की गई तो मरीज मर जाएंगे, अंग्रेजी इस योग्य नहीं है कि वह कानून की और शिक्षा की माध्यम बन सके। लेकिन इंग्लैंड की जनता ने अंग्रेजी को लाने का स्वाभिमानपूर्ण निर्णय लिया और आज अंग्रेजी को इतना विकसित कर दिया गया है कि हम उस अंग्रेजी के मोह में पड़ गए हैं, हम उस अंग्रेजी को नहीं छोड़ना चाहते हैं। मेरी मातृभाषा हिंदी है।

श्री एन. श्रीकांतन नायर : मेरी नहीं है।

हिंदी केंद्र की भाषा बने

श्री वाजपेयी : कभी-कभी मुझे लगता है कि यह मेरा दुर्भाग्य है। मेरी मातृभाषा हिंदी होने के कारण यहां बैठकर मुझे ऐसी बातें सुननी पड़ती हैं, जो मैं और किसी भाषा-भाषी को सुनाने की कल्पना भी नहीं कर सकता। हिंदी को केंद्र की राजभाषा बनाने का निर्णय हिंदीवालों ने नहीं किया। संविधान सभा में हम नहीं थे। संविधान सभा में राजभाषा बनने से पहले हिंदी को जो ऊंचा स्थान दिया गया, वह गैर-हिंदीवालों ने दिया था। संविधान सभा ने केवल उस पर मुहर लगाई। अगर यह संसद चाहती है, तो संविधान को बदल दे। अगर संसद चाहती है कि सभी भारतीय भाषाएं केंद्र की भाषाएं बनें, तो हम उसका विरोध नहीं करेंगे, उलटे हम उसका स्वागत करेंगे।

हिंदी का किसी भारतीय भाषा से झगड़ा नहीं है। हिंदी सभी भारतीय भाषाओं को विकसित देखना चाहती है। लेकिन यह निर्णय संविधान सभा का है कि हिंदी केंद्र की भाषा बने। जब संविधान सभा ने यह निर्णय किया, तो संविधान का जो प्रारूप बना था, उसमें अंग्रेजी के प्रयोग के लिए केवल पांच साल रखे गए थे। बाद में अहिंदी-भाषी लोगों की कठिनाई को ध्यान में रखकर पांच साल की अवधि बढ़ाकर पंद्रह साल की गई।

श्री जे.बी. कृपालानी : यही बेवकूफी थी।

श्री वाजपेयी : आचार्य जी ठीक कह रहे हैं। यह गलती की गई। कुछ लोग इस मत के हैं—और इसमें सच्चाई हो सकती है—कि अगर अंग्रेजी जानी थी, तो एक बार में ही चली जानी चाहिए थी। अंग्रेजी को धीरे-धीरे हटाना मुश्किल है। लेकिन जनता की कठिनाइयों का विचार करके यह निर्णय किया गया कि पंद्रह साल तक अंग्रेजी चले।

इस निर्णय से हमारे दक्षिणवासी मित्र असंतुष्ट नहीं थे। श्री अल्लादी कृष्ण स्वामी अय्यर, श्री गोपालस्वामी आयंगार और श्री टी.टी. कृष्णामाचारी इनके लिए पंद्रह साल की अवधि संतोषजनक थी। अगर संविधान की व्यवस्था से कोई असंतुष्ट था, तो अहिंदी-भाषी असंतुष्ट नहीं थे, बल्कि राजर्षि पुरुषोत्तमदास टंडन असंतुष्ट थे, जो अंतरराष्ट्रीय अंक नहीं चाहते थे, या मौलाना आजाद असंतुष्ट थे, जो हिंदी नहीं हिंदुस्तानी चाहते थे। लेकिन अहिंदी-भाषा-भाषी या दक्षिण-भाषा-भाषी असंतुष्ट नहीं थे।

राजेंद्र बाबू ने संविधान सभा के अध्यक्ष के रूप में कहा था कि भाषा के संबंध में हमने जो निर्णय लिया है, वह बड़ा नाजुक निर्णय है। इसे साल के साल, महीने के महीने, हफ्ते के हफ्ते और मिनट के मिनट हमें कार्यान्वित करना होगा। मगर केंद्रीय सरकार समझती थी—या केंद्रीय सरकार में जिनके हाथ में भाषा संबंधी नीति को क्रियान्वित करने का अधिकार था, वे समझते थे—कि चौदह साल और ग्यारह महीने बीतने के बाद फिर परिवर्तन का प्रयत्न किया जाएगा। जब १९६५ आया, तो देश इस परिणाम पर पहुंचा कि अभी अंग्रेजी को नहीं हटाया जा सकता है और इसलिए अंग्रेजी को आगे भी चलाने की व्यवस्था की जाए।

१९६३ में एक कानून बना। नेहरू जी के जिन आश्वासनों की चर्चा की जाती है, वे आश्वासन अगस्त-सितंबर, १९५९ में श्री फ्रैंक एंथनी के एक गैर-सरकारी प्रस्ताव के उत्तर में बोलते हुए प्रधानमंत्री ने दिए थे। मैं उन आश्वासनों को आपके सामने रखना चाहता हूं, क्योंकि उन आश्वासनों की बड़ी चर्चा हो रही है। लेकिन सचमुच में आश्वासन क्या थे, इसको भी समझने का समय आ गया है। नेहरू जी ने कहा था :

"इंगलिश एक सहयोगी भाषा के रूप में बनी रहेगी और मैं तब तक इसे नहीं हटाऊंगा, जब तक गैर-हिंदीभाषी राज्य मुझे इसे हटाने को न कहें।"

श्री नंबियार : गैर-हिंदीभाषी राज्य अभी इसे हटाने के पक्ष में नहीं हैं। हम बता देंगे जब हम तैयार होंगे। जल्दी न करें।

श्री वाजपेयी : आश्वासन यह था कि हिंदी के साथ अंग्रेजी चले। आश्वासन यह नहीं था कि केवल अंग्रेजी चले। क्या आज हिंदी के साथ अंग्रेजी चल रही है? आज अंग्रेजी चल रही है, हिंदी नहीं चल रही है। और इस विधेयक के बाद हिंदी और भी नहीं चलेगी।

राष्ट्रपति की ओर से हिंदी के प्रयोग के संबंध में कुछ आदेश जारी किए गए थे, उनमें एक आदेश यह भी था कि हिंदी यूनियन पब्लिक सर्विस कमीशन की परीक्षाओं की भाषा होगी। १९६५ के बाद यह हो जाना चाहिए था। यह क्यों नहीं हुआ? हिंदी के साथ और भारतीय भाषाएं भी परीक्षा का माध्यम बनें, यह हम चाहते थे और इस तरह की मांग की गई थी। कांग्रेस वर्किंग कमेटी ने १९५४ में इस आशय का एक प्रस्ताव पास किया था कि हिंदी के साथ अन्य भारतीय भाषाएं भी केंद्रीय सेवाओं की परीक्षाओं का माध्यम होनी चाहिए। १९६० में गृह मंत्रालय ने इस तरह का एक निर्देश भी जारी किया था, लेकिन भारतीय भाषाएं परीक्षा का माध्यम नहीं बनाई गईं।

यह विधेयक क्यों?

मैं पूछना चाहता हूं कि यह विधेयक लाने की आवश्यकता क्यों पड़ी? यह विधेयक अनावश्यक है। यह विधेयक असंवैधानिक है। यह विधेयक अंग्रेजी को अनंत काल तक भारत की राजभाषा बनाए रखने के मंतव्य से लाया गया है। अगर यह विधेयक स्वीकृत हो जाएगा, तो भारतीय भाषाओं के विकास का मार्ग अवरुद्ध हो जाएगा। मैंने अभी निवेदन किया है कि नेहरू जी के आश्वासन १९६३ में पूरे हो गए थे। फिर यह विधेयक लाने की जरूरत क्यों पड़ी? कहा जाता है कि शास्त्री जी ने भी कुछ आश्वासन दिए। वे आश्वासन क्या थे? उन आश्वासनों को देने की जरूरत क्यों पड़ी? १९६३ के बाद अंग्रेजी का प्रयोग हो रहा है। १९६३ के एक्ट में अंग्रेजी के प्रयोग के संबंध में कोई समय की मर्यादा नहीं है, कोई सीमा रेखा नहीं खींची गई है। अंग्रेजी चल सकती है जब तक हम चाहें। अंग्रेजी के प्रयोग पर कोई रुकावट नहीं है। यही नेहरू जी

के आश्वासन थे। यही शास्त्री जी के आश्वासन थे। फिर इस बिल को लाने की जरूरत क्यों पड़ी? अध्यक्ष महोदय, आप देख रहे हैं इस बिल से डी.एम.के. संतुष्ट नहीं है। इस बिल से हमारे मित्र श्री फ्रैंक एंथनी भी संतुष्ट नहीं हैं। इस बिल से मार्क्सवादी कम्युनिस्ट पार्टी भी संतुष्ट नहीं है। जहां तक हमारा संबंध है, हम लोग इस बिल से बिल्कुल संतुष्ट नहीं हैं…

श्री मनोहरन : क्योंकि आश्वासन पूरी तरह हल्के हो गए हैं, इसलिए हम संतुष्ट नहीं हैं।

श्री नंबियार : हम इसे समझौता विधेयक के रूप में ले सकते हैं। मार्क्सवादी कम्युनिस्ट इसे किसी तरह भी हल्का किए बगैर समझौता विधेयक के रूप में मानने को तैयार हैं। कुछ भी हल्का किया हुआ हम स्वीकार नहीं करते।

श्री वाजपेयी : मैं नहीं जानता। अभी-अभी हमने श्री राममूर्ति को सुना। मैं नहीं जानता कि मार्क्सवादी कम्युनिस्ट दो आवाजों में बोलने जा रहे हैं।

अध्यक्ष महोदय, मैं डी.एम.के. की स्थिति समझ सकता हूं। उनका कार्यक्षेत्र केवल मद्रास तक सीमित है। और वह जो मद्रास में कहते हैं, वही नई दिल्ली में कहते हैं। जो उनके दिलों में है, वही उनके होंठों पर है। मैं उनकी भावनाओं की कद्र भी कर सकता हूं। लेकिन मुझे और अखिल भारतीय दलों से शिकायत है। प्रजा-समाजवादी दल के नेता श्री सुरेंद्रनाथ द्विवेदी का भाषण सुनकर मुझे बड़ी चोट पहुंची है।

श्री मनोहरन : वे हिंदी में बोले, यह अपराध है क्या?

श्री वाजपेयी : वह मेरे बुजुर्ग हैं। वह हिंदी भाषा में बोले। वह मुझसे उम्र में ज्यादा हैं। मुझसे अनुभव में ज्यादा हैं। उन्होंने यह बात भी कही कि इस विधेयक में कुछ संशोधन होना चाहिए। लेकिन उनके भाषण का जो सुर था, वह हिंदी भाषा-भाषियों को चोट पहुंचानेवाला था। हमने कभी उड़िया भाषा का विरोध नहीं किया। हमने कभी तमिल भाषा का विरोध नहीं किया। हमारे डी.एम.के.के मित्रों ने ऑल इंडिया रेडियो को बानुली कर दिया। सत्यमेव जयते का तमिल रूपांतर कर दिया गया। हमने उसकी आलोचना नहीं की। अगर अंग्रेजी की जगह तमिल आती है तो हम उसका स्वागत करेंगे। लेकिन अगर अंग्रेजी की जगह हिंदी आती है तो उन्हें भी इसका स्वागत करना चाहिए। मैं तमिल भाषा समझ नहीं सकता, लेकिन तमिल से प्रेम करता हूं और मैं आशा करता हूं कि उनके हृदय में भी अन्य भारतीय भाषाओं के लिए वही प्रेम होगा।

हिंदी को बराबरी का दर्जा नहीं दिया गया

अध्यक्ष महोदय, यह समझना भी गलत होगा कि इस विधेयक के द्वारा हिंदी और अंग्रेजी समान स्तर पर लाई जा सकती हैं, या देश में ईमानदारी से दो भाषाएं चलेंगी, बाइ-लिंगुअलिज्म चलेगा। सब इस बात को स्वीकार करेंगे कि आज जो देश की स्थिति है, उसमें हिंदी और अंग्रेजी के बीच में ईमानदारी से बाई-लिंगुअलिज्म होना चाहिए। क्या यह विधेयक इस बात की व्यवस्था करता है? इसमें हिंदी को बराबरी का दर्जा नहीं दिया गया। इतना नहीं, हिंदी को नीचा स्थान दिया गया है। यह ईमानदारी से दो-भाषायी केंद्र की नीति नहीं है। यह समझौता नहीं है। यह अंग्रेजीपरस्तों के सामने समर्पण है। हम समझौते के लिए तैयार हैं। हम जानते हैं देश की एकता बड़ी है और भाषा उसका साधन है। हम कोई काम ऐसा नहीं करना चाहेंगे, जिससे देश की एकता खतरे में पड़ जाए। लेकिन देश की एकता को बचाने का यह तरीका नहीं है कि अंग्रेजी के व्यवहार को अनंत काल तक कायम रखने की व्यवस्था की जाए।

श्री पीलू मोदी : क्या तरीका है?

श्री वाजपेयी : मैं बताऊंगा।

अध्यक्ष महोदय, इस बात से कोई इन्कार नहीं कर सकता और आचार्य कृपालानी जी ने भी यह बात कही थी कि अंग्रेजों ने सेना में हिंदी चलाई। सेना में हर प्रदेश के लोग हैं, हर एक जगह के लोग हैं, लेकिन सेना में हिंदी चली। १९४७ में मध्य भारत में, राजस्थान में और हैदराबाद में भी भारतीय भाषाएं हाई कोर्ट तक चलती थीं। मैं मध्य भारत से आता हूं। मध्य भारत का हाई कोर्ट हिंदी में फैसले करता था। उर्दू में हैदराबाद में काम चलता था। १९४७ के बाद, स्वाधीनता के बाद, स्वतंत्रता के बाद वहां अंग्रेजी चालू कर दी गई। हिंदी को पीछे हटना पड़ा। जब संविधान बना तब भी अंग्रेजी को जारी रखने की कोशिश की गई। १९६३ में फिर अंग्रेजी को आगे बढ़ाने का बिल लाया गया। और अब १९६७ में फिर से अंग्रेजी के समर्थन में बिल लाया गया और कहा यह जा रहा है, हर बार यह कहा गया कि अब हिंदी आ जाएगी, अब हिंदी के मार्ग में जो बाधा है वह हट जाएगी, अब हिंदी पर किसी तरह की रोक नहीं लगेगी।

अध्यक्ष महोदय, मैं उस पार्टी से संबंध रखता हूं जिसने अभी तक कहा है कि हमें अंग्रेजी एकदम हटा देनी चाहिए। भारतीय भाषाओं में काम करना चाहिए। लेकिन हम भाषा के सवाल पर समझौते के लिए तैयार हैं। हम चाहते हैं कि राष्ट्रीय मतैक्य स्थापित किया जाए। हम चाहते हैं कि एक ऐसा फार्मूला निकाला जाए जिससे सभी क्षेत्रों का समाधान हो सके। मैं अपने अहिंदी-भाषी मित्रों से यह बलपूर्वक कहना चाहता हं कि हम उनके ऊपर हिंदी लादना नहीं चाहते। लेकिन उन्हें हमारे ऊपर अंग्रेजी लादनी नहीं चाहिए। वह अंग्रेजी में काम करें, और जो हिंदी में काम करना चाहते हैं, उन्हें हिंदी में काम करने की छूट होनी चाहिए। यह विधेयक इस बात की व्यवस्था नहीं करता। यह विधेयक हिंदी और अंग्रेजी को बराबरी का दर्जा नहीं देता। यह विधेयक दोनों भाषाओं में काम करने के मार्ग में बाधाएं डालता है। यह अंग्रेजी को प्रमुखता देता है। हिंदी को नीचा स्थान देता है।

खल्क खुदा का, मुल्क बादशाह का और हुकूमत अंग्रेज बहादुर की

अध्यक्ष महोदय, जब अंग्रेजों ने दिल्ली पर कब्जा किया तो उन्होंने एक नारा लगाया—खल्क खुदा का, मुल्क बादशाह का और हुकूमत अंग्रेज बहादुर की। अगर यह विधेयक इसी रूप में स्वीकार होगा तो इसका परिणाम क्या होगा। राज्य प्रजा का, राजभाषा होगी हिंदी मगर चलेगी अंग्रेजी। नाम हिंदी का, काम अंग्रेजी का। मैं नहीं जानता गृह मंत्रालय इस विधेयक में कौन से संशोधन लेकर आ रहा है। अगर कुछ संशोधन आनेवाले हैं तो उनके बारे मे सदन को जल्दी विश्वास में लिया जाना चाहिए। अगर संशोधन दोनों भाषाओं में, दोनों दृष्टिकोणों में एक सामंजस्य लाता है तो हम उस संशोधन को स्वीकार करने के लिए तैयार होंगे। पहली बात तो यह कि हिंदी में काम करने पर अंग्रेजी अनुवाद देना आवश्यक नहीं होना चाहिए। या तो हम सब काम दो भाषाओं में करें, जो काम हिंदी में करें वह अंग्रेजी में करें और जो अंग्रेजी में करें वह हिंदी में करें और या फिर हम कर्मचारियों को छूट दे दें कि वे चाहें तो अंग्रेजी में काम करें, चाहे हिंदी में। इस बिल में क्या व्यवस्था की गई है? अगर आप हिंदी में काम करने लगेंगे तो आपसे कहा जाएगा कि अंग्रेजी का अनुवाद लाओ। तो क्या हिंदी में काम करना सजा होगी? क्या हिंदी में काम करने पर दुगना समय लगाना पड़ेगा?

श्री नंबियार : क्योंकि हम हिंदी नहीं जानते। इसलिए हम अनुवाद चाहते हैं। आप इतना क्यों सहन नहीं कर सकते? हम आपकी हिंदी को नहीं जानते...।

श्री वाजपेयी : आप मेरा बोलना भी सहन नहीं कर पाते? मैं बैठ नहीं रहा। कृपया बैठ जाइए।

श्री नंबियार : वे हमसे सहनशीलता चाहते हैं। फिर भी, वे इंगलिश अनुवाद देने के भी खिलाफ हैं।

अध्यक्ष महोदय : मैं श्री नंबियार से अपनी सीट ग्रहण करने का आग्रह करता हूं।

श्री वी. कृष्णामूर्ति : वे व्यवधान करने में भी हार नहीं मान रहे हैं और फिर भी वे गैर-हिंदी भाषी लोगों से सहनशीलता की बात करते हैं।

वे हमें इजाजत नहीं देंगे...

श्री नंबियार : यदि वे इजाजत नहीं देते, तो भी हमें हिंदुस्तान में रहने का हक है और हम उनके भाई-भतीजावाद के बावजूद रहते हैं।

अध्यक्ष महोदय : आर्डर, आर्डर...

श्री वाजपेयी : अध्यक्ष महोदय, मेरे मित्र श्री नंबियार नाराज न हों। भारत में उनके रहने के अधिकार को कौन चुनौती दे रहा है। अगर उन्हें कोई सवाल पूछना है तो मैं भाषण समाप्त कर लूं, उसके बाद वह सवाल पूछें। जब उनके नेता श्री राममूर्ति बोल रहे थे, तब हमने उनको नहीं टोका, किसी ने नहीं टोका।

श्री नंबियार : मैंने बहुत सामान्य-सा सवाल पूछा। मैंने उन्हें तंग नहीं किया। मेरी वह आदत नहीं है।

श्री वाजपेयी : अध्यक्ष महोदय, मैं आपसे निवेदन करना चाहता हूं कि यह समय मेरे समय में से न लिया जाए।

अध्यक्ष महोदय, मैंने पहले कहा था कि जो हिंदी नहीं जानते और केंद्रीय सेवा में अंग्रेजी में काम करना चाहते हैं, वे अंग्रेजी में काम करें। लेकिन जो हिंदी में काम करना चाहते हैं, उन्हें अंग्रेजी में अनुवाद देना अनिवार्य नहीं होना चाहिए—दोनों भाषाओं की स्थिति बराबर होनी चाहिए। इसका कैसे विरोध किया जा सकता है? दूसरी बात यह है कि अनुवाद की व्यवस्था कहां की जाए और कैसे की जाए? अध्यक्ष महोदय, जब से केंद्र की भाषा हिंदी बनाने का फैसला किया है, कर्मचारियों को हिंदी सिखाई जा रही है। लाखों कर्मचारियों ने हिंदी सीखी है, बहुत से कर्मचारी हिंदी पहले से जानते हैं। कुछ अहिंदीभाषी कर्मचारी भी हिंदी में आदेश दे रहे हैं, उनके नाम तथा उनके आदेशों की प्रतिलिपियां भी मेरे पास हैं, मैं उसे पढ़कर सदन का समय नहीं लेना चाहता। अब अगर अनुवाद होना है तो चिट्ठी जहां जाती है वहां हिंदी जाननेवाले कर्मचारी मौजूद हैं, तो हो सकता है कि अनुवाद की आवश्यकता ही न पड़े। लेकिन अगर कोई अंग्रेजी से काम करते हैं, तो उसे काम करने की पूरी छूट होनी चाहिए। मैं जानना चाहता हूं कि क्या सरकार यह संशोधन स्वीकार करने जा रही है कि जहां पत्र जाता है, गंतव्य स्थान पर, वहां अनुवाद की व्यवस्था की जाए और दोनों भाषाओं में काम करने की छूट हो?

अध्यक्ष महोदय, दूसरी बात यह है कि जो प्रस्ताव पेश किया गया है, उसमें नौकरी पाने के लिए अंग्रेजी का ज्ञान अनिवार्य है, लेकिन हिंदी का नहीं है। हम न हिंदी की अनिवार्यता चाहते हैं और न अंग्रेजी की अनिवार्यता चाहते हैं। सचमुच में परीक्षाओं का माध्यम सभी भारतीय भाषाएं

होनी चाहिए और केंद्र सरकार ने अगर यह व्यवस्था नहीं की है तो भारतीय भाषाओं में आपस में ईर्ष्या-द्वेष पैदा करने की जिम्मेदारी केंद्र सरकार की है। कम से कम परीक्षाओं का माध्यम भारतीय भाषाओं को बनाने के मामले में देरी नहीं होनी चाहिए। लेकिन जब तक नहीं होता, तो अगर कोई हिंदी माध्यम से परीक्षा देना चाहता है तो हिंदी माध्यम से दे और जो अंग्रेजी माध्यम से देना चाहता है, तो अंग्रेजी माध्यम से दे—ऐसी व्यवस्था होनी चाहिए...

श्री पीलू मोदी : अंग्रेजी के बारे में क्या है?

श्री वाजपेयी : समझते नहीं हैं, सुनते नहीं हैं।

श्री पीलू मोदी : भाई, कोशिश तो कर रहा हूं।

श्री वाजपेयी : कोशिश करोगे तो समझ जाओगे।

एक बात यह भी होनी आवश्यक है कि प्रति वर्ष हिंदी के मामले में कितनी प्रगति हुई है, इसकी रिपोर्ट सदन के सामने आनी चाहिए। देश को उसके बारे में परिचित कराना चाहिए। अध्यक्ष महोदय, आज स्थिति क्या है? १९६७ में एक नए भारत का हमें सामना करना पड़ रहा है। करोड़ों नौजवान अपनी मातृभाषा में शिक्षा प्राप्त करके राष्ट्रीय रंगमंच पर अवतीर्ण हो रहे हैं। करोड़ों लोगों ने मताधिकार पाया है, मताधिकार के महत्व को पहचाना है, औद्योगीकरण के कारण लोग गांवों से नगरों में आ रहे हैं—इन बदली हुई भारत की परिस्थितियों को ध्यान में रखकर हमें केंद्र की राजभाषा के संबंध में निर्णय करना होगा। आज हिंदी क्षेत्रों के विद्यार्थी बिगड़े हुए हैं—यह समझना गलत होगा कि उन विद्यार्थियों को किसी ने भड़काया है, वे विद्यार्थी इसलिए बिगड़े हुए हैं कि उन्हें अपना भविष्य अंधकारमय दिखाई दे रहा है। वे मातृभाषा में शिक्षा प्राप्त कर रहे हैं, उन प्रदेशों में अंग्रेजी वैकल्पिक भाषा कर दी गई है। अब अगर केंद्र की परीक्षाओं में अंग्रेजी अनिवार्य होगी तो केंद्र की परीक्षाओं में उनके लिए सफलता प्राप्त करना असंभव होगा। उनके लिए यह सवाल अपने भविष्य का सवाल बन गया है। उनकी भावनाओं के साथ सदन को अपने को एकरूप करके देखना चाहिए।

मैं अहिंदी प्रदेशों के बारे में भी कहना चाहता हूं — अगर मद्रास में तमिल चलेगी, और बंबई में मराठी में राजकाज होगा, अगर कलकत्ते में बंगाली भाषा के माध्यम से शिक्षा-दीक्षा और शासन व्यवहार होगा तो क्या फिर नई दिल्ली में त्रिशंकु की तरह से अंग्रेजी लटकती रहेगी। अगर भारतीय भाषाएं आगे बढ़ेंगी, अगर भारतीय भाषाएं शिक्षा का माध्यम बनेंगी, अगर भारतीय भाषाओं में राजकाज चलेगा, तो फिर नई दिल्ली में हमें संपर्क के लिए कोई न कोई भाषा तो निश्चित करनी होगी। उस भाषा को लादने का सवाल नहीं है, वह भाषा अपने आप विकसित हो रही है, वह भाषा अपने आप जगह लेगी।

अध्यक्ष महोदय, मैंने आपसे निवेदन किया था कि यह विधेयक संविधान के खिलाफ है। अभी मेरे मित्र श्री मनोहरन कह रहे थे कि हमारा फेडरेशन है, यूनीटरी स्टेट नहीं है—मैं उनसे इस बात में सहमत हूं। यहां हमारा संघात्मक शासन है, एकात्मक शासन नहीं है, लेकिन हमारे संविधान में केंद्र और राज्यों के अधिकार अलग कर दिए गए हैं। कुछ ऐसे मामले हैं, जिनमें केंद्र और राज्य मिलकर कानून बना सकते हैं। लेकिन कुछ ऐसे मामले हैं जिनमें केंद्र की सत्ता सर्वोपरि है और कुछ ऐसे मामले हैं जिनमें राज्य का अधिकार अंतिम है। राजभाषा का मामला केंद्र की परिधि में आता है। राजभाषा केंद्र को ही निर्धारित करनी है और अगर इस निर्णय में प्रदेशों को भी हिस्सेदार बनाना है, तो संविधान के वर्तमान स्वरूप को कायम रखते हुए यह नहीं हो सकता।

मुझे याद है जब पं. नेहरू श्री फ्रैंक एंथनी के भाषण के बाद बोल रहे थे, तो श्री फ्रैंक एंथनी ने उनको टोका और उनसे पूछा कि क्या इस विधेयक में अहिंदीभाषियों के लिए कोई आश्वासन है? श्री फ्रैंक एंथनी ने कहा कि उनके लिए कोई गारंटी नहीं है—तो नेहरू जी नाराज हो गए...

श्री स.मो. बनर्जी : : उन्होंने कहा कि बैठ जाओ।

श्री वाजपेयी : नेहरू जी नाराज होने के बाद भी ऐसी भाषा नहीं बोलते थे। मैं आपको २४ अप्रैल, १९६३ की संसद की कार्यवाही का एक अंश सुनाना चाहता हूं—यह कार्यवाही अंग्रेजी में है, इसलिए मुझे क्षमा करेंगे :

"श्री फ्रैंक एंथनी : क्या मैं जान सकता हूं—मैं प्रधानमंत्री के उद्देश्यों पर सवाल नहीं कर रहा—कि बिल उनके आश्वासन को किस प्रकार प्रतिबिंबित करता है? गैर-हिंदीभाषी लोगों से किस प्रकार विचार-विमर्श होगा?

श्री जवाहरलाल नेहरू : मैं नहीं देखता कि किस प्रकार यह बिल गैर-हिंदीभाषी लोगों से विचार-विमर्श के बारे में कुछ करने जा रहा है।

श्री फ्रैंक एंथनी : क्यों नहीं?

श्री जवाहरलाल नेहरू : मैं कहता हूं, मेरे चिंतन के अनुसार, यह पर्याप्त रूप से बुरा और असंवैधानिक है।"

संसद केंद्र की राजभाषा के बारे में निर्णय करते हुए सभी भारतीय भाषाओं में बोलनेवालों और भाषाओं का ध्यान रखे, मगर यह संसद यह निर्णय राज्यों पर नहीं छोड़ सकती।

हिंदी के संदर्भ में ही केंद्र पंगु क्यों?

अध्यक्ष महोदय, क्या यह ताज्जुब की बात नहीं है कि अगर यह संसद चाहे तो किसी भी राज्य की सीमा को बदल सकती है, यह संसद चाहे तो किसी राज्य की सीमा को कम कर सकती है, बढ़ा सकती है, यह संसद चाहे तो किसी राज्य का नाम बदल सकती है, इसके लिए संसद को राज्य की विधानसभा की राय लेना जरूरी है, लेकिन राय मानना जरूरी नहीं है। अगर इस विधेयक में व्यवस्था की जा रही है कि अगर एक राज्य भी कहेगा कि केंद्र में अंग्रेजी चलनी चाहिए तो फिर केंद्र में अंग्रेजी चलेगी। यह संसद अपने अधिकारों को दूसरों को नहीं सौंप सकती। केंद्र की राजभाषा के मामले में एक राज्य के हाथ में वीटो नहीं दी जा सकती।

मैं एक बात और कहना चाहता हूं—जहां तक लोकसभा और राज्यसभा के अधिकारों का प्रश्न है, इस विधेयक के द्वारा लोकसभा के अधिकारों को कम किया गया है। हम राजभाषा के बारे में कोई भी फैसला करें, हम बहुमत से कर सकते हैं, वह फैसला राज्यसभा में जाएगा पुष्टि के लिए और राज्यसभा अगर चाहे तो उसे स्वीकार कर सकती है, अस्वीकार कर सकती है, उसके बाद संविधान में व्यवस्था की गई है कि दोनों सदनों की मिली-जुली बैठक होगी, जिसमें सिंपल मैजारिटी से अंतिम निर्णय किया जाएगा। मगर इस विधेयक में कहा गया है कि सब राज्यों की विधानसभाओं से पूछो, और फिर राज्यसभा से भी प्रस्ताव पास कराओ। मैं नहीं समझता कि सदन इस स्थिति को स्वीकार कर सकता है। यह प्रश्न केवल भाषा का नहीं है; यह केंद्र की शक्ति का और सदन की सर्वोपरीयता का भी प्रश्न है। मैं चाहता हूं कि केंद्रीय सरकार इस स्थिति के बारे में विचार करे।

हमारे मद्रास के मित्र चाहे कुछ भी कहें, लेकिन मुझे यह कहने में बिल्कुल संकोच नहीं है

कि मैसूर, आंध्र और केरल में हिंदी का विरोध नहीं है। अभी हाल ही में निजलिंगगप्पा ने एक भाषण देते हुए कहा कि उनके यहां हिंदी पढ़ाई जा रही है।

श्री एन. श्रीकांतन नायर : आपको किसने बताया? मैं उस राज्य का हूं।

श्री नंबियार : क्या हमें केरल के सदस्य पर विश्वास करना है या यू.पी. के सदस्य पर? केरल के बारे में, मैं सोचता हूं, श्रीकांतन नायर माननीय सदस्य से बेहतर बोल सकते हैं।

हिंदी के मुद्दे पर मद्रास की 'न'

श्री वाजपेयी : केरल, आंध्र और मैसूर में हिंदी पढ़ाने की व्यवस्था हो रही है। केवल मद्रास ही ऐसा प्रदेश है, जिसने भाषा के बारे में सार्वदेशिक निर्णय को स्वीकार नहीं किया है। हमारे तमिलनाडु के मित्र कहते हैं कि वे हिंदी का प्रचार स्वेच्छा से करेंगे। मैं उनकी बात से सहमत हूं। जब कोई चीज लादी जाती है, तो उसका विरोध होता है। लेकिन संविधान सभा का निर्णय 'लादना' नहीं है। संविधान द्वारा स्वीकृत कानूनों का पालन कराना 'लादना' नहीं है। जो निर्णय हम करें, वह निर्णय अगर हम मानें, उस पर चलें, तो क्या उसको 'लादना' कहा जाएगा?

मैं यह मानने के लिए तैयार हूं कि वहां पर हिंदी का प्रचार जोर-जबर्दस्ती से नहीं होना चाहिए। लेकिन मेरे पास एक पत्र आया है, जो बड़ी करुण कथा कहता है। यह पत्र है श्री एम. के. रामकृष्णन्, हिंदी प्रचारक, टैगोर मेमोरियल हिंदी विद्यालय, मदुराई का।

श्री मनोहरन : मैं इस प्रकार के बहुत से पत्र प्रस्तुत कर सकता हूं।

श्री वाजपेयी : मदुराई में हिंदी के दस विद्यालय चल रहे हैं। ये विद्यालय दक्षिण भारत हिंदी प्रचार सभा से संलग्न हैं। ये विद्यालय हिंदी पढ़ा रहे हैं और हिंदी की परीक्षाएं ले रहे हैं। मगर इस विद्यालय में पढ़नेवाले छात्र और पढ़ानेवाले अध्यापक आजकल बेचैनी का अनुभव कर रहे हैं। उन्होंने राष्ट्रपति और प्रधानमंत्री को एक तार भेजा है। मैं उस तार का एक अंश पढ़कर सुनाना चाहता हूं।

"हमारी संस्था पिछले २० वर्षों से पूर्णतः स्वयंसेवी आधार पर, हिंदी का प्रसार कर रही है। हम यहां विद्यार्थियों को दक्षिण भारत हिंदी प्रचार सभा, मद्रास द्वारा आयोजित विभिन्न परीक्षाओं के लिए तैयार कर रहे हैं। फिलहाल, हमारी संस्था में, लड़के और लड़कियां, दोनों लगभग १०० छात्र हैं।

"हमें आशा है कि आप इस बात से अवगत होंगे कि मद्रास राज्य हिंदी विरोधी परिषद ने अचानक जानकारी दी कि हिंदी प्रचार सभा बंद होनी चाहिए और कोई भी थिएटर हिंदी फिल्म नहीं दिखाएगा। बाद में, हमारे मुख्यमंत्री सी.एन. अन्नादुराई की सलाह पर उन्होंने इसे वापस लिया।"

श्री सेझीयन : श्री अन्नादुराई बहुत सहनशील थे।

क्या यू.पी. में कोई तमिल प्रचार सभा है? क्या एम.पी. में कोई मलयालम प्रचार सभा है? आप दूसरी किसी भाषा की चिंता नहीं करते।

अध्यक्ष महोदय : कृपया अब भाषण समाप्त करें।

श्री वाजपेयी : मैं इसका एक और अंश पढ़ना चाहता हूं :

"लेकिन अब मदुराई में, कुछ छात्रों ने मिलकर एक संगठन बनाया है और १५-१०-१९६७ को उन्होंने एक दल भेजा और कुछ थिएटर मालिकों से जबर्दस्ती पत्र हासिल किए कि कोई हिंदी फिल्म नहीं दिखाएंगे।"

पत्र में आगे लिखा गया है कि स्वेच्छा से वे हिंदी-प्रचार का जो प्रयत्न कर रहे हैं, उसमें बाधा डाली जा रही है।

श्री अंबाझगन : यह भी स्वैच्छिक आपत्ति है।

श्री वाजपेयी : मेरा निवेदन है कि अगर हम सचमुच में केंद्र में हिंदी को लाना चाहते हैं, तो इस प्रकार का विधेयक पास करने की जरूरत नहीं है। इस प्रकार के विधेयक से हिंदी पीछे जाएगी और अंग्रेजी का प्रभुत्व जारी रहेगा। इसलिए मैं मांग करूंगा कि इस विधेयक को वापस ले लिया जाए।

प्रधानमंत्री कहती हैं कि यह विधेयक दोनों दृष्टिकोणों में एक समझौता है, एक समन्वय है। अभी मैंने यह कहा है कि यह समझौता नहीं है, यह अंग्रेजी के सामने समर्पण है, यह अंग्रेजी को अनंत काल तक बनाए रखने का प्रयत्न है। हम इस प्रयत्न में भागीदार नहीं बनेंगे। हम समझौते के लिए तैयार हैं। हम अंग्रेजी को अविलंब हटाने की मांग को छोड़ने के लिए तैयार हैं। हम हिंदी और अंग्रेजी की बराबरी चाहते हैं। हम हिंदी और अंग्रेजी जाननेवाले कर्मचारियों के लिए काम करने की पूरी छूट चाहते हैं। जहां चिट्ठी जाए, अनुवाद वहां पर होना चाहिए, अगर केंद्रीय मंत्रालयों के एक-दूसरे के साथ और मंत्रालयों के भीतर आपस में हिंदी में काम करने पर कोई प्रतिबंध नहीं लगाया जाएगा, तो हम अपने विरोध को वापस लेने के लिए तैयार हैं। हम समझौते के लिए तैयार हैं। बाकी लोग इसके लिए तैयार हैं या नहीं, यह वे अपने आचरण से बताएं, इस विधेयक में संशोधन लाकर बताएं।

प्रधानमंत्री का उत्तर

प्रधानमंत्री, अणुशक्ति मंत्री, योजना मंत्री तथा वैदेशिक कार्य मंत्री श्रीमती इंदिरा गांधी : अध्यक्ष महोदय, मैं सदन का ज्यादा समय नहीं लेना चाहती हूं। मैं केवल कुछ थोड़े से शब्द कहना चाहती हूं।

धर्म के बाद भाषा ही एक ऐसी वस्तु है, जो वफादारी और जोश की भावनाएं पैदा करती है। हमने इस सदन में भी इतना जोश देखा और सदन के बाहर भी काफी ऐसे कार्य देखे, जिनको शायद जोश कह सकते हैं। जैसा कि श्री वाजपेयी ने कहा है, हो सकता है कि विद्यार्थी अपने रोजगार के बारे में परेशान हैं।

लेकिन सवाल यह है कि भाषा किसलिए होती है। अनेक सदस्यों ने यहां कहा—कल मैंने कई भाषण सुने—कि एक-दूसरे से बोल-चाल के लिए, एक-दूसरे को समझने के लिए, अपना रोज का काम करने के लिए, अपनी जानकारी को बढ़ाने के लिए, एक-दूसरे को नजदीक लाने के लिए…

श्री कृपालानी : लड़ने के लिए भी।

श्रीमती इंदिरा गांधी :…भाषा होती है और ये सब भाषा के कार्य हैं। विचारों के भंडार में बराबर का हिस्सा लोगों को मिले, इसके लिए भी भाषा है। लेकिन आज हम क्या देख रहे हैं? भाषा एक-दूसरे के बीच में एक दीवार हो रही है और, जैसा कि आचार्य कृपालानी ने कहा है, वह एक-दूसरे के बीच में लड़ाई का माध्यम बन गई है, और यह दुख की बात है। भाषा विज्ञान और विचारों का समन्वय करती है—या उसे ऐसा करना चाहिए—और इसलिए भाषा से एकता आनी चाहिए। ये दीवारें जो खड़ी हो गई हैं, इनको कैसे तोड़ें, यह प्रश्न हमारे सामने है।

श्री पीलू मोदी : मारेटोरियम है।

श्रीमती इंदिरा गांधी : मारेटोरियम से दीवारें टूटेंगी या बढ़ेंगी, यह एक विचारजनक बात है। मैं मानती हूं कि इस समय जो बाहर हो रहा है, वह इससे थमेगा नहीं बल्कि और बढ़ेगा, जो काम हम हाथ में लेते हैं, उसको उसी समय पूरा करना अच्छा होता है। लंबा चलाने से उसका कभी उल्टा असर हो सकता है।

मैं एक प्रश्न पूछना चाहती हूं और वह यह है कि किस देश में भाषा राजनीति से बनी। जो अंग्रेजी आज एक बड़ी भाषा है, और दुनिया के बहुत से देशों में फैल रही है और ऊंचे स्तर पर पहुंची है। ह्वाइट हॉल में जो मिसलों की भाषा होती थी, क्या उनके कारण वह भाषा बनी है? या इंग्लिस्तान के कवियों ने, लेखकों ने, नाटक लिखनेवालों ने और व्यापारियों ने भी जो दुनिया के कोने-कोने में घूमे, उन्होंने बढ़ाया है? हम यह न समझें कि सरकारी काम से ही केवल भाषा बढ़ती है या बनती है और वह न होगा तो वह भाषा खत्म हो जाएगी। हमारे देश में हमारी जो राजभाषाएं थीं, वह दबाई गईं, इसलिए यह स्वाभाविक था कि आजादी के आंदोलन के जमाने में और हम आजाद हुए उसके बाद भी लोगों की भावनाएं उनके बारे में एक विशेष तरह की हों और उनको बढ़ाने की इच्छा हो। खाली भावना का प्रश्न नहीं है, मैं मानती हूं कि देश के लिए यह जरूरी भी है। हमारे मित्र श्री मोदी ने कहा कि गरीबी को बढ़ावा दिया जा रहा है। तो बढ़ावे का सवाल नहीं है। सवाल यह है कि हमारे देश में बहुत से लोग हैं जिनको गरीबी के कारण, पिछड़ेपन के कारण मौके नहीं मिले, न शिक्षा में, न नौकरी में, न बहुत-सी और चीजों में जो हम थोड़े से लोगों को प्राप्त हुए। मैं मानती हूं कि उन लोगों की शिक्षा केवल मातृभाषा में हो सकती है। और इसलिए यह आवश्यक है कि सब राज्यों में शिक्षा मातृभाषा में हो और जो तबके अभी तक दबे थे, जिनको अवसर नहीं मिल रहे थे, उनको हम अवसर दें शिक्षा प्राप्त करने का, कुछ सूरज की रोशनी में भाग लेने का और देश का जो विकास होता है, उससे भी कुछ लाभ उठाने का।

लेकिन फिर हिंदी बीच में कैसे आई? कुछ देशों में दो भाषाएं हैं, जैसे कि बेल्जियम में। स्विटजरलैंड और यूगोस्लाविया में तीन या चार भाषाएं हैं। हमारे देश में पंद्रह भाषाएं हैं। और हमारा देश उतना ही बड़ा भी है दूसरे देशों से, इसलिए यह कोई आश्चर्यजनक बात नहीं है कि इतनी भाषाएं हों। अब हमारी पूरी कोशिश है कि यह सब भाषाएं आगे बढ़ें। इनमें वहां की जनता शिक्षा प्राप्त करे। और राज्य का काम भी इन भाषाओं में हो।

मैं मानती हूं इस बात पर किसी के दो मत नहीं हैं। लेकिन केंद्र का काम १५ भाषाओं में नहीं चल सकता, चाहे हमें कितनी ही प्रिय वह भाषाएं हों, हम हर एक भाषा का आदर करें, लेकिन तब भी इतनी भाषाओं में काम संभव नहीं है। इसलिए यह सोचा गया कि एक भाषा, राष्ट्रीय कड़ी बने और वह भाषा हिंदी चुनी गई। अब मैं पूरी तरह से जानती हूं कि जिनकी मातृभाषा हिंदी नहीं है, उनके लिए कठिनाई जरूर पैदा होती है। कुछ हमारे दक्षिण के दोस्तों ने कहा कि हिंदी एक ऐसी भाषा है जो विकसित नहीं है। जब तक लोग इसे बोलेंगे नहीं, सीखेंगे नहीं, इसको बढ़ाएंगे नहीं, तब तक इसका विस्तार कैसे होगा। इसीलिए हम उनसे कह भी रहे हैं कि इसमें भी वह हाथ बंटाएं। भाषा के उपयोग से ही भाषा बढ़ सकती है। लेकिन मैं अपने दूसरे भाइयों से यह भी कहूंगी कि उपयोग खाली सरकारी दफ्तरों में ही नहीं, उपयोग बाहर होना चाहिए। उसमें अधिक लोग लिखें, उसमें किताबों का अनुवाद हो। हम बाकी दुनिया से कुछ अलग क्यों हैं और आजादी के पहले क्यों बिल्कुल थे? इसलिए कि बाकी दुनिया में क्या हो रहा था, क्या नए-नए विचार चाहे विज्ञान के, चाहे टेक्नालाजी के आ रहे थे, उससे हम बिल्कुल वंचित थे।

जब तक हम इस तरह से कटे रहेंगे तब तक हम अपनी भाषा को कितना ही बढ़ाएं, आगे नहीं बढ़ सकते। राज्यों की प्रादेशिक भाषा अलग है और उनके लिए संपर्क भाषा या केंद्र भाषा अलग रहेगी।

तो इसलिए कुछ असमानता तो जरूर है। उसको कबूल करना चाहिए। इसलिए मैं मंत्री महोदय से जानना चाहती हूं कि क्या तीन सुधार वह अपने प्रस्ताव में करेंगे, जिससे बहुत कुछ हद तक यह शिकायत दूर हो जाएगी? एक मैं यह चाहती हूं कि जब उम्मीदवार परीक्षा देंगे तो उस वक्त न हिंदी का ज्ञान अनिवार्य रखिए न अंग्रेजी का रखिए। परीक्षा के समय इन दोनों भाषाओं में से किसी का भी ज्ञान अनिवार्य न किया जाए। दूसरी बात जहां परीक्षाएं आठवें परिशिष्ट में जो भाषाएं हैं, उनमें करने जा रहे हैं तो फिर इसमें अंग्रेजी आपने क्यों रखी? और फिर तीसरी बात, अगर नौकरियों के बारे में संदेह है तो क्या मंत्री महोदय कोटा के बारे में भी सोच सकते हैं? राज्यवार⋯(व्यवधान)⋯आज यह हंसेंगे। लेकिन देखिए, मैं जोर देकर कहना चाहती हूं कि आज आप हंसी उड़ा रहे हैं मगर अंततोगत्वा लोगों के संदेहों को दूर करने के लिए कुछ समय के लिए आपको ऐसा करना पड़ेगा। तो क्या मंत्री महोदय इस तरह के तीन सुधार इस प्रस्ताव में करने के लिए तैयार हैं?

श्री वाजपेयी : अध्यक्ष महोदय, जब यह प्रस्ताव मूल रूप में पेश किया गया था तो इसमें कहा गया था कि हिंदी की जानकारी अनिवार्य नहीं होगी। अब इसमें संशोधन लाया गया है और जिसे गृह मंत्री मानने के लिए तैयार हैं कि हिंदी या अंग्रेजी की जानकारी अनिवार्य नहीं होगी। दोनों में से अगर एक भी भाषा की जानकारी हुई तो काम चलेगा। मेरा निवेदन है कि जब सभी प्रादेशिक भाषाओं को परीक्षा का माध्यम बनाया जा रहा है तो क्या हमारे लिए यह व्यवस्था करना संभव नहीं है कि परीक्षार्थी अपनी मातृभाषा में परीक्षा दे और चुनाव के बाद नौकरी में नियुक्त होने के पहले उन्हें हिंदी और अंग्रेजी जानना जरूरी किया जाए?⋯(व्यवधान) हल्ला क्यों मचाते हो? चुपचाप रहो, जरा सुनो⋯(व्यवधान)⋯अध्यक्ष महोदय, मैं अपनी बात कहूं या न कहूं? आप कहें तो मैं बैठ जाऊं। अगर वह नहीं सुनना चाहते तो मैं बैठ जाऊं।

गृह मंत्री महोदय ने कहा कि अगर तीन भाषाओं का फार्मूला ठीक तरह से नहीं चला तो उन्हें इस बात पर विचार करना पड़ेगा कि हिंदीभाषी परीक्षार्थियों के लिए वह एक अन्य भारतीय भाषा का ज्ञान अनिवार्य करें। इस संबंध में मैं उन्हें याद दिलाना चाहता हूं कि जब पार्लियामेंट्री कमेटी बिठाई गई थी और राजर्षि टंडन और सेठ गोविंद दास उसके सदस्य थे, तो उन्होंने कहा था कि अगर बोझ बराबर करना है तो हिंदी प्रदेश के जो परीक्षार्थी आते हैं, उनके लिए एक अन्य भारतीय भाषा का पर्चा अनिवार्य किया जा सकता है, हम इस प्रकार की किसी व्यवस्था का विरोध नहीं करेंगे। हम दक्षिण के मित्रों की तुलना में कोई अधिक सुविधा नहीं चाहते। लेकिन मेरा निवेदन है कि गृह मंत्री विचार करें कि जब परीक्षा का माध्यम भारतीय भाषाएं होने जा रही हैं, तब क्या अंग्रेजी या हिंदी का ज्ञान पहले करना जरूरी है? क्या सेलेक्शन के बाद और नियुक्ति के पहले वह चाहे तो हिंदी सीखें चाहे अंग्रेजी, इस तरह की व्यवस्था नहीं की जा सकती? धन्यवाद।

सिंधी के प्रति न्याय का स्वागत

उपाध्यक्ष महोदय, मैं इस विधेयक का समर्थन और स्वागत करने के लिए खड़ा हुआ हूं। देर से ही क्यों न हो, सिंधी भाषा के प्रति जो एक अन्याय चला आ रहा था, आज हम उसका निवारण कर रहे हैं।

सिंधी हमारी राष्ट्रीय भाषाओं में से एक है। सिंधी में भारतीय आत्मा बोलती है। सिंधी का रक्षण और विकास हमारे देश के सांस्कृतिक विकास का ही एक अंग है। प्रश्न यह है कि स्वाधीनता के बीस वर्षों तक सिंधी अपना उचित स्थान क्यों नहीं पा सकी? १९५७ में जब मैं पहली बार इस सदन का सदस्य चुना गया, तब मैंने एक गैर-सरकारी विधेयक पेश किया था, जिसमें मैंने सिंधी को संविधान के आठवें अनुच्छेद में शामिल करने की मांग की थी। किंतु यह मांग उस समय स्वीकार नहीं की गई। दूसरी जगह भी मैंने यह मांग उठाई थी, लेकिन शायद तब सिंधी भाषा का भाग्य नहीं जागा था। आज वह भाग्य जाग गया है, इसकी मुझे खुशी है।

मैं निवेदन करना चाहूंगा कि सिंधी भाषा को केवल संविधान में स्थान देना ही काफी नहीं है—वह स्थान तो मिलना चाहिए और मिल रहा है। लेकिन सिंधी का अपना कोई प्रदेश नहीं है। सिंधी किसी एक प्रदेश की राजभाषा नहीं होगी।

इस दृष्टि से सिंधी निर्वासिनी है। सिंधी को राज्याश्रय मिलना आवश्यक है। और जब सिंधी किसी प्रदेश की भाषा नहीं है, तो हमें सिंधी को सारे देश की भाषा बनाना होगा।

श्री सुरेंद्र नाथ द्विवेदी (केंद्रपारा) : इसको लिंक-भाषा बनाया जाए।

श्री वाजपेयी : केंद्रीय सरकार को इस संबंध में अपने दायित्व का विशेष रूप से पालन करना होगा। सिंधी का साहित्य विकसित हो, सिंधी के समाचारपत्रों को विज्ञापनों में उचित हिस्सा दिया जाए, सिंधी के लेखक और साहित्यकार शासन के द्वारा समादृत हों, इस बात की व्यवस्था प्रमुख रूप से केंद्रीय सरकार को करनी होगी। जिन प्रदेशों में सिंधी भाषी अधिक संख्या में बसे हुए हैं, उन प्रदेशों को भी सिंधी के साथ न्याय करना होगा। शिक्षा में सिंधी जहां स्थान पाने की अधिकारिणी है, वहां उसे स्थान मिलना चाहिए। आकाशवाणी में जहां सिंधी के द्वारा न केवल भारत में, अपितु

** सिंधी को संविधान में शामिल करने के २१वें संशोधन विधेयक के समर्थन में लोकसभा में ७ अप्रैल, १९६७ को भाषण।*

भारत की सीमा के उस पार भी हम अपनी आवाज पहुंचा सकते हैं, वहां भी सूचना मंत्रालय को सिंधी का उपयोग करना चाहिए। आज सिंधी जनता की भावनाएं भी पूरी हो रही हैं। मैं हिंदी भाषी हूं। लेकिन सिंधी मेरी मौसी है और मैं सिंधी का उतना ही आदर करता हूं जितना हिंदी का। भारत की सभी भाषाएं बहनें हैं, सभी भाषाएं फलें-फूलें, यह हम चाहते हैं और इस दृष्टि से यह विधेयक स्वागत करने योग्य है। मैं मंत्री महोदय को बधाई देता हूं। शायद यह शुभ काम उन्हीं के हाथों होना था, इसीलिए इतने दिन तक रुका रहा। धन्यवाद।

जनता का राज जनभाषा में चलाओ

सभापति जी, मेरा दुर्भाग्य है मेरी मातृभाषा हिंदी है। अच्छा होता यदि मैं किसी अहिंदी प्रांत में पैदा हुआ होता, क्योंकि तब अगर हिंदी के पक्ष में कुछ कहता तो मेरी बात का ज्यादा वजन होता।

हिंदी को अपनाने का फैसला केवल हिंदीवालों ने ही नहीं किया। हिंदी की आवाज पहले अहिंदी प्रांतों से उठी—स्वामी दयानंद जी, महात्मा गांधी या बंगाल के नेता हिंदीभाषी नहीं थे। हिंदी हमारी आजादी के आंदोलन का एक कार्यक्रम बनी और १४ सूत्रीय कार्यक्रम के अंतर्गत उसका समावेश किया गया। हमारे संविधान का जो पहला मसविदा बना, उसमें अंग्रेजी के लिए पांच साल की अवधि देने का तय किया गया था, लेकिन श्री गोपालस्वामी आयंगार, श्री अल्लादि कृष्णास्वामी और श्री टी.टी. कृष्णामाचारी, इनके आग्रह पर वह पांच साल की अवधि बढ़ाकर १५ साल की गई। हिंदी अंकों को अंतरराष्ट्रीय अंकों का रूप दिया गया, राष्ट्रभाषा की जगह हिंदी को राजभाषा कहा गया। उस समय अहिंदी प्रांतों से हिंदी का विरोध नहीं हुआ था। संविधान में जो बातें थीं, उनका विरोध या राजर्षि पुरुषोत्तम दास टंडन जी ने किया जो अंग्रेजी नहीं चाहते थे या स्वर्गीय मौलाना आजाद ने किया जो हिंदी की जगह हिंदुस्तानी चाहते थे, मगर दक्षिण से हिंदी के विरोध में आवाज नहीं उठी थी। लेकिन १५ साल में हमने क्या किया? यदि १५ साल में जैसा कि सभा ने निर्णय किया था और जैसा कि संविधान में लिखा गया था, हिंदी पढ़ाने की व्यवस्था होती, तो फिर आज जो परिस्थिति पैदा हो गई है, वह न होती। लेकिन केंद्र तो मद्रास में हिंदी नहीं ला सकता था। मद्रास की सरकार ने हिंदी को अनिवार्य नहीं किया। अनिवार्यता हटा ली गई। परीक्षाओं में पास होना भी अनिवार्य नहीं रहा और वहां हिंदी की पढ़ाई एक मजाक बनकर रह गई।

हमारे दक्षिण के दो सदस्य बोले। उनका कहना है कि वे हिंदी के खिलाफ नहीं हैं, दक्षिण के लोग हिंदी पढ़ रहे हैं। मैं चाहता हूं कि वे ईमानदारी से काम लें। कितने लोग हिंदी पढ़ रहे हैं और कितने लोग अंग्रेजी पढ़ रहे हैं? क्या यह सच नहीं है कि हर साल अंग्रेजी पढ़कर निकलने वाले विद्यार्थियों की संख्या ज्यादा है, हिंदी पढ़नेवाले लोगों की संख्या कम है? यह अनुपात हरदम बना रहेगा। हम अपने को धोखे में न रखें। मैं किसी भी अहिंदी प्रांत पर हिंदी लादने के खिलाफ

** सरकारी भाषा नीति पर राज्यसभा में २२ फरवरी, १९६५ को वाद-विवाद।*

हूं। मद्रास में जो कुछ हुआ है, उसने हमें बड़ा व्यथित किया है। लोकतंत्र की स्थापना के १५ साल बाद हम अपने देश की भाषा के विरोध में जलकर मर जाएं, इससे बढ़कर लज्जा की बात और कोई नहीं हो सकती। दुनियावाले हम पर हंसते हैं। लेकिन जो जलकर मर गए, मैं उनकी भावना की कद्र करना चाहता हूं। यह बात अलग है कि वे हिंदी के विरोध में मर गए, यद्यपि हिंदी उनके ऊपर लादी नहीं गई है।

मद्रास में राजकाज हिंदी में नहीं चलेगा, मद्रास में शिक्षा हिंदी में नहीं चलेगी। कितने लोग केंद्रीय सेवाओं में आते हैं? ऐसे लोग भी जलकर मरे हैं जो अंग्रेजी नहीं जानते थे। उनके दिल में अंग्रेजी का प्रेम कहां से आया? ताज्जुब की बात यह है कि जो लोग जलकर मर गए, उनकी जेब से चिट्ठी निकली कि वे हिंदी के लादे जाने के खिलाफ जलकर मर रहे हैं। सारा शरीर जल गया, मगर चिट्ठी नहीं जली! वह चिट्ठी बाद में रखी गई थी। इस बात की भी जांच होनी चाहिए कि किसने लोगों को भड़काया और आत्महत्या के लिए प्रेरित किया। डी.एम.के. के एक नेता मेरे साथ साउथ वियतनाम गए थे, वहां बौद्धों के जल मरने का दृश्य उन्होंने देखा। ताज्जुब नहीं है वहां से प्रेरणा लेकर उन्होंने अबोध लोगों को, निर्दोष लोगों को, आत्महत्या जैसे बर्बर काम के लिए प्रेरित किया हो।

हम नहीं चाहते कि हिंदी किसी प्रांतीय भाषा की जगह ले। अंग्रेजी जब तक चलेगी तब तक तमिल का विकास नहीं होगा, बंगला समृद्ध नहीं होगी। अंग्रेजी केवल हिंदी की दुश्मन नहीं है, अंग्रेजी हर एक भारतीय भाषा के विकास के मार्ग में, हमारी संस्कृति की उन्नति के मार्ग में रोड़ा है। मगर मेरा कहना ही पर्याप्त नहीं है। अगर तमिलवाले यह नहीं समझते कि अंग्रेजी चलने से उनकी भाषा को योग्य स्थान नहीं मिलेगा तो मैं उन्हें समझा नहीं सकता। मैं उनसे एक ही प्रार्थना करना चाहता हूं कि आप अंग्रेजी चलाना चाहते हैं तो चलाइए, अनादि काल तक अंग्रेजी चलाइए, क्योंकि राजा जी यही तो कह रहे हैं कि 'यावत चंद्र दिवाकर' अंग्रेजी चलनी चाहिए। जब तक गंगा और जमुना की धारा है, तब तक अंग्रेजी चलनी चाहिए। किंतु हमारे लिए अंग्रेजी गुलामी की तौक है। हम अंग्रेजी भाषा के खिलाफ नहीं हैं, अंग्रेजी बड़ी समृद्ध भाषा है, लोग उसे पढ़ें, और केवल लोग अंग्रेजी ही क्यों पढ़ें, फ्रेंच पढ़ें, रशियन पढ़ें। हमारे विद्यार्थी जो इन देशों में छात्रवृत्ति लेकर जाते हैं वे छह महीने में उन देशों की भाषा का काम-चलाऊ ज्ञान प्राप्त कर लाते हैं। लेकिन अगर वे शुरू से राजकाज, शिक्षा, दीक्षा, अंग्रेजी में चलाना चाहते हैं, तो चलाएं मगर आचार्य विनोबा भावे का तीसरा सूत्र मान लें, कि हिंदी प्रांतों में अंग्रेजी लादी नहीं जाएगी।

एक बात इस आंदोलन से साफ हो जानी चाहिए और मैं सरकार से कहता हूं : जो हिंदीवाले नहीं हैं, उनको संतुष्ट करने के लिए जो भी कदम उठाना हो आप उठाइए, लेकिन परमात्मा के लिए हिंदी प्रांतों पर अंग्रेजी लदी रहे, इस स्थिति को छोड़ दीजिए। हम हिंदी प्रांतों में अंग्रेजी नहीं चाहते। मैं पूछना चाहता हूं कि क्या कारण है कि जब गुजरात में अंग्रेजी पढ़ाए जाने के संबंध में वहां की सरकार ने एक व्यवस्था की है कि अंग्रेजी आठवें दर्जे से पढ़ाएंगे, पांचवें दर्जे से नहीं, तो केंद्रीय शिक्षा मंत्री अहमदाबाद में जाकर कहते हैं कि नहीं, अंग्रेजी आठवें दर्जे से नहीं, पांचवें दर्जे से पढ़ाओ। गुजराती नहीं चाहते कि वे अंग्रेजी पढ़ें तो नई दिल्ली अंग्रेजी के पक्ष में अपनी ताकत क्यों डाले? हम नहीं चाहते आप हिंदी को लादें, मगर हम अंग्रेजी लदने नहीं देंगे। हिंदी प्रांतों में अंग्रेजी नहीं चलेगी, राजकाज में, शिक्षा में, विश्वविद्यालय में, रेल में, डाक-तार में, पलटन में, हम अंग्रेजी को हटाएंगे। इसलिए नहीं कि अंग्रेजी से हमको घृणा है, बल्कि इसलिए कि अगर

अंग्रेजी चलेगी तो लोकतंत्र मजाक बन जाएगा, अंग्रेजी अगर चलेगी तो भारत प्रगति नहीं करेगा। जनता का राज जनता की भाषा में चलना चाहिए। मगर उत्तर प्रदेश में, बिहार में, राजस्थान में भी अंग्रेजी चल रही है क्योंकि सब नई दिल्ली की तरफ देखते हैं, दिल्ली से प्रेरणा लेते हैं। अगर नई दिल्ली और प्रांतों में हिंदी नहीं चला सकती, तो हिंदी प्रांतों में उसे अंग्रेजी चलाने का अधिकार नहीं होगा।

मैं एक सुझाव देना चाहता हूं कि अगर हमारे गैर-हिंदीवाले हिंदी को जोड़ भाषा (लिंक भाषा) मानने के लिए तैयार नहीं हैं, तो ईमानदारी से केवल मद्रास में, नई दिल्ली में कहना काफी नहीं है। अतुल्य बाबू संसद में कहेंगे कि हमने हिंदी मान ली है, बंगाल में कहेंगे, हिंदी नहीं लदेगी। श्री कामराज रायपुर में कहेंगे, हिंदी चलनी चाहिए और वहां सिंडीकेट के सदस्यों के साथ बैठकर हिंदी के खिलाफ होनेवाले आंदोलन में आहुति डालेंगे—यह दुरंगी बात, यह दोमुंही बात बंद होनी चाहिए। आप ईमानदारी से कहिए कि हम हिंदी नहीं मानेंगे। आप तय कर लीजिए, आप कौन-सी भाषा मानते हैं। जिनकी भाषा हिंदी नहीं है मैं उन्हें दावत देता हूं कि वे अपनी सभा कर लें और उसमें निश्चय कर लें कि हिंदी जोड़-भाषा नहीं होगी, हिंदी राजभाषा नहीं होगी और हम जो भाषा तय करते हैं, वह रहेगी। और अगर वे सब मिलकर एक भाषा तय कर लेंगे तो हम हिंदीवाले १५ साल में उसको सीखकर दिखाएंगे, उसे हिंदीवालों पर लाद दो। मगर अंग्रेजी को हटाओ। लेकिन वह खुद कोई भाषा तय नहीं करेंगे, हिंदी नहीं चलने देंगे, और हमारे ऊपर अंग्रेजी लादे रखना चाहते हैं।

नौकरी और भाषा का रिश्ता

एक सुझाव मैं और देना चाहता हूं। कहा जाता है कि झगड़ा नौकरियों का है—बच्चों का भविष्य क्या बनेगा? मेरा निवेदन है कि यूनियन पब्लिक सर्विस कमीशन के लिए अंग्रेजी चल रही है। यह सिफारिश पहले भी की गई थी कि अंग्रेजी के साथ हिंदी और एक अन्य भारतीय भाषा का ज्ञान हर एक उम्मीदवार के लिए आवश्यक कर दिया जाए। अंग्रेजी में परीक्षा हो, लेकिन उसके साथ हिंदी का ज्ञान हो और हिंदी के साथ एक अन्य भारतीय भाषा का ज्ञान अनिवार्य कर दिया जाए। अभी हिंदी राज्यों में त्रिभाषा फार्मूला नहीं चल रहा। चलना चाहिए। लेकिन जब तक नौकरी के लिए उसकी जरूरत नहीं होगी, कोई दक्षिण की भाषा नहीं पढ़ेगा। यूनियन पब्लिक सर्विस कमीशन के इम्तहान में जो भी विद्यार्थी बैठे, उसे अपनी मातृभाषा के अलावा एक भारतीय भाषा को अनिवार्य रूप से जानना चाहिए। हिंदी के अलावा एक और भाषा क्या हो, यह अहिंदीवाले तय कर लें। अगर वे उर्दू तय करेंगे तो हम मान लेंगे। अगर वे पंजाबी के पक्ष में मत देंगे तो हम मान लेंगे। मगर वे एक भाषा तय कर दें और हिंदी प्रांतों के जो भी लड़के आएंगे, उन्हें उस भाषा का पढ़ना अनिवार्य कर दिया जाए। अगर उन्हें नौकरी लेनी है तो वे उस भाषा को पढ़ेंगे, किंतु नौकरियों के कारण देश के सांस्कृतिक विकास को रोका नहीं जा सकता। कितने लोग केंद्रीय नौकरियों में आते हैं? चाहिए तो जनसंख्या के हिसाब से नौकरियों का कोटा तय कर दीजिए, चाहिए तो हिंदीवालों को १० साल के लिए केंद्रीय सेवाओं से वंचित कर दीजिए।

हम हिंदीवालों को रामझाएंगे जाकर। मगर चित भी मेरी, पट भी मेरी, यह नहीं चलेगा। नौकरियों के लिए ऐसा वातावरण पैदा करना कि देश की एकता खतरे में पड़ जाए, यह अच्छा नहीं है। इसलिए इस सवाल को जरा ऊंचे धरातल पर देखना होगा। अंग्रेजी पढ़ने में कितनी शक्ति,

कितना समय, कितना धन खर्च होता है? हमारे श्री गोविंद रेड्डी कह रहे थे कि अंग्रेजी का स्तर गिर रहा है। क्योंकि हवा बदल गई है, वातावरण बदल गया है, लड़के प्राथमिक शिक्षा, माध्यमिक शिक्षा अपनी भाषा में शुरू करते हैं और फिर उनके ऊपर अंग्रेजी लादी जाती है। यह केवल हिंदी प्रांतों में नहीं है, अहिंदी प्रांतों में भी है। मद्रास में तमिल को, बंगाल में बंगाली को जो स्थान मिलना चाहिए, वह नहीं मिला। इसलिए नहीं कि राजभाषा हिंदी हो गई है, बल्कि इसलिए कि अंग्रेजी वहां पर अभी तक छाई हुई है। कुल २% लोग अंग्रेजी जानते हैं। क्या वे चिरंतन काल तक ९८% अंग्रेजी न जाननेवालों पर राज्य करते रहेंगे? २% लोग ऊंचे वर्ण के हैं, ऊंचे वर्ग के हैं और ९८% का शोषण करना चाहते हैं।

भारतीय भाषाओं को लाने का निर्णय एक क्रांतिकारी निर्णय है, लेकिन अगर उससे देश की एकता खतरे में पड़ती है तो अहिंदी प्रांतवाले अंग्रेजी चलाएं मगर हम पटना में, जयपुर में, लखनऊ में, अंग्रेजी नहीं चलने देंगे।

श्री एन.एम. अनवर : मगर दिल्ली में चलने दीजिए। दिल्ली सबकी है।

श्री वाजपेयी : दिल्ली के बारे में एक बात कह हूं। जो हिंदी राजभाषा बनी है, वह दिल्ली में ही पैदा हुई।

श्री एन.एम. अनवर : होने दो।

श्री वाजपेयी : हिंदी मेरी मृातभाषा नहीं है, मैं घर में ब्रजभाषा बोलता हूं, कोई मैथिली बोलता है, कोई भोजपुरी बोलता है...

श्री एन.एम. अनवर : कोई उर्दू बोलता है।

श्री वाजपेयी : ...हमने अपनी बोली छोड़कर हिंदी अपनाई, अब हमसे इसे भी छोड़ने को कह रहे हो। दिल्ली का शासन किस भाषा में चले? दिल्ली की जनता की भाषा में। दिल्ली के चीफ कमिश्नर कहते हैं कि दिल्ली यूनियन टेरिटरी है और इसलिए यूनियन की लैंगुएज पालिसी वहां लागू होगी।

श्री एन.एम. अनवर : यूनियन सबकी है। सब जबानवालों की है।

श्री भूपेश गुप्त : त्रिपुरा में भी हिंदी है।

श्री वाजपेयी : इसका मतलब यह कि दिल्ली का शासन रीजनल लैंगुएज में चले। रीजनल लैंगुएज दिल्ली की क्या है? हिंदी है।

एक माननीय सदस्य : पंजाबी।

श्री वाजपेयी : हिंदी के साथ पंजाबी चले, कोई आपत्ति नहीं है, उर्दू चल सकती है, मगर अंग्रेजी नहीं...

श्री एन.एम. अनवर : अंग्रेजी भी हो।

श्री वाजपेयी : ...गृह मंत्रालय को इस संबंध में स्पष्ट निर्देश देना चाहिए। केंद्रीय सरकार में आप अंग्रेजी चलाएं, मगर दिल्ली एडमिनिस्ट्रेशन में अंग्रेजी नहीं चलने दी जाएगी।

मैं धमकी देना नही चाहता, अगर आंदोलन मद्रास में हो सकता है तो भावनाएं और जगह भी उभारी जा सकती हैं। हमारी देशभक्ति को कसौटी पर मत कसिए, हम राष्ट्र की एकता चाहते हैं। जो लोग अंग्रेजी के द्वारा राष्ट्र की रक्षा करना चाहते हैं, वे राष्ट्र की एकता का मतलब नहीं समझते। राष्ट्र की सच्ची एकता तब पैदा होगी, जब भारतीय भाषाएं अपना स्थान ग्रहण करेंगी। और अगर भारतीय भाषाएं हर जगह अपना स्थान ग्रहण कर लें तो फिर 'लिंक लैंगुएज' के बनने

में दो राय नहीं होगी। अभी मद्रास में तमिल नहीं आई, बंगाल में बंगला नहीं आई, इसलिए वहां के लोगों को हिंदी के खिलाफ भड़काया जा सकता है। एक बार वहां के आम आदमी समझ जाएं कि २% अंग्रेजी जाननेवाले हमें गुलाम रखने के लिए हिंदी के विरोध का नारा लगा रहे हैं तो फिर अंग्रेजी नहीं रहेगी। अंग्रेजी नई दिल्ली से नहीं जाएगी, अंग्रेजी को जाना होगा तो मद्रास से जाएगी, अंग्रेजी बंगाल से जाएगी। अब जरा घड़ी की सुई को दूसरा रुख देकर घुमाना होगा। हिंदी प्रांतों को पूरा काम करना है, मुझे आशा है कि महाराष्ट्र भी, गुजरात भी, इसमें साथ देगा कि हम अंग्रेजी नहीं चलने देंगे। धन्यवाद।

सर्वे संतु निरामया

उपाध्यक्ष महोदय, स्वास्थ्य मंत्रालय की अनुदान की मांगों पर विचार करते समय यह स्वाभाविक है कि हम देश में स्वास्थ्य की कमी के जो कारण हैं और उनके निराकरण के लिए जो अपर्याप्त सुविधएं हैं, उनका विचार करें। भोजन, वस्त्र, निवास के पश्चात् रोग की चिकित्सा की व्यवस्था अत्यंत आवश्यक है। हमारे ऋषि-मुनियों ने ऐसे भारत की कल्पना की थी, जिसमें सभी निरोग होंगे।

"सर्वे संतु निरामया"

यह कहकर उन्होंने इसी स्थिति की ओर संकेत किया था। आज तो इन बातों को कहने के लिए मेरे पास समय नहीं है, किंतु इस दिशा में जो प्रगति होनी चाहिए थी, वह संतोषजनक नहीं है, और आज भी चिकित्सा की सुविधाएं बहुत सीमित हैं। केवल गांवों में नहीं, नगरों में भी सर्वसाधारण के लिए अच्छी से अच्छी चिकित्सा प्राप्त करना अभी संभव नहीं हो सका है। यदि हम दिल्ली का ही विचार करें और केवल तपेदिक संबंधी आंकड़ों को देखें तो हमें पता लगेगा कि कम से कम दिल्ली में २५००० मरीज ऐसे हैं जो तपेदिक की बीमारी से पीड़ित हैं। लेकिन अस्पतालों में केवल १२०० बिस्तरों की व्यवस्था है। कितनी कमी है, इसका सहज ही अनुमान लगाया जा सकता है। भारत की राजधानी में भी जब हम ये सुविधाएं नही दे सके, और इतना ही नहीं, जो तपेदिक से पीड़ित २५००० रोगी हैं हम उन्हें अलग भी नहीं कर सके, वे बस्तियों के बीच में रहते हैं, और रोग को फैलाते हैं, उनको बिस्तर देना तो दूर रहा, अभी उन्हें पृथक करने का काम भी नहीं किया जा सका और मैं समझता हूं कि इस दिशा में कितना करने के लिए कदम उठाया गया है, इसका हमें थोड़ा-सा संकेत मिलता है।

दिल्ली की जब मैंने चर्चा की तो एक बात और भी कह दूं कि दिल्ली में अनेक अस्पताल हैं, लेकिन उनकी कोई केंद्रीय व्यवस्था नहीं है। कुछ अस्पताल ऐसे हैं जिनका केंद्रीय सरकार से सीधा संबंध है, कुछ ऐसे हैं जिनको दिल्ली का प्रशासन चलाता है और कुछ दिल्ली नगर निगम के कार्य क्षेत्र के अंतर्गत आते हैं। व्यवस्था का केंद्रीयकरण न होने के कारण इन अस्पतालों से

** स्वास्थ्य मंत्रालय की अनुदान मांगों के संदर्भ में स्वास्थ्य और चिकित्सा संबंधी स्थितियों पर लोकसभा में ६ अप्रैल, १९६० को भाषण।*

दिल्ली की जनता को जो लाभ होना चाहिए था, वह अभी तक नहीं हो पाया है। मैं यह आशा करूंगा कि इन सभी अस्पतालों का प्रबंध एक स्थान से हो सके, इस प्रकार की व्यवस्था की जानी चाहिए।

दिल्ली में कैंसर के उपचार के लिए एक अस्पताल बनाया गया है। मैं समझता हूं कि यह सही दिशा में एक पग है। जो उस अस्पताल का संचालन कर रहे हैं, उन्हें शिकायत है कि इस संबंध में जो धनराशि दी गई है, वह पर्याप्त नहीं है। उसमें थोड़ी वृद्धि की जानी चाहिए

रोग का मूल कारण, मिलावट

रोग की चिकित्सा से भी अधिक महत्व जिस बात को दिया जाना आवश्यक है, वह यह है कि हम ऐसी परिस्थितियां पैदा करें जिनमें कि रोग जन्म न ले और मुझे यह कहते हुए खेद होता है कि हमारा स्वास्थ्य मंत्रालय इस पहलू की ओर ध्यान देने में पूर्णतया असफल रहा है। बीमारी फैले और उसका निराकरण किया जाए यह तो आवश्यक है ही, मगर उससे भी महत्व की बात यह है कि बीमारियों को फैलने न दिया जाए और इस दृष्टि से अभी तक स्वास्थ्य की समस्या पर विचार नहीं हुआ। हम डॉक्टरों की संख्या गिनते हैं जो कि देश की आबादी की तुलना में अभी पूरी नहीं है और कभी पूरी हो सकेगी निकट भविष्य में, ऐसी संभावना दिखाई नहीं देती। चिकित्सा की सुविधाएं भी अपर्याप्त हैं। गांवों में डॉक्टर नहीं हैं। जो डॉक्टर हैं भी वे जाना नहीं चाहते और इसलिए अगर हम रोगों की रोकथाम पर ही केवल ध्यान देंगे तो मैं समझता हूं कि यह ऐसी दौड़ है, जिसमें अपने सीमित साधनों को देखते हुए हमारी सरकार पूरी तरह सफल नहीं हो सकती। इसलिए रोगों की रोकथाम के साथ-साथ इस बात का भी प्रयत्न होना चाहिए कि रोग उत्पन्न न होने दिए जाएं; और इस दृष्टि से जो खाने-पीने की चीजें हैं, उनमें मिलावट को रोकना बहुत जरूरी है। यहां केंद्रीय सरकार की नाक के नीचे दिल्ली में जिस तरह की मिलावट हो रही है खान-पान की चीजों में, उसके बारे में वर्णन करने का यह समय नहीं है, लेकिन हर एक चीज में मिलावट हो रही है और वे वस्तुएं आहार के रूप में हमारे शरीर में प्रवेश कर रही हैं। अब हम डॉक्टरों की कितनी भी संख्या बढ़ाएं, चिकित्सा की कितनी भी सुविधाएं क्यों न बढ़ाएं, लेकिन यदि खान-पान की चीजों में मिलावट को नहीं रोक सकते तो बीमारियों को फैलने से रोकना अगर असंभव नहीं, तो मुश्किल जरूर है।

इस संबंध में जो गांवों में पीने के पानी की व्यवस्था का भार सरकार के ऊपर है, उसकी थोड़ी सी चर्चा करना चाहता हूं। इस रिपोर्ट में केंद्रीय सरकार की भी एक योजना का उल्लेख है, जिसके अंतर्गत गांवों में पानी की व्यवस्था की जाती है। इसके साथ तीन और भी कार्यक्रम चलते हैं। एक कम्युनिटी डेवलपमेंट, ब्लॉक के अंतर्गत पीने के पानी की व्यवस्था होती है। लोकल डेवलपमेंट वर्क्स भी चलते हैं जो गांव आदि के लिए इंतजाम करते हैं और चौथे गृह मंत्रालय हमारे अनुसूचित और आदिवासी जाति के बंधुओं के लिए जो आर्थिक सहायता देता है, उसके अंतर्गत भी पीने के पानी का इंतजाम किया जाता है। लेकिन मुझे ऐसा लगता है कि इन चारों योजनाओं में कोई समन्वय नहीं है और यद्यपि इनके लिए कुल मिलाकर ५०-६० करोड़ रुपया पहली और दूसरी योजना में रखा गया था किंतु अभी भी हजारों गांव ऐसे हैं, जहां कि पीने के लिए शुद्ध पानी नहीं मिल सकता। योजना आयोग से पूछा गया था कि क्या उनके पास ऐसे गांवों की संख्या है, जहां के निवासियों को पीने के लिए शुद्ध पानी नहीं मिलता? योजना आयोग इस

प्रकार के आंकड़े नहीं दे सका। केंद्रीय सरकार के पास भी इस तरह के आंकड़े नहीं हैं। हम विकास की बड़ी योजनाएं बना रहे हैं, लेकिन गांववालों के लिए पीने का शुद्ध पानी एक प्राथमिक आवश्यकता है, जिसके ऊपर रोगों की रोकथाम बहुत हद तक निर्भर करती है। इस दिशा में अभी तक वांछनीय प्रगति नहीं की जा सकी। सन् १९५१ की जनगणना के अनुसार ५ लाख ५० हजार गांव थे। सन् १९४८ में एक हैल्थ सर्वे एंड डेवलपमेंट कमेटी बनाई और सन् १९४९ में एनवायरनमेंटल हाईजीन कमेटी बनी थी, लेकिन आम सिफारिशें करने के अलावा इस संबंध में कोई ठोस योजना अपनाई जाए, इसका उन्होंने विचार नहीं किया।

नल के लिए रकम है, कुएं के लिए नहीं

हमारा स्वास्थ्य मंत्रालय पीने के पानी के संबंध में जो रुपया देता है, उसके संबंध में मेरा निवेदन यह है कि जहां कहीं पीने का पानी नल से दिया जाता है वहां तो वह रुपया काम में आ सकता है, लेकिन यदि उसी रुपए से ग्रामवासी कुआं खोदना चाहें तो उसके लिए उन्हें यह रुपया नहीं दिया जाता। दिल्ली के पास का ही एक मामला है जिसे कि प्रधानमंत्री जी के ध्यान में लाया गया था कि ग्रामवासी पीने के पानी की व्यवस्था के लिए कुएं के निर्माण में रुपया चाहते थे, मगर स्वास्थ्य मंत्रालय ने कहा कि यह रुपया तो केवल उन गांवों के लिए है, जहां कि नल से पानी जाता है और अगर ग्रामवासी कुएं के लिए रुपया चाहते हैं तो हमारे पास रुपया नहीं है। मैं समझता हूं कि यह बड़ी विचित्र स्थिति है। अगर आप सब जगह नल से पानी पहुंचा सकें तो यह बड़ी अच्छी बात है और उसका स्वागत किया जाएगा। लेकिन अगर आपके साधन इतने सीमित हैं कि सब जगह नल के पानी की व्यवस्था नहीं कर सकते तो कम से कम जो रुपया आपके पास है और जो पड़ा हुआ है, उसे तो कुएं खोदने के लिए दें। पंचवर्षीय योजनाओं के अंतर्गत अनेक गांवों में शुद्ध पीने के पानी की व्यवस्था के लिए जो रकम रखी गई थी, वह खर्च नहीं की गई। कम्युनिटी डेवलपमेंट में भी और गृह मंत्रालय के अंतर्गत भी अनुसूचित बंधुओं के लिए जितनी धनराशि रखी गई थी, उसमें से बहुत थोड़ा हिस्सा खर्च किया गया और अभी हजारों गांव ऐसे हैं जहां कि पीने के पानी की व्यवस्था नहीं है। राजस्थान सरकार ने हमारे माननीय सदस्य श्री हरिश्चंद्र माथुर की अध्यक्षता में एक कमेटी कायम की थी इस बात के विचार के लिए कि राजस्थान के गांवों में पीने के पानी का कितना अभाव है और उसे किस प्रकार दूर किया जा सकता है। मैं समझता हूं कि इस तरह की समितियां सभी राज्यों में कायम की जानी चाहिए और स्वास्थ्य मंत्रालय को इस संबंध में पहल करनी चाहिए। गांव में पानी के शुद्ध जल की व्यवस्था को प्राथमिकता देनी चाहिए और यह लक्ष्य बनाना चाहिए कि तृतीय पंचवर्षीय योजना के अंतर्गत हम भारत के प्रत्येक गांव में शुद्ध पीने के जल की व्यवस्था कर सकेंगे।

उपाध्यक्ष महोदय, गृह मंत्रालय जो दिल्ली में मास्टर प्लान बनाने के लिए उत्तरदायी है, उस मंत्रालय की रिपोर्ट में भी इसका थोड़ा-सा उल्लेख किया गया है। अनेक वर्षों से हम इस मास्टर प्लान की चर्चा सुन रहे हैं, लेकिन अभी तक वह मास्टर प्लान जनता के सामने नहीं आया है। दिल्ली का किस तरह से भावी विकास किया जाएगा, इसकी कोई निश्चित रूपरेखा केंद्रीय सरकार के सामने है, ऐसा मुझे नहीं लगता। प्रतिवर्ष दिल्ली में एक लाख जनसंख्या की वृद्धि हो रही है और उसके अनुपात में हमें मकानों की आवश्यकता है। लेकिन अभी दिल्ली में जो ३४००० वर्ग एकड़ भूमि सरकार ने हस्तगत कर ली है, उसका एक इतना असर तो अवश्य हुआ है कि मकानों

का निर्माण बंद हो गया है। सरकार द्वारा दिल्ली में मकान बनाए जाने के बजाय एक ऐसा कदम उठाया गया है जिससे कि मकानों का बनना रुक गया है। अब सरकार ने जो भूमि हस्तगत करके अपने हाथ में ले ली है, उसका वह किस तरीके से विकास करेगी, यह बताना चाहिए। अनुमान लगाया गया है कि भूमि के विकास के लिए कम से कम तीन सौ करोड़ रुपया चाहिए। क्या केंद्रीय सरकार दिल्ली के विकास के लिए इतना रुपया देने को तैयार है? और अगर सरकार उस सारी जमीन का विकास नहीं कर सकती जो कि उसने ली है तो इतनी सारी जमीन लेने का मतलब क्या है? यह मैं जानना चाहता हूं। जो मकान बन रहे थे उनका बनना रुक गया और दिल्ली में मकानों की आवश्यकता है। इसलिए मेरा निवेदन यह है कि सरकार जो भी योजना बनाना चाहती है, उसको जल्दी बनाए और जनता के सामने रखे। इस तरह के आरोप लगाए गए हैं कि वह योजना सरकारी दफ्तर की फाइलों में बदलती रही है। इस मास्टर प्लान के अंतर्गत पहले जो एरिया ग्रीन बैल्ट के रूप में बताया गया था, बाद में उसे रेजीडेंशियल कर दिया गया और उससे कुछ लोगों ने जो दिल्ली में मकानों का धंधा करते हैं और जो दिल्ली में ऊंचे-ऊंचे आसनों पर विराजमान हैं, कहा जाता है उन्होंने लाखों की कमाई की है, क्योंकि ग्रीन बैल्ट सस्ते दामों में खरीदा गया और जब उसको रेजीडेंशियल एरिया में बदला गया तो उसको महंगे दामों पर बेचा जाएगा।

कॉलोनाइजर चांदी काट गए, खरीददार हाथ मल रहे हैं

दिल्ली लैंड फाइनेंस नाम से एक संस्था काम करती है। मैं चाहता हूं कि उसकी गतिविधियों की जांच की जाए कि पिछले वर्षों में उसने दिल्ली में कितनी जमीन खरीदी है और उसको किस तरह से बेचा है। दिल्ली में जो कॉलोनाइजर हैं, उन्होंने सस्ते दामों पर जमीन खरीद ली और जो अबोध लोग थे, जिन्हें मकानों की आवश्यकता थी, जो जमीन के लिए लालायित थे, उनको महंगे दामों पर बेच दी। और जिन्होंने वह जमीन खरीदी उन्हें सजा भुगतनी पड़ रही है। कॉलोनाइजर तो सस्ते दाम पर खरीदकर और महंगे दाम पर बेचकर अलग हो गए, लेकिन जिन लोगों ने वह जमीन खरीदी थी, उनकी जमीन सरकार के हाथों में चली गई।

उपाध्यक्ष महोदय : उनमें एक मैं भी हूं।

श्री वाजपेयी : तब तो मैं समझता हूं कि स्वास्थ्य मंत्री जी इस पर गंभीरता से विचार करेंगे।

यह जो भूमि हस्तगत की गई है, इसमें कुछ ऐसी भी बस्तियां हैं जो या तो दिल्ली नगर निगम द्वारा स्वीकृत हो चुकी हैं या जिनको दिल्ली डेवलपमेंट अथारिटी ने स्वीकृत किया था या जिनका ले-आउट शाहदरा या अन्य लोकल बाडीज ने स्वीकृत किया था, ऐसी भूमियों को भी हस्तगत कर लिया गया है। मैं जानना चाहता हूं कि इन बस्तियों का क्या भविष्य होगा? जो मकान बन गए हैं, क्या उनको गिराया जाएगा? जो लोग बस गए हैं, क्या उनको उजाड़ा जाएगा? क्या जिन बस्तियों को किसी भी स्थानीय संस्था द्वारा, जिनमें नगर निगम और विकास अथारिटी शामिल हैं, स्वीकृति मिल चुकी है, उनको भी उजाड़ा जाएगा? इस संबंध में केंद्रीय सरकार मौन धारण किए हुए बैठी है और इस कारण लोगों के मन में तरह-तरह की आशंकाएं पैदा हो रही हैं। वह सोचते हैं कि क्या उनके मकान खोदे जाएंगे, क्या उनको उजाड़ा जाएगा? मैं स्वास्थ्य मंत्री जी से प्रार्थना करूंगा कि इस अवसर का लाभ उठाकर इस संबंध में जनता के मन में जो आशंकाएं हैं, उनका निराकरण करने का प्रयत्न करें।

भारतीय चिकित्सा पद्धति की उपेक्षा

हमारी सरकार ने भारतीय चिकित्सा पद्धति के प्रति जो नीति अपनाई है, मैं समझता हूं, बड़ी खेदजनक है। ऐलोपैथी आधुनिक विज्ञान है, वह प्रगति करे, और भारतीय जनता के रोगों के निवारण में काम में आए, इसमें किसी को मतभेद नहीं है। मगर हम कितना भी प्रयत्न करें, हम देश के प्रत्येक नागरिक के लिए ऐलोपैथी की चिकित्सा की व्यवस्था नहीं कर सकते। वह ठीक है या नहीं, मैं इस प्रश्न में नहीं जाना चाहता, यद्यपि इस पर भी बहुत मतभेद हैं। लेकिन अगर हम एक क्षण के लिए, मान भी लें कि सबके लिए वह सुविधा मिलनी चाहिए तो क्या हम वैसा कर सकते हैं? भारत की मिट्टी में उत्पन्न हुआ, भारत की जलवायु में पला जो व्यक्ति है, वह भारतीय चिकित्सा पद्धति से जितनी जल्दी और स्थायी रूप से रोग के कष्ट से मुक्त हो सकता है, मैं समझता हूं उतना ऐलोपैथी के द्वारा नहीं हो सकता। ऐलोपैथी रोग को दबाती है, मगर रोग का निर्मूलन नहीं करती। इसके विपरीत आयुर्वेद तो जीवन का विज्ञान है। वह केवल रोग का निवारण नहीं करता, बल्कि रोग पैदा न हो, ऐसी शिक्षा देता है। लेकिन इस विषय में अभी तक सरकार की नीति निर्धारित नहीं हो पाई है। अनेक कमेटियां बन चुकी हैं। उनकी रिपोर्ट भी आ चुकी है। मगर वे स्वासथ्य मंत्रालय की अलमारियों में पड़ी हुई हैं। और मुझे ताज्जुब नहीं होगा, अगर इन कमेटियों की रिपोर्ट पर विचार करने के लिए स्वास्थ्य मंत्री एक नई कमेटी की घोषणा कर दें। मैं समझता हूं कमेटियां बन चुकीं और उन्होंने अपना दृष्टिकोण आपके सामने रख दिया। मैं तो समझता हूं कि अब सरकार को देशी चिकित्सा पद्धतियों को, जैसे आयुर्वेद, यूनानी पद्धति, प्राकृतिक चिकित्सा, होमियोपैथी को अधिक से अधिक सुविधा प्रदान करनी चाहिए, ताकि ये भारत के गांवों तक पहुंच सकें। इस संबंध में जो सरकार का दृष्टिकोण है, वह ठीक नहीं है, उसमें सुधार की गुंजाइश है। धन्यवाद।

हृदय-प्रत्यारोपण पर आभार

अध्यक्ष जी, यह सदन देश और विदेश की समस्याओं में इतना घिरा रहता है, राजनैतिक दांव-पेंच में इतना उलझा रहता है कि हमारे पड़ोस में, हमारे आसपास मानव-कल्याण के मार्ग पर निरंतर प्रगति के जो मील के पत्थर चिह्नित किए जा रहे हैं, उनकी ओर हमारा ध्यान नहीं जाता।

मेरा इशारा ऑल इंडिया मेडिकल इंस्टीट्यूट में हमारे डॉक्टरों द्वारा हृदय-प्रत्यारोपण में जो सफलता प्राप्त की गई है, उसकी ओर है। हृदय का प्रत्यारोपण (हार्ट ट्रांस्प्लांटेशन) देश में पहले नहीं होता था। अभी भी बड़ी संख्या में लोग देश के बाहर जाते हैं। विदेशी मुद्रा खर्च करते हैं। लेकिन ऑल इंडिया इंस्टीट्यूट ऑफ मेडिकल साइंस के डॉक्टरों ने यह चमत्कार संभव करके दिखाया है। तीन प्रत्यारोपण हो चुके हैं। पहला प्रत्यारोपण पिछले वर्ष ३ अगस्त को हुआ था। भारत के आयुर्विज्ञान के इतिहास में यह बड़ी उपलब्धि थी। यह डर था कि जिसके पहलू में नया दिल लगाया गया है, उसका दिल कितने दिन धड़केगा? धड़केगा या नहीं धड़केगा? कहीं वह बीमारी का शिकार तो नहीं हो जाएगा। लेकिन साल-भर बाद वह व्यक्ति स्वस्थ है, सामान्य जीवन जी रहा है और नए लोगों में यह आशा उत्पन्न कर रहा है कि भारत में हृदय का ट्रांस्प्लांटेशन भी हो सकता है।

अध्यक्ष महोदय, उसके बाद तो और भी प्रत्यारोपण हो चुके हैं। एक प्रत्यारोपण ८ जुलाई, १९९५ को हुआ था और तीसरा २० जुलाई, १९९५ को हुआ है। ये सभी व्यक्ति जीवित हैं, खतरे के बाहर हैं। जिनका प्रथम प्रत्यारोपण हुआ है, जैसा मैंने कहा, वे सामान्य जीवन जी रहे हैं।

अध्यक्ष महोदय, हमारे डॉक्टरों ने, नर्सों ने, टेक्नीशियनों ने, आर्डरली ने अपने सीमित साधन और मर्यादित सुविधाओं के होते हुए यह चमत्कार करके दिखाया है। हम उन्हें प्राइवेट नर्सिंग होम जैसी भारी-भरकम तनख्वाह तो नहीं दे सकते मगर हम उनकी पीठ तो जरूर थपथपा सकते हैं। हम उनका अभिनंदन करते हैं। मैं सरकार से निवेदन भी करूंगा कि ऐसे डॉक्टरों को बढ़ावा दे, ऐसे डॉक्टरों को प्रोत्साहन उपलब्ध कराए, जिससे वे इस आयुर्विज्ञान के क्षेत्र में अधिकाधिक आगे

** हृदय-प्रत्यारोपण में सफलता पर लोकसभा में ४ अगस्त, १९९५ को डॉक्टरों के दल के अभिनंदन में भाषण।*

बढ़ सकें और भारत को इस मामले में दुनिया की पहली पंक्ति में बिठाने में सफल हों। धन्यवाद।

एक माननीय सदस्य : नाम भी बताएं।

श्री वाजपेयी : अध्यक्ष महोदय, क्षमा कीजिए। यह सारी टीम जिनके नेतृत्व में चली है, वह डॉ. पी. वेणुगोपाल हैं। डॉ. बी. दास बलराम और डॉ. संपत कुमार—ये उनके सहयोगी हैं। जैसा मैंने कहा, उनके साथ टेक्नीशियंस हैं, उनके साथ नर्सेज हैं और आर्डरली हैं। यह काम तो टीम से होता है। यह सारी टीम हम लोगों के अभिनंदन की अधिकारी है। मैं चाहूंगा कि हमारी भावनाओं को उन डॉक्टरों तक पहुंचा दिया जाए। मैं सोचता था कि इस वक्त स्वास्थ्य मंत्री यहां पर होते। अभी तक भारत सरकार के नए स्वास्थ्य मंत्री ने इस टीम को बधाई नहीं भेजी है, इस टीम को बुलाकर प्रोत्साहन नहीं दिया है। कभी-कभी मुझे लगता है, मैडिसिन में इतनी पोलिटिक्स है कि पोलिटिक्सवालों को मैडिसिन की जरूरत कम पड़ती है और मैडिसिनवालों में ज्यादा पोलिटिक्स आ गई है। इसमें यह राजनीति नहीं आने देनी चाहिए।

नागर विमानन और पर्यटन मंत्री श्री गुलाम नबी आजाद : महोदय, मैं यह घोषणा किसी अन्य समय पर करना चाहता था। लेकिन क्योंकि श्री वाजपेयी जी ने यह प्रसंग छेड़ दिया है, इसके लिए मैं उन्हें बधाई अवश्य दूंगा। वाजपेयी जी ने बहुत ही महत्वपूर्ण मुद्दा उठाया है। मेरे ख्याल में पूरे भारत को इस बात पर और अपने डॉक्टरों पर गर्व है। मेरी मिनिस्ट्री से इसका संबंध नहीं है, और आपने कहा कि स्वास्थ्य मंत्री यहां होने चाहिए। जब तीसरी दफा डॉ. वेणुगोपाल ने हार्ट का ट्रांसप्लांटेशन किया था, उस वक्त मुझे महसूस हुआ कि हिंदुस्तान में ऐसे और डॉक्टरों की जरूरत है और विशेष रूप से डॉ. वेणुगोपाल की। फिर मैंने यह निर्णय लिया¨(व्यवधान)

श्री सोमनाथ चटर्जी : सदन को पूरे भारत में फैले अन्य डॉक्टरों को भी बधाई देनी चाहिए। हम उनका आभार प्रकट करना चाहेंगे।¨(व्यवधान)

श्री गुलाम नबी आजाद : मैंने मिनिस्ट्री की तरफ से यह निर्णय लिया कि डॉ. वेणुगोपाल को दुनिया के किसी भी हिस्से में और विशेष रूप से स्टेट्स और बाकी जगहों पर, वे रिसर्च को फर्दर एक्सप्लोर करने के लिए जाना चाहेंगे तो एयर इंडिया की तरफ से उनको फर्स्ट क्लास का टिकट मिलेगा, ताकि और एनकरेजमेंट हो।

अध्यक्ष महोदय : यह बहुत अच्छा है कि प्रतिपक्ष के नेता द्वारा यह मामला सदन की जानकारी में लाया गया और नागर विमानन मंत्री द्वारा इनकी प्रशंसा के साथ प्रभावी ढंग से बधाई देते हुए इसका उचित रूप से उत्तर दिया गया। संपूर्ण सदन की दृष्टि में डॉक्टरों ने बहुत अच्छा काम किया है तथा देश का गौरव बढ़ाया है। हम इसे रिकार्ड का मामला बनाना चाहेंगे और हम इसकी बहुत प्रशंसा करते हैं तथा हृदय की गहराई से उन्हें बधाई देते हैं और उज्ज्वल भविष्य की कामना करते हैं। संबंधित डॉक्टरों को इसकी सूचना दे दी जाएगी।

श्रीमती गिरिजा देवी (महाराजगंज) : महोदय, इस दिल का दान देनेवाली एक महिला थी।

अध्यक्ष महोदय : वास्तव में महिलाएं बहुत अच्छे आधे भाग की हिस्सेदार हैं। (व्यवधान)

श्री वाजपेयी : जब महिला का दिल मर्द के सीने में रख दिया, तो कोई फर्क नहीं पड़ा।¨(व्यवधान)

श्री सोमनाथ चटर्जी : वह एक आदर्श व्यक्ति होगा जो दोनों ओर का प्रतिनिधित्व¨(व्यवधान)

अध्यक्ष महोदय : मेरे ख्याल से दिल के बदलने से नहीं, दिमाग के बदलने से फर्क पड़ता है।

ज्वलंत मुद्दे

सांसदों पर हमले!

अध्यक्ष जी, मैंने आपको जो स्थगन प्रस्ताव दिया है, मैं उस पर आना चाहता हूं, लेकिन उससे पहले अगर आपकी अनुमति हो तो मैं एक निवेदन कर दूं। जैसे बाहर आसमान में बादल छाए हुए हैं, वैसे ही हमारे मन के आकाश में भी बहुत से सवालों के बादल घुमड़ रहे हैं। वे गरजना भी चाहेंगे और बरसना भी चाहेंगे।

अध्यक्ष महोदय : क्या सारे के सारे एक ही दिन गरजना और बरसना चाहेंगे?

श्री वाजपेयी : अब यह आपको तय करना है कि किस हिसाब से आप उन्हें गरजने देंगे और किस हिसाब से बरसने देंगे।

मैंने आपको एक पत्र लिखा था। पिछले कुछ दिनों में इस सदन के तीन सदस्यों पर उत्तर प्रदेश और बिहार में हमले हुए हैं। हम संसार के सबसे बड़े लोकतंत्र हैं। हम बहुदलीय लोकतंत्र हैं और प्लुरलिस्टिक नेशन होने के नाते हम दूसरे देशों के साथ जाकर समझौते पर दस्तखत करते हैं, मगर हमारे देश के भीतर की क्या हालत है? अगर इस संसद के सदस्य ही सुरक्षित नहीं हैं तो आम नागरिक का जीवन कैसा होगा, किस दुर्दशा में उसका जीवन बीत रहा होगा, इसकी सहज कल्पना की जा सकती है। मेरा इशारा आडवाणी जी पर हुए हमले की ओर है, श्री जार्ज फर्नांडीज पर हुए हमले की ओर भी मेरा इशारा है। जनता दल (बोम्मई) के एक सदस्य श्री रामप्रसाद कुशवाहा पर हुए हमले की ओर भी मेरा इशारा है।

प्रश्न केवल कानून और व्यवस्था का नहीं है और इसलिए मैं इसे विशेषाधिकार के उल्लंघन का मामला भी नहीं बनाना चाहता, लेकिन संसद के सदस्य निर्बाध रूप से सारे देश में अपना कार्य कर सकें, राजनीतिक गतिविधियां चला सकें, क्या इसकी व्यवस्था नहीं होनी चाहिए? क्या इस सदन में ऐसा आश्वासन उन्हें नहीं मिलना चाहिए? दुर्भाग्य की बात यह है कि उत्तर प्रदेश और बिहार में, दोनों जगहों पर हमला करनेवाले जो तत्व हैं, वे वहां के सत्ता पक्ष से किसी न किसी रूप में जुड़े हुए हैं। यह चिंता की बात है। मैं चाहता हूं कि इस विषय पर यहां चर्चा हो और इसीलिए मैंने आपको लिखकर दिया है।...(व्यवधान)

** सांसदों पर हमलों के मुद्दे पर लोकसभा में २५ जुलाई, १९९४ को स्थगन प्रस्ताव में उठाए गए प्रश्नों का विवरण।*

इसीलिए मैंने आपसे अनुरोध किया था कि आप गृह मंत्री जी को कहें कि इन घटनाओं के संबंध में सारे तथ्यों को वे इकट्ठा कराएं और इकट्ठा करके सदन के सामने लाएं, फिर आप तय करें कि किस रूप में इस मामले पर चर्चा होनी चाहिए। लेकिन यह मामला गंभीर है।

...और चीनी घोटाला

एक और प्रश्न है, अध्यक्ष महोदय, और उसके बारे में भी हमने सूचना दी है, वह चीनी के घोटाले का मामला है। पार्लियामेंट्री कमेटी जांच कर रही है। जांच करना चाहती है। इसी समय सरकार ने एक एडमिनिस्ट्रेटिव प्रिलीमिनरी इंक्वायरी का ऐलान कर दिया। क्या मतलब है इसका? पार्लियामेंट्री कमेटी सर्वदलीय समिति है। क्या उस पर सरकार को भरोसा नहीं है? वह समिति बयान लेने जा रही थी और आपने सरकारी जांच ऐलान कर दी? हमने तो मांग की थी कि अदालती जांच होनी चाहिए, निष्पक्ष जांच होनी चाहिए। इतना बड़ा घोटाला हो गया और लीपापोती की जा रही है। यह मामला भी महत्वपूर्ण है।

अध्यक्ष महोदय, लेकिन आपने जिस 'कामरोको प्रस्ताव' का उल्लेख किया है, मैं चाहता हूं कि आज उसको लिया जाए।

जो कुछ असम में हुआ है, वह सारे देश के लिए चिंता का विषय है और सदन को इसका नोटिस लेना चाहिए। मेरे एडजर्नमेंट मोशन की भाषा में केवल कत्ले-आम की बात नहीं है, बल्कि असम की सरकार अपने कर्तव्य-पालन में विफल रही है और यह कहनेवाला केवल मैं नहीं हूं, श्री पायलट यदि सदन में हों, वे भी इसको मानेंगे। वह प्रश्न भी शामिल है। श्री पायलट कल मौके पर गए थे। इसके लिए मैं उनको बधाई देना चाहता हूं कि इतनी जल्दी वे वहां पहुंच गए। उनकी टिप्पणी थी कि सरकार ने राहत देने का काम नहीं किया। राहत-शिविर में भी लोग मारे गए।

अध्यक्ष महोदय, जान बचाने के लिए लोग राहत शिविरों में आए और राहत शिविर में मार दिए गए। पुलिस का कोई प्रबंध नहीं था। तीन घंटे तक हत्याकांड चलता रहा।

अध्यक्ष महोदय : वाजपेयी जी, यह रेगुलर बहस का समय नहीं है।

श्री वाजपेयी : अध्यक्ष महोदय, यह सब कहकर मैं अपना केस बना रहा हूं। आप कहेंगे कि यह प्रदेश का मामला है, लेकिन मेरा कहना है कि केंद्र सरकार ने समय पर असम में हस्तक्षेप नहीं किया, इसलिए परिस्थिति काबू के बाहर जा रही है और मेरे एडजर्नमेंट मोशन की भाषा देखिए। अध्यक्ष महोदय, आप जानते हैं कि मैं सही भाषा पर बड़ा जोर देता हूं।

अध्यक्ष महोदय : इसीलिए सबसे पहले मैंने उसका उल्लेख किया।

श्री वाजपेयी : लेकिन आप पढ़कर दूसरा बता रहे हैं।

अध्यक्ष महोदय : वह तो मैं सबकी तरफ से बता रहा हूं।

श्री वाजपेयी : अध्यक्ष महोदय, मैं कहना चाहता हूं कि केंद्र सरकार अपने कर्तव्य-पालन में विफल रही है और इस विफलता के लिए हम केंद्र सरकार की निंदा करते हैं और ऐसे सवाल पर 'कामरोको प्रस्ताव' पेश करने की अनुमति चाहते हैं।

सांसदों की रिहाई क्यों टली?

अध्यक्ष जी, मैं किसी प्रदेश का मामला नहीं उठा रहा हूं। मैं इस सदन के दो सम्मानित सदस्यों से संबंधित एक प्रश्न उठा रहा हूं। श्री आडवाणी और श्री विनय कटियार की गिरफ्तारी और उन्हें जेल में डालने की घटना को लेकर किस प्रकार उत्तेजना पैदा हुई थी और हमें सदन से बाहर रहने का फैसला करना पड़ा, मैं उसमें इस समय जाना नहीं चाहता।

कल उन्हें लखनऊ की अदालत में पेश किया जाना था। पेश नहीं किया गया। वकीलों से बहस हुई, जज ने फैसला दिया कि उन्हें रिहा कर दिया जाना चाहिए।

जज के इस स्पष्ट आदेश के बाद भी अभी तक, अभी-अभी मुझे रेणुकूट से टेलीफोन पर समाचार मिला है कि उन्हें छोड़ा नहीं गया है। उन्हें रात में ही छोड़ दिया जाना चाहिए था, वह सवेरे दिल्ली आ सकते थे, सदन की बैठक में भाग ले सकते थे। लेकिन ऐसा लगता है कि उत्तर प्रदेश की सरकार अदालत की अवहेलना करने पर तुली हुई है।

यह न केवल मानहानि का मामला बनता है, यह सदन के सदस्यों के विशेषाधिकारों का भी प्रश्न है।

जब अदालत ने उन्हें छोड़ दिया तो कौन उन्हें जेल में रख सकता है? और क्या उन्हें जेल में रखना संविधान, लोकतंत्र की सारी मान्यताओं के खिलाफ नहीं है?

अध्यक्ष महोदय, अदालत के आदेश का पालन होना चाहिए और मैं चाहूंगा कि आप इस मामले में हस्तक्षेप करें और उन्हें तत्काल दिल्ली आने की सुविधा उपलब्ध कराई जाए।

केंद्र सरकार को यह निर्देश दें जिससे कि वे सदन की बैठक में भाग ले सकें। सदन की बैठक के तीन-चार दिन बचे हुए हैं और हम भी बैठक में भाग लेने के लिए उत्सुक हैं।

कहीं ऐसा न हो कि हमें फिर से सदन के बाहर जाने का फैसला करना पड़े।

** श्री आडवाणी, श्री कटियार की गिरफ्तारी के संदर्भ में २१ दिसंबर, १९९३ को टिप्पणी।*

सांसद ने सदन की गरिमा गिराई

उपाध्यक्ष महोदय, आज प्रातःकाल से जो कुछ हो रहा है, वह बहुत दुर्भाग्यपूर्ण और सदन की गरिमा कम करनेवाला है। मैं समझता हूं कि सदस्य को सदन में बुलाकर लाया जाना चाहिए।

जहां तक दूसरा प्रश्न है, उपाध्यक्ष महोदय, अगर कोई सदस्य आपत्तिजनक बात कहता है तो व्यवस्था का प्रश्न उठाया जा सकता है। हमारे यहां बीच में टोकने की भी पद्धति है, लेकिन स्थान छोड़कर दूसरे सदस्य की ओर झपटना, संसदीय प्रक्रिया में इसके लिए कोई जगह नहीं हो सकती। यह ठीक है कि हमारे सदस्य श्री कुप्पुस्वामी अपनी भाषा में बोल रहे थे।...(व्यवधान)

श्री कादंबुर एम.आर. जनार्दनन : यह गुस्से का शब्द नहीं था, गाली का शब्द था।

श्री पी.जी. नारायणन : वह गंदी भाषा का उपयोग कर रहे थे।

श्री वाजपेयी : महोदय, मुझे खेद है, मैं तमिल नहीं जानता। इसलिए श्री कुप्पुस्वामी क्या कह रहे थे, मैं कोई निर्णय नहीं दे सकता। लेकिन यदि वह कोई बहुत आपत्तिजनक बात कह रहे थे, यह ठीक नहीं था। संभवतः इसीलिए हमारे अन्नाद्रमुक मित्रों ने हस्तक्षेप किया।

डॉ. राजगोपालन श्रीधरन : हम उनके केवल शब्दों का ही विरोध नहीं कर रहे, बल्कि अपने प्रति उनके रवैए का भी विरोध कर रहे हैं। वह हमसे इतने नाराज क्यों थे?...(व्यवधान)

श्री वाजपेयी : दोनों ओर के सदस्यों की ओर से कोई गलती सुधारने की बात नहीं है।

श्री के. राममूर्ति : तिन दि विनम, यह गंदा शब्द नहीं था, केवल गुस्से का शब्द था।

श्री वाजपेयी : यदि कुछ गलत हो गया है तो उसका सुधार होना चाहिए, लेकिन सब कुछ शालीनता के ढंग से होना चाहिए। अगर एक सदस्य गलती करता है, इसका अर्थ यह नहीं है कि अन्य भी उसका अनुकरण करें, या हम उन्हें उकसाएं।

डॉ. राजगोपालन श्रीधरन : इतने समय से आपने हमारा संसद में व्यवहार देखा है। आज हमने अपनी आवाज उनके द्वारा प्रयुक्त शब्दों के कारण उठाई है। यह पहला अवसर नहीं, जब वे इस भाषा का प्रयोग कर रहे हैं। वह इस भाषा का प्रयोग हमारे लिए बार-बार करते रहे हैं।...(व्यवधान)

श्री वाजपेयी : उनकी ओर से संसदीय कार्य मंत्री संशोधन कर सकते हैं। उन्हें अपनी भूमिका निभानी चाहिए। लेकिन वह तो मूक दर्शक का आचरण कर रहे हैं।...(व्यवधान)

** सदन की गरिमा के प्रतिकूल स्थितियों पर लोकसभा में २६ अगस्त, १९९३ को टिप्पणी।*

दिल्ली के सांसद अनशन पर!

अध्यक्ष महोदय, यह बड़े खेद का विषय है कि आज हमारे चार साथी सदन की बैठक में उपस्थित नहीं हो सके हैं। मेरा इशारा है—सर्वश्री मदनलाल खुराना, कालका दास, ताराचंद खंडेलवाल, बैकुंठलाल शर्मा 'प्रेम' की अनुपस्थिति की ओर। सदन की बैठक चल रही है। स्वभावतः, सहज रूप से उन्हें यहां आना चाहिए था, लेकिन दिल्ली का दुखड़ा रोते-रोते जब वे थक गए और इस सरकार के कान पर जूं नहीं रेंगी तो विवश होकर उन्हें सदन के बाहर चांदनी चौक में आज ७२ घंटे का अनशन आरंभ करना पड़ा।

केंद्र सरकार ने इस बात पर बल दिया था कि दिल्ली में चुंगी की प्रथा समाप्त कर दी जाए। एक तरह से उसे समाप्त करने का औचित्य समझ में आ सकता है, लेकिन उस समय यह भी फैसला हुआ था कि चुंगी-कर की समाप्ति के कारण दिल्ली नगर निगम का जो घाटा होगा, उसे केंद्र सरकार पूरा करेगी। एक वर्ष में ४५ करोड़ रुपए बनते हैं। लेकिन १ जनवरी, १९९३ से अभी तक दिल्ली कार्पोरेशन को एक पैसा नहीं दिया गया। अब तक २५-३० करोड़ रुपया दे दिया जाना चाहिए।

इस संबंध में गृह मंत्री का ध्यान बार-बार खींचा गया, मगर दिल्ली की दुर्दशा की ओर किसी को देखने की चिंता नहीं है। दिल्ली राजधानी है, लेकिन दिल्ली में बिजली का क्या हाल है, पानी की दुर्दशा क्या है? इस गर्मी और बरसात में दिल्ली का जो हाल हुआ है, ऐसी दिल्ली की दुर्दशा कभी नहीं हुई। सड़कें टूटी पड़ी हैं और कार्पोरेशन ने आदेश निकाल दिया कि जो धन एलाट हुआ था, उसको रद्द कर दिया जाए, बिना इजाजत के खर्च न किया जाए। टेंडर २-२ साल से पड़े हैं, दिल्ली में विकास के काम ठप्प हैं, बिजली नहीं है, पानी नहीं है। रेड लाइन बसें जरूर चल रही हैं, जो लोगों को कहीं से कहीं पहुंचाने में योगदान दे रही हैं, वह एक अलग स्थिति है।

आप गृह मंत्री को कहिए कि वह दिल्ली के बारे में आकर सदन में वक्तव्य दें और चुंगी-कर के बजाय जो धनराशि मिलनी चाहिए, उसका ऐलान करें। इस संबंध में मैं आपका हस्तक्षेप चाहूंगा। दिल्ली में विधानसभा नहीं है, नौकरशाही राज कर रही है। बिल पास हो गया है, विधानसभा बनी नहीं है। संसद के पास दिल्ली के मामलों के लिए समय नहीं है और अगर समय है तो मैं

** दिल्ली के सांसदों के अनशन के संदर्भ में लोकसभा में १८ अगस्त, १९९३ को टिप्पणी।*

देखता हूं कि मेरी इस मांग का किस दल के कौन सदस्य समर्थन करते हैं?

अध्यक्ष महोदय : मैं समझता हूं, यह विषय तात्कालिक महत्व का है। सरकार को इस पर वक्तव्य देना चाहिए।

श्री लक्ष्मी नारायण पांडे : दिल्ली के मामले पर सवेरे अध्यक्ष जी ने निर्देश दिया था कि सरकार वक्तव्य दे, वह कब आएगा?

श्री वाजपेयी : आपको शायद स्मरण हो, यह मामला शून्यकाल में मैंने ही उठाया था। हमारे चार लोकसभा के सांसद अनशन कर रहे हैं। दिल्ली को आक्ट्राय के बदले धन दिया जाना है केंद्र सरकार से। स्पीकर महोदय ने निर्देश दिया था गृह मंत्री को कि वक्तव्य होना चाहिए, लेकिन वह नहीं दिया जा रहा है। क्या संसदीय कार्य मंत्री ने गृह मंत्री को सूचित किया है? मेरी गृह मंत्री से बात हुई थी। उन्होंने मुझसे कहा कि मुझे कोई जानकारी नहीं है कि मुझे वक्तव्य देना है। इसका अर्थ यह है कि संसदीय कार्य मंत्री ने अपना कार्य ठीक से नहीं किया है। आज सदन के उठने से पहले वक्तव्य होना चाहिए।

विधायक की हत्या!

अध्यक्ष महोदय, हैदराबाद में जो कुछ हुआ, वह बड़ा दुखदायी है, लेकिन आज सदन में जो कुछ हुआ है वह भी कम क्लेश देनेवाला नहीं है। तेलुगुदेशम् के मित्रों की भावनाएं मैं समझता हूं, उनके विधायक की हत्या हुई है, वहां के गृह मंत्री पर संदेह की सुई जा रही है। विरोधी दल के नेता को विधानसभा में जाने से रोका गया है। अध्यक्ष महोदय, मुझे आशा है कि ऐसी स्थिति दिल्ली में कभी पैदा नहीं होगी।...(व्यवधान)...अगर विधानसभा को किले का रूप दे दिया जाएगा और जिस एम.एल.ए. की हत्या हुई थी, अगर उसकी विधवा को भी जाने से रोका जाएगा...आरोप तो यह है कि उसको गिरफ्तार कर लिया गया है। पुलिस ने भी पीटा है, आपने भी सुना है और मैंने भी सुना है।...(व्यवधान) मैं उनकी उत्तेजना तो समझ सकता हूं, मगर हमारे कांग्रेस के मित्रों ने जो अभद्र दृश्य उत्पन्न किया है, उसका क्या कारण है? यह केवल इसी समय नहीं हुआ है। ठीक है, आपने कहा है संसद-सदस्या के मामले में सारे सदन का चिंतित होना स्वाभाविक है। लेकिन जब अविश्वास प्रस्ताव पर वोट होने जा रहा था, तब जिस तरह का दृश्य पैदा किया गया, जो सत्ता पक्ष में हैं और जिनके हाथ में सत्ता है...(व्यवधान)

इस्पात उद्योग राज्य मंत्री श्री संतोष मोहन देव : यह बहुत आपत्तिजनक है। आप ऐसा कैसे कह सकते हैं? यह बहुत बुरी बात है। जब सदस्या बेहोश हुईं, आप वहां थे? श्री वाजपेयी जी, ऐसी टिप्पणी की आपसे अपेक्षा नहीं थी। वह आपकी पुत्री के समान हैं। आपको इस तरह से नहीं बोलना चाहिए।

श्री वाजपेयी : अध्यक्ष महोदय, मैं नहीं समझता, मैंने कोई आपत्तिजनक बात कही है।...(व्यवधान)

श्री संतोष मोहन देव : इस तरह की टिप्पणी की अपेक्षा आपसे कभी नहीं कर सकते। आप ऐसा नहीं कहते रह सकते।

श्री वाजपेयी : अध्यक्ष जी, मैं उधर बैठनेवाले सदस्यों पर कुछ आपत्ति कर रहा था, उन्होंने मेरी आपत्ति को सही साबित कर दिया। मुझे अकारण टोका गया है। क्या मुझे इस सदन में यह कहने का अधिकार नहीं है कि सभी पक्षों को इस सदन में मर्यादा का पालन करना चाहिए और

** आंध्र के विधायक की हत्या पर लोकसभा में १२ अगस्त, १९९३ को टिप्पणी।*

सत्ता पक्ष के सदस्यों को ज्यादा पालन करना चाहिए? जिनके हाथ में सत्ता है, उनको थोड़ा संयम अधिक चाहिए। हम अगर उत्तेजना में आ जाएं, तब भी आपको उत्तेजना में नहीं आना चाहिए। लेकिन बात कलकत्ता की नहीं है, मध्य प्रदेश में, राजस्थान में, उत्तर प्रदेश में, हिमाचल प्रदेश में हमारी सरकारें थीं, तो किस तरह से सदन में आचरण होता था, किस तरह से मामले उठाए जाते थे? अब अचानक यह राज्य का विषय नहीं बन सकता है। या तो हमेशा के लिए तय करें, आप सब दलों के नेताओं को बुलाएं और कोई लक्ष्मण-रेखा खींची जाए और हम तय करें कि किस तरह से सदन में आचरण करना है। लेकिन जैसा मेरे मित्र कह रहे थे, अध्यक्ष महोदय, दोहरा मापदंड नहीं चलेगा...(व्यवधान)

अध्यक्ष महोदय : मुझे आपको टोकना नहीं है। मुझे पूरी उम्मीद है कि अगर चर्चा ऐसी होगी, तो जो करना चाहिए बिल्कुल वही करने के लिए आप कहेंगे, मगर सभी सदस्य आपके कहने के साथ जाने भी चाहिए।

श्री वाजपेयी : अपने सदस्यों को लाने की मैं कोशिश कर रहा हूं, लेकिन अगर सत्ता पक्ष के सदस्य कुएं में कूदेंगे तो मैं अपने सदस्यों को तालाब में जाने से कैसे रोक सकता हूं? आज कांग्रेस के लोग...(व्यवधान) फिर मुझसे नाराज हो जाएंगे।

अध्यक्ष महोदय : नाराजगी जैसी कोई बात उन्होंने नहीं कही अब तक।

श्री वाजपेयी : तेलुगुदेशम्‌वालों की शिकायत मैं समझ सकता हूं। आप अपने स्थान पर खड़े होकर वहां की घटनाओं के बारे में अपना पक्ष प्रस्तुत करें, क्या आपत्ति थी? सारा सदन देख रहा है, सारा देश देख रहा है, लेकिन वेल में आने की शुरुआत उधर से हुई।...(व्यवधान)

चाहे इधर से हुई तो भी आपको नहीं आना चाहिए था।...(व्यवधान)

अध्यक्ष महोदय, इसका कारण यह है कि यह दोहरे मानदंड जैसा है, जैसा मैंने कहा। अब यह स्वाभाविक है कि मांग हो कि अगर गृह मंत्री जांच के लिए और स्थिति का पता लगाने के लिए कलकत्ता जा सकते हैं तो हैदराबाद क्यों नहीं जा सकते हैं? और उन्हें इसलिए भी जाना चाहिए क्योंकि वह प्रधानमंत्री का प्रदेश है। प्रधानमंत्री नंदयाल से चुनकर आए हैं।...(व्यवधान) सदन के सामने सही तस्वीर आनी चाहिए।

अध्यक्ष महोदय, मैं आपसे सहमत हूं। अब आरोप लग रहे हैं, प्रत्यारोप लग रहे हैं। हम कोई अदालत तो नहीं हैं, हम कोई निर्णय तो नहीं कर सकते, लेकिन यह भी आवश्यक है कि अगर इतनी बड़ी घटना हो जाए तो उसकी सदन में प्रतिध्वनि सुनाई देनी चाहिए। यह सदन मूक दर्शक नहीं रह सकता, लेकिन मर्यादा में बात हो, इसकी आवश्यकता है और आज कांग्रेस के सदस्यों ने मर्यादा की धज्जियां उड़ा दीं।

इंदिरा गांधी की हत्या के तथ्य छिपाए

सभापति जी, मैंने रिपोर्ट के दोनों हिस्से बड़े ध्यान से पढ़े हैं। अब आप सदन में उस पर चर्चा चाहते हैं। आप यह चाहेंगे और सदन भी यह पसंद करेगा कि जो भी चर्चा हो, वह सार्थक होनी चाहिए, केवल रस्म-अदायगी नहीं होनी चाहिए। अब इस रिपोर्ट में ठक्कर साहब ने जिन-जिन के हवाले दिए हैं—किसी को दोषी ठहराया है तो यह भी सिफारिश की है कि उसके मामले में और जांच होनी चाहिए। सरकार कहती है कि हमने जांच की है। सदन को जांच के नतीजों से अवगत कराया जा रहा है। लेकिन वे नतीजे किस आधार पर निकले, इसके बारे में सरकार सदन को विश्वास में लेने को तैयार नहीं है। यह मामला रिपोर्ट का नहीं है। यह सरकार की विश्वसनीयता का मामला बन गया है। पहले कहा गया कि रिपोर्ट रखी नहीं जाएगी। कानून का हवाला दिया गया। वह कानून जल्दी में पास किया गया था। लेकिन बाद में रिपोर्ट रख दी गई। अब रिपोर्ट को पढ़ने के बाद में लगता है कि ऐसी कोई बात नहीं थी कि जिसके कारण रिपोर्ट को दबाया जाता। जब मामले चल रहे थे उस समय तक के लिए ठीक था, लेकिन जस्टिस ठक्कर ने भी यह नहीं कहा कि हमेशा के लिए रिपोर्ट को दबाया जाए। गृह मंत्री बूटा सिंह जी यहां बैठे हैं। वह जिस तरह से पहले रिपोर्ट न रखने का समर्थन कर रहे थे, उसी तरह से अब रिपोर्ट रख दी गई, इसका समर्थन कर रहे हैं। राजनीति रंग बदलती है, लेकिन इतनी जल्दी गृह मंत्री रंग बदलेंगे, यह मेरी कल्पना के परे था।

अध्यक्ष महोदय, जिस व्यक्ति पर दोषारोपण करने के लिए पूरी ताकत लगी थी आज उस व्यक्ति को दोषमुक्त करने के लिए पूरी ताकत लगी है। यह मामला क्या है? क्या इससे जन-मन में संदेह नहीं बढ़ते हैं? क्या छिपाना चाहते हैं आप? मुझे दुख है, मैं यह गुस्से में नहीं कह रहा हूं, अगर उन लोगों पर मुकदमे चलने हैं, अगर इंदिरा जी की हत्या की कुछ साजिश थी, अगर उसमें कुछ लोग फंसे हैं, तो वे कटघरे में खड़े हों, हम यह चाहेंगे। प्रधानमंत्री की हत्या एक भयंकर त्रासदी थी, लेकिन जो सरकार अपने प्रधानमंत्री की रक्षा नहीं कर सकी, उस सरकार को हर सवाल का जवाब देना होगा। कहीं ऐसा तो नहीं, सरकार अपने ही पाप पर पर्दा डालने की कोशिश कर

** इंदिरा गांधी हत्याकांड की जांच के लिए नियुक्त ठक्कर आयोग की रिपोर्ट पर राज्यसभा में ४ अप्रैल, १९८९ को वाद-विवाद।*

रही हो? ठक्कर कमीशन में २२ अफसरों के खिलाफ...(व्यवधान) ठक्कर कमीशन ने २२ अफसरों के खिलाफ सिफारिशें दी हैं।

सभापति महोदय : एक बात सुनिए, अफसरों की और सरकार की बात अलग होती है।

श्री वाजपेयी : अफसर किसके होते हैं? सरकार के नहीं होते?...

सभापति महोदय : अफसर कोई मर्डर कर दे तो सरकार को तो दोषी नहीं कहा जा सकता?

श्री वाजपेयी : अध्यक्ष महोदय, प्रधानमंत्री की रक्षा का दायित्व किसका था?

श्री बूटा सिंह : सभापति महोदय, क्या मैं वाजपेयी जी से एक मिनट मुझको सुनने का आग्रह कर सकता हूं? जब मैंने इस सदन में प्रवेश किया, तो मैं श्री गुरुपद स्वामी जी को बोलते सुन रहा था जो पूरे विपक्ष की तरफ से बोल रहे थे। मैंने इस वक्तव्य को सुना। अब, प्रत्येक विपक्षी पार्टी के नेता के बोलने की बात है। मुझे विश्वास है कि आप मौका देंगे, क्योंकि अब सभी पार्टी ने बोलना शुरू कर दिया है। यदि यह सिर्फ पूरे विपक्ष का प्रतिनिधित्व होता, तो मामला भिन्न होता। वे सिर्फ सीमित मुद्दे पर नहीं बोल रहे। श्री वाजपेयी जी और उनसे पहले श्री उपेंद्र, वे उन मुद्दों पर बोले जो रिपोर्ट की विषय-वस्तु है। इसलिए, मैं समझता हूं कि सदन के इस हिस्से को भी अपने विचार रखने की जरूरत है और मैं आशा करता हूं कि इस हिस्से के सदस्यों को भी विपक्षी सदस्यों द्वारा उठाए गए मुद्दों पर बोलने की इजाजत दी जाएगी।

श्री वाजपेयी : अध्यक्ष महोदय, अगर सत्ता के पक्ष के कोई सदस्य बोलना चाहते हैं, बड़ी खुशी से बोलें, क्योंकि प्रश्न सारे सदन का है। यह प्रश्न सत्ता पक्ष का और प्रतिपक्ष का नहीं है।

श्री मदन लाल भाटिया (नामजद) : महोदया, मैं व्यवस्था का प्रश्न उठा रहा हूं। मैं आदर सहित स्वीकार करता हूं कि या तो वे रिपोर्ट पर बहस में भाग लें या वे अपने आपको उन आपत्तियों तक सीमित रखें जिन्हें उन्होंने उठाया है कि वे बहस में तब तक भाग नहीं लेंगे, जब तक सभी दस्तावेज इस सम्माननीय सदन के पटल पर नहीं रखे जाते। मैं आदर सहित स्वीकार करता हूं कि वे रिपोर्ट के गुण-दोषों पर बोलें। इसलिए, हमें इस रिपोर्ट पर बहस का अधिकार है और अब वे रिपोर्ट पर बहस से बचकर भागने की कोशिश कर रहे हैं। हम उन्हें रिपोर्ट पर बहस की चुनौती देते हैं। उन्हें रिपोर्ट पर बहस करने दें।...(व्यवधान) वे बहस से बचकर भागना क्यों चाहते हैं?

श्रीमती रेणुका चौधरी (आंध्र प्रदेश) : हम इस सदन को अदालत में नहीं बदलने जा रहे।

श्री मदन भाटिया : मैं उन्हें आगे आने और रिपोर्ट पर बहस करने की चुनौती देता हूं। उन्हें दो रुख अपनाने की इजाजत नहीं दी जा सकती...(व्यवधान)

या तो वे कहें कि वे बहस में भाग लेना नहीं चाहते...(व्यवधान) उन्हें अपनी स्थिति स्पष्ट करनी चाहिए।

श्री अलादि अरुण उर्फ वी. अरुणाचलम् (तमिलनाडु) : सरकार की सभी सामग्री सदन के पटल पर रखने की हिम्मत नहीं है। हम भाग नहीं रहे।

श्री मदन भाटिया : मैं खड़ा हूं। मुझे इजाजत दी गई है।

सभापति महोदय : श्री भाटिया जी, मुझे सुनिए। श्री वाजपेयी रिपोर्ट के गुण-दोषों में नहीं जाएंगे।

श्री मदन भाटिया : वे बहस से भाग रहे हैं और बिल्ली थैले से बाहर आ गई है। उनका राजनीतिक खेल खुल गया है। उनकी श्रीमती गांधी के प्रति कोई सहानुभूति नहीं है, जिन पर उन्होंने

मुकदमा चलाया, जिन्हें उन्होंने एल.एन. मिश्र की हत्या में फंसाने की कोशिश की···(व्यवधान) वे सफल नहीं हो सके। क्योंकि···(व्यवधान)

मानव संसाधन विकास मंत्री श्री पी. शिवशंकर : महोदय, क्या मैं एक स्वीकारोक्ति कर सकता हूं?

डॉ. जी. विजय मोहन रेड्डी (आंध्र प्रदेश) : यह बहुत गैर-जिम्मेदाराना है। यह क्या है?

श्री पी. शिवशंकर : क्या मैं यह स्वीकारोक्ति कर सकता हूं?

सभापति महोदय : आर्डर, प्लीज।

श्रीमती रेणुका चौधरी : अभी इलेक्शन लड़ लो, देख लेंगे···

श्री आनंद शर्मा (हिमाचल प्रदेश) : मृतक नेता की हत्या के राजनीतिकरण के लिए···

सभापति महोदय : आप बैठ जाइए, लीडर ऑफ दि हाउस बोल रहे हैं···

श्री पी. शिवशंकर : महोदय, मैंने सोचा कि मुझे स्वीकारोक्ति करनी चाहिए।

श्री वाजपेयी : सभापति महोदय, क्या आप पहले उठाए गए व्यवस्था के प्रश्न को नकार चुके हैं?

श्री पर्वतनेनी उपेंद्र : व्यवस्था का प्रश्न मौजूद है। उन्होंने अपनी बात समाप्त नहीं की है।

श्री पी. शिवशंकर : मेरा भी व्यवस्था का प्रश्न है।

सभापति महोदय : कृपया मुझे सुनने दें। श्री शिवशंकर जी···(व्यवधान) आप लोग बैठ जाइए, इनको जरा सुन लें···(व्यवधान)

श्री एन.ई. बलराम (केरल) : वह वकील हैं। वे व्यवस्था का प्रश्न उठा रहे हैं।

श्री मदन भाटिया : मेरी आपत्ति को सभापति महोदय द्वारा स्वीकारा गया।

श्री पी. शिवशंकर : मेरी स्वीकारोक्ति बहुत सरल है। मेरी स्वीकारोक्ति है कि आज की कार्यवाही के अनुसार, पटल पर पेपर रखने के तत्काल बाद, संघ लोक सेवा आयोग के बारे में सरकारी प्रस्ताव को उठाना होगा। मैं मानता हूं कि आप उनको उल्लेख करने की इजाजत देकर खुश हैं। स्वीकारोक्ति है कि यदि यह ऐसा मामला है, जहां वे सरकारिया आयोग की रिपोर्ट के गुण-दोषों पर बोलना पसंद करेंगे···(व्यवधान)

मुझे दुख है। ठक्कर कमीशन की रिपोर्ट···(व्यवधान) क्या आप कृपया बैठेंगे? आप मेंढक की तरह बिना बात कूदते हैं···(व्यवधान) यदि यह एक ऐसा मामला है जहां वे ठक्कर कमीशन की रिपोर्ट के गुण-दोष में जाना चाहेंगे, जैसा कि कुछ सदस्यों ने करना शुरू कर दिया, तो हमें पहले वह मुद्दा लेना चाहिए। आप चाहे पहले यह मुद्दा लें या दूसरा, जो बीच में था, संघ लोक सेवा आयोग की रिपोर्ट। या हम वह लें और उसे चलाएं या ठक्कर कमीशन की रिपोर्ट लें जो पहले से ही वहां है। या यदि वे ठक्कर कमीशन की रिपोर्ट पर बहस करना चाहें तो हम उसके लिए तैयार हैं।···(व्यवधान) लेकिन तब, यदि यह गुण-दोषों का मामला हो तो हमें भी कुछ कहने की इजाजत हो। श्री वाजपेयी ने ठक्कर कमीशन की रिपोर्ट की विस्तार से चर्चा शुरू कर दी। यदि ऐसा है, तो हमें ठक्कर कमीशन की रिपोर्ट पर सीधे शुरू करना चाहिए। आप कृपया हमें इजाजत दें। इसे उठाने में हमें कोई आपत्ति नहीं है।

श्री एम. गुरुपदस्वामी : क्या मैं स्थिति स्पष्ट कर सकता हूं, महोदय?

सभापति महोदय : एक मिनट। उपसभापति और मैंने आपको सिर्फ एक सीमित मसले पर इजाजत दी थी, शेष दस्तावेज के बारे में। इसलिए उसके बारे में आप कुछ भी कह सकते हैं और_

वह भी संक्षेप में, क्योंकि···(व्यवधान)

आप लोग बहुत शोर कर रहे हैं। इससे क्या फायदा है। मैंने कह दिया कि आप लोग भी उसके बारे में बोल लेंगे···(व्यवधान) ये लोग जो बोलना चाहते हैं, उनको मैंने इजाजत दे दी···

श्री जगेश देसाई (महाराष्ट्र) : रोज-रोज यही बात कहते हैं···

श्री वाजपेयी : जितनी रिपोर्ट रखी गई है, उसके गुण-दोष में मैं नहीं जा रहा हूं। मैं सदन को यह विश्वास दिलाना चाहता हूं···

श्री सतपाल मित्तल (नाम-निर्देशित) : सरकार अपना पाप छिपाना चाहती है, इसके दोष में नहीं जा रहे हैं। यह कहते हुए सरकार अपना कुछ छिपाना चाहती है। वाजपेयी दोष में नहीं जा रहे हैं।

श्री वाजपेयी : हम यह कह रहे हैं कि किसी सार्थक बहस के लिए पूरी रिपोर्ट का आना आवश्यक है। इसके साथ उस रिपोर्ट का आना भी आवश्यक है, जिसका हवाला इस रिपोर्ट में दिया गया है। आखिरकार ठक्कर कमीशन ने २२ आफिसरों के खिलाफ···

श्री जगेश देसाई : वे वही मुद्दा उठा रहे हैं।···(व्यवधान) वे वही बात उठा रहे हैं···

श्री विट्ठल राव माधवराव जाधव (महाराष्ट्र) : महोदय, वे एक ही बात दोहरा रहे हैं···

सभापति महोदय : क्या किसी अन्य चीज का उल्लेख है? जहां तक रिपोर्ट की बात है, उस पर मैंने आडवाणी जी और अन्य सबको इजाजत दी थी। लेकिन यदि आप अधिकारियों के सवाल तक जाएंगे, कौन से अधिकारी इत्यादि···

श्री वाजपेयी : नहीं।

सभापति महोदय : तब यह रिपोर्ट पर बहस हो सकती है और जैसा कि सदन के नेता ने कहा है, हम रिपोर्ट पर बहस कर सकते हैं। यदि आप चाहें तो, हम क्रम बदल सकते हैं।

श्री वाजपेयी : हम यह पूछना चाहते हैं कि उस बहस में हमारे लिए भाग लेना आपने क्यों असंभव कर दिया है?

श्री भजनलाल : कहां असंभव कर दिया है?

सभापति महोदय : बाकी कागज नहीं रखे हैं न।

श्री वाजपेयी : बाकी कागज भी नहीं रखे हैं और दूसरी रिपोर्ट भी नहीं रखी है। दो तरह की रिपोर्ट सरकार के पास है जो ठक्कर कमीशन की सिफारिशों पर आधारित है। आप अगर मेरी जगह होते तो जरा कल्पना करिए, आप क्या करते।

सभापति महोदय : मैं मैरिट पर नहीं जाता, अपने प्वाइंट्स पर रहता।

श्री वाजपेयी : आपत्ति की बात यह है कि प्रतिपक्ष ने एक प्रस्ताव रखा था और गंभीरता के साथ आपके सामने रखा था कि अगर कोई ऐसी सामग्री है जिसको इस समय सार्वजनिक बनाना उचित नहीं होगा, तब वह सामग्री प्रतिपक्ष आपके चैंबर में देख लेगा।

एक माननीय सदस्य : कल भी यह बात कही थी।

श्री वाजपेयी : कल जो बात कही गई थी, क्या आज वह नहीं कही जा सकती? जब तुलमोहन कांड हुआ था, उस वक्त मैं लोकसभा का सदस्य था। उस समय यह निर्णय लिया गया था कि प्रतिपक्ष सीक्रेट फाइल देख सकता है। उस समय प्रतिपक्ष को सीक्रेट फाइल दिखाई गई थी और उस फाइल को देखनेवालों में मैं भी था। उस समय सरकार प्रतिपक्ष पर भरोसा कर रही थी। वह तो भ्रष्टाचार का मामला था। यह ऐसा मामला है, जिस पर सारा देश जुड़ा हुआ है कि

प्रधानमंत्री की हत्या में जो शामिल थे, उन्हें दंड मिलना चाहिए। मगर आप हमारे ऊपर भरोसा करने को तैयार नहीं हैं।

श्री एन.के.पी. साल्वे (महाराष्ट्र) : यह बात नहीं है। यह गलत बात है।

श्री बूटा सिंह : आप विश्वास केहर सिंह पर और सतवंत सिंह पर करते थे। आप सरकार पर विश्वास करने को तैयार नहीं हैं।

श्री मदन भाटिया : मैं व्यवस्था का प्रश्न उठाना चाहता हूं...

कुछ माननीय सदस्य : नहीं, नहीं...

श्री मदन भाटिया : महोदय, आपकी इजाजत से मैं व्यवस्था का एक प्रश्न उठाना चाहता हूं।

श्री वाजपेयी : चेयरमैन साहब, आपने सुना, गृह मंत्री जी ने क्या कहा?

सभापति जी, मैं कहना चाहता हूं कि...

सभापति महोदय : आपने तुलमोहन राम का केस कहा है उदाहरण के रूप में। यह परंपरा है, अगर सरकार चाहे तो उससे लाभ उठा सकती है, प्रतिपक्ष को विश्वास में ले सकती है। लेकिन प्रतिपक्ष को विश्वास में नहीं ले रही है। इससे इस संदेह की पुष्टि होती है कि सरकार कुछ छिपाना चाहती है।

श्री दीपेन घोष : दाल में कुछ काला है।

श्री वाजपेयी : यह सरकार के हित में नहीं है, यह सारे मामले के हित में भी नहीं है। हम चाहते हैं कि सरकार के पास जो भी तथ्य हैं, देश के सामने और सदन के सामने रखे। अगर रखना उचित नहीं है तो प्रतिपक्ष को विश्वास में ले।

सभापति महोदय : इस हितोपदेश के बाद आपकी क्या राय है?

श्री वाजपेयी : सभापति जी, अभी और बोलनेवाले मौजूद हैं। राय एक है।

जयप्रकाश जी की हत्या की कोशिश

अध्यक्ष महोदय, हमको स्वयं श्री जयप्रकाश नारायण ने बुलाया और कहा कि उन्हें लाठियों से चोट मारी गई है। उनके कार्यालय के एक वक्तव्य में से मैं उद्धृत करता हूं। उन्होंने यह कहा कि : "यदि सी.आर.पी. के आदमियों को मुझे चोट पहुंचाने के आदेश नहीं दिए गए थे तो मुझे बचाने में इतने लोगों को चोट क्यों लगी?"

और उन्होंने कहा है : "४ नवंबर को लाठी चार्ज के बाद वहां दर्जनों संवाददाता दिखाई दिए, यह छानबीन करते कि क्या मेरी चोट गंभीर थी? मैंने प्रत्येक से कहा कि लाठी का प्रहार जो मुझे बाएं कंधे पर लगा, हल्का था, क्योंकि इसकी मुख्य ताकत नानाजी देशमुख की बांह ने रोक ली थी, जिन्होंने मेरी ओर लाठी आते देख, इसकी दिशा बदलने की कोशिश की।..."

श्री जयप्रकाश जी का बयान है कि लाठी उनको मारी गई। मगर गृह मंत्री का बयान उससे अलग है।...(व्यवधान)

श्री ज्योतिर्मय वसु (डायमंड हार्बर) : श्री जयप्रकाश नारायण को तीन चोट आईं।

अध्यक्ष महोदय : मैंने उन्हें बोलने के लिए नहीं कहा है। कृपया आप सभी बैठ जाइए।

श्री वाजपेयी : हम लोग चार नवंबर को क्या हुआ, इसकी प्रत्यक्ष जानकारी प्राप्त करने के लिए पटना गए थे। वहां हमने श्री जयप्रकाश नारायण से भी मुलाकात की। उनसे सीधा प्रश्न पूछा कि आपको लाठी लगी? उन्होंने कहा हां, मुझे लाठी लगी और उस लाठी का वार मुझे जोर से नहीं लगा, क्योंकि बीच में श्री नानाजी देशमुख ने उस वार को अपनी बांह पर झेल लिया, जिससे उनकी बांह में दरार पड़ गई।

श्री जयप्रकाश जी ने जो कुछ कहा है, अखबारों में छपा है। उनके दस्तखतों का एक बयान मैं लाया हूं। अखबारों पर मंत्री महोदय विश्वास न करना चाहें तो इस बयान पर उनको विश्वास करना पड़ेगा। मैंने इसका एक हिस्सा आपको पढ़कर सुनाया था। मैं दूसरा हिस्सा सुनाना चाहता हूं :

"लाठी मुझे सीधे मारी गई या अचानक लग गई, जैसा प्रधानमंत्री ने सुझाव दिया है, केंद्र सरकार को अधिक अच्छी जानकारी होनी चाहिए, क्योंकि वह सी.आर.पी. का जवान था जो लाठी चला रहा था। 'घटनावश' कहानी पर विश्वास करना मुश्किल है, क्योंकि नानाजी सहित पांच

** लोकनायक जयप्रकाश नारायण पर हुए हमले के संदर्भ में लोकसभा में १५ नवंबर, १९७४ को वक्तव्य।*

व्यक्तियों को चोट आई जो मुझे बचा रहे थे। उनमें से एक गया-जनसंघर्ष समिति के संयोजक श्री अली हैदर थे, जिन्हें सिर पर गंभीर चोट लगी है। वह अभी भी अस्पताल में हैं। उनमें एक विद्यार्थी था, जिसे जमीन पर फेंककर, सी.आर.पी. के जवानों द्वारा पीटा गया, परिणामस्वरूप उसने काफी खून की उलटी की।

"उनमें दो सुरक्षा जवान भी थे जिन्हें बिहार सरकार द्वारा मेरी सुरक्षा की देखभाल के लिए तैनात किया गया था। मुझे बचाने में इतने अधिक व्यक्तियों को क्यों चोट आई, यदि सी.आर.पी. जवानों को मुझे चोट पहुंचाने के लिए नहीं कहा गया था? शब्दजाल से भी अधिक इस प्रश्न का उत्तर मिलना आवश्यक है।"

श्री जयप्रकाश जी ने आगे कहा है :

"श्री ब्रह्मानंद रेड्डी मुझसे तथ्य चाहते हैं। उनके अनुसार मैंने उपरोक्त बात उनसे कही है। वह उसका क्या करते हैं, यह उनका अपना मामला है। अपनी ओर से मेरी यही कहने की इच्छा है कि मैं उनकी या अन्य किसी की कृतज्ञता नहीं चाहता। कांग्रेस गिरावट की सभी सीमाएं और सार्वजनिक सभ्य जीवन की सौजन्यता लांघ चुकी है।"

हम तो इस नतीजे पर पहुंचे हैं कि केवल लाठियों से मारने का ही प्रबंध नहीं था, उस दिन जयप्रकाश जी की हत्या करने की भी कोशिश की गई...(व्यवधान)...मैं ठीक कह रहा हूं। उस साजिश में नई दिल्ली का हाथ था या नहीं, यह मैं नहीं जानता। लेकिन हमने सिक्योरिटीवालों से बात की है, सी.आर.पी. के लोगों से बातचीत की है। पचासों लाठियां जयप्रकाश जी को लक्ष्य बनाकर मारी गईं। यह कैसे हुआ...(व्यवधान)

अध्यक्ष महोदय : शांत रहिए। मंत्री महोदय यहां मौजूद हैं।

श्री वाजपेयी : जिन्होंने महात्मा गांधी की हत्या की वे फांसी के तख्ते पर चढ़ गए, उन्होंने काले पानी की सजा काटी, लेकिन जिन्होंने श्री जयप्रकाश नारायण पर लाठियों से हमला कराया, अभी उनका कटघरे में आना बाकी है—और वे बचनेवाले नहीं हैं। आप महात्मा गांधी का नाम लेकर श्री जयप्रकाश नारायण पर हमले का समर्थन नहीं कर सकते।

मेरे मित्र श्री ज्योतिर्मय बसु गवाह हैं, श्री जयप्रकाश नारायण की सुरक्षा के लिए सरकार ने जो आदमी तैनात किए थे, उन्होंने सी.आर.पी. के लोगों को डराने के लिए पिस्तौल निकाल ली। उन्होंने कहा कि लाठी मत मारो, हमें जयप्रकाश नारायण की हिफाजत के लिए तैनात किया गया है, अगर उनको कुछ हो गया, तो हम मुंह दिखाने लायक नहीं रहेंगे। हम यह बात साबित करने के लिए तैयार हैं। सरकार ने उनकी सुरक्षा के लिए जो सिक्योरिटी का आदमी दिया है, उसका आइडेंटिटी कार्ड छीन लिया गया, उसको लाठियां मारी गईं। जब वह श्री जयप्रकाश नारायण को बचाता था, तो उसको नीचे गिरा दिया जाता था। इसलिए उसको पिस्तौल निकालनी पड़ी।

श्री जयप्रकाश नारायण माफी नहीं चाहते। मगर गृह मंत्री की आत्मा अगर कुछ कहती है, अगर प्रधानमंत्री की चेतना कुछ जागती है, तो वे कहें। अगर आत्मा नहीं है, तो हमें कुछ कहना नहीं है। यह मामला प्रिविलेज कमेटी में जाना चाहिए, क्योंकि मंत्री महोदय ने सदन को गुमराह किया है।

पं. दीनदयाल उपाध्याय की हत्या

उपाध्यक्ष महोदय, मैं निम्न अविलंबनीय लोक-महत्व के निम्नलिखित विषय की ओर गृह-कार्य मंत्री का ध्यान दिलाता हूं, हमें खुशी है कि वह अच्छे होकर यहां सदन में आ गए हैं और प्रार्थना करता हूं कि वह इस बारे में एक वक्तव्य दें :

"७० से अधिक संसद-सदस्यों द्वारा की गई यह मांग कि जनसंघ के भूतपूर्व प्रधान श्री दीनदयाल उपाध्याय की हत्या के बारे में तथ्यों का पता लगाने के लिए एक न्यायिक आयोग नियुक्त किया जाए जिसे आवश्यक एवं प्रभावी शक्तियां प्राप्त हों।"

गृह मंत्री श्री वाई.बी. चह्वाण : महोदय, सरकार को विभिन्न दलों से संबद्ध संसद सदस्यों द्वारा २२ जून, १९६९ को जारी संयुक्त वक्तव्य की एक प्रति प्राप्त हुई है, जिसमें मांग की गई है कि श्री दीनदयाल उपाध्याय की हत्या के अपराधियों को दंडित करने के लिए जांच शक्तियों से संपन्न एक न्यायिक आयोग गठित किया जाए। वक्तव्य वाराणसी के विशेष सत्र न्यायाधीश के ९ जून, १९६९ के निर्णय, जिसमें उन्होंने श्री उपाध्याय की हत्या के आरोप में दो आदमियों को रिहा कर दिया, जब कि एक को उनकी चीजें चुराने के आरोप में ४ साल की सजा सुनाई, के बाद जारी किया गया। यह स्मरणीय है कि १४ फरवरी, १९६८ को इस सदन में एक वक्तव्य में मैंने सदन को जानकारी दी थी कि उत्तर प्रदेश के मुख्यमंत्री के अनुरोध पर जांच की जिम्मेदारी सी.बी.आई. को देने का निर्णय लिया गया था। इसलिए उत्तर प्रदेश सरकार के निर्णय को आगे बढ़ाना जरूरी था, ताकि वे दो आरोपी लोगों की रिहाई के खिलाफ अपील दायर करने के सवाल पर विचार कर सकें। सदन इस बात की प्रशंसा करेगा कि सदन के एक बड़े हिस्से द्वारा महसूस की जा रही गहरी चिंता के बावजूद, इस स्तर पर भविष्य की कार्यवाही के बारे में कुछ और कहना मेरे लिए संभव नहीं है, जो राज्य सरकार के निर्णय की जानकारी के बाद ही निर्धारित किया जा सकता है। फिर भी, मैं सदन को आश्वस्त कर सकता हूं कि जनमत के किसी भी जिम्मेदार हिस्से में यह चिंता का कोई कारण नहीं होना चाहिए कि तथ्यों का पता लगाने के लिए जो सब कुछ संभव था, वह नहीं किया गया।

** पंडित दीनदयाल उपाध्याय की मृत्यु के कारणों की जांच के संदर्भ में लोकसभा में २९ जुलाई, १९६९ को ध्यानाकर्षण।*

श्री वाजपेयी : मुझे गृह मंत्री महोदय का वक्तव्य सुनकर थोड़ी सी निराशा हुई है। इस मामले में अब तक बड़े धैर्य से काम लिया गया। लेकिन धैर्य की भी एक सीमा होती है। पहले यह कहा गया कि उनकी मृत्यु, पंडित दीनदयाल उपाध्याय की मृत्यु रेल दुर्घटना में हुई। बाद में एक मामला बनाया गया कि हत्या करनेवाले चोर थे और उन्होंने चोरी के लिए हत्या की। उपाध्यक्ष महोदय, हमने उसी वक्त कहा था कि चोरी के लिए उपाध्याय जी की हत्या नहीं हो सकती। इस हत्या के पीछे कुछ कारण हैं, जिन कारणों का उद्घाटन किया जाना चाहिए।

सी.बी.आई. ने क्या किया?

हमने सी.बी.आई. को कुछ सूत्र भी दिए लेकिन सारा मामला अदालत के विचाराधीन है, यह समझकर मौन धारणकर बैठे रहे। कुछ हमारे मित्रों की राय है कि हमें ऐसा नहीं करना चाहिए था। लेकिन अब अपना मौन तोड़ने का वक्त आ गया और मैं यह पूछना चाहता हूं गृह मंत्री महोदय से कि जब वाराणसी के स्पेशल जज ने स्पष्ट शब्दों में कह दिया कि दो अभियुक्त हत्या के आरोप से बरी किए जाते हैं तो फिर जुडिशिएल कमीशन नियुक्त करने में देर क्यों होनी चाहिए? मैं निर्णय के फैसले का एक अंश आपके सामने पढ़कर सुनाना चाहता हूं :

"अभियुक्तों के खिलाफ हत्या के प्रमाण सिद्ध नहीं हो पाने के कारण हत्या के बारे में तथ्य की समस्या अभी बनी हुई है।"

क्या अपील में तथ्य का पता लग सकता है? क्या अपील में नई गवाहियां ली जा सकती हैं? क्या अपील में नए प्रमाण लाए जा सकते हैं? स्पेशल जज ने कहा कि उनकी सीमाएं हैं और वह इस बात का पता नहीं लगा सकते कि हत्या राजनीतिक कारणों से हुई या अन्य किन्हीं कारणों से हुई। इसके संबंध में भी फैसले का एक अंश मैं पढ़ना चाहता हूं :

"अपराध का उद्देश्य राजनीतिक था या नहीं, यह मामले से सीधे तौर पर संबद्ध नहीं है, पर स्पष्टतः यह सवाल हत्यारों की पहचान से काफी हद तक जुड़ा हुआ है। सैद्धांतिक रूप से, यदि अभियुक्त हत्यारे होते तो भी वे एक राजनीतिक समूह के एजेंटों की तरह काम कर रहे हो सकते हैं और इसके विपरीत सिद्ध करना हमेशा मुश्किल होता है। फिर भी, एक बार हत्यारों के मिलने के बाद, उद्देश्य की समस्या विश्वसनीय ढंग से सुलझाई जा सकती है।"

क्या अपील में हत्यारा कौन है, इसका पता लग सकेगा? मुझे शक है कि कहीं अपील में जो चोरी के लिए एक अभियुक्त को सजा हुई है और वह जो चार साल की सजा है, वह भी कम न हो जाए। गृह मंत्री महोदय जानते हैं कि मामला कमजोर है, इसलिए अपील करने के लिए उत्तर प्रदेश सरकार से पूछना, मामले को लटकाए रखना, एक जुडिशिएल कमीशन बनाने के निर्णय से बचने के लिए एक अपील करा देना, इस मामले के साथ न्याय करने का तरीका नहीं है।

उपाध्यक्ष महोदय, मैंने आपसे निवेदन किया कि कुछ प्रश्न ऐसे हैं, जिनका कि अभी तक उत्तर नहीं मिला है। किसने हत्या की? हत्या कहां की गई? वाराणसी का स्पेशल जज कहता है, यह कहना मुश्किल है :

"रिकार्ड की गई गवाहियां सिद्ध नहीं करतीं कि श्री उपाध्याय वाराणसी में जिंदा थे।"

सी.बी.आई. का सारा मामला यह है कि वाराणसी के बाद उनकी हत्या की गई। अभियुक्त राजघाट के स्टेशन पर चढ़े। जज कहता है कि इस बात का कोई सबूत नहीं है कि वह वाराणसी में जीवित थे। फिर मामले से इस बात पर कोई प्रकाश नहीं पड़ा कि उनके हाथ में पांच रुपए

का नोट कहां से आया? सी.बी.आई. इस रहस्य का उद्घाटन नहीं कर सका, क्यों नहीं कर सका?

जो रेलवे का कंडक्टर था उसको गवाही के लिए पेश नहीं किया गया, जज ने यह भी कहा कि अगर चोट लगने से उनकी मृत्यु होती—और चोट रेल का खंभा लगने के कारण हुई—तो जिस तरह उनका शरीर पड़ा हुआ पाया गया, उस तरह से नहीं पाया जा सकता। बाडी को टैंपर किया गया है, यह अदालत का फैसला है।

केंद्र फैसला क्यों नहीं करता?

मैं गृह मंत्री महोदय से पूछना चाहता हूं कि जब इतने रहस्यों से सारा कांड भरा हुआ है, जब देश की जनता का बहुसंख्यक भाग सारे कांड से उत्तेजित है और हमारे कार्यकर्ताओं के धैर्य की सीमा टूटनेवाली है, तब एक उच्च अधिकार-संपन्न आयोग नियुक्त करने में देर करने का कारण क्या है? उत्तर प्रदेश सरकार के फैसले के बाद भी केंद्रीय सरकार एक हाई पावर्ड कमीशन बनाने का फैसला कर सकती है। मैं गृह मंत्री महोदय से जानना चाहता हूं कि उसको फैसला करने में देर क्यों हो रही है?

श्री वाई.बी. चह्वाण : मैं माननीय सदस्यों की भावनाओं की तीव्रता को समझता हूं और उसमें भागीदार हूं। पर मामला वहीं खत्म नहीं हो जाता, क्योंकि यदि सरकार उच्च न्यायालय में अपील करने का निर्णय करती है तो बहुत दुविधाजनक स्थिति होगी। जब मामले पर एक अन्य न्यायिक 'बाडी' द्वारा विचार किया जा रहा है तो क्या दूसरे न्यायिक आयोग द्वारा उस पर विचार किया जाना चाहिए? सच में यही असली मुद्दा है। इस मामले में भारत सरकार पक्ष में नहीं कि वह निर्णय ले कि अपील करनी चाहिए या नहीं। निर्णय की हमने जो भी समीक्षा की, उसे राज्य सरकार के पास अग्रसित कर दिया गया है और वह सरकार अपने कानूनी सलाहकारों की सलाह पर इस मामले पर कोई निर्णय लेगी। इसमें ज्यादा समय नहीं लगेगा। यदि वह अपील करने का निर्णय करती है तो यह तथ्य स्वीकार किया जाना चाहिए, चाहे कोई पसंद करे या न करे, एक अन्य न्यायिक विचार की आशा करनी चाहिए। यह कानूनी स्थिति है। तब भी, मैंने निश्चित रूप से उनकी पार्टी की भावना की तीव्रता का ध्यान रखा है, न सिर्फ उनकी पार्टी...

श्री रंगा (श्रीकाकुलम) : सभी पार्टियां।

श्री वाई.बी. चह्वाण : सभी पार्टियां। मैं यही कहने जा रहा था। यह सवाल नहीं है कि यह किसी पार्टी या दूसरी पार्टी के नेता हैं या नहीं। मसला एक राजनीतिक दल के नेता की मौत का है और हम सभी की यह जिम्मेदारी है कि हम सभी आवश्यक चीजें करें। इस मामले में मैं सिर्फ भारत सरकार के साथ धैर्य रखने की प्रार्थना कर सकता हूं।

एक माननीय सदस्य : कब तक?

श्री वाजपेयी : उपाध्यक्ष महोदय, एक बात साफ नहीं हुई है। गृह कार्य मंत्री ने कहा कि अगर उत्तर प्रदेश सरकार अपील करने का फैसला करेगी...और मैं समझता हूं कि वह केंद्रीय सरकार से बिना पूछे नहीं कर सकती—तो फिर कमीशन बनाना मुश्किल होगा। क्या मैं इसको उल्टी तरह से नहीं रख सकता कि अगर केंद्रीय सरकार एक कमीशन बनाने का फैसला कर ले तो उत्तर प्रदेश सरकार को अपील फाइल करने की जरूरत नहीं होगी?

श्री वाई.बी. चह्वाण : मैं नहीं समझता कि उसे अपनाना सही तरीका होगा।

श्री वाजपेयी : क्यों नहीं?

श्री वाई.बी. चह्वाण : क्योंकि किसी निर्णय के विरुद्ध अपील करना निश्चित रूप से तार्किक होगा।

श्री वाजपेयी : मैंने पूछा था कि क्या अपील में अन्य बातों का पता लगेगा? क्या नई गवाहियां आएंगी, क्या नए प्रमाण आएंगे? गृह-कार्य मंत्री वकील रहे हैं, वह हमको बतलाएं।

श्री यशवंत राव बलवंत राव चह्वाण : मैं जरूर वकील हूं। लेकिन मेरा दृष्टिकोण इस मुद्दे पर बहस करना नहीं है। यह एक वैधानिक दृष्टिकोण अपनाना और उनसे बहस करना नहीं है। मेरा दृष्टिकोण उनकी भावना में सहभागी बनना था। मैं निश्चित रूप से इस मुद्दे पर बहस कर सकता हूं पर मैं ऐसा नहीं करूंगा। मैं यहां एक वकील की तरह बहस नहीं कर रहा, मैं इस देश की जनता की भावनाओं के प्रति एक संवेदनशील व्यक्ति के रूप में बहस कर रहा हूं।

एटार्नी जनरल का दुरुपयोग

अध्यक्ष महोदय, मैं अवलंबनीय लोक महत्व के निम्नलिखित विषय की ओर गृह-कार्य मंत्री का ध्यान दिलाना चाहता हूं और प्रार्थना करता हूं कि वह इस बारे में एक वक्तव्य दें :

"मध्य प्रदेश उच्च न्यायालय द्वारा श्री द्वारिका प्रसाद मिश्र के संबंध में दिए गए आदेशों पर कानूनी आशयों के बारे में महान्यायवादी से परामर्श लेने का कांग्रेस का कथित निश्चय।"

गृह-कार्य मंत्री श्री वाई. बी. चह्वाण : केंद्र सरकार ने प्रश्न से संबंधित संवैधानिक एवं कानूनी मुद्दों पर महाधिवक्ता की राय लेने के लिए कदम उठाए हैं कि क्या मध्य प्रदेश उच्च न्यायालय द्वारा चुनाव केस में सम्मिलित श्री डी. पी. मिश्र के विषय में जारी आदेश को दृष्टि में रखते हुए मध्य प्रदेश के राज्यपाल मध्य प्रदेश विधानसभा में कांग्रेस के दल के वर्तमान नेता श्री डी. पी. मिश्र को सरकार बनाने के लिए आमंत्रित कर सकते हैं? राज्यपाल ने भी इस मामले में महाधिवक्ता की सलाह लेने की इच्छा प्रकट की है। कांग्रेस पार्टी का महाधिवक्ता की राय लेने का कोई प्रश्न ही नहीं है।

श्री मधु लिमये (मुंगेर) : झूठ। गलत। बड़े चतुर आदमी हैं।

श्री वाजपेयी : अध्यक्ष महोदय, मुझे गृह-कार्य मंत्री का वक्तव्य सुनकर आश्चर्य भी हुआ और खेद भी हुआ। २० तारीख को कांगेस पार्लियामेंट्री बोर्ड की बैठक हुई, जिसमें यह निश्चय किया गया कि पंडित द्वारिका प्रसाद मिश्र के संबंध में निर्णय करने से पहले एटार्नी जनरल की राय ली जाए। यह निर्णय कांग्रेस अध्यक्ष ने समाचारपत्रों को बताया। मैं इंडियन एक्सप्रेस को उद्धृत करना चाहता हूं :

"कांग्रेस अध्यक्ष श्री एस. निजलिंगप्पा ने संवाददाताओं को बताया कि श्री मिश्र के विषय में बोर्ड महाधिवक्ता की राय जानना चाहता है।"

इस आशय के समाचार और समाचारपत्रों में भी प्रकाशित हुए। उन सबको दोहराने की आवश्यकता नहीं है। अखबारों में यह खबर प्रकाशित होने पर हम आपके पास गए और हमने कहा कि हम इस कार्यवाही के औचित्य को चुनौती देना चाहते हैं। पंडित द्वारिका प्रसाद मिश्र के संबंध में कांग्रेस पार्लियामेंट्री बोर्ड कुछ भी फैसला करे, लेकिन वह भारत के एटार्नी जनरल की

** द्वारिका प्रसाद मिश्र के संदर्भ में लोकसभा में २२ मार्च, १९६९ को वाद-विवाद।*

राय नहीं ले सकता। एटार्नी जनरल किसी पार्टी को सलाह देने के लिए नहीं बने हैं। वह भारत सरकार और पार्लियामेंट को सलाह दे सकते हैं। जब यह मामला उठाया गया तब गृह मंत्री ने यह फैसला किया कि पार्लियामेंट्री बोर्ड के निर्णय ने कांग्रेस पार्टी को संकट में डाल दिया है और इसलिए अब भारत सरकार को एटार्नी जनरल की राय लेनी चाहिए।

मैं यह जानना चाहता हूं कि एटार्नी जनरल की राय भारत सरकार ले, यह निर्णय कब किया गया, किस तारीख को किया गया, कितने बजे किया गया? क्या यह निर्णय कांग्रेस पार्लियामेंट्री बोर्ड के २० तारीख के निर्णय से पहले किया गया? और अगर यह निर्णय उससे पहले किया गया, तो फिर इस संबंध में सदन को विश्वास में क्यों नहीं लिया गया? इस संबंध में हम लोगों ने जो अल्प-सूचना प्रश्न भेजे थे और जो ध्यानाकर्षण प्रस्तावों की सूचना दी थी, उनको गृह मंत्री ने स्वीकार नहीं किया, क्योंकि वह समझते थे कि कांग्रेस पार्लियामेंट्री बोर्ड ने उस समय तक इस बारे में फैसला नहीं किया है। लेकिन अब गृह मंत्री कहते हैं कि भारत सरकार के निर्णय के आधार पर एटार्नी जनरल से पूछा जा रहा है। मैं यह जानना चाहता हूं कि वह निर्णय कब किया गया?

दूसरा प्रश्न यह है कि पंडित द्वारिका प्रसाद मिश्र के संबंध में भारत सरकार एटार्नी जनरल की राय ले, इसका क्या औचित्य है? पंडित द्वारिका प्रसाद मिश्र भारत के एक नागरिक हैं।

एक माननीय सदस्य : एक मामूली नागरिक हैं।

एक और माननीय सदस्य : एक डिसक्वालिफाइड नागरिक हैं।

श्री वाजपेयी : उनका चुनाव रद्द हो गया। चुनाव में भ्रष्ट तरीके अपनाने के कारण मध्य प्रदेश के उच्च न्यायालय ने उनका चुनाव रद्द कर दिया। इस मामले में केंद्रीय सरकार तस्वीर में कहां आती है? वह मुख्यमंत्री बनें या न बनें, मध्य प्रदेश के राज्यपाल उन्हें सरकार बनाने के लिए बुलाएं या न बुलाएं, इसमें केंद्रीय सरकार नहीं आती है। अगर हाई कोर्ट का फैसला किसी और नागरिक के खिलाफ जाएगा तो क्या केंद्रीय सरकार उसके बारे में भी इस तरह की राय लेने के लिए तैयार होगी? क्या केंद्रीय सरकार का फैसला गवर्नर के निर्णय पर आधारित है? मैं कहना चाहता हूं कि केंद्रीय सरकार अपनी पार्टी के एक व्यक्ति के संबंध में निर्णय लेने के लिए एटार्नी जनरल के पद का दुरुपयोग कर रही है। इस तरह उस पद का दुरुपयोग करने का कोई कारण नहीं है। मैं पूछना चाहता हूं कि पंडित द्वारिका प्रसाद मिश्र के संबंध में केंद्रीय सरकार के यह फैसला करने का आधार और औचित्य क्या है? क्या भविष्य में भारत के किसी भी नागरिक के संबंध में केंद्रीय सरकार इसी तरह एटार्नी जनरल की राय लेने के लिए तैयार होगी? अगर मेरी पार्टी के किसी व्यक्ति के संबंध में यह सवाल आए कि वह मुख्यमंत्री बने या न बने, तो क्या हम भारत सरकार के जरिए एटार्नी जनरल की सलाह ले सकेंगे?

प्रश्न केवल कानूनी नहीं है। प्रश्न सांविधानिक औचित्य, कांस्टीट्यूशनल प्रोप्रायटी और राजनैतिक नैतिकता, पोलीटिकल मोरैलिटी का भी है। मध्य प्रदेश के हाई कोर्ट ने भ्रष्ट तरीके अपनाने के आधार पर एक व्यक्ति का चुनाव अवैध घोषित कर दिया है। हाई कोर्ट ने जो स्टे आर्डर दिया है, उसमें कहा गया है कि पंडित द्वारिका प्रसाद मिश्र विधानसभा में बैठ सकते हैं, लेकिन वह कार्यवाही में भाग नहीं ले सकते, वोट नहीं दे सकते। क्या हाई कोर्ट के निर्णय के खिलाफ प्रयुक्त करने के लिए भारत सरकार एटार्नी जनरल की राय लेना चाहती है?

श्री नरेंद्र कुमार साल्वे (बैतूल) : क्या इसका निर्णय हम लोग करेंगे?

श्री वाजपेयी : अध्यक्ष महोदय, जब गृह मंत्री ने यह मान लिया है कि एटार्नी जनरल की राय ली जा सकती है, तो मैं आपके सामने अपनी प्रार्थना दोहराना चाहता हूं कि इस सवाल पर सदन में बहस होनी चाहिए और एटार्नी जनरल को सदन के सामने बुलाया जाना चाहिए। संविधान के अनुच्छेद ८८ के अनुसार एटार्नी जनरल सदन में आ सकते हैं, अपने विचारों से सदन को अवगत करा सकते हैं और सदस्य उनसे प्रश्न पूछ सकते हैं। मध्य प्रदेश के गवर्नर को भी एटार्नी जनरल की राय लेने का अधिकार नहीं है। वह एडवोकेट जनरल की राय ले सकते हैं, एटार्नी जनरल की राय नहीं। अगर एटार्नी जनरल की राय ली जानी है, तो केंद्रीय सरकार के द्वारा ली जानी चाहिए। मेरी प्रार्थना है कि आप एटार्नी जनरल को सदन में बुलाने की हमारी प्रार्थना को स्वीकार करें।

अध्यक्ष महोदय, मैं जानना चाहता हूं कि एटार्नी जनरल की राय लेने का फैसला कब किया गया, किस तारीख को? क्या यह सच है कि कांग्रेस पार्लियामेंट्री बोर्ड के फैसले के बाद किया गया?

श्री यशवंत राव चह्वाण : नहीं, मैं आपसे कहना चाहूंगा, आप मुझ पर भरोसा करना चाहें तो करें, लेकिन आप संशय से काम करना चाहें तो आप अपने मालिक हैं, जो चाहे करें।

श्री वाजपेयी : अध्यक्ष महोदय, मैंने एक और प्रश्न पूछा था कि श्री डी. पी. मिश्र के मामले में जो कांस्टीट्यूशनल प्रोप्रायटी और पोलिटिकल मौरैलिटी का पहलू है, क्या गृह मंत्रालय ने या केंद्रीय सरकार ने इस पर भी विचार किया है? क्या एक भ्रष्ट आदमी को मुख्यमंत्री बनाने पर केंद्रीय सरकार तुली हुई है?

श्री नरेंद्र कुमार साल्वे : प्वाइंट ऑफ आर्डर। अटल जी ने कहा है एक भ्रष्ट आदमी को।

श्री रवि राय (पुरी) : हाई कोर्ट ने कहा है।

श्री नरेंद्र कुमार साल्वे : अध्यक्ष महोदय, मेरा प्वाइंट ऑफ आर्डर यह है कि अगर हुकमचंद कछवाय ऐसी कोई बात कहें तो मेरी समझ में आती है, बाबूराव पटेल ने उनको टार्जन कहा है अपने अखबार में। वह नहीं जानते हैं टार्जन कहना कितना अपमानजनक है। अटल जी के प्रति हम लोगों में एक इज्जत है। वह संयमित रूप से यहां आपके सामने बात रखते हैं। आपने कहा कि एक भ्रष्ट आदमी को वहां का हम मुख्यमंत्री नहीं बनाना चाहते। वह भ्रष्ट हैं या नहीं हैं, इस बात का फैसला अभी सुप्रीम कोर्ट में होनेवाला है।...(व्यवधान)

एक माननीय सदस्य : जब तक सुप्रीम कोर्ट का फैसला नहीं होता तब तक वह भ्रष्ट हैं।...(व्यवधान)

श्री नरेंद्र कुमार साल्वे : अध्यक्ष महोदय, मेरा आपसे निवेदन है कि अटल जी ने जो उन्हें भ्रष्ट कहा है, उसको आप एक्सपंज कर दीजिए।

सांसदों पर सांसद के आरोप

उपाध्यक्ष महोदय, प्रधानमंत्री जी ने एक वक्तव्य दिया है, जिसका आधार श्री अर्जुन अरोड़ा द्वारा लगाए गए आरोप हैं। मैं आपका ध्यान खींचना चाहता हूं उन आरोपों की तरफ, जो इसी सदन में इसी सदन के एक सदस्य श्री एम.एम. बनर्जी द्वारा लगाए गए थे।

प्रधानमंत्री ने अपने वक्तव्य में श्री बनर्जी के आरोपों का कोई उल्लेख नहीं किया। न उन्होंने इस बात पर प्रकाश डाला कि उन्होंने अपना निर्णय देने से पहले श्री बनर्जी को अपने आरोप प्रमाणित करने का अवसर दिया या नहीं।

प्रधानमंत्री का वक्तव्य इस बारे में चुप है।

इसका यह अर्थ लगाया जा सकता है कि श्री बनर्जी से इस बारे में पूछा नहीं गया है और उनको अपने आरोप प्रमाणित करने के लिए नहीं कहा गया है।

अगर यह बात सच है, तो फिर प्रधानमंत्री महोदया का वक्तव्य अधूरा है।

मैं चाहूंगा कि आप प्रधानमंत्री को यह स्पष्ट करने के लिए कहें—मैं उनसे नहीं पूछना चाहता हूं, क्योंकि वह क्लैरिफिकेशन या क्वेश्चन के अंतर्गत आएगा—कि इस सदन के एक सदस्य द्वारा अन्य सदस्यों पर जो आरोप लगाए गए हैं, उनका क्या होगा?

मैंने एक नोटिस दिया है कि श्री बनर्जी के आरोप और प्रधानमंत्री का वक्तव्य, ये दोनों प्रिविलेज कमेटी को भेज दिए जाएं।

या तो श्री बनर्जी को अपने आरोप वापस लेने होंगे और या उनको प्रमाणित करना होगा।

** मंत्रियों के खिलाफ सांसद के आरोप के संदर्भ में राज्यसभा में २१ जून, १९६७ को ध्यानाकर्षण।*

संसद सत्र दिल्ली से बाहर भी हो

उपाध्यक्ष महोदय, मैंने एक संशोधन की सूचना दी थी, उसमें जो विचार निहित है उसको मैं दो शब्दों में रखना चाहता हूं। इस विवाद ने जिस तरह का स्वरूप धारण किया है, मैं समझता हूं कि मेरे मित्र श्री प्रकाशवीर शास्त्री ने जब यह प्रस्ताव प्रस्तुत किया था तो शायद उन्हें इस बात की कल्पना नहीं होगी कि यह विवाद इस तरह का रूप धारण कर लेगा। जिस भावना से प्रेरित होकर यह प्रस्ताव सदन के सामने उपस्थिति किया गया है, उसमें उत्तर और दक्षिण के बीच में कोई नया विवाद खड़ा करने की कल्पना नहीं है। हमारे देश ने एक हजार वर्ष के पश्चात फिर से राजनैतिक एकता प्राप्त की है और एक एकता को बद्धमूल करने की आज आवश्यकता है। यह ठीक है कि एकता का यह भवन हमारी एक संस्कृति के आधार पर प्रतिष्ठित है, लेकिन राजनैतिक क्षेत्र में यदि हम एकता को पुष्ट करना चाहते हैं तो हमें ऐसे पग उठाने पड़ सकते हैं, जो कि आज की दृष्टि से आवश्यक प्रतीत हों।

हमारे महामहिम राष्ट्रपति जी ने कुछ वर्षों से दक्षिण में जाकर स्वतंत्रता दिवस मनाने का संकल्प किया है और संपूर्ण देश ने उनके इस निर्णय का स्वागत किया है कि वह वर्ष में एक बार नई दिल्ली से बाहर जाएं, किसी दूसरे प्रदेश में, और वहां की जनता को भी उनके प्रत्यक्ष संपर्क में आकर इस बात का अनुभव हो कि वस्तुतः हमारी जो एकता है वह स्थायी एकता है, व्यवहार्य एकता, जो कि क्षण प्रति क्षण हमारे अनुभव में आती है।

मैं समझता हूं, लोकसभा के अधिवेशन को दिल्ली से बाहर रखने के पीछे भी यही भावना है। प्रश्न राजधानी को बदलने का नहीं है। राजधानी तो दिल्ली ही रहेगी। यहीं पर वह किल्ली गाड़ी गई थी जो ढिल्ली हो गई, इसलिए यह दिल्ली हो गई। वह कील तो अभी तक गढ़ी है और उसको उखाड़ने का कोई प्रयत्न हो भी नहीं रहा है और करना भी नहीं चाहिए। प्रश्न तो केवल इतना है कि क्या हमारे लिए लोकसभा का एक अधिवेशन बंगलौर में या हैदराबाद में करना संभव है?

इस बात से तो इन्कार नहीं किया जा सकता कि जो विंध्याचल के उस पार के लोग हैं, वे इस प्रकार के अधिवेशन का स्वागत करेंगे। और इस बात से भी इन्कार नहीं किया जा सकता

** संसद का एक अधिवेशन हैदराबाद अथवा बंगलौर में बुलाए जाने के संबंध में लोकसभा में २० नवंबर, १९५९ को प्रस्ताव।*

कि वहां अधिवेशन करने में अनेक व्यावहारिक और आर्थिक कठिनाइयां हैं, लेकिन वे कठिनाइयां ऐसी नहीं हैं जिनको हल नहीं किया जा सकता। हो सकता है, आज या निकट भविष्य में हम लोकसभा का अधिवेशन दिल्ली के बाहर कहीं न कर सकें, लेकिन भविष्य में ऐसी स्थिति आ सकती है, और यदि हमारे संसदीय कार्यों का मंत्रालय चाहे और इस संबंध में शीघ्रता करे तो वह भविष्य निकट में भी आ सकता है, जब हम अपनी संसद का अधिवेशन दिल्ली के बजाय कहीं बाहर कर सकें। वैसे अभी भी हमारे देश में अनेक प्रदेश ऐसे हैं जहां जाड़ों में कहीं अधिवेशन होता है, गर्मियों में कहीं होता है। जम्मू-काश्मीर की विधानसभा गर्मियों में श्रीनगर में बैठती है तो जाड़ों में जम्मू में बैठती है। बंबई की विधानसभा भी पूना में बैठा करती थी। कांग्रेस राज्य का एक ऐसा भी उदाहरण है कि मध्य भारत राज्य तो एक था, मगर उसमें दो राजधानियां थीं, एक ग्वालियर में और दूसरी इंदौर में। पता नहीं यह मुहम्मद तुगलक के कदमों के अनुसार था, पर ऐसा था जरूर। इसलिए जब हमारे कांग्रेस के मित्र इसका विरोध करते हैं तो वह मेरी समझ में नहीं आता। जहां तक कठिनाइयों का संबंध है, उन्हें हम हल करने का प्रयत्न करें। लेकिन इस प्रश्न के साथ भावनाएं जुड़ी हुई हैं और हम उनकी उपेक्षा नहीं कर सकते।

अभी विवाद ने जो रंग पकड़ा है, उससे लगता है कि अगर हम इस चीज को समरी तौर पर खत्म कर दें कि सदस्यों को ले जाने में बड़ी कठिनाई होगी, वहां भवन नहीं होगा, हम कहां बैठेंगे, तो यह उचित नहीं होगा।

१२ वर्ष हो गए पर अभी तक सरकार सदस्यों के लिए दिल्ली में सारी सुविधाएं नहीं जोड़ सकी तो हैदराबाद और बंगलौर में यह कैसे संभव होगा, यह दलील भी दी जा सकती है और इन दलीलों में बल भी है। मगर इस प्रस्ताव के मूल में जो भावना है, उसका समादर किया जाना चाहिए कि देश की एकता को पुष्ट करने के लिए यह बात कही जा रही है, किसी राजनीतिक स्वार्थ की सिद्धि के लिए नहीं। उत्तर और दक्षिण में कोई नया भेद खड़ा करने की बात की तो कोई आवश्यकता ही नहीं है। लेकिन हमें यह मालूम है कि हमारा देश बहुत विशाल है, जब भी हम साहित्य में उसका विवरण पढ़ते हैं तो उसकी विशालता हमारे हृदय को बहुत अच्छी लगती है, लेकिन जब इस विशाल देश में हमको घूमना पड़ता है तो भारी कठिनाइयों का सामना करना होता है।

आवश्यकता इस बात की है कि हम ऐसे अनेक अवसर लाएं कि देश के सुदूर भागों में फैले हुए हमारे देशवासी भी यह अनुभव कर सकें कि समान रूप से सभी भागों की ओर ध्यान दिया जा रहा है, सभी भागों की चिंता की जा रही है। और यद्यपि मेरा संशोधन रद्द हो गया है, पर मैं समझता हूं कि उसकी जो भावना है कि इस संबंध में विचार करने के लिए एक कमेटी कायम की जाए, उसको मंत्री महोदय स्वीकार करेंगे।

वह कमेटी सभी तरह के आंकड़े एकत्र करे और जो कठिनाइयां हैं, उनको किस तरह से हल किया जाए, इसका भी विचार करे। और अगर वह कमेटी उन परिस्थितियों पर विचार करने के बाद भी यह अनुभव करे कि यह संभव नहीं है तो सदन को भी यह मानने में कोई आपत्ति नहीं होगी। लेकिन अगर समरी तौर पर इस प्रस्ताव को रद्द कर दिया गया तो इसका परिणाम देश के कुछ भागों की जनता पर अच्छा नहीं होगा, और उसके प्रति हमें सावधान रहना चाहिए। धन्यवाद।

विशेषाधिकार

मथाई के अभिमत से सदन आहत • १० फरवरी, १९५९

मथाई के अभिमत से सदन आहत

अध्यक्ष महोदय, मैं इस सदन के विशेषाधिकार हनन के एक मामले को उठाने की आपसे इजाजत मांगने के लिए खड़ा हुआ हूं। प्रधानमंत्री के पूर्व विशेष सहायक एम.ओ. मथाई ने प्रधानमंत्री को लिखे पत्र में कुछ ऐसी टिप्पणियां की हैं जिनसे इस सम्मानित सदन के विशेषाधिकारों का घोर उल्लंघन होता है। उनकी टिप्पणियां इस प्रकार हैं :

"लेकिन हमारी संसद और प्रेस में इस तरह की घटनाएं बढ़ रही हैं जहां सरकारी पदों पर बैठे लोगों पर बिना तथ्यों की जांच किए तीखे हमले किए जा रहे हैं। इसका उनके काम के प्रति उत्साह पर बेहद कुप्रभाव पड़ रहा है। इस प्रकार की निंदनीय परिस्थितियों में कोई भी इज्जतदार व्यक्ति सरकारी सेवा या सार्वजनिक जीवन में नहीं आना चाहेगा।"

इस बारे में मेरी राय है कि श्री मथाई ने इस सदन पर निराधार आरोप लगाए हैं। आइए, उन्होंने जो कुछ कहा है उस पर एक नजर डालें। उन्होंने सदन पर आरोप लगाया है…(व्यवधान)

एक माननीय सदस्य : आपने भी।

श्री वाजपेयी : बिना तथ्यों की जांच किए सरकारी अधिकारियों की आलोचना करने की प्रवृत्ति बढ़ रही है। इस सदन में विशेषाधिकार हनन का एक मामला और आया है जिसमें केरल के मुख्यमंत्री ने सदन के कुछ सदस्यों पर आरोप लगाए हैं। लेकिन अब तो पूरे सदन पर आरोप लगाया गया है। उक्त पत्र सरकार के पत्र सूचना कार्यालय द्वारा जारी किया गया है। यह कार्य प्रधानमंत्री से मंजूरी लेकर किया गया है। प्रधानमंत्री इस सदन के नेता भी हैं। उनसे आशा की जाती है कि वे सदन की गरिमा और प्रतिष्ठा बनाए रखेंगे। मैं प्रधानमंत्री की उस बात के लिए प्रशंसा करता हूं कि उन्होंने सार्वजनिक तौर पर एक प्रेस कांफ्रेंस में स्वीकार किया कि गलती हुई है। श्री मथाई ने उनसे एक ऐसे गलत मौके पर मंजूरी ले ली जब कि वे गुस्से में थे। मुझे पता नहीं कि श्री मथाई ने प्रधानमंत्री से कितनी बार गलत मौकों पर काम करवा लिए। अखबारों में यह भी छपा बताया जाता है कि वे मूर्खतापूर्ण काम करते रहे हैं। मेरी राय में श्री मथाई ने संभवतः सबसे मूर्खतापूर्ण काम यही किया है। मैं बिना मामले के गुण-दोष में जाए कहना चाहता

** प्रधानमंत्री पं. जवाहरलाल नेहरू के पूर्व विशेष सहायक एम.ओ. मथाई के पत्र पर लोकसभा में १० फरवरी, १९५९ को विशेषाधिकार हनन प्रस्ताव।*

हूं···(व्यवधान)

अध्यक्ष महोदय : कृपया व्यवस्था बनाए रखें···माननीय सदस्यों को ध्यान रखना चाहिए कि नियम ४४७ में व्यवस्था है "सदन की कार्य सूची के अनुरूप कामकाज शुरू करने के लिए माननीय सदस्य का नाम पुकारा जाएगा जिन्होंने विशेषाधिकार हनन का नोटिस दिया है। नाम पुकारे जाने पर सदस्य अपने स्थान पर खड़े होकर विशेषाधिकार हनन का प्रश्न उठाने की इजाजत मांगेंगे और इस संबंध में एक छोटा और मामले से जुड़ा बयान देंगे।"

यहां पर श्री मथाई के आम आचरण पर चर्चा नहीं हो रही है। यदि उन्होंने उक्त बयान नहीं दिया होता तो सदन में चर्चा का विषय नहीं होते। यहां केवल बयान की चर्चा हो रही है जिसमें उन्होंने बहुत कुछ कहा है। यदि वे बयान के बारे में कुछ और कहना चाहते हैं, समाचार पत्रों को दिए गए बयान को वास्तव में दिया गया स्वीकार किया जाए या कोई अन्य टिप्पणी जो सदन की अवमानना है आदि तो इसकी इजाजत है। इसके बाद मैं देखूंगा कि इस प्रस्ताव का कोई विरोध कर रहा है या नहीं और उसके बाद आगे की कार्यवाही पूरी करूंगा। एक समय में केवल एक प्रश्न ही उठाया जा सकता है।

श्री वाजपेयी : मेरी राय में बयान एकदम साफ और स्वप्रमाणित है। यह सदन के विशेषाधिकार का उल्लंघन है। मैं आपसे और आपके माध्यम से इस सदन से अनुरोध करता हूं कि विशेषाधिकार हनन के मामले पर विचार किया जाए।

श्री एच.एन. मुखर्जी (कलकत्ता–मध्य) : मैं आपके ध्यान में लाना चाहता हूं कि मैंने भी एक प्रस्ताव का नोटिस दिया है।

श्रीमती पार्वती कृष्णन (कोयंबटूर) : मैंने भी नोटिस दिया है।

श्री एच.एन. मुखर्जी : क्या आप मुझे भी नियम २२५ के अंतर्गत बयान देने देंगे जैसा कि आपने कहा है? मेरी राय में···

अध्यक्ष महोदय : नियम २२५ के अंतर्गत एक बैठक में एक ही प्रश्न उठाया जा सकता है। श्री वाजपेयी ने वह प्रश्न उठा दिया है। यदि अन्य इसी मामले से जुड़े हैं तो मैं हर एक को उस खास मुद्दे पर बोलने की इजाजत नहीं दे सकता।

श्री बृजराज सिंह : यही सवाल कई सदस्यों ने उठाया है।

श्री सुरेंद्रनाथ द्विवेदी (केंद्रपारा) : मैंने भी विशेषाधिकार हनन का नोटिस दिया है।

अध्यक्ष महोदय : क्योंकि अन्य सवाल भी एक ही मुद्दे से जुड़े हुए हैं और केवल एक की इजाजत दी जा सकती है, मैंने श्री वाजपेयी को इसकी इजाजत दे दी है। यदि यह प्रस्ताव पारित हो जाता है तो अन्य प्रश्नों को उठाने की इजाजत नहीं दी ज़ा सकती है। बाद में कुछ भी हो, इस अवसर पर अन्य माननीय सदस्यों को बोलने का अवसर नहीं मिल सकता। यदि प्रस्ताव रखने की इजाजत मिल जाती है तो बाद में नियम २२६ के अंतर्गत प्रस्ताव रखा जाना होगा। उस समय सदस्यों को उस प्रस्ताव पर बोलने का अधिकार होगा। इस स्तर पर ऐसा नहीं किया जा सकता है। इसलिए क्या कोई इस समय प्रस्ताव के विरोध में है?

श्रीमती रेणु चक्रवर्ती (बशीरहाट) : मान्यवर, मुझे कुछ कहने की इजाजत दें। सदन को याद होगा कि इसके पहले एक अवसर पर भी ऐसा नहीं हुआ था कि उस विषय पर केवल एक व्यक्ति ही बोला हो।

श्री तंगामणि (मदुरै) : अनेक सदस्यों को इजाजत दी गई थी।

श्रीमती रेणु चक्रवर्ती : विभिन्न सदस्यों को उक्त प्रश्न के बारे में अपने विचार व्यक्त करने की इजाजत दी गई थी। मुझे यह स्पष्ट नहीं है कि इस समय आप द्वारा दी गई व्यवस्था का क्या मतलब है।

अध्यक्ष महोदय : मैंने जो कहा वह यह है। मैं इस समय भी आपत्तियों को नियम २२५ के तहत ले रहा हूं। इसके बाद यदि प्रस्ताव रखने की स्वीकृति मिल जाती है तो माननीय सदस्यों को अपना पक्ष रखने का मौका मिलेगा। जितने लोगों ने बोलने की इच्छा व्यक्त की है उनमें से जितनों को मैं इस मामले पर प्रकाश डालने के लिए बोलना जरूरी समझूंगा उतनों को इजाजत दूंगा। मैं निश्चय ही ऐसा करूंगा।

श्री वी.पी. नायक (किलोन) : हमारा पक्ष सुनने के बाद भी आपत्तियां उठाई जा सकती हैं।

अध्यक्ष महोदय : हमें पूरी तरह नियमों के अंतर्गत ही काम करना चाहिए।

श्री एच.एन. मुखर्जी : क्या मैं एक सवाल पूछ सकता हूं? क्या आप प्रधानमंत्री के बयान के बाद हमें अपनी बात कहने की इजाजत देंगे क्योंकि हमने भी नोटिस दिया है? क्योंकि इसके पहले कि यह कहा जाए कि २५ सदस्य अपने स्थानों पर खड़े होकर इस प्रस्ताव का समर्थन करें, उन्हें यह भी तय करना है कि यह मामला कितना उचित है। प्रधानमंत्री के बोल चुकने के बाद यदि हम लोग कुछ कहना चाहते हैं तो क्या आप हमें इसकी आज्ञा देंगे?

अध्यक्ष महोदय : इस अवसर पर केवल एक ही व्यक्ति को बोलने की इजाजत दी जा सकती है।

श्रीमती पार्वती कृष्णन : मामले के और पहलू भी हैं।

अध्यक्ष महोदय : इस समय मेरे सामने श्री वाजपेयी के विशेषाधिकार हनन का नोटिस है। विशेषाधिकार हनन के और भी अनेक नोटिस हो सकते हैं। मैं अभी उन्हें रद्द नहीं कर रहा हूं। देखते हैं पहले इस नोटिस का क्या होता है। इसके निपटाए जाने के बाद इस मुद्दे पर रुचि रखने वाले सदस्यों ने इसी तरह के नोटिस दे भी रखे हों तो भी उन मामलों पर विचार नहीं किया जा सकता। यदि इस मुद्दे पर विचार होता है तो उस समय मैं उन्हें अपनी राय देने की इजाजत दे सकता हूं। इस समय इस स्तर पर बस इतना ही किया जा सकता है। मुझे देखने दीजिए कि क्या इसका कोई विरोध कर रहा है।

श्री एच.एन. मुखर्जी : प्रधानमंत्री इस मामले पर सदन में अपने विचार रखें, इसके पहले कुछ ऐसे बिंदु हो सकते हैं जिन्हें वे अपने विचार में रखना चाहें। वे पहले ही प्रेस कांफ्रेंस में अपने विचार व्यक्त कर चुके हैं। मुझे पता नहीं कि जब संसद की बैठक होनेवाली ही थी तो उस समय उनका ऐसा करना कितना उचित था। लेकिन अब जब कि वे इस सदन में अपने विचार व्यक्त करनेवाले हैं, क्या यह बेहतर नहीं होगा कि वे हममें से कुछ लोगों के विचार जानें क्योंकि हमने भी इस मामले पर नोटिस भेजा है।

श्री जयपाल सिंह (रांची, पश्चिम—सुरक्षित अनुसूचित जनजाति) : मेरे विचार में आप इस समय इस नियम की जिस तरह व्याख्या करने का प्रयास कर रहे हैं उससे वैसा ही लगता है जिसे ब्रिज के खेल में प्री एमप्टिव बिड कहा जाता है। विभिन्न माननीय सदस्यों ने इस बारे में नोटिस दिए हैं। ये प्रस्ताव देखने में एक जैसे लग सकते हैं लेकिन हो सकता है कि उनमें हर एक में व्यक्त किए गए विचारों का नजरिया अलग-अलग हो। इससे हो सकता है कि प्रधानमंत्री को लोगों के दिमाग में उठ रहे विभिन्न मुद्दों पर जवाब देने का अवसर नहीं मिल पाए। इसलिए यह प्रधानमंत्री

के हित में होगा कि अपनी राय देने के पहले वे पहले विभिन्न दृष्टिकोणों को जान लें। मेरा ही मामला लीजिए। मेरी राय में यह केवल सदन के सदस्यों पर ही आरोप नहीं है, मेरी राय में यह अध्यक्ष के आसन पर बैठे आप पर सीधा आरोप है कि आप सदन की बैठक उस तरह नहीं चलाते जिस तरह आपको संचालित करनी चाहिए। आप सांसदों को बिना तथ्यों की जांच के बोलने की इजाजत देते हैं। इसीलिए¨

अध्यक्ष महोदय : मुझे खेद है। हम अपने अधिकारों की सुरक्षा के प्रति बेहद जागरूक हैं और उन पर होनेवाले किसी भी आक्रमण से उन्हें सुरक्षित रखना चाहते हैं। लेकिन हमें यह भी देखना है कि कड़ाई से अपने नियमों के अंतर्गत हम काम करें।

श्री वी.पी. नायर : माननीय अध्यक्ष महोदय, नियमों के अंतर्गत एक से अधिक प्रश्न उठाने पर रोक लगाई गई है लेकिन एक से ज्यादा सदस्यों के एक ही प्रश्न उठाने पर कोई रोक नहीं है।

अध्यक्ष महोदय : एक ही प्रश्न उठाया जा सकता है। माननीय सदस्य नियम २२५ देखें : यदि अध्यक्ष इजाजत देता है¨ कार्य सूची के अनुरूप काम शुरू करने के पहले संबद्ध सदस्य का नाम पुकारेगा। वह सदस्य अपने स्थान पर खड़े होकर सदन की आज्ञा मांगेगा¨। मैंने श्री वाजपेयी को अपनी बात कहने की आज्ञा दी थी। उन्होंने अपनी बात कह दी है।

श्री एच.एन. मुखर्जी : मैंने भी नोटिस दिया है।

अध्यक्ष महोदय : यदि उन्होंने ऐसा किया भी हो तो इस अवसर पर मैं उन्हें बोलने की इजाजत नहीं दे रहा हूं। यदि नियम २२५ के अंतर्गत इजाजत मिल जाती है तो मैं उन्हें बोलने की इजाजत दूंगा क्योंकि उन्होंने भी समान नोटिस दे रखा है।

प्रधानमंत्री और विदेश मंत्री श्री जवाहरलाल नेहरू : माननीय अध्यक्ष जी, माननीय सदस्य ने जैसा कहा है कि उन्होंने सदन की अवमानना के लिए विशेषाधिकार हनन का मामला उठाया है। अब मैं, यदि आप आज्ञा दें तो विशेषाधिकार के हनन और अनुप्रयुक्तता के बीच अंतर करना चाहूंगा। मेरी राय में जिन शब्दों का उल्लेख किया गया है वे खेदजनक और अनुपयुक्त हैं। यह एक अलग मामला है। मुझे बताया गया है कि श्री मथाई ने इस बारे में आपको एक पत्र लिखा है। इस पत्र में उन्होंने इस बात पर खेद व्यक्त किया है कि उन्होंने किसी समय पर कुछ लिख भी दिया हो लेकिन उनका इरादा कभी भी इस सदन की अवमाननना करने का नहीं था।

मेरी राय है कि हमें दो चीजों को मिलाना नहीं चाहिए। किसी लिखी हुई चीज की अनुप्रयुक्तता और अप्रासंगिकता एक बात होती है और विशेषाधिकार दूसरी बात होती है। वास्तव में ये दो अलग-अलग चीजें हैं। मेरी निजी राय में ऐसा लिखा जाना खेदजनक था। जैसा कि मैंने कहा कि मैं समझता हूं कि श्री मथाई ने इस पर अपना गहरा खेद व्यक्त किया है। मेरी राय में यहां अनुप्रयुक्तता का प्रश्न तो है लेकिन विशेषाधिकार हनन का सवाल कहां से आया—और क्यों कि कुछ¨

श्री बी.पी. नायर : उन्होंने यह भी कहा है कि उनका इरादा नहीं था।

श्री जवाहरलाल नेहरू : मैं केवल अपनी राय दे रहा हूं क्योंकि यह मामला मामूली तौर पर उठाया गया था। मुझे पता नहीं था कि इस समय इस मामले पर विचार होना है। अन्यथा मैं संभवतः इस बारे में कुछ दस्तावेज अपने साथ ले आता। जब मैंने सुना कि इस मामले पर विचार होना है तो मेरी इस बात में रुचि हुई कि पता करूं क्या पहले इस तरह का कोई मामला कभी

निपटाया गया और उस समय उसे कैसे लिए जाने का उदाहरण है। मैंने अपनी संतुष्टि के लिए संसदीय, संवैधानिक और कानूनी दृष्टिकोण से इस मामले की छानबीन कराई। मैं इस बात से संतुष्ट हूं कि इस तरह की चीजों को विशेषाधिकार हनन या सदन की अवमानना के दृष्टिकोण से नहीं देखा जा सकता। मैं यह तथ्य केवल सदन की सूचना के लिए प्रस्तुत कर रहा हूं। मैं निजी तौर पर इस बारे में अपनी राय दे रहा हूं। मेरी राय में की गई टिप्पणियां अनुप्रयुक्तता और अप्रासंगिकता तो कही जा सकती हैं लेकिन विशेषाधिकार हनन का प्रश्न कहां से बनता है? यह निश्चय ही सदन के बारे में लागू नहीं होता और जैसा कि एक माननीय सदस्य ने आपसे कहा है, मान्यवर, इसमें कहा गया है, मेरे पास उस समय कहे गए शब्द नहीं हैं, मेरे पास कागजात नहीं हैं लेकिन मुझे शब्द याद हैं…

श्री गोरे (पुणे) : क्या मैं उद्धृत करूं?

श्री जवाहरलाल नेहरू : लेकिन मुझे शब्द याद हैं जिसमें कहा गया था कि संसद में इस प्रकार की प्रवृत्ति बढ़ रही है जिसमें तथ्यों की जांच के बिना बयान दे दिए जाते हैं। मै नहीं समझता कि…

श्री जयपाल सिंह : इसका मतलब कि अध्यक्ष यह करने की इजाजत देते हैं।

अध्यक्ष महोदय : उन्होंने कहा "हमारी संसद और प्रेस में इस प्रकार की प्रवृत्ति बढ़ रही है जहां तथ्यों की जांच के बिना बयान दे दिए जाते हैं और इसका बहुत बुरा मनोवैज्ञानिक प्रभाव पड़ता है।"

श्री जवाहरलाल नेहरू : मेरी राय में माननीय सदस्य के सवाल का जवाब है, मैं इस मामले में किसी विवाद में नहीं पड़ना चाहता। मैं केवल अपनी बात कहना चाहता हूं। मेरी राय में ये टिप्पणियां दुर्भाग्यपूर्ण और खेदजनक हैं। मैं अपनी ओर से इन पर खेद व्यक्त करता हूं। श्री मथाई ने इस बारे में आपसे पहले ही माफी मांग ली है। जहां तक विशेषाधिकार हनन का सवाल है, वह नहीं उठाया जाता है। जहां तक मुझे पता है, इस तरह की और भी बड़ी बातें कही गई हैं। यह पाया गया है कि विशेषाधिकार हनन का मामला नहीं उठाया गया। मैं केवल अपनी राय दे रहा हूं। फैसला आपको करना है।

श्री सुरेंद्रनाथ द्विवेदी : क्या इसका मतलब है कि प्रेस सूचना कार्यालय को भी इसकी जिम्मेदारी से मुक्त कर दिया गया है? उन्होंने भी विशेषाधिकार हनन किया है।…(व्यवधान)

अध्यक्ष महोदय : कृपया व्यवस्था बनाए रखें। इसके बाद सब कुछ और कहने की इजाजत भी है। पहले हम यह काम पूरा करते हैं।

श्री एच.एन. मुखर्जी : कृपया इस मामले पर मुझे मेरी बात कहने की इजाजत दें।

अध्यक्ष महोदय : किसी भी माननीय सदस्य को अपनी उचित बात कहने से नहीं रोका जाएगा। माननीय सदस्य कृपया अपना स्थान ग्रहण करें। नियमों के अंतर्गत अब मुझे सदन से पूछना है कि प्रस्ताव पेश करने की इजाजत है या नहीं? प्रधानमंत्री ने भी यही कहा है। क्या ऐसा नहीं है?

श्री जवाहरलाल नेहरू : आपत्तियों के बारे में मुझे कोई जानकारी नहीं है। मैं तो केवल कुछ जानकारियां आपके समक्ष प्रस्तुत कर रहा था। मेरा काम न तो आपत्ति करना है और न मैं आपत्ति का समर्थन करना चाहता हूं। मैं तो केवल कुछ विचार आपके फैसले के लिए सामने रख रहा था।

अध्यक्ष महोदय : नियमों के अनुसार आपत्ति करने का काम सदन का है। यह सही है कि श्री मथाई ने मुझे एक पत्र भेजा है जिसमें कहा गया है कि···"मैं कानून मंत्री का एक पत्र संलग्न कर रहा हूं।"

श्री वी.पी. नायर : विधि मंत्री?

अध्यक्ष महोदय : यदि आप ठीक समझें तो ये दस्तावेज पेश कर···"यदि लोकसभा अपनी समझदारी से फैसला करती है कि मैं सदन पर आक्षेप करने का जिम्मेदार हूं तो मैं यह कहना चाहूंगा कि ऐसा करने का मेरा कोई इरादा नहीं था और मैं स्वेच्छा से अपना हार्दिक खेद व्यक्त करता हूं।"···(व्यवधान) मैं जल्दी में कोई चीज थोप नहीं रहा हूं। "एक नागरिक के रूप में मैं भारत में संसद की सर्वोच्चता बनाए रखने का पक्षधर हूं और वह भी एक ऐसे समय में जब···

कुछ माननीय सदस्य : ओह, ओह।···(व्यवधान)

अध्यक्ष महोदय : बस एक वाक्य और बाकी बचा है—"हमारे कुछ पड़ोसी देशों में संसदीय प्रणाली भंग हो गई है।" बस इतना ही है। अब २५ माननीय सदस्यों को अपने स्थान पर खड़े होकर यह दिखाना है कि वे इस प्रस्ताव को रखने की मंजूरी देते हैं। कितने माननीय सदस्य इसके पक्ष में हैं।

(२५ से ज्यादा सदस्य उठकर अपने स्थानों पर खड़े हो जाते हैं)

अध्यक्ष महोदय : अब क्या किसी को आपत्ति है?···(व्यवधान)

कुछ माननीय सदस्य : इस पर किसी को आपत्ति नहीं है।

अध्यक्ष महोदय : मैं इसे एक आपत्ति के रूप में लेता हूं। माननीय प्रधानमंत्री ने कहा कि इससे सदन की अवमानना नहीं होती है। इसलिए मैंने माननीय सदस्यों से राय मांगी थी। अब इजाजत मिल गई है। नियम २२६ के अंतर्गत अब अगला कदम इस प्रकार बताया गया है : "यदि नियम २२५ के अंतर्गत इजाजत मिल जाती है तो सदन इस बात पर विचार करके फैसला कर सकता है अथवा मामले को विचार के लिए विशेषाधिकार समिति को भेज सकता है। इसके लिए जिस सदस्य ने विशेषाधिकार का प्रश्न उठाया है वह प्रस्ताव ला सकता है या कोई और सदस्य प्रस्ताव रख सकता है।

अब यह सभी सदस्यों के लिए खुला हुआ मामला है। जिस सदस्य ने विशेषाधिकार का सवाल उठाया है या कोई अन्य सदस्य सदन से इस मामले को निपटाने का प्रस्ताव कर सकता है या इस मामले को विशेषाधिकार समिति को भेजने का प्रस्ताव कर सकता है। दोनों ही परिस्थितियों में मैं सदन से आग्रह करूंगा कि जो पत्र मैंने पढ़ा है उसे ध्यान में रखें।···(व्यवधान) ऐसा नहीं है कि सभी लोग बातें करने लगें।

श्री वी.पी. नायर : यह उन्हें आरोप मुक्त कैसे करता है?

अध्यक्ष महोदय : इस समय मैं कुछ नहीं कह रहा हूं। अब अगला प्रस्ताव क्या है?

श्री नौशीर भड़ूचा (पूर्वी खंडेश) : मैं प्रस्ताव करता हूं कि इस मामले को विचार के लिए विशेषाधिकार समिति को भेज दिया जाए।

श्री बृजराज सिंह : मेरा प्रस्ताव है कि सदन ही इस मुद्दे पर फैसला करे और श्री मथाई को सदन के बार पर तलब किया जाए।

श्री जवाहरलाल नेहरू : मैं केवल यह कहना चाहता हूं कि मैं श्री वाजपेयी के इस प्रस्ताव का विरोध नहीं कर रहा हूं कि इस मामले को विचार के लिए विशेषाधिकार समिति को सौंप दिया

जाए। मेरी राय में जहां तक मैं इस मामले को समझा हूं, विशेषाधिकार का कोई हनन नहीं हुआ है। लेकिन आपने यह प्रस्ताव स्वीकार कर लिया है तो मेरी राय में यही ठीक होगा कि इस मामले को पूर्ण विचार के लिए विशेषाधिकार हनन समिति को सौंप दिया जाए। अध्यक्ष जी मुझे यह पूरी तरह स्पष्ट नहीं है कि इस समय सदन के समक्ष दो प्रस्ताव हैं या तीन। राजा महेंद्र प्रताप के सुझावों···(व्यवधान)

एक माननीय सदस्य : कोई प्रस्ताव नहीं है।

अध्यक्ष महोदय : उन्होंने व्यवस्था का प्रश्न उठाया था।

श्री जवाहरलाल नेहरू : मान्यवर, जैसा कि आपने कहा कि तीन प्रस्ताव हैं।···(व्यवधान) मुझे दूसरे पक्ष के इशारों से बचाया जाए। मैं अध्यक्ष जी से जानना चाह रहा हूं। मैं उनकी भाषा से परिचित हूं। उन्हें इशारों से अपनी बात को मजबूत करने की आवश्यकता नहीं है।

अध्यक्ष महोदय : राजा महेंद्र प्रताप ने इसे व्यवस्था के रूप में उठाया था। लेकिन वास्तव में वे चाहते थे कि इस मामले को समाप्त कर दिया जाए। मैं इसे एक प्रस्ताव के रूप में लेना चाहता था।···(व्यवधान) कृपया शांत रहें। कृपया व्यवस्था बनाए रखें। उन्होंने बाद में अपनी बात को आगे नहीं बढ़ाया। वे आसानी से यह कह सकते थे कि इस मामले को यहीं समाप्त कर दिया जाए। उन्होंने ऐसा नहीं किया इसलिए मैं इसे सदन के सामने नहीं रख रहा हूं।···(व्यवधान)

मैंने माननीय प्रधानमंत्री जी को बोलने के लिए बोला।···(व्यवधान)

श्री जवाहरलाल नेहरू : मैं किसी के प्रभाव में आनेवाला नहीं हूं। चूंकि राजा महेंद्र प्रताप के सुझावों को एक निश्चित प्रस्ताव के रूप में नहीं लिया गया है इसलिए मुझे उस बारे में कुछ कहने की आवश्यकता नहीं है। लेकिन मैं निश्चय ही यह कहना चाहूंगा कि इस तरह के मामलों में, जैसा कि ठीक ही कहा गया है, उन्हें दलगत या समूहगत मामला नहीं माना जाना चाहिए। मैं कहना चाहूंगा कि कुछ समय पहले भी मेरे कुछ शब्दों को गलत तरीके से उद्धृत किया गया था। मैं कहना चाहता हूं कि जबकि सदन के एक बड़े भाग की इच्छा हो कि मामले में कुछ किया जाना चाहिए तो बहुमत के लिए इस इच्छा के विपरीत राय देने का कोई कारण नहीं है। मैं इस दृष्टि से इस तरह के मामलों को देखता हूं। इसलिए जबकि सदन के अनेक सदस्य यह चाहते हैं तो मैं इस मामले को विशेषाधिकार समिति को सौंपे जाने के पक्ष में तुरंत हो गया। इस स्तर पर अब इस मामले को रद्द करने के प्रस्ताव का कोई औचित्य नहीं रह गया है क्योंकि अब यदि ऐसा किया जाता है तो लगेगा कि मामले को रफा-दफा करने या छिपाने का प्रयास किया गया है। इसलिए इस स्तर पर यदि मामले को रद्द करने का राजा महेंद्र प्रताप का प्रस्ताव आता तो मैं उसका विरोध करता···(व्यवधान)

अध्यक्ष महोदय : शांत रहें, शांत रहें। माननीय सदस्यों को अंग्रेजी भाषा समझनी चाहिए। उन्होंने कहा है कि "मैंने विरोध किया होता।"

श्री जवाहरलाल नेहरू : इस समय जो स्थिति है उसमें इस मामले को विशेषाधिकार समिति को भेजना ही उचित होगा।

इसके अलावा एक प्रस्ताव और किया गया है। मुझे वह समझ नहीं आया है कि यह काम सदन में किस तरह किया जा सकता है। मेरे विचार में ऐसा करना किसी भी तरह ठीक नहीं होगा। ऐसा करना केवल निरर्थक ही नहीं है बल्कि इसकी कोई जरूरत भी नहीं है। सदन की गरिमा को कई तरह से आंच आती है। छोटे-छोटे मुद्दों को ज्यादा महत्व देने से भी सदन की गरिमा

प्रभावित होती है। प्रश्न यह नहीं है कि किसी अन्य व्यक्ति या व्यक्तियों ने क्या कहा। दूसरे व्यक्ति ने क्या कहा इससे सदन की गरिमा पर प्रभाव पड़ता होगा लेकिन हम उससे कैसे निपटते हैं इससे भी सदन की गरिमा पर प्रभाव पड़ता है···

मैं इस मामले को विशेषाधिकार समिति को भेजे जाने का समर्थन करता हूं। लेकिन इस मामले के सिवा मेरी राय है कि भविष्य में सदन की गरिमा बनाए रखने के मामलों में सदन के बाहर रहनेवाले किसी व्यक्ति द्वारा कहे गए कुछ शब्दों को बहुत ज्यादा महत्व नहीं देना चाहिए।

राजा महेंद्र प्रताप : मेरी राय है कि माननीय प्रधानमंत्री बहुत उदार हैं। हम उनके विचार यहां स्वीकार नहीं कर रहे हैं। मैं मत विभाजन की मांग करता हूं और आशा करता हूं कि आप सभी इस बात से सहमत होंगे कि इस मामले को यहीं समाप्त कर दिया जाए।···(व्यवधान)

अध्यक्ष महोदय : शांत रहें, शांत रहें। माननीय सदस्य अनियंत्रित हो गए हैं। मुझे इस पर खेद है। दूसरा प्रस्ताव इस मामले को विशेषाधिकार समिति के विचारार्थ भेजे जाने का है। प्रश्न यह है "कुछ माननीय सदस्यों ने १० फरवरी, १९५९ को प्रधानमंत्री के विशेष निजी सचिव श्री एम. ओ. मथाई द्वारा प्रधानमंत्री को लिखे गए एक पत्र की ओर सदन का ध्यान आकर्षित किया है। यह पत्र प्रधानमंत्री सचिवालय ने १७ जनवरी, ५९ को एक प्रेस रिलीज जारी करके सार्वजनिक तौर पर प्रकाशन के लिए जारी किया। इस पत्र में कहा गया है कि इस प्रकार की प्रवृत्ति बढ़ रही है जिसमें बिना तथ्यों की जांच किए ही सार्वजनिक पदों पर बैठे लोगों पर हमले किए जाते हैं। इससे उन पर बहुत बुरा मनोवैज्ञानिक प्रभाव पड़ रहा है। ऐसी आलोचक परिस्थितियों में बहुत थोड़े आत्मसम्मानवाले लोग ऐसे होंगे जो सरकारी सेवा अथवा सार्वजनिक जीवन में आना चाहेंगे।"

सदन प्रस्ताव पारित करता है कि यह मामला जांच के लिए विशेषाधिकार समिति को सौंपा जाए और समिति इस बारे में सदन को अपनी रिपोर्ट प्रस्तुत करे कि एम.ओ. मथाई की टिप्पणियों, जिन्हें प्रधानमंत्री सचिवालय और पत्र सूचना कार्यालय ने सार्वजनिक किया, से लोकसभा के सदस्यों अथवा लोकसभा के अध्यक्ष के पद की गरिमा पर आक्षेप लगता है और क्या इससे संसद की अवमानना हुई है और यह भी सिफारिश करे कि इस मामले में सदन क्या कदम उठाए?

विविध

भाजपा की सभा : दूरदर्शन खफा • २३ अगस्त, १९९३
युवा पत्रकारों को भी आने दें • २० अगस्त, १९९३
स्वतंत्रता सेनानियों का अपमान • २७ मार्च, १९९०
भोपाल गैस त्रासदी की त्रासदी • २२ फरवरी, १९८९
प्रेस बिल और प्रेस हड़ताल • ६ सितंबर, १९८८
डाक खोलने का अधिकार किसलिए? • १० दिसंबर, १९८६
प्रिवीपर्स पर गाज क्यों गिराई? • १ सितंबर, १९७०

भाजपा की सभा : दूरदर्शन खफा

अध्यक्ष जी, आप एक ही सदस्य को एक मुद्दा उठाने देते हैं, मगर आप यह भी जानते हैं कि कुछ मुद्दे महत्वपूर्ण होते हैं और एक से ज्यादा सदस्य उन पर अपने विचार व्यक्त करना चाहते हैं। जो मामला अभी खुराना जी ने उठाया, मैंने सूचना मंत्री जी को उसके बारे में बता दिया था। मैंने उनसे कहा था कि आप १२.०० बजे सदन में रहें और जब यह मामला उठाया जाता है, तो अपना स्पष्टीकरण सदन के सामने रखें। इनका काम है समाचार देना, मगर समाचार देने के काम में जिस तरह से न केवल भेदभाव हो रहा है, बल्कि कल जो सभा हुई थी, वह एक ऐतिहासिक सभा थी, उसमें आशा से अधिक लोग आए थे और जिसमें ऐसे विधेयक पर विचार होना था जो संसद में विचाराधीन है, परंतु उसके बारे में कोई समाचार नहीं दिया गया।

अध्यक्ष महोदय, आप मंत्री महोदय को सदन में बुलवाइए और उनसे स्पष्टीकरण देने के लिए कहिए।

अध्यक्ष महोदय, हम लोगों ने एक मामला टेलीविजन के बारे में उठाया था, मंत्री महोदय भी आ गए हैं, कल दिल्ली में भारतीय जनता पार्टी की एक सभा हुई थी और उसको टेलीविजन ने बिल्कुल ब्लैक-आउट किया, क्या यही टेलीविजन की नीति है? इसी तरह से श्री वी.पी. सिंह सामाजिक न्याय के सवाल पर दिल्ली छोड़कर चले गए हैं, वह भी एक महत्वपूर्ण समारोह था और टी.वी. ने उसको दिखाने की भी कोई आवश्यकता नहीं समझी।

अध्यक्ष महोदय, इस बारे में आप मंत्री महोदय से स्पष्टीकरण मांगिए।

दूसरी बात मैं पोस्टरों के मामले में कहना चाहता हूं। मैं आपकी इस बात से सहमत हूं कि शून्यकाल में उत्तर-प्रत्युत्तर नहीं हो सकते, लेकिन कठिनाई यह है कि पोस्टरवाले मामले में आपने कुछ बात कही थी और उस पर कार्रवाई भी हुई और मैं समझता हूं कि उस दिन इस पर चर्चा समाप्त हो गई थी। अगर वह मामला आज नहीं उठाया जाता तो उसका उत्तर देने की आवश्यकता नहीं पड़ती। मेरे मित्र चटर्जी साहब कह रहे थे कि एक जातक कथा में लिखा हुआ है, लेकिन क्या पोस्टर बनाकर अयोध्या में प्रदर्शित करना आवश्यक था?…(व्यवधान)

यह कोई इतिहास का सवाल नहीं है? इतिहास में अनेक घटनाओं का उल्लेख है और

** भाजपा की सभा की दूरदर्शन द्वारा उपेक्षा पर लोकसभा में २३ अगस्त, १९९३ को ध्यानाकर्षण।*

अनेक पुस्तकों में अनेक बातें लिखी हुई हैं।

श्री निर्मल कांति चटर्जी (दमदम) : आपने रामायण के विभिन्न अनुवादों को रोका। आपने इंडोनेशिया के साथ राजनयिक संबंध तोड़े।

श्री वाजपेयी : उसमें अगर हमारे भी एक सदस्य को अपना दूसरा पक्ष रखने का मौका दे दिया जाता, तो मैं समझता हूं कि गर्मागर्मी नहीं होती।

अध्यक्ष महोदय : वाजपेयी जी, इस पर मेरी आपत्ति है। आपका जो पहला मुद्दा है, उस पर अगर मंत्री महोदय कुछ कहना चाहते हैं तो मैं उसकी इजाजत देता हूं, मगर यहां पर एक विषय पर चर्चा हुई, सब लोगों ने उस पर अपना मत व्यक्त किया, उसके बाद मैंने भी कहा कि इस तरह से पोस्टर नहीं लगाना चाहिए, उस पर गवर्नमेंट ने एक्शन लिया और उसको निकाल दिया गया। अब उस बात को ऐसे ही लंबा बढ़ाना है और देश के सामने रखना है तो और बात है।

इस पर अगर आपको चर्चा चाहिए, वाजपेयी जी बोलना चाहते या कोई अन्य जिम्मेदार नेता इस पर बोलना चाहते, तो मैं अवसर देता, लेकिन अगर हर आदमी बोलना चाहेगा तो इस पर चर्चा नहीं हो सकती और इस प्रकार से चर्चा करने का कोई मतलब भी नहीं निकलता। इसलिए सब होने के बाद, चर्चा करने के बाद, उस पर एक्शन हो जाने के बाद फिर चर्चा करने का कोई मतलब नहीं होता है, इस तरह से सिर्फ तू-तू मैं-मैं ही हो सकती है।

श्री वाजपेयी : अध्यक्ष महोदय, मैं आपकी इस बात से सहमत हूं कि एक मामले पर एक बार जब चर्चा हो चुकी है तो फिर दोबारा उस पर चर्चा नहीं होनी चाहिए थी, लेकिन चर्चा दोबारा हो गई।

अध्यक्ष महोदय : ठीक है, मैं उसको कंट्रोल करने की कोशिश कर रहा हूं, लेकिन इस तरह से उसको लंबा करने की आवश्यकता नहीं है।

श्री वाजपेयी : ठीक है, तो हम कल विधेयक पर विचार के दौरान इस मामले को उठाएंगे।

अध्यक्ष महोदय : हां, आप इसको उठा सकते हैं, आप इस पर बात कर सकते हैं, कोई मना नहीं कर सकता, मगर मैं यह कहना चाहूंगा कि अगर कोई मेंबर, हर वक्त धमकी देने की कोशिश करे तो...

श्री वाजपेयी : अध्यक्ष महोदय, हमारा कोई सदस्य धमकी देना नहीं चाहता और न हम धमकी देने में विश्वास करते हैं।

अध्यक्ष महोदय : हमारा आपके ऊपर पूरा विश्वास है।

श्री वाजपेयी : धमकी तो हमें सत्ता पक्ष दे रहा है कि आपको चुनाव लड़ने से वंचित कर देंगे।

श्री सैफुद्दीन चौधरी (कटवा) : मैं वाजपेयी जी को बधाई देना चाहता हूं जो उन्होंने बताया कि मैं सहमत हूं।

सूचना और प्रसारण राज्य मंत्री श्री के.पी. सिंह देव : माननीय नेता प्रतिपक्ष ने दो बिंदु उठाए हैं। जहां तक भाजपा रैली का संबंध है, मुझे बताया गया है कि यह सुबह दिखाई गई...

श्री वाजपेयी : क्या यह आज सुबह दिखाई गई?

श्री के.पी. सिंह देव : मुझे पूरा करने दें। क्योंकि कल इसे कवर करने की कोई प्रार्थना नहीं की गई थी। यह विभाग द्वारा मुझे बताया गया है। लेकिन मुझे अभी इसकी जांच करनी है।

जहां तक दूसरे का संबंध है, मैं जांच करूंगा और आपको बताऊंगा।

रैली को कवर करने का कोई आग्रह नहीं था। रैली कवर नहीं की गई थी और यह आज सुबह दिखाई गई, क्योंकि तैयार टेप उपलब्ध नहीं था।

श्री वाजपेयी : अध्यक्ष महोदय, हमारे कार्यालय से टी.वी. को सूचना गई थी और अगर मान लीजिए सूचना नहीं गई है और कोई सार्वजनिक घटना हो रही है, तो क्या टी.वी. अपने आप वहां पर नहीं जा सकता? क्या टी.वी. को निमंत्रण देकर बुलाना पड़ेगा? इस तरफ से भी सूचना गई थी।

अध्यक्ष महोदय : यह गलत तरीका है। आपको जो जवाब दे सकते हैं, उन्होंने दे दिया है और यह कहा है कि जांच-पड़ताल करके आपको बता देंगे। इससे ज्यादा वे इस वक्त कुछ नहीं कह सकते।

श्री वाजपेयी : वे सदन को गुमराह कर रहे हैं। हमारे यहां से सूचित किया गया था, उन्हें सूचित करना जरूरी नहीं है। शाम को नहीं दिखाया और फिर सवेरे दिखाया, आपने बड़ा उपकार किया हमारे ऊपर। इस उपकार को हम स्वीकार करने के लिए तैयार नहीं हैं, मंत्री महोदय इस भूल के लिए क्षमा-याचना करें, नहीं तो हमें सदन के बाहर जाना पड़ेगा। हम अपना विरोध प्रकट कर रहे हैं।

(तत्पश्चात श्री वाजपेयी तथा कुछ अन्य माननीय सदस्यों ने सदन से बहिर्गमन किया।)

युवा पत्रकारों को भी आने दें

अध्यक्ष जी, मैं आपका आभारी हूं कि आपने मुझे बोलने का मौका दिया। सचमुच में मैं दो मुद्दे उठाना चाहता हूं—एक तो प्रेस को लेकर है।

पार्लियामेंट और प्रेस का चोली-दामन का संबंध है, लेकिन आज ऐसा लगता है कि पत्रकारों ने सदन की कार्यवाही का बहिष्कार किया है।

कुछ पत्रकार मुझे सदन के बाहर मिले थे, उन्होंने कहा कि हमें सेंट्रल हॉल में आने की अनुमति नहीं है और जो बुजुर्ग हैं, उन्हें तो अनुमति है, लेकिन हमारे लिए सेंट्रल हॉल के दरवाजे बंद हैं।

अध्यक्ष जी, मैं समझता हूं कि इस संबंध में आपको निर्णय करना है और आपने सोच-समझकर और उनकी भावनाओं को ध्यान में रखकर फैसला करना है।

उनका कहना है कि यह एक पीढ़ी का अंतर है। अगर बुजुर्ग पत्रकार सेंट्रल हॉल में जा सकते हैं तो जो नए हैं, नौजवान हैं, जो सचमुच इस समय पत्रकारिता में रुचि ले रहे हैं और खोजी पत्रकारिता का काम कर रहे हैं, वे भी सेंट्रल हॉल में जाना चाहते हैं।

आप इस संबंध में अगर उनकी भावनाओं को ध्यान में रखकर फिर से अपने निर्णय पर विचार करें तो बहुत अच्छा होगा।

अध्यक्ष महोदय : मैं इस मुद्दे पर सदन की राय लूंगा। आपने इसे उठाकर बहुत अच्छा किया। मैं अभी राय ले लूंगा। आप दूसरे मुद्दे पर चर्चा कर लें।

श्री वाजपेयी : आप अभी इसे ले लीजिए। इस पर कुछ और मेंबर कहना चाहते हैं।

** पत्रकारों को सेंट्रल हॉल में जाने की अनुमति के संदर्भ में लोकसभा में २० अगस्त, १९९३ को टिप्पणी।*

स्वतंत्रता सेनानियों का अपमान

महोदया, देश इस वर्ष स्वाधीनता की ४३वीं वर्षगांठ मना रहा है। हमारी स्वाधीनता उन स्वतंत्रता सेनानियों के त्याग और बलिदान का पुण्य फल है जो विदेशी साम्राज्य से जूझे, फांसी के तख्तों पर चढ़े और बरसों तक जेल में लड़े। लेकिन इन स्वतंत्रता सेनानियों के साथ हमारा व्यवहार क्या है?

अभी एक घटना मेरे ध्यान में लाई गई है जो बड़ी दुखदाई है। बिहार के जाने-माने स्वतंत्रता सेनानी पंडित द्वारकानाथ तिवारी, जो कई बार जेल गए, संसद के सदस्य भी रहे हैं, कांग्रेस पार्टी की वर्किंग कमेटी का सदस्य होने का भी उन्हें सम्मान मिला था, उनकी पेंशन, जो उन्हें स्वतंत्रता सेनानी के नाते मिलती थी, वह बंद कर दी गई है। यह आदेश जारी किया गया है ६ जुलाई, १९८८ को। इस आदेश को जारी करनेवाले हैं कोई श्री शिवानंद, अवर सचिव, भारत सरकार, गृह मंत्रालय।

इस आदेश को मैं उद्धृत कर सकता हूं। इस आदेश में कहा गया है कि—"मुझे इस मंत्रालय की तारीख ११-०९-८४ के पत्र संख्या १४४/६-१३८०१५/८४ एफ.एफ. बिहार का हवाला देने का निर्देश हुआ है जिसके द्वारा श्री द्वारकानाथ तिवारी, पुत्र श्री नंदकिशोर तिवारी, ग्राम : भैरोंपुर, पोस्ट : दिघवाड़ा, जिला : सारन को ३०० रुपए की पेंशन मंजूर की गई थी। मुझे यह भी कहने का आदेश हुआ है कि समीक्षा करने के बाद राष्ट्रपति पूर्व प्राप्ति सहित ३०० रुपए, केवल ३०० रुपए, की पेंशन जिस तारीख से मंजूर की गई थी, उसे रद्द कर दिया जाता है।"

इस आदेश की प्रतिलिपि मेरे पास है। इस पर तिवारी जी की प्रतिक्रिया क्या होगी, आप कल्पना कर सकते हैं। उन्होंने मुझे जो पत्र लिखा है, मैं वह भी उद्धृत करना चाहता हूं :

"आज जितने भी स्वतंत्रता सेनानी जीवित हैं, उनमें दो-चार ही मेरे समान स्वतंत्रता सेनानी होंगे। मैंने सन् १९२० से लेकर १९४२ तक हर स्वतंत्रता युद्ध में भाग लेकर जेलों की यात्रा की। मेरे जेल जीवन की अवधि पांच साल से ऊपर है। इसका प्रमाण सरकार प्राप्त कर चुकी है।"

तिवारी जी ने कहा है कि इस मामले को मैं सदन में उठाऊं। मैंने तिवारी जी को उत्तर यह दिया है कि आपको यह किसी गलतफहमी के कारण आदेश मिल गया है। हो सकता है किसी

** स्वतंत्रता सेनानियों के प्रति राष्ट्र के उत्तरदायित्व पर राज्यसभा में २७ मार्च, १९९० को वक्तव्य।*

और द्वारका नाथ तिवारी की पेंशन सरकार रद्द करना चाहती हो और हो गई आपकी। अंधेर नगरी में ऐसे मामले होते हैं, महोदया! लेकिन अगर बिहार के स्वतंत्रता सेनानी पंडित द्वारकानाथ तिवारी की पेंशन नामंजूर की गई है तो यह बहुत ही गंभीर मामला है।

मैं चाहूंगा कि सारा सदन इस संबंध में अवश्य ही अपनी रुचि दिखाए और मुझे खुशी है कि गृह राज्य मंत्री श्री देव यहां विराजमान हैं। मैं चाहूंगा कि वे इस सदन को आश्वासन दें कि इस मामले की जांच की जाएगी और सदन उठने से पहले सारे तथ्य सामने रखे जाएंगे। स्वतंत्रता सेनानियों का अपमान करके यह देश अपनी स्वतंत्रता की रक्षा नहीं कर सकता और यह सरकार स्वतंत्रता सेनानियों को बेइज्जत करके टिकी नहीं रह सकती। धन्यवाद।

भोपाल गैस त्रासदी की त्रासदी

महोदया, यूनियन कार्बाइड कार्पोरेशन और सरकार के बीच में एक समझौता हुआ है। यह समझौता भोपाल गैस त्रासदी से प्रभावित लोगों के संबंध में है। उस पर हम चर्चा कर रहे हैं आज। यह फैसला १४ फरवरी को हुआ। १४ फरवरी, १९८४ का दिन एक दुर्भाग्यपूर्ण दिन के रूप में याद किया जाएगा। यह दिन हमें याद दिलाता है ३ दिसंबर, १९८४ की। उस दिन, यह कहना चाहिए २-३ तारीख के बीच की रात एक बहुराष्ट्रीय कंपनी द्वारा स्थापित कारखाना जहरीली गैस उगलने लगा, जिसके परिणामस्वरूप भोपाल जैसी सुंदर नगरी एक गैस चैंबर जैसी बन गई, हजारों लोग अकाल मृत्यु के शिकार हुए। हजारों अभी भी उस जहरीली गैस से पीड़ित हैं। बच्चे और औरतें उसके शिकार बने। यह दुर्घटना नहीं थी, कत्लेआम था।

लेकिन १४ तारीख को अचानक चार साल से चलती आनेवाली कानून की लड़ाई एक नाटकीय ढंग से और रहस्यमय तरीके से समाप्त हो गई। यूनियन कार्बाइड और सरकार के बीच में कोर्ट के बाहर समझौता हो जाता तो यह बात अलग थी, विवादों में समझौते होते हैं। लेकिन समझौता समझौता होना चाहिए। यूनियन कार्बाइड के साथ जो समझौता हुआ वह समझौता नहीं है, वह समर्पण है। सरकार ने यूनियन कार्बाइड कार्पोरेशन के सामने घुटने टेक दिए। राष्ट्रीय हितों के साथ समझौता किया है। पीड़ितों की पीड़ा पर नमक छिड़का है। इसमें सुप्रीम कोर्ट को बीच में लाने की क्या जरूरत थी? आप यूनियन कार्बाइड से समझौता कर लेते। यूनियन कार्बाइड एक चहेती बहुराष्ट्रीय संस्था है। उसके पीछे एक महाशक्ति खड़ी है। दुनिया-भर में उसका जाल फैला हुआ है। हमारे नेता अमरीका जाते हैं, उसका आतिथ्य स्वीकार करते हैं। भोपाल में उसका गेस्ट हाउस हमारे राजनेताओं के लिए आराम की जगह बनी हुई है। बड़ी पकड़ है यूनियन कार्बाइड की। बड़ी पहुंच है यूनियन कार्बाइड की। अदालत से बाहर आप समझौता कर लेते।

सुप्रीम कोर्ट में मामला गया था अंतरिम राहत का। भोपाल के ट्रायल जज ने ३५० करोड़ रुपया अंतरिम मुआवजे के रूप में दिए थे। लेकिन जब मामला हाई कोर्ट में गया तो उस समय ३५० करोड़ को घटाकर २५० करोड़ कर दिया गया। भारत सरकार इसके खिलाफ सुप्रीम कोर्ट में अपील के तौर पर गई। सुप्रीम कोर्ट को तय करना था अंतरिम मुआवजे का मामला, अंतरिम

** भोपाल गैस कांड की दोषी यूनियन कार्बाइड के संदर्भ में राज्यसभा में २२ फरवरी, १९८९ को वक्तव्य।*

क्षतिपूर्ति का मामला। लेकिन सुप्रीम कोर्ट ने अंतरिम के बजाय अंतिम फैसला कर दिया। सुप्रीम कोर्ट सुप्रीम है। संविधान के अंतर्गत सुप्रीम है। लेकिन सुप्रीम कोर्ट की भी अपनी प्रक्रिया है। इस मुकदमे में कई दिनों तक सुनवाई होती रही। हमारे एटार्नी जनरल भारी-भारी पोथियां खोलकर दिखाते रहे, पढ़ते रहे, ऐसा लगा कि मुकदमा अभी और चलेगा। लेकिन उस तारीख को हमारे न्यायमूर्ति भोजन के लिए उठे और जब लौटकर आए तो उन्होंने फैसला सुना दिया और फैसला यूनियन कार्बाइड ने भी मान लिया और भारत सरकार ने भी मान लिया।... (व्यवधान)

श्री मदन भाटिया (नामजद) : महोदया, व्यवस्था के प्रश्न पर। क्या मैं विनम्रतापूर्वक यह कह सकता हूं कि जब माननीय सदस्य ने अपना भाषण शुरू किया था तब वह पूर्णतया अपने अधिकारों के अंतर्गत थे, पर उन्होंने अंतिम जो वाक्य बोला है, वह सर्वोच्च न्यायालय के न्यायाधीश के विरुद्ध है और इसे निकाला जाना चाहिए।

उपसभापति महोदया : किसी ने व्यवस्था का प्रश्न ठीक उठाया है या नहीं, यदि मैं वह नहीं सुन सकती जो वह कह रहे हैं, तो मैं उस पर निर्णय कैसे दूंगी?

श्री मदन भाटिया : मैं निवेदन कर रहा हूं कि माननीय सदस्य ने कहा, न्यायाधीश लंच के लिए उठे और वह आए और मुख्य न्यायाधीश ने निर्णय की घोषणा की...

उपसभापति महोदय : इसमें व्यवस्था का प्रश्न नहीं है।

श्री मदन भाटिया : यह न्यायपालिका की कार्यवाही पर टिप्पणी है। यह परोक्ष संकेत है।

उपसभापति महोदया : मैं नहीं समझती कि व्यवस्था का कोई प्रश्न है। यह तथ्यों का वर्णन है कि जज लंच के लिए उठ गए और वापस आए और उन्होंने आर्डर दे दिया। यह बहुत सामान्य है। हमें लाइनों के बीच कुछ नहीं ढूंढ़ना चाहिए। यदि वह कोई आपत्तिजनक बात कहते हैं, तो उस पर ध्यान देने के लिए हम यहां हैं।

श्री वाजपेयी : महोदया, मैं अपना निशाना सरकार को बना रहा हूं। कठघरे में सरकार खड़ी है। इसीलिए प्रारंभ में मैंने कहा था कि अगर यह फैसला कोर्ट के बाहर हो जाता तो ज्यादा अच्छा होता। हमें कोर्ट का उल्लेख करने की भी आवश्यकता नहीं पड़ती। मगर फैसला कोर्ट के सामने हुआ है। इसलिए इस बात का उल्लेख करना जरूरी है कि लगातार कई दिनों से जो सुनवाई चल रही थी, उसका एक नाटकीय अंत हो गया। जब फैसला सुनाया गया तो सुप्रीम कोर्ट के सामने यूनियन कार्बाइड का चेहरा था और भारत सरकार का भी चेहरा था। यूनियन कार्बाइड के प्रवक्ताओं के चेहरे बड़े गोरे और कमनीय थे। भारत सरकार का चेहरा त्रिपुंडधारी एटार्नी जनरल का चेहरा था। दैदीप्य चेहरा था। मगर भोपाल गैस पीड़ितों का चेहरा सुप्रीम कोर्ट के सामने नहीं था। भोपाल के गैस पीड़ित का वह चेहरा सुप्रीम कोर्ट के सामने नहीं था, जिसका सारा परिवार इस त्रासदी में खत्म हो गया, जिसकी जिंदगी मौत से भी बदतर हो गई है। मैं जानना चाहता हूं हमारे मित्र कहेंगे कि भारत सरकार ने सभी गैस पीड़ितों की तरफ से प्रतिनिधित्व करने का अधिकार ले लिया था; एक अध्यादेश जारी कर दिया था, अध्यादेश को कानून का रूप दे दिया था, भारत सरकार माई-बाप बन गई थी, कर्ता-धर्ता, संहर्ता, मगर अभी तक जो तथ्य हमारे सामने आए हैं, उनसे ऐसा भी पता नहीं चलता है कि भारत सरकार ने और भारत सरकार के प्रतिनिधि ने सुप्रीम कोर्ट में यह कहा हो कि समझौता हो रहा है, कुछ प्रस्ताव आए हैं, हमें भोपाल के गैस पीड़ितों से सलाह करने का मौका चाहिए। हम नहीं जानते, किससे सलाह की गई। दूसरी बात ७०५ करोड़ का यह आंकड़ा कैसे आया, सरकार ने यह आकड़ा कैसे तय किया? ७०५ करोड़, ७००

करोड़ क्यों नहीं?

श्री लालकृष्ण आडवाणी (मध्य प्रदेश) : यह कंप्यूटर ने निकाला।

श्री वाजपेयी : ७५० करोड़ क्यों नहीं? यह ७०५, पांच और सांच और आंच।

श्री पर्वतनेनि उपेंद्र : यह डॉलर से है।

पर्दे के पीछे समझौता-वार्ता

श्री वाजपेयी : डॉलर पर भी आ रहा हूं। वह डॉलर भी ऐसा ही है। डॉलर कोई राउंड फिगर नहीं है, वह भी लंबा-लंबा है। यह बात साफ है कि सरकार और यूनियन कार्बाइड के बीच समझौता वार्ता चल रही थी, पर्दे के पीछे चल रही थी, कोई आपत्ति की बात नहीं है। मैं फिर कहना चाहता हूं कि ऐसे मामलों में अगर कोर्ट के बाहर समझौता हो जाए और लंबी कानूनी लड़ाई से बचा जा सके तो अच्छा है, लेकिन अगर यह समझौता करना था तो चार साल पहले हो सकता था, १९८६ में तो हो ही सकता था। लेकिन तब हमारी सरकार मांग कर रही थी ३.१ मिलियन डॉलर और अब समझौता कितने पर हुआ है? यह स्थिति क्यों पैदा हुई? आखिर इस ७०५ करोड़ के पीछे गणित क्या है, तर्क क्या है, किस आधार पर यह आंकड़ा आया है? यह इस सदन को जानने का अधिकार है, इस देश की जनता को जानने का अधिकार है। सरकार इसका जवाब दे। मैं सुप्रीम कोर्ट के जजों की शान के खिलाफ कुछ नहीं कहना चाहता। लेकिन सरकार को जवाब देना पड़ेगा कि यह ७०५ करोड़ ही क्यों? कभी कोई आंकड़ा अललटप्पू आ जाता है। अब आडवाणी जी कह रहे हैं कि कंप्यूटर का खेल है। कंप्यूटर काम कर रहा था। वह ७०५ पर रुक गया, चलो ७०५।

महोदया, यह चुरहट की लाटरी तो नहीं है। कंप्यूटर कौन चलाता है, इसके ऊपर निर्भर करता है। मगर मैं जानना चाहूंगा, मैं ईमानदारी से जानना चाहूंगा क्योंकि मेरे पास जो जानकारी है, वह जानकारी यह है कि यूनियन कार्बाइड ६०० मिलियन डॉलर देने के लिए पहले ही तैयार था। मैं एक किताब को उद्धृत करना चाहता हूं। इस मामले में मेरा कुछ व्यक्तिगत अनुभव भी है, मैं उसका भी उल्लेख करूंगा। जो किताब प्रकाशित हुई है, यह है :

'द किलिंग विंड — इनसाइड यूनियन कार्बाइड एंड द भोपाल कैटास्ट्रोफी', इसके लेखक हैं डोन कुर्जमान। इन्होंने पुस्तक में जो कुछ लिखा है वह तो आंख खोल देनेवाला है। यह भारत सरकार को कठिनाई में डालनेवाले लेखक नहीं हैं। मल्टीनेशनल्ज के साथ इनकी सहानुभूति हो, इसका भी कोई कारण नहीं है। अपनी व्यक्तिगत जानकारी के आधार पर उन्होंने लिखा है। यह किताब १९८७ के मध्य में प्रकाशित हुई थी, मैं उद्धृत कर रहा हूं किताब से :

"जो कुछ भी हुआ, श्री एंडरसन बीमा और बैंक ऋणों के अंतर्गत आनेवाली राशि से ज्यादा कुछ देने का प्रस्ताव करने को तैयार नहीं थे और इसका अर्थ था ६०० मिलियन की अधिकतम सीमा।"

(यह पेज २०० पर है)

श्री लालकृष्ण आडवाणी : यह तो इंश्योरेंस में से मिलनेवाला था। इतना देने को वह तैयार थे।

श्री वाजपेयी : जी हां। इसमें यूनियन कार्बाइड का कुछ जानेवाला नहीं था। यह ठीक है कि यूनियन कार्बाइड ने एक कंजूस पूंजीपति की तरह से १०० मिलियन से शुरू किया था। १००

मिलियन डॉलर ले लीजिए, आखिर हिंदुस्तानी मरे हैं, हिंदुस्तानियों की जान की कीमत ही क्या है।

इंसान सस्ता, नेताओं का ईमान सस्ता

इस अभागे देश में इंसान सस्ता है और नेताओं का ईमान भी सस्ता हो गया है। कार्बाइड ने १०० मिलियन डॉलर से शुरू किया। मगर फिर बढ़ता गया। वह २४० मिलियन पर आ गया। लेकिन सरकार नहीं मानी और सरकार ने ठीक किया। तब यूनियन कार्बाइड ३५० मिलियन पर आ गया। लेकिन जब यह बात न्यूयार्क के जज के सामने गई तो भारत सरकार के जो वकील थे माइकल सिरैसी, उन्होंने कहा कि यह "कम्प्लीटली अनएक्सेप्टेबुल" है। ३५० मिलियन नहीं माना जा सकता और इस किताब के अनुसार जो एक विख्यात लेखक की कृति है, भारत सरकार के वकील ने न्यूयार्क में जज के सामने कहा कि "इट इज ए सेल आउट", ३५० मिलियन की बात नहीं मानी जाएगी। यह तो सौदा है। हमें बेच दिया गया है। मैं पूछता हूं कि क्या यह गलत है?

अब भारत सरकार ने जो समझौता किया है, उसे उचित नहीं कहा जा सकता। ३५० मिलियन डॉलर जो १९८९ में हमें पेश किए गए थे, अब तक का उस पर ब्याज जोड़ा जाए तो ४७० मिलियन तक पहुंच जाएगा। अब हमने उसे ले लिया। क्यों ले लिया?

मैं एक व्यक्तिगत अनुभव सुनाना चाहता हूं। पिछले चार सालों में मुझे दो बार अमरीका जाने का मौका मिला है। अमरीका में मेरे एक संबंधी डेनबरी में रहते हैं। डेनबरी यूनियन कार्बाइड का हेडक्वार्टर है। यूनियन कार्बाइड के कारखानों में बहुत से भारतीय भी काम कर रहे हैं। उनके द्वारा यूनियन कार्बाइड के प्रबंधकों को पता लगा होगा कि मैं डेनबरी में आया हूं और उनमें से कुछ लोग मुझसे मिलने आए। वह पहली मुलाकात थी। उसके बाद जब दुबारा मैं गया तब भी वे लोग मिलने आए और वे साफ-साफ कह रहे थे कि अदालत के बाहर ही फैसला होगा, वर्ना हम मामला लटकाए रखेंगे। अब हमने सैबोटेज की बात डाल दी है। हम इसको इतना लंबा चलाएंगे कि आप लोग परेशान हो जाएंगे, इसलिए बाहर समझौता होना चाहिए। आप अपनी सरकार को तैयार करें। मैंने कहा कि मैं प्रतिपक्ष में हूं, मैं कोई सरकार का आदमी नहीं हूं, मैं सरकार को कैसे तैयार करूंगा। आप बताइए, आप कहां तक जाने को तैयार हैं। आपको सुनकर ताज्जुब होगा, उन्होंने कहा कि हम ६०० मिलियन अभी देने को तैयार हैं। जो बीमार हैं उनके इलाज के लिए, अस्पताल के लिए, दवाओं के लिए हम पूरा खर्च करेंगे, आवश्यकता पड़ेगी तो बीमारों को अमरीका में लाएंगे। हम १००० मिलियन तक जा सकते हैं।

मैंने वहां से लौटने के बाद यह जानकारी दी थी जिन्हें देनी चाहिए थी। तब सरकार ने समझौता नहीं किया। इतनी लंबी कानूनी लड़ाई चली। अब मैं सरकार के ऐफीडेविट्स पढ़ना नहीं चाहता जो उसने अदालत में किए हैं। किस तरह से सरकार ने अमरीका में मामला लड़ा जाए, इसको प्रोत्साहन दिया। अमरीका में मुआवजा मिलेगा। अमरीका में जान की कीमत ज्यादा है। अमरीका में ट्रायल ज्यूरी से होगा।

महोदया, भारत सरकार ने केवल गैस पीड़ितों को निराश नहीं किया, इस देश के हितों के साथ ही सौदा नहीं किया, बल्कि तीसरी दुनिया के सभी देशों के साथ भी विश्वासघात किया है। तीसरी दुनिया के विकासशील देश देख रहे थे यूनियन कार्बाइड के मामले की तरफ। मल्टीनेशनल कंपनियां उनके यहां भी फैल गई हैं। फर्टिलाइजर लेकर जा रही हैं, उन्हें फर्टिलाइजर की जरूरत है, वे भूख से पीड़ित हैं, उन्हें भोजन चाहिए, अनाज की पैदावार बढ़ानी है। इन कंपनियों ने वहां

जाल फैला रखा है। वहां किस तरह के जहर काम में लाए जा रहे हैं, उन्हें पता नहीं है और हमें भी पूरी कहानी पता नहीं है।

यूनियन कार्बाइड ने अंधेरे में रखा

एम.आई.सी. के साथ और क्या था, और पदार्थ या तत्व क्या थे? साइनाइड था या नहीं था। जब डॉक्टरों ने इलाज शुरू किया तो यह बात प्रकाश में आई कि यूनियन कार्बाइड ने न केवल देश को ही अंधेरे में रखा, बल्कि सरकार को भी अंधेरे में रखा। तीसरी दुनिया के देश देख रहे थे कि इस मामले का क्या होता है। यूनियन कार्बाइड का एक कारखाना और है, अमरीका में ही है। वहां जो सुरक्षा, सेफ्टी के प्रबंध हैं और जो भारत में प्रबंध थे, क्या वे बराबर हैं? एंडरसन ने कह दिया, बराबर हैं। यह गलत बात है। वहां पर उनकी जो फैक्टरी है, वह कंप्युटराइज है। इस तरह की कोई दुर्घटना की नौबत आती है, तो अपने आप उसका प्रबंध हो सकता है। भोपाल में क्या प्रबंध था? अगर मैं भारत सरकार के एफिडेविट में से उद्धृत करूं—टैंक गलत बना था, टैंक का रख-रखाव ठीक नहीं था, टैंक में तरल पदार्थ रखने का इंतजाम नहीं था—यह पूरा-पूरा चिट्ठा मेरे पास है और यह भारत सरकार ने इसलिए किया कि यूनियन कार्बाइड को कठघरे में खड़ा किया जा सके और यह ठीक ही किया। यह भी ठीक है कि उसके साथ राज्य सरकार और केंद्र के अधिकारी भी लिप्त हैं। अगर यूनियन कार्बाइड के कारखाने में सुरक्षा और सेफ्टी का प्रबंध नहीं था, तो मध्य प्रदेश सरकार के कर्मचारियों, अधिकारियों ने क्यों नहीं देखा? भारत सरकार ने इसकी चिंता क्यों नहीं की?

कहीं सारे मामले पर पर्दा डालने के लिए तो यह समझौता नहीं किया गया है? अब सुप्रीम कोर्ट ने फैसला दे दिया है, सारे क्लेम्ज, सारी लायबिल्टीज खत्म, क्रिमिनल केसेज खत्म, मानहानि के मामले भी खत्म, सब कुछ खत्म! सरकार ने जिस तरह से समझौता किया है, इससे व्यापक असंतोष है। जब सरकार ने अधिकार ले लिया था गैस पीड़ितों का प्रतिनिधित्व करने का, तो फिर गैस पीड़ितों से संपर्क होना चाहिए था, उनकी भावनाओं के साथ सरकार का कोई तालमेल होना चाहिए था। सुप्रीम कोर्ट में मामले की सुनवाई के दौरान इस बात का मुझे कोई संकेत नहीं मिला है कि सरकार इसके बारे में कुछ देख रही थी।

महोदया, सुप्रीम कोर्ट में पहले श्रीराम फर्टिलाइजर्स का मामला गया था। श्रीराम फर्टिलाइजर्स के मामले में सुप्रीम कोर्ट ने एक फैसला दिया था, जस्टिस भगवती ने कुछ बातें कही थीं। अब यह अंदाज किया जाता था कि सुप्रीम कोर्ट में जब एक मामला जा चुका है, उसका फैसला हो चुका है, तो यूनियन कार्बाइड का केस जो उससे मिलता-जुलता केस है, उसके बारे में भी सुप्रीम कोर्ट उसी प्रक्रिया का पालन करेगा। लेकिन मुझे अफसोस के साथ कहना पड़ता है कि उस प्रक्रिया का पालन नहीं हुआ।

महोदय, मैं अपने वक्तव्य को उपसंहार की ओर ले जाना चाहता हूं। मैं कानूनदां होने का दावा नहीं करता, भंडारे साहब जैसे विधि-विशेषज्ञ मेरे सामने बैठे हैं। मैंने कानून पढ़ा जरूर था मगर प्रीवियस के बाद छोड़ दिया था, इसलिए नहीं कि मैं फाइनल पास नहीं कर सकता था, बल्कि मुझे फाइनल करने का मौका नहीं मिला। मैं एक लाइयर के नाते नहीं बोल रहा हूं, मैं एक लेमैन के नाते बोल रहा हूं और आपसे सहमत हूं कि यह मामला राजनीति का मामला नहीं है, दलगत राजनीति का मामला नहीं है, लेकिन इतने बड़े कांड पर सरकार इस तरह से फैसला कर ले और

इतने कम पर सौदा कर ले—अब गैस पीड़ित दिल्ली का दरवाजा खटखटा रहे हैं, कल वह सुप्रीम कोर्ट गए थे, आज वह बोट क्लब पर बैठे हैं। मैं इस विवाद में नहीं जाना चाहता कि जो ७०५ करोड़ रुपया है, वह कैसे बंटेगा, उसका प्रबंध क्या होगा, वह पीड़ितों तक पहुंचेगा या नहीं पहुंचेगा, या बिचौलियों की जेब में जाएगा, वह एक अलग कहानी है।

सर्वोच्च न्यायालय पुनर्विचार करे

मैं एक बात कहकर बैठना चाहता हूं। मेरा अनुरोध है कि भारत का सर्वोच्च न्यायालय, जो जनता के अधिकारों का रक्षक है, सारे मामले पर पुनर्विचार करे, भारत सरकार को भी इसमें बाधक नहीं बनना चाहिए। समझौता हुआ, इस पर आपत्ति नहीं है, मगर समझौता गलत तरीके से हुआ और गलत तरह का हुआ है।

यह समझौता करने का रास्ता नहीं है, लोकतंत्र में तो बिल्कुल नहीं है। सरकार को एकाउंटेबिलिटी चाहिए और जुडीशियल सिस्टम की भी एकाउंटेबिलिटी चाहिए। अब तो लोगों के मन में प्रश्नचिह्न खड़ा हो गया है कि यह क्या हुआ? यह ७०५ करोड़ का आंकड़ा कैसे आया? जब यूनियन कार्बाइड ज्यादा देने के लिए तैयार था, तब इसलिए समझौता नहीं किया कि शोर मच रहा था। तो क्या इस समझौते के खिलाफ शोर मचे तो फिर समझौता बदल दिया जाएगा? क्या भारत सरकार इस तरह से फैसले करेगी? मेरा कहना है कि जब तक सुप्रीम कोर्ट पुनर्विचार नहीं करता तब तक ७०५ करोड़ की यह रकम अंतरिम है। यह री-हैब्लिटेशन के काम में लाई जानी चाहिए। यह अंतरिम है, अंतिम नहीं है और न अंतिम होनी चाहिए। धन्यवाद।

प्रेस बिल और प्रेस हड़ताल

महोदया, मानहानि विधेयक पर सदन में चर्चा रोककर उस पर पुनः विचार के लिए एक मंत्रियों की समिति बनाने का फैसला सरकार ने किया था। लेकिन उसके बाद भी प्रेस हड़ताल पर जाने के अपने निर्णय पर कायम रहा।

इसका अर्थ यह है कि विधेयक की धाराओं और समूचे विधेयक के बारे में वे बहुत तीव्रता से अनुभव करते हैं।

सरकार को जनमत के सामने थोड़ा झुकना पड़ा है, अन्यथा चर्चा रोकने की क्या जरूरत थी, मंत्रिमंडल की समिति बनाने की क्या आवश्यकता थी?

लेकिन मेरा निवेदन यह है कि आप इस विधेयक का मोह छोड़ दीजिए। जनमत की बात स्वीकार करना और जनमत के सामने झुकना लोकतंत्री सरकार के लिए कोई शर्म की बात नहीं होनी चाहिए। इसको प्रतिष्ठा का सवाल मत बनाइए। अगर इस विधेयक की किन्हीं धाराओं को आप आवश्यक समझते हैं तो उन्हें लाने का आपने जो तरीका अपनाया है, वह तरीका गलत था।

लोकतंत्र में आप क्या करते हैं, केवल इसका महत्व नहीं है, उसको किस तरीके से करते हैं, इसका भी बड़ा महत्व है। आपने प्रेस को विश्वास में नहीं लिया। विरोधी दलों से तो चर्चा करना आप अपनी शान के खिलाफ समझते हैं।

लेकिन अब भी समय है। मैं अपील करना चाहता हूं कि आप ऐलान करें कि प्रेस और देश की जनता की भावनाओं को ध्यान में रखकर इसको रद्द कर रहे हैं, वापस ले रहे हैं।

धन्यवाद।

** प्रेस मानहानि विधेयक पर राज्यसभा में ६ सितंबर, १९८८ को वक्तव्य।*

डाक खोलने का अधिकार किसलिए?

उपसभाध्यक्ष जी, सबसे पहले तो मैं यह बात कहना चाहता हूं कि जब यह विधेयक पारित होने जा रहा है, तो संचार मंत्री श्री अर्जुन सिंह को सदन में होना चाहिए था। वे कहां हैं, वे क्या कर रहे हैं? आज तो वे लोकसभा में भी नहीं हैं, इसलिए परलोक सभा में जरूर होना चाहिए था।

उपसभाध्यक्ष महोदय, शायद वे इसलिए नहीं आए हैं कि यह बड़ा अप्रिय काम है और अप्रिय काम, असंतोषजनक काम उन्होंने श्री संतोष मोहन देव के हिस्से छोड़ दिया है।

मेरा एक संशोधन है कि सरकारी अफसर के बजाय जुडीशियल मजिस्ट्रेट से यह अधिकार प्राप्त करना चाहिए कि हम किसी की डाक को इंटरसेप्ट करनेवाले हैं। सरकार को इसमें जुडीशियल मैजिस्ट्रेट को लाने में क्या आपत्ति है? सरकारी अफसर भी बहुत छोटे दर्जे का है, सब डिवीजनल इंस्पेक्टर ऑथराइज्ड वार्ड द सेंट्रल गवर्नमेंट है, वार्ड जनरल और स्पेशल आर्डर। मैंने संशोधन दिया है कि सेंट्रल गवर्नमेंट की जगह मैजिस्ट्रेट हो जाना चाहिए।

उपसभाध्यक्ष महोदय, आप स्वीकार करेंगे कि पत्र-व्यवहार को रोकने, उसे जब्त करने, उसे खत्म करने का अधिकार लेना, यह बड़ा गंभीर अधिकार है। आखिर पोस्ट ऑफिस का काम एक पत्र को उसके प्राप्तकर्ता तक पहुंचाने का है।

उपसभाध्यक्ष महोदय, आप सहमत होंगे कि किसी के पत्र-व्यवहार को रोकने, जब्त करने या नष्ट करने की शक्ति प्राप्त करने का मामला अति गंभीर है। जब हम पत्र लिखते हैं, टिकट चिपकाते हैं और इस विश्वास के साथ डाक में डाल देते हैं कि यह पानेवाले के पते पर पहुंचेगा। अब यदि आप बीच रास्ते में पकड़ना चाहते हैं तो आपको कम से कम इतना देखने की तो चिंता होनी चाहिए कि यह अधिकारियों की मनमर्जी पर न रह जाए। मैं फिर दोहराना चाहता हूं कि मुझे डाक-कर्मचारियों से कोई शिकायत नहीं है। गृह मंत्रालय के इंटेलीजेंस के अफसर डाकखानों में बैठे हुए हैं, वे अभी भी हमारी डाक सवेरे आकर ले जाते हैं और हमारी डाक हमको आधे घंटे या एक घंटे बाद मिलती है। हमारी चिट्ठियां छांटी जा रही हैं। क्या हम राष्ट्र विरोधी हैं? मैं पुनः पूछता हूं कि क्या हम राष्ट्र विरोधी हैं? क्या हमसे देश की एकता के लिए खतरा है?

श्रीमती प्रतिभा सिंह : जनता पार्टी की रेजीम में यह बातें आप लोग भी तो करते

** डाक बिल पर राज्यसभा में १० दिसंबर, १९८६ को संशोधन प्रस्ताव।*

थे।...(व्यवधान)

श्री वाजपेयी : यह गलत है।

श्रीमती प्रतिभा सिंह : नहीं, सही है, यह बिल्कुल ठीक है। यह बिल्कुल सही है। जैसे आप लोगों के पास इसके उदाहरण हैं, हमारे लोगों के पास भी इसके उदाहरण हैं।

श्री वाजपेयी : तो आपने मान लिया कि आप कर रहे हैं।...(व्यवधान)

श्रीमती प्रतिभा सिंह : हम कर रहे हैं या नहीं कर रहे हैं, आप कर रहे थे।

श्री वाजपेयी : उपसभाध्यक्ष जी, हम नहीं करते थे। अगर हम करते थे तो वह गलत था। हमने वह किया, इसीलिए हम यहां बैठे हैं और आप भी अगर यही करेंगे तो आपको भी यहां आना पड़ेगा।...(व्यवधान) मेरा कहना है कि यह रुकना चाहिए। यह पार्टी का मामला नहीं है। टेलीफोन टेप की शिकायतें लेकर हम मिर्धा जी के पास गए। हम अपने साथ सभी दस्तावेज ले गए। हमने उनसे कहा कि सत्तारूढ़ पार्टी के सदस्यों के टेलीफोन टेप किए जा रहे हैं, मुख्य न्यायाधीश का टेलीफोन टेप किया जा रहा है, भारत के राष्ट्रपति का टेलीफोन टेप किया जा रहा है। यह पार्टी का सवाल नहीं है, मैं कहना चाहूंगा अपनी महिला मित्र से कि यह पार्टी का प्रश्न नहीं है।

श्री संतोष मोहन देव : महोदय, मुझे पत्र सेंसर नहीं करने हैं।

उपसभाध्यक्ष महोदय : आप पहले ही वचन दे चुके हैं कि आप अटल बिहारी वाजपेयी जी की डाक सेंसर नहीं करेंगे।

श्री वाजपेयी : उपसभाध्यक्ष जी, एक सेफगार्ड चाहिए, आप जुडिशियल मैजिस्ट्रेट के पास आ-जा सकते हैं और डाक को रोकने का अधिकार प्राप्त कर सकते हैं। यह बात डाक अफसर पर नहीं छोड़ी जानी चाहिए। इसके दुरुपयोग की संभावना है। इसके दुरुपयोग की आशंका है। मैं चाहूंगा कि मंत्री महोदय मेरे इस सुझाव पर विचार करें।

श्री संतोष मोहन देव : महोदय, श्री अटल बिहारी वाजपेयी जी द्वारा दिया गया सुझाव मेरे लिए स्वीकार योग्य नहीं है, क्योंकि हमने जो कुछ भी किया है वह विधि आयोग और विधि मंत्रालय से सलाह लेने के बाद ही किया है। सुझाव जो उन्होंने दिए हैं, अच्छे हो सकते हैं, लेकिन दुर्भाग्यवश इन पर बहुत समय लगेगा। अब ये स्वीकार्य नहीं हैं। मुझे इसका खेद है...(व्यवधान)

उपसभाध्यक्ष महोदय : अब मैं भी श्री अटल बिहारी वाजपेयी जी द्वारा प्रस्तुत संशोधन प्रस्ताव को मतदान के लिए रखता हूं। प्रश्न है : 'पृष्ठ संख्या ३ पर, पंक्ति ३-४ में, 'केंद्र सरकार' शब्द के स्थान पर 'मुख्य न्यायाधीश' प्रतिस्थापित होना चाहिए। प्रस्ताव नकारात्मक था।

श्री अटल बिहारी वाजपेयी की ओर से दो संशोधन हैं।

श्री वाजपेयी : महोदय, मैं प्रस्तुत करूं कि पृष्ठ ६ पर—

(अ) पंक्ति ८ का शब्द 'जनसुरक्षा या धैर्य' हटाया जाए।

(ब) पंक्ति ९-१२ में शब्द 'विदेशों से मित्रवत् संबंध या सार्वजनिक व्यवस्था या किसी अपराध के आयोग की उत्तेजना रोकने के लिए या सार्वजनिक आपातस्थिति पैदा होने पर' हटाया जाए।

कि पृष्ठ ६, पंक्ति १५ के बाद निम्न नियम जोड़े जाएं, यथा—

"प्रावधान है कि व्यक्ति या व्यक्तियों का संगठन, जिसकी डाक वस्तुओं में हस्तक्षेप किया गया है या रोकी गई है, को लिखित में ऐसा करने के कारण सहित सूचना दी जाएगी।"

आगे प्रावधान है कि उच्च न्यायालय के कार्यरत न्यायाधीश की अध्यक्षता में उच्च न्यायालय के अवकाश प्राप्त न्यायाधीशों के एक पैनल को पहले संतुष्ट होना पड़ेगा कि किसी विशेष व्यक्ति या संस्थान या किसी तरह के संगठन के संबंध में किया गया कोई कार्य भारत की संप्रभुता, अखंडता और सुरक्षा के हित में है।

उपसभाध्यक्ष जी, मंत्री महोदय ने बार-बार इस बात पर बल दिया है कि उन्होंने इस क्लॉज का प्रोवीजो निकाल दिया है और इसके लिए वह साधुवाद चाहते हैं। अगर उस प्रोविजो को अदालत में चुनौती दी जाती तो वह आधारभूत अधिकारों के विरुद्ध था और वह क्लॉज अदालत में ठहर नहीं सकता था। उन्होंने लॉ कमीशन की रिपोर्ट का भी हवाला दिया है। यह ठीक है कि अब लिखकर आदेश दिया जाएगा, फिर बाद में अदालत में चुनौती दी जा सकती है।

संशोधन का उद्देश्य

मेरे संशोधन का उद्देश्य यह है कि कार्रवाई करने से पहले आप हाई कोर्ट के जज के पास जाएं। इसके लिए एक पैनल बनाया जा सकता है और उससे कहें कि हमारे पास विश्वास करने के कारण हैं कि जो पत्र-व्यवहार हम रोकना चाहते हैं वह राष्ट्रीय सुरक्षा, देश की अखंडता और एकता के विरुद्ध काम में लाया जा रहा है। जो व्यक्ति कार्यवाही कर रहे हैं, वह व्यक्ति आपत्तिजनक काम कर रहे हैं; और उनसे अनुमति लेकर, उनकी स्वीकृति लेकर फिर आप कठोर कदम उठाएं। सामान्य स्थिति में इस तरह का कानून बनना नहीं चाहिए। आपातस्थिति हो, आधारभूत अधिकार निर्लंबित कर दिए जाएं तो वह बात अलग होगी।

उपसभाध्यक्ष महोदय, दूसरी बात मैं कहना चाहता हूं, जो सचमुच देश को हानि पहुंचाना चाहते हैं वे क्या आपके पोस्टल का उपयोग करेंगे चिट्ठी-पत्री लिखने के लिए? मैं जानना चाहता हूं इस तरह के ऐसे अभी कितने मामले हैं, जिनमें इस तरह से डाक को इंटरसैप्ट करने का अधिकार सरकार ने लिया है? अभी जो किया जा रहा है, वह बिना अधिकार के किया जा रहा है। अब आप करेंगे तो लिखकर आपको देना पड़ेगा। क्या यह उनके लिए चेतावनी नहीं होगी? क्या वह अपना तरीका नहीं बदल देंगे? जो सचमुच में राष्ट्र विरोधी गतिविधियों में संलग्न हैं, वे इनके फंदे में कहां फंसेंगे, बल्कि राजनीतिक विरोधियों के खिलाफ इनका उपयोग होगा। इसलिए मैं मंत्री महोदय से कहना चाहूंगा कि मेरे संशोधन पर वह विचार करें। वैसे मैं लॉ कमीशन की रिपोर्ट पर आपत्ति नहीं करता, मगर ये सारी बात मेरी समझ में नहीं आ रही है।

"यदि संतुष्ट होता है कि यह आवश्यक या अपेक्षित है इसलिए जन सुरक्षा या धैर्य बनाए रखना, भारत की संप्रभुता और अखंडता, राज्य की सुरक्षा, विदेशों से मित्रतापूर्ण संबंध या सार्वजनिक कानून व्यवस्था या किसी अपराध के आयोग की उत्तेजना रोकने..."

क्या अन्य कानून के अंतर्गत इस मामले में कदम नहीं उठाए जा सकते? केवल 'इन द इंटरेस्ट ऑफ सोवेनिटी इंटेग्रेटी एंड सिक्योरिटी' लिखने से काम नहीं चलेगा। लेकिन मैं उस मुद्दे पर जोर नहीं दे रहा हूं, उपसभाध्यक्ष महोदय, मेरा संशोधन यह है कि सरकार एक प्रोविजी लगा दे :

"प्रावधान है कि व्यक्ति या व्यक्तियों का संगठन, जिसकी डाक वस्तुओं में हस्तक्षेप किया गया है, या रोकी गई है, को लिखित में ऐसा करने के कारण सहित सूचना दी जाएगी।"

मैं हाई कोर्ट के जजों को लाना चाहता हूं। यह तो आप आपत्ति नहीं कर सकते कि जजों

को देश की सुरक्षा और संप्रभुता या अखंडता के बारे में चिंता नहीं होगी। आदेश लेने में विलंब होगा, मैं इस तर्क को मानने के लिए तैयार नहीं हूं, मूलभूत अधिकारों के खिलाफ एक गंभीर कदम आप उठाना चाहते हैं, हाई कोर्ट जजेज के पैनल के पास जाकर आपको अनुमति प्राप्त करने में एतराज नहीं होना चाहिए। लेकिन अगर आप इसको स्वीकार नहीं करेंगे तो फिर आपके इरादों के बारे में शक होगा। मंत्री महोदय शिकायत करेंगे, यह शक से ही आरंभ कर रहे हैं। मेरे मित्र आडवाणी जी ने जैसा कहा था : यह सारा विधेयक अविश्वास पर आधारित है और आपका अविश्वास है भारत की जनता पर, और हम लोगों पर।

प्रिवीपर्स पर गाज क्यों गिराई?

उपाध्यक्ष महोदय, दिल्ली के कुछ समाचारपत्रों में इन दिनों एक विज्ञापन प्रकाशित हो रहा है, जिसमें एक व्यक्ति की तस्वीर है लेकिन उसका मुंह नहीं दिखाई देता है, और उसमें पूछा गया है कि कौन है वह व्यक्ति जिसकी वार्षिक आय ४,४८,००० रुपए के बराबर है? कौन है वह व्यक्ति जिसकी आय प्रति भारतीय नागरिक से ८४८ गुणा अधिक है? कौन है वह व्यक्ति जिसकी आय किसी भी कंपनी के उच्चतम अधिकारी से ढाई गुना अधिक है?

क्या यह व्यक्ति कोई राजा है, पुराना नरेश है? क्या इस व्यक्ति को अपने पूर्वजों के किसी पुण्य के फलस्वरूप यह वार्षिक आय दी जा रही है? यह व्यक्ति कोई राजा नहीं है, यह प्रजा का सेवक होने का दावा करता है। यह व्यक्ति कोई सामंतवादी नहीं है, यह समाजवाद का डिम-डिम बजाता है। पुराने राजा समाप्त किए जा रहे हैं, राज-मुकुटों की चमक अतीत के इतिहास में विलीन हो रही है, मगर राष्ट्रीय रंगमंच पर समाजवाद का दम भरनेवाले, नए राजा और रानियों को खड़ा कर रहे हैं। उनके विशेषाधिकारों का क्या होगा?

उपाध्यक्ष महोदय, यह विधेयक श्री यशवंत राव चह्वाण ने प्रस्तुत किया था। आजकल वह गृह मंत्रालय के बजाय वित्त मंत्रालय में विराजमान हैं। बड़े परिवर्तनों की चर्चा हो रही है, यह भी एक परिवर्तन का ही प्रतीक है। श्री यशवंत राव चह्वाण ने कहा था—इस विधेयक को इसलिए लाया जा रहा है कि राजशाही की परिकल्पना, राजाओं का जेब-खर्च, उनके विशेषाधिकार समता पर आधारित समाज की परिकल्पना से मेल नहीं खाते। मैं पूछना चाहता हूं, यह मेल खाना कब से बंद हो गया? १९५० में भारत का संविधान बना, उस संविधान में हमारे स्वतंत्रता-संग्राम के सेनानियों ने उन प्रावधानों को रखा, जिनको आज हटाने की बात की जा रही है। मैं कामरेड डांगे की स्थिति समझ सकता हूं, जो प्रारंभ से ही प्रिवीपर्स के खिलाफ थे। और भी दल हैं जो संविधान के निर्माण के समय से ही इसके विरोधी थे, लेकिन उनकी बातों को अस्वीकार करके, सरदार पटेल की नीतिमत्ता को स्वीकार करके, राजाओं की देशभक्ति का समादर करके जिन संविधान के निर्माताओं ने—जिनके उत्तराधिकारी होने का दावा करते हैं मेरे सामने बैठे हुए माननीय सदस्य

---

* *भूतपूर्व रियासतों के राजाओं का प्रिवीपर्स समाप्त करने के लिए लाए गए संविधान संशोधन विधेयक (२४वां) पर लोकसभा में १ सितंबर, १९७० को भाषण।*

और सदस्याएं—उन्होंने क्या सोचकर यह बात संविधान में रखी थी? २० साल तक ये प्रिवीपर्स देते रहे, उनके विशेषाधिकार मान्य होते रहे, १९६७ से पहले सत्तारूढ़ दल ने प्रिवीपर्स समाप्त करने की बात नहीं कही—क्या १९६७ में समाजवाद का अचानक रहस्योद्‌घाटन हो गया, क्या परिवर्तन की लहर १९६७ में ही टकराई, जब नौ राज्यों में सत्तारूढ़ कांग्रेस ध्वस्त हो गई और जनता ने कांग्रेस का परित्याग कर दिया?

किस परिवर्तन की बात की जा रही है? परिवर्तन आवश्यक है। हम भी परिवर्तन के हामी हैं, लेकिन आज तक हमारे स्वतंत्रता संग्राम की श्रृंखला यह रही है कि परिवर्तन के साथ परंपरा कायम रहनी चाहिए। डांगे का परिवर्तन अलग है, जहां स्टालिन की कब्र को खोदा जा सकता है, जहां खुश्चेव का नाम लेना पाप घोषित किया जा सकता है, लेकिन भारत देश में ऐसा परिवर्तन नहीं आएगा। राजाओं की देशभक्ति को जगानेवाले सरदार पटेल का भी आनेवाली संततियां नाम लेंगी और सरदार पटेल की नीतिमत्ता से प्रेरित होकर अपने राज्यों को विलीन करनेवाले राजाओं का भी आदर किया जाएगा।

सत्तारूढ़ दल में भी राजा बैठे हैं

उपाध्यक्ष महोदय, राजाओं का जेब-खर्च बंद किया जाए, उनके विशेषाधिकार समाप्त किए जाएं, क्या यह जनता की मांग है?...(व्यवधान) उस जनता की जो उन्हीं राजाओं को इस सदन में चुनकर भेजती है। ग्वालियर की राजमाता सिंधिया ने चुनौती दी थी, प्रिवीपर्स समाप्त करने के सवाल पर रियासतों की जनता का मत लिया जाए। इस शासन में साहस नहीं हुआ मत लेने का। अगर जनता चाहती है कि प्रिवीपर्स समाप्त हो, तो जनता से पूछा जा सकता है। वह जनता राजाओं को चुनकर भेजती है, सत्तारूढ़ दल में भी राजा बैठे हैं, वे पुराने कांग्रेसियों को हराकर आए हैं, वोटों की दृष्टि से उनकी सफलता सराहनीय रही है। अगर लोकप्रियता कसौटी है तो ईमानदारी से स्वीकार करना होगा कि अच्छे, भले, बुरे सब तरह के व्यक्तियों के बावजूद आज के राजा हमारे वर्तमान नेताओं से अधिक लोकप्रिय हैं। यह लोकप्रियता चुनावों से प्रमाणित हो चुकी है...(व्यवधान)

उपाध्यक्ष महोदय, मैं स्वीकार करता हूं कि देश में परिवर्तन की आवश्यकता है, लेकिन परिवर्तन की प्रक्रिया क्या होनी चाहिए? यह तो सरकार की नीतिमत्ता का दिवाला है कि वह राजाओं को समझा नहीं सकी। अगर सचमुच जनता प्रिवीपर्स की समाप्ति चाहती है, अगर मूल्य बदल गए हैं, अगर नया युग आ रहा है, अगर परिवर्तन की लहर समय की चट्टानों से टकरा रही है, तो फिर ये राजा परिवर्तन की आवाज को अनसुना नहीं कर सकते। मगर उनकी देशभक्ति, वर्तमान मूल्यों के प्रति उनकी निष्ठा को जगानेवाला कोई है? जो काम सरदार पटेल कर सके, वह आज कोई नहीं कर सकता। कमी राजाओं की नहीं है, कमी राजाओं को समझानेवाले की है, कमी मावलों की नहीं है, कमी छत्रपति शिवाजी की है, कमी प्रताप के इशारे पर सर्वस्व समर्पण करनेवाले भामाशाहों की नहीं है, कमी महाराणा प्रताप की है।

इसका कारण स्पष्ट है। आज यह समझा जाता है कि प्रिवीपर्स को समाप्त करने की बात राजनीतिक कारणों से की जा रही है। २० साल तक आप प्रिवीपर्स देते रहे। जब तक राजा सत्तारूढ़ कांग्रेस के साथ चलते रहे, वे राजा भी अच्छे थे, दूध के धोए थे, वे जनता के सेवक थे और प्रिवीपर्स देना भी अच्छा था, वचन का पालन भी आवश्यक था, प्राण जाए पर वचन न

जाई। लेकिन १९६७ में पहली बार कुछ राजाओं ने कांग्रेस का विरोध करने का साहस दिखाया—कुछ राजाओं ने—अभी भी अधिकांश राजा उधर ही हैं और राजाओं के समर्थन से चुनाव जीतनेवाले भी उधर हैं। लेकिन १९६७ में उन्होंने जरा-सा साहस दिखाया, तो फिर पुरानी संधियों को रद्दी की टोकरी में फेंककर, सरदार पटेल की प्रतिष्ठा को मिट्टी में मिलाकर, संविधान की मर्यादा का उल्लंघन करके, अब समाजवाद का नारा लगाया जा रहा है और कहा जा रहा है कि वक्त बदल गया है। १९६७ में ही बदला, १९६२ में नहीं बदला और क्या वक्त १९७० तक नहीं रुक सकता?

मैं पूछना चाहता हूं—उपाध्यक्ष महोदय, चार करोड़ का मामला है, प्रधानमंत्री तो क्षतिपूर्ति देने वाली हैं, यद्यपि डांगे साहब को वह भी पसंद नहीं है। आज डांगे साहब के कथन पर प्रिवीपर्स समाप्त किया जा रहा है, कल क्षतिपूर्ति के सवाल पर सरकार को दबाया जाएगा, फिर भी डांगे साहब को संतोष होनेवाला नहीं है, मांगें जारी रहेंगी, सस्ती लोकप्रियता प्राप्त करने के प्रयास में प्रधानमंत्री अपना पद भी खो बैठेंगी — इसकी आज मैं भविष्यवाणी करना चाहता हूं।

राजाओं की देशभक्ति को दुत्कारना गलत

आज थोड़े से युवा तुर्कों के तेज तीरों से विद्ध होकर, राजाओं से बातचीत को तोड़कर, इस विधेयक को स्वीकृत करके उनके सिर पर तलवार लटकाई जा रही है। उपाध्यक्ष महोदय, बातचीत चल रही थी, राजा वार्ता के द्वारा किसी समझौते पर आने के लिए तैयार थे, लेकिन कोई भी स्वाभिमानी व्यक्ति यह नहीं मान सकता कि छाती पर पिस्तौल रखकर समझौता कराया जाए और मैं राजाओं को बधाई देता हूं—आत्मसम्मान के विपरीत उन्होंने आचरण करने से इन्कार कर दिया। लेकिन क्या यह लोकतंत्रात्मक तरीका है? क्या यह लोकतंत्रात्मक जीवन-मूल्यों की रक्षा है? एक तरफ वार्ता की बात की जा रही है और दूसरी तरफ तलवार लटकाई जा रही है।

उपाध्यक्ष महोदय, आप प्रातःकाल सदन में थे, अब यह विधेयक अगर पास हो गया—मुझे विश्वास है पास नहीं होगा; सारी शक्ति इस सरकार के हाथ में केंद्रित हो जाएगी और सरकार, यानी प्रधानमंत्री जो गृह मंत्री भी हैं, वह राजाओं से चर्चा करेंगी। किसका-कितना मुआवजा मिलना चाहिए, क्या-क्या बातें होंगी, कौन-कौन से वायदे लिए जाएंगे, राजनीति की शतरंज पर कौन सी गोटें चली जाएंगी—यह कोई नहीं जानता। यह सारी शक्ति अपने हाथ में केंद्रित करने की लालसा क्यों है? क्या इसके पीछे राजनीति काम नहीं कर रही है? क्या सरकार क्षतिपूर्ति के बारे में सदन को विश्वास में लेगी? तो फिर यह विधेयक पास होना मुश्किल हो जाएगा, क्योंकि विधेयक के समर्थन के लिए जिनका सहयोग आवश्यक है, वह अभी स्थिति स्पष्ट कर गए हैं।

कामरेड डांगे ने तो बड़ी मजेदार बात कही—उन्होंने कहा कि राजा अगर चाहें तो महाराज कर्ण सिंह की तरह से सेवा कर सकते हैं। इंदिरा जी के दरबार में सेवा करें तो अच्छे हैं और अगर इंदिरा जी का विरोध करने का साहस करें तो उनका जेब-खर्च बंद करने की धमकी दी जाएगी, उनके सारे इतिहास को कलंकित करने का प्रयत्न किया जाएगा। यह समय नहीं है इतिहास में जाने का, मगर कोई भूल सकता है इस बात को कि एक निजाम ने भारतीय संघ में शामिल न होने का निर्णय करके सारे भारत को संकट में डाल दिया था। अगर और राजा यही करते तो क्या होता? आज जम्मू-काश्मीर का भारत में विलय भी एक राजा के इंस्ट्रुमेंट ऑफ एक्सेशन पर दस्तखत के कारण है—क्या इसको भुलाया जा सकता है? राजाओं में अच्छे-बुरे सभी लोग

हैं, लेकिन राजाओं की देशभक्ति को दुत्कारकर यह सदन अपनी प्रतिष्ठा नहीं बढ़ा रहा है। क्या इस प्रकार जिन जनतांत्रिक जीवन-मूल्यों की रक्षा की बात हम करते हैं, उनकी रक्षा हम कर सकते हैं?

कोई इन्कार कर सकता है कि राजाओं के साथ संधियां हुईं और क्या उन संधियों को एकपक्षीय ढंग से तोड़ा जा सकता है? कभी सोचा है कि भूटान और सिक्किम में उसकी प्रतिक्रिया क्या होगी? सिक्किम का भी एक राजा है जो कि हमारे साथ संधियों के संबंधों में बंधा हुआ है। भूटान के महाराज भी हमारे साथ संधि के संबंधों में बंधे हुए हैं। आप अपने राजाओं की संधि एकतरफा ढंग से तोड़ दें तो क्या उनके मन में संदेह पैदा होने की आशंका नहीं है? मेरे पास भूटान से समाचार आया है। जब हमारे एक मंत्री भूटान गए तो भूटान के महाराजा ने कहा कि आपका कोई भरोसा नहीं है, जब चाहे हमारी संधि तोड़ सकते हैं, इसलिए हमें तो युनाइटेड नेशंस में जाना है। अगर आप हमारा नाम रखें तो आपके द्वारा हम जाएंगे नहीं तो हम किसी और शक्ति से नाम रखवाकर युनाइटेड नेशंस के मेंबर बनेंगे। यह प्रतिक्रिया हमने भूटान में जगाई है। हम भूटान को अपने साथ रखना चाहते हैं। भारत और कम्युनिस्ट चीन के संघर्ष में हम भूटान की निष्ठा अपने साथ रखना चाहते हैं। हम भूटान और सिक्किम को लोकतांत्रिक खेमे में रखना चाहते हैं, लेकिन अपने राजाओं के साथ ऐसा व्यवहार करके हम उन नरेशों के हृदय में भारत के वचनों के प्रति दृढ़ रहने की भावना नहीं जगा सकते हैं।

ग्वालियर एक मिसाल

जब रियासतों का विलय हुआ तब राजा अगर चाहते तो अपने लिए और भी सुविधाएं प्राप्त कर सकते थे। मैं ग्वालियर का उदाहरण जानता हूं जहां के महाराज ने ५० करोड़ रुपया नकद केंद्रीय सरकार के खजाने में दे दिया। क्या वे यह रुपया अपने पास नहीं रख सकते थे? लेकिन आज उनकी देशभक्ति को चुनौती दी जा रही है।

श्री सोनावने (पंढरपुर) : वह रुपया कहां से लाए थे?

श्री वाजपेयी : हमारे सोनावने साहब पूछते हैं कि उनके पास रुपया कहां से आया। वहीं से आया, जहां से आपके पास आता है। पुराने राजाओं के पास रुपया आसमान से आता था और आज के राजाओं के पास गंगाजली में से आता है, ऐसी बात नहीं है। लेकिन उन्होंने ५० करोड़ रुपया केंद्रीय खजाने में दे दिया, क्योंकि देश परिवर्तन के कगार पर खड़ा था। अंग्रेज भारत को पांच सौ टुकड़ों में बांटना चाहते थे। पाकिस्तान षडयंत्ररत था। उस समय राजाओं ने अपनी भूमिका का जिस तरह से निर्वाह किया, उसका इतिहास में मूल्यांकन होना चाहिए और इस सदन को भी इसके प्रति अपनी अच्छी भावनाएं प्रकट करनी चाहिए।

मैं समझता हूं अभी भी समय है, प्रिवीपर्स और विशेषाधिकार का मामला बातचीत के साथ ठीक ढंग से हल किया जा सकता है। लेकिन बातचीत के लिए वातावरण बनाना होगा। विधेयक की तलवार लटकाकर, विधेयक स्वीकृत कराने की धमकी का वातावरण बनाकर राजाओं को अधिक त्याग और बलिदान करने के लिए प्रेरित नहीं किया जा सकता। उसके लिए तो इस विधेयक को अस्वीकार करना होगा। और फिर राजाओं के साथ नए सिरे से चर्चा चलानी होगी।

मैं यह समझने में असमर्थ हूं कि अगर राजाओं के विशेषाधिकार लिए जा रहे हैं, उनका जेब-खर्च बंद किया जा रहा है तो उन्हें सर्वोच्च न्यायालय में जाने की छूट क्यों नहीं होनी चाहिए।

यह बात किसी भी कसौटी पर ठीक नहीं उतर सकती। इस देश का हर नागरिक बराबर है। हर नागरिक को न्यायालय का दरवाजा खटखटाने का अधिकार है। आप एक तरफ विषमता खत्म कर रहे हैं और दूसरी तरफ विषमता उत्पन्न कर रहे हैं। इससे स्पष्ट लगता है कि विषमता मिटाना आपका उद्देश्य नहीं है, बल्कि कुछ राजाओं को दंडित करना ही आपका उद्देश्य हो सकता है या समाजवाद की सस्ती लोकप्रियता प्राप्त करना आपका उद्देश्य हो सकता है।

जहां तक पैसे का सवाल है, जो चार करोड़ रुपए हैं, वे भी प्रति वर्ष कम होते जा रहे हैं। हर मौत प्रिवीपर्स की रकम घटा देती है। अब पहले से आधा रुपया रह गया है। यह और भी घटनेवाला है। चार करोड़ की इतनी छोटी रकम आम जनता के भाग्य को संवार देगी, सजा देगी, इसकी कोई कल्पना नहीं कर सकता। स्पष्टतः यह कोई बहुत बड़ा सवाल नहीं है।

ऐसा लगता है कि बुनियादी परिवर्तन करने में असफल रहने के कारण ये सस्ते और हल्के सवाल उठाए जा रहे हैं, जोकि राजनीतिक मंच के लिए शोभा दे सकते हैं, लेकिन न तो लोकतंत्र की जड़ों को मजबूत कर सकते हैं और न ही संविधान की गरिमा को बढ़ा सकते हैं। जिस परिवर्तन की दुहाई दी जा रही है, उस परिवर्तन का हवाला देकर मैं कहना चाहता हूं कि आज इस सदन के सदस्यों को अपनी आत्मा से पूछना होगा। राष्ट्रपति के चुनाव में जो आत्मा जागी थी, क्या वह सो रही है? अब कहा जा रहा है कि प्रिवीपर्स पर आत्मा नहीं जागेगी, क्योंकि प्रिवीपर्स का सवाल रुपए-पैसे का सवाल है। श्री भानु प्रकाश सिंह ने जो जवाब दिया है, मैं उसको यहां पर दोहराना नहीं चाहता हूं, लेकिन प्रधानमंत्री से एक बात कहना चाहता हूं कि अगर आत्मा है और अगर वह जागती है तो जहां अन्याय होगा, जहां विषमता रहेगी, वहां जागेगी और यह विधेयक इस सदन के द्वारा ठुकरा दिया जाएगा। धन्यवाद।

परिशिष्ट

सर्वश्रेष्ठ सांसद सम्मान

१७ अगस्त, १९९४ को संसद भवन के केंद्रीय कक्ष में आयोजित एक भव्य समारोह में श्री अटल बिहारी वाजपेयी को भारतरत्न पंडित गोविंद बल्लभ पंत स्मारक समिति की ओर से सर्वश्रेष्ठ सांसद पुरस्कार से सम्मानित किया गया। उपराष्ट्रपति श्री के.आर. नारायणन की उपस्थिति में प्रधानमंत्री श्री पी.वी. नरसिंह राव ने यह पुरस्कार श्री वाजपेयी को समर्पित किया।

इस अवसर पर उपराष्ट्रपति श्री के.आर. नारायणन, प्रधानमंत्री श्री पी.वी. नरसिंह राव, लोकसभा अध्यक्ष श्री शिवराज पाटिल, पूर्व केंद्रीय मंत्री श्री कृष्णचंद्र पंत और पुरस्कारजयी सर्वश्रेष्ठ सांसद श्री अटल बिहारी वाजपेयी ने अपने उद्गार व्यक्त किए।

अगले पृष्ठों पर इन महानुभावों के पांचों महत्वपूर्ण भाषण संकलित हैं।

—संपादक

श्री कृष्णचंद्र पंत

पंडित गोविंद बल्लभ पंत स्मारक समिति के संयोजक

माननीय उपराष्ट्रपति महोदय, माननीय प्रधानमंत्री जी, माननीय लोकसभा अध्यक्ष जी, सम्मानित अतिथियो तथा देवियो और सज्जनो। संसद भवन के इस ऐतिहासिक कक्ष में मैं आप सबका गोविंद बल्लभ पंत स्मारक समिति और अपनी ओर से हार्दिक स्वागत करता हूं। उपराष्ट्रपति महोदय ने इस समारोह में उपस्थित होकर इसे और गरिमा प्रदान की है। इसके लिए हम उनके आभारी हैं।

हम प्रधानमंत्री जी के आभारी हैं कि उन्होंने अपने व्यस्त कार्यक्रम के बावजूद इस समारोह में उपस्थित होने के लिए समय निकाला। वे अपने कर-कमलों से आज सर्वश्रेष्ठ सांसद का पुरस्कार समर्पित करेंगे। यह दूसरा सर्वश्रेष्ठ सांसद पुरस्कार है। उन्होंने पहला सर्वश्रेष्ठ सांसद पुरस्कार श्री इंद्रजीत गुप्त को प्रदान किया था। गोविंद बल्लभ पंत समिति को लोकसभा के माननीय अध्यक्ष से सर्वश्रेष्ठ सांसद पुरस्कार के संदर्भ में लगातार सहयोग मिलता रहा है। उन्होंने पुरस्कार चयन समिति के अध्यक्ष पद को सुशोभित करके हमें सम्मान प्रदान किया। हम इसके लिए उनके प्रति अपना विशेष आभार प्रकट करते हैं। पक्षपात रहित और राजनीतिक दृष्टिकोण से ऊपर उठकर पुरस्कार विजेता का चयन करने के लिए चयन समिति के सदस्यों को विशेष बधाई दी जानी चाहिए।

गोविंद बल्लभ पंत स्मारक समिति का गठन अब से करीब तीस वर्ष पहले हुआ था। उस अवसर पर पंडित जवाहरलाल नेहरू ने कहा था : "पंडित गोविंद बल्लभ पंत हर देशवासी के हृदय में देश के महानतम सांसद और प्रशासक के रूप में अंकित हैं।"

पिछले तीन दशकों में समिति की ओर से अनेक कार्यक्रम आयोजित किए गए हैं, लेकिन उनमें से कोई ऐसा नहीं था जो पंत जी के सांसद जीवन पर केंद्रित रहा हो। आज का कार्यक्रम इस खामी को पूरा करने की दिशा में एक प्रयास है। जन प्रतिनिधि संगठनों से पंडित जी का संपर्क लंबा और उपयोगी रहा है। वे काशीपुर म्युनिसिपल बोर्ड और नैनीताल जिला बोर्ड से लगाकर संविधान सभा से संबद्ध रहे। उन्होंने उत्तर प्रदेश और केंद्र सरकार में पक्ष और विपक्ष दोनों के सदस्य के रूप में महत्वपूर्ण भूमिका निभाई। इन संगठनों के सदस्य के रूप में उन्होंने लोकतंत्र के

व्यवस्था बनाए रखने को महत्व देते थे। उनका इन व्यवस्थाओं में पूर्ण विश्वास था। अतः यह स्वाभाविक था कि उनकी स्मृति में दिए जानेवाले पुरस्कार-विजेता का चयन करने में इन गुणों को महत्व दिया गया।

इस अवसर पर मैं पंत जी द्वारा लोकसभा में व्यक्त किए गए कुछ विचारों को आपके समक्ष रखना चाहूंगा, क्योंकि वे विचार आज ज्यादा सामयिक हो गए हैं। "हमें एक महान देश का वासी होने का सम्मान मिला है, लेकिन कोई भी देश केवल अपने 'बड़े आकार' के कारण महान नहीं होता। किसी भी देश के निवासियों की एकता और समान आदर्शों को प्राप्त करने का उनका प्रयास ही देश को शक्ति प्रदान करता है।" उनकी राय में एकता का अर्थ एकसमानता नहीं था। पंडित जी के शब्दों में : "लोकतंत्र का मूलाधार है उन सभी वर्गों को अधिकतम स्वतंत्रता का दिया जाना जो देश की एकता, अखंडता और विकास के अनुरूप हों। अपने विकास और सभी आकांक्षाओं और कभी-कभी इसकी विभिन्नताओं को पूरा करने के लिए कार्यरत हों।"

उनका एक और विचार आज सामायिक है : "लोकतंत्र तभी सफल हो सकता है जब कि हम में सहनशीलता और अनुशासन हो। इनके बिना हमारे लोग कितने भी अच्छे हों, कोई भी लोकतंत्र पर्याप्त परिणाम नहीं दे सकता है। संसद के लिए नियम आवश्यक हैं, लेकिन संसद निर्जीव नियमों से नहीं चला करती। यह स्वाभाविक है कि बहुमत और अल्पमत के अपने-अपने दृष्टिकोण हों। किसी एक राजनीतिक दल में भी किसी एक मुद्दे पर कुछ हद तक मतभिन्नता होने में आश्चर्य नहीं होना चाहिए। हमारा देश विशाल है। यहां बहुत सी जातियां हैं, धर्म हैं, समुदाय हैं, भौगोलिक परिस्थितियां अलग-अलग हैं, आर्थिक और सामाजिक विषमताएं हैं, विभिन्न स्तरों पर हितों में टकराव है। इन सभी विभिन्नताओं को संसद में अभिव्यक्ति मिलती है और ऐसा होना भी चाहिए; लेकिन सदन में हुए वाद-विवाद और गर्मागर्मी के बाद संसद में फैसला भी होना जरूरी है, क्योंकि देश का काम तो नहीं रोका जा सकता। कभी-कभी ऐसा लगता है कि वैचारिक मतभेदों के दलदल में संसद की गाड़ी का पहिया अटक गया है। ऐसे समय में सभी की निगाहें संसद के उन सदस्यों की ओर उठती हैं, जिनका नजरिया व्यापक है। चिंतन गहन है और जो दूसरों के नजरिए के प्रति अधिक सहनशील हैं। ऐसे सांसद सत्तारूढ़ दल में होते हैं और विपक्ष में भी। कोई भी संसद ऐसे सदस्यों के बिना चल ही नहीं सकती।"

आज यह पुरस्कार श्री अटल बिहारी वाजपेयी को दिया जा रहा है। संसदीय लोकतंत्र में उनका विश्वास निर्विवाद है। १९७८ में मंत्री पद से बोलते हुए उन्होंने कहा था : "मेरे लिए यह सदन लोकतंत्र का मंदिर है। पिछले दो दशकों में मैंने इस सदन की मर्यादा में रहने और उसको बनाए रखने का प्रयास किया है। जब मैं विपक्ष में था, तब भी मेरी यह राय थी कि सदन की बैठक शांति और व्यवस्था के साथ चलनी चाहिए। यहां फैसले बहस और चर्चा के बाद बिना किसी के चरित्र पर उंगली उठाए किए जाने चाहिए। मैं जब उस पक्ष में बैठता था तब भी मेरी यही राय थी और जब मैं इस पक्ष में हूं तब भी मेरी यही राय है।"

अटल जी पिछले करीब चार दशकों से सांसद हैं। इस अवधि में उन्होंने अपनी भाषा, अभिव्यक्ति, अनुशासन और सम्मानित व्यवहार के कारण अपना एक स्थान बनाया है। सांसद के रूप में उनकी भूमिका का सभी लोहा मानते हैं। विभिन्न अवसरों पर उन्होंने संकुचित दृष्टिकोण से ऊपर उठकर देशहित को सबसे ऊपर रखने की अपनी क्षमता प्रदर्शित की है।

अंत में मैं अटल जी के कुछ विचारों का उल्लेख करना चाहूंगा, जहां कि मुझे लगता है

कि पंत जी के विचारों को अभिव्यक्ति मिली है। उन्होंने कहा था : "चर्चा के दौरान सद्‌भाव होना चाहिए, उसका स्तर सर्वोच्च हो। मैंने कभी किसी की अनुचित और नियमों के विरुद्ध आलोचना नहीं की। मैं अपने विरोधी को अपना दुश्मन नहीं मानता और न ही मैं यह चाहता हूं कि कोई मुझे अपना दुश्मन माने। राजनीति में विचारों में मत-वैभिन्नता होना स्वाभाविक है। विचारों में टकराव होगा, लेकिन सहनशीलता ही लोकतंत्र की कसौटी है।"

मैं कई दशकों तक संसद में अटल जी के साथ रहा हूं। इसलिए इस अवसर पर उन्हें हार्दिक शुभकामनाएं और बधाई देने में मैं किसी औपचारिकता को नहीं निभा रहा। धन्यवाद।

श्री शिवराज पाटिल

लोकसभा के अध्यक्ष

माननीय उपराष्ट्रपति महोदय और माननीय प्रधानमंत्री जी का भारतरत्न पं. गोविंद बल्लभ पंत स्मारक समिति, संवैधानिक तथा संसदीय अध्ययन संस्थान की ओर से और अपनी ओर से स्वागत करता हूं और उनके प्रति आभार प्रकट करता हूं कि वे अपने व्यस्त समय में से कुछ समय निकालकर आज हमारे बीच उपस्थित हुए। हम माननीय मंत्रियों, सांसदों, अधिकारियों, पत्रकारों, राजदूतों और अन्य गणमान्य अतिथियों के प्रति आभारी हैं, जिन्होंने आज के कार्यक्रम में शामिल होकर इसकी शोभा बढ़ाई। हम उन सबका हार्दिक स्वागत करते हैं।

यह पुरस्कार आज यहां दूसरी बार दिया जा रहा है। पहला पुरस्कार श्री इंद्रजीत गुप्त को प्रदान किया गया था। दूसरा पुरस्कार आज श्री अटल बिहारी वाजपेयी को दिया जा रहा है। श्री वाजपेयी ने इस पुरस्कार को ग्रहण करने की स्वीकृति देकर इस पुरस्कार और हमारे निर्णय को सम्मान दिया है। इसके लिए हम उनके प्रति आभार व्यक्त करते हैं और आज के इस समारोह में उनका हार्दिक स्वागत करते हैं।

भारतरत्न स्वर्गीय पंडित गोविंद बल्लभ पंत एक महान स्वतंत्रता सेनानी, प्रशासक, सांसद और गंभीर चिंतक थे। देश के लिए पंत जी ने अनेक बलिदान दिए। वे उन महान स्वतंत्रता-सेनानियों में थे, जिन्होंने इस देश को आजादी दिलाई। उन्होंने देश के पुनर्निर्माण में अपनी कुशलता और दूरदृष्टि के कारण महत्वपूर्ण भूमिका निभाई। हम आज भी उनके संसदीय ज्ञान और विचारों की कहानी सुनते हैं। वे बड़े ही नपे-तुले और छू जानेवाले शब्दों का इस्तेमाल करते थे। उनके विचार बहुत ही गंभीर और उच्च होते थे। इन विचारों का उद्‌गम भारतीय इतिहास, संस्कृति, दर्शन, अनुभव और स्वतंत्रता-संग्राम में होता था। इन विचारों में कल, आज और कल की झलक होती थी।

उनके विचारों में विविधता और व्यापकता थी और वे हमेशा समयोचित होते थे। भारत मां के इस महान सपूत की याद में पुरस्कार देने का फैसला बहुत सही था। इसके लिए हम संस्थान को बधाई और धन्यवाद देते हैं। इस तरह के समारोहों का आयोजन करके हम उन महान व्यक्तियों के प्रति अपनी कृतज्ञता का ज्ञापन करते हैं, जिनके नाम पर यह पुरस्कार दिया जा रहा है और जिन्हें यह पुरस्कार मिल रहा है। इससे उन व्यक्तियों, विधायी कार्यों में कुशलता, योग्यता, प्रत्युत्पन्नमति, निडरता, दृष्टिकोण, दूरदृष्टि का एक चित्र अन्य सांसदों के समक्ष उभरता है। वे

उनके इन गुणों को ग्रहण कर सकते हैं और उनसे लाभान्वित हो सकते हैं। इस पुरस्कार की उपयोगिता इससे ही परिलक्षित होगी।

श्री वाजपेयी की भाषा मुहावरेदार, मीठी, काव्यमय, प्रेरणा देनेवाली और आसान होती है। कभी-कभी उसमें व्यंग्य का एक हल्का पुट भी होता है। उनके शब्दों में गतिशीलता होती है। उनके शब्दों का प्रवाह विभिन्न प्रकार के तथ्यों और सच्चाइयों को अपने खास अंदाज में सामने रखता है। संसद के अंदर और बाहर लोग श्री वाजपेयी के विचारों और तर्कों के काव्यमय प्रवाह को सुनने के लिए हमेशा लालायित रहते हैं। जब वे बोलते-बोलते शब्दों के बीच विराम देते हैं तो उस विराम का भी एक मतलब होता है, उसमें भी तर्क और एक माधुर्य होता है। श्रोता श्री वाजपेयी को सुनना चाहते हैं और उन्हें सुनकर आनंदित होते हैं।

श्री वाजपेयी केवल शब्दों से ही नहीं बोलते हैं, उनके शब्दों में गहरा विचार होता है। उनका अर्थ होता है। कम से कम शब्दों में अपनी बात कहने में तो श्री वाजपेयी को महारथ हासिल है। उनके विचार भूत, वर्तमान और भविष्य के बीच की एक कड़ी के रूप में काम करते हैं। आधुनिक विचारों को ग्रहण करने को वे हमेशा तैयार रहते हैं। वे मूल विचारों को पूर्ण सम्मान देना चाहते हैं। दोनों के मिलन से जो विचार सामने आता है, वह अधिक सच और महत्वपूर्ण होता है। श्री वाजपेयी का दर्शन व्यापक है और इससे उनकी गंभीरता अभिव्यक्त होती है। श्री वाजपेयी के गुणों और योग्यताओं, विचारों और दर्शन से संसद की गरिमा, शक्ति और उपयोगिता को बढ़ावा मिला है। हमें विश्वास है कि भविष्य में भी वे ऐसा ही करते रहेंगे।

संसद की गरिमा, सक्षमता और सम्मान, इसके नियमों व उपनियमों और हमारे संविधान पर निर्भर करता है। वहीं यह सब उन लोगों पर भी निर्भर करता है जो वहां काम करते हैं। नियमों, उपनियमों का होना जरूरी है लेकिन इस बात की भी जरूरत है कि ऐसे लोग हों, जो नियमों को जानते हों और उनमें नियमों की व्याख्या करने की और उनके उपयोग की योग्यता और क्षमता हो। इन गुणों का सम्मिश्रण संसद के विभिन्न पहलुओं को रेखांकित करता है और उसके प्रारूप और मूल आधार को मजबूत करता है। यह कार्य कोई व्यक्ति कर सकता है, सारी संसद और समाज द्वारा किया जा सकता है। हमारा प्रयास होना चाहिए कि यह प्रक्रिया जारी रहे और इस प्रकार के कार्यक्रमों से ऐसा किया जा सकता है।

भारतरत्न पंडित गोविंद बल्लभ पंत सर्वश्रेष्ठ सांसद-पुरस्कार सदन के नेता द्वारा विपक्ष के नेता को दिया जा रहा है, वह भी आप सबकी उपस्थिति में। दोनों सदनों के पीठासीन अधिकारी भी इस समारोह में उपस्थित हैं। विपक्ष के नेता श्री वाजपेयी सदन के नेता से यह पुरस्कार ग्रहण कर रहे हैं। यह घटना हमारी संसदीय प्रणाली की परिपक्वता का प्रतीक है। इस उद्देश्य की निष्ठा प्रधानमंत्री और श्री वाजपेयी की उदारहृदयता और विचारों की निडरता और परिपक्वता का परिचायक है। इसी में हम सबकी सच्ची शक्ति और गरिमा निहित है। यह परिपक्वता, निडरता, उदार और विशालहृदयता जहां सबके लिए जगह हो, कोई पराया नहीं हो, हमेशा बनी रहे, यही हमारी प्रार्थना है।

इस अवसर पर भगवान से हमारी प्रार्थना है कि श्री वाजपेयी स्वस्थ और दीर्घायु हों, जिससे कि वे संसद, देश और विश्व की सेवा करते रहें। धन्यवाद।

श्री पी. वी. नरसिंह राव

भारत के प्रधानमंत्री

माननीय उपराष्ट्रपति जी, माननीय अध्यक्ष जी, माननीय सदस्यो, गोविंद बल्लभ पंत स्मारक समिति ने इस महान सांसद राजनीतिज्ञ और राष्ट्रीय नेता को राष्ट्रीय भारतरत्न पंडित गोविंद बल्लभ पंत पुरस्कार से सम्मानित करने का फैसला करके एक विचारणीय पहल की है। इससे दो महान उद्देश्यों की प्राप्ति होती है। पहला, यह पुरस्कार देश के एक महान संसदविज्ञ की याद को ताजा रखता है और दूसरा, यह अन्य सांसदों को उनके दिखाए रास्ते पर चलने की प्रेरणा देता है।

पंडित पंत अपनी पीढ़ी के सबसे ज्यादा अनुभवी सांसदों में से एक थे। उन्हें आजादी के पहले भी उत्तर प्रदेश की विधान परिषद में काम करने का अनुभव था। वे १९२३ से १९३० तक उत्तर प्रदेश विधान परिषद में स्वराज पार्टी के नेता थे। बाद में वे केंद्रीय परिषद में विपक्ष के उपनेता रहे। इस प्रकार उन्हें सत्तारूढ़ और विपक्ष दोनों ही रूपों में काम करने का अनुभव था। दोनों ही भूमिकाओं में उन्होंने इस व्यवस्था पर अपनी गहरी पकड़ होने का परिचय दिया। वे एक सशक्त वक्ता थे। वे जोरदार भाषण की बजाय अपने अकाट्य तर्कों और विचारों से सभी को अपने साथ ले चल पाने में समर्थ थे। उत्तर प्रदेश के मुख्यमंत्री और केंद्रीय गृहमंत्री के रूप में संसदीय कामकाज में उनके ज्ञान और अनुभव से पक्ष और विपक्ष दोनों के ही सदस्य उनके कायल थे और उनका सम्मान करते थे।

पंडित पंत जी का संसदीय प्रणाली में विश्वास केवल सदन के अंदर तक ही सीमित नहीं था। वे विचार और अभिव्यक्ति की स्वतंत्रता में पूर्ण विश्वास करते थे और सभी मसलों को बातचीत और बहस की प्रक्रिया द्वारा हल करने के पक्षधर थे। यहां तक कि भारत और ब्रिटेन के बीच के राजनीतिक मामलों को अहिंसक तरीके से बातचीत करके हल किया जा सकता है। मतभेदों को हल करने के लिए बातचीत की प्रक्रिया में जाति या धर्म पर आधारित कोई पूर्वाग्रह नहीं था।

पंडित पंत के सामाजिक मसलों और धार्मिक आजादी पर विचार बड़े ही प्रगतिशील थे। वे मानते थे कि जाति और धर्म के प्रति पूर्वाग्रहों और भावनाओं के आधार पर देखने से सोचने-समझने की शक्ति पर बुरा प्रभाव पड़ता है। ऐसे माहौल में संसदीय प्रक्रिया पर बुरा असर पड़ता है।

श्री अटल बिहारी वाजपेयी हमारे जीवन के सबसे प्रमुख संसदविज्ञों में से एक हैं। संसद के सबसे ज्यादा समय तक सदस्य के रूप में उनकी तुलना कर सकनेवाले कुछ ही लोग हैं। १९५७ से अब तक लगभग लगातार ही वे एक या दूसरे सदन के सदस्य रहे हैं। वे कभी भी केवल केंद्रीय कक्ष के ही सदस्य नहीं रहे। उन्हें संसदीय प्रक्रिया, नियमों की अच्छी जानकारी है। उनकी पैनी नजर और हाजिरजवाबी तो जैसे संसद में बहस के लिए ही बनी है। वे अपनी इन क्षमताओं का बेहद प्रभावी तरीके से हमेशा उपयोग करते रहे हैं। हम दोनों हमेशा सदन के अलग-अलग पक्षों में रहे हैं। मुझे हमेशा उनकी टिप्पणियों ने सोचने के लिए मजबूर किया है। लंबे समय तक विपक्ष में बैठने के उनके अनुभव ने उन्हें करारे व्यंग्य और तीखी, लेकिन मीठी टिप्पणियां करने में विशेषज्ञता प्रदान की है। हम सभी उनके भाषण करने के तरीके के प्रशंसक हैं और पूरे ध्यान से उनकी बात सुनते हैं। विपक्ष में होने के बावजूद उन्होंने यह कई बार दिखाया है कि राष्ट्रीय उपलब्धियों के समय में वे बड़े उदार हृदय हैं और भावनाओं से प्रभावित होनेवाले व्यक्ति हैं। मुझे महान भावनाओं से भरा वह दिन याद है, जब कि श्री वाजपेयी ने इंदिरा गांधी को 'दुर्गा और काली' की संज्ञा दी थी। मेरी राय में वह अवसर आज तक भुलाया नहीं जा सका है।

अंतरराष्ट्रीय संबंधों के बारे में अटल जी के ज्ञान और विदेश मंत्री के रूप में अनुभवों ने उन्हें दुनिया में आज अंतरराष्ट्रीय राजनयिकता का एक प्रमुख विशेषज्ञ बना दिया है। बहुपक्षीय राजनयिकता अपने आप में संसदीय प्रक्रिया का अंतरराष्ट्रीय क्षेत्र में प्रसार है।

इस वर्ष जिनेवा में अंतरराष्ट्रीय मानव अधिकार आयोग की बैठक में भारतीय प्रतिनिधि मंडल के नेता के रूप में उनकी भूमिका ने श्री वाजपेयी के राजनयिक के रूप में काम करने की क्षमता और संसदीय प्रक्रिया के प्रति उनकी वचनबद्धता को प्रतिबिंबित किया है। इससे हम अंतरराष्ट्रीय मंच पर पूरी दुनिया को दिखा सके कि किस प्रकार हम राष्ट्रीय मुद्दों पर एकमत हैं। उनकी अपनी गहरी राजनीतिक मान्यताएं हैं, लेकिन उनका दृष्टिकोण बड़ा ही संसदीय है। वे लोकतांत्रिक प्रक्रिया के तहत काम करते हैं। वे हमेशा दूसरों के विचार सुनने को तैयार रहते हैं। उनका इस बात में पूर्ण विश्वास है कि सभी विवादों को विचार-विमर्श के द्वारा हल किया जाए। वे संसद में हों या संसद के बाहर, उनका दृष्टिकोण और आचरण हमेशा संसदीय प्रक्रिया की सर्वोच्च परंपराओं पर आधारित होता है, और सभी इस कारण उनका सम्मान करते हैं। युवा और भावी सांसद श्री वाजपेयी से यह सीख सकते हैं कि किस प्रकार बहस की जाए और कैसे लोकतांत्रिक तरीके से मतभेदों को सीमित किया जाए।

मैं श्री वाजपेयी को एक बार और बधाई देना चाहता हूं। मैं उनका आभारी हूं कि उन्होंने मेरे इन शायद मैले हाथों से यह पुरस्कार ग्रहण करना स्वीकार किया है। मैं उनके दीर्घायु होने और अधिकाधिक सफलताएं प्राप्त करने की कामना करता हूं। हम सब आशा करते हैं कि श्री वाजपेयी भविष्य में भी इस सदन और इस देश को इसी प्रकार मार्गदर्शन देते रहेंगे और देश का सम्मान बढ़ाते रहेंगे, जैसा कि अब तक वे करते रहे हैं। धन्यवाद।

श्री के. आर. नारायणन

भारत के उपराष्ट्रपति

माननीय प्रधानमंत्री जी, माननीय लोकसभा के अध्यक्ष श्री शिवराज पाटिल, श्री के. सी. पंत, माननीय श्री अटल बिहारी वाजपेयी जी, माननीय मंत्रियो और सांसदो, इस वर्ष का गोविंद बल्लभ पंत सर्वश्रेष्ठ सांसद पुरस्कार श्री अटल बिहारी वाजपेयी को दिए जाने के इस समारोह की अध्यक्षता करते हुए मुझे अपार हर्ष है। मैं आज अपने को गौरवान्वित महसूस कर रहा हूं।

हमारे देश में महान संसदविज्ञों की एक लंबी सूची है। हमारे स्वतंत्रता-आंदोलन में संवैधानिक और संसदीय संघर्ष और अहिंसक तरीके से की गई सीधी कार्रवाई ने महत्वपूर्ण भूमिका निभाई है। पंडित गोविंद बल्लभ पंत इस युग के ऐसे नेता रहे, जिन्होंने सदन के अंदर और बाहर भारी बलिदान दिए। आजादी के बाद वे एक अतुलनीय सांसद के रूप में उभरकर सामने आए। उन्होंने एक आधुनिक भारत बनाने के क्षेत्र में महत्वपूर्ण योगदान दिया। भाषा पर गहरी पकड़, बहस की क्षमता, उनकी तत्क्षणबुद्धि और मजाकिया लहजा उन्हें एक आदर्श और अनुकरणीय सांसद बनाता था। उनकी स्मृति में सर्वश्रेष्ठ सांसद पुरस्कार शुरू किया जाना उनकी याद को ताजा रखने का एक सही तरीका है। साल-दर-साल दिया जानेवाला यह पुरस्कार दूसरों को प्रेरित करता रहेगा।

मुझे यह जानकर बेहद प्रसन्नता है कि इस वर्ष इस पुरस्कार के लिए श्री अटल बिहारी वाजपेयी को चुना गया है। वे पंडित गोविंद बल्लभ पंत सरीखे ही संसदविज्ञ हैं। हम पिछले ३७ वर्षों से उन्हें संसद के मंच पर देख रहे हैं। इस दौरान अनेक ऐतिहासिक अवसर आए और अनेक गंभीर संकटों का देश को सामना करना पड़ा। इन सभी अवसरों पर श्री वाजपेयी ने अपनी गहन सोच और वाक्पटुता से संसद और देश पर अमिट छाप छोड़ी। उनकी विचार-विमर्श और बहस की योग्यता, उनकी चुटकियां और हाजिरजवाबी तथा काव्यमय भाषा उनके भाषणों को ऐसा प्रभावकारी बना देती है कि सभी उनको सुनने को मजबूर हो जाते हैं और उसका आनंद लेते हैं। उन्होंने संसद को शिक्षा और राजनीतिक मंच के रूप में इस्तेमाल किया है और संसदीय संस्थाओं की गरिमा बढ़ाई है।

१९८७ में श्री वाजपेयी ने राज्यसभा में कहा था कि किसी का राजनीतिक जीवन चाहे कितना भी लंबा क्यों न हो, जब तक वह राज्यसभा के संपर्क में नहीं आता तब तक उसे राजनीति की

इसलिए उन्हें पूर्ण सांसद कहा जा सकता है। अभी भी उनके पास और विकसित होने का अवसर है, क्योंकि हाल ही में वे फिर लोकसभा के लिए चुने गए हैं, जबकि अभी तक वे खुद को 'परलोक सभा' का सदस्य मानते थे।

विंस्टन चर्चिल से एक बार पूछा गया था कि अपने जीवन में सबसे महत्वपूर्ण किस चीज को मानते हैं? उनका जवाब था : उनके पास आनेवाले पत्रों में नाम के साथ जोड़े जानेवाले दो अक्षर एम.पी. यानी संसद सदस्य। मेरा मानना है कि हमारे सांसदों को उनके नाम के साथ लिखे जानेवाले इन दो अक्षरों को इसी रूप में देखना चाहिए। जन-प्रतिनिधियों के रूप में चुना जाना एक सम्मान भी है और एक विश्वास भी। यह ताकत का पद भी है, लेकिन इसके लिए यह जानना जरूरी है कि इसका संसद के मंच पर किस प्रकार उपयोग किया जाए। मेरी राय में संसद में दिया गया एक सुविचारित और सुस्पष्ट भाषण सैकड़ों प्रदर्शनों से कहीं ज्यादा प्रभाव सदन के अंदर और बाहर छोड़ सकता है।

सदन के पीठासीन अधिकारियों के १९९२ में हुए राष्ट्रीय सम्मेलन में बोलते हुए श्री वाजपेयी ने उन सदस्यों की आलोचना की थी जो प्रचार के प्रति ज्यादा लालायित रहते हैं। उन्होंने सदस्यों से आग्रह किया कि उनके भाषणों की गुणवत्ता ऐसी होनी चाहिए, जिससे कि आम लोगों और प्रेस का ध्यान उनकी ओर जाए। उन्होंने कहा : "भाषण ऐसा होना चाहिए कि अगले सत्र में भी उसे पढ़ा जा सके। भाषण ऐसा होना चाहिए कि दूसरे सदन में उसे उद्धृत किया जा सके। कुछ भाषण तो ऐसे होने चाहिए कि अगली पीढ़ियां भी उन्हें पढ़ें।"

यह वह आदर्श है, जिसे सर्वश्रेष्ठ सांसद ने हम सबके लिए निर्धारित किया है।

एक अच्छा भाषण वह नहीं होता जिसे बहुत अच्छे तरीके से बोला गया हो। भाषण ऐसा होना चाहिए जिसमें लोगों की भावनाओं को अभिव्यक्ति दी गई हो, देश की आवश्यकताओं को उल्लिखित किया गया हो। उसमें लोगों की सोच को बदलने का प्रयास किया गया होना चाहिए। उसमें ऐसे सुझाव दिए गए हों या कम से कम ऐसे संकेत जरूर होने चाहिए, जिससे कि सामने उठ खड़ी हुई समस्या का समाधान किया जा सकता हो। श्री वाजपेयी के संसद में दिए गए भाषणों में केवल वाद-विवाद के लिए तर्क नहीं होते, उसके पीछे ठोस और गहन सोच भी होती है।

राष्ट्रीय और अंतरराष्ट्रीय मुद्दों पर श्री वाजपेयी के अनेक भाषणों में से केवल एक का उल्लेख करना चाहूंगा। उन्होंने अपने इस भाषण में समाज के सबसे गरीब और पिछड़ों की समस्याओं को सदन में आवाज दी थी। १९८८ में जहानाबाद में हरिजनों का सामूहिक हत्याकांड हुआ था। इस हत्याकांड में सभी पुरुषों की हत्या कर दी गई थी और महिलाओं को जीवित छोड़ दिया गया था। राज्यसभा में बोलते हुए श्री वाजपेयी ने कहा कि उन्होंने यह जानना चाहा कि ऐसा क्यों किया गया। श्री वाजपेयी ने कहा : "मुझे बताया गया कि हत्यारे केवल पुरुषों की हत्या इसलिए करना चाहते थे कि उनके मरने के बाद स्त्रियां जब छाती पीटकर रोएंगी तो बड़ा आनंद आएगा। यह कितना क्रूरतापूर्ण कार्य है? क्या यह जानवरों जैसा काम नहीं है? क्या यह एक सभ्य समाज का काम है? क्या हम वाकई सभ्य हैं?"

वाजपेयी जी ने कहा कि ऐसी परिस्थितियों से निपटने के लिए सरकारी मशीनरी की सारी शक्ति लगा देनी चाहिए। इस बारे में उन्होंने एक सुझाव दिया। उन्होंने कहा कि भारतीग प्रशारानिक सेवा और भारतीय पुलिस सेवा के अधिकारियों का चयन करते समय परीक्षार्थियों से साक्षात्कार करने के समय यह पूछा जाना चाहिए कि क्या वे वर्ण-व्यवस्था में विश्वास करते हैं। "यदि कोई

अधिकारी जाति या वर्ण-व्यवस्था में विश्वास करता है या वह मानता है कि जन्म के कारण कोई व्यक्ति ऊंचा या नीचा है तो वह न्याय नहीं कर सकता। जातिगत संघर्षों के समय ऐसा अधिकारी ही कानून और व्यवस्था बनाए रखने में सक्षम नहीं होगा।" उस भाषण में उन्होंने हमारे समाज की एक प्रमुख समस्या का उल्लेख किया था। इस विचार को हमारे देश में उठनेवाले अन्य सामाजिक संघर्षों के संदर्भ में लागू किया जा सकता है।

सांसद के रूप में अटल जी की भूमिका की कोई चर्चा तब तक पूरी नहीं हो सकती, जब तक कि सरकार के एक मंत्री के रूप में उनकी भूमिका का उल्लेख नहीं किया जाए। श्री वाजपेयी ने १९७७ से १९७९ तक जब देश के विदेश मंत्री के रूप में काम किया तो सांसद के रूप में उनके अनुभवों, सोचने-विचारने की उनकी शक्ति और अभिव्यक्ति की विशेषज्ञता उनके बहुत काम आई। मुझे उनके नेतृत्व में चीन में काम करने का अवसर मिला। स्वर्गीय गिरिलाल जैन ने अपने एक लेख में श्री वाजपेयी की नेहरू से तुलना करते हुए कहा था कि नेहरू उनके आदर्श हैं।

हमें मालूम है कि श्री अटल बिहारी वाजपेयी के पंडित नेहरू से मतभेद थे और उनकी विदेश नीति की वाजपेयी जी ने संसद में तीखी आलोचना की थी। लेकिन अपनी विदेश नीति में श्री वाजपेयी पंडित नेहरू के दिखाए रास्ते पर चले। श्री वाजपेयी ने स्वयं भी यह बात स्वीकार की है। उन्होंने श्री नेहरू का अनुसरण इस तरह किया कि उनकी मौलिकता का पुट भी बना रहे। श्री वाजपेयी ने नेहरू के बारे में एक बार कहा था : "उन्होंने कुछ गलतियां की होंगी लेकिन गलती कौन नहीं करता? उन्होंने भारत के राजनीतिक जीवन और संस्कृति को गरिमा प्रदान की। उसे परिष्कृत किया और समृद्ध बनाया।" यह कहा जा सकता है कि श्री वाजपेयी ने स्वयं भी भारतीय राजनीतिक जीवन और विशेष रूप से संसदीय जीवन को गरिमा और समृद्धता प्रदान की है, और कर रहे हैं।

श्री वाजपेयी ने एक बार बताया था कि न्यूयार्क में श्री खुश्चेव से मेरा परिचय कराते हुए पंडित जी ने कहा था—इनसे मिलिए, ये हैं भारत के युवा सांसद। आज छठे दशक की शुरुआत का वही होनहार युवा सांसद हमारे सामने सर्वश्रेष्ठ सांसद के रूप में उपस्थित है।

मैं श्री वाजपेयी को सर्वश्रेष्ठ सांसद का पुरस्कार मिलने पर हार्दिक बधाई देते हुए अपनी बात समाप्त करता हूं। वे इस पुरस्कार के वास्तविक हकदार हैं। मैं उनके उज्ज्वल भविष्य की कामना करता हूं। धन्यवाद।

श्री अटल बिहारी वाजपेयी

पुरस्कारजयी सर्वश्रेष्ठ सांसद और सदन में नेता-प्रतिपक्ष

आदरणीय उपराष्ट्रपति जी, आदरणीय प्रधानमंत्री जी, आदरणीय लोकसभाध्यक्ष जी, श्री कृष्णचंद्र पंत जी, श्रीमती पंत जी, बंसल जी, मंत्री महोदय, सहयोगी सांसदगण!

मेरी समझ में नहीं आता कि मैं क्या कहूं। प्रसंग ही ऐसा है। कुछ कहना भी मुश्किल है, लेकिन बिना कहे रहना भी मुश्किल है। औरों के सम्मान समारोहों में बोलना सरल है, अपने कार्यक्रम में शब्दों को ढूंढ़ना भी कठिन है। मैं आभारी हूं उपराष्ट्रपति महोदय आपका, प्रधानमंत्री जी का, लोकसभा के अध्यक्ष का, निर्णायकों का, पंडित गोविंद बल्लभ पंत स्मारक ट्रस्ट के सदस्यों का, जिन्होंने मुझे इस सम्मान के लिए चुना है।

मैं अपनी सीमाओं से परिचित हूं। मुझे अपनी कमियों का एहसास है। निर्णायकों ने अवश्य ही मेरी न्यूनताओं को नजरअंदाज करके मुझे पुरस्कृत किया है। सद्भाव में अभाव दिखाई नहीं देता। यह देश बड़ा अद्भुत है, बड़ा अच्छा है। किसी भी पत्थर को सिंदूर लगाकर अभिवादन किया जा सकता है, अभिनंदन किया जा सकता है।

गत वर्ष यह सम्मान मेरे मित्र वरिष्ठ सांसद कामरेड इंद्रजीत गुप्त जी को दिया गया था। वे सब दृष्टियों से सम्मान के अधिकारी थे। मेरे बारे में यह बात नहीं कही जा सकती। अब उनके बाद मुझे सम्मान दिया जा रहा है। मुझे डर है कि कोई यह न समझे कि मैं उनके पीछे पड़ गया हूं।

स्वनामधन्य पंडित गोविंद बल्लभ पंत को मैंने निकट से देखा था। उनके संपर्क में आने का मुझे सौभाग्य मिला था, पहले लखनऊ में, फिर दिल्ली में। जब वे आधुनिक उत्तर प्रदेश के शिल्प का गठन कर रहे थे तो मैं पत्रकार के नाते लखनऊ में उपस्थित था। मैं उनके शब्द-चित्रों का गठन किया करता था। उनका जैसा व्यक्तित्व था, वैसा ही कीर्तिमान स्थापित करनेवाला कर्तृत्व था। उनका प्रकांड पांडित्य, उनकी वाग्मयी संसद्पटुता, जिन गुणों का उल्लेख अध्यक्ष महोदय ने किया, व्यक्ति और घटना का सही मूल्यांकन करने की उनकी क्षमता, पैनी और दूरदृष्टि, परस्पर विरोधी विचारों में समन्वय, सामंजस्य स्थापित करने की वृत्ति, स्वाधीनता के सफर में और पुनर्निर्माण के यज्ञ में उनकी भूमिका सदैव स्मरण की जाएगी। उनके नाम से जुड़े हुए इस पुरस्कार को पाकर मैं अपने को गौरवान्वित समझता हूं।

जब पंत जी केंद्र में आए, मैं संसद का सदस्य था, कभी राज्यसभा में और कभी लोकसभा में। वह काल बड़ा कठिन काल था, जब राज्यों के पुनर्गठन की विस्फोटक स्थिति थी, भाषा का विवाद खड़ा हो गया था। लेकिन पंत जी ने अपनी कुशलता, चतुरता और नीतिमत्ता से समस्याओं का समाधान किया। अगर मैं गलत नहीं हूं तो जम्मू-काश्मीर के प्रश्न पर लोगों की राय लेने का प्रस्ताव रखने के कारण, हम जिस भंवर में फंस गए थे, उस भंवर में से अगर किसी ने दृढ़ता के साथ भारत को निकाला तो पंडित गोविंद बल्लभ पंत ने निकाला। उन्होंने स्पष्ट शब्दों में घोषणा की कि काश्मीर की जनता की राय ली जा चुकी है। उसकी जनता ने भारत में मिलने का फैसला किया है। इसलिए फिर से जनमत-संग्रह की बात ही नहीं उठती है। पाकिस्तान ने प्रस्ताव नहीं माने और वक्त पाकिस्तान के लिए रुका नहीं रहेगा, कालचक्र थमा नहीं रहेगा।

जब मैं पहली बार १९५७ में लोकसभा का सदस्य बना, तो उस समय पं. जवाहरलाल नेहरू प्रधानमंत्री थे। वे सदन के नेता भी थे। नियमित रूप से बैठकों में भाग लेते, उपस्थित रहते, चर्चा में योगदान देते, हस्तक्षेप की आवश्यकता होती तो हस्तक्षेप करते, प्रतिपक्ष का ध्यान रखते। स्पीकर को पूरा आदर देते। उनकी उपस्थिति मात्र से सदन की गरिमा बढ़ती थी। सब लोग रचनात्मक भूमिका निभाने के लिए प्रोत्साहित होते थे, प्रेरित होते थे। उस समय का एक प्रसंग मुझे याद है। मेरी स्मृति के आकाश में वह प्रसंग बिजली की तरह से कौंध जाता है। पंडित जी के एक विश्वस्त सहायक थे श्री एम. ओ. मथाई। उन्होंने संसद सदस्यों के किसी आचरण पर कुछ टिप्पणी की थी। स्वाभाविक है कि यह मामला सदन में उठाया जाता। सदन में सभी पक्षों ने इस पर आपत्ति की। विशेषाधिकार के उल्लंघन के प्रस्ताव दिए गए। सदन की अवमानना का मामला उठाया गया। मेरे प्रस्ताव को स्पीकार ने स्वीकार कर लिया। नेहरू जी सदन में थे। उन्होंने कहा, "अध्यक्ष महोदय, यह विशेष अधिकार का मामला मालूम नहीं होता है। यह एक इंप्रोपरायटी है, अनौचित्य है, इस पहलू पर भी विचार कर लिया जाए।" लेकिन सदन तैयार नहीं था। प्रतिपक्ष को भी यह बात पसंद नहीं आई। नेहरू जी ने सदन का मूड देखा, प्रतिपक्ष के तेवर देखे। नेहरू जी ने इस सुझाव को मान लिया कि सारा मामला विशेषाधिकार समिति को सौंप दिया जाए। उस समय पं. नेहरू ने जो कुछ कहा था, मैं उसको उद्धृत कर रहा हूं :

"जब सदन का एक महत्वपूर्ण वर्ग यह महसूस कर रहा हो कि कुछ-न-कुछ किया ही जाना चाहिए, तब बहुमत के लिए यह कतई उचित नहीं है कि सदन की इच्छा को दरकिनार कर दिया जाए। मेरे विचार से इस मामले को ताक पर रख देने का सुझाव उचित नहीं होगा, क्योंकि इससे यह साफ झलकेगा कि मामले को किसी न किसी प्रकार दबाने का अथवा तथ्यों को छुपाने का प्रयास किया गया है। यह अच्छी बात नहीं होगी कि इस प्रकार की भावना उत्पन्न की जाए।"

लोकतंत्र ५१ बनाम ४९ का खेल नहीं है। लोकतंत्र मूल रूप में एक नैतिक व्यवस्था है। सदन या संसद कोई कानून की छोटी सी कचहरी भी नहीं है, जहां शब्दों की चीर-फाड़ की जाए।

यह एक राजनीतिक मंच है। राजनीतिक शब्द का प्रयोग मैं संकुचित रूप में नहीं कर रहा हूं बल्कि विराट अर्थ में कर रहा हूं, जिस मंच पर देश की ९० करोड़ जनता की आशाएं हैं, अपेक्षाएं और कुंठाएं भी प्रतिबिंबित होनी चाहिए, प्रतिध्वनित होनी चाहिए।

संविधान और कानून सबका अपना महत्व है, लेकिन अगर लोकतंत्र एक ढांचा मात्र बनकर रह जाए, एक कर्मकांड में बदल जाए, उसकी प्राणशक्ति घटती जाए तो वहां कठिनाई पैदा हो जाती है। उस प्राणशक्ति को घटने न देना, यह हम सबकी जिम्मेदारी है।

अभी दो दिन पहले हमने स्वतंत्रता की वर्षगांठ मनाई है। हमने स्वतंत्रता को अक्षुण्ण रखने की शपथ ली है। हम देश को समृद्धि की ओर ले जाना चाहते हैं। बाहर की चुनौतियों का हम मिलकर सामना करते हैं, लेकिन घर के भीतर लोकतांत्रिक संस्थाओं का अवमूल्यन न होने पाए, क्षरण न होने पाए, इसकी देखभाल की जरूरत है। जन-प्रतिनिधियों की साख घटनी नहीं चाहिए। जन-प्रतिनिधि संस्थाओं की विश्वसनीयता में कमी नहीं आनी चाहिए। हमारे लोकतंत्र का पौधा मजबूत है, लेकिन ऐसा न हो कि वह ऊपर-ऊपर तो बढ़ता जाए, पर उसकी जड़ें खोखली होती जाएं। यही कर्तव्य हमारे सामने है।

मैं आप सबको एक बार फिर हृदय से धन्यवाद देता हूं। प्रधानमंत्री के हाथों आज मैंने पुरस्कार स्वीकार किया है, इस पर जरूर टीका-टिप्पणी होगी। अब उससे बचा नहीं जा सकता। मुझे याद है जब पहली बार संसद में आया तो बोलने के लिए समय नहीं मिल पाता था। पीछे की बैंचों पर बैठता था। एक बार नेहरू जी द्वारा सदन में लाए गए विदेश नीति संबंधी प्रस्ताव पर बोलना चाहता था, वे प्रति वर्ष प्रस्ताव लाते थे। नियमित रूप से उस पर चर्चा कराते थे और मैं भी कुछ कहना चाहता था, लेकिन स्पीकर साहब ने कहा कि समय नहीं है, आपकी पार्टी बहुत छोटी है, आपको मौन धारण करना चाहिए। इसके विरोध में मैं वाक-आउट कर गया। वाक-आउट का सिलसिला अभी भी चल रहा है। यह बात अलग है कि इस बार जरा ज्यादा लंबा हो गया है। लेकिन वाक-आउट एक लोकतांत्रिक तरीका है, संसदीय आचरण का हिस्सा है। अब हम भीतर जाकर सदन की कार्रवाई में विघ्न डालें, उससे तो अच्छा है कि बाहर ही रहें। यह बात अलग है कि ज्यादा दिन बाहर नहीं रहना चाहिए, लेकिन कभी-कभी असहयोग करना आवश्यक हो जाता है। असहयोग का रास्ता गांधी जी ने दिखाया था। उस पर चलने में कोई आपत्ति नहीं होनी चाहिए, लेकिन वह रास्ता संसद में जाकर समाप्त होना चाहिए।

यह लोकतंत्र का युग है। आज सारे संसार में एक लहर आई है। भारत संसार का सबसे बड़ा लोकतंत्र है। दुनिया हमारी तरफ देख रही है। इस परीक्षा की घड़ी में विफल होने की गलती हम नहीं कर सकते।

एक बार फिर मैं हृदय से आभार प्रकट करता हूं और मैं प्रयास करूंगा कि इस सम्मान के योग्य अपने आचरण को बनाए रख सकूं। जब कभी मेरे पैर डगमगाएंगे तो 'पंत सम्मान' मुझे चेतावनी देता रहे, मुझे बताता रहे कि इस रास्ते पर डांवाडोल होने की गलती नहीं कर सकते।

बहुत-बहुत धन्यवाद।

निर्देशिका

ख

ग

घ

च

छ

ज

फ

ब

भ

म

य

र

ल

व

श

स

ह

□